ALASDAIR GRAY

JANINE, 1982

FÜR BETHSY

AUS DEM ENGLISCHEN
VON BERND RULLKÖTTER

ROWOHLT

1. AUFLAGE APRIL 1989

DIE ORIGINALAUSGABE ERSCHIEN 1984 UNTER DEM TITEL
«1982, JANINE» BEI JONATHAN CAPE, LONDON

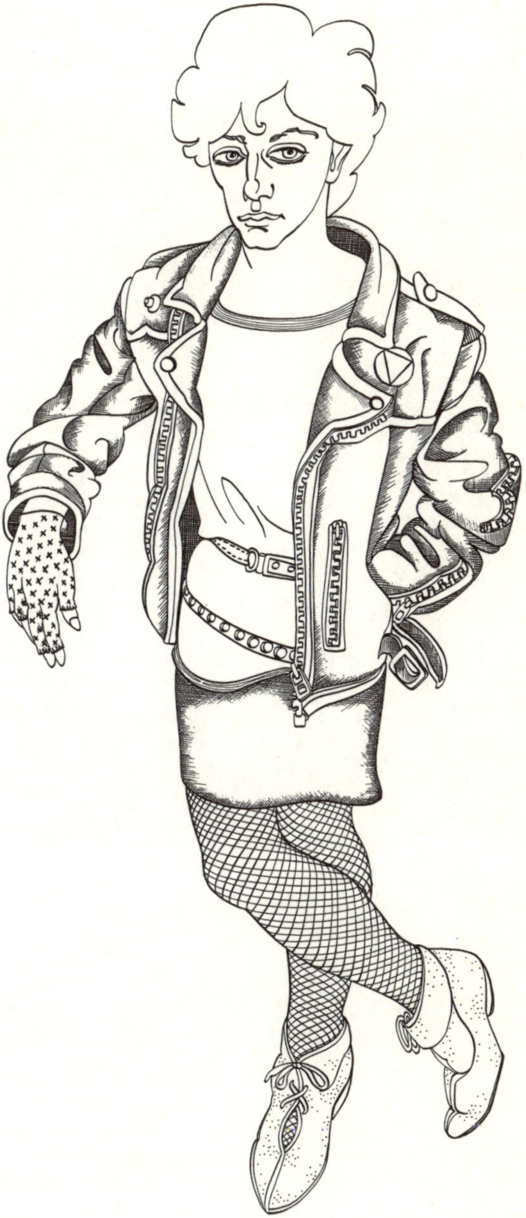

Es gibt im Geist Fächer mit Etiketten darauf: bei günstiger Gelegenheit untersuchen; nie darüber nachdenken; sinnlos weiterzuverfolgen; Inhalt ungeprüft; zwecklose Angelegenheit; dringend; gefährlich; heikel; unmöglich; aufgegeben; anderen vorbehalten; meine Sache etcetera.

Paul Valéry

DAS INHALTS-

VERZEICHNIS

1: DIES IST EIN SCHÖNES ZIMMER.

Es könnte in Belgien sein, in den USA, vielleicht in Rußland, bestimmt in Australien, in jedem Land, wo ein Zimmer mit Tapeten, einem Teppich und Vorhängen in jeweils verschiedenen Blumenmustern ausgestattet sein kann. Braune Möbel verdecken die meisten Blumen. Es ist nicht viel Platz zwischen dem Schrank, dem Toilettentisch aus den dreißiger Jahren, dem Stuhl mit dem Glas Whisky darauf und dem Doppelbett, auf dem ich zwischen einem großen geschnitzten viktorianischen Kopfbrett und einem ebensolchen Fußbrett liege (noch nicht ausgezogen). Es gibt auch ein modernes Waschbecken, eine hübsche Klempnerarbeit, die Rohre liegen unter Putz, statt sich darüberzuschlängeln wie in manch anderen Zimmern, in denen ich gewohnt habe. Aber es gibt keine Bibel. In allen amerikanischen Hotelzimmern liegen Bibeln, also bin ich mit Sicherheit nicht in den Staaten. Schade. Ich hasse es, mich eingeengt zu fühlen. Ich könnte jetzt einer von Hunderten von Männern sein, ein Handlungsreisender in Wolle oder Tweed, ein Landwirt, ein Auktionator, ein Tourist, einer jener Vortragsreisenden, die in trüben Sälen erscheinen, um sechs Hausfrauen mittleren Alters und einem pensionierten Polizeisergeanten etwas über den Einfluß von van Gogh auf die Fleckdrossel während der letzten Tage von Pompeji zu erzählen. Es spielt keine Rolle, wie ich mein

Brot verdiene. Das Thema widert mich nicht mehr an, ich denke nicht mehr darüber nach. Ich mache auch kein Geheimnis daraus. Hinter den Glockenblumen auf diesen Vorhängen ist die Hauptstraße eines Städtchens, das recht wohlhabend war, als man diese Bettknäufe schnitzte – Nairn, Kirkaldy, Dumfries, Peebles. In Wirklichkeit ist es Peebles oder Selkirk. Wenn es Selkirk ist, ist heute Mittwoch, wenn es Peebles ist, werde ich morgen in Selkirk sein, Janine.

Janine macht sich Sorgen und versucht, sich nichts anmerken zu lassen, aber sie hat schon lange versucht, sich nichts anmerken zu lassen, deshalb klingt ihre Stimme, die ungezwungen sein soll, eher heiser, als sie sagt: «Wie lange brauchen wir noch?»
«Ungefähr zehn Minuten», sagt der Fahrer, ein dicker, gutgekleideter Mann, der aufhören. Aufhören. Ich sollte mich zuerst ausziehen.

Mein Problem ist der Sex, nicht der Alkohol. Ich bin zweifellos Alkoholiker, aber kein Säufer. Ich taumele oder lalle nie, meine Selbstbeherrschung ist vollkommen, die Arbeit bleibt unbeeinträchtigt. Es ist gutbezahlte Arbeit, ich benötigte ein Diplom, um sie zu bekommen, aber inzwischen kann ich alles Nötige erledigen und sogar Fragen beantworten, ohne nachzudenken. Ein Großteil der Arbeit kann heute so erledigt werden. Wenn man die halbe Nation einer Lobotomie unterzöge, würde sie so weitermachen wie bisher. Die Politiker nehmen uns das Denken ab. Nein, tun sie nicht.
«Aber Herr Premierminister, in den letzten zwanzig Jahren haben sich Zinssatz / Inflation / Arbeitslosigkeit / Obdachlosigkeit / Streiks / Trunkenheit / Abbau von Sozialleistungen / Todesfälle in polizeilichem Gewahrsam stetig erhöht, wie wollen Sie das anpacken?»
«Ich bin Ihnen sehr dankbar für die Frage, Michael. Natürlich können wir die Dinge nicht über Nacht ändern.»
Nein, die einzigen Menschen, die heutzutage noch zu denken brauchen, sitzen an der Börse und in den Zentralkomitees einiger kommunistischer Parteien im Osten. In diesen Organisationen überlebt niemand lange ohne ein bißchen tatkräftige Arglist. Wir übrigen tun, was uns befohlen wird, und folgen

unseren Führern, und das gehört sich auch so. Was wäre die Folge, wenn die Mehrzahl der Menschen versuchte, zu ihrem eigenen Nutzen intelligent zu handeln? Anarchie. Einige Gewerkschaften versuchen das. Man lese, was die Zeitungen über sie schreiben. In Rußland sind Gewerkschaften verboten. Was sollen wir also mit dieser Intelligenz tun, die wir nicht benötigen und nicht benutzen können? Sie betäuben. Valium für Hausfrauen, Leimgeschnüffel für Schulkinder, Hasch für Halbwüchsige, südafrikanischen Fusel für die Arbeitslosen, Bier für die Arbeiter, Spirituosen für mich und solche Leute, wie ich sie vor fünfzehn Minuten unten zurückgelassen habe. Aber wenn ich versuche, mich an diese Leute zu erinnern, fallen mir sofort mehrere Salonbars ein, alle mit der gleichen Holztäfelung, den gleichen Wärmpfannenimitationen und einer Tür zu einer Eingangshalle, die auf eine Straße in Dundee, Perth oder Peebles hinausgeht, und alle mit Besuchern, die sagen:
«Und jeden Monat machen wir eine förmliche Revision, und zwar gründlich.»
«Eine förmliche Revision?»
«Ja. Eine förmliche Revision.»
«Sie wissen ja, aus welchem Holz ich bin. Am Morgen hab ich 'ne Idee, am Nachmittag denk ich drüber nach. Am nächsten Tag bestelle ich die Materialien, und bis zum Wochenende ist die Arbeit getan. Und wenn mir jemand in den Weg kommt, schieb ich ihn beiseite. Ich schieb ihn einfach beiseite.»
«Aber Sie sind reell. Sie sind reell. Deshalb respektiert man Sie.»
«Mir ist egal, an was sie glauben, solange sie die Pille nehmen.»
«HAHAHAHAHA. HAHAHAHAHA.»
Menschen, die reden, verraten sich ständig. Ich rede nicht. Ich stehe da und höre ihnen zu, bis ihre Stimmen zu einem fröhlichen Lärm werden, und dann will ich Ruhe. Ich will in mein Bett, und ich will Janine.

Janine macht sich Sorgen und versucht, sich nichts anmerken zu lassen, aber sie hat seit langem versucht, sich nichts anmerken zu lassen, deshalb ist ihre Stimme rauh, als sie fragt: «Wie lange brauchen wir noch?»
«Ungefähr zehn Minuten», sagt der Fahrer, ein dicker, gut-

gekleideter Mann namens Max, der mit jeder verstreichenden Minute zufriedener aussieht. Er nimmt eine Hand vom Lenkrad und tätschelt beruhigend ihren Schenkel.

Sie zuckt zusammen, und ein Weilchen später sagt sie: «Das hast du schon im Büro gesagt, bevor wir losfuhren.»

«Ich hab keinen Zeitbegriff, das ist mein Problem. Aber mach dir meinetwegen keine Sorgen, mach dir Sorgen wegen Hollis.»

«Wieso? Wieso sollte ich mir wegen Hollis Sorgen machen?»

«Hollis ist der Unterhaltungschef, und du willst den Posten, oder? Aber mach dir keine Sorgen, du wirst ihn schon kriegen. Du bist genau richtig angezogen für Hollis.»

«Mein Agent hat mir geraten, mich so anzuziehen.»

«Für deinen Agenten ist Hollis wie ein offenes Buch.»

Aber Janine ist nicht zufrieden damit, wie die weiße Seidenbluse die Form ihrer ich *darf* nicht an Kleidung denken, bevor ich mir Janine selbst vorgestellt habe. Aber Kleidung drängt sich immer wieder vor. Ist mir die Kleidung von Frauen lieber als ihr Körper? O nein, aber ich ziehe ihre Kleidung ihrem Verstand vor. Ihr Verstand sagt mir dauernd: Nein danke, nicht anfassen, geh weg. Ihre Kleidung sagt: Sieh mich an, begehre mich, ich bin aufregend. Es wäre widernatürlich, ihre Kleidung nicht ihrem Verstand vorzuziehen. Unten in der Salonbar hatte eine Frau, nicht jung, aber hübsch, zugeknöpfte Taschen an Brust, Schenkeln und Hintern, die meine Hände einzuladen schienen, herumzufummeln und sie überall aufzuknöpfen. Mir gefallen die Kleider, die Frauen heute tragen. Als ich jung war, trugen die meisten Mädchen helle Röcke und Kleider, die sie, nahm man ihre Größe, ihr Haar, ihre Brüste und ihre Stimmen dazu, wie überlegene, zartere Geschöpfe wirken ließen. Mir ist es lieber, wenn sie sich wie Cowboys, Zimmerleute und Soldaten anziehen. Jeans, Latzhosen, Stiefel und Kampfanzüge sehen an ihnen nicht praktisch aus, aber sie deuten an, daß sie bereit sind, sich mit uns Männern im Schmutz zu wälzen. Manche Männer – die erfolglose geile Sorte (aber das sind wir alle) – werden wütend auf Frauen, die erregende Kleidung tragen, und meinen, daß sie verdienen, was ihnen zustoßen könnte. Dabei denken sie natürlich an Vergewaltigung. Ich stimme ihnen nicht zu, aber ich weiß, weshalb sie dieser Meinung sind. Sie hassen es, sich von Frauen erregen zu lassen, die sie nicht besitzen können.

Aber mich lassen wirkliche Frauen kalt, weil ich eine schmutzige Phantasie habe. Ich habe Janine, Superb, Big Momma und Helga. Außerdem habe ich einen Sinn für Gerechtigkeit. Ja, ich brauche die Gerechtigkeit auf meiner Seite. Wenn Janine verdienen soll, was ihr zustößt, muß sie mehr tun als nur eine Seidenbluse tragen, die die Form ihrer etcetera. Siehe oben.

Barfuß ist Janine etwas kleiner als die meisten Frauen, doch in Schuhen ist sie etwas größer als die meisten Männer und aus beträchtlicher Entfernung sexuell taxierbar: schlanke Taille und Knie, schmale Handgelenke, dralle Hüften und Schultern, große etcetera und dunkles, üppiges Haar, kostspielig zerzaust. Sie ist auf fragmentarische Weise klug, eine schlechte Menschenkennerin, aber gut darin, ihre Wirkung auf Menschen einzuschätzen. Mit Make-up kann sie in fast jedes weibliche Klischee schlüpfen, von der naiven Heranwachsenden bis zur kühlen Aristokratin. Jetzt sieht sie aus wie Jane Russell in einem Film aus den Vierzigern, *Geächtet*: Blick dunkel und anklagend, Lippen schwer und verdrossen. Sie sieht verdrossen über einen Schreibtisch hinweg ihren Agenten an, der sagt: «Janine, du bist wunderbar, wenn du den Mund hältst. Du bist großartig in Rollen, in denen du nicht zu sprechen brauchst. Aber du wirst nie, nie, nie 'ne Schauspielerin werden.»
Sie starrt ihn noch ein bißchen länger an und erwidert dann leise: «Letzte Woche hast du mir was anderes erzählt.»
«Letzte Woche war mein Urteil getrübt von deinen... offensichtlichen Reizen. Tut mir leid.»
Er zuckt die Achseln, doch es scheint ihm gar nicht so leid zu tun. Er bietet ihr eine Zigarette an. Sie nimmt sie, ignoriert aber sein hingestrecktes Feuerzeug und benutzt statt dessen ein Streichholz aus ihrer Handtasche. Sie inhaliert sorgsam und sagt: «Ja, wir haben in den letzten paar Tagen viel zusammen angestellt. Deine Frau hat dich wohl nicht oft zu sehen gekriegt, Charlie. Wie geht's ihr?»
«Janine, ich hab versucht, dir Arbeit zu besorgen, das weißt du doch. Aber wer will schon eine sprechende Schauspielerin, die nur einen einzigen Tonfall zur Verfügung hat?»
«Ich habe nach deiner Frau gefragt, Charlie. Du hast sie vor drei Monaten geheiratet, erinnerst du dich? Deine zweite Frau. Was zahlst du der ersten an Alimenten?»

«Hör zu, Janine, ich bin dein Freund...»
«Das freut mich, Charlie», sagt sie und nennt eine Geldsumme. Sie fährt fort: «Gib mir gleich 'nen Scheck, damit ich ihn einlösen kann, bevor die Banken schließen. Das wird mich ganz genau einen Monat lang davon abhalten, deine Frau anzurufen. Und wenn du mir bis Ende des Monats keine gut bezahlte Arbeit verschaffst, werde ich noch einen Scheck über die gleiche Summe wollen. Du kannst das als Versicherungsprämie gegen neue Unterhaltszahlungen betrachten.»
Sie verläßt sein Büro mit dem Scheck in der Handtasche. Als sie an der Tür ist, sagt er langsam: «Janine, darf ich dich heute abend treffen?»
«Sieh an, Charlie, du interessierst dich immer noch für mich, wie lieb. Aber wenn du ein Callgirl brauchst, mußt du von jetzt an draufzahlen, und das kannst du dir nicht leisten. Also fahr am besten nach Hause zu deiner Frau.»
Sie triumphiert, dieses liebe kleine Mädchen, man sollte ihr den Hintern versohlen. Dem Agenten auch, aber er interessiert mich nicht, er ist nur dafür da, Janine glaubhaft zu machen. Ich habe mich getäuscht, als ich sagte, daß ich die Gerechtigkeit auf meiner Seite haben muß – Rache muß ich haben. An einer Frau. Rache wofür? Die Antwort auf diese Frage hat nichts mit der vergnüglichen Ausdehnung des Penis zu tun. Ich will mich nicht an meine Ehe erinnern. Ich werde noch ein Schlückchen Dummheit in den Mund dieses Kopfes gießen. Der kritische Teil dieses Gehirns ist heute abend zu aktiv.
Der Sex ist mein Problem, oder wenn nicht, dann verbirgt er das Problem so vollständig, daß ich nicht weiß, was es ist. Ich möchte mich an einer Frau rächen, die es nicht wirklich gibt. Ich kenne mehrere wirkliche Frauen, und wenn sie meiner sträflich schönen Janine zu nahe kämen, wäre ich so beschämt, daß ich sie retten würde. Als Junge rettete ich sie dauernd, sie existierte hauptsächlich zu diesem Zweck. Wenn ich sie aus der römischen Arena, aus der Hand von Piraten oder der Gestapo befreit hatte, verschwand sie. Ich konnte nicht mehr an sie glauben. Damals war sie ein anständiges Mädchen wie die Mädchen in meiner Schulklasse, und auch ich war anständig. Aber die Eier senkten sich in mein Skrotum, die feuchten Träume begannen, ich ahnte vage, was wo hinzustecken ist, und nun hat Janine mit den attraktiven Frauen, die ich kenne, nur noch eins gemeinsam:

Sie bleibt nie lange bei mir, wenn sie abhauen kann. Aber sonst ist sie einfach phantastisch: durch und durch sexy, berechnend und selbstsicher. Wirkliche Frauen können einem Mann gegenüber wohl sexy und berechnend sein, wenn sie ihn nicht lieben, aber sie sind sich ihrer selbst nie sicher. Im tiefsten Inneren sind sie wie ich, verängstigt. Deshalb müssen sie sich an etwas festhalten. Wenn Frauen oder Männer Zärtlichkeit oder Geld verschenken, und zwar sorglos, ohne für die Zukunft zu planen, sind sie (die recht unschön und wenig sexy sein können) sich in diesem Augenblick ihrer selbst ganz sicher. Die Narren glauben wahrscheinlich, daß sie nie sterben werden. Aber ich lasse eine Welt entstehen, in der Janines Agent einen Tag später anruft und in munterem, dringlichem Ton sagt: «Möchtest du einen Millionär kennenlernen?»

«Weiter, Charlie.»

«Nicht weit vor der Stadt ist ein Country Club, nur männliche Mitglieder, aber seriös. Und exklusiv. Nur bedeutende Anwälte und Immobilienhändler können beitreten – Männer, die sich ab und zu bei einer Runde Golf etcetera von Frau und Kindern erholen wollen.»

«Was heißt etcetera?»

«Sauna, Massage und gutes Essen.»

«Sind auch Frauen bei diesem seriösen Männerclub angestellt?»

«Deshalb rufe ich dich an. Der Unterhaltungschef des Clubs hat ein paar Weiber unter Vertrag genommen, die scharfe Vorstellungen abziehen sollen. Aber es sind Amateurinnen, und niemand dort kennt sich mit dem echten Showbusiness aus, deshalb hat sich der Manager an mich gewandt. Ich hab ihm versprochen, eine Profikünstlerin zu finden, die fünf oder sechs Wochen lang mit diesen Mädchen übt, damit sie 'ne saubere Nummer hinlegen.»

«Was zahlt er?»

Charlie antwortet. Sie sagt: «Aber... aber, für soviel Geld können sie doch kriegen, wen sie wollen! 'ne Berühmtheit, meine ich.»

«Honey, sie wollen jemanden, der tüchtig ist und niemanden auf sie aufmerksam macht. Denk an die Frauen und Kinder. Ich hab ihnen gesagt, daß ich die Regisseurin von *Im Stacheldraht gefangen* kriegen könnte, eine sehr diskrete Lady.»

«Aber ich habe doch nicht Regie...»

«Natürlich hast du dabei nicht Regie geführt, aber das wissen die doch nicht. Der Name des Regisseurs erschien nicht im Nachspann, weil's keinen Nachspann gab. Komm heute nachmittag um drei ins Büro und laß dich dem Clubmanager vorstellen. Wenn du ihm gefällst, wird er dich einladen, dir den Laden anzugucken.»
«Hm... Wie soll ich mich für ihn anziehen?»
Er erklärt es ihr. Sie sagt: «Keine echte Regisseurin zieht sich so an!»
«Honey, ich hab dir doch gesagt, diese Burschen verstehen nichts vom Showbusiness. Zieh dich so an, und sie werden dich so eifrig begaffen, daß sie keine Fragen stellen können.»
«An der Sache ist was faul, Charlie.»
«Keine Sorge, Janine, ich find eine andere.» Und er hängt ein.

Manager. Showbusiness. Honey. An der Sache ist was faul. Die Leute sind Amerikaner. Vielleicht Jahre hinter der Zeit zurück, aber Amerikaner. Ich kann's nicht ändern. Von Selkirk aus gesehen ist Amerika das Land der unbegrenzten pornographischen Möglichkeiten. Weil es die reichste Nation der Welt ist? Nein. Es gibt weniger Armut und mehr sexuelle Freiheit in Skandinavien und Holland. Es liegt daran, daß meine kostbarsten Phantasien aus Amerika stammen, von Cowboys und Indianern über Tarzan bis zu ... *Das dreckige Dutzend*? *Apocalypse Now*? Ich habe vergessen, seit wann ich keine neuen Phantasien mehr benötige.
«Keine Sorge, Janine, ich find eine andere.» Und er hängt ein.
Sie wählt sofort seine Nummer, doch die Leitung ist besetzt. Drei Minuten lang wählt sie immer wieder und kommt endlich durch. «Charlie, ich habe gesagt, an der Sache ist was faul, aber das heißt nicht, daß ich nicht interessiert bin. Für soviel Geld bin ich natürlich interessiert!»
«Freut mich zu hören. Du hast Glück. Ich hab versucht, Wanda Neuman zu erreichen, aber sie ist nicht zu Hause. Also gut, sei um elf Uhr hier.»
«Charlie, du hast von einem Millionär gesprochen.»
«Stimmt. Es gibt ein paar davon im Club. Also zieh dich so an, wie ich gesagt habe.»
«Wie heißt dieser Club?»
Aber er hat schon wieder eingehängt.

Vier Stunden später macht Janine sich Sorgen und versucht, sich nichts anmerken zu lassen, aber ihre Stimme ist rauh, als sie sagt: «Mein Agent hat mir geraten, mich so anzuziehen.»
«Für deinen Agenten ist Hollis wie ein offenes Buch.»
Aber Janine ist nicht (nun zur Kleidung) zufrieden damit, wie die weiße Seidenbluse die Form ihrer etcetera ich meine BRÜSTE betont; die Seidenbluse reicht nicht ganz bis zu dem dicken Ledergürtel, der den weißen Minilederrock nicht hält; er hängt in den Schlaufen um den Hüftbund des von ihren Hüften gehaltenen Rocks. Der ist aufgeknöpft bis hinauf zum Ansatz ihrer schwarzen Netzstrümpfe, deren Maschen weit genug sind, daß man drei Finger hineinstecken kann.
Ich HASSTE Kleidung, als ich jung war. Meine Mutter ließ mich viel zuviel davon tragen, hauptsächlich Jacken und Mäntel. Wenn ich klagte, es sei mir zu heiß, antwortete sie, das Wetter könne jeden Moment umschlagen; *sie* wolle mich nicht mit einer schweren Erkältung zu Hause liegen haben. Ich hatte drei Kategorien von Anzügen. Der beste, neueste, war für den Sonntag und Verwandtenbesuche bestimmt. Der zweitbeste Anzug war für die Schule, der drittbeste für «stürmische Spiele». Ja, sie erwartete, daß ich an Spielen teilnahm, aber ich mußte zuerst immer heimkommen und mich in meinen ältesten Anzug zwängen, und der war oft zu klein, als daß ich bequem darin hätte herumlaufen können. Kinder spielen natürlich am häufigsten auf dem Heimweg von der Schule oder auf dem Spielplatz, so daß diese Kleidervorschrift meine potentiellen Kontakte einschränkte. Wir wohnten in einem Bergbaustädtchen, wo viele Jungen Latzhosen zur Schule trugen und spielen konnten, wann es ihnen gefiel.
Ich beneidete sie. Im Sommer gingen manche von ihnen nach der Schule nicht einmal nach Hause, sondern streiften in Banden durch die ländliche Umgebung, angelten, kletterten auf Bäume, legten sich mit Bauern an und kamen bei Sonnenuntergang heim, um ihr Abendessen – Brot und Käse – hinunterzuschlingen. Ihre Mütter (dachte meine Mutter) versorgten sie nicht, wie es sich gehörte. Wenn das Abendessen beendet und mein Vater zu einem Gewerkschaftstreffen gegangen war (er arbeitete als Zeitnehmer am Füllort und war ein überzeugter Gewerkschafter), begann ich immer meinen zweitbesten Anzug gegen den ältesten auszutauschen, und dann sagte meine

Mutter gewöhnlich: «Hast du schon deine Hausaufgaben gemacht?»
«Nein. Ich mach sie, wenn ich zurückkomme.»
«Warum nicht jetzt, solange du noch munter bist?»
«Die Sonne scheint, es ist ein schöner Abend.»
«Du willst also unbedingt Kohle hauen, wenn du erwachsen bist?»
«Nein. Aber es ist ein schöner Abend.»
«Hm!»
Und sie verstummte. Ihr Schweigen lastete immer sehr schwer auf mir. Ich konnte mich nie unter ihm hervorarbeiten. Ich konnte sie nie mit diesem Schweigen allein lassen, das wäre grausam gewesen. Trübsinnig holte ich die Schulbücher hervor und breitete sie auf dem Küchentisch aus. Sie saß mit einer Stickerei oder Näherei am Feuer, und wir waren an gegenüberliegenden Seiten des Zimmers beschäftigt. Das Radio spielte ganz leise («und nun leiten die Klänge von *Kate Dalrymple* über zu Jimmy Shand und seiner Band mit dreißig Minuten schottischer Volksmusik»). Es wurde heller im Zimmer. Später kochte sie eine Kanne Tee und stellte auf den Tisch neben mir leise eine Tasse mit Milch und Zucker; auf der Untertasse lag ein Schokoladenkeks. Ohne die Augen von den Büchern zu heben, murrte ich, um zu zeigen, daß ich nicht so leicht zu besänftigen war, aber in Wirklichkeit war ich überaus glücklich. Meine glücklichsten Augenblicke habe ich mit dieser Frau verbracht. Sie zwang mich, im Haus zu bleiben, aber sie mischte sich nie in meine Gedanken ein. Zwischen den Seiten eines Buchs bewahrte ich einen Zeitungsausschnitt auf, durch den sich mein Geist unzählige Meilen entfernte: eine Anzeige für *Geächtet* – BÖSE! BITTER! BRILLANT! – über einem Foto von Jane Russell, deren Bluse von beiden Schultern geglitten war und die sich ins Stroh zurücklehnte und mich mit einladendem Trotz anfunkelte.
Meine Gefühle waren mehr als sexueller Natur. Ich verspürte Dankbarkeit und staunte über mich selbst. Ich begriff, daß sonst niemand von all den herrlichen Dingen wußte, die ich besaß. Das saubere, aufgeräumte Zimmer, das Klicken der Nadeln meiner Mutter, Jane Russells glatte Schultern und ihr aufreizender Mund, das Abendsonnenlicht über der Stadt an der Flußbiegung, wo die Söhne der Bergleute mit der Hand

Forellen fingen, ein Atompilz im pazifischen Himmel über dem Bikini-Atoll, Jimmy Shands Musik und der Geschmack eines Schokoladenkekses – all das gehörte nur *meinem* Geist und keinem anderen. Ich war unermeßlich. Sicher würde ich eines Tages alles tun können, was ich wollte. Ich hielt es für wahrscheinlich, daß ich Jane Russell heiraten würde. Damals war ich zehn oder zwölf Jahre alt und glaubte, daß Sex und Ehe fast das gleiche wären. Nun bin ich beinahe fünvergessen wir das vergessen wir das vergessen wir das wo hatte ich Janine zurückgelassen?

In einem schnellen Auto, in dem sie ihre Angst zu unterdrükken sucht, mit ihren verletzlichen Brüsten in einer weißen Seidenbluse, ihrem zugänglichen Arsch in einem Lederminirock, ihren wohlgeformten Schenkeln Beinen Füßen in schwarzen Netzstrümpfen und – ah! – weißen, oben offenen Schuhen mit Pfennigabsätzen. In ihnen kann Janine nur auf Zehenspitzen stehen, sie muß den Hintern heben und zusammenkneifen, die Schultern zurückpressen, das Kinn recken. Jeder der beiden Schuhe ist mit drei schmalen weißen Riemen mit kleinen Goldschnallen geschnürt; die Riemen werden gerade über die Zehen, dann diagonal über den Spann gebunden und umgeben den Knöchel, so daß Janine (wie glücklich ich bin) sie nicht abstreifen, die Tür aufreißen und weglaufen kann, wenn das Auto langsamer wird oder anhält. Das Auto wird tatsächlich ein wenig langsamer, biegt von der Autobahn auf eine Seitenstraße ab und fährt durch eine Tannenschonung, die einen sehr kalten Schatten wirft. «Sind fast da!» sagt Max fröhlich. Das Auto hält vor einem hohen Tor in einem Sicherheitszaun. Durch den Draht kann Janine ein Pförtnerhaus und einen Flecken Sonnenlicht erkennen, wo ein Mann mit Shorts, Unterhemd und Schirmmütze in einem Liegestuhl döst. Max drückt auf die Hupe. Der Mann steht auf, blinzelt zum Auto hinüber, begrüßt Max mit einer Geste und betritt das Pförtnerhaus.

«Was für ein Country Club ist *das* denn?» fragt Janine und mustert ein Schild an dem Tor. Darauf steht der Name eines Regierungsbezirks und FORENSISCHE FORSCHUNGSVEREINIGUNG. FÜR UNBEFUGTE BETRETEN VERBOTEN. WACHHUNDE. GEFAHR.

«Ein reicher», sagt Max. «Unsere Mitglieder sind hauptsächlich

Anwälte und Polizisten, deshalb geben wir aus Steuerersparnisgründen vor, was Nützliches zu tun.»
«Raffiniert!» sagt Janine und lächelt zum erstenmal an diesem Tag.

Das Tor knackt und schwingt nach innen. Das Auto läßt das Pförtnerhaus hinter sich, taucht aus den Bäumen auf und fährt auf einen uneingezäunten Weg, der sich über einen Golfplatz windet. Winzige Gestalten bewegen sich auf einem fernen Grün neben einem weißen Gebäude mit Fenstern, die in der Nachmittagssonne funkeln. All dies wirkt so unerschütterlich und so teuer – ist genau das, was Janine will –, daß sie vor Erleichterung leise seufzt und denkt: ‹Ich bin Schauspielerin, deshalb kann ich nicht anders, als mir Dinge vorzustellen. Max, der Lümmel, ist erregt, der Lümmel, weil ich sexy bin, aber das ist natürlich, es brauchte mich nicht zu beunruhigen. Habe ich geschwitzt?› Sie zieht eine Puderdose aus der Handtasche, wirft einen unverwandten professionellen Blick auf ihr Gesicht im Spiegel und legt die Dose zurück, wobei sie denkt: Alles in Ordnung. Max lacht glucksend.
«Gib's zu», sagt er, «vorhin dachtest du, ich wäre ein Vergewaltiger, der mit weißen Sklavinnen handelt, stimmt's?»
«Na ja, dieser Club sollte doch kurz vor der Stadt sein. Und das ist er schließlich nicht.»
«Ich kann Entfernungen schlecht schätzen, weil meine Arbeit verlangt, daß ich viel unterwegs bin.»
Aber Janine ist nicht an Max und seiner Arbeit interessiert. Sie fragt: «Wie viele Mitglieder hat euer Club?»
«Zwölf.»
«Zwölf? Aber ... ich meine ...»
«Lächerlich, was? Das Personal übertrifft uns an Zahl fast um das Fünffache. Aber das gefällt uns. Wir können's uns leisten.»
Die Vorstellung solchen Reichtums macht Janine beinahe schwindelig. Das Auto hält auf einem Granitschotterbett vor mehreren breiten weißen Stufen. Max ist schnell auf den Beinen, steigt aus, öffnet den Schlag an ihrer Seite und will ihren Arm nehmen, aber Janine verzichtet darauf, denn nun freut sie sich über ihre Schuhe. Nicht viele Frauen wären in der Lage, mit fünfundzwanzig Zentimeter hohen Absätzen würdevoll Trep-

pen zu steigen. Janine kann es, und als sich die Glastüren oben automatisch öffnen, tritt sie mit festem Schritt auf den blauen Teppich des Clubfoyers und hat das Gefühl, Applaus verdient zu haben. Vielleicht deshalb hat der Mann, der auf sie zukommt, dieselbe Wirkung wie eine Beifallssalve. Er ist stämmig (nicht dick wie Max), nüchtern und teuer gekleidet, und er lächelt sie an, nicht auf jungenhaft-geile Weise (wie Max), sondern mit der reifen Bewunderung eines Mannes, der sie genau so zu schätzen weiß, wie sie selbst es tut. Er schüttelt ihr die Hand und sagt ruhig: «Miss Janine Crystal.»

«Mr. Hollis?»

Max lacht laut und ruft: «O nein, das ist unser Vorsitzender, Bill Stroud.»

Stroud erklärt: «Unser Unterhaltungschef ist noch nicht ganz so weit. Ich möchte mit Ihnen über Ihr Honorar sprechen und Ihre Fragen beantworten, bevor Sie mit Hollis zusammenkommen. Aber ganz zuerst: Drinks und vielleicht Lunch? Möchten Sie einen Waschraum aufsuchen?»

«Danke, nicht nötig. Und ja, Lunch wäre mir lieb, wenn Sie nichts dagegen haben. Und... toll. Einfach toll, das hier ist wirklich was Besonderes.»

Eine weitere Glastür hat sich geöffnet, und sie gehen stop. Stop. Ich will Max loswerden. Stroud sagt: «Max, du lachst zu laut. Du hast Miss Crystals Gesellschaft heute lange genug genossen. Ich bin sicher, daß du in der Turnhalle jemanden findest, der dich amüsiert.»

Max' Gesicht wird ausdruckslos. Er nickt Janine unmerklich zu und entfernt sich rasch. In der Turnhalle steht Big Momma mit nein nein nein nein keine Abkürzungen. Nimm den Umweg. Vielleicht bin ich noch stundenlang wach.

Eine weitere Glastür hat sich geöffnet, und sie (Stroud und Janine) gehen über den weichen grünen Teppich eines runden Zimmers, das zum Himmel offen zu sein scheint, denn die Glasdecke ist nur leicht getönt, um das Gleißen der Sonne zu mildern. Dort stehen niedrige Couchtische mit Zeitschriften und Sesseln, und an einer Seite sind ein paar kleine Restauranttische. Einen Teil der Wand nimmt eine Cocktailbar ein, an der ein Mann auf einem hohen Hocker mit einer Kellnerin plaudert.

Ansonsten scheint der Raum von Palmen und hohen Gräsern gesäumt, die sich über den Teppich neigen, und als Janine und Stroud sich an einen Tisch setzen, der mit Bestecken für zwei Personen gedeckt ist, bemerkt sie, daß die Tür hinter Grün verborgen ist. Sie denkt: ‹Es ist wie im Traum. Als säße ich in einem Dschungel.› Warum zum Teufel braucht Janine diese ganze Innenarchitektur? Ich brauche sie nicht. Man erwartet von mir, daß ich auf meinen Reisen in erstklassigen Hotels wohne, aber ich wähle immer kleine Pensionen wie diese. Dadurch spare ich kein Geld, denn meine Firma bezahlt die Rechnungen, aber ich fühle mich in kleinen Hotels wohler. Vor Jahren nahm mich ein Kunde in London zu einem Arbeitsessen mit ins «Athenaeum», oder war es der «Reform Club»? Jedenfalls hatte man da Kronleuchter, Marmorsäulen, echte Ledersessel, eine Kuppel (glaube ich) und Kellner in Abendkleidung. Ich gab mich ganz ruhig, doch innerlich war ich verhärtet, aufmerksam, kritisch. Janine gibt sich ebenfalls ruhig, doch innerlich erwärmt sie dieser Luxus, er stimmt sie milde, sie ist begeistert davon, und ich verachte sie deshalb. Nein, das nicht, aber ich würde sie gern verachten. Sie hat kein Recht, sich über Dinge zu freuen, über die ich mich nicht freuen kann. Sie sagt laut: «Es ist wie ein Traum. Als säße ich in einem Dschungel.»
«Ein bequemer Dschungel», meint Stroud und reicht ihr eine Speisekarte. «Nicht alle Räume des Clubs sind so bequem.»
Die Speisekarte ist in französischer Sprache abgefaßt. Sie gibt sie zurück und sagt freundlich: «Bitte, wählen Sie für uns beide. Mir gefällt alles, was gut ist.»
Stroud sagt: «Sollen wir anfangen mit...»
Ich kann kein Französisch, weshalb soll ich zitieren, was Stroud sagt? Ich verliere das Interesse. Trinken. Denken.

Was dachte meine Mutter, während wir an entgegengesetzten Enden der Küche saßen und sie strickte und ich Gewinn- und Verlustrechnungen mit dem stürmischen Werben um Jane Russell verband? Ich habe mich bisher nie gefragt, was in ihrem Kopf vorging. Sie war eine hochgewachsene, recht stille Frau. Alle Nachbarn vertrauten ihr, sogar diejenigen, die einander nicht leiden konnten. Sie hatte ausgeprägten Humor, doch sie hörte ihren Worten sorgfältig zu und ließ sich nur selten etwas entschlüpfen. Während ich in ihrer Nähe arbeitete und sinnierte,

waren meine Gefühle der Harmonie, des Luxus unglaublich stark, und ich bin heute fast sicher, daß sie mir bewußt Träume eingab, Träume von Macht und Besitz und einem weitgespannten Leben. Sie selbst meisterte ihr Leben ohne Probleme, soweit ich es erkennen konnte, aber sie hatte nicht viel Spaß daran. Weshalb glaube ich das? Sie sprach mit mir nur über meine Hausaufgaben und darüber, welche Kleidung ich zu tragen hatte. Abgesehen von einem Freitagnachmittag, als ich aus der Schule kam und sie sich an der Tür fröhlich von ihren engsten Freundinnen verabschiedete – von fünf Frauen, die ich «Tante» genannt hatte, als ich kleiner war. Sie hatten einen dieser kurzen Teeklatsche hinter sich, wie Frauen sie damals füreinander abhielten. Meine Mutter war stiller als sonst, während sie die Tassen wegräumte, dann murmelte sie plötzlich mit tiefer, wütender Stimme: «Ich hasse die verdammten Weiber.»
Ich war verblüfft. «Weshalb?»
«Hast du sie je reden hören?»
Ich antwortete nicht. Von Kindesbeinen an hatte ich sie über ihre Kinder, Ehemänner, Rezepte, Schnittmuster und Liebesgeschichten in *Woman's Own* und *People's Friend* reden hören. Was sie sagten, interessierte mich nicht, doch das Geräusch bildete eine beruhigende Kulisse und gefiel mir besser als die männlichen Gespräche über Sport und Politik, die ein abruptes, streitbares, bedrohliches Geräusch erzeugten. Aber ich bemerkte nur dieses eine Mal, daß meine Mutter nicht völlig zufrieden war, bevor sie o denk nicht dran denk nicht dran denk nicht dran.

Heute weiß ich, daß sie an zuviel Energie und Intelligenz litt. Ein Zimmer und eine Küche zu säubern, einen Mann und einen Sohn zu bedienen, die Nachbarinnen zu unterhalten, nahm sie nicht in Anspruch. Ich bezweifle, daß es sie in Anspruch genommen hätte, in einem Geschäft oder als Sekretärin zu arbeiten. Oder herumzureisen und die Installation von Sicherheitssystemen zu beaufsichtigen, wie ich es tue. Heutzutage hört man eine Menge Unsinn über «Erfüllung am Arbeitsplatz», als ob die breite Masse so etwas haben könnte. Was die meisten Arbeiten erträglich (keine Rede von Erfüllung, bloß erträglich) macht, sind zusätzliche, berauschende Ingredienzien wie: Pop-Musik über Lautsprecher, ein Gehaltsscheck, Aussicht auf

Beförderung, Hoffnung auf eine wilde Liebesnacht. Ich benutze puren Alkohol, und er beginnt wieder zu wirken. Meine beiden Köpfe fangen an, einander zuzusummen, oben und unten. Braver Penis! Braves Hündchen! Bist du wach?
– Ja Herrchen.
Wirst du Männchen machen und wieder um Fleisch betteln?
– Ja! Wenn du mir was Appetitliches zeigst.
Stroud gibt der Kellnerin an der Cocktailbar ein Zeichen; es ist eine hochgewachsene Blondine, sie nähert sich gemächlichen Schrittes, was die Bewegungen ihrer Hüften betont.

Die hochgewachsene blonde Kellnerin muß gemächlichen Schrittes gehen, weil ihr Rock nicht zuläßt, daß sie anders geht. Es ist ein durchgeknöpfter Rock aus weißem Satin (nein) weißem Drillich (nein) weißem Wildleder (ja) wie der Janines, aber länger und so eng, daß ihre Knie, obwohl er halb aufgeknöpft ist, langsam, eines nach dem anderen, durch den vorderen Schlitz gleiten, und Janine hört das sanfte Reiben ihrer sich aneinanderpressenden Schenkel. Aber nicht der Rock stürzt Janine in Verwirrung. Sie denkt: ‹Seidenbluse, Netzstrümpfe, hohe weiße Absätze genau wie meine, ja sogar ihr Mund und ihre Augen sind geschminkt wie meine, deshalb starrt sie mich so an. Gott, ich hasse diese frigiden Biester, die sich wie Huren anziehen und mich dann anstarren, als wäre ich Dreck.›
Aber nun zieht die Kellnerin Schreibblock und Bleistift aus ihrem Hüftbund und konzentriert sich völlig auf Stroud, der das Essen bestellt. Trotz der Größe und der Haarfarbe des Mädchens hat Janine immer stärker das Gefühl, sich *selbst* zu beobachten, was sie mit starrer, träumerischer Erregung erfüllt. Die Erregung ist mit Furcht – aber nicht viel – gewürzt. Wenn man eines Morgens vor Arbeitsbeginn zu spät erwacht, aus dem Bett springt, sich schnell anzieht, dann zur Wohnungstür eilt und sie von dem eigenen Auto blockiert findet, das mitten im Wohnzimmer steht (die Möbel sind an die Wände zurückgeschoben) – wenn man so etwas entdeckt, hat man zunächst keine Angst, sondern glaubt, noch nicht wirklich aufgewacht zu sein. Und wenn eine sorgfältige Untersuchung ergibt, daß das Auto so kompakt wie gewöhnlich und zweifellos das eigene ist, weil man die Tür mit dem eigenen Schlüssel öffnen kann, und wenn auch das Zimmer kompakt und das Tapetenmuster unverändert

ist, was es unwahrscheinlich macht, daß ein zu Späßen aufgelegter Freund plötzlich Millionär wurde und eine Gruppe von Fachleuten beauftragte, lautlos ein Loch schlagen, das Auto durchschieben und dann die Wand rasch genau wie vorher rekonstruieren zu lassen – wenn die Beständigkeit der Dinge zeigt, daß man in einer Welt wie der gewohnten ist, abgesehen von einer unerklärlichen Absonderlichkeit, dann wird nur ein Pessimist ins Bett zurückkehren und darauf hoffen, einzuschlafen und in der gewohnten, ihm verständlichen Welt aufzuwachen. Ich würde um das Auto herumgehen, die Tür öffnen und mich hinauswagen, furchtsam natürlich, wie alle Forscher in einer fremden Welt, aber auf etwas Neues und Besseres hoffend. Ich würde alles so sehen müssen wie ein Kind, mich von den Dingen selbst über ihr Wesen belehren lassen, da ich wüßte, daß mein Eindruck von ihnen sekundär und oberflächlich wäre. Weshalb verfälsche ich ein amüsantes freches Phantasiegebilde mit solchem Scheiß? Wie ein Verleger, der den gescheiten kleinen Essay eines französischen Kritikers an *Die Geschichte der O* anhängt, damit die Pornofresser denken, sie seien in erstklassiger intellektueller Gesellschaft. Die Art, wie die Kellnerin angezogen ist, löst in Janine ein seltsames, träumerisches Gefühl aus, das ist alles, was ich sagen wollte, Janine kann nicht aufhören, sie anzustarren, und als die Kellnerin davonschlendert, kichert Stroud und sagt: «Sie haßt Sie.»

«Warum?»

«Eifersucht. Sie sind wie jemand vom Personal angezogen, aber sie muß Sie bedienen, als wären Sie ein Mitglied.»

«Mein Agent hat mir geraten, mich so anzuziehen.»

«Wirklich? Schade. Ich dachte, Sie wollten zart andeuten, daß Sie hier arbeiten möchten. Das hat mir gefallen.»

Janine bemerkt eine kleine, dralle, flinke Kellnerin, die einen Mann an einem Nachbartisch bedient. Die Kellnerin kann sich flink bewegen, weil ihr Rock fast bis zur Hüfte aufgeknöpft ist. Stroud sagt: «All unsere Kellnerinnen und neuen Mädchen ziehen sich so an. Hollis ist ein Knopffetischist.»

«Sollte ich ein Interesse an Mr. Hollis' Neigungen haben?»

Stroud zieht einen Umschlag aus der Tasche und legt ihn auf den Tisch zwischen ihnen. «Vielleicht ist es jetzt Zeit, über Geld zu sprechen. Würden Sie dies öffnen und zählen, was drin ist? Wenn Sie für uns arbeiten, ist es Ihr erster Wochenlohn. Wenn

Sie beschließen, jetzt wieder abzufahren, ist es die Entschädigung für Ihre Mühe.»

Janine zögert, nimmt dann ein flaches Bündel sauberer neuer Scheine aus dem Umschlag und zählt sie. Es ist mehr Geld, als ihr Agent angedeutet hat, mehr, als Janine sich hat vorstellen können. Sie weiß, daß Stroud sie aufmerksam beobachtet. Sie denkt: ‹Wenn ich eine Katze wäre, würde ich mir die Lippen lecken, aber ich bin Schauspielerin und nicht dumm. In diesem Club muß es mehrere Millionäre geben, wenn man soviel Geld zahlt, um ein Mädchen wie mich anzustellen.›

Sie legt die Scheine zurück in den Umschlag und läßt ihre Handtasche über ihm zuschnappen. «Ich habe nichts dagegen, ein freundliches Interesse an Mr. Hollis' Neigungen zu zeigen, wenn Sie wollen.»

Stroud lächelt und sagt: «Dann wird er sich freuen, Sie jederzeit zu empfangen.»

Und ich habe diesen letzten Dialogteil ganz bewußt hier untergebracht. Später, wenn Janine in der Falle sitzt und zu entkommen versucht, wird sie sich erinnern, daß sie eine Chance hatte zu verschwinden und wegen des Geldes darauf verzichtete. Wir alle erleben einen Moment, in dem der Weg sich gabelt und wir die falsche Richtung einschlagen. Meiner kam, als Helen mir sagte, sie sei schwanger, und ich antwortete, ich müsse mir die Sache eine Woche überlegen, und später klingelte die Türglocke, und denk nicht dran ich öffnete die Tür und Mr. Hume und seine beiden Söhne marschierten direkt an mir vorbei und denk nicht dran standen in der Mitte meines eigenen Zimmers, ja, meines eigenen Zimmers und DENK NICHT DRAN. DENK NICHT DRAN.

«Sollte ich ein Interesse an Mr. Hollis' Neigungen haben?»

Das Geld. Zählen. Lippenlecken verbergen. Kühl wirken.

«Ich werde gern ein freundliches Interesse an Mr. Hollis' Neigungen zeigen, wenn Sie wollen.»

Das Essen, dann Zeit für die Probe, und Stroud geleitet sie durch einen schwach beleuchteten, mit einem braunen Teppich ausgelegten Flur zu einer Tür mit der Aufschrift *Aufenthaltsraum*. Er öffnet sie, macht einen Schritt zur Seite, um Janine vorbeizulassen, und als sie eintritt, blenden sie niedrig angebrachte Lichter, die ihr direkt ins Gesicht scheinen. Sie ahnt eine weite, dunkle Fläche zu beiden Seiten, vor sich einen Schreibtisch mit ein oder zwei Personen, die sich vor den weißen Lichtquellen abheben, ein ständiges Summen, vielleicht ein Filmprojektor? Sie blickt zurück zur Tür, die sich gerade mit doppeltem Klicken schließt. Kein Stroud. Eine Stimme ruft: «Kommen Sie rein, Miss Crystal, zeigen sie uns, wie Sie sich bewegen.»

Mit pochendem Herzen und in dem Gleißen zu Schlitzen verengten Augen geht sie auf das Licht zu und denkt: ‹Ganz ruhig. Im Auto mit Max und am Tisch mit Stroud, als ich die Kellnerin sah, fühlte ich mich genauso, aber ich blieb ruhig, und alles war in Ordnung.›

Sie hört, wie zwei geöffnete Knöpfe ihres Rocks bei jedem ihrer Schritte klicken.

«Das klingt sexy», sagt die Stimme und kichert.

‹Kühl bleiben›, denkt Janine. ‹Tu so, als wär's eine gewöhnliche Probe.›

Ende des ersten Teils.

2: DIES **IST HERRLICH.** Nie zuvor habe ich die Dinge so vollkommen unter Kontrolle gehabt. Ich habe Janine in genau dem Moment verlassen, als sie mich zu sehr erregte, und ich habe mich an keine wirkliche Person außer meiner Mutter erinnert, die meine Dramen nie verdirbt, indem sie mich beschämt. Warum nicht? Weil ich nun genau der Mann bin, der ich ihrer Meinung nach sein sollte: hoch versichert, mit einem Firmenwagen, wenn ich ihn brauche, mit Spesenkonto, dynamisch angepaßter Rente und ohne jede Beziehung zu den wirklichen Frauen, die sie verachtet hätte; Helen und Sontag und die Redakteurin und die Hure unter der Brücke und meine allererste Freundin oh, denk nicht an *sie*. Ich habe endlich völlige Sicherheit, Sicherheit bis zum Tode. Wenn es vorher keine Revolution gibt. Und es wird keine geben. Wir werden lieber in den Krieg ziehen, als eine Revolution hinzunehmen, also habe ich eine Menge Zeit (wenn ich vorsichtig bin und alles vollkommen unter Kontrolle behalte) eine Menge Zeit, all die fiktiven Frauen auf meinem geistigen Menü zu bestellen und zu kosten. Eine erstaunliche Leistung, wenn es mir gelingt. Ein geheimes Wunder, das nur mir bekannt ist.

Die meisten pornographischen Werke scheitern, weil sie nicht dramatisch genug sind. Sie haben zuwenig handelnde Personen. Der Autor denkt nur an eine einzige Art Höhepunkt – den er schnell erreicht – und kann nur das ewiggleiche mit Variationen anbieten, die nie wieder genauso erregend sind. Sogar in *Die Geschichte der O* mit ihren langen, langsamen, berauscht wirkenden Sätzen, die sich wie pelzige Schlangen sanft um die Heldin wanden, gefiel mir nichts, was nach den ersten beiden Seiten kam. Damit ich die Erregung aufrechterhalte, ohne zu masturb (ich hasse das Wort) ohne mein Pulver zu verschießen (ich hasse diese Wendung) (ich hasse das *Ding*, ich hasse den Orgasmus, ich bin einsam danach) damit ich die Erregung aufrechterhalte, muß meine Janine ihrem Höhepunkt durch eine Welt entgegenreisen, die wie ein bedrohlicher Wald ist, und kurz bevor sie ihn erreicht, muß ich mich Heldinnen in anderen Teilen des Waldes zuwenden, Frauen, die verschiedenen, aber miteinander zusammenhängenden Höhepunkten entgegenreisen. Ich mühe mich ab wie ein Historiker, der nacheinander Deutschland Großbritannien Frankreich Rußland Amerika China beschreibt, der zeigt, wie aus innenpolitischen Gründen in jedem dieser Länder Wirtschaftskrise und Angst schlimmer werden, wobei jedoch Provokationen und Drohungen aus dem Ausland für Ablenkung sorgen, bis die Regierungschefs in ihren versteckten Bunkern an die Kontrollknöpfe treten und gewisse Erklärungen abgeben, und dann beginnen die Panzer durch die Straßen zu rollen, es gibt Evakuierungen, Konzentrationslager, Explosionen, Feuerstürme, rasende Propaganda in letzter Minute und das entsetzliche Zusammengehörigkeitsgefühl der totalen Katastrophe vor dem finalen, gewaltigen, endgültigen Knall. *So* sollte sich ein großes pornographisches Werk entwickeln. Sadistisch? Das könnte es sein, wenn de Sade nicht so enttäuschend wäre. Er liefert den stets mehr oder weniger gleichen masturbatorischen Höhepunkt auf jeder zehnten Seite und füllt den Zwischenraum mit einer Menge hochgestochener Vorwände, wie etwa, daß die Natur rücksichtslos und grausam sei, weshalb also sollten wir es nicht auch sein? Blödsinn. Natur ist nichts als ein Name für das Universum und sein Verhalten. Man braucht Ideen, um grausam zu sein, und nur Menschen haben Ideen. Teile des Universums stoßen aneinander und zerbrechen sich gegenseitig, aber Stürme und Erdbeben sind nicht grausam. Nicht einmal Tiere sind grausam. Ja, Katzen verletzen Mäuse manchmal zum Spaß, doch nur weil sie verzärtelte Parasiten mit

Jagdinstinkt sind, die das, was sie jagen, nicht zu fressen brauchen. Die Menschen haben die Katzen grausam gemacht. Nur der Mensch ist schlecht. Nun also möchte ich eine meiner imaginären Mäuse in einem anderen Teil des Waldes besuchen oh, was für ein mächtiger grausamer Wildhüter ich bin.

Superb ist mein Spitzname für sie, die Abkürzung von Superbiest. Aber sie braucht auch einen gewöhnlichen Namen. Ich bin für etwas Kurzes und Derbes, wie Joan oder Terry. Sie wäscht und trocknet ihr langes schwarzes Haar und ruft dann ihre Mutter an. «Hallo, Mutter. Ich komme heute abend nicht.»

Nach einer Weile antwortet ihre Mutter: «Danke für die Nachricht.»

«Mutter, hör zu, du bist die einzige, der ich vertrauen kann. Weißt du, ich habe diesen ... diesen Mann getroffen. Er ist das Beste, was ich je erlebt habe. Er gibt mir das Gefühl, eine wirkliche ... Frau zu sein, verstehst du? Deshalb werde ich dich nicht besuchen. Ich werde drei ganze Tage lang mit ihm zusammensein.»

«Weshalb erzählst du mir das alles?»

«Weil ich möchte, daß Max denkt, ich wäre bei dir, wie verabredet.»

«Und?»

«Er könnte anrufen und mit mir sprechen wollen. Er ist lächerlich unselbständig, wenn er nicht gerade vor der Presse für schwerere Strafen für Gesetzesbrecher und größere Vollmachten für die Polizei eintritt.»

«Und was soll ich sagen, wenn er anruft?»

«Sag ihm, daß ich mich gerade hingelegt habe, häng den Hörer ein, warte ein paar Minuten, nimm ihn wieder auf und sag ihm, daß ich Kopfschmerzen habe und nicht mit ihm sprechen möchte. Er wird dir glauben. So ist unsere Ehe heute nun mal.»

Nach einer Weile sagte ihre Mutter: «Terry, ich mag Max nicht, das weißt du. Er ist ein chauvinistisches, faschistisches Schwein, wie ich dir schon sagte, als du dich mit ihm verlobtest ...»

«... und du hattest recht Mutter, und als ich ...»

«... weshalb verläßt du ihn dann nicht? Wenn die Ehe so schlecht ist, weshalb haust du nicht ab?»

«Mutter, ich habe kein Geld. Du hast Vater verlassen, aber du

bist eine Geschäftsfrau. Du bist in der Lage, für dich selbst zu sorgen.»
«Komm zu mir und arbeite für mich. Du schreibst Maschine, ich kann immer eine Stenotypistin gebrauchen.»
«Mutter, du weißt, daß das unmöglich ist. Ich kann's nicht leiden, herumkommandiert zu werden, nicht einmal von dir. Wenn Max beschließt, sich von mir scheiden zu lassen, meinetwegen. Er kann sich hohe Unterhaltszahlungen leisten. Aber er muß die Schuld bei sich selbst sehen, nicht bei mir. Er darf nicht wissen, daß ich fremdgegangen bin ... Hörst du noch zu?»
Ihre Mutter flüstert etwas. Terry sagt: «Ich hab dich nicht verstanden.»
«Egal.»
«Hast du gesagt, ich sei ein egoistisches, frigides kleines Biest?»
«Stimmt.»
«Ich bin gar nicht klein. Und auch nicht frigide. Vor zwei Wochen habe ich das noch selbst geglaubt, aber das war, bevor ich Charlie begegnete. Worauf es ankommt, kann ich mich auf dich verlassen? Wenn Max anruft, wirst du dann richtig reagieren?»
«Ich glaube schon.»
«Danke, Mutter, das ist alles, was ich wissen wollte.»
Superb hängt den Hörer ein. Zu was für einem prächtigen Biest ich sie mache.

Sie hebt die Beine aufs Bett, rückt hin und her, bis sie bequem liegt, und telefoniert von neuem. «Charlie, es geht klar. Ich komme.»
Charlie sagt: «Honey, das ist schön. Wann?»
«Ich fahre in genau sechzig Minuten ab.»
«Warum nicht gleich?»
«Ich hab da noch diesen Ehemann. Er hat's gern, wenn wir zusammen essen. Sonst tun wir nicht viel zusammen.»
«Wie siehst du aus?»
«Frisch und sauber. Ich habe gerade gebadet und trage neue Jeans. Es dauerte eine halbe Stunde, bis ich sie anhatte, ich mußte mich auf den Boden legen und ziehen und ziehen und ziehen. Sag also nicht, daß ich dich nicht liebe.»
«Und oben?»

«Nichts Besonderes. Weiße Seidenbluse.«
«Kein Büstenhalter?»
«Natürlich hab ich 'nen Büstenhalter an.»
«Liebling, du mußt ihn abnehmen.»
«Du böser verrückter Kerl!»
«Terry, wenn ich dir heute abend die Tür öffne, die Bluse ja, den Büstenhalter nein. Nimm ihn unterwegs im Wagen ab.»
«Was gibst du mir, wenn ich es tue?»
«Alles was du willst.»
«Kannst du nicht, Charlie. Du hast die Energie und die schmutzige Phantasie, aber du bist schließlich nur einer.»
Er lacht und sagt: «Du bist 'ne Komikerin, Terry. Eines Tages werd ich dich professionell auftreten lassen.»
«Hör damit auf, Charlie. Ich bin keine Schauspielerin. Die einzigen Auftritte, auf die ich mich einlasse, sind rein privat und exklusiv, wie heute nacht.»
«Aber ich werde dich überraschen. Ich werd dich in einen Profi verwandeln. Und es wird dir großen Spaß machen.»
«Charlie, ich muß auflegen. Max kann jeden Moment kommen. Bis in genau zwei Stunden.»
«Keinen Büstenhalter, denk dran.»
Sie lacht, küßt den Hörer und hängt ihn ein. Helen redete nie so, sie war zu gehemmt.

Superb verläßt das Bett, zieht ihre silbernen Sandalen mit den keilförmigen Absätzen an, ich habe nie wie Charlie geredet, ich war zu gehemmt, zieht ihre goldenen Sandalen mit den keilförmigen Absätzen an und betrachtet sich in einem hohen Spiegel. Die Frau, die abschätzend daraus zurückblickt, ist zweifellos keine junge, aber eine sehr aufregende Frau. Sie denkt: ‹Beruhige dich. Mach das Essen fertig. Es ist zu früh, um high zu sein.› Sie geht nach unten, und Max sitzt im Wohnzimmer und starrt auf den leeren Fernsehbildschirm. Das beunruhigt sie einen Moment lang, obwohl er sehr weit von dem Telefonnebenanschluß entfernt ist. Sie sagt mit scharfer Stimme: «Ich habe dich nicht kommen hören!»
«Wieso nicht? Was hast du getan?»
«Meine Mutter angerufen.»
Sie geht in die Küche. Er folgt ihr und bleibt teilnahmslos in der Tür stehen, während sie rasch einen Salat auf den Tisch stellt.

Er sagt: «Bitte, Terry. Bleib heute nacht hier.»
«Du weißt, daß meine Mutter mich erwartet, Max.»
«Terry, ich flehe dich an, bleib dieses Wochenende bei mir.»
«Warum?»
«Ich habe das Gefühl, daß du mir aus dem Weg gehst.»
«Und wer ist daran schuld?»
«Vielleicht bin ich nicht der größte Liebhaber der Welt...»
«Stimmt, bist du nicht.»
«... aber ich bin der Mann, den du geheiratet hast. Mit etwas gutem Willen können wir doch bestimmt...»
«Mutter erwartet mich, Max. Manchmal machst du ein Wochenende lang forensische Forschungen, und ich verbringe das Wochenende mit meiner wunderbaren, mitfühlenden Mutter. Es ist zu spät, mich davon abzubringen. Mein Koffer ist gepackt und im Auto.»
Sie setzen sich hin, um zu essen. Er sagt: «Ich lasse den Wagen morgen überholen.»
«Aber du hast einen Ersatzwagen? Etwa nicht?»
«Ja, er steht in der Garage.»
«Wo ist also das Problem?»

Sie essen schweigend, aber Superb ist aufgeregt und wirft einen verstohlenen Blick auf ihr Spiegelbild in der Dunkelheit vor dem Fenster. Der Kontrast zu dem Spiegelbild des ihr gegenübersitzenden Max ist verblüffend. Sie denkt: ‹Noch nicht vierzig, nur drei Jahre älter als ich, aber schon ein müder alter Mann. Er und ich könnten verschiedenen Generationen angehören. Ich bin genauso jung wie Charlie, so wie ich jetzt aussehe. Charlie könnte jede Menge junger Frauen haben, aber er braucht sie nicht, will sie nicht, weil ich da bin. Er hat Glück. Und ich auch.›
Weshalb scheint dieser fiktive Kram so vertraut?
WICHTIGE UNTERSCHIEDE ZWISCHEN SUPERB UND MEINER FRÜHEREN FRAU.
1 Superb hat langes schwarzes Haar. Helen hat hellbraunes.
2 Superb (wenn auch nicht dick wie Big Momma) ist eine durchschnittliche, kräftige Frau mit großen etceteras. Helen war, ist, sie ist nicht tot, schlanker, eleganter, etwas abgezehrt, wenn sie niedergeschlagen ist, aber schön, als ich sie zum erstenmal sah, schön, als sie mich vor zwölf Jahren verließ.

3 Superb hat eine spitze Zunge. Helen wurde still, wenn sie beleidigt oder wütend war.
4 Superb ist ein gieriges scharfes Biest und weiß, wie sie kriegen kann, was sie will. Helen war eine sanfte Frau, die ich vergessen möchte, hatte Scheu vor Sex und kannte keine Gier (könnte ich mich darin täuschen?).
5 Superb ist ein Phantasiegebilde. Helen war wirklich. Weshalb kann ich sie nicht auseinanderhalten?
‹Noch nicht vierzig, aber schon ein müder alter Mann.›
(Und nun bin ich fast fünvergessen wir das.)
Noch nicht vierzig, aber es stimmt, Helen sah mich als müden alten Mann, der nur für seine Arbeit taugte. Sicherheitsanlagen, eine Branche mit Zukunft. Ich wirkte müde und uninteressant auf sie, weil sie müde und uninteressant auf mich wirkte. Wir brachten einander ruhig, sanft um, auf respektable schottische Art. Die Frauenmißhandler und tollwütigen Luder sind meist unter unseren Arbeitslosen und schlecht Bezahlten zu finden. Dann traf Helen Wieheißternoch und wurde jünger ja und schön ja, und ich interessierte mich wieder für sie als denk nicht dran.

Sie handelte richtig, als sie mich verließ, aber denk nicht dran, denn Superb ist ein gieriges Biest mit langem schwarzem Haar und einem kräftigen sinnlichen Körper, dessen Arschbacken tief gespalten sind, und sie trägt enge Jeans, die das zeigen, und sie denkt: ‹Charlie könnte jede Menge Püppchen haben, aber er braucht sie nicht, weil ich da bin. Ja, ich werde diesen Büstenhalter im Wagen abnehmen, wie er gesagt hat, das verdient er, wir werden uns treffen und keine Zeit mit langweiligen Vorbemerkungen verschwenden wie: Was hast du heute gemacht?›
Max fragt ruhig: «Wieso ziehst du dich wie eine Hure an?»
Sie mustert ihn. Er sagt ruhig: «Wieso ziehst du dich wie eine Hure an, um deine Mutter zu besuchen? Du kannst mir nicht erzählen, daß diese Jeans bequem sind.»
Mit Mühe gelingt es ihr, genauso ruhig zu sagen: «Zufällig, ja, sind diese Jeans sehr bequem. Und sehr modern. Zufällig fühle ich mich wohl darin. Tut mir leid, daß sie dir nicht gefallen. Du hast zweifellos viel mehr Huren gesehen als ich ...»
«Stimmt. Sie sehen aus wie du.»
«... Grobheiten stehen dir nicht an, Max. Du bist ein zu großes Muttersöhnchen. Und ich bin ein Muttertöchterchen. Du weißt

also, wo du mich anrufen kannst, wenn dir noch eine Beschimpfung einfällt, die ich hören soll.»

Sie steht sofort auf und öffnet die Tür zur Garage. Er folgt ihr. Sie spürt, daß ihr Gesicht gerötet ist und ihr Herz pocht, die Frage «Wieso ziehst du dich wie eine Hure an?» hallt in ihrem Kopf wider. Sie denkt daran, wie sie von hinten aussieht, während sie auf Zehenspitzen auf den Sandalen mit den hohen Absätzen stolziert und ihm den Hintern unter dem engen weißen Jeansstoff entgegenreckt. Sie hört ihn sagen: «Terry, es tut mir leid, daß ich das gesagt habe. Du siehst toll aus. Wirklich toll. Ich möchte so gern, daß du übers Wochenende bei mir bist.»

Sie bleibt stehen und sieht einen glänzenden neuen hellgrauen Mercedes an. Dann seufzt sie laut und sagt mit matter Stimme, ohne ihn anzuschauen: «Die Schlüssel.»

Er reicht ihr die Schlüssel. Sie öffnet die Tür und befiehlt: «Hol meinen Koffer vom Rücksitz des Ford.»

Sie nimmt auf dem Fahrersitz Platz. Er holt einen Koffer und legt ihn auf den Beifahrersitz. Er will etwas sagen, doch sie unterbricht ihn mit einem entschiedenen «Gute Nacht, Max».

Er hebt die Garagentür und berührt den Schalter, der das Tor am Ende der Anfahrt öffnet. Sie kann ihn im Rückspiegel sehen, wie er in der erhellten Garagentür steht, ihr nachblickt und immer kleiner wird, bis sie auf die Straße biegt, und das ist das letzte, was sie mindestens einen Monat lang von ihm sieht. Ein Monat, der wie mehrere Jahre erscheint. Aber sie hört viel früher von ihm.

Eine halbe Stunde später hält sie das Auto auf einem Parkstreifen an. Ein paar Lastwagen rasen auf der Straße vorbei, und als ihre Rücklichter verglühen, hockt sie sich nieder, knöpft die Bluse auf, streift sie ab, entfernt den Büstenhalter, streift die Bluse wieder über und macht nur die beiden unteren Knöpfe zu. Kann ich sie nun zurücklehnen und sich eine Zigarette anstecken lassen, wonach sie beim Rauchen einen Ellbogen aus dem Fenster steckt (es ist eine warme Nacht) und spürt, wie die kühle Seide ihre Brüste umspielt? Ja. Der Streit mit Max hat sie nervös gemacht, sie möchte sich beruhigen und denkt: ‹Charlie kann noch fünf Minuten länger warten. Dann wird er nur um so versessener auf mich sein.›

Wie lange kennt sie Charlie schon?
Eine Woche, und nun ist ihr Leben ein Abenteuer.
Haben sie sich schon geliebt?
Nein, und sie werden es auch nie tun, allerdings wird er, hinter einer Maske verborgen, sie in einer oder zwei Stunden vergewaltigen, wenn ich die Situation unter Kontrolle behalte.
Wo ist sie ihm begegnet?
In einem Singles Club wie dem in Motherwell, wo ich zu nervös war, um mit irgend jemandem zu sprechen. Aber Superb ist im reichen und freien Amerika. Sie wünscht sich Abenteuer und tritt einer Laienspieltruppe nein nein nein einer Yogagruppe in einer Stadt mit einem Singles Club bei. Drei oder vier Wochen später, als sie meint, daß Max sich an ihre Yogaabende gewöhnt hat, besucht sie statt dessen den Club. Charlie nähert sich. Er sagt ihr – bei mehreren Drinks –, daß er Theateragent sei, daß sie wirklich gut aussehe, und fragt, ob sie je daran gedacht habe, Schauspielerin zu werden. Sie lacht ihn aus und erwidert: «Sie brauchen mir nicht solchen Scheiß zu erzählen. Ich mag Sie auch so. Ich finde, daß Sie auch gut aussehen.»
Sind Frauen je so direkt und offen?
Britische Frauen nicht. Schottische Frauen nicht. Wir sind hier alle eingeschüchtert und frigide.
Könnte ich mich täuschen?
Ja. Selbstbewußte, taktvolle, anziehende Männer können Frauen überall zu Offenheit veranlassen. Mut ermutigt Mut. Ich hatte einmal einen guten Freund, der mich das lehrte. Niemand sonst hat mich das gelehrt. Die Eltern und Erzieher dieses verdammten Landes lehren Feigheit und treiben uns auf die sichersten Käfige mit dem saubersten Stroh zu. Hätte ich einen klugen Sohn, wäre ich entsetzt, wenn er Zeichen von Mut bewiese, besonders wenn er auch noch ehrlich wäre. Die Leute, die heutzutage zu bestimmen haben, wollen keine klugen unerschrockenen ehrlichen Männer, sie wollen Sicherheitssysteme. Ich bin klug, aber ein Feigling und so unehrlich wie wir übrigen, und ich bin nie arbeitslos gewesen.
Und meine Superb, diese Abenteurerin, raucht und erinnert sich, wie sie Charlie begegnete, und ist nicht allzu beunruhigt, als sie hört, wie ein Auto hinter ihr hält, schon gar nicht, als sie sieht, daß es ein Polizeiwagen ist.

Ein Polizeiwagen hält hinter ihr. Zwei Männer steigen aus und treten heran, die Hände auf ihre Revolver gelegt (dies ist Amerika). Aber es könnte auch Nordirland sein. Einer der beiden sagt: «Janine Crystal!»

«So heiße ich nicht.»

«Steig aus, Janine. Und achte darauf, daß deine Hände gut zu sehen sind.»

«Sie irren sich», sagt sie heftig, öffnet jedoch die Tür und steigt aus. Sie ist verwirrt, aber nicht verängstigt. Max ist Polizist. Wenn sie ihnen seinen Namen und seine Telefonnummer gibt, werden die Männer bei ihm nachfragen und sie weiterfahren lassen. Aber es wird das Wochenende verderben. Sie ist nicht auf der Straße zu dem Haus ihrer Mutter, wie kann sie das Max erklären? Der weiße Strahl einer Taschenlampe trifft ihr Gesicht. Geblendet spürt sie, wie etwas Kaltes an ihrem Handgelenk zuschnappt, das andere Handgelenk wird zurückgerissen, und mit einem weiteren kalten Schnappen sind ihre Arme auf dem Rücken gefesselt. «Schweine! Scheißkerle!» zischt sie, während der Lichtstrahl sich senkt, um ihren Körper, ihre nackten Brüste unter der gespannten Seide, nein, dem gespannten Satin zu erforschen. Sie soll auch einen langen scharlachroten Gürtel tragen, der eng um die Taille gebunden ist, so daß genug Leder übrigbleibt, um ihn noch einmal locker herumzuschlingen. Die zweite Schlinge liegt wie eine Kette auf dem Hügel ihres Bauches, der sich an den weißen Jeansstoff schmiegt. Weshalb hat man dem Bauch von Frauen, verglichen mit ihrem Hintern etcetera, nur so wenig erotische Publizität gewidmet? Die Anzeigen für Schlankheitskuren reden ihnen immer wieder ein, sie müßten einen *platten* Bauch haben. Das ist in Ordnung für Männer, ich wünschte, ich hätte einen platten Bauch, aber eine *Frau* mit einem platten Bauch? Pfui. Die anmutigste Linie der Welt war das Profil des Bauches von Denknichtanihrennamen, das sich in jäher Wölbung von ihrem Nabel nach unten neigte bis oh, ich kann nie wieder dorthin, nie nie nie wieder. Dort einzudringen war eine so süße Heimkehr, ich kann nie wieder heimkehren. Aber Superbs Schenkel, wie steht sie da? Natürlich mit gespreizten Beinen, das Gewicht hauptsächlich auf das rechte Bein verlagert. Die Jeans sind kurz und zeigen viel von ihren Knöcheln, sie hat an einem ein Paar silberne Fußreifen. Ihre goldenen, nein ihre silbernen Sandalen mit den keilförmigen Absätzen lassen die Zehen frei, so daß hell-kirschrot lackierte Nägel zu sehen sind. Ihr Gesicht? Erstaunt, wütend, wieder wie das Jane Russells, ich komme nicht um Jane herum, aber ah! gerade sind mir neue Ohrringe eingefallen. Jedes der beiden zarten Ohrläppchen wird von vier schmalen Silberreifen verschiedener Größe durchbohrt, der größte hat einen Durchmesser von achtzehn, der kleinste einen von anderthalb Zentimetern. So liebe ich sie.

So liebe ich sie, und ich wünschte, daß ich die Vorstellung, sie zu besitzen, verlängern könnte, ohne sie in immer kompliziertere und verdrehtere Positionen zu bringen. Ich wünschte, ich könnte mich durch Erinnerungen an wirkliche Liebesspiele erregen. Sontag konnte sich auf diese Weise erregen. Sie erzählte mir, daß sie masturbierte, indem sie sich streichelte und an eine schöne Begegnung mit einem früheren Liebhaber zurückdachte. Aber meine Vergangenheit ist eine mit Bedauern gefüllte Grube. Meine wenigen schönen Erinnerungen an Liebe mit wirklichen Frauen beschwören Reue und Wut über meinen Verlust herauf, der Polizist mit der Taschenlampe kichert also und sagt: «Jedenfalls versteckt sie nichts.»
Der andere meint: «Soll ich mich davon überzeugen?»
«Ja. Laß dir Zeit.»
Und obwohl Superb sich windet, flucht und spuckt, pressen sich kräftige Finger langsam in die Taschen über Gesäß und Brust – Taschen, in denen kaum Platz für eine Kreditkarte ist. Stimuliert dieser Kontakt ihre Brustwarzen? Ich bezweifle es. In Pornos richten Brustwaren sich überall und dauernd bei der leichtesten Berührung auf, aber ich kann mich nicht erinnern, daß sie sich bei meinem eigenen Liebesspiel bemerkbar gemacht hätten, nicht einmal mit Denknichtanihrennamen in jenem Sommer, als wir so emsig und glücklich waren. Moment. Die Redakteurin, ja, obwohl nicht dick, hatte so volle Brüste, daß ihre Warzen darin versanken und erst nach einer Weile wie kleine verlorene Inseln zu finden waren, jede glich der Spitze eines unterseeischen Berges in einer glatten Ozeankugel. Wenn sie entdeckt und sanft gekitzelt wurden, vergrößerten sie sich tatsächlich manchmal (nicht immer) und erhoben sich. Superb soll so wenig über ihren Körper wissen, daß sie voller Entsetzen merkt, wie ihre Brustwarzen sich unter der Berührung des

Polizisten lustvoll aufrichten. Sie gewinnt eisige Beherrschung und fragt barsch: «Sind Sie deshalb Polizist geworden?»
«Nein, Lady, das ist nur ein zusätzlicher Vorteil.»
Er läßt sie los, tritt an den Wagen und blickt hinein. Der andere spricht in ein Walkie-Talkie: «Wir haben den Wagen ganz sicher und die Frau wohl auch. Ihre Kleider entsprechen nicht der Beschreibung, aber sie könnte sich natürlich umgezogen haben.»
«He, sieh dir das an!» ruft der erste und schwenkt Superbs Büstenhalter. «Das war auf dem Vordersitz.»
«Gut, wir nehmen sie mit», sagt der Mann ins Walkie-Talkie. Walkie-Talkie klingt britisch und veraltet. Es muß eine neuere Bezeichnung dafür geben, an die ich mich nicht erinnern kann. Beunruhigend.

Sie wird auf den Rücksitz ihres eigenen Autos gestoßen, mit dem der Polizist, der sie durchsucht hat, losfährt. Ein- oder zweimal sagt sie: «Sie irren sich», und erhält keine Antwort. Sie beschließt, Max' Namen zu nennen, sobald ihr eine Geschichte dazu einfällt, wie sie den Ort ihrer Verhaftung erreicht hat, falls das Mißverständnis sich nicht auf der Polizeiwache aufklären läßt. Könnte sie nicht Charlie von dort aus anrufen, damit er kommt und aussagt, daß sie keine Frau namens Janine ist oder je war? Es besteht keine Gefahr, daß jemand auf der Polizeiwache sie kennt, denn sie hat nie zugelassen, daß Max sie seinen Kollegen vorstellte. Indessen prickeln ihre Brustwarzen, weil der Gedanke, daß eine Menge fremder Polizisten sie anstarren, Janine verlegen macht. Ist das möglich? Keine Ahnung, ich hoffe es. Diese Gedanken beschäftigen sie vollauf, und als der Wagen hält, fällt ihr nicht auf, daß dem Gebäude und der Tür, durch die sie gestoßen wird, die äußere Erscheinung und das Schild einer gewöhnlichen Polizeiwache fehlen.

Aber sie wird durch einen Raum, wo Plakate mit den Lettern VERMISST und BELOHNUNG FÜR INFORMATIONEN ausgehängt sind, in ein Büro mit drei Schreibtischen geführt. Ein kleiner gedrungener Mann sitzt an einem und telefoniert, eine große Frau tippt an dem zweiten, und der Polizist, der Superb begleitet hat, legt ihren Koffer auf den dritten; er hat ihn vom Wagen hergetragen. Er sagt: «Hier ist sie, Chef.»

Der kleine gedrungene Mann hängt den Hörer ein, lächelt und sagt: «Hallo, Janine.»
«So heiße ich nicht.»
«Kannst du das beweisen?»
«Ja natürlich kann ich das, aber ...» Sie zögert, denkt kurz nach und fährt fort: «Hören Sie, wenn Sie meinen Namen wüßten, würden Sie mich bestimmt gehen lassen. Das kann ich Ihnen versprechen. Mein Gatte ist ein sehr bedeutender Mann. Er hat diesen Wagen vor ein paar Stunden bei irgendeinem Autohof für mich gemietet, Sie suchen wahrscheinlich die frühere Benutzerin. Aber ich möchte nicht, daß er erfährt, wo ich bin, er hat Herzbeschwerden, der Arzt sagt, er darf sich in keiner Weise aufregen oder Sorgen machen. Ich kann meine Mutter und einen Freund bitten, hierherzukommen und mich zu identifizieren, wenn Sie wollen, aber da alles ein Irrtum ist, sehe ich nicht ein, weshalb das sein muß. Zeigen Sie mich jemandem, der diese Janine kennt, und Sie werden hören, daß ich es mit Sicherheit nicht bin.»
«Du möchtest also an einer Gegenüberstellung teilnehmen.»
«Ja. Ich glaube schon. Ja.»
«Gut. Ich war gerade dabei, eine anzuordnen, als du eintrafst.»
Dieser Mann (es ist Stroud, ja, Stroud) steht auf, kommt um den Schreibtisch herum, stützt sich auf dessen Vorderseite, zündet sich eine Zigarette an und beobachtet sie aufmerksam.
Sie sagt: «Bitte nehmen Sie diese Dinger von meinen Handgelenken ab.»
Er lächelt sie auf belustigte, freundliche Art an und schüttelt den Kopf, was heißt: Nein. Es gefällt ihm offenbar, sie so vor sich zu sehen, ihr Gesicht läuft heiß an, aber sie hat das Gefühl, weitersprechen zu müssen, und sagt: «Sie können mich wenigstens wissen lassen, was mir vorgeworfen wird, ich meine, was dieser Person Janine vorgeworfen wird.»
«Diebstahl», sagt Stroud, «und Rauschgifthandel. Und Mord. Und Hurerei. Aber das letzte ist nicht so wichtig.»
Superb starrt ihn an. Er erwähnt die Stadt, in der Max arbeitet, und fragt: «Schon mal gehört?»
«Ja, ich kenne sie.»
«Kennen Sie den Apotheker am Ende der Main Street?»
«Nein. Es gibt mehrere Apotheker auf der Main Street.»

«Es ist ein netter alter Mann, der sich von besonders spezialisierten Callgirls bedienen läßt. Janine Crystal, sie ist ihm am liebsten, macht alle möglichen schrägen Spiele mit ihm. Man beobachtete sie, als sie gegen Mittag in sein Geschäft ging, und kurz darauf machte er für den Rest des Tages zu. Vor einer Stunde wurde er in seinem Hinterzimmer gefunden, Tod durch Erstikken. Eine Menge Drogen fehlen in seinem Geschäft, außerdem zwölftausend Dollar in bar, die er heute morgen in seiner Bank abgehoben hat, niemand weiß, warum.»
Finde ich diese Einzelheiten interessant? Nein. Schneller.
«Außerdem zwanzigtausend Dollar in bar, die er heute morgen in seiner Bank abhob, niemand weiß, warum. Findest du diese Einzelheiten interessant?»
«Ich finde sie faszinierend, wirklich faszinierend», sagt Superb sarkastisch. «Aber sie haben nichts mit mir zu tun.»
«Du hast mich fast überzeugt. Janine hat immer einen großen Koffer bei sich, wenn sie ihre Kunden besucht. Hättest du etwas dagegen, wenn meine Kollegin sich deinen ansieht?«
«Sie kann ihn sich so lange ansehen, wie's ihr Spaß macht», sagt Superb, «ich hoffe nur, daß ihre Hände sauber sind.»
Die Frau öffnet den Koffer, packt ihn langsam aus und hält jedes Stück einen Moment lang hoch, bevor sie es niederlegt. Superb sieht, wie sie Morgenrock, Nachthemd und Hausschuhe herausholt und zur Seite legt, und denkt: ‹Bald werde ich hier draußen sein. In vielleicht einer Stunde bin ich wieder bei Charlie.›

Sie denkt: ‹In vielleicht einer Stunde bin ich wieder bei Charlie›, dann prickelt ihre Haut und ein traumähnliches Gefühl überkommt sie, denn die Frau hält einen durchgeknöpften Rock aus weißem Jeansstoff, nein, weißem Wildleder hoch – das ist doch nicht ihrer?–, legt ihn hin und hebt schwarze Netzstrümpfe, einen schwarzen Strumpfhalter und einen schwarzen Büstenhalter mit Schulterträgern hoch. Und unmöglich hochhackige schwarze Schuhe. Und Strapse mit Schnallen. Und eine schwarze Lederhaube mit Reißverschlüssen. Und einen Rohrstock. Und Fläschchen mit Pillen und Pulvern und sorgfältig etikettierte Papierpäckchen. Und ein dickes Geldbündel. Superb merkt kaum, auf welche Weise die anderen sie betrachten. Sie hört ihre Stimme automatisch sagen: «Mein Name ist Terry

Hunsler, mein Mann ist Max Hunsler, Polizeidirektor der vierzehnten Abteilung. Bitte nehmen Sie Kontakt mit ihm auf und sagen Sie ihm, wo ich bin.»
Stroud lacht glucksend und sagt: «Du bist 'ne echte Schauspielerin, Janine, aber nun wird's Zeit, daß du dich ein bißchen entspannst. Kümmere dich um sie, Momma. Mach sie fertig für die Gegenüberstellung.»
Superb beugt sich vor, schüttelt wie rasend den Kopf und zerrt an den Handschellen, die ihre Gelenke fesseln. Leise Schreie kommen ihr über die Lippen: «Nein nein nein», stöhnt sie, «bitte nein!»
«Doch, doch, doch, Honey, aber reg dich nicht auf», sagt eine leise volle heisere Stimme, und durch die Haarsträhnen, die ihr tränennasses Gesicht bedecken, sieht Superb die Frau, die Stroud Momma genannt hat, auf sich zukommen wie die größte Frau der Welt. Gewaltige breite Hüften und Schenkel rollen langsam auf Superb zu, unter einem blauen Jeansrock, der so groß scheint wie ein glockenförmiges Zelt, aber der Kopf über den mächtigen runden Schultern ist winzig und jung wie der eines kleinen Mädchens, eines gierigen kleinen Mädchens, das bei einer Party gerade einen Teller mit verlockenden Kuchen erspäht hat. Aber sie sieht Superb an. Ende des zweiten Teils.

3: SCHEISS AUF

SONTAG, DIE FAST ALL MEINE SEXUELLEN PHANTASIEN VERDARB. Sie war so wissend, so wißbegierig, eine so entschlossene Lehrerin. Sie sah sich selbst als nach Schottland entsandte sexuelle Missionarin. Ich war Schottland, etwas Erfrorenes und Taubes, das sie befreien würde. «Erzähl mir davon», sagte sie manchmal lüstern, «es ist wichtig zu wissen. Außerdem macht's solchen Spaß. Komm, flüstere es mir ins Ohr, du kannst mich nicht schockieren. Was würde dir wirklich Freude machen? Vielleicht ziehe ich mich sogar so an, wie du willst?»

Zuerst konnte ich es ihr nicht sagen. Ich wollte Phantasie und Realität strikt auseinanderhalten, denn ist dies nicht die Grundlage aller geistigen Gesundheit? Und mein höchst unbefriedigendes Sexualleben mit Helen endete, als sie einige der Dinge erfuhr, die ich mir vorstellte, wenn wir uns liebten. Aber Sontag war nicht gewillt, sich mit meinem Schweigen abzufinden. Schließlich sagte ich ihr, daß ich von wilder Leidenschaft für kleine Kinder besessen sei. Das war unwahr, aber es machte mir weniger Angst zu lügen, als einer Frau gegenüber zuzugeben, daß ich von wilder Leidenschaft für Frauen besessen bin. Dies erregte sie sehr, und sie wollte unbedingt Einzelheiten aus mir herausholen, die ich mir unmöglich ausmalen konnte. Schließlich meinte sie: «Du hast mich bewußt irregeführt», und runzelte lange die Stirn, wobei sie einen Finger gegen die Unterlippe preßte. Dann seufzte sie und sagte: «Schön, ich werde es dir leichtmachen. Wir fangen von vorne an. Was ist die erste sexuell erregende Erfahrung, an die du dich deutlich erinnerst? Ich rede natürlich von deiner frühen Kindheit.»

Frühe Kindheit! Ich wollte ihr gerade sagen, daß ich als Kleinkind keine sexuelle Erregung verspürt hätte, als ich mich an einen sehr seltsamen Traum erinnerte, den ich mit fünf oder vier oder vielleicht sogar schon mit drei Jahren gehabt hatte. Ich stellte mir vor, zu einer Bande von Jungen meines eigenen Alters zu gehören, die auf den Schultern erwachsener Männer durch das Land ritten. Wir ließen diese Männer um die Wette laufen, und es bereitete mir besonderes Vergnügen, wenn ich meinen Mann zwang, über die breitesten Gräben zu springen und durch die dornigsten Hecken zu stürmen. Ich weiß nicht mehr, ob es ein Schlaf- oder ein Wachtraum war, doch das Gefühl erregender Macht, das er mir verlieh, war zweifellos erotischer Natur. Ich dachte, daß Sontag diese homosexuelle Enthüllung für interessanter halten würde als meine vorgetäuschte Pädophilie, aber sie sagte bloß: «Ödipal. Typisch. Jetzt erzähl mir von den frühesten Phantasien, die du über den Geschlechtsverkehr mit deiner Mutter hattest.»

Ich prustete vor Lachen, was sie sehr verärgerte. Sie konnte nicht begreifen, weshalb ich sie lächerlich fand, wenn sie sich für besonders logisch hielt. Sie war stolz auf ihre Logik. War sie französischer oder deutscher Herkunft? Ihr Vater war das eine, ihre Mutter das andere. Sie erzählte mir, daß ihre Mutter sie als junges Mädchen, eine Woche nach ihrer ersten Menstruationsblutung, zu einem Arzt begleitet und ihn, was ungesetzlich war, bestochen hatte, Sontag eine Verhütungsspirale anzupassen. Das war vor den Tagen der Pille. Als sie das Sprechzimmer verließen, sagte ihre Mutter: «Nun kannst du dich so dumm aufführen, wie du willst.»

Das war logisch für ihre Mutter, muß aber auf Sontag eine sehr abschreckende, sehr isolierende Wirkung gehabt haben. Sie war ungefähr zehn Jahre älter als ich, aber manchmal, wenn sie still wurde, bemerkte ich, daß ihr Gesicht einen einsamen, verkniffenen, uralten Ausdruck annahm. In ihr war nicht viel Wärme.

Ihre Gespräche, besonders ihre Gespräche mit Freundinnen, beschränkten sich meist auf hektische Klatschanalysen und Spekulationen über Liebesaffären. Sie gingen detailliert auf psychologische und sogar anatomische Einzelheiten ein, aber ohne viel Humor oder Mitgefühl. Sie hörten sich an wie Männer, die über Fußball oder Politik diskutierten. Hätte meine Mutter solches Geplauder interessanter gefunden als den gemütlichen Klatsch der Tanten, die nie ein harsches Wort über ihre Männer verloren und nie zugaben, daß Sex außerhalb des Dunstkreises von Filmschauspielern existierte? Ich glaube, sie hätte es sich mit der gleichen stummen Verachtung angehört.

Ich war für Sontag wie ein verschlossener Kasten – etwas, was aufgebrochen werden mußte, damit sie die Gegenstände darin einen nach dem anderen herausnehmen, mit einem Etikett versehen und wegwerfen konnte. Nein. Das ist nicht fair, sie warf nur die Teile weg, deren sie überdrüssig war. Ich bin ihr dankbar, sie wurde für mich zu Janine. «Ja, kauf diese Kleider, und ich werde sie tragen», sagte sie. Ich hätte mich am liebsten stundenlang mit ihr in Geschäften aufgehalten, dies und jenes diskutiert, bis wir beide uns einigten, was am schönsten war, und ich es bezahlte. Aber sie sagte: «Ich kann mit so was keine Zeit verschwenden. Du hast meine Maße. Du mußt dich selbst um alles kümmern.»
Ich besuchte mehrere Geschäfte für Frauenkleidung mit dem gleichen Gefühl des Entsetzens und des Unbefugtseins, mit dem ich obszöne Buchladen betrete. Ich wollte ihr einen durchgeknöpften Jeansrock kaufen, aber sie waren in jenem Jahr nicht in Mode. Endlich fand ich das Geschäft eines Mannes, der Lederkleidung nach Maß anfertigte, und er hatte das Probeexemplar eines weißen Wildlederminirocks, das all meine Phantasien übertraf und genau die richtige Größe für Sontag hatte. Sie hört die beiden geöffneten Knöpfe, die bei jedem Schritt klicken. «Das klingt sexy», sagt die Stimme und kichert. Das hatten wir schon. Sontag wurde für mich zu Janine, und ich sollte dankbar sein, wir inszenierten zusammen eine fröhliche kleine Vergewaltigung. Ich tat ihr nicht weh, denn ich tue niemandem weh. Es war großartig, zur Abwechslung einmal rücksichtslos zu sein und die Befehlsgewalt zu haben. Und später, als ich völlig entleert dalag, sagte sie: «Ich muß dich warnen, dich nicht

zu sehr von diesen Phantasien hinreißen zu lassen, sie dürften mir sehr bald langweilig werden.»
Eine ehrliche Frau. Ich wünschte, sie hätte mehr von einer Prostituierten an sich gehabt. Ich hätte Sontag jeden Preis gezahlt, um noch einmal jene Illusion der ABSOLUTEN Beherrschung des Fleisches zu erfahren, die das wirkliche Leben mir nie nie nie und in keiner Weise gestattet hat. Sontag wurde für mich ganz kurz zu Janine, aber sie weigerte sich, zu Superb zu werden.

Sie weigerte sich, zu Superb zu werden, die nichts als Max im Sinn hat. *Max hat meinen Koffer ins Auto gelegt,* denkt sie, *Max hat mir diese Sache untergeschoben, Max hat alles geplant, Max weiß von Charlie,* und der Gedanke erfüllt Superb mit so lähmendem Staunen, daß sie die große Frau kaum sagen hört: «Ich werde Momma genannt, weil ich mich so gut um meine Mädchen kümmere.»
Sie schiebt Superb einen dezent beleuchteten, mit einem braunen Teppich ausgelegten Flur entlang; eine Hand packt Superbs Schulter fest, aber zärtlich. Die andere Hand trägt den Koffer. Momma sagt: «Freust du dich nicht, daß du von all diesen Männern wegkommst? Mir gefiel's nicht, wie sie dich ansahen, Janine.»
«Ich heiße Terry!» stößt Superb durch zusammengebissene Zähne hervor.
«Sprich nur weiter so», kichert Momma, «das ist sexy. Es paßt zu dir.»
«Du hast überhaupt keine Ahnung von Lesbierinnen», meinte Sontag, als ich ihr diesen Teil erzählte, «wir sind nicht alle hart und grausam.»
Wir, Sontag?
«Ja. Die Hälfte meiner Liebesverhältnisse habe ich mit Frauen gehabt. Diese Affären sind weniger erregend als die mit dem anderen Geschlecht, aber sie sind viel bequemer. Solange sie dauern, schlafe und esse ich zuviel und werde dick.»
Halt den Mund, Sontag, ich bestehe darauf, daß eine dicke grausame lesbische, als Polizistin verkleidete Zuhälterin mein superbes, mit engen Jeans und enger Bluse bekleidetes Superbiest durch eine Tür stößt, hinter ihnen abschließt und den Schlüssel dann in eine gebauschte Tasche ihres Jeansrocks fallen

läßt. Könnte der Rock für mich ein wenig aufgeknöpft sein? Ja, mach dir den Spaß, laß ihn so weit aufgeknöpft sein, daß das Innere ihrer Schenkel zu sehen ist, wenn sie mit gespreizten Beinen dasteht, aber versuch, dich nicht zu sehr aufzuregen.

Der Raum. Ein paar Matten und Kissen liegen auf einem polierten modernen Fußboden, der mit gelben Linien gekennzeichnet ist. Eine lange, mit großen Spiegeln ausgekleidete Wand verdoppelt seine augenscheinliche Breite. An der Tür steht ein Schreibtisch mit zwei Telefonen. «Dies ist unser Gegenüberstellungszimmer», sagt Momma, geht zu dem Schreibtisch und stellt den Koffer darauf ab. «Du wirst mit den Zehenspitzen auf der gelben Linie stehen, und wir werden ein paar andere Girls neben dich stellen. Dann werden wir einen Zeugen hereinbringen, der uns sagt, ob du das böse Kind bist, für das wir dich halten.»

«Ich möchte mit einem Anwalt sprechen», sagt Superb unsicher, «ich habe ein Recht auf einen Anwalt.»

«Zu diesem Zeitpunkt brauchen Nutten wie du keinen Anwalt», entgegnet Momma und öffnet den Koffer.

«Ich bin keine Nutte!» ruft Superb, aber Momma holt den Wildlederminirock hervor, betrachtet ihn liebevoll, schüttelt den Kopf und sagt: «Toll. Für eine Nichtnutte hast du ein paar echt profihafte Klamotten.»

Ist Klamotten ein amerikanisch klingendes Wort? Es spielt keine Rolle, unterbrich dich nicht, denn Superb sagt: «Das gehört mir nicht!», wobei sie versucht, Hysterie aus ihrer Stimme zu verbannen. «Mein Mann Max hat's mir untergeschoben. Er muß es getan haben! Ganz bestimmt!»

«Du hast den Rock also nie getragen?»

«Nie. Nie.»

«Wir wollen uns ein bißchen amüsieren. Mach mir 'ne Freude. Probier ihn an, um zu sehen, ob er paßt.»

Superb hat die Augen weit aufgerissen und schüttelt den Kopf, was heißt: Nein. Momma nimmt Rock, Strümpfe und Strumpfhalter – aus Spitzen, wie dergleichen in den hochintellektuellen Farbbeilagen angepriesen wird –, knüllt sie zusammen, schleudert sie zu Superbs Füßen auf den Boden, tritt hinter sie und flüstert ihr ins Ohr: «Möchtest du, daß ich dir diese Handschellen abnehme?»

Und Superb, mit weitaufgerissenen Augen und starr vor Entsetzen, schüttelt unmerklich den Kopf, was heißt: Nein. Denn plötzlich scheinen ihre auf dem Rücken gefesselten Gelenke Sicherheit zu bieten, wer weiß, was ihre Hände tun müssen, wenn sie frei sind? In einem Wandspiegel sieht sie sich kerzengerade dastehen, die Beine fest zusammengedrückt, sehr blaß vor der dunklen schlampigen Gestalt von Momma, die mit gespreizten Beinen hinter ihr steht, den roten Gürtel geschickt abschnallt und ihn auf den Boden gleiten läßt. Dann streichelt Momma Superbs Brüste durch die Seide der Bluse. Spielt sie mit Superbs Brustwarzen? Richten sie sich bei Mommas Berührung auf? Ja auf beide Fragen. Doch Superb zittert und ruft: «Nein! Bitte!» Zwei scharfe Töne, die wie Schmerzensschreie klingen. «Sieh dich bloß mal in dem Spiegel an», flüstert Momma, «wie du so süß und verachtungsvoll dastehst. Ich wette, du machst deinem Mann die Hölle heiß. Aber du bist zu steif, Honey, gut, daß du hergekommen bist. Wir werden dir beibringen, dich zu entspannen. Wir werden dafür sorgen, daß du dich biegst wie eine Blume im Wind», und wenn es auf der Welt keine Lesbierinnen wie Big Momma gibt, dann gibt es auch keinen Gott, denn sie müßte existieren. «Wir werden dafür sorgen, daß du dich wiegst wie eine Blume im Wind», flüstert Momma und zieht langsam die Bluse von Superbs superben braunen Schultern, dann reißt sie sie plötzlich herunter und läßt sie als Kranz zerknüllter weißer Seide um Superbs Hüften ruhen. Superb sieht sich selbst gebräunt und nackt bis zur Taille. (Wieso gebräunt? Sonnenbräune. Dies ist Kalifornien.) Sie sieht sich selbst gebräunt und nackt bis zur Taille, die beiden schweren Brüste sacken unter ihrem eigenen süßen Gewicht zur Seite, süß ist ein Wort, das ich zu oft benutze. Sie steht entblößt da wie eine Sklavin auf einem Markt, gebräunt und nackt bis zur Taille, wie sieht ihr Haar aus, von dem wir bis jetzt nur wissen, daß es schwarz und dicht ist? Es ist ein wüstes Gewirr, das ihr Gesicht einrahmt, die silbernen Ohrringe glänzen darin, seine Masse flutet bis zur Mitte ihres Rückens hinunter. Ich möchte mein Gesicht in diesem Haar vergraben und mit den Händen daran zupfen, aber ich kann nichts von ihr berühren, weil sie imaginär ist. Nur Momma kann den nackten süßen verachtungsvollen Körper berühren, weil auch Momma imaginär ist, also schließt Momma die Handschellen auf, und Superb bedeckt ihre Brüste mit ihren befreiten Händen, und Momma kniet sich hinter sie und legt die Hand um Superbs süßen Bauch, um den Reißverschluß ihrer Jeans zu öffnen. Ein Telefon beginnt zu klingeln.

Ein Telefon auf dem Schreibtisch beginnt zu klingeln, weil ich mich weigere, Momma mehr Spaß mit Superb haben zu lassen, als ich selbst habe. Momma knurrt, steht auf, geht zum Schreibtisch, nimmt den Hörer hoch, seufzt, sagt: «Ja?» und teilt Superb einen Moment später mit: «Der Anruf ist für dich.»
Superb starrt sie an.
«Ich hab gesagt, er ist für dich. Komm her. Nimm den Hörer.»
Superb tritt heran, bebt, nimmt den Hörer. Eine männliche Stimme sagt: «Terry, ich bin's, alles in Ordnung?»
«Max», sagt Superb schwach, «Max», sie beginnt wild zu lachen, hält dann inne und fragt unsicher: «Max?»
«Wie geht's dir, Terry?»
«Max, du weißt, wo ich bin? Du weißt, was hier vorgeht?»
«Nur ganz vage», sagt Max.
«Max, was für eine Polizeiwache ist das hier? Wann wird man mich gehen lassen? Was hast du mit mir vor?»
«Ich versuche unsere Ehe zu retten, Terry.»
«Max... Du bist verrückt.»
«Nein, aber ich sehe keinen anderen Ausweg. Ich habe dich heute abend fast verloren, Terry. Habe ich dich nicht angefleht, bei mir zu bleiben? Ich hab dies bis zum letztmöglichen Moment hinausgeschoben, weil ich dich liebe, Terry. Deshalb halte ich's nicht aus, während deiner Behandlung bei dir zu sein. Es würde mich zu sehr aus der Fassung bringen. Aber es ist das einzige, was unsere Ehe retten kann.»
Seine Stimme ist von schmerzlicher Aufrichtigkeit durchdrungen. Sontag war wütend, als ich ihr diesen Teil erzählte. Sie brüllte: «Was zwingt dich, so jämmerlich schwache Schurken zu erfinden?»
Ich zuckte die Achseln. Sie stocherte mit einem Finger in der Unterlippe und sagte: «Ich fange an, dich zu verstehen. Bei ihren Bemühungen, dich zu einem Angehörigen der Mittelschicht zu machen, zerstörte deine entsetzliche Mutter deine Fähigkeit, mit Männern Kameradschaft zu schließen. Sie vernichtete dein homosexuelles Potential. Wie schade. Dir fehlt der Mumm, einen Schurken zu erfinden, der deiner Schurkinnen würdig ist.»

Laß mir ZEIT Sontag. Ich denke da an einen üblen Doktor.
«Ich kann nicht ewig hier herumlungern, um mir diese Geschichten anzuhören, ich hab mein eigenes Leben. Ruf mich in einer Woche an, vielleicht. Ich hab dich immer noch ganz gern.»
Aber Max sagt: «Ich liebe dich, Terry. Ich bin im Geiste bei dir, also denk bitte daran, daß alles, so schlimm es auch scheint, am Ende gut wird. Vielleicht sollte ich jetzt auflegen.»
Aber Superb flüstert in den Hörer: «Nein, Max, bitte, bitte hol mich hier raus», denn

Denn Big Momma hat ihre Weste aus Jeansstoff und ihre Bluse ausgezogen. Auch den Büstenhalter? Ja, diese gewaltigen Kugeln sollen frei schaukeln, während sie Rock, Schuhe und Strumpfhose abstreift. Kein Höschen. Sie befestigt den Rock wieder am Hüftbund, weshalb bin ich so scharf auf geöffnete Knöpfe? Die Antwort ist klar, während sie mit gespreizten gespreizten, ein prächtiges Wort, gespreizten gespreizten Beinen dasteht, so daß Superb den großen struppigen dreieckigen Busch aus goldbraunen Borsten zwischen ihrem pendelnden Bauch und ihrer Fotze sehen kann. Denn Momma ist blond, die einzige Blonde, die ich kenne, mit kurzgeschorenem aschblondem Haar auf ihrem kleinen runden mädchenhaft wirkenden Kopf und einem dreieckigen Busch aus goldbraunen Borsten. Und ihr mädchenhaftes Gesicht lächelt süß, als sie mit der rechten Hand einen kurzen dicken Gummischlauch aus der Rocktasche nimmt und ihn leise in die Handfläche ihrer Linken klatschen läßt. Halt den Mund Sontag, es muß wenigstens EINE Lesbierin wie diese auf der Welt geben. Superbs Knie zittern, sie hält den Hörer, als rettete er sie vor dem Ertrinken, und flüstert hinein: «Hilf mir, Max, ich glaube, daß sie mich schlagen will.»
«Hör zu, Terry», sagt Max gütig und drängend, «dazu kommt es nicht, bevor du beim Doktor gewesen bist. Sie lernen die neuen Mädchen nur ganz allmählich an, und sie wissen, daß du meine Frau bist. Du wirst nicht vor der zweiten oder dritten Woche verprügelt werden, wenn du genau tust, was man dir befiehlt... Terry? Hörst du noch?»
«Sie hat nicht eingehängt, Max», sagt Momma an dem anderen Telefon. Sie sitzt am Ende des Schreibtischs, und ich darf sie

mir nicht zu deutlich vorstellen, denn ich bin in Gefahr, sie aufregender als Superb zu finden. Weshalb sind riesige Frauen gleichzeitig auch aufregend? Vermutlich ist jeder menschliche Körper eine potentielle sexuelle Landschaft, und ein sehr großer Körper läßt an die Möglichkeit denken, sich darin zu verlieren, ungezügelt darin herumzulaufen, Früchte zu genießen, die zu schwer und reichlich sind, als daß sie einem weggeschnappt werden könnten. In einem Glasgower Pub war eine Bardame, die ich gern beobachtete. Sie trug eine Weste aus Jeansstoff über einer kurzärmeligen Bluse wie Momma, und wenn sie die Arme vorstreckte, reichten ihre Ellbogen – es waren tiefe Grübchen darin – nicht an die Spitze ihrer Brüste heran. Sie wirkte immer gelangweilt und gleichgültig. Ihr Gesäß war so schwer, daß es ihr mißfiel, stehen, sich bewegen zu müssen. Doch eine Kundin, eine etwas weniger dicke Frau mit kurzgeschorenem blondem Haar, die einen schwarzen Hosenanzug trug, stand da, schaute sie mit einem Ausdruck demütiger Verehrung an und versuchte, erfolglos, sie in ein Gespräch zu verwickeln. Ich warf nur einen flüchtigen Blick auf diese andere Frau, doch sie bedachte mich mit einem überraschend freundlichen Lächeln und zuckte resigniert die Achseln. Es war ein Zeichen an einen Leidensgefährten. Auf meinem Gesicht mußte der gleiche Ausdruck gestanden haben wie auf dem ihren. Ich wünschte, daß ich mit der Frau in dem schwarzen Hosenanzug gesprochen hätte. Zwar liebte sie die Bardame, aber sie haßte Männer nicht. Vielleicht hätten wir einander trösten können. Aber ich weiß nie, was ich zu Fremden sagen soll. Ich hörte auf, in diesen Pub zu gehen. Ich mag es nicht, wenn jemand meinen Gesichtsausdruck richtig deutet.

«Man wird dich erst in der zweiten oder dritten Woche verprügeln, wenn du genau tust, was man dir sagt... Hörst du mich noch, Terry?»

«Sie hat nicht eingehängt, Max», sagt Momma am Nebenanschluß.

«Halt den Mund, Momma, dies ist ein Privatgespräch», sagt Max. «Hör ganz genau zu, Terry, ich werde dir eine Frage stellen, und wenn du *jetzt* ganz ehrlich die richtige Antwort geben kannst, hole ich dich sofort raus, obwohl es ein Vermögen kosten dürfte und alle meine Freunde mich auslachen werden. Terry, hörst du noch?»

Superb kann nur nicken, aber Momma sagt: «Sie hört zu.»

«Terry, hast du etwas für mich?»
Nach einer Weile erwidert Superb: «Max... Max, du muß doch *wissen*, daß ich im Moment nichts habe.»
«Das ist die falsche Antwort», sagt Max. Die Leitung ist tot.

«Das ist die falsche Antwort», und ein letztes Klicken.
«Mein Gott, ist das nicht typisch Mann?» fragt Momma, während sie den Hörer einhängt. «Du bist halb nackt, und er möchte, daß *du ihm* was gibst. Honey, mit einer Frau bist du besser dran.»
«Sie nennen sich eine *Frau*?» sagt Superb mit einem entgeisterten Lachen.
«Ich habe getan, was ich kann, um es zu beweisen», sagt Momma und wölbt die Hände unter ihren Brüsten, der Gummischlauch liegt auf dem Schreibtisch neben ihr, «aber ich gebe zu, daß ich ungewöhnlich bin. Ich kenne keinen Penisneid. Weißt du, was Penisneid ist?»
Superb kann sie nur anstarren. Momma sagt: «Doktor Freud hat den Penisneid entdeckt. Er dachte nämlich, wir Mädchen wären auf Männer eifersüchtig, weil Männer dieses DING zwischen den Beinen haben. Aber der Penisneid macht mir nicht zu schaffen, weil ich dieses andere Ding habe.»
Sie berührt den Schlauch auf der Tischplatte neben sich. Sontag unterrichtete mich ganz genau über den Penisneid, um mir zu erklären, daß er nicht existiere. Sie sagte, Freud sei schließlich ein Mann gewesen, deshalb habe er gewollt, daß Frauen sich unterlegen fühlten, und den Penisneid propagiert, um ihnen einzureden, daß sie sich stets unterlegen fühlen müßten. Aber die Redakteurin glaubte an ihn. Sie hatte einen Zwillingsbruder und bemerkte den Unterschied zum erstenmal, als sie sehr klein war und zusammen mit ihm gebadet wurde. Sie fing an zu heulen und auf ihn zu zeigen und sagte: «Ich will auch so einen.»
Ihre Mutter antwortete: «Ich glaube, ich habe noch einen in der Handtasche.»
Sie ging hinaus, kam zurück und sagte: «Ich habe ihn wohl verloren. Du mußt ohne ihn auskommen.»
Penisneid ist also möglich, sogar ohne Freud. Es muß beunruhigend für ein Kind sein zu erfahren, daß die Hälfte der Eltern ein fünftes Glied besitzt, von dem es nichts geahnt hat. Aber nicht beunruhigender als zu erfahren, daß der anderen Hälfte ein Glied

fehlt, dessen Existenz das Kind für selbstverständlich gehalten hat. In beiden Fällen ist die Reaktion wohl manchmal: ‹Vielleicht bin ich eine Mißgeburt.› Und die meisten Mütter bringen ihren Söhnen bei, sich ihres Penis zu schämen. Ich mache ihnen keinen Vorwurf. Die Kirchen lehren uns, uns unseres Penis zu schämen. Sie meinen, unser ganzer Körper sei lasterhaft. Kunst und Reklame lehren uns, uns unseres Penis zu schämen. Von Aberdeen bis London sind die Fassaden viktorianischer Versicherungsgebäude mit gemeißelten nackten Frauen geschmückt, die Wahrheit, Fruchtbarkeit und die Tugenden darstellen; nur vereinzelt ist neben ihnen ein Mann im Talar oder mit einer Rüstung zu finden, der Wissenschaft oder Mut darstellt. In Kunstgalerien ist das Verhältnis von Fotzen zu Schwänzen fünfzig zu eins, und in Bildpublikationen für Männer *und* Frauen ist das Verhältnis, Zeitschriften für männliche Homosexuelle nicht mitgerechnet, fast das gleiche. Ja, Kunst und Reklame beuten den Frauenkörper für Geld aus, aber sie tun es, um die Idee zu fördern, daß dieser Körper schön und gut sei. Die Nationalökonomie lehrt uns, uns unseres Penis zu schämen. Der Penis hat mehr Menschen hervorgebracht, als unsere Organisationen brauchen können, er ist die Wurzel von Arbeitslosigkeit und Armut. Wenn die Arbeiterklasse sich durch Geburtenkontrolle verringerte, wäre der Mittelstand gezwungen, die Löhne zu erhöhen, um die Arbeiterklasse für ihre eigenen Mitglieder attraktiv zu machen. Doch nun, da Empfängnisverhütung, mit hinreichendem Gebrauch und hinreichender Unterstützung, die Welt von der schrecklichen Last befreien könnte, welche die Geburten ihr auferlegen, lehren die emanzipierten Frauen uns plötzlich, uns unseres Penis zu schämen. Und die Polizei ist auf ihrer Seite. Der Penis ist ein Verbrecher, der sich vor dem Gesetz versteckt. Wenn Sie mir nicht glauben, mein Herr, pissen Sie auf die Straße und warten Sie ab, was geschieht. Es besteht weithin Übereinstimmung, daß der Anblick eines Erwachsenenpenis in der Öffentlichkeit eine entsetzliche und verderbliche Wirkung auf Frauen und Kinder habe. Wenn dies stimmt, dann sind Männer auch ein sehr unglückliches Geschlecht. Kein Wunder, daß manche von uns meinen, unser Penis sei kein ursprünglicher Teil von uns, sondern eine unwillkommene Ergänzung. Nicht daß ich legalisierte nackte Sonnenbaderei in den öffentlichen Parks zu sehen wünschte. Ich bin ein Gentleman der alten

Schule. Ich hege mein fünftes Glied in völliger Abgeschiedenheit. Es ist sieben oder acht Jahre her, daß eine Frau daran teilhatte.

«Was ist deine früheste Erinnerung an Geschlechtsverkehr mit deiner Mutter?»

Wirklich. Sontag, ich kann mich nicht erinnern. Meine Mutter war keine Person, sondern die Atmosphäre, in der ich aufwuchs. Was den Sex mit ihr angeht, so erinnere ich mich nur daran, daß wir an den gegenüberliegenden Enden eines Zimmers saßen, das mir wie ein Gefängnis vorkam (draußen schien die Sonne, unten am Fluß fingen die Bergarbeitersöhne mit der Hand Forellen) ein Gefängnis, das allmählich bequem, weiträumig und luxuriös wurde, während ich mir die Spiele vorstellte, die ich nach der Hochzeit mit Jane Russell spielen würde. Momma nimmt den Gummischlauch in die Hand und sagt: «Mit diesem Ding kann ich jede Frau kreischen und sich krümmen lassen wie ein Strichmädchen, das von dem abgebrühtesten Cop im Revier durchgewalkt wird. Aber mach dir keine Sorgen. Wenn du genau das tust, was ich dir sage, werde ich so behutsam wie möglich sein. Nick, wenn's die sanfte Tour sein soll.»

Superb ist nun so passiv, daß sie als handelnde Person fast verschwunden ist. Ihre Reserven an biestigem Mut, an biestigem Starrsinn sind durch die Neuheit der Situation lahmgelegt. Ich bin versucht, sie plötzlich auf Momma zuspringen und sie mit ihr um den Schlüssel in der Rocktasche ringen zu lassen. Momma würde natürlich gewinnen und eine etwas jüngere Frau zu Hilfe rufen, die nicht ganz so dick ist wie sie selbst und oben an den Schenkeln abgeschnittene Latzhosen trägt. Aber wenn ich bei jeder Schwierigkeit eine neue Frau auftreten lasse, werden in der Turnhalle bald mehr Frauen sein, als ich bewältigen kann. Das Haus des Glücks wird durch das Tor der Selbstbeherrschung betreten. Wer sagte das? Platon? Mad Hislop? Der Vorsitzende Mao? Vielleicht habe ich es mir selbst ausgedacht. Also funkeln Superbs Augen bitter, doch sie nickt, was bedeutet, daß sie, ja, genau das tun wird, was man ihr sagt.

Big Momma sitzt immer noch in diesem Rock da, der nichts verbirgt, aber eine nützliche Tasche hat und ihren Hintern vor der Kälte der Tischplatte schützt. Sie steckt sich eine Zigarette

an, schlägt sorgfältig ein Bein über das andere und sagt leise: «Zieh die Sandalen aus. Streif die engen Jeans ab und alles, was du darunter anhast. Laß dir Zeit.»
Superb ist nicht daran interessiert, einen langsamen Striptease hinzulegen. Sie schleudert die Sandalen zur Seite, entfernt Fußreifen, Jeans, Höschen so rasch und unbeteiligt wie möglich, legt sie und die zerknüllte Bluse auf dem Fußboden zu einem säuberlichen Stapel zusammen. Dann streift sie sich die Fußringe wieder über, weil Momma es wünscht, und dreht sich mit gelangweilter Miene dem Schreibtisch zu; ihre Beine sind aneinandergepreßt, und das eine Knie ist leicht gebeugt, die Brüste werden von den verschränkten Armen zusammengedrückt. Was für einen Körper hat sie, abgesehen davon, daß er kräftig, vollbrüstig und von mittlerer Größe ist? Sie könnte sein wie die Redakteurin, die einen langen, geraden, anmutigen Oberkörper hatte; er wölbte sich nach unten zu Hüften, die sich ihrerseits zu den Schenkeln recht kurzer draller Beine wölbten. Sie war oberhalb der Taille wie eine ungewöhnlich dralle Botticelli-Venus und unterhalb der Taille wie eine ungewöhnlich kleine Rubens-Venus – ein seltsamer Körper, aber sehr schön, wenn er nackt war. Wenn sie bekleidet war, sah sie durchschnittlich aus, denn sie schämte sich ihrer Beine und verhüllte sie unter weiten Röcken und Kleidern, deren Taille höher war als ihre eigene. Sie gab sich bewußt durchschnittlich, denn wenn ein Mann sie auf der Straße ansah, wurde ihr unbehaglich zumute und sie glaubte, er lache über ihre kurzen Beine. Einmal, als wir uns gemeinsam betranken, erklärte ich ihr, daß sie sich *für* ihren Körper, nicht gegen ihn anziehen solle. Sie sagte: «Du willst, daß ich mich wie ein Flittchen anziehe.»
«Nur Idioten halten attraktiv angezogene Frauen für Flittchen. Du gehst doch mit intelligenten Leuten um, sie würden sich freuen, wenn du weniger konservative Kleidung trügest.»
«Weshalb ziehst du dich nicht weniger konservativ an?»
Ich sagte: «Meine Freunde sind mit meiner Kleidung völlig zufrieden.»
Sie sagte: «Lügner. Du bist wie ich. Du hast keine Freunde, nur Kollegen und manchmal Zufallsbegegnungen mit Frauen, die genauso einsam sind wie du.»
Ich sagte: «Du versuchst das Thema zu wechseln. Meine Kleidung ist gut geschnitten und paßt mir perfekt.»

Sie sagte: «Und ist schrecklich langweilig.»
«Männer brauchen nicht interessant auszusehen.»
«Eine Frau wie ich auch nicht.»
«Zwischen uns gibt's einen Unterschied, der nichts mit unserem Geschlecht zu tun hat. Ich brauche keine Freunde, aber du würdest dich glücklicher fühlen, wenn du weniger einsam wärst. Du bist, und das meine ich wirklich ernst, eine sehr gut aussehende Frau. Wenn du nur ein bißchen Phantasie bezüglich deiner Erscheinung aufbrächtest, würde man wissen, daß du bereit bist, dich gesellschaftlich, nicht bloß sexuell hinzugeben. Man würde dich bemerken und mit dir zusammensein wollen, Frauen ebenso wie Männer.»
Sie sagte: «Du brauchst keine Freunde?»
«Nein. Ich bin völlig zufrieden ohne sie.»
Sie kicherte und sagte: «Lügner. Du armer, armer Lügner.»
Ich antwortete nicht, aber ich war nahe daran, wütend zu werden. Sie sagte: «Hör zu, laß uns ein Abkommen treffen. Kauf mir die Art Kleidung, die du möchtest, und ich werde die gleiche Summe für deine Kleidung ausgeben.»
«Was würdest du mir kaufen?»
«Jeans und Cordhosen. Eine Lederjacke. Bunte T-Shirts. Vielleicht einen Kaftan für zu Hause.»
«Ich bin zu alt für solchen Blödsinn.»
«In Amerika und Europa ziehen sich sogar Großväter so an, und niemand hält sie für lächerlich.»
«Wir sind in Schottland.»
«Dann wird aus der Sache eben nichts.»
Ihre Figur wäre großartig für Superb, wenn sie mich nicht an ihre Einsamkeit erinnerte, an ihre Gewohnheit, mich zum Gehen aufzufordern, sobald wir uns geliebt hatten, an ihre Traurigkeit, die mich anzustecken beginnt, obwohl ich sie seit acht oder neun Jahren nicht gesehen habe. Jemand erzählte mir, sie habe einen Schlaganfall gehabt, seitdem sei sie rechtsseitig gelähmt und an ihre Wohnung gefesselt, ich hätte sie besuchen sollen, ich hatte vor, sie zu besuchen. Superb soll den Körper von Marilyn Monroe haben nein, auch sie war verletzlich und ohne Freunde, von Jayne Mansfield HERRJE, NEIN Kopf bei einem Autounfall abgeschnitten, gib Superb Jane Russells Gesicht und Körper. Erinnere dich an niemanden als Jane Russell, ich meine Superb, und Mutter, ich meine Big Momma, weshalb

habe ich meine Mutter mit Momma verwechselt, zwischen ihnen gibt es NICHT DIE GERINGSTE VERBINDUNG, meine Mutter war eine anständige Frau (bis sie von zu Hause fortlief) und keine Lesbierin (sie lief mit einem Mann fort), sie war groß und kein bißchen dick, ich habe Mommas Körper von der Glasgower Bardame und der Hure unter der Brücke UND MOMMAS CHARAKTER BERUHT AUF DEM KEINER WIRKLICHEN PERSON. Meine Mutter haßte Frauen vielleicht, manchmal, aber sie trauten ihr. Es machte ihr nie Spaß, Menschen in ihrer Phantasie zu demütigen, wie ich es tue. Dessen bin ich mir fast hundertprozentig sicher. Also bin ich mir nicht hundertprozentig sicher?

Trink den Whisky im Glas aus. Niemand kann sich irgendeiner Sache hundertprozentig sicher sein. Die Konstruktion des Universums macht es unmöglich, sich irgend etwas anzusehen, ohne es zu verändern. Es muß ihr eine gewisse Genugtuung bereitet haben, meine Freundschaften zu durchkreuzen, mich neben sich festzuhalten und zu den Hausaufgaben zu ermuntern, aber sie kann nicht den Kitzel verspürt haben, den ich fühle, als Momma die Zigarette ausdrückt, auf das kleine Häufchen von Janines Sachen auf dem Fußboden zeigt und leise sagt: «Zieh das an. Zuerst den Strumpfhalter.»

Aber kann ich mir vorstellen, daß meine Superb diesem Befehl gehorcht? Sogar wenn sie zunächst zögert und sieht, daß Big Momma den Gummischlauch mit der rechten Hand aufhebt und ihn noch einmal in ihre linke Handfläche klatschen läßt? Natürlich kann ich's mir vorstellen. Mad Hislop war ein kleingewachsener Mann, und er schüchterte sechs Jungen – einer war größer als er selbst – so ein, daß sie sich in einer Reihe aufstellten, die Hände ausstreckten und je sechs Schläge mit einem dreischwänzigen Lochgelly-Riemen hinnahmen. Und fünf der Jungen vergossen echte Tränen, während der größte nur ein finsteres Gesicht machte. Hislop betrachtete uns zornig und sagte dann im Tonfall höchster Verachtung: «Weiber! Ihr seid nichts als ein Haufen Weibsbilder. Außer dir, Anderson. Du hast wenigstens 'nen Funken Männlichkeit. Zurück auf die Plätze.»

Und wir kehrten weinend auf unsere Plätze zurück, außer Anderson, der sich mit strahlendem Lächeln hinsetzte. Je öfter ich an meine Kindheit denke, desto seltsamer scheint sie mir, obwohl sie ganz normal war. Superb macht also ein finsteres, wütendes Gesicht, doch ja, sie hebt Janines Strumpfhalter auf, legt ihn sich um die Hüfte und ruft: «Er ist zu klein! Ich habe Ihnen doch *gesagt*, daß dies nicht meine Sachen sind!»

Aber Momma lächelt süß und sagt: «Dann dehn sie ein wenig. Zieh mit aller Kraft. Stell dir vor, du wärst ein armes kleines Waisenmädchen, das sonst nichts auf der Welt anzuziehen hat, denn von jetzt an ist's tatsächlich so.»

Und Tränen strömen über Superbs Wangen, während sie den Spitzenstrumpfhalter von Reger befestigt, wobei allerdings viel davon in der Falte verschwindet, die er in das Fleisch um ihre Taille gräbt. Sie zieht die schwarzen Netzstrümpfe an, wobei einige der Maschen aufreißen, als sie die Strümpfe hochzerrt, um sie an den Strumpfhaltern festzumachen. Während sie die Arme in die ärmellose Satinbluse zwängt, platzen die Armlöcher an den Seiten auf. Sie kann nur den Bund des Minirocks schließen. Und Big Momma, die immer noch auf der Schreibtischfläche sitzt, reizt sanft ihre Klitoris mit dem Ende des Gummischlauchs – ist das in dieser Position anatomisch möglich? –, betrachtet Superb träumerisch aus halbgeschlossenen Augen und murmelt: «Zieh die Schuhe an.»

«Ich *kann* die Schuhe nicht anziehen. Ich kann mich in diesen Sachen nicht bücken, nicht einmal sitzen.»

«Ich werde dir helfen.»

Momma verläßt den Schreibtisch. Sie kniet sich hin, paßt einen von Janines Schuhen sorgfältig an Superbs Fuß an, schnallt ihn zu und flüstert: «Du brauchst dich nicht hinzusetzen. In den nächsten drei Stunden wirst du platt auf dem Rücken liegen.»

«Was soll das heißen?»

«Ich spaße nur, Honey, weißt du das nicht?»

Sie paßt den anderen Schuh an, schnallt ihn zu, tritt dann mit gespreizten gespreizten gespreizten Beinen und auf die Hüften gestemmten Händen zurück wie eine Künstlerin, die ein unvollendetes Gemälde mustert. Superb steht nun höher auf Zehenspitzen, als sie es je für möglich gehalten hat, ihre Beine sind fest zusammengedrückt, und sie hat schreckliche Angst hinzufallen. Ihre Waden schmerzen, sie wimmert leise: «Es tut weh!»

«Das Ergebnis ist's wert. Aber *das* brauchst du nicht.»

Big Momma streckt die Hand aus, zerrt den Rock herunter und wirft ihn zur Seite.
«Und dies auch nicht, ich war verrückt, es dich anziehen zu lassen.»
Sie zupft an der Bluse und reißt sie herunter, läßt sie fallen, umarmt Superb sanft und herzlich, küßt ihren widerstandslosen tränenfeuchten Mund und flüstert: «Schuhe und Strümpfe, das ist alles, was du von jetzt an tragen wirst. Außer wenn der Doktor was anderes anordnet. O verzeih mir, Honey, ich möchte dich überhaupt keinem Mann geben.»
Und sie betrachtet Superb mit einem Ausdruck traurigen Sehnens, weicht bis zum Schreibtisch zurück, hebt den Hörer und sagt: «Hol den Chef», und nach einem Moment: «Sie ist bereit für dich. Die Gegenüberstellung kannst du vergessen. Wenn du nicht schnell kommst, nehm ich sie selbst.»
Und während Momma den Hörer einhängt, zittert Superb. Etwas Merkwürdiges geschieht. Trotz des Schmerzes in ihren Beinen, des in ihre Taille schneidenden Strumpfhalters, des Juckens der Tränen, die auf ihren Wangen trocknen, ist ihr Körper erregt, sie möchte sich öffnen und erfüllt, gepackt, festgehalten werden von, wer ist der Chef? Wer kommt?

Ich. Nicht Max, Hollis oder Charlie, sondern ich. Dieses Bett erhebt sich plötzlich wie ein Zauberteppich, steigt empor durch die Decke, saust aus dem Kegel des Erdschattens in helles Sonnenlicht über dem Atlantik, und Kalifornien, ich komme! Aber gerade als das Bett sich auf Amerika hinuntersenkt, hält es plötzlich an. Die Matratze erweitert und verhärtet sich zu einem Fußboden, dem Fußboden der Turnhalle mit einer Matte in der Ecke, wo Superb wie ein Seestern auf dem Rücken ausgebreitet daliegt, mit einem großen Kissen unter den Hüften, so daß das rosige Herz ihres nackten Geschlechts völlig entblößt ist. Momma hat sie durch ihr Streicheln erregt, jetzt braucht sie mich, und als ich sie umfasse und in ihre Wärme hineingleite, dringe ich in Jane Russell die Redakteurin Janine Sontag Big Momma Helen Denknichtansie Denknichtansie ein und bin wieder zu Hause. Wieder zu Hause. Wieder zu Hause. Nein. Nein. Nein. Nein, bin ich nicht. Ich bin's nicht. Ich bin allein. Allein. Allein. Ich bin völlig allein.

O Mist Mist Mist Mist Mist Mist Mist Mist Mist Mist Mist
Mist Mist Mist Mist Mist Mist Mist Mist Mist Mist Mist Mist
Mist Mist Mist Mist Mist Mist Mist Mist Mist Mist Mist Mist
Mist Mist Mist Mist Mist Mist Mist Mist Mist Mist Mist Mist
Mist Mist Mist Mist Mist Mist Mist Mist Mist Mist Mist Mist Mist
Mist Mist Mist Mist Mist Mist Mist Mist Mist Mist Mist Mist Mist
Mist Mist Mist Mist Mist Mist Mist Mist Mist Mist Mist Mist Mist
Mist Mist Mist Mist Mist Mist Mist Mist Mist Mist Mist Mist Mist
Mist Mist Mist Mist Mist Mist Mist Mist Mist Mist Mist Mist Mist
Mist Mist Mist Mist Mist Mist Mist Mist Mist Mist Mist Mist Mist
Mist Mist Mist Mist Mist Mist Mist Mist Mist Mist Mist Mist Mist
Mist Mist Mist Mist Mist Mist Mist Mist Mist Mist Mist Mist Mist
MIST MIST MIST MIST MIST MIST MIST MIST MIST
MIST MIST MIST MIST MIST MIST MIST MIST MIST
MIST MIST MIST MIST MIST MIST MIST MIST MIST
MIST MIST MIST MIST MIST MIST MIST MIST MIST
MIST MIST MIST MIST MIST MIST MIST MIST MIST
MIST MIST MIST MIST MIST MIST MIST MIST MIST
MIST MIST MIST MIST MIST MIST MIST MIST MIST
MIST MIST MIST MIST MIST MIST MIST MIST MIST
MIST MIST MIST MIST MIST MIST MIST MIST MIST
MIST MIST MIST MIST MIST MIST MIST MIST MIST
MIST MIST MIST MIST MIST MIST MIST MIST MIST
MIST MIST MIST MIST MIST MIST MIST MIST MIST
MIST MIST MIST ich kann nicht mehr, ich kann nicht mehr.

4: ICH BIN **KEIN SCHLECHTER MENSCH, ICH BIN EIN GUTER MENSCH.**

Ich tat, was meine Mutter wollte, was meine ehemalige Frau wollte, was ihr Vater wollte, ich hatte einmal einen Freund, der mich mochte, und nun ist man bei National Security Installations vollkommen zufrieden mit mir. Das beweist mein Gehalt. Ich gebe Spenden an Brot für die Welt, die Heilsarmee und die Krebsforschung, obwohl ich nicht erwarte, einen persönlichen Nutzen von diesen Organisationen zu haben. In überfüllten Zügen und Bussen biete ich Krüppeln und ärmlich gekleideten alten Frauen meinen Platz an. Ich habe nie im Leben einen Mann, eine Frau oder ein Kind geschlagen, nie die Beherrschung verloren, nie die Stimme erhoben. Seit meinem dreizehnten Geburtstag habe ich keine einzige Träne vergossen. Habe ich deshalb nicht in der Abgeschlossenheit dieses Körpers und der Heimlichkeit dieses Schädels das Recht erworben, jede Frau, die ich will, auf jede Art zu nehmen, die mir möglich ist? Aber

Aber ich hätte Big Mommas Anruf nicht beantworten sollen. Ich hätte Stroud, Hollis, Charlie und Max mit seidenen Morgenröcken und Masken hineinschicken müssen, und bevor sie etwas mit Superb anfingen, hätte ich meine Aufmerksamkeit

wieder Janine zuwenden sollen. Es gibt den traditionellen männlichen Glauben, daß Frauen bei einer Vergewaltigung Genuß empfinden, aber das ist reines Wunschdenken. Fast alle Leiber können mit ein paar Zuckungen automatischer Lust aufeinander reagieren, doch das ist etwas anderes als Genuß. Ich bin vergewaltigt worden, und es war lustvoll, aber danach fühlte ich mich wie ein elendes Nichts, ich wünschte mir, tot zu sein. Was mich deprimierte, war die Unmöglichkeit, sich dankbar zu zeigen. Wenn Denknichtansie und ich uns nicht liebten oder schliefen, lagen wir einfach da und umarmten einander, erstaunt und dankbar dafür, daß wir einander umarmten. Ich wünschte, wir hätten jenes Bett nie verlassen. Wenn sie angezogen war, sah sie nicht durchschnittlich aus wie die Redakteurin, sondern arm und unordentlich hör auf. Hör auf. Wenn ich meinen Anzug anhatte, glaubte ich, elegant zu sein, aber nein ich sah steif und langweilig aus, weshalb ich mich für GLAMOUR, für Helen entschied. Lügner. Helen entschied sich für mich oh, ich werde die Finger dieser Hand bis auf den Knochen durchnagen.
Autsch
Das tat weh. Beruhige dich. Wo war ich? Beim Nachdenken über Vergewaltigung.

Ich wünschte, ich könnte schlafen, doch Menschen, die mit offenen Augen träumen, benötigen nicht viel Schlaf. Mehr als drei Stunden pro Nacht schaffe ich nicht, dafür döse ich häufig in Zügen, Flugzeugen und Taxis. Rasche Bewegung hat etwas an sich, das den Geist entspannt. Das ist heutzutage eine Erfahrung, die viele machen. Außer ein paar verängstigten alten Weibern glauben wir alle, daß irgend etwas in der Zukunft uns vor dem Fall bewahren wird, wenn wir nur schnell genug dahinrasen. Aber dieses Bett steht still, ich muß erst über Vergewaltigung nachdenken. Nachdem Superb in meiner Abwesenheit gründlich vergewaltigt worden war, hatte ich zurückkehren und sie auf andere Überraschungen vorbereiten wollen, doch leider machte ich die Arbeit selbst, und nun fühle ich mich wie ein jämmerliches Nichts. Die Redakteurin gab mir immer dieses Gefühl, wenn wir uns liebten. Wir mußten zuerst betrunken sein. Jeder wußte, was der andere wollte, hatte aber trotzdem Angst – Angst, keine Lust zu spenden, Angst, keine zu empfangen. Ich begegnete ihr zum erstenmal aus geschäftli-

chem Anlaß, zum zweitenmal zufällig auf der Straße, und beidemal lud sie mich zum Kaffee in ihre Wohnung ein. Nach dem Kaffee kam Sherry, und als der ausgetrunken war, leerten wir ihren Whisky, und währenddessen laber laber redeten wir. Wahrscheinlich fand sie das genauso langweilig wie ich, doch wir hofften auf etwas Besseres. Schließlich ging ich für zehn Minuten hinaus, um uns noch eine Flasche Whisky zu kaufen, deshalb kann ich mich nicht mehr erinnern, wer den ersten Annäherungsversuch machte. Vermutlich ich. Gewöhnlich ist's der Mann. Wir taten es auf dem Kaminvorleger, und sie hatte immer einen Strumpf oder Strumpfhalter an, den ich ihr nicht ausziehen konnte. Danach wollte ich natürlich schlafen, genau wie sie, aber sie forderte mich immer auf, erst das Haus zu verlassen. «Was werden die Nachbarn denken, wenn sie dich hier am Morgen herauskommen sehen?» Ich sagte ihr, daß ich bis zum Mittag unsichtbar bleiben und erst dann die Wohnung verlassen würde. Ihre Nachbarn waren eine geschiedene Freundin, eine alleinstehende Mutter und zwei bejahrte Homosexuelle. Und dies war in einer Zeit, als Sex ohne Reue angeblich weit verbreitet war, aber nein: «Geh! Geh *jetzt*! Du *mußt jetzt* gehen!»
Sie weinte und wurde hysterisch, bis ich ohne einen Abschiedskuß verschwand, sogar ohne daß sie mich zur Tür begleitete. Beim zweitenmal dämpfte ich ihre Hysterie, indem ich sie noch einmal liebte, aber danach trieb sie mich auf genau die gleiche Weise hinaus. Also ging ich langsam durch die Straßen zu meinem leeren Bett und lag die ganze Nacht und den größten Teil des folgenden Tages darin. Ich fühlte mich zu leer und schwach, zu vergewaltigt, als daß ich auch nur eine neue Flasche Whisky hätte kaufen können.

Natürlich weiß ich, weshalb sie mich so hinauswerfen mußte. Wenn wir süß in ihrem Bett geschlafen, uns am Morgen wieder geliebt – das ist die beste Zeit – und sie mich zur Tür begleitet und wir uns nach einem Abschiedskuß getrennt hätten, hätte ich ihr dadurch, daß ich kein Wiedersehen vereinbarte, das Gefühl gegeben, ein Nichts zu sein. Ich war nicht sicher, ob ich sie gern genug hatte, um sie häufig zu treffen. Zwei Menschen können mit den herrlichsten Absichten zusammenkommen und irgendwann aus reiner Gewohnheit weitermachen. So war meine Ehe. Die Redakteurin vergewaltigte mich also dreimal, um mich daran zu hindern, sie zu vergewaltigen. Helen vergewaltigte mich einmal, als sie sich anschickte, mich zu verlassen.

Ganze neun Jahre lang (ich kann's heute kaum glauben) ganze neun Jahre lang teilten wir dasselbe Bett, ohne uns zu lieben. Dann schloß sie sich einer Theatergruppe an (ich hatte ihr seit langem zugesetzt, es zu tun) und begann, wieder schön auszusehen und gegen Mitternacht nach Hause zu kommen. Sie sagte, daß die Clubmitglieder nach den Proben auf einen Drink und einen Plausch zu einem von ihnen gingen. Eines Nachts kam sie zwischen drei und vier Uhr morgens nach Hause. Während sie sich auszog und ins Bett kroch, tat ich so, als schliefe ich, aber sie muß gewußt haben, daß es Verstellung war. Schließlich sagte ich: «Ich weiß, wie spät es ist.»
Sie antwortete nicht. Ich sagte: «Der Drink und der Plausch scheinen ja in eine regelrechte Party ausgeartet zu sein.»
Sie fragte: «Was willst du damit sagen?»
«Nichts.»
«Willst du damit sagen, daß ich dir untreu gewesen bin?»
«Nein.»
«Eine einzige Nacht in all den Jahren unserer Ehe sitze ich spät mit ein paar Freunden zusammen, die mich zu schätzen wissen, spreche mit ihnen über Theater, und sofort wirfst du mir Untreue vor! Beklage ich mich etwa über deine Sammlung abscheulicher Zeitschriften?»
Ich sagte nichts, und plötzlich umarmte sie mich wie in den frühen Tagen, umarmte mich so leidenschaftlich, daß mein ganzer Körper sich wiederbelebte. Ich liebte sie zu rasch – kein Wunder nach all den Jahren –, und als ich langsam und zärtlich von neuem beginnen wollte, wich sie zurück und weinte und teilte mir mit, daß sie in Wieheißternoch verliebt sei. Einen Jungen in dem Theaterclub. Sie hatten in jener Nacht zum erstenmal miteinander geschlafen, und er wollte sie heiraten. Ich blieb stumm. Sie sagte: «Du haßt mich wohl.»
Ich war verblüfft und kam mir albern vor, aber ganz bestimmt haßte ich sie nicht. In Helens Charakter war nichts Böses. In meinem dagegen ist Böses, weshalb ich jeden Schmerz verdiene, der mir zuteil wird. Sie sagte: «Ich kann dir nicht versprechen, ihn nicht wiederzusehen. Wenn du versuchst, mich davon abzuhalten, muß ich dich sofort verlassen.»

Ich erwiderte mit müder Stimme: «Such deine Lust, wo du sie kriegen kannst, Helen», und streckte die Hände aus, um sie zu umarmen, aber sie knipste das Licht an, trocknete sich die Augen und sagte: «Tut mir leid, aber wir dürfen das nicht mehr tun. Ich werde im Gästezimmer schlafen.»

Ich hätte anbieten sollen, selbst dort zu schlafen, aber ich konnte mich nicht bewegen. Als sie das Bett verließ, erschien es mir wie der einsamste Ort auf der Welt. Ich hatte nicht gewußt, wie sehr mich die bloße Wärme ihres Körpers gestärkt hatte. Seitdem leide ich an Schlaflosigkeit.

Hat Sontag mich je vergewaltigt? Nur intellektuell. «Diese Verbindung von Bordell und Polizeiwache, die du dir ausgedacht hast, ist – ich hoffe, das siehst du ein – kein Phantasiegebilde. Es gibt Variationen davon in allen Nationen, außer vielleicht in Skandinavien und den Niederlanden.»

«Blödsinn, Sontag!»

«Ist dir klar, daß der Pariser Polizeichef vergewaltigten Frauen öffentlich geraten hat, nicht ohne Begleitung auf einer Polizeiwache Anzeige zu erstatten, da sie Gefahr laufen, noch einmal vergewaltigt zu werden? Ist dir klar, daß in Deutschland...»

«Rede nicht von den Konzentrationslagern!» befahl ich und legte die Finger über die Ohren.

«Werde ich nicht, aber du hast vom Erhängungstod der Meinhof in diesem seltsam unsicheren deutschen Hochsicherheitsgefängnis gelesen. Wußtest du, daß die offiziellen Ermittler getrockneten Samen zwischen ihren Schenkeln fanden? Haben die Wärter sie gevögelt und dann aufgehängt oder sie aufgehängt und dann die Leiche gevögelt?»

«Die offiziellen Ermittler kamen zu dem Schluß, daß sie sich selbst aufhängte.»

«Sie hatten keine Erklärung für den Samen. Sie leugneten oder erklärten den medizinischen Sachverhalt nicht, sie ignorierten ihn, und die Fernsehberichte ignorierten ihn auch. Berija, der Chef der russischen Geheimpolizei, ließ Frauen, die ihm gefielen, verhaften und ins Gefängnis bringen, wo er sie nach Belieben mißbrauchte. Dann wurden sie wegen Verrats hingerichtet. In Amerika gibt es genauso egoistische Männer mit viel zuviel Macht. Natürlich ist das System, das sie manipulieren, ein anderes, aber dieser forensische Forschungsclub, den du erfunden hast, existiert fast mit Sicherheit, wenn auch wahrscheinlich eher in Süd- als in Nordamerika.»

«So etwas gibt's aber nicht in Schottland», sagte ich verzweifelt, «nicht in Großbritannien.»

«In Nordirland.»

«Erzähl mir nichts von Nordirland!» rief ich und hielt mir wieder die Ohren zu.

«Also gut, ich weiß ganz genau, daß in letzter Zeit auf der britischen Hauptinsel nur Männer auf Polizeiwachen zu Tode getreten wurden. Aber ein Mädchen, das ich kenne, wurde unter dem Verdacht verhaftet, mit einem Terroristen befreundet zu sein – unter dem Verdacht wohlgemerkt, denn sie war nicht mit ihm befreundet. Sie wurde nackt in eine Londoner Gefängniszelle gesperrt, eine sehr *kalte*, und von männlichen Wärtern drei ganze Tage lang unter Beobachtung gehalten.»

«Das kann ich kaum glauben.»

«Manchmal klingst du wie ein Konservativer.»

Fast hätte ich gelächelt.

Sontag dachte, ich sei eine Art Sozialist, denn sie wußte, daß mein Vater einer Gewerkschaft angehört hatte. Sie wußte nicht, daß in Großbritannien fast jeder in meiner Einkommensgruppe konservativ ist, besonders wenn sein Vater Gewerkschafter war. Nicht daß ich die marxistischen Ideen des Alten völlig zurückgewiesen hätte. Die These, daß jede Politik Klassenkampf ist, trifft offensichtlich zu. Jeder intelligente Tory weiß, daß sich in der Politik Leute mit viel Geld zusammentun, um Leute mit wenig Geld zu lenken, was natürlich in der Öffentlichkeit geleugnet wird, um die Opposition irrezuführen. Das was ich an Marx ablehne, ist der prophetische Teil. Er glaubte, daß die Schlechtbezahlten sich eines Tages organisieren und die Vermögenden überwältigen würden. Ich bin sicher, daß sie es nicht tun werden, und ich will mich keiner Bande von Versagern anschließen.

Das ist selbstsüchtig von mir und wahrscheinlich gemein, aber wie jedermann möchte ich lieber für gemein als für dumm gehalten werden. Ein Mann mit Geld auf der Bank, der sich für die Schlechtbezahlten einsetzt, wirkt immer dumm oder scheinheilig. Ich habe mal einen gehört.

Ich nahm an einer Konferenz schottischer Geschäftsleute teil, und wir machten es uns danach in der Bar bequem. Ein recht junger Mann fragte den Chef einer großen Brauerei, dem auch zahlreiche Pubs gehörten: «Wieviel zahlen Sie ihren Gastwirten?»

Der Chef sagte es ihm. Der junge Mann meinte: «Wie können Sie für ein so niedriges Gehalt zuverlässige Leute kriegen?»

Der Chef sagte: «Können wir nicht, aber wir kommen sehr gut mit unzuverlässigen Leuten aus.»

Der junge Mann wollte mehr wissen. Der Chef erklärte: «Die Wirte vergrößern ihr Einkommen, indem sie den Lohn ihres Personals niedrig halten. Das Personal vergrößert seine Einkünfte, indem es die Kunden betrügt. Wenn ein Kunde sich laut über zu knappe Abfüllungen oder verwässerten Whisky beklagt, feuern wir den Wirt und stellen einen neuen ein. Es gibt nie einen Mangel an bereitwilligen Wirten und nie einen Mangel an Kunden.»

Der junge Mann sagte: «Das scheint mir ein völlig korruptes System zu sein.»

«Ich neige dazu, Ihnen zuzustimmen. Aber es ist ein profitables System und ganz legal.»

«Das System gefällt Ihnen also.»

Der Chef zuckte die Achseln. «Nicht besonders, aber meine Neigungen spielen für das Geschäft keine Rolle. Um höhere Löhne zu zahlen, kann ich die Profite einschränken und die Aktionäre verprellen, oder ich kann die Preise anheben und die Kunden in die Pubs unserer Konkurrenz treiben. In beiden Fällen wird die Firma von denen geschluckt, die ihren Angestellten weiterhin so wenig wie möglich zahlen.»

Der jüngere Mann sagte: «Aber Ihnen gehören nicht nur die Brauerei und die Pubs.»

In diesem Moment war er, wie ich bemerkte, sehr aufgewühlt, vielleicht betrunken. Der Brauereichef antwortete: «Tut mir leid, aber ich begreife nicht, worauf Sie hinauswollen.»

«Ihnen gehören eine Menge Ackerland und eine halbe Fernsehgesellschaft und ein Moorhuhnrevier im Hochland und ein Haus in London und eine griechische Insel.»

Der Chef sagte: «Das ist nicht ganz korrekt. Ich bin Direktor verschiedener Gesellschaften, denen diese Dinge gehören. Die einzigen Besitztümer, die ich persönlich habe, sind meine Häu-

ser. Aber korrekt oder nicht, ich sehe nicht den Zusammenhang mit unserem vorherigen Thema, dem Gehalt des durchschnittlichen schottischen Gastwirtes.»
Der junge Mann sagte: «Ja, ich bin sicher, daß Sie den Zusammenhang nicht sehen», und wandte sich ab, um fortzugehen. Der Brauereichef streckte eine Hand aus, packte den jungen Mann am Ärmel und ließ nicht los. Der Chef war ein großer Mann, einer von denen, die sich durch irgendeinen Sport fit halten. Sein Gesicht hatte sich leicht gerötet, aber seine Stimme blieb ruhig, fest und gleichmäßig, außer wenn er *mein Sohn* sagte. «Hören Sie zu, *mein Sohn,* vielleicht gefällt Ihnen das russische System besser, wo alles Land und alle Geschäfte der Kommunistischen Partei gehören, die nichts als eine riesige Gesellschaft mit beschränkter Haftung und ohne einen einzigen Konkurrenten ist. Gestatten Sie mir, Ihnen mitzuteilen, daß auch russische Bosse ihr Stadthaus, ihr Landgut, ihre Ferienvilla in einem angenehmeren Klima haben. *Und* sie sind weit weniger tolerant Knaben gegenüber, die große Reden schwingen. *Und* ich bezweifle, daß die Pubs dort besser sind als unsere. Verschwinden Sie und denken Sie darüber nach.»
Er ließ den jungen Mann los und blieb zurück mit dem Chef einer Firma, die Katzenfutter absetzte, und mit dem Sicherheitsexperten. Das war ich. Die beiden Chefs lächelten einander an (ich bewundere es, wie kühl diese Leute sein können), aber ich sah, daß sie im Grunde recht verstimmt waren. Der Brauereimann sagte: «Dieser junge Kerl hat noch eine Menge zu lernen. Ich rede von seinen Manieren.»
Der Katzenfuttermann sagte: «Verurteilen Sie ihn nicht so streng. Er hat gerade erfahren, daß seine Beförderungschancen ziemlich klein sind.»
Der Brauereimann antwortete: «Ich dachte mir, daß so was dahintersteckt. Was meinen Sie, Jock?»

Diese Leute nennen mich gern Jock. Sie würden sich freuen, wenn ich ihre Spitznamen benutzte, aber ich nenne sie nie bei irgendeinem Namen. Brauerei und Katzenfutter wußten, daß ich aus einer Familie stamme, die fast nichts besaß, also: «Der junge Bursche hat noch eine Menge zu lernen. Ich rede von seinen Manieren ... Was meinen Sie, Jock?» Und sie beobachteten meine Reaktion. Ich trank meinen Whisky mit einem nach-

denklichen Stirnrunzeln aus, tippte Brauerei mit dem Zeigefinger auf die Schulter und sagte: «Ich meine, daß ich eine Runde ausgebe. Was möchten Sie?»
Er starrte mich an, lachte schallend und klopfte mir auf den Rücken. Dann sagte er: «Jock, Sie sind wohl auch 'n linker Vogel. Ich nehm 'nen Riesenbrandy, wenn's recht ist.»
Einen Moment lang war ich froh, die gute Atmosphäre wiederhergestellt zu haben, ohne wie ein Schleimscheißer zu klingen, dann merkte ich, daß ich wie ein Schleimscheißer geklungen hatte. Brauerei würde seinen Kollegen bald erzählen: «Letzte Woche hab ich einen mit dem alten Jock von National Security getrunken. Er ist ein etwas linker Vogel, aber äußerst zuverlässig, und er kennt sich in seinem Fach aus. Und er ist kein Schleimscheißer, Gott sei Dank.» Mein Angebot, einen Drink auszugeben, hatte ihn beruhigt, was Sinn der Sache gewesen war. Weshalb sind Männer in starken Positionen so begierig, sich beruhigen zu lassen. Sie können nie genug davon kriegen. Sie kontrollieren fast alles, aber sie wollen bewundert und geliebt werden, weil sie auch so mächtig sympathische Burschen sind. Na ja, wer da hat, dem wird gegeben, und ich bestellte dem Saukerl einen Brandy und mir selbst einen Glenlivet-Malzwhisky.
Brauerei sagte nachdenklich: «Es könnte sich lohnen, unsere Pubs zu verbessern, wenn die Kunden anfingen, sie zu boykottieren und zu Hause zu trinken. Aber Sie wissen ja, wie unfähig der durchschnittliche Schotte ist, Gefallen an der Gesellschaft seiner Frau zu finden.»
Weil dies ein Witz sein sollte, kicherte Katzenfutter, und ich runzelte die Stirn und nickte kurz. Ich gelte als jemand, der keinen Sinn für Humor hat. Meine Vorgesetzten amüsieren sich, wenn sie sehen, wie wenig Humor ich habe. Es schüchtert sie auch ein wenig ein, und darauf gründet sich meine Selbstachtung. Und ich gehe lieber freundschaftlich mit Scheißkerlen unter hellen Lichtern um, als daß ich mit geprügelten Hunden im Dunkeln herumkrieche. Aber ich kann die Scheißkerle nicht besser leiden als die Hunde, und ich habe keine hohe Meinung von mir selbst. Ich bin ein Konservativer, weil ich helles Licht liebe. Aber ich kann auch ohne es auskommen. Der Tod wird mir keine Angst machen.

Ich bin einmal einem anderen Mann meines Schlags begegnet, einem Sergeanten im Argyll-Regiment, der bei Banketten in Offizierskasinos Dudelsack spielte. Er erzählte mir seltsame Geschichten über die Mätzchen, die diese Offiziere machten, wenn der offizielle Teil des Abends vorbei war: Zwanzig betrunkene Männer mit blanken Hemdbrüsten, Affenjacken und engen Tartanhosen bildeten eine menschliche Pyramide, um herauszufinden, ob der jüngste den Mut hatte, bis zur Spitze zu klettern und die Glühbirnen eines Kronleuchters zehn Meter über einem steingefliesten Fußboden herauszuschrauben; dazu kamen noch verrücktere homosexuelle Possen, die, wie ich geglaubt hatte, nur in besonders exzentrischen Freimaurerlogen praktiziert wurden. Dieser Dudelsackpfeifer war ein verläßlicher Mann mit ruhiger Stimme, deshalb vertrauten die Offiziere ihm und schlugen ihm vor, sich selbst zum Offizier ausbilden zu lassen. In Großbritannien hört jemand von niedrigerem Rang nur selten einen solchen Vorschlag. Der Dudelsackpfeifer lehnte ab. Die Ausbildung hätte nichts gekostet, aber er hätte es sich nicht leisten können, den Bräuchen des Offizierskasinos zu folgen, wo erwartet wird, daß die niederen Dienstgrade den höheren Drinks ausgeben, nicht umgekehrt. Neue Offiziere können es sich nicht leisten, mächtig anständige Kerle zu sein, wenn sie allein von ihrem Gehalt leben müssen. Und ich wurde plötzlich an etwas erinnert, was mir ein Busschaffner in den Tagen erzählt hatte, als Busfahrer und -schaffner noch nicht ein und dieselbe Person waren. Der Fahrer war höher qualifiziert und wurde deshalb besser bezahlt, doch eine Tradition besagte, daß gute Schaffner sich um ihre Fahrer «kümmerten», indem sie ihnen Pasteten mit Pommes frites und Limonade kauften. Wer verbreitete die Legende, daß die Schotten ein UNABHÄNGIGES Volk seien? Robert Burns.

Und sitzt ihr auch beim kargen Mahl
  In Zwilch und Lein und alledem;
Gönnt Schurken Samt und Goldpokal –
  Ein Mann ist Mann trotz alledem;

Trotz alledem und alledem,
  Trotz Prunk und Pracht und alledem!
Der brave Mann, wie dürftig auch,
  Ist König doch trotz alledem!

In Wirklichkeit sind wir eine Nation von Arschkriechern, was wir allerdings hinter Fassaden verbergen: einer Fassade großzügiger, freigebiger Männlichkeit, einer Fassade strenger praktischer Integrität, einer Fassade vergeblichen rührseligen Trotzes, zum Beispiel wenn wir nach Fußballspielen auf fremdem Boden Torpfosten und Fenster zerschlagen und wenn wir zu Silvester Selbstmord begehen, indem wir auf dem Trafalgar Square vom Brunnen springen. Deshalb habe ich für schottische Selbstverwaltung gestimmt, als die Engländer uns ein Referendum über diese Frage gewährten. Ich glaubte keine Sekunde lang, daß wir dadurch wohlhabender werden würden, wir sind ein armes kleines Land, sind's immer gewesen und werden's immer sein, aber es wäre ein Luxus, wenn wir die Schuld an unserem Schlamassel bei uns selber statt bei dem verfluchten alten Parlament in Westminster suchen könnten. «Wir sehen die Probleme Schottlands aus einer ganz anderen Perspektive, wenn wir nach Westminster kommen», sagte mir ein schottischer Abgeordneter einmal. Natürlich tun sie das, die Arschkriecher.

Tja, eine Mehrheit der Schotten stimmte genauso wie ich, obwohl Politiker der beiden großen Parteien im Fernsehen erschienen und uns mitteilten, daß ein eigenes Abgeordnetenhaus zu Einschränkungen der öffentlichen Ausgaben, geschäftlichen Verlusten und höherer Arbeitslosigkeit führen werde. Doch die normalen fairen Regeln für die Wahl einer neuen Regierung waren geändert worden. «Wenn ihr das Rennen mit knappem Vorsprung gewinnt, habt ihr verloren», ließ man uns wissen, also gewannen wir mit knappem Vorsprung und verloren das Rennen. Dann folgten Einschränkungen der öffentlichen Ausgaben, geschäftliche Einbußen und erhöhte Arbeitslosigkeit, und nun hat Westminster beschlossen, die Einnahmen aus dem Nordseeöl für den Bau eines beschissenen Tunnels unter dem Ärmelkanal auszugeben. Wenn wir noch einmal an dem Rennen teilnehmen könnten, würden wir es mit großen Vorsprung gewinnen, deshalb dürfen wir nicht noch einmal daran teilnehmen reg dich ab reg dich ab du stachelst dich bis zur RASEREI auf, mein Junge, denk an das, was du Superb verpaßt, denk an das, was du Janine verpaßt, denk nicht an die verpaßten Gelegenheiten der POLITIK.

«Du klingst manchmal wie ein Konservativer», sagte Sontag, und ich hätte fast gelächelt. Aber hätte ich ihr die Wahrheit über meine politische Einstellung verraten, hätte sie stundenlang versucht mich zu bekehren, und es fiel mir schon schwer genug, meine Phantasien vor ihr zu schützen. Wenn es ihr gelang, sie mit dem normalen Leben in Verbindung zu bringen, machte sie mich für jede Greueltat von Auschwitz und Nagasaki bis Vietnam und dem Krieg in Nordirland verantwortlich, aber ICH LEHNE ES AB, MICH FÜR ALLES SCHULDIG ZU FÜHLEN. Nachdenken ist eine Last, weil es alles miteinander verbindet, bis mich meine Mutter mein Vater Mad Hislop Jane Russell Atompilz Minirock enge Jeans Janine toter Freund Helen Superb Sontag Redakteurin traurige Lesbierin Polizei Big Momma und die Hure unter der Brücke umgeben und beweisen, daß ich ein schlechter Mensch bin, daß ich alles verkörpere, was mit der Welt nicht in Ordnung ist, daß ich ein Tyrann bin, ein Schwächling, daß ich ihnen nie gegeben habe, was sie wollten, daß ich soviel wie möglich an mich raffte. Deshalb lächelte ich nicht, sondern seufzte und sagte: «Hör auf mit der Politik, Sontag, und laß uns zum Sex zurückkehren. Du bist eine solche Expertin auf diesem Gebiet, Sontag.»
Das stimmte nicht. Sie hatte eine Menge über Sex gelesen und praktizierte gern sehr schwierige akrobatische Stellungen, die, wie mir schien, mehr Mühe bereiteten, als sie wert waren und sie sehr wütend über meine Unzulänglichkeit machten. Aber am besten gefiel es ihr, mit dem Kopf nach unten in einem Sessel zu liegen und die Beine breit über die Lehne zu spreizen, während ich dahinter stand und ihre Fotze mit der Zunge bearbeitete. Es war eine Stellung, die mir den geringstmöglichen Körperkontakt gestattete und die mich überhaupt nicht erregte, wenngleich ich es stundenlang – so kam es mir vor – tun konnte, während sie sich an die Seitenlehnen des Sessels klammerte, verzückt aussah und leise vor sich hinstöhnte. Danach schmiegten wir uns immer im Bett aneinander, und ich erzählte ihr meine schmutzige Geschichte. Sie fragte: «Wie kann ich aufhören, an Politik zu denken, wo deine Phantasie doch eine so überzeugende politische Struktur hat?»
«Ich habe andere Phantasien, die ganz und gar unlogisch, ganz und gar unmöglich sind.»
«Erzähl mir von einer.»

Ich erzählte ihr von einem Miss-World-Schönheitswettbewerb, dessen Endrunde in Thailand stattfinden soll. Die hundert schönsten Mädchen aus allen Ländern des Globus sind dorthin mit einem Düsenflugzeug unterwegs, das auf Befehl eines arabischen Ölscheichs entführt und zur Landung auf seinem Privatflugplatz gezwungen wird. Dann zwingt man die Mädchen zu einer Schönheitsparade ohne die gräßlichen einteiligen Badeanzüge, die sie normalerweise tragen, und wählt zwanzig Königinnen mit Hilfe einer Prüfung aus, die auf mehr als dem Augenschein beruht. Während ich sie beschrieb, geriet Sontag in Erregung, und wir erlebten zur Abwechslung eine leidenschaftliche, unkomplizierte kleine Vögelei.

«Ja», sagte sie danach, «es war ein befriedigender Gedanke, daß die blöden Ziegen, die an solchen Wettbewerben teilnehmen, bekommen, was sie verdient haben, aber halbe Prostitution, gefolgt von wirklicher Entführung, ist immer üblich gewesen, und die anderen Einzelheiten stammen aus den alltäglichen Nachrichten. Dein einziger origineller Zug ist das Ausmaß der Operation. Wieviel Sex du wohl entbehrt hast, um dir solche Dinge ausdenken zu müssen.»

Aber ich hatte ihr nicht die ganze Geschichte erzählt. Während die zwanzig siegreichen Königinnen dem Scheich und seinen vier Söhnen in einem Harem zu Gefallen sind, müssen die achtzig Verliererinnen den Königinnen als Sklavinnen dienen. Die Königinnen dürfen soviel Schmuck tragen, wie sie wollen, und ein einziges Kleidungsstück. Miniröcke überwiegen. Die Sklavinnen sind nackt, dürfen aber Kosmetika verwenden und haben Zeit, sich attraktiv herzurichten, denn wenn einer der Männer einer Königin überdrüssig wird, kann er sie ersetzen, indem er ihr den Rock abreißt und ihn jeder beliebigen Sklavin verleiht, die sein Interesse erweckt. Die Privilegien der Königinnen und die Mühen der Sklavinnen sind so bizarr, daß die nackten Mädchen ständig um die Aufmerksamkeit ihrer Herren wetteifern, während die bekleideten in Furcht vor den nackten leben und sie erniedrigen, damit sie weniger attraktiv sind. Die dominierenden Männer finden dies unterhaltsam. Wahrscheinlich waren große Harems so organisiert, und die meisten Gesellschaften sind es ganz gewiß, Gott sei Dank gehöre ich nun zu denen, die nicht in Gefahr sind, ausgezogen zu werden. In meinem Harem für die Schönheiten der Welt verliebt sich der jüngste Sohn des Scheichs in Miss Polen und sieht keine andere mehr an. Sie nutzt ihre Macht über ihn, um Waffen zu besorgen und die anderen Mädchen – Sklavinnen und Königinnen gleichermaßen – für einen Ausbruchversuch auszurüsten, aber der Plan wird von drei Königinnen verraten. Miss England meint, daß nette Mädchen keine Waffen anfassen sollten, Miss Rußland meint, Männer seien so klug, daß sie nicht besiegt werden könnten, Miss Amerika findet das Leben im Harem interessanter und aufregender als irgendwo sonst. Der Sohn des Scheichs ist plötzlich stärker von Miss Amerikas eifrig-gefügiger Haltung als von Miss Polens trotziger angetan, also wird Miss Polen ausgezogen und bestraft, um die anderen zu warnen und zu unterhalten. Wenn ich Sontag dies alles erzählt hätte, wäre sie überzeugt gewesen, daß ich ein Konservativer bin.

Doch ihre Frage geht mir immer noch im Kopf herum: «Weshalb erfindest du so verachtenswerte Schurken?» Hier haben wir es mit einem Geheimnis zu tun, das für mich undurchschaubar ist. Ich finde die meisten Frauen, denen ich begegne, anziehend, ich fürchte und verachte die meisten Männer, ich habe in meinem Leben nur einen einzigen Freund gehabt, doch mich erregen Phantasien von Welten, in denen Männer die absolute Herrschaft ausüben. Vielleicht ist meine Arbeit daran schuld. Jeder sieht das Leben vom Standpunkt seines Berufs aus. Für den Arzt ist die Welt ein Krankenhaus, für den Makler eine Börse, für den Anwalt ein riesiger Gerichtshof, für den Soldaten eine Kaserne und ein Manövergebiet, für den Bauern Ackerboden und schlechtes Wetter, für Lastwagenfahrer ein Straßennetz, für Müllabfuhrleute eine Kehrichtgrube, für Prostituierte ein Bordell, für Mütter ein unentrinnbarer Kindergarten, für Kinder eine Schule, für Filmstars ein Spiegel, für Bestattungsunternehmer eine Leichenhalle und für mich selbst eine solar angetriebene Sicherheitsanlage, die nur durch den Tod zu knacken ist. Im Alltagsleben umschließt und beherrscht die Anlage mich, aber in meiner Phantasie stehe ich außerhalb, manipuliere sie, spähe hinein und sehe, Janine?

Noch nicht. Superb.

Ich werde Superb unvergewaltigen und die Turnhalle und die Polizisten, die überflüssig sind, beseitigen. Auch den Koffer mit dem Minirock darin. Sie ist in diesen engen weißen Jeans sexy genug. Wenn ich es mir recht überlege, möchte ich sie in der Latzhose eines Arbeitsanzugs. Und ich werde die Sache mit der Überholung des Wagens fallenlassen: Max folgt ihr in die Garage und fleht sie an, ihn an diesem Wochenende nicht allein zu lassen, aber sie stop.

Stop. Wenn ich wieder anfange, mir Superb vorzustellen, werde ich erneut die Beherrschung verlieren und mich wieder selbst hassen, weil ich Grausamkeit HASSE, ich haßte Mad Hislop, vor allem haßte ich einen völlig Fremden alt genug um mein Vater zu sein der mit seinen beiden Söhnen an mir vorbei mitten in mein eigenes Zimmer trat und WHISKY schnellschnellschnellschnellschnell auf den Fußboden, hol die Flasche für den Notfall aus dem, zur Hölle mit diesem Schloß, Koffer unter dem Bett. Heb den Deckel, schnapp dir die Flasche, dreh den Verschluß auf. Ein guter Tropfen. Direkt aus der Flasche. Noch mal. Noch mal. Tauch dieses verrottende Hirn tief in reinigenden Alkohol. Noch mal. O Wärme, Dummheit, mein lieber lieber Freund weshalb tun mir die Beleidigungen immer noch weh, mit denen der verdammte alte Mann mich überhäufte? Der, so glaubte er, nur das Beste für seine Tochter tat. Weshalb war das die schlimmste Vergewaltigung, die ich je erlitten habe? Weshalb macht es mir immer noch was aus? Er ist tot, ich bin alt, wir alle sind Feiglinge. Er muß sich sehr dumm vorgekommen sein, als er die Wahrheit entdeckte. Genau wie ich. Genau wie Helen.

Schenk sorgfältig das Glas voll. Leg dich ins Bett, schlürfe langsam. Die Teile dieses Geistes lösen sich selig voneinander, Gedanken trennen sich von Erinnerungen, Erinnerungen von Phantasien. Wenn ich Glück habe, wird von nun an nichts an meine Oberfläche treiben als köstliche Fragmente.

5: ICH BIN DAS AUGE, MIT DEM DAS UNIVERSUM SICH SELBST GEWAHRT UND WEISS, DASS ES GÖTTLICH IST.

Wir gingen in einem Wald spazieren, in dem helles Sonnenlicht durch die Blätter schien. Zwischen den Stämmen zu unserer Rechten waren niedergefallenes Farnkraut – hier und da reckte ein neuer Stengel eine gewundene grüne Spitze empor – und eine Trift aus Glockenblumen, dazu das schnalzende Gurgeln des Flusses. Zur Linken war noch mehr verwelktes Farnkraut über einem Hang mit Moos und Primeln. Es hatte kurz zuvor geregnet. Alles glänzte, die Düfte von Farn, Kiefern und feuchter Erde waren besonders scharf, und der Pfad war voller Pfützen. Vater und Mutter hielten mich zu beiden Seiten an der Hand und schwangen mich über diese Pfützen hinweg. «Mehr, mehr!» rief ich, während wir uns der jeweils nächsten näherten, womit ich meinte: «Höher und weiter!» Ich war drei Jahre alt, vielleicht eher zwei, aber ich war das Auge, mit dem das Universum sich selbst gewahrte und wußte, daß es göttlich ist. Die Pfützen waren klare Spiegel, voll von Ästen und Sonnenlicht, die Glockenblumen waren wie Öffnungen in einem unterirdischen Himmel, ich habe seither nie etwas so Gelbes gesehen wie diese Primeln, als das Licht sie berührte. Später ritt ich auf den Schultern meines Vaters. Ich ritt lieber auf ihm, weil er mich höher hob, als meine Mutter es konnte, und mein Gewicht war keine Last für ihn, deshalb lehnte ich mich zur Seite und tätschelte ihr mit königlicher Herablassung den Kopf. Welche Farbe hatte ihr Haar? Blickte sie auf und lächelte sie mir zu? Ich hab's vergessen, aber ich weiß, daß ich vollkommen glücklich war, und im Sonnenlicht.

Ich wünschte, ich wäre die Sonne, die auf der ewigen Höhe des Mittags lebt und auf die Mitte der großen Kontinente hinabstarrt. Macht es dem Sonnenlicht Spaß, die Körper zu berühren, die es uns zu sehen gestattet? Wenn es ihm Spaß machte, ließe sich vieles verstehen: zum Beispiel, weshalb das Leben begann. O ich wünschte, ich wäre die Sonne. Wie froh alle Frauen wären, mich zu spüren, jede würde sich ohne Scham ausziehen und sich mir weit mehr öffnen als einem Mann, an Privatstränden, in Patios und auf Rasen würden die köstlich jungen, die blühend reifen, die kleinen Mädchen, die alten Großmütter sich träge umdrehen, um sich auf beiden Seiten gleichmäßig von mir bräunen zu lassen. Nur Schottland wäre vor mir verhüllt, durch diese elenden Wolken. Plötzlich ist mir kalt, und ich fühle mich einsam. Spiegel, die Spiegel widerspiegeln, das ist die ganze Chose. Wer hat das gesagt? Mad Hislop.

Spiegel, die Spiegel widerspiegeln, das ist die Chose wo unwissende Heere bei Nacht zusammenprallen vor dem Männerblut eiskalt gerinnt. Sehr viele wohltönende Sätze haben in letzter Zeit begonnen, in diesen Kopf zu sprudeln. Ich muß sie von Hislop aufgeschnappt haben, der vielleicht mein wirklicher Vater war. Er rezitierte alle großen Dichter auswendig, abgesehen von Burns, den er verachtete. Er pflanzte mir einen aufrichtigen Haß auf Dichtung ein. Seit der Schule habe ich keinen einzigen Gedichtband geöffnet, abgesehen von Burns. Der Mathematik- und der Fachkundelehrer waren gewöhnliche bequeme Männer, die kaum je den Riemen benutzten, ich war gut in ihrem Unterricht, aber Hislop, Hände in den Taschen, pirschte durch das Klassenzimmer und deklamierte Verse, die uns Jungen unverständlich waren, und wir saßen still wie Steine, voller Furcht vor dem Moment, wo er einen von uns aufrufen würde.

«Hierher ich kam, einen stimmlosen Geist zu sehen, wohin o

wohin wird sein Begehr mich nun treiben. Warum starrst du mich so an, heller Knabe?»

Ich starrte ihn an, weil er mir angst machte und weil ich glaubte, er würde mich bestrafen, wenn ich anderswohin blickte.

«Ich weiß nicht, Sir.»

«Du weißt es nicht. Liegt es daran, daß du ein Idiot oder ein Lügner bist?»

«Ich weiß nicht, Sir.»

«Zeig mir dein Schreibheft. Hm. Fünf Rechtschreibfehler und ein fast völliger Mangel an Interpunktion. Du bist ein Idiot. Was bist du?»

«Idiot, Sir.»

«Nuschele nicht. Antworte laut und deutlich, wenn ich dir eine Frage stelle. Was bist du?»

«ICH BIN EIN IDIOT, SIR.»

«Dann werde ich dir eine Übung geben, die deinen Verstand ins Lot bringt. Ich habe keine Lieblinge in dieser Klasse. Geh an die Tafel.»

Das ist eine üble Erinnerung.

Wenn ich mich einmal an nichts als angenehme Fragmente erinnere, wird mein Leben vollkommen glücklich sein. Ich habe drei großartige, angenehme Dinge erlebt: Denknichtansie, Helen und Sontag. Sontag war am amüsantesten. Ich liebte sie nicht so sehr, daß es mir Schmerz bereitet hätte. Sie erschien ganz plötzlich, ein Jahr nachdem Helen mich verlassen hatte. Ich war in sehr schlechtem Zustand. Damals arbeitete ich nur in Glasgow, so daß ich mich nicht durch Reisen ablenken konnte, und ich hatte noch nicht gelernt, pausenlos betrunken zu sein. Gibt es viele von Krankheit oder Invalidität freie Menschen, die abends mit geballten Fäusten zu Hause sitzen, ständig das Fernsehprogramm wechseln und sich wünschen, daß sie genug Mut hätten, sich über die Brüstung einer hohen Brücke zu wälzen? Ich wette, es gibt Millionen von uns. Die Türklingel läutete, eine kleine Frau stand auf der Fußmatte, lächelte und sagte: «Hallo, ich kam gerade vorbei und hatte einen Moment Zeit, und ich dachte: Wohnt er immer noch hier? Ich gehe rauf und sehe nach. Also kam ich rauf, und du bist tatsächlich noch hier!»

Sie war attraktiv auf etwas gezwungene, grelle Art – so, wie ich mir Janine vorstelle –, und bei ihrem Anblick ließ die Verzweiflung in meinem Inneren nach, obwohl ich mich nicht entsinnen konnte, sie je gesehen zu haben. Ich sagte: «Komm rein. Hast du Zeit für eine Tasse Kaffee?»

Sie folgte mir in die Küche und sagte, während ich das Pulver mit dem Löffel in die Tassen füllte: «Diese Wohnung ist jetzt sehr sauber, aber auch ziemlich kahl.»

«Ich habe alles rausgeschmissen, was ich nicht brauche, und ich brauche sehr wenig.»

«Aber wie ernährst du dich? Ich bin sicher, daß du nicht gesund lebst. Wahrscheinlich ißt du dauernd aus der Bratpfanne.»

Ich erzählte ihr, daß ich früher viele Mahlzeiten gebraten, aber damit aufgehört hatte, als ich eines Morgens in Eile war und entdeckte, daß rohe Eier, in eine Tasse geschlagen, sehr gut runterrutschen und daß ungebratener Schinken nicht schlecht schmeckt, wenn man ihn lange genug kaut.

«Aber das ist entsetzlich! Ein Wunder, daß du noch lebst. Der menschliche Magen wendet viel mehr Energie auf, um das Albumen eines rohen Eis zu verdauen, als das Ei selbst produziert. Wenn man rohe Eier ißt, hungert man in Wirklichkeit. Und wer rohen Schinken kaut, bekommt unvermeidlich Bandwürmer. Die Fliegen legen ihre Eier unter die Schwarte. Braten ist eine giftige Art der Zubereitung, aber wenigstens tötet es die Fliegeneier ab.» Ich warf ein, daß ich gewöhnlich nicht zu Hause äße. Sie nippte ohne Begeisterung an dem Kaffee und fuhr fort: «Ich muß dir mal ein wirklich gutes Essen kochen. Leider wimmelt es in dem Haus, in dem ich jetzt wohne, von Frauen und Kindern, du würdest dich dort nicht wohl fühlen. Ich werde etwas kochen und in Töpfen herbringen, um es aufzuwärmen. Außerdem werde ich ein bißchen echten Kaffee mitbringen.»

Ich dankte ihr, und da sie ihr kulinarisches Geschick zur Verfügung stellte, schlug ich vor, den Rohstoff zu besorgen, was ich gern tun wolle, wenn sie mir eine genaue Einkaufsliste gäbe.

Sie entgegnete: «Nein. Es wird besser klappen, wenn ich auch einkaufe, du kennst dich bestimmt nicht mit den besten Einkaufsmöglichkeiten aus. Aber du kannst soviel Wein besorgen, wie du willst, darüber werde ich mich nicht beklagen.»

Wir einigten uns auf einen Tag und eine Zeit, und sie eilte sofort davon, fast ohne meinen Kaffee gekostet zu haben. Aber auf der

Türmatte drehte sie sich um, als wolle sie mir etwas sagen, wurde jedoch ganz still und sagte nichts. Also küßte ich sie. Dann riß sie sich los und rannte ohne ein weiteres Wort die Treppe hinunter. Ich kehrte aufgeregt und hoffnungsvoll zu meinem Fernsehapparat zurück. Innerhalb von vier Minuten hatte eine völlig Fremde mein teuflisch langweiliges Leben wieder lebenswert gemacht.

Das war ein Wunder. Die Wunder Christi interessieren mich nicht. Mir ist gleichgültig, ob sie echt oder falsch sind. Die einzigen Wunder, die für mich wichtig sind, haben Frauen bewirkt.

Wochen später sagte ich zu ihr: «Wie bist du darauf gekommen, mich damals zum erstenmal zu besuchen?»
«Helen hat es vorgeschlagen.»
«Helen? Kennst du Helen?»
«Wußtest du nicht, daß wir befreundet sind?»
«Nein.»
«Aber sie und ich unterrichteten an der Bearsden Academy. Ich war mit zwei oder drei anderen eines Sonntags zum Nachmittagstee hier. Damals traf ich dich zum erstenmal. Hast du das vergessen?»
«Warum hat Helen dir vorgeschlagen, mich zu besuchen?»
«Ich begegnete ihr zufällig in der Stadt – wir hatten einander seit zwei oder drei Jahren nicht gesehen –, und wir tranken einen Kaffee und plauderten ein bißchen. Wir waren beide ein wenig einsam. Ich hatte mich gerade von Ulric getrennt, und sie hatte Streit mit dem jungen Mann, dessentwegen sie dich verlassen hatte, also sprachen wir natürlich über Sex im allgemeinen und auch im besonderen. Verstehst du?»
«Ja.»
«Helen meinte, du seist ein Mann, der sich gut verführen lasse. Also kam ich her und tat es.»
«Sagte sie, weshalb es gut sein würde, mich zu verführen?»
«Nein. Es war eine beiläufige Bemerkung, die sie fallenließ, als wir uns verabschiedeten.»
Dann versuchte ich, mit Sontag zu schmusen, ich wünschte mir leidenschaftlich, sie ganz fest zu halten, weil ich glaubte, damit auch Helen zu umarmen. Aber an jenem Abend hatte ich Sontag

nicht lange genug mit der Zunge bearbeitet, um mir eine Umarmung verdient zu haben. Sie stand auf, begann sich rasch anzuziehen und sagte: «Ich habe dich immer noch sehr gern, aber Sex ist nicht alles. Es ist besser, wenn du in Zukunft wartest, bis ich dich anrufe, bevor wir uns treffen.»

Sehr viel später, als Sontag endgültig Schluß mit mir gemacht hatte, stand ich in einer Busschlange neben einer hageren, etwas exzentrischen älteren Dame mit attraktiver Figur. Sie blickte mich mit forschender Miene an, und plötzlich erkannte ich Helen. Als wir miteinander sprachen, lächelte sie und sah jünger aus. Ich sagte: «Vielen Dank dafür, daß du mir Sontag geschickt hast.»
Aber sie erinnerte sich nicht, es getan zu haben. Sie fragte: «Hast du wieder geheiratet?»
«Nein.»
Sie runzelte die Stirn. «Warum nicht? Du gehörst zu den Männern, die eine Frau brauchen. Du wärst sehr gut zu ihr, wenn sie durchschnittlich genug wäre.»
Diese Bemerkung verwirrte mich. Ich fragte: «Bist du verheiratet?»
«O nein, ich tauge nicht für die Ehe. Ich bin so lange bei dir geblieben, weil ich dachte, daß du mich brauchtest. Natürlich war ich damals ein bißchen feige, schrecklich konventionell.»
Ihr Bus kam, sie fuhr mit ihm davon und ließ mich ganz verwirrt zurück. Während unserer Ehe hatte ich selbst geglaubt, daß ich nur deshalb bei ihr blieb, weil sie mich brauchte. Und auch ich war feige und konventionell. Zehn Jahre des Zusammenlebens und ebenso viele der Trennung waren nötig, um zu entdecken, daß Helen und ich einander genau die gleichen Gefühle entgegengebracht hatten, und was hatten wir davon? Was hatten wir davon? Was hatten wir davon? Hör auf Jock es wird Zeit daß du dir wieder deine eigene Unterhaltung verschaffst.

Superb sagt am Telefon mit entschiedener Stimme: «Was ich wissen muß, ist, ob du dir nichts anmerken läßt, wenn Max morgen anruft.»
«Ich glaube schon.»
«Vielen Dank, Mutter», sagt Superb und hängt den Hörer ein. Sie rückt ihren Körper auf dem Bett zurecht und wählt dann eine

andere Nummer. «Hallo, Charlie. Alles in Ordnung. Mutter wird mich decken. Ich fahre in einer Stunde ab.»
«Warum nicht sofort?»
«Ich habe da noch diesen Ehemann. Wir essen immer noch zusammen. Das ist fast schon alles, was wir zusammen tun.»
«Wie siehst du aus?»
«Frisch und sauber. Ich habe geduscht und mir das Haar gewaschen, und ich trage eine neue weiße Latzhose, die ich erst heute gekauft habe, sag also nicht, daß ich dich nicht liebe.»
«Und oben?»
«Nichts Besonderes. Eine züchtige kleine Bluse.»
«Büstenhalter?»
«Natürlich nicht. Ich weiß, daß du das nicht magst.»
«Terry, zieh die Bluse aus.»
«Du böser verrückter Kerl!»
«Terry, wenn wir uns heute abend treffen, möchte ich, daß du nichts als die Latzhose trägst. Verstanden?»

Sie muß sich aus drei Gründen so anziehen.
1 Die Bergarbeitersöhne mit ihren groben Spielen, die meine Mutter ablehnte, trugen Latzhosen, so daß diesem Kleidungsstück die erregende Aura verbotener Spiele anhaftet, verstärkt durch LATZ, die erste Silbe des Wortes und das, was sich dahinter verbirgt.
2 Die Latzhosen der Bergarbeitersöhne waren schwarz, damit man den Schmutz darauf nicht sah. Superbs sind so weiß, daß ich genau sehe, wie schmutzig ich sie mache.
3 (a) Wenn Charlie sie von vorn umarmt, kann er eine Hand unter die Träger legen, um ihre Schulterblätter zu streicheln und allmählich an ihrem Rückgrat hinabzutasten, wo meine (nein) seine andere Hand vier Knöpfe über der Hüfte geöffnet hat und hineingeglitten ist, um die beiden Hügel ihres Hinterns zu erforschen.

(b) Wenn Charlie sie von hinten umarmt, kann ich (nein) er die Hand unter den Latz schieben, um ihre Brüste zu streicheln, während meine andere Hand vier Knöpfe über ihrer Hüfte geöffnet hat und hineingeglitten ist, um das Hügelchen ihres Bauches zu erforschen, sanft daran hinunterzutasten, bis zu der groben Matte und der weichen Stufe vor der süßen Tür meines Zuhauses.

Eine ferne Tür wird zugeschlagen, und Superb sagt: «Charlie, Max ist gerade gekommen. Bis um sechs.»
Sie legt den Hörer auf und geht nach unten.

Max sitzt im Wohnzimmer und starrt den leeren Fernsehschirm an. Sie geht an ihm vorbei in die Küche, wo der Tisch schon gedeckt ist, und sagt: «Komm und hau rein.»
Sie sitzen beim Essen. Er fleht sie an, dieses Wochenende bei ihm zu bleiben. Sie weigert sich. Plötzlich fragt er: «Wieso ziehst du dich wie eine Hure an?»
«Sag das noch mal, Max.»
«Wieso ziehst du dich wie eine Hure an, um deine Mutter zu besuchen?»
Sie lächelt süß und sagt: «Wovor hast du Angst, Max?»
Er sieht sie wütend an. Sie steht auf, schlendert zur Garagentür, dreht sich um, breitet die Arme aus und schüttelt die Hüften wie bei einem aufreizenden kleinen Shimmy. Sie fragt: «Sehen Huren wirklich so aus?«
«Und ob!»
Sie macht einen Schmollmund, löst den Latz der Hose, zieht ihre Bluse aus, läßt sie auf einen Stuhl fallen und befestigt den steifen Stoff wieder über ihren nackten Brüsten. Mit gespreizten Beinen, die Hände auf den Hüften, lächelt sie Max herausfordernd an und sagt: «Glaubst du, daß ich auf diese Weise mehr Kunden kriege?»
Weshalb kann er nicht auf sie zuspringen, sie zu Boden reißen und gründlich fertigmachen? Weil wir niemanden vergewaltigen können, den wir gut kennen. Ich kann's jedenfalls nicht. Und Max auch nicht. Er ist aufgestanden und steht geblendet da, eingeschüchtert von der prächtigen Vollkommenheit dieser Herausforderung. Er bringt nur hervor: «Mein GOTT, Terry, du wirst so doch nicht zum Haus deiner Mutter fahren?»
«Warum nicht, Max? Es ist ein warmer Abend. Und ich verspreche, keine Anhalter mitzunehmen, es sei denn, daß sie sehr jung, sehr hübsch und sehr, sehr kräftig sind.»
Sie geht in die Garage. Er folgt ihr. Während sie die Hand auf die Autotür legt, umfaßt er sie von hinten, verschränkt die Arme um ihre Taille und drückt das Gesicht in ihren Nacken. Sie seufzt geduldig und steht völlig still. Er flüstert: «Terry, es tut mir leid, daß ich das gesagt habe. Du siehst toll aus, wirklich

toll. Bitte bleib dieses eine Wochenende bei mir, Terry. Ich brauche dich.»

Sie hält völlig still, bis er sie losläßt. Dann steigt sie in den Wagen und sagt: «Ein andermal, Max. Momma erwartet mich.»

Sie fährt ab, genauso gekleidet, wie ihr Liebhaber es wünscht, ganz nackt und bereit unter der einteiligen Latzhose aus Jeansstoff.

Genau um sechs Uhr (zum Teufel mit achtzehn Uhr, ich hasse Quarzuhren) fährt sie in ein Parkhochhaus und weiß, daß Charlie zwei Minuten zuvor eingetroffen ist. Sie sieht seinen Wagen, bevor sie ihren eigenen in einer nahe gelegenen Lücke unterbringt, und erinnert sich an seine letzten Worte am Telefon: «Ich möchte, daß du nichts als die Latzhose trägst, verstanden?»

Ein leichtes Lächeln der Erregung gleitet über ihr Gesicht. *«Verstanden»*, flüstert sie und streift die Schuhe ab, bevor sie aus dem Wagen steigt. Ein Gefühl von grobem Beton unter den Füßen, ein Gefühl der Furcht, als sie rasch eine kalte Fläche zu dem roten Kabrio-Zweisitzer überquert. Parkhochhäuser sind unmenschliche Orte, öde Speicher für Maschinen, eine Szenerie für jede denkbare Missetat. Aber Charlie öffnet ihr die Tür, sie schlüpft in das, was sie für Sicherheit hält, die Tür schließt sich, sie küssen sich. Seine Hände streicheln kurz über ihren ganzen Körper. Sie flüstert: «Ich bin genauso, wie du's befohlen hast.»

«Gut», sagt er und läßt sie einen Moment lang los.

«Wohin bringst du mich?»

«Vorläufig nirgendwohin.»

Er streckt die Hand durch den Wagen hinweg aus und läßt an allen Fenstern Blenden niederschnappen. Ein trübes rotes Licht oberhalb der Windschutzscheibe läßt ihre sonnengebräunte Haut warm-negerhaft und die Latzhose rosa aussehen. Die beiden Sitze sind mit dickem Fell überzogen und haben sehr hohe Lehnen, die er flach herunterklappt. Der Schalthebel zwischen den Sitzen läßt sich wahrscheinlich herausschrauben oder umklappen, so daß er sie in die Arme nehmen, ihre Knöpfe öffnen, ihre etcetera freilegen kann. Werde ich mir ihr Liebesspiel in allen Einzelheiten vorstellen? Auf keinen Fall.

Tausenden von Menschen bereitet es offenbar Lust, sich vorzustellen, was Münder, Hände und Schwänze mit anderen Mündern, Brüsten und Fotzen anfangen, weil lange Beschreibungen dieser Tätigkeit Zeitschriften füllen, die an Bahnhofskiosken verkauft werden. Das scheint mir recht harmlos, doch überhaupt kein Vergnügen, sondern bloß gleitende Anatomie. Ja ja ja es ist das größte und wichtigste Gut der Welt, wenn sich zwei Menschen sicher genug, vertraut genug fühlen, um dem Körper des anderen ohne Hast, Sorge oder Gier Wonne zu bereiten und abzugewinnen. Früher einmal konnte ich mich solchen Zärtlichkeiten über eine Stunde lang hingeben, sie führten zu Schlaf, aus dem ich zu neuem Liebesspiel erwachte. Ich wurde so schmal und mager, daß mich meine Mutter, als ich an einem Wochenende nach Hause fuhr, fragte, ob ich begonnen hätte, Fußball zu spielen. Als ich verneinte, musterte sie mich aufmerksam und sagte: «Na schön. Aber sei sehr vorsichtig», und wir ließen das Thema fallen. Deshalb kann ich diese Beschreibungen nicht lesen, ohne mich völlig von dem abgetrennt zu fühlen, was mir am meisten Freude machte. In diesem Bett in Selkirk oder Peebles finde ich nur sexuelle Dramen zwischen egoistischen Ludern und hinterlistigen Verschwörern unterhaltsam, zwischen geilen Tyrannen und ihren Sklavinnen. Aber es wird mich nicht langweilen oder übermäßig erregen, wenn ich mir vorstelle, daß Charlie in seiner eleganten roten Kabrio-Vögelhöhle Superb liebt, wie ich Helen in den zwei Jahren nach unserer Heirat liebte. Während der letzten beiden Wochen eines herrlichen Sommers – eines Sommers, der reicher und exotischer war, als jeder Millionär, Präsident oder König ihn je erlebt hätte – liebte ich sie scheu, staunend, ohne sie ein einziges Mal zu berühren. Ich war nicht fähig zu glauben, daß sie sich auch nur das geringste aus mir machte. Doch nachdem sie in meine Kammer gekommen war, nach all den Drohungen, Tränen, der Scheinheiligkeit, dem falschen Lächeln und den noch falscheren Reden, lagen wir Seite an Seite in einem Bett, das die Kirche legalisiert und gesegnet hatte, und ich war immer noch fast unfähig, sie zu berühren. Manchmal legte ich einen Arm um ihre Schultern und verspürte einsames Mitleid mit uns beiden. Wir waren Opfer eines komplizierten Streichs, den niemand geplant hatte. Aber ich konnte, wollte sie nicht lieben, bis sie andeutete, daß sie es wünschte, und dann stachelte ich mich auf, indem ich sie streichelte, als sei sie die Sklavin einer völlig egoistischen Lust, und ich nahm sie rachsüchtig mit einem Penis, den ich mir als Knüppel oder rotglühendes Eisen vorstellte. Superb soll der furchtsamen Liebkosungen ihres Mannes so überdrüssig sein, daß Charlies Technik des harten Knüppels oder rotglühenden Eisens genau das ist, was sie sich wünscht. Er wendet diese Technik zweimal kraftvoll an, und danach murmelt sie, in seinen Armen dösend: «Mmm das hatte ich nötig, Honey. Wie gut du bist.»

Helen schien diese Art der Liebe Freude zu machen. Es war schnell vorbei, aber danach umschlang sie mich fest, wenn ich es zuließ. Manchmal gab mir der Koitus ein solches Gefühl von Energie und Hoffnung, daß ich aufstehen, mich anziehen und einen Spaziergang durch die dunklen Straßen machen mußte, um nachzusinnen, wie ich mein Leben verbessern könnte. Sollte ich sie verlassen? Sollte ich auswandern? War es unmöglich, eine Frau zu finden und zu lieben, die mich respektieren und die ich respektieren könnte? Manchmal, nach einem schwierigen Tag, erschöpften mich unsere Zärtlichkeiten auf angenehme Weise, ich lag in ihren Armen und hatte das Gefühl, daß das Leben gar nicht so schlecht sei. Eines Abends kam ich nach Hause und sah auf dem Wohnzimmertisch einen Stapel von Sadoillustrierten, *In Fesseln, Huren in Harnisch, Knorrig* oder so ähnlich. Vielleicht errötete ich. Auf jeden Fall wurde mein Gesicht heiß. Helen sagte: «Die waren in deinem Schreibtisch. Ich habe nicht spioniert, sondern einen Umschlag gesucht. Wenn du sie verstecken wolltest, hättest du die Schublade abschließen sollen.»
«Ja, das hätte ich wohl.»
«Warum hast du sie gekauft?»
«Sie helfen mir.»
«Wobei?»
Ich beschloß, nicht von Masturbation zu sprechen. Helen wollte Sex nur zwei- oder dreimal pro Woche, ich brauchte ihn öfter. Ich sagte: «Sie helfen mir bei dir.»
«Wieso?»
«Sie helfen mir zu kommen. Zu ejakulieren.»
Nach einer langen Pause sagte sie tonlos: «Du liebst mich nicht.»
«Ich liebe dich mehr als jeden Menschen, den ich kenne.»
«Aber wenn wir uns lieben, stellst du dir vor, gräßliche Dinge mit mir zu machen.»

«Nur zum Spaß.»
«Ich brauche eine Tasse Tee.»
Ich verließ das Zimmer. Ich brachte die Illustrierten hinaus zum Müllhaufen und vergrub sie unter alten Flaschen und Kartoffelschalen; dabei wußte ich, daß sie mich vom Küchenfenster aus sehen konnte. Später, als ich neue gekauft hatte, schloß ich die Schublade tatsächlich sorgsam ab. Aber nach jenem Tag liebten wir uns erst wieder, als neun Jahre vergangen waren. Warum? Sie hatte bis dahin meine Art, sie zu lieben, gern gemocht, jedenfalls hatte ich sie zu nichts gezwungen. Vielleicht schokkierte sie die Entdeckung, daß mein flotter Knüppel mehr als ein zahmes Tier war, das sie herbeirief, um sie zu bedienen. Vielleicht träumte sie davon, mich völlig zu beherrschen. Zweifellos haßte sie es, sich unterworfen zu fühlen. Genau wie ich.

Ich hasse es, mich unterworfen zu fühlen, deshalb liegt Superb, behaglich geknüppelt, in trägem Dusel da, während Charlie sich aufsetzt, die Lehne seines Sitzes aufrichtet und sagt:
«Du brauchst dich nicht zu bewegen.»
«Wohin bringst du mich?»
«An einen ruhigen kleinen Ort auf dem Lande.»
«Mein Koffer ist noch in dem anderen Wagen.»
«Laß ihn da. An diesem ruhigen kleinen Ort gibt es alles, was eine Frau benötigen könnte.»
«Klingt himmlisch.»
Er fährt los, und Superb schläft ein. Ich nehme an, eine gebieterische Frau kann gelöst sein, wenn sie mit einem Mann desselben Typs zusammen ist, vorausgesetzt, sie glaubt, daß sie fähig ist, ihn jederzeit loszuwerden.

Sie erwacht, als der Wagen anhält. Die Decke wird sanft entfernt, und Charlie beugt sich nieder, um sie zu küssen. Er sagt: «Wir sind da.»
«Ich möchte nicht aufstehen.»
«Leg dich auf den Bauch.»
«Warum?»
«Ich habe eine Überraschung für dich. Ein Geschenk.»
Superb rollt sich auf den Bauch. Sie spürt, wie er ihren rechten Arm packt und wie etwas Kaltes oberhalb des Ellbogens zuschnappt, dann wird ihr linker Arm heftig zurückgerissen, wie-

der schnappt etwas zu, und sie entdeckt, daß ihre Ellbogen hinter ihr mit Handschellen gefesselt sind. Sie ruft: «Das tut *weh*, Charlie!», und beginnt, sich auf die Knie aufzurappeln, doch seine Hände, plötzlich grob, drücken heftig gegen ihre Schultern und zwingen ihr Gesicht wieder hinunter in das Fell, während er sich über sie kniet. Wo ist die Latzhose? Um einen Fußknöchel geheddert, sie ist nackt. «Charlie», keucht sie, «was hast du vor?»

Seine Antwort läßt sie den Schmerz in ihren Ellbogen vergessen.

«Hör zu, Terry. Hör genau zu, oder du wirst kein Wort verstehen. Wir sind im Keller einer Organisation, die mir 'ne Menge Geld dafür bezahlen wird, daß ich dich hergebracht habe. Aber bevor ich dich übergebe, sollst du was ganz Besonderes kriegen, damit du mich nicht vergißt.»

Und seine Hände packen brutal ihre Hinterbacken und GEFAHR ÜBERERREGTHEIT GEFAHR ÜBERERREGTHEIT, DENK AN ANDERE DINGE RASCH WORAN? EGAL, DIESE HABE ICH GELIEBT, DER GROBE MÄNNLICHE KUSS VON DECKEN, GUTER KRÄFTIGER DICHTER BENEBELNDER WEIHRAUCH und verzuckert, milder noch als Rahm.

Wenn milden Regen der April uns schenkt und grad so künden heut sich grause Dinge wo Reichtum wächst und Menschen modern Vogel warst du nie.

Ich bin ein Idiot.

«Du brauchst eine Übung, um deinen Verstand ins Lot zu bringen. Ich habe keine Lieblinge in dieser Klasse. Geh an die Tafel, nimm die Kreide und schreib drei einfache Wörter, die ich dir diktiere. Für jedes falsch buchstabierte Wort bekommst du einen Schlag mit meinem berühmten Lochgelly. Bist du bereit? Blusen. Blößen. Fossil.»

Ich buchstabierte nicht schlecht, diese Wörter fielen mir sonst immer leicht. Und ich schrieb

B L U S E N

B L Ö

und blieb stecken. *Blößen* kam mir plötzlich höchst unwahrscheinlich vor. Ich schloß einen Kompromiß und schrieb

B L Ö S E N .

Ein Mädchen kicherte. In Hislops Klasse wurde erwartet, daß die Mädchen in bestimmten Momenten kicherten, besonders die hübschen. Ich wußte jetzt, daß ich wenigstens einen Schlag mit dem Riemen bekommen würde, und das Wort *Fossil*, vor meinem geistigen Auge vollständig ausgeprägt, schien plötzlich ganz unglaublich. Ich schrieb FO und konnte nicht fortfahren. Hislop seufzte und setzte sich an seinen Schreibtisch, die Ellbogen auf die Platte gestützt und das Gesicht in den Händen wie ein erschöpfter und niedergeschlagener Mann. Er sagte: «War es dafür, daß der Ton hochwuchs? Vielleicht wird eine der Damen, Heather Sinclair, ihm zeigen, wie man Fossil buchstabiert.»

Also trat die beste Buchstabiererin der Klasse vor, korrigierte Blößen und vervollständigte Fossil, während Hislop den berühmten Lochgelly hervorholte und mir befahl, die Hände auszustrecken. Ich hätte sie nicht ausstrecken sollen. Es gestattete ihm, würdevoll auszusehen, während er mir weh tat. Aber wann war man gegen Hislop je ungehorsam. Wenn er jemandem zwei Hiebe mit dem Riemen versetzte, benutzte er beide Hände und holte von der Schulter her aus, so daß es fast genauso schmerzte wie das gesetzliche Maximum von sechs Hieben, die mit einer Hand vom Ellbogen her verabreicht wurden. Ich schrie beim ersten Schlag auf und krümmte mich beim zweiten fast über meinen verkrüppelten Händen zusammen. Er sagte: «Jetzt sieh mir ins Gesicht!», und seine Stimme hatte die hysterische Schärfe, die ihm seinen Spitznamen eingebracht hatte. Ich sah ihn an. Ich schluchzte nicht, sondern ich weinte, die Tränen, die er verachtete, strömten mir über die Wangen. Er sagte: «Du bist nichts als ein großes Waschweib. Geh zu deinem Platz!»

Das Schlimmste, was er einen Jungen nennen konnte, war Waschweib, doch die Mädchen hatten ihn recht gern. Er war gütig und höflich zu Mädchen, fast ritterlich, er tätschelte sie nie spielerisch – wie es manche Lehrer taten –, wenn er ihre Übungen korrigierte. Und auch Frauen mochten Hislop gern. Ich erzählte meiner Mutter nicht, daß er mich geprügelt hatte, weil ich es für schändlich hielt, auf diese Weise verletzt zu werden, aber ein Klassenkamerad muß es seiner Mutter berichtet haben, die es meiner Mutter erzählte, denn sie sagte plötzlich: «Wie ich höre, hat der arme Hislop dich letzte Woche ungerecht behandelt.»

Ich zuckte die Achseln.

«Denk nicht zu schlecht von ihm. Er ist sehr gut zu seiner Frau.»
Mrs. Hislop war eine bettlägerige kranke Frau. Hislop bezahlte von seinem nicht sehr hohen Gehalt eine alte Pflegerin, die sich um sie kümmerte, während er selbst nicht zu Hause war.

Könnten meine Mutter und Hislop vielleicht? Könnte *er* mein wirklicher? O nein nein nein aber. Aber ich war einmal in einem Eisenbahnabteil mit einem alten Mann, der nicht aufhörte, mich verstohlen anzuschauen. Schließlich sagte er: «Entschuldigen Sie, aber Sie haben eine starke Ähnlichkeit mit jemandem, den ich früher kannte. Heißen Sie zufällig Hislop?»
Ich verneinte.
«Aber Sie sind aus der langen Stadt?»
Dies war der örtliche Spitzname der Stadt, in der ich aufwuchs. Ich antwortete, ja, ich sei aus der langen Stadt und hätte einen Hislop als Englischlehrer gehabt, doch mein Vater sei der Zeitnehmer an der Grube.
Er sagte: «Oh, das ist die Erklärung.»
«Die Erklärung wofür?»
Er runzelte die Stirn. Einen Moment später sagte er, daß Hislop zu dem alten Schlag schottischer Lehrer gehört habe: streng, aber gerecht; wenn ein Junge in seiner Klasse den geringsten Funken Begabung oder Männlichkeit zeigte, habe er Himmel und Erde in Bewegung gesetzt, um ihn zu ermutigen; manch ein Anwalt und Arzt aus der langen Stadt habe Hislop seinen Universitätsabschluß zu verdanken. Der Hislop, von dem er sprach, schien ein paar Jahre jünger zu sein als der, an den ich mich erinnerte und der niemanden allzusehr ermutigt hatte, aber vielleicht gab es keinen Funken Begabung in meiner Schulklasse. Und der alte Mann war meiner Frage ausgewichen, er hatte nicht gesagt, weshalb die Tatsache, daß mein Vater Zeitnehmer war, meine Ähnlichkeit mit Hislop dem Englischlehrer erklärte – eine Ähnlichkeit, von der ich nie jemand anderen reden hörte. Sie liegt in Mund und Augen und läßt sich leicht ohne den Gedanken der Vaterschaft erklären. Wenn jemand sehr starken Eindruck auf dich macht, wirst du ihm schließlich ähnlich. Deshalb können Personen, die zusammen leben, einen Familienausdruck annehmen, der Mann, Frau, Kindern, ja sogar dem Hund oder der Katze eigen ist. Mein Gesicht könnte also einen

Ausdruck tragen, der Hislop gehört, weil er ihn mir beibrachte. Sicher, ich bin von gleichem Wuchs wie Hislop, und meine Eltern sind größer, aber das ist nicht ungewöhnlich. Sicher, als mein Vater der Zeitnehmer starb, erfuhr ich aus Dokumenten, daß er drei Monate vor meinem Geburtstag geheiratet hatte. Aber in Schottland ist vorehelicher Sex so verbreitet wie überall auf der Welt. Ein Standesbeamter erzählte mir einmal, daß seit Beginn des letzten Jahrhunderts, als die öffentlichen Aufzeichnungen es zum erstenmal bekanntmachten, mehr als die Hälfte der Ehen in unserem Bezirk nach Eintritt der Schwangerschaft geschlossen wurde. Aber sechs Monate nach Eintritt der Schwangerschaft ist doch wohl etwas ungewöhnlich? Ich heiratete Helen, sechs Wochen nachdem sie zu bluten aufhörte. Mein Vater der Zeitnehmer war ein Mann, der stets das tat, was er für richtig hielt. Trotz seiner sozialistischen Überzeugungen – oder vielleicht ihretwegen – war er der auf anständigste Weise konventionelle Mann, den ich je gekannt habe. Er trank nie, fluchte nie, sagte nie ein hartes Wort gegen eine Privatperson. Warum würde ein solcher Mann ein halbes Jahr warten, bevor er der Mutter seines Kindes gegenüber anständig handelte? Was tat, was fühlte meine Mutter in jenem halben Jahr? Ich bin ein ganz normaler Mann, aber meine Geburt ist so rätselhaft für mich wie mein Tod, und ich werde nun nie mehr die Wahrheit über sie erfahren.

«Denk nicht schlecht von dem armen Hislop, er ist sehr gut zu seiner Frau», aber Hislop verhielt sich mir gegenüber sehr seltsam. Die beiden Arten von Jungen, die er in seinem Klassenzimmer am meisten peinigte, waren die quicklebendigen, die seinen Unterricht nicht leiden und nicht still sitzen konnten, und die armen verwirrten, die kaum eines seiner Worte verstanden, schon gar nicht seine sarkastischen kleinen Scherze. «Das Antonym von *stumpf*, Anderson, ist nicht *ätzend*. Das Antonym von *stumpf* ist *scharf*. Du hast das Wort *scharf* schon mal gehört? Bestimmt. Deine Verwendung von örtlichem Jargon ist also entweder ein bewußter oder unbewußter Versuch, die Kommunikation zwischen den Provinzen eines einst mächtigen Imperiums zu zerstören. Bist du ein sprachlicher Saboteur, oder bist du ein Idiot?»
Und er preßte die Lippen zusammen und schüttelte sich unter

einem fast stummen kleinen Glucksen. Ich war nicht gescheit, aber ich war kein Dummkopf und nicht aufsässig. Ich gehörte zu denen in der Mitte, die normalerweise ohne Lob oder Tadel durchkommen. Doch ich bin mir sechzigprozentig sicher, daß ich häufiger verprügelt wurde als jeder andere in der Klasse. Und jedesmal wenn er mich prügelte, erklärte er mir, er habe keine Lieblinge. Das sagte er zu keinem anderen. Warum nicht?

Eines Tages kam Hislop nicht in die Schule, weil seine Frau gestorben war. Für zwei Wochen wurde der Englischunterricht vom Direktor übernommen, einem unauffälligen alten Mann, der den Riemen schonend und selten, ohne theatralische Spannung einsetzte. Sogar Anderson der Klassentrottel begann einiges zu lernen. Am zweiten Freitag sagte der Direktor: «Nächste Woche kommt Mr. Hislop zurück. Er hat einen schrecklichen Verlust erlitten, ich hoffe also, daß ihr alle ganz artige Jungen und Mädchen sein und ihm keine Schwierigkeiten machen werdet. Unsere Schule hat nämlich großes Glück, daß Mr. Hislop zum Lehrkörper gehört. Er war während des Krieges ein sehr tapferer Soldat. Er verbrachte drei Jahre in einem japanischen Gefangenenlager.»
Diese Worte verrieten mir etwas, was ich nie zuvor geahnt hatte: Die anderen Lehrer wußten, was für eine Hölle Hislop aus seinem Klassenzimmer machte. Der Direktor versuchte das zu vermitteln, was meine Mutter gemeint hatte, als sie mir sagte, daß Hislop sehr gut zu seiner Frau sei: «Laßt euch seine Sauereien gefallen, der arme Kerl kann nicht anders.»
Und wir begriffen, worauf er hinauswollte. Die Worte des Direktors machten sogar auf mich Eindruck. Am Montag, als Hislop den Raum betrat, betrachtete ich ihn fast mit Verwunderung. Er wirkte nicht mehr wie ein Ungeheuer. Er war klein, einsam und abgehärmt, sehr durchschnittlich und trübsinnig.

Und sein Blick verkrallte sich sofort in meinem, und seine Hand schoß auf mich zu und krümmte zweimal den Zeigefinger. Ich stand auf und ging mit zitternden Beinen zu ihm, und als ich nahe bei ihm war, beugte er sich vor und flüsterte mit einer Stimme, die kein anderer im Raum hören konnte: «Wie kannst du es wagen, mich so herablassend anzusehen? Ich werde keine Lieblinge in dieser Klasse dulden. Streck die Hände aus.»

Ich gehorchte in erstaunter Benommenheit. Schrie ich beim erstenmal auf? Fast mit Sicherheit, aber danach zuckte ich nicht zurück und weinte ganz bestimmt nicht. Ich war so sehr von eisigem Haß erfüllt, daß ich meine Hände wahrscheinlich vergaß. Doch als er aufhörte, ließ ich sie nicht sinken, sondern funkelte ihn mit einem starren Grinsen an, das ich noch in diesem Moment im Gesicht spüre, und ich trat auf ihn zu und hob die Hände, bis sie fast sein Kinn berührten, und ich murmelte: «Noch einmal!»
Dies erweichte ihn. Er lächelte, nickte und ließ den Lochgelly unter der Jacke über seine Schulter gleiten. Er sagte freundlich: «Geh auf deinen Platz zurück, Junge. Du hast einen Funken Männlichkeit in dir.»
Und ich sah die ganze entsetzliche Struktur von Mad Hislops Seele. Er war im Grunde nicht grausam, sondern nur verrückt. Er glaubte tatsächlich, daß er den Charakter kleiner Menschen verbesserte, wenn er sie lehrte, von großen Menschen Folterungen hinzunehmen, und wenn er ihre natürliche Reaktion darauf unterdrückte. Wenn er mein Vater war (was ich bezweifle), muß er gedacht haben, daß die Prügel, die er mir verabreichte, eine Art Liebesbrief an meine Mutter waren: «Du hast mir ein Kind geboren, ich mache es zum Mann.» Er war vermutlich deprimiert über das Maß an Folter, das er ausschöpfen mußte, um jenes stetige Funkeln des Hasses hervorzubringen, das ihm bewies, einen Mann geschaffen zu haben. Aber er hatte nie einen Zweifel daran, daß es der Mühe wert war. Wie denn auch? Während ich, mit versteinertem Gesicht und voller Ekel vor ihm, zu meinem Platz zurückkehrte, war offensichtlich, daß ich wichtiger geworden war. Die anderen Jungen starrten mich ganz still an, verblüfft über meine neu entdeckte Härte, außer zwei anderen harten Burschen, die mir schief zulächelten, was bedeutete: Du bist jetzt einer von uns. Auf der Mädchenseite des Zimmers ging leichte, flüsternde Erregung um, eindeutig gewecktes Interesse, und einen Moment lang haßte ich die Mädchen fast so sehr, wie ich Hislop haßte. Frauen empfinden keine Verachtung für sich selbst, wenn sie weinen, weshalb also bewundern sie Männer, die nicht weinen wollen oder können? Warum fühlen so viele sich zu Schlägern und Mördern hingezogen? Scheiß. Scheiß. Scheiß. Scheiß. Scheiß. Scheiß. Scheiß.

Ich nehme an, daß Hislop den Mann schuf, den er sich wünschte, denn seit jenem Tag habe ich nicht geweint. Stimmt nicht. Ich weinte später zwei Tränen, eine in jedem Auge, als ich im Jahre 1977 vor einem Fernsehgerät saß und der Sieg Schottlands über die Tschechoslowakei sicherstellte, daß wir an der Endrunde der Weltmeisterschaft teilnehmen würden. Ich habe nie im Leben ein Fußballspiel besucht, aber als die schottischen Anhänger jubelten und «O Blüte Schottlands» zu singen begannen, ein Lied, das ich hasse (weshalb singen sie nicht «Trotz alledem»? Wir leben nicht nach den darin verehrten Idealen, aber wir sollten es tun), als die schottischen Anhänger diese billigen Zeilen voll von rückgratlosem Chauvinismus zu blöken begannen, brachte eine irrationale Hitze auf der Oberfläche meiner beiden Augäpfel eine spät aufblühende Perle Salzwasser hervor. Sie besudelten meine Wangen nicht, da ich sie nicht vergoß. Ich kicherte höhnisch wie Hislop über einen seiner eigenen Witze, neigte den Kopf zurück und blieb völlig still, bis die Tränen durch Verdunstung getrocknet waren.

«Wen der Herr lieb hat, den züchtigt er», heißt es in der verdammten alten Bibel. Vielleicht benimmt Gott sich so, aber vernünftige Leute tun es nicht. Niemand schlägt diejenigen, die er liebt, es sei denn, daß er durch Sorge oder schändliche Beispiele pervertiert ist. Mit diesem Wissen kehre ich nun, durchaus kaltblütig, zu meiner Superb zurück, die von Charlie in den Arsch vergewaltigt wird. Da auch der beste Whisky der Welt meinen Geist nicht mit glücklichen Erinnerungen füllen kann, muß ich zu einer Phantasievorstellung zurückkehren und sie diesmal unter Kontrolle behalten. Aber wenn ich's mir recht überlege: Lassen wir Superb und Charlie eine Weile allein und machen wir einen ganz neuen Anfang. Schule ade – für immer, hoffe ich.

6: MUNTERE KLANGVOLLE KLAVIERMUSIK.

Kräftige Hände mit rotlackierten Nägeln packen das Lenkrad eines zügig dahinrasenden Autos. Vor der Windschutzscheibe biegt sich eine befahrene sonnenerleuchtete Straße in eine Kurve. Anhalter stehen am Rand und strecken Pappkartons aus, auf die mit Kreide Ortsnamen geschrieben sind. Die kräftigen Hände lassen das Auto langsamer an zwei bärtigen Männern vorbeigleiten, die nach Los Angeles wollen, an einem Jungen und einem Mädchen, die traurig auf eine Fahrt nach Chicago warten, an zwei Mädchen, die unbedingt nach New York möchten, und stoppen es neben einem einzelnen Mädchen in kurzen kurzen kurzen weißen Shorts und bläulich-roter, fast bis zum Nabel aufgeknöpfter Bluse und mit einem Schild, auf dem steht EGAL WOHIN. Dunkles üppiges Haar fällt über ihren Rücken. Dies ist Janine, aber eine lebhafter lächelnde Janine als diejenige, die in dem Wagen mit Max sitzt. Sie trägt weiße Sandalen, keine Strümpfe, schleppt einen Rucksack. Als sie sich bückt, um in das Auto zu steigen, habe ich eine Draufsicht auf ihren weißen Hintern; er verschwindet unter dem Dach des roten Zweisitzers, der auf der Straße davonjagt. Ich müßte Filmregisseur sein: Ich kann mir genau vorstellen, was ich will.

Das laute Hämmern einer Kesselpauke vermischt sich mit der munteren Klaviermusik. Von vorn durch die Windschutzscheibe betrachtet, gehören die Hände am Lenkrad zu Helga, die groß, schlank, hübsch, kühl, nordisch ist, mit langem glattem blondem Haar und hohen Wangenknochen und länglichen schmalen Augen mit eisblauen Pupillen. Janine redet heftig auf sie ein, zieht viele Grimassen und nickt häufig, wodurch eine schwere dunkle Locke über ein Auge fällt. Helga, die schnell, aber vorsichtig fährt, verrät nur durch einen raschen Seitenblick und ein rätselhaftes Lächeln, wie sehr ihre Mitreisende sie fasziniert.

Vogelperspektive befahrener Autobahn mit rotem Zweisitzer, der auf eine kleine Seitenstraße abbiegt. Ein hoher Sicherheitszaun an einer Seite umschließt einen dichten Wald. Das Auto fährt an einem weitgeöffneten Tor in diesem Zaun vorbei (nicht hindurch). Es wird langsamer, parkt dann auf einer Grasböschung. Musik Ende.

Schwaches Vogelgezwitscher und Geräusch von Wind zwischen Bäumen. Ich stehe neben dem offenen Tor und sehe zwei Frauen, die durch gegenüberliegende Türen aus dem Auto steigen, höre das leichte Klicken der sich schließenden Türen, sehe, wie sie hinter dem Auto zusammentreffen und sich küssen. Dann kommen sie Hand in Hand am Zaun entlang schnell auf mich zu, große schlanke elegante Blondine, kleine pummelige hübsche Brünette. Janine trägt nicht Shorts, eine unbeholfene Idee, ihr langer lockerer schwarzer Rock, bis zur Schenkelmitte aufgeknöpft, wird von der Brise genauso zur Seite geworfen, wie sie ihr dunkles Haar wehen läßt. Als die Frauen sich dem Tor nähern, sehe ich, daß ihre Gesichter verträumt und ihre Münder leicht geöffnet sind. Sie sind zu scheu und erregt, um einander anzuschauen. Eine Rückansicht der beiden, die Hand in Hand stehenbleiben und durch das Tor blicken. Ein holpriger Pfad biegt in den Wald ein. Helga macht den ersten Schritt nach vorn. Sie führt Janine über den Pfad hinweg und unter die dickblättrigen Äste an der entlegenen Seite. Die Frauen dringen in die sattgrünen sonnenerleuchteten windgeschüttelten Blätter ein wie in einen dichten Nebel oder in einen strömenden Fluß, sie verschwinden fast völlig darin. Mein geistiges Auge beginnt ihnen langsam zu folgen, wobei es sich erhebt, so daß ich, als ich das Tor erreiche und es zuschlägt, nicht sehen kann, wer ihm einen Stoß gegeben hat. Ich höre das Klirren eines Schlosses, das Scharren eines sich drehenden Schlüssels. Oben am Tor, an Drahtsträngen entlang (durch die ich das Laubwerk sehen kann, in dem die Frauen verschwunden sind), erscheinen die Worte **IM STACHELDRAHT GEFANGEN: Eine Superbiest-Produktion.**

Gut. Von jetzt an werde ich mein Verlangen nach dem, was ich erschaffe, unterdrücken, indem ich das Auge der Phantasie so kühl wie ein Kameraobjektiv, das Ohr der Phantasie so diskret wie ein kleines Mikrofon sein lasse. Auge und Ohr schieben sich durch die Pforte und Drähte. Sie überqueren den Pfad und durchdringen verstohlen einen Blättervorhang nach dem anderen. Ein ferner Vogel zwitschert. Ich höre Flüstern, dann ein wonniges Stöhnen. Ich habe vergessen, mir vorzustellen, was Helga trägt. Läßt mein Interesse an der sexuellen Provokation von Frauenkleidung nach? Bitte Gott, laß es nicht zu. Helga muß enge Jeans tragen, wegen des Jungen mit dem Katapult. Noch ein wonniges Stöhnen. Der letzte Blättervorhang teilt sich. Ich blicke auf eine Grasfläche, wo

Janine auf ihrem lockeren dunklen Haar ausgestreckt ist. Haarsträhnen irren über ekstatisch geschlossene Augenlider, ekstatisch stöhnende Lippen, sind gefangen zwischen Brüsten, die aus der ekstatisch aufgeknöpften Satinbluse hervorquellen. Es ist eine lockere Bluse mit einigen großen weißen Knöpfen. Den schwarzen Samtrock, der ihre runden Hüften umschmiegt, schließen Knöpfe der gleichen Art, und Helgas kräftige Hand löst sie geschickt schlüpft dann liebkosend zwischen Janines sich öffnende Schenkel um zärtlich das feuchte geheime Tal zu erforschen während Helgas Zunge in dichtes Haar eindringt um Janines zierliches kleines Ohr zu finden. Helga nagt sanft am Ohrläppchen murmelt dann: «Kein Büstenhalter. Kein Höschen. Du kleiner Teufel, du hattest es darauf abgesehen.»
«Mm. Ich rechnete nicht damit, soviel Glück zu haben. Mach weiter.»
«Und wann ziehst du mich aus?» fragt Helga, die (abgesehen von großen Taschenklappen an Hintern und Brüsten) enge Klei-

dung anhat, während Janines locker ist, und Cowboystiefel trägt, während Janine ihre Sandalen weggeschleudert hat.
Janine flüstert: «Später. Jetzt bin ich zu faul. Mach noch ein paar schöne Sachen mit mir.»
Durch sich rührende Blätter dringen helle Sonnenflecken und tanzen über ihre Leidenschaft.

Ich muß sie bald unterbrechen, obwohl ich mich ihnen lieber anschließen würde. Es ist bestimmt wunderbar, mit zwei Frauen zusammenzusein, die sich ohne Hast miteinander vergnügen und einen steifen Schwanz teilen wollen. Schwänze sind für Fotzen gemacht. Sontag wünschte sich manchmal einen sexuellen Dreier, aber mit zwei Männern, wie sie mir erzählte.
Ich sagte: «Ah.»
«Hast du keinen netten Freund, mit dem du mich gern teilen würdest?»
«Überhaupt keinen.»
«Macht nichts, ich kenne viele Leute. Bestimmt kann ich einen geeigneten Mann finden.»
«Oh.»
«Gefällt dir der Gedanke nicht?»
Plötzlich fiel mir ein, daß Sontag, wenn zwei Männer sie gleichzeitig von entgegengesetzten Seiten her oder an entgegengesetzten Enden nähmen, nicht in der Lage sein würde, während der Liebe rechthaberische kleine Vorträge zu halten. Vielleicht könnten ein anderer Mann und ich sie in ein reines Instrument der Lust verwandeln. Ich wurde aufgeregt und sagte: «Vielleicht lohnt es sich, der Idee nachzugehen.»
Sie lächelte und erklärte scheu: «Ich verderbe dich!»
«Oh?»
«Du hast bisher nie zugegeben, daß du dir ein homosexuelles Verhältnis wünschst.»
«Ich wünsche mir keins. Du wirst zwischen dem anderen Mann und mir sein. Ich weigere mich, ihn anzurühren.»
Sie rief wütend: «Das ist albern! Das bringt mich wirklich zum Lachen! Weshalb mußt du all deine Gefühle für dein eigenes Geschlecht unterdrücken? Ist dir nicht klar, daß du keine Frau befriedigen und daß du dich nicht selbst lieben kannst, wenn du vor deinem eigenen Geschlecht zurückschreckst?»

«Das klingt wie Trigonometrie.»
«Ja ja, aber ich lasse nicht zu, daß du mir durch einen Witz ausweichst. Es ist unmenschlich, Angehörige seines eigenen Geschlechts nicht zu lieben; ein Mann deines Alters *muß* sich hin und wieder gewünscht haben, es zu tun. Und einen anderen Mann zu streicheln ist fast das gleiche, als wenn du dich selbst streichelst.»
«Ich streichle mich nie selbst.»
«Mußt du aber. Du masturbierst doch.»
«Ja, aber ohne mich selbst zu berühren.»
«Unmöglich!»
Da begriff ich, daß die meisten Frauen nicht fähig sind zu masturbieren, ohne die Hände zu benutzen. Dies gab mir ein leichtes Gefühl der Überlegenheit. Ich lächelte und zuckte die Achseln. Sontag machte ein finsteres Gesicht und fragte: «Wie stellst du's an?»
Ich sagte, daß ich mir ein erregendes Abenteuer mit einer Frau vorstellte. Auf dem Höhepunkt käme ich gegen meine Matratze, als sei sie die Frau.
«Aha! Du benutzt deine Matratze wie eine Frau, weshalb du mich wie eine Matratze benutzen willst. Vielen Dank, ich verzichte.»
Sontag besiegte mich in vielen dieser kleinen Wortgefechte. Sie machten keinen von uns beiden viel glücklicher.

Aber sie hatte etwas aufgedeckt, was mich überraschte. Bevor sie es vorschlug, hatte ich nie daran gedacht, meinen eigenen Körper mit meinen eigenen Händen zu befriedigen, und der Gedanke erfüllte mich mit fast ängstlichem Ekel, der meinem Ekel davor, einen anderen Mann zu berühren oder von ihm berührt zu werden, sehr ähnlich war. Ich weiß aus Erfahrung, daß die Umarmung einer Frau mit Sorge gemischtes Entzücken hervorruft und zu Schmerz führt, aber ich empfinde automatisch, daß körperlicher Kontakt mit einem Mann völlig abstoßend ist, warum?
«Streck die Hände aus und leg sie übereinander.»
Ich will den armen Hislop nicht für all meine Fehler verantwortlich machen. Er war der einzige schlechte Lehrer, den ich je hatte, und ich hatte ihn nicht einmal ein Jahr lang. Und mein Vater der Zeitnehmer schlug mich nie, berührte mich nicht

einmal mehr nach der Zeit, als er mich auf den Schultern getragen hatte. Er war ernst und gewissenhaft, bedächtig im Ausdruck und nicht sehr lustig, aber körperlich ganz sanft. Waren die Streitereien schuld? Wenn ich auf dem Schulweg eine kleine Meinungsverschiedenheit mit einem anderen Jungen hatte, gingen einem von uns manchmal die vernünftigen Argumente aus, er verlor die Beherrschung und benutzte verletzende Wörter, die der andere, um nicht schwach zu erscheinen, zurückgab. Uns selbst überlassen, trennten wir uns gewöhnlich und brüllten einander Beleidigungen zu, doch wenn andere Jungen in der Nähe waren, schlossen sie einen aufgeregten Kreis um uns, und wir mußten aufeinander einschlagen, bis einer oder beide in Tränen ausbrachen oder bis ein vorbeikommender Erwachsener uns mitleidsvoll voneinander löste. Ich hatte im Alter von sieben bis zwölf Jahren einige häßliche Zusammenstöße dieser Art, aber nicht mehr als die meisten Jungen. In jeder Schule gibt es Mad Hislops, die andere gern peinigen, unter den Schülern. Wie ich höre, gibt es Tyrannen sogar unter Mädchen. Tyrannen greifen gewöhnlich kleinere Kinder an, die keine Freunde haben. Ich weiß nicht, warum, aber mich griffen sie nie an. Dabei hatte ich immer noch ein physisches Grauen vor Fußball. Ich hielt das Spiel für eine Zwischenstufe zwischen einer Schlägerei in der Grundschule und dem Zweiten Weltkrieg. All diese Dinge zeigen meine frühe Feigheit und Angst, was den männlichen Körper betrifft, erklären sie aber nicht. Manche Fragen lassen sich nie beantworten. Vergessen wir sie.

Helgas Hände erforschen Janines geheimes feuchtes Tal sanft und liebkosen es, Helgas Zähne knabbern leicht an einem rosigen Ohrläppchen unter Janines dunklem Haargewirr, helle Sonnenflecke dringen durch die zitternden Blätter und tanzen über ihre Leidenschaft, und ich wünschte, daß die Dinge so schön bleiben könnten. Aber da ich mich diesen Frauen nicht anschließen kann, bin ich nur dann fähig, bei ihnen zu bleiben, wenn ich einen bösen Geist heraufbeschwöre. Das wonnige Flüstern wird von dem häßlichen Kichern einer Falsettstimme unterbrochen. Janines Augen öffnen sich blinzelnd. Helga rollt zur Seite, kniet sich hin und blickt aufmerksam um sich. «Ich bin hier oben», sagt die Stimme.

Auf einem dicken Ast vier Meter über ihren Köpfen rekelt sich eine kleine barfüßige Gestalt, die eine zu große, bis zu den Knien hochgekrempelte Latzhose und eine Uhr mit einem sehr breiten metallverzierten Armband trägt. Sie könnte ein Kind von zehn Jahren sein, aber sie hat den kahlen, faltigen Kopf eines frohlockenden alten Mannes. Sie sagt: «Macht weiter, es gefällt mir.»

«Kleines *Schwein*!» stößt Helga hervor, kommt auf die Beine und schaut sich nach einem Stein um, den sie werfen könnte. Janine setzt sich auf, streicht ihr Haar zurück und fummelt an ihrer Bluse.

«Laß deine Titten so, wie sie sind, Hugo mag das am liebsten», sagt der böse Junge. Helga entdeckt keinen Stein.

«Komm, Honey.» Sie zieht Janine hoch. «Er ist verrückt. Laß uns verschwinden.»

«Könnt ihr nicht!» sagt der böse Junge. «Ich hab das Tor abgeschlossen.»

Er hält einen Schlüssel hoch, der wie Silber in der Sonne glänzt. Helga starrt ihn an, dann befiehlt sie: «Warte hier», und drängt sich durch die Zweige, die den Pfad abschirmen. Janine bleibt zurück und beugt sich vor, um ihren Rock zuzuknöpfen.

Der Junge sagt im Plauderton: «Ich weiß nicht, weshalb du dir die Mühe machst. In ein paar Minuten mußt du ihn wieder aufknöpfen.»

«Wer bist du überhaupt?» fragt Janine.

«Hugo nennt mich Amor. Er *liebt* die unbefugten Eindringlinge, die ich für ihn fange.»

Helga kehrt zurück und murmelt: «Ja, er hat das Tor abgeschlossen.»

Sie steht mit gespreizten Beinen da, die Hände in die Hüften gestützt, und blickt zu Amor hinauf, der nun rittlings auf dem Ast sitzt, seinerseits die Hände in die Hüften stemmt und fröhlich zurückgrinst.

Sie spricht mit einer Stimme, die gleichzeitig überzeugend und gelassen klingen soll: «Also gut, Junge, du hast deinen Spaß gehabt. Jetzt öffne das Tor.»

«Püppchen in Blue jeans, mein Spaß mit euch fängt gerade erst an.»

«Hör zu, Kleiner», sagt Helga, «ich kann genausogut auf einen Baum klettern wie du! Ich möchte es nicht, weil es meine

Kleidung verdreckt, und ich hasse es, gegen Minderjährige Gewalt anzuwenden, aber wenn ich dich erwische, werd ich dich verprügeln, bis du dir wünschst, du wärst nie geboren worden. Also wirf den Schlüssel runter!»

«Nein, dann verliere ich meine Belohnung.»

«Was für eine Belohnung?»

«Eine Nummer mit dir.»

Helga packt einen Ast und zieht sich hinauf in den Baum.

Amor läßt den Schlüssel in die Latztasche seines Arbeitsanzugs fallen, holt ein kleines Plastikkästchen hervor und zieht an einer Seite eine Antenne heraus. Er spricht hinein: «Hallo Hugo? Hallo Hugo. Hallo, zwei weibliche Unbefugte sind durchs Seitentor gekommen, ich hab's abgeschlossen, sie sind genau im richtigen Alter und genau dein Typ. Beeil dich. Sie sind unter dem Kastanienbaum. Eine Wildkatze in Blue jeans klettert hoch, um mich zu schnappen, ich werd sie für dich winseln lassen.»

Helga ist inzwischen fast auf gleicher Höhe mit ihm. Ein Fuß hat gerade einen niedrigeren Ast verlassen, ein Bein ist über einen darüberliegenden Ast gekrümmt, ihr Gewicht wird von schaukelnden ausgestreckten Armen gehalten; sie umklammern einen Ast, der höher ist als der von Amor. Er steckt das Funkgerät in die Tasche, zieht eine große Metallgabel mit einer dicken Gummischleuder hervor, zielt langsam und sagt: «Wohin willst du's haben, Honey? Ich benutze Bleikugeln!»

Helga erstarrt mitten im Schwung. Ihr weitgeöffneter Mund und ihre weitgeöffneten Augen zeigen, daß sie sich ganz und gar als Zielscheibe empfindet; sie mustert den ausgebuchteten Schritt von Amors Latzhose. Er sagt: «Von hier aus kann ich einen runden Halbmond von deinem großen süßen Arsch sehen. Soll ich damit anfangen?»

Plötzlich zieht Helga sich nach oben. Ein Schwirren, sie kreischt, dann noch ein zweifaches Schwirren und Kreischen und ein wildes Rauschen von Blättern, als Helga eher in scharrendem Sturz als kletternd den Baum hinunterhastet. Sie landet auf den Beinen, doch ihre Jeans sind bis zum Knie aufgerissen, ihr Hemd ist aus dem Hosenbund gezogen und von beiden Schultern gezerrt (nicht plausibel) von einer Schulter gezerrt. Und nun ist, rasch näher kommend, das Geräusch eines Lastwa-

gens und bellender Hunde zu hören. Helga packt Janine an den Armen und sagt: «Hör zu, ich lauf weg, einer von uns *muß* entkommen, du läufst auch, aber in eine andere Richtung, Honey. Halt sie hin, halt sie hin, wenn sie dich fangen. Ich komme zurück...»
Helga flieht von der Lichtung, doch Janine tut es nicht. Sie ist benommen, eher vor Verwunderung als vor Entsetzen. Ihre Hände streichen automatisch das Haar zurück, glätten Bluse und Rock, während wir hören, wie der Lastwagenmotor ausgeschaltet wird, und sehen, wie Hugo sich durch die Zweige drängt. Er ist dick kahl muskulös, nackt bis zur Hüfte und trägt eine in Kampfstiefel gekrempelte Cordhose. Er hat einen dichten schwarzen Bart, eine dunkle Brille und einen in den Gürtel geschobenen Revolver. Zwei stumme Schäferhunde und vier kläffende Terrier pirschen an seiner Seite. Janine blickt furchtsam zu ihm auf. Er lächelt freundlich zu ihr hinab, streckt dann beide Hände nach vorn, reißt die Bluse bis zu ihren Hüften hinunter und entblößt genug. Genug genug genug. Schnitt zu:

Helga, die über offenes Gelände sprintet; fernes Bellen von Hunden. Dann Helga durch hüfthohes Unkraut watend, Haar und Hemd zerzaust, Gesicht und Brüste schweißglänzend; die einzigen Geräusche sind fernes Vogelgezwitscher und ihr lautes Keuchen. Sie erreicht eine riesige Rolle Stacheldraht, die sich nach links und rechts so weit ausstreckt, wie ihr Auge reicht. Es ist die Art Stacheldraht, an die ich mich aus alten Kriegsfilmen erinnere, höher als ein Mensch und in Abständen von kreuzförmigen Trägern gestützt. Ich glaube, es war so etwas wie eine Panzerfalle. Dieser Draht ist sehr alt und rostig, Dornensträucher und Winden umschlingen den unteren Teil. Auf der anderen Seite ist eine Baumreihe und hinter den Bäumen das Bankett einer Autobahn, auf der Verkehr dahinsaust. Nun steckt Helga, die nicht mehr ganz so heftig nach Atem ringt, ihr Hemd wieder in die Jeans, rollt deren zerrissene Enden rasch bis zu den Knien hoch, biegt mit den Händen zwei Drahtstränge so weit auseinander wie möglich und schiebt behutsam ein Bein hindurch. Und hier werde ich bestimmt die Beherrschung verlieren, wenn ich nicht eine Zeitlang an andere Dinge denke.

Aber ich bin froh, daß ich mich in der frischen Luft vergnüge, davon hatte ich früher zuwenig. Meine glücklichsten Erinnerungen haben damit zu tun, daß ich in einem sonnenerleuchteten Wald über eine von Sonnenlicht erfüllte Pfütze geschwenkt und majestätisch auf den Schultern meines Vaters durch Felder getragen wurde. «Es ist unmenschlich, Menschen deines eigenen Geschlechts nicht zu lieben», sagte Sontag. Kein Zweifel, ich liebte meinen Vater den Zeitnehmer. Er machte Spaziergänge mit mir, die eine reine Wonne waren, vielleicht weil meine Mutter uns begleitete. Dann wurden die Spaziergänge langweilig, vielleicht weil sie zu Hause blieb. Dad entwickelte die üble Angewohnheit, neben jeder Blume oder jedem Baum, die mir ins Auge fielen, stehenzubleiben, ein Botanik-Taschenbuch hervorzuholen und mühsam den Namen nachzuschlagen. Dies machte die Spaziergänge sehr ermüdend, so daß ich darauf bestand, mit meiner Mutter zu Hause zu bleiben, und danach ging Dad entweder allein oder mit seinem Freund Old Red spazieren.

Er verdarb mehrere gute Dinge durch seine sorgsame Hilfsbereitschaft. Eines Tages, lange bevor ich alt genug für die Schule war, spielte ich auf dem Küchenfußboden, als ich ein paar weggeworfene Umschläge im Papierkorb fand. Ich wurde von dem Glanz der Marken angezogen, die plötzlich wie Fenster in klarere, aufregendere Welten aussahen. Auf einer – sie mußte vom Cousin meiner Mutter in Neuseeland stammen – prangte ein langschnäbliger flügelloser Vogel, der im Gras eines Feldes auf der anderen Seite der Welt pickte, und das Scharlachrot auf den britischen Marken hinter dem eleganten Profil des Königs schien die beste Rottönung, die ich je gesehen hatte. Ich wollte diese zauberhaften kleinen Fenster haben, die niemand sonst wollte. Mit einer Nagelschere schnitt ich die Marken von den Umschlägen und trennte die perforierten Ränder ab, die ich für eine unnötige Verzierung hielt. Dann klebte ich die Marken auf die Seite eines ausrangierten Taschenkalenders. Meine Mutter muß mir die Schere, die Tube Klebstoff und den Kalender gegeben haben, aber sie tauchten so genau zu dem Zeitpunkt auf, als ich sie benötigte, daß ich mich überhaupt nicht erinnere, sie von ihr bekommen zu haben. Es gab keinen zeitlichen Abstand zwischen meinem Wunsch, die Marken zu besitzen, und der Tatsache, daß ich sie von den öden zerrissenen zerknüllten Umschlägen abschnitt und sie sicher in meinem eigenen Büchlein unterbrachte. Es war eine einzige unbeirrte Aktion, ein einziger unbeirrter Gedanke. An jenem Abend zeigte ich Dad, was ich getan hatte. Er prüfte es kopfnickend und erklärte dann, daß ich keinen Klebstoff hätte benutzen sollen. Echte Briefmarkensammler verwendeten eine spezielle Art von Papierfalzen, und echte Sammler schnitten den perforierten Rand nicht ab, denn das zerstöre den Wert der Marken. Trotzdem war er zufrieden mit mir, denn ich hatte einen Anfang gemacht, und das (sagte er) war das wichtigste. Am folgenden Samstag fuhr er mit dem Zug nach Glasgow – wir dachten, um ein Fußballspiel zu besuchen –, aber er kehrte am frühen Nachmittag zurück, ein Päckchen unter dem Arm und mit aufgeregter Miene. Er sagte: «Das alles ist für dich, Jock. Ich hab's von Ferris' Briefmarkenladen. Ich kenne Bill Ferris.»

Er packte ein gewaltiges neues Briefmarkenalbum aus, in dem es für jedes Land der Welt eine leere Seite gab. Und einen Umschlag, der mit verschiedenen Marken aller Nationen gefüllt war. Und einen dicken grünen Stanley-Gibbons-Katalog, um sie leichter zu identifizieren. Und ein Päckchen Papierfalze, eine Pinzette, ein raffiniert zusammenlegbares Vergrößerungsglas und ein winziges Porzellanbad, in dem man Briefmarken von Umschlägen ablösen konnte, ohne die Perforierung zu beschädigen. Meine Mutter spielte auf die Kosten an. Dad sagte, die Ausgabe sei eine Investition in meine Zukunft: Wenn ich zur Schule käme, werde meine Briefmarkensammlung nützlich für meinen Geographieunterricht sein. Er breitete seine großen und komplizierten Erwachsenenspielsachen über den ganzen Küchentisch aus und versuchte, mir das Spiel mit ihnen beizubringen, aber es war zuviel, zu schwierig, zu verdammt langweilig. Er war nicht entmutigt. «Wir gehen etappenweise vor. Wenn wir uns jeden Abend nach dem Essen zehn Minuten damit beschäftigen, wirst du's bald meistern.»

Ich meisterte es nie. Wahrscheinlich beschwerte ich mich zu laut. Ich kann mich nicht erinnern, was aus dem Album, den Marken aus vielen Nationen, dem dicken grünen Katalog wurde. Zwei Tage nach seinem Tod fand ich das zusammenlegbare Vergrößerungsglas in einer kleinen Schreibtischschublade neben seinen Orden aus dem Ersten Weltkrieg.

Armer Dad. Ich vermute, daß er ein einsamer Mann war. Er beabsichtigte nicht, meine Freude über mein Büchlein mit Zauberfenstern zunichte zu machen, und er bereitete mich tatsächlich auf das LEBEN vor – denn es ist ein Funken Freude, begraben unter Prozeduren Disziplinen Besitzplänen und Kompromissen, die es schützen, wachsen lassen, ihm für andere Menschen Nutzen verleihen sollen, es jedoch letzten Endes ersticken. Aber ich bin noch nicht tot. Helga watet durch hüfthohes Unkraut, Haare und Hemd köstlich zerzaust, Gesicht und Brüste schweißglänzend, und erreicht die Rolle Stacheldraht. Sie bleibt stehen, ringt nach Atem, steckt dann rasch das Hemd wieder in die Jeans, krempelt die abgerissenen Beine der Jeans bis zur Mitte des Schenkels hoch und zerrt zwei Drahtstränge behutsam mit den Händen auseinander, und natürlich war mein Vater ein einsamer Mann. In einer Woche erhielt ich drei Briefe von ihm, die ich nicht einmal las.

Gewöhnlich schickte er mir einen Brief pro Monat, aber mehrere Jahre nachdem meine Mutter ihn verlassen hatte, traf dieser Schwall von dreien ein, jeweils durch einen Tag getrennt. Da ich einen früheren Brief nicht beantwortet (wenn auch ganz bestimmt gelesen) hatte, fürchtete ich, daß ich in diesen Briefen der Nachlässigkeit bezichtigt werden könnte. Er hatte mich nie bezichtigt, ihn zu vernachlässigen, nie im Leben eine Selbstmitleid verratende Bemerkung gemacht, aber ich vernachlässigte und bemitleidete ihn wirklich, deshalb lagen drei Umschläge, in seiner energischen Buchhalterhandschrift mit meinem Namen versehen, auf dem Kaminsims wie unwiderlegbare Anklagen.
Helen sagte: «Du bist sehr dumm, sehr rücksichtslos.»
«Du hast recht.»
«Dein Vater hat mich vielleicht nicht gern, aber er ist ein durch und durch sympathischer Mann.»
«Mein Vater hat dich sehr gern, und ja, er ist ein durch und durch sympathischer Mann.»
«Also öffne diese Briefe *sofort*, vielleicht ist er in Schwierigkeiten.»
Ich sagte kühl: «Ich weiß, daß ich irrational bin, aber ich werde diese Briefe nicht beantworten, bevor ich den früheren beantwortet habe. Mag sein, daß ich's heute abend tue.»
Und ich ging zur Arbeit. Als ich am selben Abend zurück-

kehrte, sah Helen bekümmert aus. Sie sagte: «Ich habe seine Briefe gelesen – bitte ruf ihn an, er ist sehr unglücklich.»
«Oh?»
«Es fällt ihm schwer zu schlafen – er hat Alpträume von deiner Mutter. Er träumt immer wieder, daß sie in entsetzlichem Zustand, ganz blutbefleckt, zu ihm kommt und ihm vorwirft, ihr weh zu tun – sie umzubringen.»
Meine Haarwurzeln prickelten. Meine Kopfhaut zog sich so sehr zusammen, daß ich einen Moment lang mein Herz in ihr pochen hörte. Wir hatten nicht erfahren, daß meine Mutter tot war. Vielleicht ist sie immer noch am Leben. Ich ging zum Telefon und wählte die Nummer des nächsten Nachbarn meines Vaters. Er hätte sich mühelos ein Telefon leisten können – ich selbst hatte ihm angeboten, es zu bezahlen –, aber er sagte, daß nur Invaliden und Geschäftsleute ein Telefon benötigten. Der Nachbar holte ihn an den Apparat, und Dad sagte mit sehr fröhlicher, normaler Stimme: «Hallo Junge.»
«Hallo Dad, ich fahre morgen runter, um dich zu besuchen.»
«Morgen? Wir müssen doch beide arbeiten. Komm am Samstag, dann haben wir mehr Zeit füreinander.»
Mir wurde beklommen zumute, aber ich sagte: «Gut, ich werde früh am Samstagmorgen dasein.»
«Schön. Wie geht's Helen?»
«Ausgezeichnet.»
«Schön. Grüß sie herzlich von mir.»
«Danke. Gute Nacht, Dad.»
«Gute Nacht, Junge.»
Ich hängte den Hörer ein, trat an den Kaminsims, nahm die drei Briefe in ihren geöffneten Umschlägen, riß sie mittendurch und warf sie ins Feuer. Ich war meinem Vater noch nie begegnet, wenn er sich in einer unterlegenen Position befand, und ich weigerte mich, es jetzt zu tun. War das Feigheit? Ich glaube, es war Respekt. Am Samstag fuhr ich mit dem Bus (die Eisenbahnlinie war inzwischen stillgelegt worden) hinunter, um ihn zu besuchen, und verbrachte einen wirklich schönen Tag mit ihm.

Wir gingen am Hof von Uplaw vorbei und kamen auf einen Pfad über das Moor. Dad sprach ausnahmsweise optimistisch über den Zustand Großbritanniens. Nach Jahren konservativer Herrschaft hatten wir nun eine Labour-Regierung. Harold Wilson müsse im Moment vorsichtig sein (sagte mein Vater) und dürfe seine Karten nicht aufdecken, aber wenn er schließlich seine wahren Partner erkenne, werde er seine Trümpfe zeigen, und der britische Sozialismus könne durchaus in eine neue konstruktive Phase treten. Ich weiß nicht, ob Dad diese Metapher aus dem *Daily Worker,* der *Tribune* oder dem *New Statesman* aufgeschnappt hatte, denn er hatte alle drei abonniert. Ich gab unverbindliche Grunzlaute von mir. Meine Geschäftsfreunde, einige von ihnen in der Labour Party, hatten mir gesagt, daß die neue Regierung so konservativ sein werde, wie sie es wagen könne, ohne eine Gewerkschaftsrevolte zu provozieren. Sie irrten sich. Sie wurde so konservativ, daß sie letztlich eine Gewerkschaftsrevolte provozierte. Aber obwohl Dad im ersten und schlimmsten Weltkrieg gekämpft und einen Generalstreik, eine allgemeine Aussperrung und eine Weltwirtschaftskrise durchlebt hatte, konnte er sich nicht der Tatsache stellen, daß es keine Rolle spielt, wie die britischen Arbeiter der Faust bei einer Wahl abstimmen, da die Führer der großen Parteien sich nur über Kleinigkeiten uneinig sind – Kleinigkeiten, die ihre Investitionen ungestört lassen. Diese vollkommen ehrliche und offene Verschwörung sichert das Maß an Stabilität, das unser Großes und Vereinigtes Britannisches Königreich besitzt, und ich bin mit ihr einverstanden – außer wenn ich meine schottisch-nationalistische Phase habe und denke: Ich scheiß auf euch alle. Aber ich diskutierte nie mit Dad über Politik, und er starb, ohne zu wissen, daß ich ein Tory bin. An diesem frischen Nachmittag mit seiner kühlen Brise und mit Regen wechselndem Sonnenschein hörte ich seinen hoffnungsvollen Spekulationen mit einem Ohr und den Lerchen mit dem anderen zu. Wir erwähnten die Briefe mit keinem Wort, und das machte mich so glücklich, daß ich schließlich, aus aufrichtigem Herzen, Worte sagte, die ich während der gesamten Busfahrt geprobt hatte: «Dad, wir haben in unserem Haus ein Gästezimmer, warum ziehst du nicht zu uns? Helen hat dich gern.»

Er grinste vor Freude und erwiderte: «Danke Junge, aber so trostlos ist meine Lage nun doch nicht. Vielleicht werde ich dich sogar überraschen. Was würdest du sagen, wenn ich wieder heiratete?»

«Ich würde sagen, daß es eine sehr gute Idee ist. Denkst du an jemand Bestimmten?»

Er sah einen Moment lang schüchtern aus und murmelte, daß er einerseits an jemanden denke, ja, aber andererseits auch wieder nicht, nein. Dann hob er den Arm, er stieß mit dem Finger nach dem Horizont und rief: «Dort! Die Gipfel von Arran.»
Ich sah einen niedrigen dunklen Klecks vor einem bleichen Streifen klaren Himmels, war aber nicht allzu beeindruckt. An einem klaren Tag in Zentralschottland kann man Arran von jeder hohen Stelle westlich von Tinto aus erkennen. Ich sagte: «Egal, Helen meint, daß du gern jederzeit zu uns kommen und bei uns bleiben kannst.»
Dies war das einzige, was als Anspielung auf seine Alpträume und seine Einsamkeit nach dem Weggang meiner Mutter hätte verstanden werden können. Er schrieb mir nie wieder etwas von schlimmen Träumen, deshalb nehme ich am liebsten an, daß er keine mehr hatte. Und er heiratete nie wieder und zog nie zu uns; als Helen mich verlassen hatte, deutete er allerdings an, daß ich «es nützlich finden» könnte, wenn er sich für mich «um das Haus kümmerte», da er ja nun im Ruhestand sei. Es war ein praktischer Plan. Mit fünfundsechzig Jahren war er gesund, flink und ein guter Haushälter. Er räumte seine Zimmer so säuberlich auf, wie Mutter es getan hatte, und kochte sich selbst genau die Mahlzeiten, die auch sie zubereitet hatte. Wir wären gut miteinander ausgekommen. Aber ich ignorierte den Vorschlag. Mit ihm ein Haus zu teilen wäre zu sehr wie eine neue Ehe gewesen.

Auf unserem letzten gemeinsamen Spaziergang begann ich, den von Blumen bedeckten Rasen am Rand des Pfades zu bemerken. Ich sah Gänseblümchen und Butterblumen, Klee in zwei Farben und leuchtende zarte kleine Blumen, die mir sehr bekannt vorkamen, obwohl ich mich nicht erinnern konnte, je auf sie gestoßen zu sein. Ich pflückte ein paar. Die Blüte der einen, kleiner als ein kleiner Fingernagel und auf einem sehr zerbrechlichen Stengel sitzend, sah aus wie eine gelbe und scharlachrote Damensandale aus unmöglich feiner Seide. Ich fragte: «Wie heißt diese? Gehört sie zur Orchideenfamilie?»
«Weiß ich nicht», sagte Dad.
Die Blüte einer anderen glich einer Hummel mit bräunlich-purpurnem Flaum und mehreren wie zufällig angeklebten purpurn-rosigen Flügeln. Ich fragte: «Wie heißt diese?»

«Weiß ich nicht», sagte Dad.
«Das ist komisch. Du warst doch immer so sehr an Botanik interessiert.»
«Ich? O nein. Ich mag Blumen, aber Botanik ist mir scheißegal.»
Ich erinnerte ihn an das Buch, das er immer mitnahm, wenn wir in meiner Kindheit zusammen Spaziergänge machten. Er sagte: «Ich habe das Buch gekauft, weil du mich immer nach den Namen der Blumen fragtest und ich sie nicht wußte. Mein Vater hielt mich davon ab, Fragen zu stellen, als ich klein war. Ich bin sicher, das beeinträchtigte meine Bildung.»
Also hatte ich Dads Spaziergänge langweilig gemacht, indem ich ihm Fragen stellte, und er machte meine langweilig, indem er sie beantwortete. Wirkliche Menschen sind unergründlich. Ich verstehe mich selbst nicht, wie kann ich dann andere verstehen? Wir sind Rätsel, jeder von uns. Kein Wunder, daß wir uns von den gewöhnlichen Tatsachen des Lebens zu Religionen, Philosophien, Geschichten, Filmen und Phantasien hinwenden. Sie können völlig verstanden werden, weil Menschen sie für Menschen gemacht haben. Ich weiß genau, weshalb Helga, Gesicht und Brüste schweißglänzend, in hüfthohem Unkraut haltmacht, um ihr geöffnetes Hemd in ihre Jeans zu stecken, die Jeans über die Knie zu rollen, und weshalb sie dann, tief gebückt, vorsichtig zwischen zwei Drahtstränge tritt und allmählich den ganzen Körper, mit nur einem Fuß auf dem Boden davor, in diesen unregelmäßigen Stachelkäfig schiebt. Verfangen Strähnen ihres blonden Haars sich in den Drähten? Ja, ich sehe, wie ihr Kopf plötzlich zurückruckt, sie verzieht das Gesicht, aber sie hat Zeit, ihr Haar mit den Händen zu befreien, bis. Ihr von der Mühe verursachtes Schluchzen ist das einzige Geräusch, bis

Wütendes Gebell. Ein großer Schäferhund, weiße Fänge in aufgesperrtem Rachen, springt durch das Dickicht. Helgas entsetztes Gesicht. Sie zieht den Fuß in den Draht hinein. Die um ihre Schenkel gekrempelten Jeans verfangen sich an mehreren Stacheln, genauso wiederum ihr Haar. Mit lautem Knurren schnappen die Kiefer des Hundes zwischen den Strängen hindurch, verfehlen knapp eine Gesäßhälfte, reißen aber eine Taschenklappe ab, gut. Und nun wird ihr Kampf, an der entlegenen Seite durch den Draht zu kommen, zur Raserei, mit drei Ergebnissen.

1 Hemd und fast die ganzen Jeans werden zerfetzt, bis sie nur noch kurze kurze kurze zerlumpte Shorts trägt.

2 Kreischend, stöhnend, tränennaß, schweißnaß, zuckt ihr Gesicht in Todesangst und Pein von Seite zu Seite.

3 Ihr schöner und immer nackterer Körper wird in gestreckten und bebenden Positionen vorgeführt.

Dies erlaubt mir, mich an ihr in den Stellungen der Liebe zu erfreuen, ohne daß ich Männer oder Frauen beneiden müßte, die sie mit mir teilen. Aber ich muß mir die Sache sehr behutsam vorstellen, denn obwohl der scharfe Draht sie entblößt, sie sich strecken und kreischen läßt etcetera, will ich kein Blutvergießen. Wenn *ich* es nicht kann, darf auch Metall sie nicht berühren oder durchbohren. Obwohl diese Episode also realistisch wirken wird, muß sie schlau ersonnen werden. Am besten stelle ich mir vor, daß es in Zeitlupe geschieht, ★★★★★★★★★★★★★★★★★
★★★★★★★★★★★★★★★★★★★★★★★★★★★ gut ★★★★★★★★★★★★★★★★
★★★★★★★★★★★★★★★★★★★★★★★★★★★★★ gut ★★★★★★★★★★★★★★
★★★★★★★★★★★★★★★★★★★★★★★★★★★★★★★ gut ★★★★★★★★★★★★
★★★★★★★★★★★★★★★★★★★★★★★★★★★★★★★★ gut ★★★★★★★★★★★
★★★★★★★★★★★★★★★★★★★★★★★★★★★★★★ gut ★★★★★★★★★★★★★
★★★★★★★★★★★★★★★★★★★★★★★★★★★ gut ★★★★★★★★★★★★★★★★
★★★★★★★★★★★★★★★★★★★★★★★★ gut ★★★★★★★★★★★★★★★★★★★
★★★★★★★★★★★★★★★★★★★★★ gut ★★★★★★★★★★★★★★★★★★★★★★
★★★★★★★★★★★★★★★★★★ gut ★★★★★★★★★★★★★★★★★★★★★★★★★
★★★★★★★★★★★★★★★ gut ★★★★★★★★★★★★★★★★★★★★★★★★★★★★
★★★★★★★★★★★★ gut ★★★★★★★★★★★★★★★★★★★★★★★★★★★★★★★
★★★★★★★★★★★★★★★ gut ★★★★★★★★★★★★★★★★★★★★★★★★★★★★
★★★★★★★★★★★★★★★★★★ gut ★★★★★★★★★★★★★★★★★★★★★★★★★
★★★★★★★★★★★★★★★★★★★★★ und Helga ist frei und stolpert auf die Autobahn zu, nackt bis auf weiße Stiefel, zerrissenen Minikilt mit breiten Nähten, Zierknöpfe, Fetzen um Hintern und Möse, blondes Haar über den Augen, so daß sie, kurz bevor sie die Bäume erreicht, durch eine Hecke strauchelt und stürzt, den Hang eines tiefen Einschnitts hinunterrollt und sich unten weinend ausstreckt. Dort, nach einem Schluchzen äußersten Elends (das mir persönlich keine Befriedigung verschafft, aber ich brauche es, um sie überzeugend wirken zu lassen) stützt sie den Oberkörper auf die Arme und blickt sich um.

Sie ist auf einem Pfad am Grund des Einschnitts. Ein Sicherheitszaun an der entlegenen Seite schließt die Bäume ein, die den Straßendamm verdecken. Ein paar Meter von ihr entfernt parkt ein Lastwagen mit einem zugesperrten Käfig auf der Ladefläche; er enthält Terrier, einen Schäferhund und Janine, die halbnackt in einer Ecke kauert.

«Du bist eine großartige Läuferin, es ist ein Vergnügen, dich kennenzulernen», sagt Hugo leutselig. Er sitzt auf einem umgestürzten Baumstamm, Amor neben sich, eine halbleere Flasche billigen Weins steht auf dem Boden zu ihren Füßen.

Amor sagt: «Ich habe noch nie ein schöneres Picknick erlebt.»

Eine andere Stimme fragt: «Können wir den letzten Teil noch einmal sehen? Von dort, wo sie durch den Draht kommt?»

Alles wird schwarz.

Alles wird schwarz, dann weiß, dann sehe ich, daß die weiße Fläche eine leere Kinoleinwand ist, eine kleine Leinwand in einem privaten Vorführtheater. Die Sitze sind mit rotem Samt überzogen, vier steil überhöhte Reihen mit jeweils sechs Sitzen. In der Vorderreihe sitzen Stroud, Charlie, Hollis (den ich noch nicht vorgestellt habe) und Helga, die sich gelassen rauchend zurücklehnt. Sie trägt etwas Teures und Modisches, etwas Passendes für eine Karrierefrau im Showgeschäft, mir ist egal, was. In der hinteren Reihe sitzt Max; er umarmt und küßt gierig die Kellnerin, die vorhin Janine bediente. Ihre Kleidung ist unverändert, seine Hand liegt unter ihrem Rock.

«Gratuliere», sagt Stroud zu Helga, «es muß sehr schwierig gewesen sein, darin gleichzeitig eine Rolle zu spielen und Regie zu führen.»

Helga zuckt die Schultern. «Leichter, als bei jemand anderem Regie zu führen.»

«Aber die Sache mit dem Stacheldraht – wie haben Sie's geschafft, das so überzeugend wirken zu lassen?»

«Das ist kein Geheimnis. Ich tat es langsam und nahm mir eine Menge Zeit.»

Hollis spricht. Er ist ein eifriger junger Mann mit glänzenden Augen, der eine schwarze Hose und einen schwarzen Pullover trägt und dessen Stimme beunruhigend kindlich ist. «Übrigens, Helga, wußten Sie, daß wir Ihre Partnerin Janine jetzt bei uns haben?»

«Janine Crystal?»
«Ja. Und sie behauptet, daß *sie* bei Ihrem Film Regie geführt hat.»
Helga lächelt und sagt: «Janine ist ein ehrgeiziges Gör.»

Die Kinolichter werden trübe. Die Leinwand flimmert dann sehen wir wieder Helga die Schauspielerin mit Unkraut offenem Hemd schweißglänzend etcetera etcetera etcetera. Ich wünschte, meine Phantasie käme mit weniger Maschinerie aus. Davon gibt es auch im gewöhnlichen Leben zuviel.

7: AMOR

UND HUGO SIND MEINE LIEBLINGSSCHURKEN. Es tut mir leid, daß sie nur in diesem kurzen Film auftreten. Sontag hätte sie gern gemocht oder jedenfalls gern analysiert. Sie hätte wahrscheinlich entdeckt, daß sie unbewußte Porträts von mir und meinem Vater dem Zeitnehmer waren. Sie entdeckte dauernd, daß jeder unter der Oberfläche genau das Gegenteil von dem war, was er nach außen hin darstellte, besonders wenn das Äußere einfach und eindeutig schien. Also waren Männer, die zahlreiche Frauen liebten, heimliche Homosexuelle, und glücklich verheiratete Paare brachten einander um, und Babies und Kleinkinder waren von destruktivem Egoismus erfüllte Ungeheuer. Ich glaube, daß wir unter der Oberfläche fast genauso sind, wie wir auf ihr erscheinen, weshalb so viele Oberflächen ein Leben überdauern, ohne Risse zu bekommen. Meine Phantasievorstellung von einem freimütigen Vergewaltiger wie Hugo kann nicht lange anhalten, weil er zu sehr das Gegenteil von mir ist. Ich kann mich nur mit Vergewaltigern aus der Mittelschicht identifizieren, die mit Hilfe teurer Maschinen, einer korrupten Polizei und eines weltweiten Finanzsystems vögeln. Das ist keine Überraschung. Bei National Security ist man begeistert von mir, man glaubt, mir scheine die Sonne aus dem Arschloch.

Eine Firma ist natürlich ein Team, aber auf der Ebene praktischen Managements bin ich der einzige unentbehrliche Mann im ganzen Team von National, alle anderen sind zu ersetzen. Reeves, der Chef des schottischen Installationszweiges, ist nicht unersetzlich, obwohl er ein höheres Gehalt bezieht. Er ist Verwaltungsangestellter, ein besserer Sekretär. Wenn man mir je seinen Posten anbieten sollte, werde ich wissen, daß der Alkohol mich vorzeitig senil gemacht hat. Ich bin Kontrolleur, aber ein Kontrolleur der Kontrolleure. Bei jeder Aufgabe, die National in Schottland übernimmt, weiß das Team, daß ich eines Tages ohne Warnung, ganz plötzlich eintreffen, ein paar Tests durchführen, ein paar Fragen stellen werde und daß jede Schwäche des Systems sofort aufgedeckt wird. Und behoben. Und mein Bericht wird die Schuld den wirklich Verantwortlichen zuordnen. Ich bin der Grund dafür, daß National in der schottischen Geschäftswelt einen so guten Ruf hat, was allerdings nicht jeder weiß. Reeves weiß es, weshalb er mich loswerden will. In ihm paaren sich Eifersucht und Ignoranz. Wenn mein Gehirn sich völlig verflüssigt, wird der schottische Zweig ernste Schwierigkeiten bekommen. Es gibt hier niemanden, der mich ersetzen kann.

Ich bin ein Lügner. Ich kenne zwei junge Gebietskontrolleure, die meine Arbeit ebenso gut wie ich machen könnten. Aber kennt Reeves sie? Ich bezweifle es, und ich werde ihn nicht informieren. Vor kurzem versuchte er, mich auf seine verstohlene Public-School-Art auszuhorchen. Er ist eifersüchtig und ignorant, aber er ist gerissen.

«Ich finde, daß Sie einen Assistenten verdienen, Jock. Jemanden, der Auto fahren kann.»

«Ich kann Auto fahren.»

«Oh, das weiß ich.»

«Richtig Auto fahren ist eine Arbeit für sich. Es nimmt Geschick, Intelligenz und Nervenenergie in Anspruch.»

«Oh, das weiß ich.»

«Die Firma bezahlt mich dafür, daß ich eine präzise Art der praktischen und psychologischen Kontrolle durchführe. Ich arbeite lieber mit einem klaren, wachen Verstand, der nicht dadurch abgestumpft ist, daß ich zwei oder drei Stunden lang die Signale und Reflexe unfähiger, widersprüchlicher und häufig betrunkener Fahrer geprüft und verarbeitet habe.»

«Oh, das ist mir klar, deshalb sollte die Firma Ihnen einen

Chauffeur stellen. Einen der jüngeren Männer. Suchen Sie ihn selbst aus. Er kann Ihnen helfen, die weniger komplexen Teile der Anlagen zu testen.»

Ein Assistent würde herausfinden, daß ich Alkoholiker bin. Hat Reeves Verdacht geschöpft? Das bezweifle ich. Vor dem Ereignis mit der Hure am letzten Wochenende waren Bardamen in ruhigen kleinen Hotels die einzigen, die Grund zum Argwohn hatten.

«Welchen Teil unserer Anlagen betrachten Sie als weniger komplex, Reeves?»

«Vielleicht die Alarmsysteme?»

«Sie irren sich. Ich will Ihnen etwas sagen. Ein Elektriker kann das System von National installieren und warten, als sei es eine Sammlung von Einzelteilen, aber ein Kontrolleur muß es als Ganzes sehen und testen. Er darf die Verantwortung für irgendwelche Details *keinem* anderen übertragen.»

«Oh, das weiß ich, aber Sie verstehen, worauf ich hinauswill.»

Ja, Reeves, ich verstehe, worauf du hinauswillst. Du willst, daß ich dir helfe, mich selbst von einem Jüngeren ablösen zu lassen. Tut mir leid, alter Knabe, keine Chance. Kommt nicht in Frage. Bis du die Firma überredest, mir einen Kontrolleur aus London vor die Nase zu setzen, werde ich der unersetzlichste Mann des Teams von Scottish National bleiben. Lügner. Ich bin kein Mann, ich bin ein Instrument.

Ich bin das Instrument einer Firma, die Instrumente installiert, um die Instrumente von Firmen zu schützen, die Fleisch Stoff Maschinen und Whisky produzieren, Instrumente, die uns ernähren, anziehen, bewegen und benommen machen. Aber die meisten ihrer Instrumente installiert die National um Atomreaktoren – Instrumente zum Antrieb der Instrumente, die uns beleuchten, wärmen und unterhalten – und um Banken – Instrumente, die die Profite der Instrumenteneigentümer schützen und mehren – und um militärische Stützpunkte, wo man die Waffen lagert, die die Instrumente und Profite der Nation vor den Schutzinstrumenten der russischen Instrumentenmacher schützen. Spiegel, die Spiegel reflektieren, sind die ganze Chose? Nein. Instrumente, die Instrumenten dienen, sind die ganze Chose. Mein Vater war ein Instrument, das die Abläufe in einem Kohlebergwerk regulierte. Dies befriedigte ihn nicht, deshalb wurde er zu einem Instrument seiner Gewerkschaft und der Labour Party. Er glaubte, dies seien die Instrumente einer Zukunft mit Vollbeschäftigung, ohne Krieg und mit gerechter Verteilung aller Güter des Lebens unter ihre Hersteller. Aber die Zukunft existiert nicht. Die meisten von uns werden Instrumente, um JETZT etwas zu bekommen. Was? Sicherheit und Freude. Die Sicherheit und Freude, die große Häuser, Golfrunden und Safaris in Kenia bieten, treiben Aktienbesitzer an, Bank und Börse in Gang zu halten. Die Sicherheit und Freude, die kleine Häuser, das Spiel am Samstag und zwei Wochen in Portugal bieten, treiben Arbeiter an, Fabrik und Büro in Gang zu halten. Sicherheit und Freude treiben mich zum Trinken und Wichsen in einem Hotel in Peebles an, aber ich hab's SATT, ein Instrument zu sein, das Instrumente mit Instrumenten verbindet, damit eine imaginäre Superb, an den Händen gefesselt und nackt, mit dem Gesicht nach unten und sich krümmend, schreit NEIN NEIN BITTE NICHT NOCH MAL, während Charlie ihren prächtigen Hintern packt und seinen steifen etcetera wieder und wieder in ihr etcetera etcetera stößt. In meiner Manteltasche ist ein Fläschchen Schlaftabletten, die mit dem Whisky für den Notfall hinunterzuspülen sind, falls die Bombe fällt, bevor ich den Bunker erreiche. Weshalb schlucke ich sie nicht jetzt und kehre zu meinem vorgeburtlichen Nichts zurück? Den «Ausweg des Feiglings» nannte man es früher. Aber der Mantel ist weit weg im Kleiderschrank.

Ich kannte einmal einen Mann, der kein Feigling, kein Instrument war. Er starb. Denk nicht an ihn.

Ich war einmal im Arsch einer Frau, ohne brutal oder egoistisch zu sein. Ich wußte nicht, wo ich war. Sie kicherte und fragte:
«Weißt du, wo du bist?»
«Ich glaube schon.»
«Du bist nicht an der gewohnten Stelle.»
«Oh, wie fühlt es sich an?»
«Anders. Nicht so aufregend, aber gut. Komm noch nicht raus.»
«Tut es nicht weh?»
«Nein.»
«In den Büchern heißt es, daß es beim erstenmal gewöhnlich schmerzt.»

«Ich lese keine Bücher.»
«Also entweder hast du ein riesengroßes Arschloch oder ich habe 'nen klitzekleinen Schwanz.»
Das ließ sie aufquietschen. Denny war durch freimütige Sprache leicht zu schockieren. Denny, ich bin sehr einsam ohne dich. Sogar zusammen mit anderen Frauen bin ich sehr einsam ohne dich... Seltsam. Für einen Moment glaubte ich, ich würde weinen.

Hol ihn der Teufel der Teufel der Teufel dafür, daß er gestorben ist, der Lump hätte nie sterben sollen, ich werde dem Schuft seinen Tod niemals vergeben, natürlich vergebe ich ihm seinen Tod, aber bis an meinen Todestag werde ich sauer sein sauer sein sauer sein, daß er tot ist. Es war vollkommen. Jeder andere, den ich kenne, ging so wie ich aus der Kindheit hervor, mit einer beeinträchtigten oder unter die Oberfläche gezwungenen Begabung oder Neigung, doch eine angeborene Zähigkeit, ein Zufall der Abkunft hatte diesen Mann unversehrt gelassen, das ist die einzige Erklärung, die ich für ihn habe. Wie manche Leute über jemanden sagen, der besonders aufgeweckt und intelligent ist: Er war *voll da*. Jede Frau, die er anschaute, fühlte sich schön, jeder Mann, mit dem er sprach, fühlte sich interessant, nur die Neider mochten ihn nicht, seine bloße Erscheinung flößte allen übrigen Vertrauen ein. Er war – und schien – großartig. Er war der am wenigsten geistesabwesende, der am wenigsten rätselhafte Mann auf der Welt. In dem alten Glasgow Technical College erklärte der Institutsleiter unserem Jahrgang: «In diesem Trimester sind zu viele zu spät gekommen, zu viele von Ihnen haben Vorlesungen verpaßt oder waren ohne medizinisches Attest abwesend. Dies gilt natürlich für einen von Ihnen im besonderen.»
Dann blickte der Institutsleiter genau in die Mitte der hinteren Reihe, in der mein Freund saß, so daß alle anderen ihn ebenfalls anschauten. Er runzelte die Stirn, schürzte bedächtig die Lippen und nickte, als wollte er sagen: «Ja, ich habe mich schlimm verhalten, dagegen muß unbedingt etwas unternommen werden.»
Aber wir alle wußten, daß er nicht im geringsten deprimiert war. Wieso denn auch? Er war ein geborener Ingenieur, der mit jedem Atemzug lernte, wie viele Vorlesungen er auch verpassen mochte, und wäre er ein schlechter Ingenieur gewesen, hätte er

sich trotzdem nichts aus dem gemacht, was ein bloßer Chef, ein bloßer Professor sagte, es sei denn, er hätte es nützlich oder unterhaltsam gefunden. Deshalb kamen uns sein Stirnrunzeln und sein zustimmendes Nicken wie umwerfende Ironie vor, der beste Witz seit einem Monat. An den Rändern der Klasse sah man lächelnde Gesichter und Stupser, die sich bis zur Mitte fortsetzten, und plötzlich lachte alles. Der Institutsleiter versuchte sich zu beherrschen. Eine Minute lang bemühte er sich, das Gesicht nicht zu verziehen, doch er scheiterte, lachte und wurde einer von uns. Ihm war nichts anderes übriggeblieben. Wenn er es nicht getan hätte, wäre er als Wichtigtuer erschienen, als Narr, der nicht wußte, daß Lehrer bezahlt werden, um ihren Studenten zu dienen, nicht umgekehrt. Als wieder Ruhe einkehrte, machte der Leiter eine Geste komischer Verzweiflung, räusperte sich, begann eine neue Vorlesung, und wir belohnten ihn dadurch, daß wir ihm aufmerksam zuhörten. Wir mochten ihn nun, da er sich als anständiger Kerl erwiesen hatte, obwohl er ein sehr durchschnittlicher anständiger Kerl war. Die einzigen, die während des Aufruhrs ruhig blieben, waren mein Freund, der ein wenig die Augenbrauen hochzog, und vielleicht ich selbst, der ich von Natur aus gleichmütig war und dazu neigte, ihn nachzuahmen. Auf dem offensichtlichen Höhepunkt des Jubels warf er mir einen Blick zu, zuckte entschuldigend die Achseln und breitete die Hände aus, als wollte er sagen: «Ist es meine Schuld, wenn die Leute sich so benehmen?»
Und natürlich lachten sie noch lauter.

In meinem Hirn haben sich keine irrationalen Ängste und nur ein einziger Aberglaube eingenistet. Wenn Alan weitergelebt hätte (er starb bei einem Sturz, der sowenig mit ihm zu tun hatte, wie eine Flasche mit einem Arm zu tun hat, der sie versehentlich umstößt, so daß sie auf dem Fußboden zerschellt), hätte Schottland inzwischen eine unabhängige Regierung, wie ich glaube. Ich meine nicht, daß Alan ein politischer Führer geworden wäre. Ein Führer ist eine Nase, an der Großeigentümer und Geldheinis Menschenmengen herumführen. Manchmal – nicht oft – ist ein Führer eine harte Nase, mit der eine entschlossene Menge die Großeigentümer anstößt. Die es sich immer leisten können, ein wenig zurückzuweichen. Großes Geld ist schlau, es benötigt keine besonderen Menschen, um geführt zu werden. Wenn es keine schlauen, kultivierten Sprecher wie Macmillan und Heath einsetzen kann, benutzt es naive Idioten wie Hume und Thatcher, und die Zeitungen loben ihren Mut und ihre Aufrichtigkeit. Aber Labour benötigt *besondere* Führer. Oder glaubt, sie zu benötigen. Weshalb die Partei ständig besiegt wird. Alan hätte Schottland nicht verändert, indem er vor einer Menge redete, sondern er hätte dadurch ein unwiderstehliches Beispiel gesetzt, daß er in der Mitte der hinteren Reihe genau das tat, was er wollte. Ich stelle mir vor, daß er eine billige Anordnung von Spiegeln, Quecksilberstäben und Gitarrensaiten erfunden hätte, die, auf einem Schornstein installiert, genug Energie speichern würden, um den Raum darunter zu heizen, mit etwas Überschuß, um einen Kühlschrank, einen Cassettenrecorder oder einen Dauerbrandofen zu betreiben. Eine phantastische Idee natürlich, aber mit der Zeit hätte Alan auf Schottland eingewirkt wie ein paar Unzen Hefe auf viele Tonnen Malz, er hätte diese Arschkriecher und Instrumente, diese stoischen und hysterischen Versager zu einem vernünftigen zusammenhängenden Volk gären lassen, dessen Mitglieder nicht *einheitlich handeln* (gesunde Menschen können ebendies nicht tun), aber hinreichend miteinander verbunden sein würden, um sich selbst zu helfen, indem sie einander halfen. Wenn der Whisky es zuläßt, werde ich meinem Verstand befehlen, Gründe für diese Annahme zu finden.

Er fürchtete keine anderen Menschen, und er fürchtete die Zukunft nicht. Er liebte alles, was Menschenhand gemacht hatte, konnte es benutzen und reparieren. Am liebsten arbeitete er mit billigen oder ausrangierten Materialien. Er war auf seinen Sinn angewiesen, um wichtige Informationen zu empfangen, besonders auf sein Rhythmusgefühl. Er konnte den Zustand eines Einspritzventils mit Hilfe des Auspufftons genau beschreiben. Als er einmal keine Wasserwaage hatte, eichte er eine horizontale Fläche, indem er eine Uhr darauf stellte und die Ebene justierte, bis das Tick identisch mit dem Tack war. Er konnte jedes Musikinstrument präzise stimmen, obwohl er sich nichts aus Musik machte – eine Tatsache, die seinen Vater, der im Orchester des Pavilion Theatre Kornett spielte, gewaltig ärgerte. Die Wohnung der Familie enthielt viele wohlgestimmte Blas-, Saiten- und Schlaginstrumente, die Alan für ein oder zwei

Shilling von Schrottplätzen geborgen und von Grund auf restauriert hatte, doch die einzigen Geräusche, die aus ihnen hervorzubringen er sich überreden ließ, waren Vogelstimmenimitationen.

Ich kann mich an keines dieser Dinge erinnern, ohne an seinen großen Kopf mit der Harpo-Marx-Wolke lockiger – allerdings nicht schwarzer, sondern blonder – Haare und an sein Groucho-Marx-Gesicht zu denken, an dem jedoch ein Spitzbart das etwas schwächliche Kinn betonte. Niemand, der ihn sah, wußte, ob er auffallend schön oder auffallend häßlich war. Er hatte ein fahlhäutiges arabisch-italienisch-jüdisches Äußeres. Ich glaube, sein Vater war Jude. Seine Mutter war Irin. «Keine katholische Irin, sondern eine Kesselflicker-Irin» – so beschrieb er sie, und er selbst kleidete sich zweifellos wie ein Kesselflicker. An jedem anderen hätte man seine Kleidung für unbeabsichtigt gehalten. An ihm wirkte sie wie die Improvisation eines Großherzogs, der sein Vermögen und seinen Kammerdiener bei einem Umsturz verloren hatte, wie die lässige Mode einer eleganteren, unbeschwerteren, praktischeren Zivilisation. Ich erinnere mich an verschiedene lange Wollschals, eine Militärjacke mit Flecken an den Ärmeln, wo die Streifen eines Sergeanten abgetrennt worden waren, an schmale schwarze Frackhosen mit einem schwarzen Seidenband, das sich an beiden Seiten den Saum hinabzog. An feuchten Tagen war diese Hose in Gummistiefel gestopft, und sie hatte unten Schlaufen, die an trockenen Tagen unter dem Spann von Stoffstrandschuhen hindurchgezogen wurden. Wir müssen einen merkwürdigen Kontrast gebildet haben, wenn wir Seite an Seite gingen; ich war um einiges kleiner als er, trug konventionell gebügelte Hosen, Weste, Kragen, Schlips und Jacke, aus deren Brusttasche das weiße Dreieck eines gefalteten Taschentuchs hervorlugte. Ich ging mit auf dem Rücken verschränkten Händen. Alan hatte die Arme gewöhnlich auf der Brust gefaltet, aber er stolzierte oder renommierte nicht. Er setzte die Füße ruhig und fest auf, als besitze er nur – dafür aber ganz und gar – genau das Terrain, das er beschritt. Manchmal sah ich Fremde, die in der Ferne über uns lachten und auf uns zeigten, aber wenn wir näher kamen, wurden sie still und respektvoll. Alan war ein Meter fünfundneunzig oder achtundneunzig groß. Dies half ohne Zweifel.

Warum hatte er mich gern? Natürlich zollte ich ihm Bewunderung, aber das taten die meisten anderen auch. Das einzig Nützliche, was ich ihm gab, war Nachhilfe in Mathematik. Er besuchte während des ganzen Jahres wohl keine einzige Mathematikübung. Wäre er je dort erschienen, hätte der Dozent ihn am ersten Tag bemerkt und danach seine Abwesenheit registriert. Aber Mathematik war das einzige Fach, an dem seine Beteiligung makellos war, denn ich antwortete immer für ihn, wenn sein Name auf der Anwesenheitsliste aufgerufen wurde. Ein paar Tage vor der Mathematikprüfung besuchte ich ihn zu Hause und las ihm meine Aufzeichnungen vor. Er hörte sie sich im Bett liegend an, mit geduldig verkniffenem Gesicht wie ein römischer Kardinal, der der Predigt eines sehr jungen Priesters lauscht. Ich wußte nicht, was er von meinen Worten verstand, aber einmal, als ich zahlreiche Rechnungen wiedergegeben hatte, die sich auf die Beschleunigung fallender Körper, Spannungsdruck, Spontanenwandel und die Tendenz von Systemen bezogen, ihre freie Leistung zu verringern, gähnte er und sagte: «Sehr ehrenwert. Aber es verrät uns nur, wie Dinge sich erschöpfen und sich ausbreiten.»
Das stimmte natürlich. Jede Berechnung, die die Zeit einbezieht, beschreibt den Hitzetod des Universums, ein Stadium zwischen dem großen Knall, der alles schuf, und der kalten Grütze, zu der es letzten Endes wird. Aber Alans Beschreibung des Prozesses war mechanisch. Elektroingenieure gehen selten mit solchen Begriffen an die Mathematik heran. Doch Alan schaffte es stets, die Mathematikprüfung zu bestehen, und er war ein erstklassiger Elektroingenieur. Meine Unfähigkeit, dies zu verstehen, rührt von mangelndem Wissen, nicht von etwas Mysteriösem in Alans Verstand her. Für ihn waren die Kräfte der Schwerkraft und der Elektrizität und das, was in einer Zentrifuge oder beim Anzünden eines Streichholzes erzeugt werden mag, offensichtlich dasselbe. Man braucht einen großen Verstand, um das zu begreifen, einen Verstand, der so groß ist wie der Verstand Gottes, falls Gott einen Verstand hat.

Ich muß mir immer wieder vor Augen halten, daß ich nicht sein bester oder einziger Freund war, er hatte viele Freunde. In unserer Freizeit besuchten wir ihn zu Hause (wo er gewöhnlich im Bett lag) und lungerten plaudernd herum, bis er aufstand.

Auf diese Weise begegnete ich vielen unterschiedlichen Menschen. Wenn er aufgestanden war, machten wir gewöhnlich lange, gemächliche, völlig ziellose Spaziergänge, bei denen alles, was wir sahen, interessant war: das Verhalten von Tauben auf einem Dach, die Steppnähte eines Schuhs in einem Schaufenster, die Miene eines an einer Straßenecke wartenden Mädchens, ein Satz in einer Anzeige, bröckelnder Mörtel zwischen den Ziegeln eines neuen Gebäudes, die Farbe einer Autolackierung. Alan schien die Gruppe nie zu führen (er ging in der Mitte), und er dominierte nie das Gespräch, es sei denn mit einer gelegentlichen Frage, einem Blick oder ausgestreckten Finger. Ich glaube, daß er von uns lernte, während wir sprachen. Er schien alles auf der Welt zu wissen, war jedoch ganz unintellektuell und hatte nie ein Buch gelesen, außer vielleicht *Sherlock Holmes' beste Fälle*. Er sagte: «Ein gebildeter Mann braucht nur einen einzigen Autor gründlich zu kennen. Conan Doyle hat mir alles gegeben, was ich benötige. Ich rede nicht von seinen Romanen. Ein Mann wie ich, mit weitreichenden Verpflichtungen in der Welt der Hochfinanz und der internationalen Machtpolitik, hat keine Zeit für Romane.»
Diese Bemerkung veranlaßte mich, alle Sherlock-Holmes-Erzählungen zu lesen, aber als ich sie später erwähnte, blieb Alan seltsam zurückhaltend. Ich vermute, daß seine Beeinflussung durch Holmes von den alten Filmen mit Basil Rathbone herrührte, die er sich als Kind angeschaut hatte.

Er sah die wahre Stärke in jedem Ding, denn dies war seine eigene Stärke. Er erkannte sofort Werkzeuge und Möbel, die man so geformt hatte, daß sie ins Auge fielen, deren Nutzeffekt aber darunter gelitten hatte, oder er wußte, wann der Konstrukteur Haltbarkeit durch so viel Material hatte erzielen wollen, daß die Struktur geschwächt war. Auf einem Spaziergang verhielt er mitten im Schritt, starrte ein Bürogebäude an und sagte: «Wenn ich das Gebäude dort wäre, hätte ich überall Schmerzen, aber vor allem hier, hier und hier.»
Er klatschte sich auf Nacken, Brust und Knie. Er war in der Lage, den Finger auf das Schema einer Kopplung oder eines Schaltkreises zu legen und festzustellen: «Das Stück brauchen wir nicht.»
Ich erklärte dann geduldig, weshalb das Stück unentbehrlich sei,

doch er wies auf eine einfache Abänderung hin, die es ganz überflüssig machen würde. Das wohl gewaltigste Gelächter der Welt erscholl aus seinem Mund, als er ein Rundfunkinterview mit einem Tischler hörte, der Reproduktionen altmodischer Spinnräder herstellte und sie in einem Laden im westlichen Hochland an Touristen verkaufte.
INTERVIEWER: Dies ist ein herrliches Stück. Fachmännisch geformt. Exquisit gefertigt.
TISCHLER: Vielen Dank.
INTERVIEWER: Aber funktioniert es auch?
TISCHLER: O ja, es ist vollkommen funktionstüchtig. Wenn man's einstöpselt und eine Birne in die Fassung schraubt, ist's eine ausgezeichnete Stehlampe.
Dieses Gespräch beherrschte eine Woche lang unsere Scherze.
ALAN *(deutet auf ein neues Automodell/das Verwaltungsgebäude von Glasgow/den Direktor des Technical College):* Das ist ein herrliches Stück. Fachmännisch geformt. Exquisit gefertigt.
ICH: Das stimmt, aber funktioniert es auch?
ALAN: Oh, es ist vollkommen funktionstüchtig. Wenn man's einstöpselt und eine Birne in die Fassung schraubt, ist's eine ausgezeichnete Stehlampe.
Später verkürzte sich dies sehr stark. Wenn er sich über jemanden ärgerte, empfahl er ihm, sich eine Birne in die Fassung zu schrauben.

In sexueller Hinsicht hatte er soviel Glück, wie ein Mann nur haben kann. Er liebte ein Mädchen, das ihn liebte, und sie bereiteten einander Kummer und waren manchmal ganz selig. In jenen Tagen hatte ich soviel Glück wie er, aber ich war achtzehn Jahre alt und ahnte nichts von meinem Glück. Ich beneidete ihn (wenn auch ohne Groll), weil seine Freundin bezaubernder war als meine und weil er viele andere Frauen hätte haben können, besonders junge, die in ihm den großen, dunklen unwiderstehlichen Fremdling ihrer Träume erkannten. Er war geschmeichelt von ihrer Aufmerksamkeit und wies sie spielerisch und gütig ab. Von seiner Höhe aus mußten sie ungeheuer zerbrechlich gewirkt haben, und er nutzte nie jemanden aus, der schwächer als er selbst war. Er nutzte überhaupt niemanden aus. Er hatte nur eine einzige Schwäche.

Ich kehrte nach Mitternacht zu meiner Bude zurück und merkte, daß ich den Schlüssel verloren hatte. Keines der Fenster war erleuchtet. Da ich die anderen Mieter nicht durch Klopfen wecken wollte, ging ich in den Hinterhof und sah, daß ein Abflußrohr in der Nähe meines halbgeöffneten Fensters verlief; einige Abzweigungen zogen sich seitlich zu Küchenausgüssen und Badezimmern. Ich kletterte an ihnen die Mauer empor und entdeckte, daß der Fenstersims immer noch einen knappen Zentimeter außerhalb meiner Reichweite war. Ich wußte, daß Alan ihn mühelos erreichen konnte, daß er nicht weit entfernt wohnte, daß er noch wach und geschäftig sein würde, weil er am liebsten arbeitete, wenn andere schliefen. Ich ging zu ihm und bat ihn um Hilfe. Ohne ein Wort zu sagen, begleitete er mich zu dem Wohnhaus, kletterte rasch das Rohr hinauf und stieg durch das Fenster, das in der dritten Etage war. Ich ging nach oben und erwartete, daß ich die Haustür geöffnet vorfinden würde, aber mehrere Minuten verstrichen, bevor Alan sie öffnete, und sein Anblick war erschreckend. Sein Gesicht war bleich und starr, er schien mich weder zu sehen noch zu hören. Ich führte ihn zurück in mein Zimmer und machte ihm einen Becher Tee. Er hockte in einem Sessel, umklammerte den Becher mit beiden Händen und blickte in ihn hinein, als sehe er dort etwas Entsetzliches. Allmählich kehrte seine Farbe zurück, er stürzte den Tee hinunter, lächelte und sagte: «Jetzt weißt du, daß ich Höhenangst habe.»

Jener Mann war mein Freund, und ich habe mich in *diesen* Mann verwandelt. Oh, erinnere dich nie wieder an Alan. Denk nicht an ihn und denk nicht an Denny, die vor der Tür wartet, hier eintreten und mich ZERSTÖREN will mit ihren traurigen Blicken, denen ich nie standhalten konnte und denen ich seit zwanzig Jahren ausgewichen bin. Oh, Denny, bitte laß mich allein. Sei brav und geh weg.

Helga wird mich vor ihr retten. Schluck. Helga wird meinen Verstand wieder an angenehme Orte führen. Schluck.

Was Alan in dem Becher sah, war sein eigener Tod. Ich kann meinen in diesem Glas sehen, ihn auf der Zunge schmecken, ihn in der Vergeßlichkeit spüren, die sich über dieses Hirn schiebt. Es gibt viele Dinge, an die ich mich früher erinnerte – und ich verließ mich darauf–, an die ich mich nun nicht mehr erinnern kann. Helen und ich müssen in zehn oder zwölf Jahren viele ruhige und erfreuliche Zeiten erlebt haben, aber ich kann mich nicht an sie erinnern. Wir müssen viele Urlaubstage zusammen verbracht haben. Ich kann mich an keinen einzigen erinnern. Die Gehirnzellen mit diesen Erinnerungen haben sich aufgelöst. Nun ist in meinem Gehirn, dort wo einst Licht schien, ein schwarzes Loch – ein Loch, das Tag um Tag größer werden wird, bis alles, was ich weiß, alles, was ich bin, hineingerutscht ist. Schluck. Schluck. Armer Alan, du warst beim Anblick deines Todes entsetzt. Du mußt das Leben geliebt haben. Auch ich liebte das Leben damals, aber nun ist es mir gleichgültig.

Helga sitzt also in dem Privatkino und schaut sich zum zweitenmal einen Film mit ihrer eigenen großenschlankenelegantenlanghaarigenblonden Person an, die so enge Jeans trägt, deren Bluse von dem Draht zerfetzt wird und die dann durch Unkraut stolpert ganz nackt außer einem kleinen zerlumpten Kilt um Hintern und Möse, bis sie zu Füßen von Hugo und Amor hinfällt etcetera. Aber was trägt sie in dem Kino? Dissis sehr wichtisch. Wenn's an greifbaren schnuckeligen Frauen fehlt, isses sehr wichtisch, daß man sich reizvolle Behältnisse für sie vorstellt. Helga trägt eine steife enge weiße Bluse, die ihre kleinen festen Brüste hervorhebt, und sehr unförmige Jeans, die ich vor ein paar Tagen oder vor ein paar Jahren an einem Mädchen sah. Sie waren hellblau und an den Knöcheln gerafft wie Haremshosen. Außer den Knöchelbändern und dem Hüftbund war die einzige Linie, die sich eng an den Körper schmiegte, der Saum zwischen den Beinen, so daß die Analspalte sich recht deutlich abzeichnete, während der Stoff sich über ihren beweglichen Hüften kräuselte und flatterte. Können Frauen den Druck von Jeans wie eine erotische Liebkosung spüren? Was trug Helen, als ich sie die College-Mensa betreten sah? Ich erinnere mich nicht, aber der Stil wies eindeutig auf eine Schauspielschülerin oder Kunststudentin hin. Sie sah wundervoll aus. Da sie sich durch ein Gewimmel von Männern bewegte, wirkte ihr Gesicht ein wenig abschätzig; es schwebte über ihrem hochgewachsenen, schlanken, eleganten, langhalsigen Körper und drehte sich leicht von Seite zu Seite, als hielte sie nach einem Bekannten Ausschau.

Sie suchte Alan. Als sie ihn sah, wirkte ihr Gesicht plötzlich nicht mehr abschätzig, sondern wurde ein wenig zu munter und eifrig. Während sie zielbewußt auf uns zukam, flüsterte er: «Verdammt», aber er begrüßte sie mit einem freundlichen: «Hallo Helen, was führt dich her?»
«Du weißt doch, die Aufführung. Wann kannst du kommen? Wir proben an jedem Abend dieser Woche, und sie beginnt in vierzehn Tagen.»
«Ah, die Aufführung. Natürlich die Aufführung. Ja selbstverständlich, die Aufführung. Setz dich und erklär mir ganz genau, wovon du redest.»
Er rückte einen Stuhl neben sich, und Helen setzte sich mit deprimierter und hilfloser Miene hin. Sie sagte: «Du hast alles vergessen, und dabei hattest du doch versprochen, daran zu denken. Wir trafen uns vor drei Wochen auf einer Party der Schauspielschule. Du wolltest bei der Beleuchtung einer Aufführung helfen, die ein paar Freunde und ich während der Festspiele auf die Bühne bringen.»
«Ich erinnere mich genau», sagte Alan, «und natürlich werde ich euch helfen. Wo soll diese Aufführung stattfinden?»
«In Edinburgh natürlich. Bei den Festspielen. Wir haben uns mit einigen Leuten zusammengetan, die was Phantastisches gemietet haben: eine alte, zum Abbruch vorgesehene Süßwarenfabrik genau im Zentrum. Wir können einziehen, wann es uns paßt. Dort ist so viel Platz, daß wir im Gebäude schlafen könnten – es wird alles mögliche geben, Jazzbands und Folk-Gruppen und Tanz und ein die ganze Nacht geöffnetes Café mit Unterhaltung. Kunststudenten richten das Gebäude her. Du *mußt* kommen. Es macht dir bestimmt großen Spaß, und alle werden sich schrecklich freuen, wenn du mitmachst.»
«Tut mir leid», sagte Alan, «ich kann in nächster Zeit nicht nach Edinburgh fahren. Ich bin verpflichtet, den Fall der neun koptischen Prälaten und des Ingenieursdaumens zu lösen. Zum Glück braucht ihr mich nicht. Ich bin brillant, sicher, aber notorisch unzuverlässig. Der Mann, den ihr braucht, sitzt hier, neben dir.»
Helen blickte kaum zu mir auf. Mit bekümmerter Stimme fragte sie: «Bist du sicher, daß du uns nicht helfen kannst, Alan?»
Er legte ihr eine väterliche Hand auf die Schulter und sagte: «Du

bist ein herrliches Stück, Helen, aber du solltest dich einstöpseln. Das leicht unterwüchsige, perfekt gestaltete Exemplar, das ich dir anbiete, ist ein einzigartiger Mann. Viele beachten ihn nicht, weil er offensichtlich harmlos ist. Das sind Idioten. Dieser Mann ist eine Pracht. Erkläre ihm, was immer du brauchst, und er wird es ruhig, fachmännisch und – wenn du sein Blut ein wenig in Wallung bringst – schnell tun. Ich will nicht andeuten, daß du ihn verführen solltest. Er bekommt all den wahren Sex, den er nötig hat. Aber Filme und Reklame für Unterwäsche haben ihn verwirrt. Er wünscht sich ein bißchen Eleganz und Glamour. Für deine Gesellschaft in einem überfüllten Raum und ein paar funkelnde Blicke (du weißt, welche ich meine) wird er dir alle Dienste eines erstklassigen Handwerkers leisten. Er funktioniert mit einem erstaunlichen Mangel an Reibung.»

Nun mußte Helen zu mir aufblicken. Ich sagte entschieden: «Ich weiß nicht das geringste über Bühnenbeleuchtung.»

«Gut», rief Alan, «du kannst dir selbst beibringen, es richtig zu machen. Du kennst meine Methoden. Wende sie an, und bald werden dich schöne Mädchen wie unsere Helen in allen Stadien faszinierender Entkleidung umschwirren. Sie wollen leidenschaftlich geliebt werden – vom Publikum –, aber sie bleiben Schatten im Dunkeln, flüsternde Stimmen im leeren Raum, wenn du nicht auf die richtigen Knöpfe drückst. Denk an die Macht, die du ausüben wirst! Du wirst keine Zeit haben, wegen soviel Schönheit in nächster Nähe Schuldgefühle zu entwickeln, denn DIE SHOW MUSS WEITERGEHEN.»

In den höhlenartigen Räumen jener riesigen alten Fabrik im Schatten des Schlosses sah ich Helen in Jeans, die ganz genau zu diesen schönen Beinen paßten, die zu bluten aufhörten, und wir waren innerhalb von sechs Wochen verheiratet also verschwinde Denny die Show MUSS weitergehen aber nur wenn Helgas Jeans sich an ihre Möse schmiegen als wär's eine erotische Liebkosung. Eine Idee. Ein Orgasmusrennen, bei dem Haartrockner benutzt werden.

Helga, Big Momma, Superb und Janine stehen in einer Reihe; sie tragen sehr enge Shrinkfit-Jeans, die noch nicht eingelaufen sind. Ihre Handgelenke sind hoch über ihren Köpfen mit Seilen gefesselt, doch sie hängen nicht an diesen Seilen; allerdings

würden sie an ihnen hängen, wenn jemand ihre aufragenden Sandalen mit keilförmigen Sohlen und, ah, zwanzig Zentimeter hohen Absätzen wegzöge. Diese an den Zehen offenen Sandalen lassen zu, daß ich mir jeden lackierten scharlachroten Nagel ganz genau vorstellen kann. Der mit einer Schnalle befestigte Riemen um jeden Knöchel hat eine an der Seite angebrachte kleine Glocke, wie sie verwöhnte Kätzchen am Halsband tragen. Klingeling. Ein angenehmes Geräusch, Yahuuhe, ein Gähnen. Ich bin sehr müde. Wo war ich? Ja die hohen Absätze zwingen meine Frauen, den Hintern herauszustrecken, während die Seile um ihre Handgelenke ihre Glieder so straff wie Gitarrensaiten werden lassen. Aber sie stehen mit gespreizten gespreizten gespreizten gespreizten Beinen da, weil jeder Fuß nicht auf dem Boden, sondern auf einem einzelnen Holzblock oder Ziegel ruht, der zwanzig Zentimeter hoch und weit von dem nächsten entfernt ist. Jede einzelne Frau steht wie ein umgekehrtes Y da, und insgesamt sehen sie aus wie eine kurze Reihe von ⅄ ⅄ ⅄ ⅄ ja ⅄ ⅄ ⅄ ⅄ ja ⅄ ⅄ ⅄ ⅄ ja aber versuch, dich nicht fortreißen zu lassen. Sie haben seit langem nur dagestanden, sie sind sehr müde, yahuuhe. Ihre schweißfeuchten weißen Seidenhemden (keine Büstenhalter) sind aufgeknöpft, aber in unterschiedlichem Zustand. Helgas weißes seidenes aufgeknöpftes Hemd steckt immer noch in ihren Jeans. Big Mommas weißes seidenes yahuuhe, ich meine aufgeknöpftes Hemd ist in der Mitte durchgerissen, jede zerfetzte Hälfte baumelt von einem Ärmel, der zu einer zerfetzten Girlande um ihre Achseln geschrumpft ist. Die weißen Seidenhemden der beiden anderen hängen weit geöffnet über ihre Jeans. Dies ist ein weiches Kissen. Yahuuhe müde all meine Frauen tragen das gleiche weiße Seidenhemd aufgeknöpft aber in unterschiedlichem Zustand, meine Mamis teilen die dieschelbe Scheißdreckschaltung, kanonenverbutterte Schlampen in schisch verschteifendem Schuschtand ⅄ ⅄ ⅄ ⅄ hallo Lieblinge ⅄ ⅄ ⅄ ⅄ ⅄ ⅄ ⅄ ja weiter so
⅄ ⅄
⅄ ⅄
⅄ ⅄
⅄ ⅄
⅄ ⅄
⅄ ⅄
⅄ ⅄

ʎ ʎ
ʎ ʎ
ʎ ʎ
Y Y Y Y Y Y Y Y Y Y Y Y Y Y Y Y Y Y Y Y Y Y Y Y Y Y Y Y
Y Y Y Y Y Y Y Y Y Y Y Y Y Y Y Y Y Y Y Y Y Y Y Y Y Y Y Y
Y Y Y Y Y Y Y Y Y Y Y Y Y Y Y Y Y Y Y Y Y Y Y Y Y Y Y Y
Y Y Y Y Y Y Y Y Y Y Y Y Y Y Y Y Y Y Y Y Y Y Y Y Y Y Y Y
Y Y Y Y Y Y Y Y Y Y Y Y Y Y Y Y Y Y Y Y Y Y Y Y Y Y Y Y
Y Y Y Y Y Y Y Y Y Y Y Y Y Y Y Y Y Y Y Y Y Y Y Y Y Y Y Y
Y Y Y Y Y Y Y Y Y Y Y Y Y Y Y Y Y Y Y Y Y Y Y Y Y Y Y Y
Y Y Y Y Y Y Y Y Y Y Y Y Y Y Y Y Y Y Y Y Y Y Y Y Y Y Y Y
Y Y Y Y Y Y Y Y Y Y Y Y Y Y Y Y Y Y Y Y Y Y Y Y Y Y Y Y
Y Y Y Y Y Y Y Y Y Y Y Y Y Y Y Y Y Y Y Y Y Y Y Y Y Y Y Y
Du Schwein Y Y Y Y Y Y Yahuuhe, wieder einer dieser Träume. Ich habe das seit fünfundzwanzig Jahren nicht geträumt. Ich träumte es früher dauernd.

Es war ein sonniger Sommer in Glasgow, die Straßen waren ruhiger als sonst. Vielleicht war es der Beginn der beiden Ferienwochen. Ich ging die St. George's Road entlang und sah Alan, der um die Kurve von Charing Cross Mansions auf mich zuschlenderte, die Arme auf der Brust verschränkt, die weißen Wolken mit seinem großen Gesicht musternd. Ich war von glücklicher Erleichterung und Gelächter erfüllt, rannte auf ihn zu und rief: «Du bist nicht tot! Du bist nicht tot!»
Er lächelte und sagte: «Natürlich nicht, das war bloß ein Witz.»
Und plötzlich wurde ich schrecklich wütend auf ihn, weil er einen so grausamen Witz gemacht hatte. Und dann erwachte ich, leider.

8: ICH BIN **FROH, DASS ICH EINSCHLIEF, BEVOR ICH MIR DAS ORGASMUSRENNEN VORSTELLEN KONNTE.** Wenn meine vier Heldinnen, alle ⅄ ⅄ ⅄ ⅄ daran beteiligt sind – zusammen mit dem ekelhaften Doktor, seinen Betäubungsmitteln, dem Gummischlauch, den Haartrocknern, Max, Stroud, Charlie, Hollis und einer Schar Kellnerinnen in hautengen durchgeknöpften Kleidern aus rotem Satin –, dann ist dieses Rennen eindeutig ein Gipfel, auf den jede andere Handlung in meinem Kopf sich heute nacht zubewegt. Es muß sich vor dem letzten und größten Rudelbumsen ereignen, das mich völlig erschöpft und bewußtlos zurücklassen wird. Das hoffe ich jedenfalls. Ich habe nur ein einziges Mal genug Selbstbeherrschung, genug Schlaflosigkeit besessen, um all meine Phantasien auf einen Punkt zuzutreiben, und dadurch kam es zu einem sehr bösen Anfall von Heuschnupfen. Aber damals war meine Organisation sehr klein, nur vier arme kleine Leute und eine Hütte in den Hügeln.

Amor, Hugo und Big Momma (Gott allein weiß, was diese Bande zusammenführte) zogen einen Warenhauslohnraub ab und machten sich in einem schnittigen roten Kabriolett in die Hügel auf, wo sie in Ruhe abwarten wollten, bis die dicke Luft sich verzogen hatte. Amor war noch ein Jüngelchen. Hugo war ein Wermutbruder, ein Saufkopf, der sich irgendwie seinen Mumm und Schmiß bewahrt hatte. Momma, eine dicke Frau über fünfzig, war das Hirn der Meute. Damals fiel mir diese Ausdrucksweise leicht. Damals war kommerzielles Fernsehen höchstens ein Traum von John Logie Baird. *Keine Orchideen für Miss Blandish* stand an der Spitze der Bestsellerliste. Aber die drei lasen keine Bücher, deshalb nahmen sie unterwegs zum Unterschlupf Janine, eine Anhalterin, mit – zur sexuellen Unterhaltung. Da Big Momma lesbisch war, reichte Janine nicht für alle aus. Amor und Hugo taten sich zusammen und zwangen Big Momma, sie auf sehr viele Arten zu befriedigen, während Janine nackt herumlief und eine Tasse Tee nach der anderen machte. Ich meine Kaffee. Amerikaner trinken keinen Tee.

Aber ich war ehrgeizig. Amor und Hugo wußten nicht, wie man für eine große Organisation arbeitet, deshalb ließ ich sie fallen. Als ich das letzte Mal von ihnen hörte, arbeiteten sie als Komparsen in einem Pornofilm. Big Momma und Janine durften bleiben, und ich besorgte mir einen guten Steuerberater, einen gerissenen Rechtsanwalt, einen Arzt, der in den höchsten Gesellschaftsschichten mit Rauschgift und Abtreibungen handelte, und auch einen betrügerischen Polizeichef. Nämlich Max. Zusammen entführten wir die Frauen und Töchter reicher Geschäftsleute und hielten wochenlange Orgien mit ihnen ab. Ah, die Ausdauer der Jugend. Wir verschafften uns Geld, indem wir den Ehemännern und Vätern Fotografien ihrer in höchster Not befindlichen Maiden schickten, mit Beschreibungen dessen, was ihnen noch angetan werden würde, falls wir das Geld nicht erhielten. Gewöhnlich bekamen wir es und taten trotzdem, was uns gefiel. Die Damen wurden schließlich freigelassen, mit einem etwas wissenderen Blick in den Augen und ohne Striemen, die ein züchtiges Kleidchen nicht hätte verbergen können. Sie konnten uns danach nicht identifizieren, denn während sie in unseren Händen waren, verbanden wir ihnen die Augen oder trugen selbst Masken, verstopften ihnen die Ohren oder sprachen flüsternd. Ich besuchte nun häufig Cocktailparties der Schickeria und anderer Berühmtheiten. Manchmal stellte mir die Gastgeberin – ein Filmstar oder ein Top-Fotomodell, dessen schönes Gesicht seltsam distanziert und mißvergnügt wirkte –

die gleichgültige Frage: «Sind wir uns nicht schon mal irgendwo begegnet?»
Dies kommt immer noch vor. Ich antworte stets: «Nicht daß ich wüßte.»
Später, wenn ich mit ihr tanze, streichelt meine Hand die Stelle auf ihrem Rücken, wo ich meine Initialen eingebrannt habe. Sie wird bleich und fällt fast in Ohnmacht, aber ich drücke sie enger an mich und schwinge ihren Körper durch die komplizierten Figuren des Tangos (das könntest du nicht, du kannst nicht einmal tanzen) halt den Mund. Sie erholt sich und flüstert: «Mein Gott, Sie waren es!»
Ich lächle und murmle: «Beweisen Sie es.»
Sie schnappt heftig nach Luft und sagt: «Hören Sie, ich ... ich muß Sie bald wiedersehen, irgendwo an einem privaten Ort, wo Sie wollen ... bitte!»
«Warum?»
«Ich will, *muß* Ihnen etwas sagen, können Sie nicht erraten, was?»
«Leider nimmt meine Arbeit mich dieser Tage völlig in Anspruch. Sie wissen, was für eine Arbeit es ist. Rufen Sie mich in einem oder zwei Monaten an, vielleicht kann ich Sie dann in meinem Terminkalender unterbringen.»
In den vierziger und fünfziger Jahren war diese Antwort mehr als eine Entschuldigung, denn meine Organisation weitete sich zügig aus.

Ich hatte plötzlich bemerkt, daß ich mit Männern meiner eigenen Art konkurrierte. Die Hochschullehrer/Steuerberater/Architekten/Reklameagenturchefs/Bankiers/Makler/Geschäftsleute/Kongreßabgeordneten/Ärzte/Manager/Fabrikeigentümer/Regierungsbeamten/Abteilungsleiter/Impresarios/Richter/Journalisten/Schlüsselagenten/Rechtsanwälte und Medienvertreter, deren Frauen und Reichtum ich mißbrauchte, hatten alle den gleichen Geschmack wie ich selbst, wenn sie nicht homosexuell oder kunstverrückt waren oder irgendein anderes bescheuertes Hobby hatten. Sie hatten ihre Kohle durch schwere Arbeit und gesellschaftliche Konformität gemacht, und was hatten sie davon? Ein wenig Prestige, ein paar leibliche Genüsse, ein gelegentliches Wochenende in Acapulco – mehr nicht. Ihre Kinder und Ehefrauen waren nicht besonders dankbar, ihre Sexualität ließ eine Menge zu wünschen übrig. Sie brauchten, was ich brauche: Fotzen, jede Menge, die mir serviert werden, wann ich will, und in genau dem Zustand, den ich mir aussuche. Diese Männer waren meine Brüder. Wenn wir zusammen arbeiteten, könnten wir alle einen Riesenspaß haben. Wir hätten das Kapital und könnten die Gesetzgebung durchpeitschen, damit eine weltweite Kette völlig legaler Vergnügungssalons gegründet würde. Gefängnisse und Nervenkliniken sind voll von sexuell begehrenswerten Frauen, die man dort eingesperrt hat, weil sie zu habgierig, zu aktiv, zu exzentrisch, zu dumm waren, den Regeln der konventionellen Gesellschaft zu gehorchen oder sie geschickt zu manipulieren. Meine Organisation sortiert diese Frauen aus und nutzt sie auf eine Weise, die Stroud Helga in kurzer Zeit im Kino demonstrieren wird, aber letztlich läuft es darauf hinaus: Die männlichen Sieger kommen zu einer verdammt guten Vögelei mit den weiblichen Versagern. Feministinnen werfen mir sexuellen Chauvinismus vor. Ich erwidere ihnen, daß Frauen der Akademikerschicht, wenn sie sich mit den reicheren Erbinnen, geschiedenen Frauen und Witwen (es gibt mehr Witwen als Witwer auf dieser Welt, Männer sterben schneller, sogar zu Friedenszeiten) zusammentun, genug Macht haben werden, um die Hälfte der Männergefängnisse in ihre ureigenen Gestüte zu verwandeln, mit besonderen lesbischen Trakten für die, die sich nicht mit uns Männern abrackern wollen. Wenn wir bedenken, wie die Sieger die Verlierer durchziehen, wie die Starken die Schwachen durchziehen, wie die Reichen die Armen durchziehen, ist der Vorwurf sexueller Diskriminierung belanglos. Die meisten Männer sind arme, schwache Verlierer. Viele Frauen sind es nicht.

Wenn die vorangegangenen Worte ein wenig hart erscheinen, möchte ich von jenen geschmackvoll konstruierten Gebäuden mit leeren Wänden und Dachfenstern sprechen, die in der Nähe aller großen und einiger kleinerer Städte aufgetaucht sind, jedes in der Mitte eines bewaldeten Grundstücks, das von einem unter Strom stehenden Sicherheitszaun umgeben ist. Die Frauen im Inneren sind nicht nur glücklicher und gesünder als die in normalen Gefängnissen und Nervenkliniken (etwas anderes wäre kaum möglich), sie sind auch glücklicher und gesünder als die meisten Frauen in der Außenwelt. Sie schlafen in bequemen, geräumigen, prächtig eingerichteten Boudoirs, sie besitzen extravagante Garderoben, können weiche Drogen, Sonnenbänke, Saunen benutzen und so viel essen, wie sie wollen. Wir haben nichts dagegen, daß sie dick werden, oder wenn wir etwas dagegen haben, können wir sie durch erregende Übungen wieder schlank werden lassen. Da ihre Zahl zehnmal so groß ist wie die ihrer männlichen Besucher, werden sie nicht von lesbischen Freundschaften abgehalten. Diese Freundschaften rufen Spannungen hervor, die zusammen mit ihrem Klassensystem einen reichen Vorrat an Klatsch liefern. Dieses System ist komplexer als das in meinem arabischen Harem mit Königinnen und Sklavinnen. Hier gibt es die Favoritinnen, die Künstlerinnen, die Kellnerinnen und die Radfahrerinnen. Die Favoritinnen tragen, was sie wollen, die Künstlerinnen tragen, was die Favoritinnen ihnen zu tragen befehlen, die Kellnerinnen tragen hautengen durchgeknöpften roten Satin, die Radfahrerinnen tragen enge grobe Leinenjeans oder eine Arbeitshose oder kurze kurze Shorts. Die Favoritinnen beziehen einen hohen Wochenlohn, die Künstlerinnen erhalten Prämien je nach der Qualität ihrer Darbietung, die Kellnerinnen werden mit Trinkgeldern entgolten, die Radfahrerinnen bekommen nichts. Aber niemand wird gezwungen, mehr als drei Wochen pro Jahr Radfahrerin zu sein, der Doktor hat es verboten. Beförderung und Degradierung sind regellos. Manche Mädchen sind seit Jahren Favoritinnen, manche durchlaufen häufig alle Klassen innerhalb eines Monats. Das verdiente Geld wird in Form druckfrischer Noten ausgehändigt. Die klügeren Mädchen bitten das Management, es für sie auf ein Bankkonto einzuzahlen, aber einige sind überaus beruhigt, wenn sie die festen kleinen Bündel sehen und anfassen können, die sich im Laufe der Jahre anhäufen; deshalb haben sie in ihrem Boudoir einen Safe mit Kombinationsschloß, dessen Nummer nur sie selbst kennen. Die weniger klugen Mädchen werden manchmal süchtig nach Glücksspielen, und da habe ich die Idee zu einem erregenden Strip-Poker-Spiel halt den Mund, zurück. Die weniger klugen Mädchen werden manchmal süchtig nach Glücksspielen, was zu einem gewissen Maß an Bestechlichkeit geführt hat. Eine sichere Favoritin, der eine Künstlerin oder Kellnerin mißfällt, kann ihr das Leben einige Wochen lang zur Hölle machen, und manche unglückliche Frauen versuchen, sich bei ihren Peinigerinnen einzuschmeicheln, indem sie beim

Kartenspiel gegen sie verlieren. Doch jeder Laut in jedem Zimmer wird abgehört, auf Tonband aufgenommen und überwacht, so daß das Management offensichtliche Ungerechtigkeiten abstellen kann, bevor sie zu lange dauern. Eine kleine Ungerechtigkeit fördert die Konversation und das Mitteilungsvermögen, aber eine zu große läßt eine Frau schlampig, niedergeschlagen und unattraktiv werden. Unsere Frauen sollen – das ist wichtig – wissen, daß sie genug angesammelt haben werden, um den Rest ihres Lebens sorgenfrei zu verbringen, wenn sie das Ruhestandsalter erreichen.

Hier ist eine weitere Tatsache, die unsere Kritiker berücksichtigen sollten. Das sexuelle Leben unserer Frauen ist nicht nur abwechslungsreicher als in der Außenwelt, es dauert auch länger. Attraktive Künstlerinnen im Alter von sechzig sind durchaus anzutreffen. Kein Wunder, daß sie uns mit Tränen in den Augen verlassen. Was haben sie letzten Endes erleiden müssen? Vielleicht ein bißchen Fesselung und ein paar Peitschenschläge, aber in jeder Freude ist ein Tropfen Wermut. Außerdem besteht eine erstaunliche Zahl unserer Kunden aus Masochisten, und ich möchte vorhersagen, daß die Frauen der Mittel- und Oberschicht, falls sie das Gefängnisgestüt ihrer Träume bekommen, den Insassen befehlen werden, mit einigen äußerst aggressiven Darbietungen aufzuwarten. Erfolgreiche Menschen, die sich den Weg an die Spitze gebahnt haben, neigen dazu, sich im Schlafzimmer ein wenig ritualisierte Erniedrigung zu wünschen. Die Tatsache, daß diese Menschen gewöhnlich *einander* heiraten, ist eine der unbesungenen Tragödien unserer Zeit. Mittlerweile dürfte jedoch offensichtlich sein, daß ich mich von einem kleinen Gauner zu einem öffentlichen Wohltäter entwikkelt habe. Sontag würde zweifellos sagen, daß ich ein kleiner Gauner war, der kleine Leute beraubte, dann ein wenig größer wurde, indem ich große Leute beraubte, und mich schließlich unter die großen Leute einreihte, um kleine Leute in großem Stil zu berauben. Zweifellos würde Herr Karl Marx mit Sontag übereinstimmen, aber ich bin kein Marxist. Nun ja, so geht es eben.

Vielleicht ist der Leser jetzt in der Lage, mich gebührend zu würdigen. Als Vorsitzender des gewaltigen multinationalen

Forensischen Forschungssyndikats für Bestrafung und sexuelle Befriedigung habe ich weltweite Beziehungen und bin unwiderstehlich. Keine Regierung wird sich je gegen mich wenden, weil alle Regierungen in meinem Komitee vertreten sind. Die Führer jeder erfolgreichen Bewegung erwerben Anteile an meinem Unternehmen. Wenn weithin bekannt wäre, daß das gesamte Netz von einem einzigen Hirn – diesem Hirn – gesponnen wurde, wäre mein Leben durch linksradikale Extremisten bedroht, aber meine Tarnung ist undurchdringlich. Man kennt mich als einen bescheidenen und diskreten schottischen Elektroingenieur aus dem Tiefland, der manchmal in kleinen Familienhotels in Tillicoultry, Grangemouth und Nairn zu sehen ist. Meine engsten Mitarbeiter wissen sogar noch weniger. Für sie bin ich nichts als eine Stimme in einem Draht.
KLINGELING.
Das muß der Anruf aus Johannesburg sein.
«Hallo.»
«Agent XPQR mit Meldung aus Johannesburg, Sir.»
«Anfangen.»
«Ich habe eine frische Ladung *schwarzer Melasse* unter Zollverschluß, Sir.»
«Wieviel?»
«Zwanzig Kilo.»
«Wie frisch?»
«Vier Zehner, vier Zwanziger, vier Dreißiger, vier Vierziger, vier Fünfziger.»
«Vier *Fünfziger*, XPQR?»
«Sie sind ganz reif, Sir.»
«OK, schicken sie sie zu gleichen Teilen nach Chicago, Sydney, Berlin, Paris und Glenrothes.»
«*Glenrothes*, Sir?»
«Sie haben mich schon verstanden.»
«Wie soll ich sie nach Frischegrad verteilen, Sir?»
«Das überlasse ich Ihrer Initiative. Fragen Sie bei den Gebietskontrolleuren nach.»
«Natürlich Sir. Sir, wo ist Glenrothes?»
«Sehen Sie's in einem Atlas nach. Die nächstgelegene Anlegestelle ist in Methil.»
«Vielen Dank, Sir. Guten Abend, Sir.»
Klick.

XPQR glaubt wahrscheinlich, daß ich alt werde und geistig nachlasse. Unser Zentrum in Glenrothes benötigt keine vier frischen Weiber, aber es benötigt die zusätzliche Farbe, die zusätzliche Süße von etwas weicher schwarzer Melasse. Ich werde Glenrothes in der nächsten Woche besuchen, vordergründig, um zu prüfen, was National dort in einer Kirche installiert, sogar in Kirchen wird man heutzutage sicherheitsbewußt. Teufel, die Familie meiner Mutter stammt aus Glenrothes, ich kann mir leisten, verschwenderisch zu sein, kann mir leisten, meinen Launen freien Lauf zu lassen. Ich habe meine Dollars mühsam an Land gezogen, und die Aktienbesitzer meckern ja nicht. (Hör auf, dir was vorzumachen.)

Besser ein glücklicher Narr als ein selbstmörderischer Kontrolleur von Sicherheitsanlagen. (Du bist nicht glücklich.)

Sei ruhig, du üble stille, sanfte Stimme.

Schluck.

Da hast du's, du blöde stinkende Kacke intelligenten Bewußtseins.

Schluck. Schluck.

Wenn du so weitermachst, wirst du in weniger als einem Jahr völlig kaputt sein.

Schluck. Schluck. Schluck.

Aber klar, wenn ich über meine frühen Kämpfe, meine triumphale Karriere, meine erfüllenden Jahrzehnte im Dienst an der Öffentlichkeit zurückblicke, denke ich mir manchmal, daß ich meine glücklichsten Momente in jener ärmlichen Hütte in den Hügeln verbrachte, nachdem Amor und ich uns gegen Big Momma verschworen hatten. Das Haus war nicht einmal stromverkabelt, aber da ich über einiges technisches Können verfüge, verwandelte ich einen alten Fahrradrahmen in einen einfachen Generator. Als er fertig war, lachte Momma glucksend und sagte zu Janine: «Jetzt machst du eine schöne lange Fahrt. Du wirst heute nacht gut schlafen, Honey.»

Ich grinste und schüttelte den Kopf. «Du täuschst dich, Momma. Diese Kleine ist nicht kräftig genug. Aber du hast Übergewicht. In den Sattel mit dir.»

Sie glotzte mich an und versuchte sich einzureden, daß ich Spaß machte. Ich machte Spaß, ja, aber der Spaß ging auf ihre Kosten. Langsam zog ich meinen dicken Ledergürtel heraus und versohlte ihr tüchtig den Arsch, bis sie mich anbettelte, in den Sattel steigen zu dürfen. Als es draußen dunkel wurde, trat Big Momma kräftig genug in die Pedale, um Janine, Amor und mir genug Licht für ein langes langsames Strip-Poker-Spiel zu verschaffen. (Benötigt man für Poker nicht vier Spieler?) Halt den Mund, ich lege hier die Regeln fest. Janine verlor natürlich sehr viel, und wir ließen sie's spüren, und ob. Der nächste Tag war heiß und sonnig, Big Momma war zu erschöpft, um sich zu bewegen, also gönnten wir ihr Ruhe und Sonnenbräune und ließen sie noch ein paar Gramm abschwitzen. Wir machten sie draußen auf dem Boden mit Pflöcken fest, wie einen Seestern, flach auf dem Rücken, ganz nackt und fluchend, bis Amor ihre Titten mit braunem Zucker, nein, mit Butter einrieb, damit die Mücken sie kitzelten. Da schlug sie eine andere Tonart an. (Gibt es Mücken in Amerika?) Du Trottel, Mücken gibt's ÜBERALL, sie sind universell und unausrottbar, sie können nicht vernichtet werden, ohne daß man die ganze ökologische Kette sprengt, die Vogel mit Tier, Blume mit Frucht, Kraut und Moos mit Baum und Tundra und jenen verbindet, die hierhin und dorthin über die Wasserwüste wandern. Mücken KÖNNEN NICHT vernichtet werden, ohne daß man den MENSCHEN SELBST vernichtet, weshalb rede ich wie im Delirium? Wo habe ich all das pseudowissenschaftliche biblische Zeug aufgeschnappt? Habe ich's im Rundfunk gehört? Dabei will ich nichts anderes als, ja.

Big Momma butterweich und UMKLAMMERBAR, tränennaß, schweißnaß, bebend und stöhnend, während Amor ihren Hintern (wir haben sie umgedreht) mit der reichsten Arabeske unflätiger Wörter und unanständiger Ideen tätowiert, die sich seinen Hirnzellen eingeprägt hat. Als Amor mache ich das mit ihr, und als Hugo drehe ich sie wieder um und verschließe ihr den Mund mit meinen Küssen, die Fotze mit meinem Schwanz. Ich beschäftige sie völlig; für eine Weile bin ich der einzige Mann in ihrer Welt. Ich wünsche, ich habe mir immer gewünscht, mir vorstellen zu können, daß auch sie sich an mir erfreut. Aber ich ejakulierte dreimal, entleerte meine Samenblase völlig in Präservative in einer Nylonsocke in einer Wollsocke. Weder Schlafanzug noch Bettwäsche wurden befleckt, so daß Helen nie etwas merkte. Sie schlief, Gott sei Dank, sehr fest.

Und dann hatte ich einen Anfall von Heuschnupfen. Das Schnauben und Keuchen weckte sie, sie ging ungefragt in die Küche und machte mir ein Glas heißen Tee mit Zitronensaft und braunem Zucker. Dies gab mir genug Zeit, die Präservative hinunterzuspülen und die etwas klamme Doppelsocke im Wäschekorb zu verstecken. Helen benahm sich in Krisensituationen immer vortrefflich, sie tat ruhig und rasch das, was am vernünftigsten und hilfreichsten war. Nur Trivialitäten erschreckten oder verärgerten sie sehr. Das konnte ich nie verstehen. Sie stand natürlich unter Druck. Wenn sie nicht auch heimlich masturbierte, erlebte sie noch weniger wirklichen Sex als ich, und ich bezweifle, daß sie masturbierte. Ich versuchte einmal, mit ihr darüber zu sprechen, und sie hielt sich die Ohren zu. Manchmal tut es mir immer noch leid, daß wir uns getrennt haben. Denk nicht an sie.

Zurück zu Momma, mit Pflöcken festgebunden etcetera, aber Momma verwandelt sich, die Stricke fallen von ihren Hand- und Fußgelenken ab, sie steht auf und sieht weniger massig, aber immer noch angenehm gerundet aus. Sie hat Jeans an, die sich eng an ihr Gesäß schmiegen, aber abgetragen und bequem sind. Ihr Hemd ist einfach und sexy, kurzärmelig mit dünnen rotweißen Streifen und zwei großen Knöpfen. Es ist schwierig, ihr Gesicht deutlich zu sehen, aber ich scheine es gut zu kennen. Es ist kein strenges oder grämliches Gesicht, kein sehr hoffnungsvolles Gesicht. Gut. Sehr hoffnungsvolle Gesichter scheinen immer am Rande der Verzweiflung zu sein. Es ist ein gewöhnliches Gesicht. Millionen von Frauen zwischen fünfzig und sechzig sehen aus wie sie. Sie beobachtet mich freundlich, aber ich bin sicher, daß ich nie im Leben mit ihr gesprochen habe.

Denny würde heute so aussehen, wenn wir geheiratet hätten. Ich hoffe, daß ich dich geschwängert habe, Denny.

O DENNY BITTE BITTE BITTE HAB UNSER KIND GEBOREN, GOTT MACH DASS DENNY UNSER KIND GEBOREN HAT, BITTE *verdammter* **GOTT EXISTIERE** *verdammt noch mal und* **MACHE** *verdammt noch mal* **DASS DENNY UNSER KIND GEBOREN HAT, MACH** *hör auf* **DASS DENNY** *hör auf* **EIN KIND** *bitte hör auf*

GEBOREN HAT BITTE. HÖR AUF. SCHLAGE DIESEN KOPF. GEGEN. DIESE. WAND. Bitte Denny existiere und hab mir ein Kind geboren.

War ich sehr laut?

Lausche.

Keine schallenden Echos. Kein Knurren aus dem Nachbarzimmer. Es ist wahrscheinlich leer, dies sind ruhige Zeiten für das schottische Hotelgewerbe. Keine Schritte. Niemand kommt, ich kann nicht sehr laut gerufen oder gehämmert haben. Kopf tut nicht sehr weh. Leicht rosiger Fleck an Tapete. Wunde Stelle an Schläfe, aber kein tröpfelndes Blut. Kleine Quetschung oder Beule vielleicht morgen. Leg dich wieder hin. Was trinken? Besser nicht in diesem Zustand. Denk an das, was letzte Woche nach unter der Brücke in dem Pub passierte. Ich *kann* mich *nicht* an das erinnern, was letzte Woche nach unter der Brücke in dem Pub passierte, aber bestimmt werde ich mich bald erinnern. Heute nacht kehrt alles zurück, was ich vergessen will. Ich schnappe über. Bis vor einem Moment war der Gedanke, daß Denny unser Kind, ja, in völliger hilfloser Einsamkeit geboren hat, die Erinnerung, die ich am meisten fürchtete. Nun hält mich die Möglichkeit, daß ein Stück von Denny und mir atmet und das Licht sieht, davon ab, nach den Tabletten zu greifen und sie mit dem letzten Whisky hinunterzuspülen, warum? Ich weiß nicht warum. Ich werde meinen Sohn oder meine Tochter nie kennen, aber in einem so kleinen Land wie diesem ist ein Reisender wie ich fast mit Sicherheit wenigstens einmal auf einer Straße an ihm/ihr vorbeigegangen. Wenn ich Vater bin. Und ich könnte es sein. Denny traf keine Vorsichtsmaßregeln. Ich war es, der die Vorsichtsmaßregeln traf, bis zu der Nacht, bevor ich nach Edinburgh fuhr. Ich dachte, es seien ihre sicheren Tage oder so. Lügner. Ich war zu betrunken, um zu denken. Einen Tag oder eine Woche oder zwei Wochen später dachte ich: ‹Vielleicht hat diese kleine *Kanaille/Hure/Betrügerin* mich reingelegt, mich zum Vater gemacht.› Das wurde zu einem Grund dafür, sie nicht wiederzusehen, zu einem Grund, nicht an sie zu denken, bis jetzt. Die Möglichkeiten waren unausdenkbar.

(Abtreibung?)

Unwahrscheinlich. War damals illegal, und Denny war ein Feigling, was physische Dinge betraf, die leichteste Schnittwunde jagte ihr Angst ein. Sie hatte niemanden, der ihr eine Abtreibung hätte vorschlagen oder Vorbereitungen treffen oder ihr das Geld hätte geben können. Aber in anderer Hinsicht war das Gesundheitswesen damals in gutem Betriebszustand. Bei einem normalen Verlauf der Dinge wäre Denny in ein Krankenhaus gebracht und recht problemlos von dem Kind entbunden worden.

(Adoption?)

Wahrscheinlich. Sie hatte keine Eltern, keine Freunde, keine Helfer. Ich hatte sie den ein oder zwei Leuten entfremdet, die sie in dem Wohnheim kannte. Sie hatte sehr viel Liebe in sich und niemanden, dem sie sie hätte geben können, deshalb hätte sie sich gewünscht, das Kind zu behalten. Aber eine wohlmeinende Sozialarbeiterin könnte sie überzeugt haben, daß dies ein rücksichtsloser Wunsch sei, daß ihr die Mittel fehlten, eine anständige Mutter zu sein. Was vielleicht stimmte. Denny gehörte zu denen, die sich von einer gebildeten Stimme leicht einschüchtern lassen. Es ist wahrscheinlich adoptiert worden.

(Selbstmord?)

Ich habe noch nie an Selbstmord gedacht o nein nein nein nein nein nein nein nein nicht weinen, ich habe nicht geweint, haha, seit dem armen alten Hislop und seit die verrückte Menge sang: OH BLÜÜÜTE SCHOTTLAAAAAANS, WANN WERN WIIR SOO WAAS JEE WIEDERSEEEEEN? Wann werden wir so etwas je wiedersehen.

Denny war klein, aber kräftig, kein Selbstmördertyp. Ich bin ein Selbstmördertyp, und was mich zu Whisky und Tabletten treibt, ist nicht Kummer, sondern Wut. Die meisten Selbstmorde sind eine Form von Bosheit, dessen bin ich mir sicher, es sind von außen nach innen gekehrte Morde. Denny war unfähig, Wut zu empfinden. Sie verwandelte ihren Kummer nie in

Trotz oder in Dramen, die andere auf sie aufmerksam machten. Irgendeine Kindheitsniederlage hatte ihr das Gefühl gegeben, daß Zorn nutzlos sei, deshalb schluckte sie ihren Kummer wie ein artiges Mädchen in einem Stück hinunter, sie spuckte ihn nicht aus oder biß die Hand, die ihn zwischen ihre Zähne preßte. Diese passiven Menschen bringen sich nie um. Sogar Kindern kann mehr aufgezwungen werden, als sie zu ertragen vermögen. Dad sprach nur einmal mit mir über den Ersten Weltkrieg, aber er erwähnte das Selbstmordwäldchen, einen Hain von blatt-, aber nicht völlig zweiglosen Bäumen im Schlamm des Niemandslandes, an der Somme, wie er, glaube ich, sagte, doch es gab wahrscheinlich mehrere Selbstmordwäldchen, es war eine sehr lange Front. Da nichts anderes auf der Oberfläche stehen geblieben war, gingen Soldaten dorthin, um sich aufzuhängen. In den Schützengräben lag ihnen ein Feind gegenüber, der genauso verzweifelt bewegungslos war wie sie selbst. Auf beiden Seiten gab es grimmige verhärtete Männer, die in dem alptraumhaften Leben-im-Tode erstarrt waren, vor dem Männerblut eiskalt gerinnt etcetera. Hinter ihnen war eine Organisation, die sie als Deserteure erschießen ließ, wenn sie sich umdrehten und davongingen, und hinter der Organisation standen ihre Mütter/Väter/Schwestern/Freundinnen/die Zeitungen/die britische Industrie/das Kapital/Labour/die Kirche/das Recht/die Regierung/der König/das Empire, die alle sagten: «Vorwärts Junge! Das ist deine Pflicht! Nur du kannst uns davor retten, von diesen Deutschen in dem Schützengraben vor dir vergewaltigt und ausgeplündert zu werden.» Dies waren keine harten Burschen. Ihnen fehlte der Mut, die Hände auszustrecken und dem wahnsinnigen Lehrer, der sie ständig mit seinem Lochgelly schlug, die Worte «Noch mal!» zuzumurmeln. Also hängten sie sich auf. «Es waren meistens Siebzehn- oder Achtzehnjährige», sagte mein Vater, «und Sechzehnjährige, die ein falsches Alter angegeben hatten, um sich anwerben zu lassen.» Nach einer Pause fügte er hinzu: «Aber wir waren alle bloß Kinder.»

Denny war siebzehn denk nicht an sie. Sie war zäh, sie konnte mit allem fertig werden. Ich wette, daß sie mein Kind adoptieren ließ und nun glücklich mit jemandem aus ihrer eigenen Gesellschaftsschicht verheiratet ist. Auf ihre Weise war sie ein recht attraktives Mädchen.

Und da ich endlich zugegeben habe, daß ich Vater sein könnte, eine Feier! Füll das Glas. Ein Trinkspruch auf – uns selbst natürlich. Ein Prosit auf uns, wer kommt uns gleich? Verdammt wenige, und die sind alle tot.

Ich bin ein Scheißkerl.

Eine Information über den Vietnamkrieg hielt mich davon ab, die Nachrichten mit mehr als einem Zehntel meiner Konzentration anzusehen/zu hören/zu lesen. Ich meine nicht das Massaker von My Lai. Ich empfand keine Sympathie für die linke Empörung über diese geringfügige Angelegenheit. Einen Haufen Mütter und Kinder aus ihren Heimen zu treiben und sie zusammen und fast gleichzeitig zu ermorden war ein Gnadenakt, verglichen mit der Ermordung von über fünf Millionen Juden, über fünf Millionen Polen, über fünf Millionen Zigeunern im Zweiten Weltkrieg. Die Einwohnerzahl Schottlands liegt bei etwas über fünf Millionen. Um dieses jüdische Schottland, dieses polnische Schottland, dieses Zigeunerschottland aus seinen Heimen und in die Erstickungsöfen zu treiben, müßten die Polizei und die Zivilbehörden viele Monate voll langsamer quälender Erniedrigung aufwenden. Der Prozeß wäre schneller und barmherziger gewesen, wenn die Armee die Sache übernommen hätte, wie in My Lai, aber zwischen 1939 und 1944 waren die Armeen meist mit anderen Arbeiten beschäftigt, also legten Kinder die letzten Etappen der Reise ohne die Gesellschaft ihrer Eltern zurück. Auf den Stufen des Palais de Soundso in Paris, eines Ausstellungssaals nicht weit vom Louvre, standen/saßen/schluchzten/heulten/bepinkelten sich Hunderte von plötzlich entväterten und entmütterten Knirpsen im Alter von ein paar Monaten bis zu ein paar Jahren, und sie hatten niemanden, der sich um sie kümmerte, außer zwei oder drei verzweifelten Bürokratinnen, die verzweifelt den Ministerpräsidenten (oder war es der Präsident) anriefen, um herauszufinden, was sie tun sollten. Aber der Ministerpräsident/Präsident war unerreichbar. Er weigerte sich, sich informieren zu lassen. Wenn Ministerpräsidenten sich über die Wirkung ihrer Erlasse auf alle Menschen, die sie regieren, klar wären, könnten sie ihre Arbeit nicht machen. Sie können nur dadurch ihre Vernunft und ihren Anstand bewahren, daß sie ihre Unkenntnis schützen. Mussolini, Hitler, Stalin konnten sich der Qual und dem Druck stellen, die sie anderen zufügten, weil diese Dinge ihnen Spaß machten, aber Pierre Laval, Gerald Ford, Harold Wilson, Margaret Thatcher waren und sind keine Sadisten, sie mußten die verängstigten Kleinkinder ignorieren, die auf die Stufen eines wichtigen öffentlichen Gebäudes pinkelten, die jungen Männer und Frauen, die in ein Fußballstadion eingesperrt waren und denen ihre etceteras von Soldaten abgedreht wurden, weil sie ihre gewählte Regierung verteidigt hatten, die verlassene Frau eines arbeitslosen Automechanikers, die sich an einem kalten Tag nicht entscheiden kann, ob sie Lebensmittel kaufen oder die Stromrechnung bezahlen soll, deshalb das Geld für Alkohol ausgibt und dann ihr schreiendes Baby zum Schweigen bringt, indem sie es gegen die Wand knallt. Das ist keine Ironie. Eine Regierung kann öffentlich Gutes nur dadurch tun, daß sie privates Leid bewirkt. Ich gehe noch weiter. Eine Regierung kann nur etwas für das Gemeinwohl tun, indem sie privates Leid bewirkt. Ich gehe noch weiter. Eine Regierung kann nur etwas für das Gemeinwohl tun, indem sie öffentliches Leid bewirkt. Diese Tatsachen mögen ironisch sein, aber ich meine das nicht ironisch.

(Gib Beispiele dafür, wie das Gemeinwohl durch öffentliches Leid erhöht wurde.)

In Ordnung. Dadurch daß Laval Hitler gehorchte, machte er Frankreich für die meisten Franzosen behaglicher, als jede Résistance es vermocht hätte. Dadurch daß Ford und Carter der Fruit Company und der CIA in Südamerika freie Hand ließen, hielten sie die Lebensmittelkosten in Nordamerika niedrig. Dadurch daß unser Harold und unsere Maggie sich der Börse fügten und die Besteuerung, die öffentlichen Gesundheits-, Unterrichts- und Lebenserhaltungsdienste einschränkten, verliehen sie den starken Teilen Großbritanniens, den Teilen, die es funktionieren lassen, neue Macht.

(Was für Teile sind das?)

Wer bist du? Weshalb stellst du mir solche Fragen? Antworte nicht, denn du bist die stille, sanfte Stimme, die mich zu Schuldgefühlen und Raserei treiben will, aber vor mehreren Jahren zeigte mir eine winzige Nachricht in einer unbedeutenden Spalte einer Sonntagszeitung, daß ich besser alle Politik, alle Fakten, die ich nicht unmittelbar vor der Nase habe, ignorieren sollte, obwohl ich kein Premierminister bin, obwohl ich auf der gesellschaftlichen Ebene lebe, wo die Hauptarbeit der Welt geleistet wird. In *Vietnam*, hieß es in der Zeitung, *sind Beobachter in den durch US-Militärpräsenz verteidigten Zonen beunruhigt über eine Zunahme der Todesfälle durch Selbstmord. Beispiele dafür, daß Teenager Selbstmord begehen, kommen, wenn auch selten, in den meisten Kulturen vor, aber das weitverbreitete Phänomen, daß Kinder unter zwölf und zehn Jahren Selbstmord verüben, ist etwas völlig Neues.* LESEN SIE UNSEREN BERICHT! BEOBACHTER BEUNRUHIGT ÜBER ZUNAHME VON WEITVERBREITETEM PHÄNOMEN! Hahahahahahahahahahahahahahahahahahahahahahahahahahahahahahahahahahahahahahahahahahahahahahahahahahahahahahahahahahahahahahahahahahysterisch lachhaft. Schoßerschütternd lachhaft. Erdumwälzend lachhaft.

Selbstmord nein nein nein nicht Denny kleines kräftiges Mädchen anständiges Gesundheitswesen Vietnamkrieg nichts mit uns zu tun ja wir verkauften ihnen Waffen wie's im Geschäftsleben üblich ist aber das war zu anderen Zeiten ein anderes Land und es hörte auf, ging zu Ende, der Krieg ging zu Ende, Boatpeople ja, einige kamen nach Großbritannien, und viele Amerikaner adoptierten vietnamesische Waisen, alles heute vergessen, seit langem vorbei, vergessene Kinder. Vergessene Kinder. Vergessene Kinder. Sei gnädig Gott. Gnade Gott. Bitte bitte bitte sei mir gnädig.

Schweißnaß, mit leichten Prellungen, wie ein Seestern auf dieses Bett in diesem Zimmer in Peebles oder Selkirk gefesselt, was, außer Gnade, benötige ich am dringendsten?

Schluck?

Nein.

Schlaf.

9: YAHUUHE, ICH

HABE GLÜCK. Zwei Nickerchen innerhalb von vierzig Minuten, so gut schlafe ich nicht oft. Was für ein Traum war das? In ihm spielte sich eine Menge ab, aber ich erinnere mich nur deutlich daran, daß ich in einem warmen Salzwasser-Swimmingpool an einem sonnigen Strand lag. Der Swimmingpool war gleichzeitig eine Badewanne mit abbröckelnder Cremefarbe auf dem Boden; ich sah die Wanne in einem alten Haus in der Partickhill Road, wo Sontag mit all den Frauen und Kindern wohnte. Ich lag im Wasser, war sehr entspannt und beobachtete die Haut, die in breiten Streifen von meiner Brust abpellte. Als die Streifen an die Oberfläche trieben und sich abflachten, sah ich, daß sie wie Zeitungspapier mit Wortspalten, trüben Fotografien, einer gelegentlichen Schlagzeile bedruckt waren. Ich war an diesen alten Nachrichten nicht interessiert, ich wollte sehen, was darunter war. In aller Ruhe zupfte und schälte ich die Schichten Haut-Zeitungspapier ab, die noch an meiner Brust klebten, bis ich den gesamten Brustkorb freigelegt hatte. Im Inneren konnte ich nur Schwärze erkennen, aber ich wußte, daß er ein seltenes Kunstwerk enthielt, die weiße Elfenbeingestalt eines Mädchens, widerlich verstümmelt. Ich stieß meine Finger zwischen die Rippen und schaffte es fast, sie zu berühren.

Uh. Als ich begann, mich daran zu erinnern, meinte ich, es sei ein glücklicher Traum. Er war absolut schauerlich.

Worüber kann ich jetzt nachdenken? Phantasievorstellungen habe ich satt. Oh, ich werde später zu ihnen zurückkehren, bitte Gott, viel später. An die Vergangenheit will ich mich auch nicht erinnern. Die Vergangenheit ist ein blühendes Minenfeld. Alles Schöne, das ich kenne, wächst dort, aber zwischen Sprengstoff, der nur Granatsplitter ins Hirn treibt, wann immer ich ihn anrühre. Versuch, an die Zukunft zu denken.

Die Zukunft ist nichts. Nada. Ich habe den Gipfel meines Berufs erreicht, den Rand des Abgrunds. Ich kann nur seitwärts auf einen Schreibtischposten befördert werden, der mich in weniger als einem Jahr umbringen würde. Mein gegenwärtiger Posten wird das gleiche tun. Reeves möchte, daß ich mich zur Ruhe setze, und ja, ich könnte es tun, ohne große Einkommensverluste zu haben, aber wozu? Ich habe keinen Garten zu bestellen, keine Briefmarkensammlung zu vervollständigen. Ich kann ins Nichts befördert werden oder aufs Nichts warten oder mich im Nichts zur Ruhe setzen. Daher mein Aufschrei vor einer Weile, mein hysterisches Gebet dafür, daß ich jemanden als Ersatz in die Welt gesetzt habe. Aber es ist scheißegal, wer ein Kind gezeugt hat, wenn er ihm keine Liebe und Aufmerksamkeit widmet, und Beten schadet mehr, als daß es nützt. Gebete wirken, sie rufen Gott tatsächlich herbei, aber wenn der Schuft eintrifft, tut er nichts anderes, als sich in meinem Kopf breitzumachen und mir zu sagen, was für ein übler Kerl ich bin. Er ist so schlimm wie eine Frau. Er verabscheut meine Phantasiewelt. Er hat keine Achtung vor meinem gewöhnlichen, alltäglichen Leben. Ich habe den Verdacht, daß er mehr Frohsinn und Freiheit will. Trotz des üblen Rufs, den ihm all seine Kirchen und die meisten seiner Bibeln verschafft haben, glaube ich, daß er Verdummung und Grausamkeit haßt, daß die einzigen Schmerzen, die er sich wünscht, Geburtswehen sind, die Anstrengungen, etwas Gutes und Neues hervorzubringen, die Sorgen, etwas Nützliches und Altes heil zu machen. ABER DER BURSCHE MACHT KEINE PRAKTISCHEN VORSCHLÄGE. «Liebe deinen Nächsten wie dich selbst.» Die Mittel- und Oberschicht ist dazu fähig, weil sie sich einen Nächsten ihrer eigenen Art aussuchen kann, doch dieser Rat ist nutzlos für die Arbeitslosen, und obwohl ich nun zur Mittelschicht gehöre, ist er auch für mich ohne Sinn. Ich konnte meine Frau nicht lieben, wie kann ich also meinen Nächsten lieben? Ich kenne nicht einmal sein Gesicht, mein Nächster ist nichts als ein Geräusch in einem Nachbarzimmer. Verpiß dich Gott, und bleib weg. Ich habe vor, dich zu vergessen. Meine einzige Hoffnung für die Zukunft ist ein plötzlicher Wandel meiner Umgebung, ein Wandel, den ich nicht herbeiführen kann. Ein Krieg würde das fertigbringen. Schottland ist dafür gerüstet.

Schottland ist für den Krieg gerüstet, besonders der Teil nordwestlich von Glasgow. Die Atombomber der NATO sind auf die Insel Skye gekommen. Mit Ausnahme von ein paar Landbesitzern und Geistlichen wollen die örtlichen Bewohner sie nicht, aber keine Regierung braucht sich von den Wünschen der Einheimischen im Norden, schon gar nicht der gälischen Einheimischen, beeinflussen zu lassen. Auf Wasserstraßen im Firth of Clyde gleiten amerikanische und britische Raketen-U-Boote zu ihrem Treibstoffdepot und wieder fort. Zwischen Loch Lomond und Gareloch ist wenigstens ein Hügel durch und durch von Galerien durchzogen, in denen die Raketenköpfe von Multimegatonnenstärke gelagert werden. Einige natürliche Merkmale dieser Wildnis sind nicht mehr auf Meßtischblättern verzeichnet und die neuen Bauten ohnehin nicht. Diese Geheimhaltung soll nicht die Russen verwirren, sondern anwohnende Briten, die sich von solchen Dingen beunruhigen lassen. Im Falle eines Atomkriegs (nicht des totalen Kriegs, den große Regierungen fürchten, sondern des begrenzten, auf den sie hoffen) ist es wichtig, daß der erste russische Schlag gegen Europa, nicht Amerika, gegen Westschottland, nicht Südengland geführt wird. Mitte der siebziger Jahre, als die britische Regierung noch ein Interesse an *Dezentralisierung* (was für ein Wort!) heuchelte, machte man den Vorschlag, einen großen Teil des Verteidigungsministeriums von London nach Glasgow zu verlegen. Sir William, der Bürgermeister, meinte, daß dies in einer Stadt, die so etwas dringend benötigte, neue Arbeitsplätze schaffen würde. Später erfuhren wir, daß die Beamten sich weigerten, nach Glasgow zu kommen, weil es dort zuwenig Theater, nicht genug schöne Häuser und schöne Menschen gebe. Ob diese Gründe zutrafen oder nicht, sie waren belanglos. Das Verteidigungsministerium in eine Stadt zu verlegen, deren Zentrum fünfundzwanzig Meilen vom Gareloch entfernt ist, wäre ein bißchen so, als hätte General Haig sein Stabshauptquartier an den Rand des Niemandslandes verlegt. In den Home Counties unterrichten Instrukteure für Zivilverteidigung in aller Stille die Beteiligten darüber, daß es – wenn der Krieg verläuft wie erwartet – das größte Problem der Engländer sein wird, mit Flüchtlingen aus dem Norden fertig zu werden. Aber dieses Problem dürfte nicht allzu schwer zu lösen sein. Die Armee hat Pläne dafür, stark verstrahlte Gebiete abzuriegeln. Offiziere wissen, daß sie die Erschießung von Personen, die zu entkommen versuchen, anordnen müssen. Unsere Regimenter haben in Aden und Nordirland Übung darin erworben, Zivilisten zurückzudrängen. Wenn die Disziplin aufrechterhalten bleibt – und der britische Soldat ist seit dreihundert Jahren ungeheuer gehorsam gewesen –, werden die kranken Glieder Großbritanniens amputiert werden, damit die gesunden überleben können.

Seit dreihundert Jahren ist der britische Soldat in Sieg und Niederlage, gegen disziplinierte und undisziplinierte Armeen ungeheuer gehorsam gewesen. Bei Hohenlinden, in Quebec, Bunker Hill, Corunna, Waterloo, Peterloo, beim Marsch auf Peking, beim Reiterangriff von Balaclava, im indischen Aufstand, dem Burenkrieg, bei Passchendaele, Ypern, Gallipoli, denk nicht an Dünkirchen, aber in Afrika, Palästina, Ägypten, Kreta, Zypern und Nordirland taten unsere Männer, was ihnen befohlen wurde, und manchmal noch ein bißchen mehr. Weshalb sollten sie nicht standhaft sein und dafür sorgen, daß die Bewohner des zentralen Tieflandes in ihren eigenen Schützengräben sterben und nicht irgendwo anders? Sie werden den größten Teil ihres Landes vor den bösen Folgen der russischen Außenpolitik verteidigen, und ich bin sicher, daß das britische Oberkommando so taktvoll sein wird, die schottischen Regimenter in Schottland einzusetzen. Die Royal Anglians und Sherwood Foresters werden die Region Strathclyde absperren, während die Argylls und die Black Watch sich zweitrangigen Zielen wie Tyneside, Merseyside oder Birmingham zuwenden. Worauf es heutzutage ankommt, ist nicht, wo oder weshalb vier oder fünf Millionen Menschen sterben, sondern wie schnell. Ob wir à la Hiroshima gebacken werden oder eine Woche damit verbringen, uns auszukotzen, wir werden auf jeden Fall schneller gestorben sein als die erwähnten Polen, Juden und Zigeuner.

Wir?

Nicht wir. Ich werde am Leben bleiben, wenn ich will. Ich weiß, wo die Bunker sind, denn ich habe ihre Sicherheitseinrichtungen kontrolliert. Ich habe ihre Alarmschaltkreise, Überwachungsschaltkreise, Verteidigungsschaltkreise getestet. Ich weiß zuviel, als daß ich während eines nationalen Notstandes ausgesperrt werden könnte. Also kann ich mehreren Tagen, vielleicht Wochen entgegensehen, in denen ich Suppe aus Dosen essen und Scrabble mit den örtlichen Verwaltern der nationalen Sicherheit spielen werde. Es sei denn, der dritte Weltkrieg gerät aus den Fugen und wir halten es für klüger, monate- oder jahrelang versteckt zu bleiben. Ich nehme an, unser Durchschnittsalter wird um die Vierzig sein, das Verhältnis von Männern zu Frauen drei zu eins. Wenn dann der elektrische Generator versagt oder die Lebensmittel ausgehen, wird ein Beobachter der menschlichen Natur viel Interessantes entdekken können. Aber das ist ein pessimistischer Standpunkt. Wenn der Krieg so ist, wie vernünftige Menschen ihn sich wünschen – und gewiß überwiegen vernünftige Menschen bei den Oberbefehlshabern von Großbritannien und Amerika, Rußland und China , dann werde ich eines Morgens vor dem Ende des Jahrhunderts in einem Land auftauchen, das was erlitten hat?

Die wichtigsten Moorhuhnreviere und Forellenflüsse werden unverseucht sein, ebenso wie das gute rindfleischproduzierende Land und die Fischerdörfer und Golfplätze des Nordostens. Sogar Gleneagles und St. Andrews werden wahrscheinlich davonkommen. Das Borders-Gebiet und das südliche Oberland, die Industriestädte von Tweedside, die Orkneys und Öltürme werden unversehrt bleiben. Nichts wird untergegangen sein, außer ein paar kleinbäuerlichen Gemeinden und dem Landstrich, der das produktivste Industriegebiet Großbritanniens darstellte, als London die Geschäftshauptstadt der Welt war. Aber Clydeside hat heute keinen Nutzen mehr. Während des

Zweiten Weltkriegs produzierte es neunzig Prozent der britischen Schiffe, aber seit der amerikanische Polaris-Stützpunkt in den fünfziger Jahren eingerichtet wurde, hat man Kapital abgezogen und die Fertigung auf den Süden konzentriert. Ich bin sicher, daß es keinen Zusammenhang zwischen diesen beiden Entwicklungen gibt, es ist bloß eine harmonische Übereinstimmung. Unsere großen Firmen sind von größeren nichtschottischen Firmen aufgekauft und dann verkleinert oder geschlossen worden. Schottische Anleger stecken ihr Geld lieber in Geschäfte, die in Kuli-Nationen produzieren, wo Gewerkschaften nie eine Chance hatten. Glasgow bedeutet heute für das übrige Britannien nur noch Arbeitslosigkeit, Trunkenheit und überholte radikale Streitbarkeit. Seine atomare Zerstörung wird einen stetigen Prozeß der Friedenszeit logisch abschließen. Es ist schade um Edinburgh. Zwar hat es fast nichts mit Glasgow zu tun, aber es ist zu nahe, als daß es ungeschoren bleiben könnte. Hoffen wir, daß nur die Menschen sterben und die Gebäude und Denkmäler unangetastet bleiben, dann können die Festspiele in ein paar Jahren so fröhlich wie immer weitergeführt werden. Sie werden ja sowieso meist von Ausländern gestaltet.

Aber wenn ein Land nicht nur eine Bodenfläche ist, sondern ein ganzes Volk umfaßt, dann ist Schottland eindeutig beschissen worden. Ich verwende das Wort in dem vulgären Sinne von *mißbraucht, um einem anderen Befriedigung oder einen Vorteil zu verschaffen.* Schottland ist beschissen worden, und ich bin einer der Scheißer, der es beschissen hat, und ICH WEIGERE MICH, DESHALB BITTERKEIT ODER SCHULDGEFÜHLE ZU EMPFINDEN. Ich bin kein ungeheuer schrecklicher Scheißer, ich bin ein gewöhnlicher Scheißer. Und kein Heuchler. Ich weigere mich, einen Prozeß zu beklagen, der mir geholfen hat, der Mann zu werden, der ich sein will: ein egoistischer Mistkerl, aber ein angenehm lebender egoistischer Mistkerl wie alle, denen ich heutzutage begegne. Die Militarisierung und der wirtschaftliche Niedergang Schottlands waren gut für das Sicherheitsgeschäft. Außer den Brauereien ist meine Firma die einzige, die hier in den letzten Jahren expandiert hat. Aber die Lage ist auch in anderen Bereichen günstig. Die Verschlechterung der Wohnverhältnisse bereichert die Bausparkassen. Die Einsparungen im Gesundheitswesen und die Rückkehr der Mittelschicht zur privaten Medizin bereichern die Versicherungsgesellschaften und die Ärzte. Höhere Arbeitslosigkeit und mehr Verbrechen haben der Armee neue Rekruten und der Polizei größere Macht eingetragen. Die Kürzungen im Erziehungswesen haben den Lehrern nicht genützt, aber der Lehrerberuf hat nie hohe Achtung genossen, und steigender Analphabetismus sorgt dafür, daß mehr Menschen Spaß am Fernsehen haben, das durch fördernde Steuergeschenke für Großindustrie und Werbung munterer und flotter wurde. Gleichzeitig haben die Kriege und Kriegsgerüchte die militärische Macht und die Waffenindustrie in England vergrößert. Raffinierte Waffen sind unser Hauptexportartikel, besonders in die neuen Länder Afrikas, Asiens und der südlichen Hemisphäre. Wir verkaufen sogar Raketensysteme an China, was beweist, daß wir nicht primitiv antikommunistisch sind.

Und die Banken gedeihen. Je mehr Geld eine Regierung von ihren Banken borgt, desto reicher werden die Banken. Das britische Bankenwesen ist nie gesünder gewesen wo Reichtum wächst und Menschen modern. Geld anschaffend und ausgebend vergeuden wir unsere Macht war es dafür, daß der Ton hochwuchs halt den Mund Hislop.

Halt den Mund, Hislop, ich wette, du hast die Tories gewählt wie ich. Ein gescheiter Tory glaubt nicht, daß dies eine angenehme Welt für die meisten Menschen ist oder sein kann. Er weiß, daß jedermann mit fünf Pfund auf einem Bankkonto unbeabsichtigt die Hälfte davon in Praktiken investiert, angesichts deren er kotzen müßte, wenn er sie nur beobachten könnte. Er glaubt, daß sich die Dinge ein wenig verbessern würden, wenn die Gewerkschaften und die Russen vor ihm kapitulierten, aber als Realist erwartet er keine Kapitulation und arbeitet für das, was er und seine Gefährten sich nun und in Zukunft schnappen und besitzen können. Dies ist eine natürliche falstaffianische Lebenshaltung, und ja, in letzter Zeit ist Britannien sehr falstaffianisch geworden.

Wir sind falstaffianisch geworden, und unsere farbenprächtige Vergangenheit ist zurückgekehrt, wir stellen ein genauso wechselvolles Bild der Kontraste zur Schau wie in den Tagen von Lizzie Tudor, dem fröhlichen Charlie Stewart und der Königin und Kaiserin Victoria. Unser aller königlicher Millionär heiratet in Westminster Abbey und fährt unter dem Jubel der Nation in einem Luxusdampfer ab, während arbeitslose Kinder in den Slums wo unwissende Heere bei Nacht zusammenprallen Geschäfte plündern und gegen die Polizei kämpfen. Die Sonntagszeitungen prunken mit Technicoloranzeigen für teure erotisch-attraktive Kleider, Luxusmöbel, Ferien in den Tropen. Bettler sind in die städtischen Straßen zurückgekehrt, wo waren sie so viele Jahre lang? Spielkasinos und Prostitution in Massagesalons blühen wo Reichtum wächst und Menschen modern und jeden Winter erfrieren obdachlose Landstreicher in größerer Zahl. Korruption ist weit verbreitet und populär. Zugräubern und Erbschaftssteuerhinterziehern wie der Vestey-Sippe spendet man Beifall und findet Entschuldigungen für sie, nur wer betrügerisch zuviel Stempelgeld bezieht, wird verachtet. Der ehrliche, freundliche, einfältige, etwas komische britische Bobby, den alle lieber mochten als den Gendarmen und den amerikanischen Cop, ist verschwunden. Die Arbeit wurde zu schwer für ihn. Heutzutage muß die Polizei die Art Leute beschäftigen, vor der sie uns früher schützte, und wen wundert's? Der Große Britische Literarische Held ist ein Geheimagent mit Lizenz zum Töten, und er wird mit all den sexuellen und sozialen Privilegien belohnt, die das Land sich leisten kann. Mir gefielen die James-Bond-Bücher anfangs, als sie erschienen, damals glaubte ich nicht, daß die britische Regierung geheime Mörder beschäftigte.

Nun weiß jeder, daß Berufsmörder im modernen London ein so ehrliches Auskommen finden wie in Chicago oder im mittelalterlichen Italien und IST MIR EGAL. Mein Vater der sozialistische Zeitnehmer hätte dies alles gehaßt. Er war nur während der späten vierziger und fünfziger Jahre mit der Nation zufrieden, in den Austerity-Jahren der Vollbeschäftigung, der kostenlosen Schulmilch, der Lebensmittelrationierung und der strengen Preiskontrolle, in den Jahren, als das Auto ein Luxus und jede Stadt in Großbritannien an ein nationalisiertes Dampfeisenbahnnetz angeschlossen war. Mein Vater hatte keinen Mumm, er war immer besorgt und nachdenklich, kein Wunder, daß ich ihn verachtete. NEIN!

Ich verachtete ihn nicht, er war ein guter Mann. Ich liebte ihn.

Ich verachtete ihn nicht, ich liebte ihn, aber er gab mir nur einmal einen Ratschlag über Sex. Am Tag bevor ich Helen heiratete, überzeugte er sich, daß Mutter außer Hörweite war, und sagte dann plötzlich: «Jock. Zum Thema Sex. Hast du es mehr als einmal gemacht?»
Ich bejahte. Er fuhr fort: «Gut. Dann brauche ich nichts darüber zu sagen, außer daß du ihre Brüste nicht vernachlässigen solltest.»
Ich sagte, daß ich daran denken würde. Er zögerte, wurde rot und meinte: «Noch was. Sex ist wichtiger für Frauen als für uns, sie werden reizbar, wenn sie's nicht einmal pro Woche kriegen. Meiner Erfahrung nach ist Freitagnacht ein ziemlich guter Zeitpunkt.»
Ich erwiderte, daß ich auch daran denken würde, dann ging ich zur Toilette, schloß mich ein und kicherte ausgiebig. Ich war achtzehn Jahre alt, und die Vorstellung, daß ein verheirateter Mann nur einmal pro Woche mit seiner Frau schläft, kam mir absurd und sogar entsetzlich vor. Ich wußte nicht, daß ich schon mehr Sex gehabt hatte, als ich je wieder haben würde, je je je wieder haben je je je je je halt den Mund je halt den Mund je wieder haben. Alles, woran ich mich erinnern muß, ist, daß Britannien heutzutage NOTWENDIGERWEISE wie der schlechte Traum eines Heranwachsenden organisiert ist, hallo Alan.

Alan. Ich sehe seinen Kopf, der so groß wie der Himmel ist, das spöttische arabisch-italienisch-jüdische Gesicht, das aus einer Wolke schwarzer Haare hervorlächelt. Eine kleine weiße Sonne glänzt zwischen zwei Locken, dies liegt an der Perspektive. Alan lehnt sich in Wirklichkeit gegen das Fenster seiner Wohnung in der West Graham Street, im obersten Stockwerk des Mietshauses, das in den sechziger Jahren abgerissen wurde, damit eine Autobahn zur Kingston Bridge führen konnte. Er hält die Welt vorsichtig zwischen Daumen und Zeigefinger, es ist eine kleine blaue Kugel, voller grüner und brauner Kontinente und Inseln, in Wirklichkeit der Bleistiftanspitzer eines Kindes; er hat ein Loch im Südpol, wo die Bleistiftspitze eingeführt wird. Alan hatte Spaß daran, Spielsachen und gewöhnliche Werkzeuge zu verfeinern, bis sie Präzisionsinstrumente waren. Er pflegte die Klingen eines billigen Anspitzers zu schär-

fen und zu verstellen, bis sie einen Bleistift durch zwei zarte Drehungen nadelscharf werden lassen konnten. Aber der globusförmige Anspitzer gehörte mir. Ich hatte ihn in der Ferse meines Weihnachtsstrumpfes gefunden, als ich sechs Jahre alt war; ich liebte ihn und nahm ihn mit zur Schule, wo er gestohlen wurde, also ist dies Einbildung, nicht Erinnerung. Mit einer nadelscharfen Bleistiftspitze berührt Alan die Stellen auf dem Globus, wo es Hunger, Arbeitslosigkeit, Aufruhr, Krieg und Krankheit gibt – Stellen, die nicht immer identisch, aber stets miteinander verbunden sind. Er sagt: «Wir brauchen diese Stückchen nicht.»
Ich erkläre ihm sehr geduldig, weshalb diese Stückchen unerläßlich sind, und er weist auf eine einfache Überarbeitung hin, die sie völlig überflüssig machen wird. Aber die Überarbeitung vollzieht sich im menschlichen Geist, und ich kann sie nicht begreifen. Der menschliche Geist nach der Kindheit ist der superdichteste starrste Stoff in Gottes Universum, wir töten oder sterben lieber, als daß wir ihn ändern. «Liebe deinen Nächsten wie dich selbst.» – «Was du nicht willst, das man dir tu, das füg auch keinem andern zu.» Geh weg Gott. Du kannst nicht erwarten, daß siegreiche Menschen dieser Moral folgen, schon gar nicht siegreiche Menschen, die wissen, daß sie ganz gewöhnliche Personen sind, die eine ganz gewöhnliche Arbeit machen. Alan sprach nie über Politik. Ich weiß nicht, weshalb ich ihn mir so vorgestellt habe.

Alan sprach nie über Politik, außer einmal, als einige von uns dasaßen und schwatzten, während er ein Mullard-Rundfunkgerät, mit Walnußgehäuse, von 1931 reparierte. Es waren Isi der Architekt und Wee Willie der anarchistische Alchimist und Frazer Fairbairn, ein arbeitsloser Sportlehrer, der behauptete, daß man ihn wegen seiner fortschrittlichen Haltung Schülern gegenüber aus dem Schuldienst entfernt habe. Frazer verbrachte seine Tage in öffentlichen Bibliotheken und begeisterte sich für jedes zweite oder dritte Buch, das er las. Er erzählte uns von Machiavellis *Der Fürst*. «Hört zu», sagte er, «ihr habt gerade einen Nachbarstaat erobert, kapiert? Und ihr wollt einen anderen erobern. Was macht ihr also mit dem besiegten Volk, damit es nicht gegen euch rebelliert, wenn ihr den größten Teil eurer Armee abzieht?»

Wir konnten die Frage nicht beantworten, weil wir Machiavelli nicht gelesen hatten.

«Kinderleicht!» rief Frazer. «Ihr spaltet die Bevölkerung in drei Teile, nehmt dem einen Drittel fast sein ganzes Vermögen ab und laßt es euch selbst und den übrigen zukommen. Die Mehrheit hat nun davon profitiert, daß sie besiegt wurde. Sie akzeptiert eure Herrschaft als Gegenleistung für eure Hilfe, falls die Minderheit einen Bürgerkrieg beginnt, um sich ihren Besitz zurückzuholen – einen Bürgerkrieg, zu dem es *nicht* kommen wird, weil die verarmten Verlierer wissen, daß sie nicht siegen können. Nun kann der Eroberer sein Manöver woanders von neuem durchführen. Ich verstehe bloß nicht», sagte Frazer, «weshalb keine Regierung Machiavellis Ratschlag je befolgt hat? Die erste, die's tut, würde doch bestimmt die Welt erobern.»

Isi der Architekt sagte, daß Machiavellis Rezept viel zu arithmetisch sei; menschliche Gesellschaften seien natürlich gewachsene Gebilde, die nicht nach arithmetischen Maßstäben geteilt und beherrscht werden könnten. Wee Willie war anderer Meinung. Er sagte, die Nationen würden durch die Macht des Goldes beherrscht, mit dessen nominellem Wert die Finanziers jonglierten und feilschten; jeden Morgen und Nachmittag beschrieben die Börsenberichte auf das genaueste, wie die Welt durch Arithmetik beherrscht werde. Frazer Fairbairn fragte: »Weshalb haben Regierungen dann Machiavellis Rezept nie benutzt?»

Alan, der nicht zugehört zu haben schien, sagte: «Sie tun's.»

«Wo?»

«Hier.»

Nach einer Pause fragte ich: «Du meinst doch nicht das Britische Empire?»

«Nein. Ich meine Großbritannien.»

Ich verstand ihn nicht. Das war in den fünfziger Jahren.

Damals war ich ruhig, selbstbewußt und sehr glücklich. Zwar hatte ich keine gesetzliche Ehe geschlossen, aber ich hatte eine Frau, die vollständiger mit mir verheiratet war, als ein unterzeichneter Eid es hätte bewirken können, und ich vermutete, daß ich bald noch eine andere haben würde. Sogar mit dem Zustand Großbritanniens war ich zufrieden. Winston Churchill war wieder Premierminister, doch meine politische Haltung wurde immer noch von den sozialistischen Reden meines Vaters aus den vierziger Jahren bestimmt. «Dem Himmel sei Dank, daß Britannien aufgehört hat, *groß* zu sein», sagte er, «denn was bedeutet Größe für ein Land? Im üblichen Sinne des Wortes ist damit einfach die Gewohnheit gemeint, sich in Angelegenheiten anderer Länder einzumischen. Heute kann niemand daran zweifeln, daß die UdSSR und die USA sehr große Nationen sind, aber Britannien gibt sein Imperium den Menschen zurück, von denen es gestohlen wurde. Wir haben dafür gestimmt, nicht *groß*, sondern *gut* zu sein, und sogar innenpolitisch sind wir ein Vorbild für Rußland und Amerika. Ohne Aufruhr oder Verhaftungen, ohne einen einzigen Toten oder den Bruch eines einzigen Gesetzes hat unsere gewählte Regierung eine wahrhaft sozialistische Revolution eingeleitet.»

«Du bist ein sehr netter Kerl, Peter, aber auch ein schrecklicher Quatschkopf», sagte Old Red. «Wir geben ein Imperium auf, weil wir zu arm sind, an ihm festzuhalten. Und zu Hause hat die Regierung Attlee nichts anders getan, als ein paar Maßnahmen eine dauerhaftere Form zu geben, die von einer rechtsgerichteten Regierung mit Angst in den Knochen verabschiedet wurden. Es war die Koalition, die die Profite, Mieten und Preise einfror, die Rationierung einführte und große Besitzungen zum Wohl der Nation übernahm. Unsere herrschenden Klassen bestehen nicht aus Idioten. Sie begriffen, daß Hitler sie schlagen würde, wenn sie ihr Schäfchen weiterhin auf Kosten der Arbeiter ins trockene brächten, deshalb stimmten sie einer zeitweiligen Umverteilung zu.»

«Die permanenter gemacht wurde!» sagte Dad. «Niemand will eine Rückkehr zu den Aussperrungen und Streiks der Zwanziger, der Wirtschaftskrise der Dreißiger und einen dritten blutigen Krieg. Jeder, der sich erinnern kann, weiß, daß der Kapitalismus ein verrottetes System ist, deshalb sind Beleuchtung, Heizung und örtlicher Wohnungsbau, unsere Haupttreibstoffversorgung, Verkehr und Gesundheitswesen nun öffentliche Dienste, die dem ganzen Volk gehören. Dem ganzen Volk!»

«Peter», sagte Old Red sehr geduldig, «die Spitzenleute mit den hohen Gehältern in den neu verstaatlichten Industrien sind genau die Unternehmer und Grundeigentümer, denen sie früher gehörten. Außerdem werden sie vom britischen Steuerzahler für den Verlust der Aktien entschädigt, die vor dem Krieg praktisch wertlos waren. Was glaubst du denn, wie unsere Manager und Direktoren das neue Geld anlegen, das sie von uns kriegen? Die Banken sind nicht verstaatlicht worden. Sie investieren in die Öl- und Autoindustrie, in Bausparkassen, in Gesellschaften, die Nationen ausbeuten, in denen der Sozialismus keine Chance hat. Wenn das National Coal Board und British Rail von Bergarbeitern und Eisenbahnern gelenkt würden statt von früheren Vorstandsvorsitzenden und Flottenadmiralen, wäre es viel billiger für die Nation, und die verstaatlichten Industrien würden weit zuverlässiger funktionieren.»

«Aber Arbeiter können doch nicht ihre eigenen Industrien lenken», rief Dad, dann wurde er rot und wünschte sich offenkundig, andere Worte benutzt zu haben.

Nach einer Pause sagte Old Red: «Gesprochen wie ein echtes Mitglied der britischen Labour Party.»

«Ich weiß, worauf du hinauswillst», erwiderte Dad. «Die Anwaltskammer wird von Rechtsanwälten und der Medizinerverband von Ärzten geleitet, weshalb sollte also das Eisenbahnnetz nicht von Lokomotivführern und Stationsvorstehern gelenkt werden? Du kennst bestimmt die Antwort. Nur Leute mit Universitätsabschluß haben die richtige Ausbildung, um große Organisationen zu führen. Aber in weniger als zwanzig Jahren werden die neuen Stipendien eine völlig neue Art von Managern produziert haben – Leute, deren Väter und Mütter Arbeiter sind wie wir selbst. Kannst du ernstlich anzweifeln, daß sie Britannien in die fast klassenlose Gesellschaft verwandeln werden, die es in Australien und Skandinavien gibt, mit geräumigen Wohnungen für alle und vollständiger Verwirklichung der vier Freiheiten, von denen Roosevelt sprach: Freiheit von Mangel, Freiheit von Furcht, Freiheit des Glaubens und Freiheit des Wortes?»

Old Red seufzte, pfiff ein paar Takte von *Over the Sea to Skye* und sagte: «Immer ist's der Vogel Strauß, der das perfekteste Utopisch spricht.»

Sagte er das wirklich? Es klingt so wie eine Äußerung von Hislop. Ich mochte Old Red lieber als Mad Hislop, aber ich mochte ihn nicht wirklich gern. Seine Argumente verstimmten Dad und verdarben die Ruhe in unserem Haus, sie lenkten mich von meinen Schulbüchern und meinen Phantasien ab.

Dad und Old Red waren sich in einem Punkt völlig einig: Noch eine konservative Regierung würde das Land ruinieren. Über die Regierung Macmillan waren sie sehr bestürzt. Der Luxus und sogar die Ausschweifungen der Oberschicht nahmen zu, aber die Arbeiterklasse schien ebenfalls fröhlicher zu sein. Doch am Ende der sechziger Jahre wurde klar, daß die Kapitalanleger, die akademischen Berufe und ein paar gutorganisierte Gewerkschaften bei der allgemeinen Balgerei um die Pennies der Nation immer noch Erfolg hatten, während alle anderen begannen, Einbußen zu erleiden. Harold Wilson wurde Premierminister.

«Ich verstehe ihn einfach nicht!» rief Dad. «Er scheint uns zu sagen, daß er Britannien zu ein wenig mehr Sozialismus verhelfen wird, wenn ihre Börse sich sicher genug fühlt, es zuzulassen. Weiß er denn nicht, daß es niemals soweit kommen wird?»

«Du darfst nicht vergessen, Peter, daß unser Harold ein sehr kluger und zunehmend reicher Mann ist, der viel mehr über die Geschäftswelt weiß als Ignoranten wie wir», sagte Old Red. Ich lachte herzlich. Red und ich hatten nun etwas gemeinsam. Wir glaubten beide, daß Britannien nur durch eine politische Organisation geholfen werden könne, die nicht existierte. Er wünschte sich eine Art genossenschaftlichen Ruskinschen Syndikalismus, ich wünschte mir eine starke Regierung aus anständigen konservativen Gentlemen, die die schlimmste Art von Armut und sozialem Elend verhindern würden, nicht weil Armut und Elend ungerecht, sondern weil sie häßlich und gefährlich sind. Deshalb amüsierten wir beide uns über Dads Mischung aus Hoffnung und Schockierbarkeit durch die Mätzchen der Labour Party.

Eines Nachmittags kehrte ich von einer wichtigen geschäftlichen Reise auf die Shetland-Inseln zurück und fand einen sieben Tage alten Brief von Old Red auf dem Flurfußboden. Darin hieß es, daß Dad einen Schlaganfall erlitten habe und in der Intensivstation des Krankenhauses von Kilmarnock sei. Ich rief an und erfuhr, daß es ihm ein wenig besser ging und man ihn am nächsten Tag in eine gewöhnliche Station verlegen würde. Ich fuhr sofort hin, um ihn zu besuchen.

Er lag im Bett und sah rosig und schwach aus, aber auch sehr gelassen und froh über meinen Besuch. Ich erklärte den Grund meiner Verspätung. Er sagte: «Ich verstehe, Jock. Die Arbeit eines Mannes steht immer an erster Stelle.»
Ich erwiderte, daß meine Arbeit nicht wichtiger sei als er und daß er in Zukunft immer eine Adresse haben werde, unter der er mich erreichen könne, falls er noch einen Unfall hätte. Und ich würde ihn wenigstens zweimal pro Woche anrufen. Er lächelte. «Kommt nicht in Frage. Die Arbeit eines Mannes steht immer an erster Stelle.»
Ich holte ein Buch hervor, das ich mir von einem meiner Regale geschnappt hatte, bevor ich aus dem Haus gerannt war, und sagte: «Du wirst jetzt mehr Zeit zum Lesen haben. Ich glaube, dies wird dir gefallen, obwohl's ein Roman ist. Es beschreibt den Ersten Weltkrieg vom österreich-ungarischen Standpunkt aus. Hör zu.»
Ich las ihm den Anfang vor.

«Also sie ham uns den Ferdinand erschlagen», sagte die Bedienerin zu Herrn Schwejk, der vor Jahren den Militärdienst quittiert hatte, nachdem er von der militärärztlichen Kommission endgültig für blöd erklärt worden war, und der sich nun durch den Verkauf von Hunden, häßlichen, schlechtrassigen Scheusälern, ernährte, deren Stammbäume er fälschte.
Neben dieser Beschäftigung war er vom Rheumatismus heimgesucht und rieb sich gerade die Knie mit Opodeldok ein.
«Was für einen Ferdinand, Frau Müller?» fragte Schwejk, ohne aufzuhören, sich die Knie zu massieren. «Ich kenn zwei Ferdinande. Einen, der is Diener beim Drogisten Pruscha und hat dort mal aus Versehn eine Flasche mit irgendeiner Haartinktur ausgetrunken, und dann kenn ich noch den Ferdinand Koboschka, der was den Hundedreck sammelt. Um beide is kein Schad.»
«Aber gnä' Herr, den Herrn Erzherzog Ferdinand, den aus Konopischt, den dicken frommen.»
«Jesus Maria», schrie Schwejk. «Das is aber gelungen. Und wo is ihm denn das passiert, dem Herrn Erzherzog?»
«In Sarajewo ham sie ihn mit einem Revolver nieder-

geschossen, gnä' Herr. Er ist dort mit seiner Erzherzogin im Automobil gefahren.»

«Da schau her, im Automobil, Frau Müller, ja, so ein Herr kann sich das erlauben und denkt gar nicht dran, wie so eine Fahrt im Automobil unglücklich ausgehn kann. Und ich möcht wetten, Frau Müller, daß sich der Mann, der das getan hat, dazu schön angezogen hat. Nämlich auf einen Herrn Erzherzog schießen is eine sehr schwere Arbeit. Da müssen Sie im Zylinder kommen, damit Sie nicht ein Polizist schon vorher abfaßt.»

Dad lächelte und nickte, aber ich war nicht sicher, daß er zugehört hatte, obwohl er die Hand auf dem Umschlag ruhen ließ, als ich das Buch auf sein Bett legte. Er sprach von der kommenden Wahl. Die Tories sagten, daß sie *das Unternehmertum fördern* würden, wenn sie gewählt würden, die Labour Party sagte, sie werde *ihre Fürsorge zeigen*. Die kleine Partei der Schottischen Nationalisten hatte eine Debatte ausgelöst, indem sie sich auf eine Tatsache bezog: Multinationale Konzerne erhielten sehr billig eine Menge Mineralien aus der Nordsee. Harold Wilson hatte dies öffentlich zugegeben und erklärt, daß nur eine Labour-Regierung die Macht und den Willen habe, gegen die großen Ölkonzerne anzugehen. Edward Heath hatte Wilson vorgeworfen, er plane, das britische Öl zu verstaatlichen. Wilson bestritt dies heftig: Er habe nur verdeutlichen wollen, daß eine Labour-Regierung gegen Steuerhinterziehung kämpfen könne.

«Warum hat Labour Angst vor der Verstaatlichung?» fragte Dad wehmütig. «Eine verstaatlichte Industrie – die Gasbehörde – hat das Nordseeöl entdeckt. Wenn Britannien seine eigenen Ölfelder behielte und sie sehr langsam und vorsichtig, mit britischem Können und Kapital, für das Allgemeinwohl ausbeutete, brauchten wir fast während des ganzen kommenden Jahrhunderts keinen ausländischen Kraftstoff zu kaufen und würden viel reicher werden. Die Elektrizitätsbehörde würde sich nicht gefährlichen Stromquellen wie der Atomenergie zuwenden. Aber nun geht der größte Teil unseres Öls an Amerikaner, die weniger dafür bezahlen als wir selbst, und sie werden den Vorrat innerhalb von fünfundzwanzig Jahren erschöpft haben.»

Er runzelte die Stirn, als untersuche er einen komplizierten

Knoten, dann sagte er scheu: «Junge, ich weiß, daß du hauptsächlich als Elektroingenieur ausgebildet wurdest und daß ein Technikum keine Universität ist, aber du kommst mit mehr Menschen zusammen als ich und bist welterfahrener. Meinst du, daß die Dinge heute anders aussehen würden, wenn die Regierung Attlee die Banken verstaatlicht hätte?»
Ich entgegnete: «Bestimmt hätte das sehr viel ausgemacht. Und du ziehst zu mir, wenn man dich hier entlassen hat.»
Er schwieg eine Weile und sagte dann barsch: «Das ist nicht nötig.»
«Es wird sehr praktisch sein. Glaub nicht, daß ich jemanden für den Haushalt brauche. Eine Frau kommt zum Saubermachen und Wäschewaschen. Aber ich würde manchmal ganz gern ein Buch lesen, wenn du mir an der anderen Seite des Kaminvorlegers gegenübersitzt. Bei mir ist's abends ein bißchen einsam.»
Ich sagte es, um ihm den Umzug zu mir zu erleichtern, aber sobald ich die Worte ausgesprochen hatte, wurde mir klar, daß sie stimmten. Mit ihm würde das Haus freundlicher wirken, eher wie ein Zuhause. Er meinte: «Na ja, Reinmachefrau oder nicht, wahrscheinlich wird's im Haus mehr für mich zu tun geben, als du denkst.»
Damit war die Sache abgemacht.

Es war mitten am Nachmittag gewesen, als ich die Station betrat, und nun deckten die Krankenschwestern die Patienten warm zu und dämpften die Lichter. Er schickte sich an zu schlafen; dabei ruhte eine Hand auf dem Buch. Wir sagten einander gute Nacht. Am nächsten Morgen rief man mich an und teilte mir mit, daß er, sobald ich die Station verlassen hatte, eingeschlafen und nicht wieder aufgewacht war.
Ein stiller Tod in der Nacht ohne Krämpfe, Würgen oder Unordnung. Ein passender Tod für einen solchen Mann. Ein guter Tod. Ich bin froh, daß wir Freunde wurden, bevor es geschah, und daß wir uns voneinander verabschiedet haben.

Dad.

Was ist dieser Schmerz in meinem Inneren? Es ist Mitleid, ein schleimiges ekelhaftes Wesen, das sich der Oberfläche dieses Gesichtes entgegenschlängelt, um es aufplatzen zu lassen, aber bei Gott, es wird ihm nicht gelingen. Ich hasse Mitleid. Es

funktioniert nicht, es bringt keinen Nutzen, es ist ein Trick, den böse Menschen anwenden, um sich selbst zu überzeugen, daß sie eigentlich doch anständige Geschöpfe sind. Weshalb sollte ich meinen Vater bemitleiden? Er war ein Mörder. Mit sechzehn schloß er sich den Landwehrsoldaten an, die in Friedenszeiten, in ihrer Freizeit, unter ausgebildeten Armeeoffizieren übten, und zwar für eine kleine Geldsumme oder auch für gar nichts, nur aus Liebe zur Sache, ich weiß es nicht. Und deshalb, als man unseren Ferdinand ermordete und Österreich in Serbien einmarschierte und Rußland mobilisierte und Deutschland Rußland gebot, damit aufzuhören, und Frankreich mobilisierte und die britische Flotte nach Schottland fuhr und Deutschland gebot, sich von Belgien fernzuhalten, und Deutschland sagte: «Können wir nicht, wir sind schon da», und Zigmillionen mit verdammten Riesenstiefeln nach Frankreich trampelten und einander umzubringen begannen – deshalb schloß Dad sich blitzschnell der Armee an. Er arbeitete damals nicht am Füllort, er war Bergarbeiter und haßte es wahrscheinlich. Eine teuflische Arbeit, besonders in jenen Tagen. Also kam er vom Regen der Heimat-süße-Heimat in die Traufe von Flandern wie ein Schwimmer, der aus einer alt und schal und müde gewordenen Welt in die Sauberkeit springt, wie jemand in jener Zeit schrieb. «Du hättest nicht gehen sollen, Peter», sagte Old Red, der Kriegsdienstverweigerer gewesen war, «du hättest nicht gehen sollen. Niemand hätte in diesen Krieg gehen sollen.»
«Wir waren noch Kinder», sagte Dad, «wir wußten's nicht besser», aber er überlebte bis 1918, deshalb ist es, statistisch gesehen, wahrscheinlich, daß er ein oder zwei Deutsche ermordete.

Ich muß im alltäglichen Geschäftsleben viele Mörder getroffen haben, aber nur zwei, die ich identifizieren konnte. Einer war ein Stadtsyndikus in Fife, ein eleganter energischer aktiver Mann wie ich, abgesehen davon, daß er eine Frau und erwachsene Kinder hatte, die im Leben erfolgreich waren. Ich begegnete einem der Söhne vor ein paar Jahren und erkundigte mich nach seinem Vater. Sein Vater hatte sich umgebracht. Er war im Großen Krieg, wie man ihn damals nannte, Scharfschütze gewesen. Er saß auf einem Baum und schoß präzise und systematisch jeden Deutschen ab, der sich zeigte. Er war ein guter Schütze, er tötete viele von ihnen, wofür er gelobt und aus-

gezeichnet wurde. Mehr als vierzig Jahre später, nach einem zweiten Großen Krieg mit Belsen Dachau Warschau Dresden Hiroshima etcetera, war der Gedanke an die Männer, die er getötet hatte, so drückend, daß sein Leben unerträglich wurde. Natürlich muß an seiner Geschichte noch mehr dran gewesen sein. Er war Kirchenältester, und religiöse Menschen sind immer ein bißchen wahnsinnig, und wie er wohl mit seiner Frau auskam? Der andere Mörder war Steuereinnehmer bei einer Brennerei in Menstrie, als ich noch selbst die Anlagen installierte. Viele merkwürdige Menschen arbeiten für die Steuer, Robert Burns war Steuereinnehmer, aber dieser Mann war nicht dichterisch veranlagt und überhaupt nicht merkwürdig, soweit ich erkennen konnte. Er hatte eine Aura ruhiger selbständiger Zuverlässigkeit, wie ich sie bei zahlreichen gewöhnlichen Menschen gefunden habe, die Militärdienst geleistet hatten. Um Viertel vor fünf warf er immer einen Blick in das Lagerhaus, in dem ich arbeitete und murmelte: «In fünfzehn Minuten halte ich Kommunion.» Dann säuberte ich mich und ging zu seinem kleinen Büro, und er, der Brennereiverwalter und ich ließen uns bis zu sehr später Stunde vollaufen, drei ehrbare Schotten, die in einer Stimmung gelöster Erinnerungsseligkeit ruhig ihre Intelligenz zerstörten. Wir hatten eines gemeinsam: Jeder wußte, daß die anderen Alkoholiker und zudem vertrauenswürdig waren. Auf diese Weise erfuhren wir schließlich mehr übereinander, als unsere engsten Freunde und Verwandten von uns wußten. Der Steuereinnehmer war mit der Armee in Israel gewesen, als es noch Palästina hieß. Er war mit einem Maschinengewehr in ein Wohnzimmer gegangen, hatte es von links nach rechts mit Kugeln bestrichen und *ratatatatatatata* in weniger als einer halben Minute drei oder vier kleine Kinder, Mutter, Vater und Großeltern getötet. Ich fragte: «Hattest du den Befehl dazu?»
Er sagte: «Nein. Ich sollte einfach nur das Haus durchsuchen. Es war eine Routinedurchsuchung. Ich hatte eine Menge Häuser durchsucht, ohne das zu tun.»
«Wie fühltest du dich dabei?»
«Toll. Ich hatte das Gefühl, eine Frau zu vögeln. War ein gutes Gefühl.»
«Hast du dir je gewünscht, es noch mal zu tun?»
Er zuckte die Achseln und sagte: «Eigentlich nicht. Ich bin ein ruhiger Mensch.»

Nach einer Pause des Schweigens sagte der Brennereiverwalter, er sei als Fahrer in der Kanalzone gewesen, und die Unteroffiziere hätten ihm geraten, daß er, falls er einen Ägypter umfuhr, über ihn zurücksetzen solle, denn wenn jemand überlebe, werde er die Armee auf Schadensersatz verklagen. Ich konnte keine Militärgeschichten erzählen, denn man hatte mich meiner schlechten Augen wegen nicht zum Wehrdienst eingezogen. Sie müssen heute sehr viel schlechter sein. Ich bin so alt, wie Mum war, als sie nach Neuseeland verschwand.

«Wir waren noch Kinder», sagte Dad, «sogar General Haig war nichts als ein hochnäsiger Public-School-Junge, der's nicht besser wußte.»

«Du hättest dich von deinen eigenen Leuten lenken lassen sollen!» sagte Old Red streng. «Du hättest den schottischen Sozialisten zuhören müssen: Keir Hardie, John Maclean, Maxton und Gallagher. Sie wollten, daß die Arbeiterklasse den Krieg durch einen Generalstreik beendete – wie mit den deutschen Sozialisten vorher abgemacht. Aber nein. Als man die Fahnen zu schwenken begann, fingen die Massen an zu jubeln, und die deutschen Sozialisten schlossen sich dem Kaiser an, und die englische Labour Party schloß sich den Liberalen und den Scheißkonservativen an. Und die Leute von der Clydeside, die einzigen, die das vergammelte System *ändern* wollten, wurden als Feiglinge schlechtgemacht und ins Gefängnis geworfen, weil sie der Arbeiterklasse sagten, daß sie in den Sumpf geführt wurde.»

«Na ja», seufzte Dad, «unter den Umständen hätte es nicht anders sein können.»

«Du IRRST dich, Peter!» meinte Old Red. «Du solltest dich schämen, so was zu sagen. Ein Kind hört zu» – ich versuchte, nicht zuzuhören – «und könnte für sein ganzes Leben beeinflußt werden. Wer glaubt, daß die Vergangenheit nicht anders hätte sein können, denkt schließlich auch, daß die Gegenwart oder die Zukunft nicht verändert werden können. Gott weiß, ich bin ein überzeugter Atheist, aber sogar das Christentum ist besser als knieweicher orientalischer Fatalismus. Das einfache Volk hat den Krieg *tatsächlich* durch einen Streik unterbrochen. Du warst doch dabei, oder? 1914.»

«Ach das», sagte mein Vater. «Ja.»

«Hast du deinem Jungen davon erzählt?»
«Nein.»
«Erzähl's ihm! Erzähl's ihm jetzt gleich!»
«Der Junge versucht, seine Hausaufgaben zu machen», sagte meine Mutter.
«Das dauert höchstens zwei Minuten, Mrs. MacLeish», entgegnete Old Red. «Jock, hör deinem Vater zu, und du wirst etwas erfahren, was so wichtig ist, daß niemand es in Schulbüchern abdruckt, damit die Kinder keine Lehre daraus ziehen könnten. Mach schon, Peter.»
«Tja», sagte Dad verlegen, «am Morgen des Weihnachtstages 1914 fing der Schußwechsel nicht so pünktlich an wie sonst, nein, er fing überhaupt nicht an. Wir alle atmeten erleichtert auf – es sah so aus, als wenn die Jerrys vernünftig sein würden. Dann sahen wir ein paar Männer in deutschen Uniformen, die zwischen den Linien herumspazierten, direkt vor unseren Schützengräben. Verrückte! Ich starrte sie an, plötzlich fing Tommy Govan neben mir an zu lachen und kletterte auf die Brüstung. Ich dachte, daß auch er verrückt geworden sei. Ich packte ihn. Er sagte: ‹Keine Sorge Peter, heute ist ein Feiertag!› Also folgte ich ihm. Das gleiche geschah überall in Frankreich, an der ganzen Länge der Front. Wir konnten nicht viel zu ihnen sagen, wegen der Sprache, aber wir schüttelten uns die Hände, tauschten Glimmstengel und einen Schluck Rum gegen einen Schluck Schnaps. Es wurde ein sehr angenehmer Tag.»
Old Red fragte: «Wie benahmen sich die Offiziere?»
«Oh, einige wurden sehr wütend und schwenkten ihre Pistolen: ‹Zurück in eure Gräben, ihr Verräter!› und so ähnlich.»
«Und was sagtet ihr dazu?»
«Nichts. Wir drehten ihnen den Rücken zu. Unter den Umständen konnten sie nichts machen. Aber am nächsten Morgen wurden wir wieder von den großen Kanonen geweckt, und alles war wie früher. Danach hörten die großen Kanonen nicht mehr auf. Sie waren's, die den Ton angaben.»
«Und könnten wir jetzt in meiner Küche ein bißchen weniger über den Krieg hören?» sagte Mum leise. Sie strickte. Sie verachtete den Klatsch der Frauen, sie haßte die Diskussionen der Männer. Sie war so still wie ich heute.

«Wir waren noch Kinder.»

Bevor Präsident Reagan sein auf zehn Jahre angelegtes Multimillionen-Dollar-Raketen-Modernisierungsprogramm ankündigte, sendete die BBC einen Film, in dem amerikanische Militärführer erklärten, weshalb es nötig sei. Ich mochte diese Männer. Sie hatten nichts von der im Ausdruck schleppenden Herablassung der englischen Offiziersschicht. Sie waren mittleren Alters, aber rosig und gesund, enthusiastisch, was ihre Arbeit betraf, und begierig, die Probleme einer breiten Öffentlichkeit zu erklären. Ein Kommunist oder Pazifist hätte sie für BÖSE halten können, aber es waren offensichtlich unschuldige, jungenhafte Männer mit geradlinigem, auf Wettbewerb eingestelltem eingleisigem Verstand. Ihr einziges Problem war folgendes: Jede verbesserte Waffe, die sie oder ihre Techniker ersinnen konnten, war auch von ihren Pendants in Rußland ersonnen worden oder würde bald von ihnen ersonnen werden, deshalb mußten sie die Waffe zuerst haben. Sie waren keine Kriegshetzer. Zweifellos waren einige, wie mein Freund der Steuereinnehmer, normalerweise zuverlässige Männer, die manchmal, wenn sie den Finger am Abzug hätten, Spaß daran finden würden, *ratatatatata* zu machen und drei Generationen auszulöschen, aber dieser Typ ist immer in der Minderheit. Die Mehrheit hofft sicher, die Minderheit gewöhnlich, daß das Wettrüsten ewig dauern wird. Ein ständiges Wettrüsten mit ständigen Waffenübungen ist ihre einzige Vorstellung vom Frieden. Ohne einen solchen Frieden wären sie nutzlos, reine Gesinnungslumpen. Und das gilt für alle Techniker, Wissenschaftler, Bürokraten, Industrielle, Computerexperten und Maschineningenieure, die vom Verteidigungsgeschäft in Amerika, Rußland oder sonstwo profitieren. Heute profitiert jeder, der überhaupt Profite macht, teilweise vom Verteidigungsgeschäft. Wenn es in Rußland morgen eine Revolution gäbe, wenn ein liberales Regime wie in Griechenland oder Spanien an die Macht käme, müßten wir es als einen potentiellen Feind betrachten oder mit ihm ein Bündnis gegen China eingehen, das ebenfalls sehr viele Soldaten hat. Aber das Wettrüsten muß weitergehen. Wir alle müssen hoffen, müssen beten, daß es nie endet, weil wir uns nur ein einziges Ende vorstellen können. Bumbumbum. Unsere Verteidigungssysteme gleichen meinen Phantasien, die nur dadurch weitergehen können, daß sie viel größer und widerlicher werden als zunächst beabsichtigt. Niemand kann einen Prozeß wie diesen für immer kontrollieren. 1914 und 1939 begannen die großen Industrienationen, nachdem sie den Rest des Planeten beschissen (im ganz vulgären Sinne des Wortes) hatten, sich gegenseitig vollzuwichsen. Keine von ihnen hatte viel Spaß daran, aber sie konnten nicht aufhören. Das wird bald wieder geschehen. Ich bin bereit. Schluck.

Vor einem oder mehreren Jahren saß ich neben ein paar jungen Männern, idiotischen Tories und idiotischen Sozialisten, die die gewohnte hitzige Diskussion veranstalteten, bei der jede Seite sich selbst weit mehr widersprach als ihren Gegnern. Die Tories sagten, daß der Schah von Persien ein guter Herrscher sei, weil er seine Nation ins 20. Jahrhundert geschleift habe, Stalin aber ein schlechter Herrscher, weil er die Herrschaft des Gesetzes zerstört habe. Die Sozialisten sagten, daß Stalin ein guter Herrscher gewesen sei, denn die UdSSR sei zu rückständig, um demokratisch regiert zu werden, der Schah aber ein schlechter Herrscher, weil er primitive Formen des Stammeskommunismus zerstört habe. Ich war versucht, ihnen zu erklären, daß jede Regierung, die Menschen ohne angemessene öffentliche Schwurgerichtsverhandlung verhaftet, inhaftiert und foltert, eine schlechte Regierung ist, aber das hätte die Frage Nordirlands aufgeworfen, deshalb schwieg ich. Unter diesen Männern saß ein fetter buddhaartiger Mensch, der die Drinks bezahlte. Da er still zuhörte und da die jungen Männer ihn manchmal als Schiedsrichter anriefen und da er stets mit einem leichten Lächeln oder einem Kopfschütteln reagierte, dachte ich: ‹Einer wie ich. Er weiß, daß sie Blödsinn reden.› Unsere Blicke trafen sich, und er nickte mir zu, dann fragte einer der jüngeren Männer mich nach meiner Meinung. Ich sagte, ich sei nur an Dingen interessiert, die ich selbst ändern könne, deshalb seien mir die Aktionen irgendeiner ausländischen Regierung scheißegal, solange sie uns nicht mit Krieg bedrohe – eine Bemerkung, die die Diskussion natürlich auf das Thema der BOMBE lenkte. Vermutlich war das Mitte der siebziger Jahre, denn nicht viele Menschen nennen Nuklearwaffen heute Die Bombe, genauso wie man 1939 aufhörte, den Ersten Weltkrieg als den Großen Krieg zu bezeichnen. Egal, die idiotischen Tories sagten, die Welt sei wegen der Bombe nun sicherer, und wenn nicht, dann würden sie lieber sterben, als auf einem von Rußland beherrschten Planeten zu leben; die idiotischen Sozialisten sagten, Rußland sei nur deshalb ein imperialistischer Staat, weil es Angst vor Amerika habe, und wenn Großbritannien Nuklearwaffen aus seinem Territorium verbanne, werde Amerika schon dafür sorgen, daß die Russen nicht bei uns einmarschierten. Ich sagte, wenn ich ein Fläschchen starker Schlaftabletten hätte, wäre mir völlig schnuppe, was wahrscheinlicher sei, ein Atomkrieg oder eine russische Invasion. Nach diesen Worten schniefte der ältere Mann (es war seine Art zu lachen), und die jüngeren Männer verließen das Hotel. Ich gab dem älteren Mann einen doppelten Glenlivet aus. Ich erfuhr, daß er Apotheker war, ein Witwer, der hinter seinem Geschäft an der Hauptstraße wohnte. Kurz vor Mitternacht, als wir beide ziemlich angesäuselt waren, sagte er: «Ich geb dir, was du brauchst. Komm mit mir nach Hause.»

Aber es tut mir leid, daß Dad nicht lange genug gelebt hat, um von Schwejk zu lesen, denn sein Buch ist das lustigste und klügste, das je geschrieben wurde. Schwejk ist ein alter Soldat, der so tut, als gehorche er seinen Vorgesetzten, der aber in Wirklichkeit alles zu seinen Gunsten verdreht und sich aus jeder Patsche herausreden kann. Seine Geschichten sind so markig wie die Gleichnisse Jesu, und niemand hat sie dadurch verdorben, daß er ihre Bedeutung erklärte. In einer überquert Schwejk einen öffentlichen Platz in Prag oder vielleicht Budapest, es ist sehr dunkel, er kommt an einem Denkmal vorbei. Ein Betrunkener tastet sich immer wieder um dieses Denkmal herum und murmelt: «Ich bin reingekommen, also *muß* es einen Ausgang geben.» Er hat es die ganze Nacht hindurch getan.

Ich bin kein wirklicher Tory. Ein wahrer Konservativer hat Vertrauen zu irgendeiner etablierten Institution, die ihn seiner Meinung nach retten wird: zur Börse, zum Arbeitgeber, zur Bank, zur Armee, zur Monarchie. Im Grunde ist mir auch das völlig schnuppe. Vermutlich bin ich heute Nihilist. Während mir dies klar wird, fällt mir ein großer Stein vom Herzen. Wo habe ich meine vier Frauen gelassen, und was geschieht mit ihnen? Da alle außer den Armen und Hilflosen aus wachsender Gefahr, Armut und Hilflosigkeit Vorteile ziehen – und da die Armen und Hilflosen das gleiche tun würden wie wir, wenn sie die Möglichkeit hätten –, kann es nicht allzu schlimm sein, imaginären Opfern ein wenig Spaß abzugewinnen.

10: WILL MAN EINE MASSE DARAN HINDERN, DASS SIE SICH GEFÄHRLICH ÜBERHITZT, MUSS MAN SIE TEILEN.

Deshalb kommt nun ein kühler Katalog von in einen Käfig gesperrten Schönheiten, die ich teilen, beherrschen, tätowieren, massieren und auf verschiedene Weise zu Wonnen schamloser Geilheit aufstacheln kann, wenn ich es schaffe, mich zu beherrschen.

1 JANINE

Anfang Zwanzig. Üppiges dunkles zerzaustes Haar, dunkle anklagende Augen, schmollender roter Mund wie der Jane Russells in *Geächtet*. Etwas kleiner als die meisten Frauen, trüge sie nicht hochhackige weiße Schuhe mit durchgehenden Sohlen. Schlanke Knöchel, Knie, Taille, aber runde Hüften in weißem Wildlederminirock, kräftige Schenkel und Waden in schwarzen Netzstrümpfen, runde Schultern, und ich werde ihre Brüste in einer weißen Seidenbluse nicht vernachlässigen. Stroud geleitet sie einen schwachbeleuchteten Flur mit braunem Teppichboden entlang. Er öffnet eine Tür und tritt zur Seite, um sie durchzulassen, und sofort wird sie von niedrig angebrachten Lichtern geblendet, die ihr direkt ins Gesicht scheinen. Eine Stimme ruft: «Kommen Sie rein, Miss Crystal, zeigen Sie uns, wie Sie sich bewegen.»

Sie spürt, wie Strouds Hand zwischen ihren Schulterblättern sie energisch nach vorn schiebt. Sie hört, wie sich die Tür mit einem doppelten Klicken hinter ihr schließt. Zu beiden Seiten ahnt sie eine große dunkle Fläche und zwei oder drei Gestalten in einem Lichtkegel vor sich, und sie hört ein fortlaufendes Summen, kann es das Geräusch eines Filmprojektors sein? Und sie zeigt ihnen, wie sie sich bewegt. Ihr Herz hämmert, aber sie würde sich wie ein völlig passives Opfer vorkommen, wenn sie still stünde, also übernimmt die Schauspielerin in ihr – Erregung durchfährt sie – die Kontrolle. Obwohl jeder Muskel vor Entsetzen gespannt ist, gibt sie die prächtige Darbietung einer Frau, die lässig vorwärtsschlendert. Ihr Auftritt wird erleichtert, weil sie merkt, daß auf der sie umgebenden Fläche Menschen sind, ein sitzendes Publikum, das sie wegen des Gleißens nicht deutlich sehen kann. Sie konzentriert sich auf das Geräusch von zwei geöffneten Knöpfen an ihrem Rock, die bei jedem ihrer Schritte klicken. «Das hört sich sehr sexy an», sagt eine kindliche Stimme und kichert.

‹Ganz ruhig›, denkt Janine. ‹Tu so, als wär's eine ganz gewöhnliche Probe.›

Prächtig.

2 SUPERB

Eine reife Hausfrau Anfang Vierzig. Ein stämmiger Körper, hier und da (Bauch, Unterarme, Schenkel) etwas schlaff, aber praktisch und sinnlich mit dunklem schulterlangem Haar, das glatt, nicht gelockt ist wie Janines. Die Brüste, die ich nicht vernachlässigen werde, sind nackt unter dem Latz von ja, ihr ganzer Körper ist nackt unter dem weißen schweißdurchtränkten Jeansstoff von ja, einer *Latz*hose, die sich eng an ihre erfüllte Fotze schmiegt, sonst aber sehr locker und bauschig und bis zu den Knien aufgerollt ist, während sie sich dösend auf dem wolligen, nach hinten umgelegten Autositz ausstreckt. Charlie beugt sich nieder, um sie zu küssen. Er sagt: «Wir sind da, Honey.»

«Hab keine Lust aufzustehen.»

«Leg dich auf den Bauch.»

«Warum?»

«Ich hab' ne Überraschung für dich – ein Geschenk.»

Sie dreht sich um. Sie spürt, wie er ihren rechten Arm packt.

Etwas Kaltes klickt oberhalb des Ellbogens zu, der linke Arm wird schmerzhaft zurückgerissen, und nach einem weiteren Klicken merkt sie, daß ihre Ellbogen hinter ihr gefesselt sind. Sie schreit: «Das tut doch *weh*, Charlie!», und will sich auf die Knie aufrappeln, aber sein Arm zwingt sie nach unten, er legt sich hin, so daß sein Gesicht dicht neben ihrem ist, und flüstert: «Honey, du mußt mir zuhören, oder du wirst nichts kapieren. *Wirst* zu zuhören?» Seine harten Hände pressen ihre weichen Unterarme grausam fest zusammen. «*Wirst* du mir zuhören?»
Sie starrt ihn an, Mund und Augen weit geöffnet. Er sagt leise: «Erinnerst du dich an den Abend, als wir uns trafen und ich dir versprach, dich zu einer Schauspielerin zu machen? Erinnerst du dich, wie ich heute nachmittag am Telefon sagte, daß ich dich früher auftreten lassen würde, als du erwartest? Also, jedes Wort war ernst gemeint. Und dein erster Auftritt ist heute abend.»
Er küßt sie brutal und fährt fort: «Ich werde dir etwas sagen, was dir wenig einleuchten wird, bis du ein paar Wochen älter bist. Ich liebe dich, du Biest, und ich übergebe dich Leuten, die dir Tricks beibringen werden, von denen du nicht mal geträumt hast. Aber ich werde wieder und wieder zu dir zurückkehren, und am Ende wirst du nicht ohne mich leben wollen, und wir werden zusammen mehr Spaß gehabt haben, als du dir in deinem ganzen verdammten egoistischen kleinen Leben je vorgestellt hättest. Kapiert?»
Und er packt ihren Kopf mit beiden Händen, küßt sie noch einmal, setzt sich auf und berührt einen Schalter. Das Verdeck des Wagens gleitet zurück. Er läßt die Hupe laut ertönen, zweimal, steigt dann aus dem Auto, geht herum zu ihrer Seite und öffnet die Tür. In einer Hand hält er ein dickes Lederhalsband. Sie ist zu verstört, um irgend etwas zu begreifen, liegt nur da und starrt ihn an, während er die Hände vorstreckt und es um ihre Kehle schnallt, dann eine Kettenleine aus der Tasche zieht und sie an einem Ring des Halsbandes befestigt. Bis er schließlich vom Auto zurücktritt und heftig an der Kette zerrt. Er sagt: «Komm, du Biest.»
(Beherrsch dich) Zitternd und entsetzt gehorcht sie dem Druck des Halsbandes, kniet sich mühsam hin, streckt ein Bein aus und spürt wieder die eisige Körnigkeit von Beton unter ihrem nackten Fuß. Die Schnalle des Halsbandes ist riesig und hat scharfe Ränder, so daß sie das Kinn sehr hoch halten muß. Sie steht einer

geschlossenen Tür gegenüber. Er tritt hinter sie, eine Hand öffnet die Knöpfe über ihrer rechten Hüfte, gleitet dann in die Hose und streichelt ihren Bauch, während die andere unter den Latz gleitet, um ihre Brüste zu streicheln. Er preßt ihren Rücken gegen sich, sie fühlt seinen Penis, abgeschwächt von zwei Schichten Kleidung, zwischen ihren Gesäßbacken, fühlt seine Lippen, die sie zwischen die Schulterblätter küssen. In ihrem Zustand der Fremdheit und des Entsetzens ist dieser Druck tröstlich. Plötzlich öffnet sich die Tür, und das reicht vorläufig. Abgesehen davon, daß dies in einer fensterlosen Garage mit zwölf darin geparkten Autos und Platz für einige mehr geschieht.

3 BIG MOMMA

Ich weiß nicht, wie alt sie ist. Sie hat einen kleinen mädchenhaften Kopf mit kurzgeschorenem aschblondem Haar, und man muß sehr genau hinsehen, um die feinen Altersfältchen zu erkennen. Der Kopf erhebt sich über dem Körper einer jener nilpferdartigen Huren, die immer wieder in Fellini-Filmen auftauchen. Als Teenager und in den Zwanzigern fand ich sie abstoßend. Aber was trägt sie, und wo ist sie? Seit ich die Szenenfolge auf der Polizeiwache strich, habe ich sie im Nichts zurückgelassen. Ich werde es wiedergutmachen, indem ich sie an zwei Orten gleichzeitig unterbringe.

(A) In dem Lichtkegel, auf den Janine zugeht, steht Big Momma mit gespreizten gespreizten gespreizten Beinen, die Hände auf die Hüften gestützt und lächelnd wie ein gieriges kleines Mädchen, das einen Teller mit Sahnekuchen betrachtet. Aber sie betrachtet Janine. Sie trägt eines jener auffällig leicht zu öffnenden Kleider, die ich allzusehr liebe: enges cremefarbenes Leinen mit riesengroßen Knöpfen, vier davon geöffnet. Ihre aufreizend knappen schwarzen Höschen und der schwarze Büstenhalter sind durch sie hindurch zu erkennen. Keine Strümpfe, praktische Sandalen.

(B) Die Tür vor Superb öffnet sich plötzlich, und Big Momma geht auf sie zu; sie grinst wie ein gieriges kleines Mädchen, das einen Teller etcetera betrachtet. Sie ist angezogen wie in (A) und tritt direkt auf Superb zu, die Charlie an seinen Körper klammert. Momma sagt mit einem groben kehligen Flüstern: «Laß mich mal schmecken», stellt sich auf Zehenspitzen und küßt

Superb recht sanft. Dann sagt sie: «Die Leine bitte, Charlie. Ich bin an der Reihe, sie spazierenzuführen. Ich hab 'ne Meute geiler Hunde, die sie kaum erwarten können.»
Ooooh, gemein.

4 HELGA
Mitte Dreißig. Von all meinen Frauen ist sie die, athletisch gesehen, hübscheste, ohne jede Schlaffheit. Sie hat die hochgewachsene magere schlanke Figur, die unaufmerksame Idioten «jungenhaft» nennen. Sie ist nicht im geringsten jungenhaft, obwohl ihre Brüste klein sind und weit auseinanderstehen. Die Warzen bedecken die Hälfte von ihnen, und während ich über sie nachdenke, beunruhigt mich ein seltsames Gefühl, daß nichts mit der Geschichte, in der sie auftaucht, zu tun hat, ein Gefühl von... Wohlwollen. Weshalb? Wohlwollen ist hier belanglos. Es kommt mir vor wie ein Kriminalspiel im Rundfunk, das von einer Oper auf einer anderen Wellenlänge unterbrochen wird. Dad liebte Opern, obwohl er das Gegenteil vorgab. Manchmal kamen Mum oder ich selbst unerwartet in die Küche und überraschten ihn, während er, mit dem Ohr dicht am Gerät, ganz leise das dritte Programm spielte. Er schaltete dann immer sofort das Programm für leichte Musik oder einen schottischen Lokalsender an und drehte den Ton auf. Ich glaube, daß er in irgendeiner Art Chor sang, bevor ich geboren wurde. Er hätte die üble sexuelle Welt verabscheut, die ich mir ausgedacht habe. Ich bin mir sicher, im tiefsten Inneren empfand er die Sexualität als gottlos. Weshalb ich im tiefsten Innern fühle, daß Gottlosigkeit sexy ist. Kehr zurück zu Helga im Vorführraum.

4 HELGA
Mitte Dreißig. Sie trägt ★★★★★★★★★★★★★★★★★★★★★★★★★
Sie trägt gerade ★★★★★★★★★★★★★★★★★★★★★★★★★★★★★
Weshalb kann ich sie nicht dazu bringen ★★★★★★★★★★★★★★★★★
★★★
★★★★★★★★★★★★★★★★★★★★★★★ etwas in meinem Kopf widersetzt sich der Geschichte Helgas. Wahrscheinlich Gott. Ich hätte ihn nicht hierher bitten sollen. Helga ist entscheidend, sie führt all die anderen Mädchen zusammen. Vergiß, wie sie aussieht, was sie trägt. Stell dir vor, was sie sieht, hört, sagt. Es könnte möglich sein, sie auf diese Weise an ihm vorbeizuschmuggeln. Also noch mal.

4 HELGA
sieht sich den Film von Janines Probe ganz bis zum Ende an, drückt dann ihre Zigarette sorgfältig im Aschenbecher aus. Sie sagt: «Der Schnitt war Scheiße, aber der Stoff war wirklich heiß. Sie tat ja nicht nur so, oder?»
«Das Wort *tun* wird auf zweifache Weise benutzt», sagt Dr. von Stroud, dessen Vorname am besten Wilhelm oder etwas noch Germanischeres sein sollte. «Die Redensart *Taten sind wichtiger als Worte* erweckt den Eindruck, daß allein Handlungen von Wert sind. Der Satz *Sie wollte es nicht, sie tat nur so* erweckt den Eindruck, daß Handlungen wertlos sind, wenn sie nicht von einem aufrichtigen unmittelbaren Gefühl oder Wunsch verursacht werden. Janines Taten in deinem eigenen schönen Film deuteten auf Lust und Schrecken hin, wurden aber von Geldgier und dem Wunsch, sich selbst zur Schau zu stellen, verursacht.» (Dieser Doktor ist ein Langweiler.) «In unserem Film wurden ihre erklärten Gefühle und Taten direkt von dem verursacht, was ihre Mitspieler ihr zufügten. Aber unser Film war kein Erfolg! Wir, die wir mithalfen, die Darstellung zu schaffen, fanden damals viel Gefallen daran, aber die Technik, mit der wir sie aufzeichneten, war unzureichend. Schnitt, Kameraführung, Beleuchtung, Kulisse hätten verbessert werden können. Deshalb bezahlen wir Sie dafür, bei unseren künftigen Produktionen Regie zu führen.»
«Wer hat sie bis jetzt inszeniert?» fragt Helga.
«Mami», sagt Hollis und kichert, aber Helga sieht Dr. Wilhelm nein aber Adolf ist zu abgedroschen, Siegfried zu operettenhaft, Ludwig, nein ich mag die Pastorale nenne ihn einfach den Doktor, Helga sieht den Doktor an, der sagt: «Sie werden sie bald treffen. Aber erlauben Sie mir, Ihnen zunächst ein paar andere Personen vorzustellen, mit denen Sie arbeiten werden.»
Der Doktor klettert hinauf zu einem Diaprojektor hinter der letzten Reihe von Sitzen, die so tief sind wie orientalische Diwane. Max und die Kellnerin sind hier ausgestreckt, einander umarmend, aber wie es scheint, schlafend, obwohl seine rechte Hand, unter ihrem Kleid und zwischen ihren Schenkeln, sich manchmal ein wenig bewegt. Es wird dunkel im Kino. Mit einem Klicken zeigt die Leinwand plötzlich ★★★★★★★★★★★★★ verdammt ★★★★★★★★★★★★★★★★★★★★★★★★★★★★★★★★★★★★★
★★

★★★
★★★
verdammt, verdammt ★★★★★★★★★★★★★★★★★★★★★★★★★★★★★★
★★★
★★★
★★★
verdammt ★★★★★★★★★★★★★★★★★★★★★★★ keine Befriedigung.
(Du wirst dieses Stück überspringen müssen.)

Ich werde dieses Stück überspringen müssen. Helga sagt: «Wer ist die große Frau? Die kurzgeschorene Blondine.»
«Sie ist das Mitglied, das bis jetzt bei unseren Produktionen Regie geführt hat», sagt der Doktor. «Wir halten sie nicht mehr für befriedigend. Sie versteht nichts vom Filmgeschäft und ist eine solche Primadonna geworden, daß sie unbedingt überall auftreten will, und immer in derselben Rolle.»
«Oh, ich kann's nicht abwarten, ihr Gesicht zu sehen, wenn sie erfährt, daß sie nicht mehr verantwortlich ist», quiekt Hollis.
«Wir werden dafür sorgen, daß ihr die Wahrheit nach und nach dämmert», sagt von Strudel. «Sie weiß, daß Sie als Filmemacherin angestellt werden, aber sie ahnt noch nicht, daß es sich auf ihre Position auswirkt. Also werden Sie eine ihrer Produktionen, eine ihrer Proben beobachten. Wenn Sie eine Verbesserung vorschlagen, wird sie sofort ablehnen, denn ihr gefallen nur ihre eigenen Ideen. Aber wir werden Sie unterstützen und sie zwingen, Ihren Vorschlägen zu folgen, und dadurch Ihre Autorität auf eine feste Grundlage stellen.»
«Haben Sie ein Datum dafür festgelegt?» fragt Helga.
«Sie wird hier stattfinden, und sehr bald, Momma bringt uns ein völlig neues Mädchen – neu, meine ich, was die Regeln unserer Organisation betrifft.»
«Und wie heißt das Stück?»
«Es heißt *Der erste Tag der Neuen* und ist die Lieblingsproduktion meines Freundes Maximilian. Du hast doch die Schauspielerin dafür ausgewählt, nicht wahr, Maxie?»
«Stimmt», sagt Max, schiebt die Lippen ganz dicht an das Ohr der Kellnerin und flüstert (aber die Akustik des Raumes ist so gut, daß jedes Wort gehört werden kann): «Und wenn du mit dem Sex nicht genau dann überkommst, wann ich's will, dann werd ich dich auch darin auftreten lassen.»

«Aber Honey», wimmert die Kellnerin leise und preßt sich gegen ihn, «du weißt doch, daß ich dir immer geb, was du willst.»

«Wenn das so ist», sagt von Strudel, «da wir ein paar Minuten zu überbrücken haben, bevor das Aufnahmeteam eintrifft, schlage ich vor ★★★★★★★★★★★★★★★★★★★★★★★★★★★★★★★★★★★★★★
★★★
★★★★★★★★★★★★★★★★★ Positionen ★★★★★★★★★★★★★★★★★★
★★★
★★★
★★★
★★★
★★★★★★★★★★★★★★★★★★★★★★★★★ aufweichen ★★★★★★★★★★
★★★
★★★
★★★
★★★
★★★
★★★
★★★★★★★ schluchzt: «Bitte zwing mich nicht», aber ★★★★★★★
★★★
★★★
★★★
★★★
★★★
★★★
★★★
★★★
★★★★★★★★★★★★★ weicht auf ★★★★★★★★★★★★★★★★★★★★★★
★★★
★★★
★★★
★★★
★★★
★★★
★★★
★★★
★★★
★★★
★★★ aber

aber ★★★ ★★ ★★ ★★★ und ★★★★★★★★★★★★ und ★★★★★ und ★★★ es hat keinen Zweck. Der Widerstand ist zu groß. Ich muß an etwas anderes denken, bis er verschwindet. Denk an wirklichen Sex. Wie oft habe ich ihn gehabt? Beginn am Anfang.

DENNY 1953
Zwei Monate mit dreimaligem Sex pro Nacht. Ist das möglich? Übertreibt mein Gedächtnis? Vielleicht, aber ich ging oft mit ihr ins Bett und dachte: ‹Heute nicht, ich bin zu müde.› Ich umarmte sie behaglich, und langsam erwachte mein ganzer Körper zum Leben. Ich bin sicher, wir liebten uns fast jede Nacht, wenn wir ins Bett gingen, dann noch einmal, wenn wir in den frühen Morgenstunden aufwachten, und noch einmal kurz nach oder vor dem Morgengrauen. Welch köstlichen Schlaf sie mir dazwischen verschaffte. Aber es kann doch *bestimmt* nicht dreimal pro Nacht gewesen sein? Sagen wir, zweimal pro Nacht, was bedeutet 2 Monate × 4 Wochen = 8 Wochen × 7 Tage = 56 Nächte × 2 pro Nacht = 112mal sagen wir 140 nein nein nein wenigstens 150mal mit Denny, ich bin sicher.

HELEN 1953–4
In den sechs Wochen vor unserer Heirat taten wir es nur zweimal richtig oder vielleicht nur einmal. Nichts geschah während der Flitterwochen, dann zweimal pro Woche für höchstens zehn Monate ist 10 × 4 × 2 = 80, aber in manchen Wochen taten wir's nicht, also wohl eher 60 plus zweimal vor der Heirat und einmal, kurz bevor sie mich 1967 verließ, also 63mal mit Helen.

SONTAG 1971
Sechs oder sieben Wochen, aber so unregelmäßig, daß durchschnittlich dreimal pro Woche wohl zu großzügig gerechnet ist, also achtzehnmal mit Sontag.

DIE REDAKTEURIN 1974
Einmal in einer Nacht und zweimal in einer Nacht ist dreimal mit der Redakteurin.

DER APOTHEKER 197?
Keinmal. Im Grunde geschah nichts.

DIE HURE 1982
Auch keinmal, aber einen Augenblick lang fühlte ich mich wieder lebendig. Seit Jahren hatte ich in großer geistiger Leblosigkeit existiert, in einer Leblosigkeit, in der ich immer noch verharre, aber die letzte Woche war ungewöhnlich schmerzhaft. Der Frühling ist immer die schlimmste Zeit für mich, und wir hatten drei oder vier Tage sonnigen Wetters, was bei den Frauen die übliche Wirkung hervorrief. Es schien, als wären alle zwischen fünfzehn und fünfzig so gekleidet, als wollten sie meine Lust provozieren. Der Anblick verursachte mir solchen Schmerz, daß ich beim Gehen auf den Bürgersteig einen Meter vor meine Füße starren mußte. Außerdem packte ich das Tablettenfläschchen in meiner Tasche wie einen Talisman, obwohl ich nicht in Selbstmordgefahr war. Ich werde erst in Gefahr sein, wenn ich mich hinsetze, die Tabletten auf eine Tischplatte oder eine Bettdecke wie diese leere und sie zähle. Es sollten mehr als fünfzig sein. Wenn ich sie zähle, wird mir einfallen, daß nur Feigheit mich daran hindert, sie mit einem großen Glas Glenlivet hinunterzuspülen, und daß ich mich selbst bis an meinen letzten Tag verabscheuen und verachten werde, wenn ich sie nicht schlucke. Aber ich bin nicht in Gefahr, sie zu zählen, wenn ich herumspaziere, dauernd den Bürgersteig anstarre und überfüllte Pubs besuche. Wenn ich am Wochenende zu Hause bin, mache ich's mir zur Gewohnheit, von einem Pub zum anderen zu bummeln. Ich verteile meine Sauferei auf etwa zwanzig Pubs, besuche sechs oder sieben an einem einzigen Abend, aber nie die gleichen an zwei Abenden hintereinander. Auf diese Weise lernt niemand mich genau kennen oder bemerkt, wieviel ich trinke. Es gibt eine Gasse, die vom Ufer des Kelvin ansteigt und so wenig benutzt wird, daß sie immer noch mit den Steinen der Pferd-und-Wagen-Zeit gepflastert ist. Nach Einbruch der Dunkelheit näherte ich mich dem Bogen einer hohen Brücke am Beginn der Gasse und sah eine unförmige dunkle Gestalt, die den Hang an der entlegenen Seite herunterstieg. Ich weiß nicht, woher ich wußte, daß die Gestalt weiblich war, oder wieso ich ahnte, daß sie meine Anwesenheit geahnt hatte. Wir wurden langsamer, während wir aufeinanderzukamen, und als nur noch die Breite

des Bogens uns trennte, standen wir stille, und ich hatte eine Erektion. Das war neu für mich. Ich kann Erektionen durch Phantasievorstellungen herbeiführen, aber ich muß echte Frauen sehr lange an mich drücken, bevor ich da unten steif werde. Ich war verblüfft über das, was diese Frau mit mir anstellte. Sie war vierschrötig und alt mit einem aufgedunsenen verfärbten Gesicht, aber ich fühlte mich hoffnungsvoll und dankbar; ich überquerte die Brücke und legte ihr die Hände auf die Schultern. Es ist schwer, sich daran zu erinnern.

Erinnere dich daran.

Sie sagte: «Ja, in Ordnung, aber ich muß vorsichtig sein. Ich will sehen, was ich kriege, klar?»
Ich dachte, sie rede von meinem Schwanz und daß sie sich Sorgen mache, falls ich krank sei. Ich führte sie an eine dunkle Stelle hinter einen Gußeisenpfeiler der Brücke, öffnete den Reißverschluß meines Hosenschlitzes und holte den Penis heraus. Sie befühlte ihn. Ich sagte: «Siehst du, alles in Ordnung. Komm mit mir nach Hause», und ich machte den Reißverschluß wieder zu und führte sie dorthin zurück, von wo ich gekommen war.
Ich war so erregt, daß ich ständig plapperte, ich weiß nicht mehr, was. Ich wollte, daß auch sie erregt und hoffnungsvoll und nachgiebig sei, schob ihr eine Zwanzigpfundnote in die Hand und versprach ihr, daß sie am nächsten Tag mehr bekommen würde, wenn wir eine gute Nacht miteinander verbrächten. Sie blieb plötzlich stehen und fragte: «Aber wirst du mich heiraten?»
«Nein, ich war schon mal verheiratet.»
«Dann werd ich dich nich befriedigen. Nein nein nein, ich werd dich nich befriedigen, ich kann's nich tun.»
Wir waren neben dem Eingang der U-Bahnstation. Sie trat ein und entfernte sich mit meiner Zwanzigpfundnote. Ich starrte ihr nach und rief mit schwacher Stimme: «Bitte, komm zurück», aber sie verschwand um eine Ecke und heulte: «Nein nein nein, ich kann dich nich befriedigen, ich kann dich nich befriedigen.»
Ich wurde wütend und brüllte: «DU BIST UNGERECHT!»
Dann drehte ich mich um, lief die Gasse hinauf, war eine Minute später in einem überfüllten Pub und bestellte einen großen Gin

Tonic. Gin hat einen üblen Geschmack, aber ich trinke an Wochenenden nichts anderes, weil man ihn nicht am Atem riecht. Der Penis hatte sich wieder hingelegt, aber ich hatte immer noch den Wunsch zu plappern, obgleich ich nicht oft rede, denn Menschen, die reden, verraten sich dauernd. Ich sah einen Mann, den ich oberflächlich kannte, und sagte zu ihm: «Mir ist gerade was Komisches passiert.»
Ich erzählte ihm von der Sache. Er setzte eine vage, zerstreute Miene auf, meinte: «Entschuldigen Sie», und ging davon.
‹Nicht sehr gesellig›, dachte ich. Ich sah ein Mädchen, das mir attraktiv vorkam, vielleicht eine Studentin, sie stand in einer Gruppe anderer Mädchen. Ich grüßte sie: «Hallo.»
Sie antwortete «Hallo!» mit einem überraschten, aber freundlichen Lächeln.
Sie dachte wohl, daß wir einander schon einmal begegnet wären und daß sie vergessen hätte, wo, ich bin offensichtlich ein ehrbarer Mann, der nicht allein deshalb junge fremde Mädchen anspricht, weil sie attraktiv sind. Ich sagte: «Hier gibt's eine Menge komischer Leute, wissen Sie. Ich bin gerade einem begegnet.»
Ich erzählte ihr von der Hure unter der Brücke. Um das Mädchen zum Lachen zu bringen, benutzte ich einen erstaunten, halb einfältigen Tonfall wie der Komiker Billy Connolly. Ich sprach so laut, daß viele Leute mich hörten. *O Gott hilf mir, mich nicht daran zu erinnern.* Ich erinnere mich an kaum etwas anderes. Nur daran, daß ich sehr wütend wurde, als sie mir den Rücken zuwandten, und mein Glas über ihre Köpfe hinweg gegen die Theke schleuderte und daß ich mir noch ein Glas von einem Tisch schnappte, es ebenfalls fortschleuderte und dann hinausrannte. Ich rannte und rannte sehr lange. Später sah ich ein pakistanisches Lebensmittelgeschäft, das immer noch geöffnet war. Mir fiel ein, daß ich keine Eier und keinen Schinken zum Frühstück hatte, und ich ging hinein. Ein Junge von vielleicht zwölf, dreizehn, vierzehn bediente hinter dem Tresen, ein hübscher selbständiger kleiner Junge. Der Laden war leer, ich

Mach, daß ich mich nicht an mehr erinnere. Ich verdiene keine Gnade, aber ich brauche sie. Gib mir Frieden Gott. Verhindere meine Erinnerung daran, daß ich hinten in den Laden ging, wo ein mit Milchprodukten gefüllter Kühlschrank stand.

Verhindere meine Erinnerung daran, daß ich glaubte, vom Tresen aus nicht gesehen werden zu können, und begann, Eier Schinken Butter zu stehlen und sie in meinen breiten Manteltaschen verschwinden zu lassen und es ist nicht weit bis zum Kleiderschrank.

Kleiderschrank Türspalte. Manteltasche. Kühles Fläschchen schmiegt sich genau in die Hand. Zurück ins Bett. Verschluß aufschrauben. Leises Rasseln kleiner weißer stumpfer Torpedos, die sich auf die Decke ergießen. Wirst du aufhören, dich daran zu erinnern, daß du mit nur einem Karton 1, 2, 3, 4, 5 Milch in der Hand zum Tresen gingst 6, 7, 8, 9, 10, 11, 12, 13, 14, 15 und hör auf, dich daran zu erinnern, daß der Junge den Preis in die Registrierkasse eintippte und fragte: «Ist das alles?» und daß ich sagte «Ja», und von 16, 17, 18, 19, 20, 21, 22, 23, 24, 25, 26, 27, 28, 29, 30 hör auf, dich daran zu erinnern, daß er um den Tresen herumkam und ruhig die Hand in meine Taschen steckte und alles, was ich gestohlen hatte, herausnahm und auf den Tresen legte und 31, 32, 33, 34, 35, 36, 37, 38, 39, 40, 41, 42, 43, 44, 45, 46, 47, 48, 49, 50 wird genügen, aber ich habe noch 51, 52, 53, 54, 55 und 56, wenn ich nicht *aufhören kann,* mich daran zu erinnern, daß er sagte

Aufgehört. Gut! Fast hättest du mich zu weit getrieben, Gott. Ich lasse die Tabletten auf der Bettdecke, für den Fall, daß du mich zwingst, mich an die Worte des Jungen zu erinnern.

Die Hure hat gezeigt, daß ich noch nicht völlig tot bin. Ich bin ihr dankbar. Was danach geschah, ist unwichtig. Laß mich an andere gute lebhafte Erfahrungen mit wirklichen Frauen denken.

DIE REDAKTEURIN
hatte eine wunderschöne Fotze, weshalb erinnere ich mich so deutlich an sie? Eine mit glänzendem feuchtem warmem glattem Satin gepolsterte Kammer wie ein königlich-viktorianisches Eisenbahnabteil mit unerwarteten kleinen Knöpfen und Lüstern an den Wänden. Ich muß die Hand sehr oft darin gehabt haben. Sie liebte es, durchdrungen zu werden, vielleicht liebte sie es zu sehr. Selbst wenn wir beide seit langem trocken waren,

klammerte sich ihre Fotze immer noch an meinen Schwanz und wollte gerieben werden, und wenn die Reibung mir schließlich so weh tat, daß ich mich zurückziehen mußte, hatte sie das Gefühl, mich ganz verloren zu haben, und befahl mir zu gehen. Sie bewertete Schwänze einfach zu hoch, so wie ich Fotzen überbewerte. Deshalb bekamen wir beide so wenig von dem, was wir gern gehabt hätten. Ich war einmal mit ein paar Journalisten im Presseclub von Glasgow zusammen, und wir begannen, über Frauen zu tratschen, und einer sagte, meine Redakteurin sei frigide: Niemand habe sie je rumkriegen können, außer Soundso, der zum Sachverständigen tauge HAHAHA, und er habe gesagt, sie sei nicht besonders gut. Ich hätte ihnen erzählen können, daß sie zärtlich und freundlich zu mir gewesen war, außer danach. Aber das hätte wie Prahlerei geklungen und vielleicht das Gerücht ausgelöst, sie sei eine heimliche Nymphomanin. Männer, die gehässig über Frauen klatschen, sind nicht die arroganten Schurken, als die sie erscheinen möchten. Sie sind kleine Leute, die versuchen, ihre eigene Bedeutung hervorzuheben, wie Diener, die mit ihren aristokratischen Beziehungen prahlen, indem sie intime Einzelheiten des aristokratischen Lebens beschreiben. Sie führen schlüpfrige Reden über Sex, weil sie sich darüber ärgern, daß sie ohne die Hilfe einer Frau nicht auf dieser Welt erscheinen oder große Ekstase verspüren oder sich selbst ersetzen oder sich selbst achten können. Welches Geschlecht haßt nicht manchmal das andere, weil es seine Unabhängigkeit bedroht? Aber ich bin kein kleiner Mann, deshalb sagte ich nicht: «Sie war bei mir nicht frigide», sondern: «Vielleicht hat sie mehr an sich, als ihr bemerkt habt.»

Und diese Journalisten prahlten und klagten weiter über ihre Liebsten und Frauen, bis ein junger sagte: «Ich wünschte, ich könnte geschlechtslos und unabhängig sein wie Jock hier.»

Ich lächelte ein wenig. Ein älterer sagte: «Niemand ist geschlechtslos. Jock muß irgendwo 'ne Quelle der Befriedigung haben, sonst könnte er nicht bei Verstand bleiben.»

Ich stand auf und fragte den älteren Mann: «Was möchtest du trinken?»

Er hatte recht. Meine Quelle der Befriedigung ist Helga, die mit Stroud in dem Vorführraum sitzt und Big Momma in ihrem engen weißen Baumwollkleid beobachtet, wie sie an einer Leine die ein Halsband tragende Superb, barfuß und nackt unter ihrer

Latzhose, eine Rampe hinunter in einen Lichtkreis führt, wo der Doktor steht stop. Erinnere dich an die Realitäten.

SONTAG besuchte mich zum zweitenmal und brachte Töpfe voller Mischmasch mit. Ihr Geschmack, was das Essen anging, war, wie ich später herausfand, wie ihr sexueller Geschmack; sie bezog eine Menge Ideen aus modisch-exzentrischen Büchern über das Thema. Diese verknüpften gewöhnlich eine orientalische Religion mit neuen chemischen Errungenschaften, um Reklame für billige exotische Rezepte zu machen, aber Sontag war zu waghalsig und ungeduldig, als daß sie ein einziges Rezept von Anfang bis Ende durchgelesen hätte. Sie machte sich nie eine vollständige Vorstellung von dem, was sie kochen würde, sondern begann mit einem Haufen Zutaten, zwei oder drei vagen Ideen und einem grimmig-entschlossenen Gesichtsausdruck. Das Ergebnis hing von intuitiver Improvisation ab, und wenn dies zu einem Fehlschlag führte, gab sie dem Laden die Schuld, in dem sie die Zutaten gekauft hatte. Aber ich lobte ihre Kochkunst stets, so wie ich ihr Liebesspiel lobte, denn beide waren besser als das, was ich allein zustande gebracht hätte. Sie war eine Frau, wir halfen einander, wir wohnten nicht im selben Haus, so daß ihre lästigen Gewohnheiten erträglich waren. Sie hätte gern mit mir zusammen gelebt, aber ich hatte Angst, daß ich ihren vierjährigen Sohn schließlich lieben lernen würde. Innerhalb von ein paar Monaten hätte ich mich vielleicht wie der Vater des Jungen gefühlt, und dann hätte Sontag, so vermutete ich, begonnen, mich so egoistisch zu behandeln, wie sie wollte, und ich wäre nicht imstande gewesen, sie zu verlassen.

Nachdem wir unsere erste Mahlzeit zusammen verzehrt hatten (ich hatte sehr viel Wein geholt, aber sie trank kaum etwas), machte sie sehr satzhaltigen bitteren Kaffee in einem seltsamen Tiegel, den sie mitgebracht hatte. Während wir ihn schlürften, erzählte sie mir von ihrem Mann und davon, weshalb die Ehe gescheitert war, ich kann mich nicht an die Einzelheiten erinnern. Sie fragte mich, weshalb meine eigene Ehe gescheitert sei, und ich sagte ihr, daß ich sexuell nicht gut genug gewesen sei. Ich wußte, daß dies nicht die ganze Wahrheit war, aber die ganze Wahrheit ist ein erschöpfend wirrer Knäuel, ich sparte dadurch

Zeit und Energie, daß ich es mit den abgedroschenen Worten zusammenfaßte, auf die Sontags Geist es letzten Endes ohnehin reduzieren würde. Wir unterhielten uns noch etwas länger über Liebe und Sex und stimmten darin überein, daß unsere Gefühle vor zu kurzer Zeit verletzt worden seien, als daß wir uns ein Liebesabenteuer wünschen könnten, und daß Sex ohne Liebe gefährlich sei, weil einer der beiden immer tiefere Gefühle hege als der andere etcetera. Dann gähnte sie und sagte: «Ich habe eine Idee. Es ist zu spät, zu Fuß nach Hause zu gehen, und ein Taxi ist zu teuer. Mein Sohn wird von einem der Mädchen versorgt, mit denen ich zusammen lebe, er wird mich erst morgen wieder brauchen. Da kein Risiko besteht, daß wir miteinander schlafen könnten, weshalb sollten wir nicht zusammen übernachten? Denn yahuuhe, ich bin plötzlich sehr sehr müde.»
Ich sagte, dies sei eine vernünftige Idee, ob sie als erste das Badezimmer benutzen wolle? Ich gab ihr ein sauberes Handtuch, und da ich überhaupt nicht ins Badezimmer gehen wollte, zog ich mich aus und schlüpfte ins Bett. Ich wußte nicht, was geschehen würde. Ich war etwas gelangweilt und kaum noch an ihr interessiert, aber auch hoffnungsvoll. Sie kam ins Bett, lag eine Stunde lang matt in meinen Armen und flüsterte dann: «Du Satan!»
«Wieso?»
«Du hast gesagt, du seist unfähig zu sexuellen Reaktionen, aber du zitterst vor Begierde.»
Ich zitterte nicht vor Begierde. Mein Schwanz war völlig schlaff. Ich spürte nichts als Staunen darüber, wieder zu Hause zu sein.

Ich fing einmal an, Prousts Roman über *Wiedergefundene Zeit* zu lesen, gab's aber bald auf. Ich habe etwas gegen Bücher mit Helden, die nicht für ihren Lebensunterhalt arbeiten. Etwas auf den ersten paar Seiten hinterließ jedoch einen bleibenden Eindruck. Als der Held ein alter Mann ist, kaut er an einem süßen Kuchen von der Art, wie er ihn von seiner Tante erhielt, als er ein kleiner Junge war, und weil der Geschmack des Kuchens genau der gleiche ist wie in der Vergangenheit, schmeckt er ihm genauso gut. Und die Millionen Dinge, die ihm zustießen, seit er diesen Kuchen zum erstenmal probierte – der Tod der Tante, ein Weltkrieg, der sein Heim zerstörte und seine Freunde umbrachte –, diese Dinge sind plötzlich nur eine kleine Abschweifung und führen zurück zu einem Moment, der genau der gleiche ist. Das Essen des Kuchens hat für ihn die Zeit abgeschafft. Frauenkörper bewirken das für mich, wenn ich sie halten darf und nicht mehr nervös bin. Ich rede nicht vom Vögeln, ich rede von der HEIMATLICHEN LANDSCHAFT. Jede Frau hat eine einzigartige Skala von Proportionen, aber die Anordnung dieser weichen Hügel und Hänge ist die gleiche, und immer wenn ich eine dieser Landschaften erforschen darf, scheint mir, ich hätte sie nie verlassen. Dies fühlte ich in der ersten Nacht, in der ich mit Denny schlief; ich dachte: ‹Ich bin immer hier gewesen›, doch ich hatte nie zuvor mit irgend jemandem geschlafen. Höchstens mit meiner Mutter, als Baby. Was keine Erklärung ist, denn ein Baby ist zu klein, als daß es den ganzen Körper seiner Mutter fühlen könnte, deshalb muß ich mit der Vertrautheit von Dennys Schenkeln, Gesäß, Bauch, Tälern, Lichtungen, Ufern und Hängen geboren worden sein. Aber dies hat nichts mit Begierde zu tun, deshalb sagte ich: «Laß uns einfach schlafen, Sontag», und ich schlief tatsächlich ein. Sie vielleicht auch. Ich erwachte steif und in ihrem Inneren, es war sehr bequem.

Sie fragte: «Nun?»

«Was ist los Schatz?»

«Hast du nicht vor, was zu tun?»

«Haben wir's eilig?»

Sie zog sich von mir zurück, knipste das Licht an, setzte sich mit gekreuzten Beinen auf das Bett und runzelte die Stirn; ihre rechte Hand war gewölbt und stützte den linken Ellbogen, ihre linke Hand war gewölbt und stützte das Kinn. Sie sagte: «Mit dir ist's schlimmer, als ich dachte. Ich hatte Ejaculatio praecox erwartet, das ist das übliche britische Problem, aber dies ist noch schlimmer. Es muß eine medizinische Bezeichnung dafür geben. Ich werde Nachforschungen anstellen.»

Mir wurde klar, daß ich Sontag als ein zu lösendes Problem interessierte. Danach fragte sie mich nach meinen Phantasien. Ich wünschte, sie hätte sich die Frage für später aufbewahrt. Wunderliche Farcen machen Spaß, aber sie sollten sich auf der Grundlage von etwas Ruhigem und Gewöhnlichem abspielen. Doch Sontag wollte eine Denkerin, eine Lehrerin sein und konnte sich in gewöhnlichem Zustand nicht entspannen. Sie gab mir wirklich eine prächtige Lektion, wenn auch nicht mit Worten.

Vier oder fünf Wochen waren vergangen, und man hatte uns nie zusammen gesehen, also gab sie eine Party in dem alten Haus an der Partickhill Road. Ich glaube, die Frauen, mit denen sie es teilte, gaben sie ebenfalls, denn Sontag machte keineswegs den Eindruck einer Gastgeberin. Es schien mir eine wilde Party zu sein, aber vielleicht dachte ich das nur, weil auf dem Plattenspieler laute Rockmusik gespielt wurde und man die Gäste einander nicht vorstellte. Jedenfalls bemerkte ich nichts Unerfreuliches, außer dem Unerfreulichen, das ich mir selbst bereitete. Das Durchschnittsalter der Frauen war Dreißig, aber viele von ihnen hatten jüngere Schwestern. Die Männer waren meist viel jünger, langhaarige Studenten unter und Anfang Zwanzig, doch ich entdeckte fünf oder sechs Männer meines eigenen Alters. Wie ich schienen sie nicht ganz auf diese Party zu gehören, zeigten aber kein Interesse aneinander. Sontag und ich saßen auf einem Sofa und beobachteten die Tänzer, und ich wurde sehr deprimiert. Die anderen Frauen wirkten attraktiver und interessanter als Sontag, ihre Partner wirkten attraktiver und interessanter als ich. Als Sontag mich fragte, weshalb ich stumm sei, sagte ich ihr die Wahrheit. Ich antwortete, daß ich das Gefühl hätte, wir seien aufeinander angewiesen, weil wir niemand anderen anziehen könnten. Sie betrachtete mich eine Zeitlang nachdenklich, nickte, stand auf und ging zu einem etwas älteren Mann, der gegen den Kaminsims gelehnt war und rauchte. Sie sprach ihn an, und sie begannen zu tanzen. Eine Stunde später, als ich fortging, tanzten sie immer noch. Ich hatte keine Möglichkeit, eine andere Frau zum Tanzen aufzufordern, weil ich nicht tanzen kann. Am nächsten Tag rief ich bei Sontag an, aber sie war entweder nicht zu Hause oder gab vor, nicht zu Hause zu sein. Eine Woche verging, bevor ich sie telefonisch erreichen konnte. Sie fragte: «Und?»
«Können wir uns heute abend treffen?»
«Nein, es ist vorbei. Ich dachte, das hätte ich deutlich gemacht.»
Nach einer Pause sagte ich: «Ich weiß, weshalb du mit mir Schluß gemacht hast.»

«Gut. Dann brauchen wir kein Wort mehr zu verlieren.»
Aber sie legte nicht sofort auf. Nach einer Weile und mit großer Mühe sagte ich: «Danke, daß du so nett zu mir warst. Ich hoffe, du bist glücklich.»
Sie sagte: «Leb wohl, Jock», und das war das letzte, was ich von ihr hörte.

Hatte ich das verdient? Ja, ich hatte es verdient. Ich hatte es verdient. Ich hatte es verdient.

Sehr viel später traf ich jemanden, der Sontag damals gekannt hatte. Ich erfuhr, daß der Mann am Kaminsims ihr fast völlig fremd gewesen war, ein Postingenieur, dessen Frau die Scheidung eingereicht hatte. Sontag und er verbrachten die Nacht zusammen, und zwei Tage später zog er bei ihr ein, aber die anderen Frauen mochten ihn nicht besonders gern. Zwei Monate später bekam er Arbeit in England, und Sontag und ihr Sohn zogen mit ihm nach London. Ich hoffe, sie ist dort glücklich. Sie verdient Glück. Sie war mutig.

Meine Mutter war mutig, auch sie verdiente Glück, das ist mir jetzt klar. Damals war ich so voller Wut, daß ich ihren Brief verbrannte. Aber ich hatte ihn zwanzig- oder dreißigmal gelesen, deshalb kenne ich den Text auswendig, allerdings könnte meine Erinnerung die Wörter entstellt oder neu angeordnet haben.

Lieber Sohn,

dieser Brief wird sowieso ein Schock und ein Ärgernis für Dich sein, weil ich Dir bis jetzt nie mehr als eine Postkarte oder eine Weihnachtskarte geschrieben habe, aber Du und ich waren sowieso nie großartige Briefeschreiber, und es war Dein Dad, der es bei uns am besten konnte. Du wirst meine Karte aus Neuseeland gekriegt haben. Mein Cousin war vor dem Ende nicht ganz richtig im Kopf, aber ich glaube, er erkannte mich, also erleichterte ich vielleicht seine letzten Momente durch meinen Besuch, also hatte die Reise sich gelohnt. Jedenfalls hoffe ich das. Er war ja schon über 80 und ging weg aus Schottland, bevor Du geboren oder geplant warst, also ist Dir die Sache egal. Aber, Sohn, auf der Rückreise mit dem Schiff war plötzlich so ein Mann hinter mir her, Gott weiß warum, schließlich bin ich nicht mehr die Jüngste und bestimmt nicht von der einladenden Sorte. Ich mochte ihn überhaupt nicht, er ist viel älter als ich, obwohl ich nicht mehr die Jüngste bin, aber man sieht's ihm nicht an, er kleidet sich nach unseren Begriffen viel zu jugendlich, gemusterte Socken und Shorts und Hemden, auch noch eine laute Stimme, der aufdringliche Typ, der mir nie gefiel. Ich will nicht sagen, daß er nicht höflich war. Mein Sohn, er war vollkommen höflich, aber ganz bestimmt nicht mein Typ, was er an mir findet, kann ich nicht begreifen, vor allem da er sein Schäfchen ins Trockene gebracht hat, wie man so sagt, pensioniert und Witwer ist. Aber sein Geld ist mir egal, wenn Du das denken solltest. Sohn, er bringt mich manchmal zum Lachen, obwohl ich nicht besonders humorvoll bin, Du und Dein Vater auch nicht, also wirst Du glauben, daß ich mich ihm an den Hals geworfen habe, stimmt aber nicht. Er aß während der Reise an meinem Tisch und lud mich immer wieder zu Tänzen an Bord ein und ich sagte immer wieder Nein, bis zum letzten Abend an Bord, als er mit mir tanzte und es war das Erstemal, daß ich tanzte, seit Monate, bevor ich Deinen Vater traf und heiratete. Dann machte er mir einen Heiratsantrag, obwohl er wußte, daß ich eine verheiratete Frau bin und das machte mich sehr ärgerlich. Ich sagte «Auf keinen Fall», aber er gab nicht nach. Er sagte, daß er erst in Schottland und dann in Europa rumreisen würde, und in einer Woche würde er in die lange Stadt kommen und müßte mich wiedersehen. Ich antwortete, daß ich ihn in einem Monat, früher nicht, sehen würde, wenn er es wirklich wollte, aber selbst dann könnte ich nein sagen. Das macht ihm nichts aus, sagt er, und ich werde auf weitere Einzelheiten verzichten, weil Dein Vater nun alles weiß, aber ich habe Deinem Vater gesagt, daß Du alles zuerst von mir hören sollst, weil ich mit Frank abreise, um mit ihm nach Neuseeland zurückzukehren, nämlich am nächsten Samstag vom Glasgower Hauptbahnhof um 3 Uhr nachmittags. Ich würde Dich gern sehen, bevor ich abfahre, aber nur wenn Du nicht böse bist, weil ich eine schlechte Frau bin. Wenn du mir nur Vorwürfe machen kannst, ist es besser, du kommst nicht. Sohn, ich weiß nicht, was Du von mir denken wirst, wenn ich Dir sage, daß ich Frank nicht lieber mag als Deinen Vater. Wie denn auch? Dein Vater ist ein guter Mann, ich habe 23 Jahre mit ihm zusammen gelebt, er war immer ein anständiger Ehemann, kann man sagen, aber ich brauch was neues. Dein Vater hat's am liebsten, wenn alles solide ist, ich war nie solide, aber eine Frau mit einem Sohn muß sich natürlich viel besser benehmen als sie möchte, aber Du bist ja jetzt aus dem Haus, verheiratet, Du brauchst mich nicht mehr. Eigentlich hast Du mich nie gebraucht, nach-

dem Du 10 oder 11 warst, fingst Du an in Deiner eigenen Welt zu leben. Du saßest über Deinen Büchern und verzogst das Gesicht und lächeltest vor Dich hin wie ein kleiner alter Mann. Du warst Deinem Vater immer viel näher als mir. Diese Stelle verblüfft mich immer noch. Ich hatte nie das Gefühl gehabt, meinem Vater nahe zu sein, bevor sie ihn verließ. Ich meinte, zu ihr die engste Beziehung zu haben, hielt sie und Dad aber für eine Einheit. In Wirklichkeit waren wir alle drei wohl gleichermaßen einsam und voneinander entfernt. *Du bist auch für solide Verhältnisse, also weiß ich, daß Du wütend sein wirst, wenn Du dies liest. Ich hoffe nur, daß Du mit Helen die richtige Wahl getroffen hast. Und versuch, gut zu Deinem Vater zu sein.*

Liebe Grüße von

Deiner schlechten alten Mutter

PS: Auf dem Hauptbahnhof werde ich am nächsten Samstag allein direkt hinter der Sperre stehen, bevor der Zug abfährt. Frank wird im Abteil sein, so daß Du ihn nicht zu sehen brauchst, wenn Du nicht willst. Der Zug fährt um 3 Uhr nachmittags ab.

Ja, ich erstickte fast vor Zorn. Immer wenn ich an die Sache dachte, schwankte ich zwischen eiskalter Entschlossenheit, nicht zum Bahnhof zu gehen, und glühender Entschlossenheit, hinzugehen und sie anzukreischen und anzubrüllen. Dann fiel mir ein Kompromiß ein. Ich würde hingehen und auf zurückhaltende Art mit ihr sprechen, bis der Schaffner damit begänne, die Türen vor der Abfahrt des Zuges zuzuschlagen, dann würde ich sie umarmen, die Hände hinter ihr verschließen und mich weigern, sie fortzulassen. Selbst wenn Frank herbeistürmte und versuchte, sie zu befreien, würde ich sie nicht loslassen. Ich stellte ihn mir dick und kahlköpfig vor wie die Karikatur eines Amerikaners mit Sandalen, Bermudashorts, dunkler Brille und einem Zehn-Gallonen-Hut. Vielleicht würde er mir ins Gesicht schlagen, bis es blutig war, aber ich würde nicht loslassen, und dann würde Mum begreifen, was für ein brutaler Kerl er war, und ihn fortschicken und zu Dad zurückkehren. Vielleicht. Heute bin ich erstaunt über die Gewalt dieser Gefühle. Mir war nie klar, daß ich meine Mutter so sehr liebte. Seit ich von zu

Hause weggegangen war, hatte ich sie nur gelegentlich besucht, und hauptsächlich aus Pflichtgefühl.

Ich traf um zwanzig vor drei am Bahnhof ein, und als ich mich der Sperre näherte, ging ich immer langsamer. Mum war nicht da. Ich kaufte eine Zeitschrift an einem nahe gelegenen Bücherkiosk und ließ mich teilweise von ihr abschirmen, während ich dastand und zu lesen vorgab, aber in Wirklichkeit zum Zug hinüberblickte. Entweder waren sie noch nicht am Bahnhof oder schon eingestiegen. Kurz nach Viertel vor drei sah ich sie den Bahnsteig entlangkommen, eine überdurchschnittlich große Frau mit auffallend geradem Rücken und grauem Haar. Ich erkannte den schlichten schwarzen Mantel, den sie trug, doch nicht den Hut, der purpurn und unpassend war, wie mir schien; er war auf das Gestell einer neuen Brille abgestimmt, deren äußere Ecken sich wie Flügelspitzen bogen, und auch dies war unpassend für eine ehrbare Frau von fast fünfzig. Aber beim ersten Blick, den ich auf sie warf, wurde mein Plan ganz unmöglich. Ich wußte, daß ich nie die Hand gegen sie erheben könnte. Sie stand lange still neben der Sperre. Ich konnte ihr Gesicht sehen, aber ihre schlechten Augen sorgten dafür, daß ich nur ein Teil des verschwommenen Hintergrundes sein würde, bis ich ein paar Schritte auf sie zu machte. Ich konnte mich nicht bewegen, weil mir nichts einfiel, was ich hätte sagen können. Nun war ich nicht mehr wütend. Ich versuchte nachzudenken, aber alle Wörter, die ich kannte, schienen sich zu einem strammen Knäuel verwirrt zu haben, ich konnte nichts denken und fühlen, was mich davon abgehalten hätte, halb versteckt hinter der Zeitschrift zu stehen und sie unverwandt anzustarren. Ihr gewöhnlicher Gesichtsausdruck war immer sinnend und finster gewesen; sie lächelte, indem sie den Mund an den Winkeln weiter nach unten zog, als wollte sie sie daran hindern, sich nach oben zu krümmen. Ich konnte ihren jetzigen Gesichtsausdruck, der vage und vielleicht ein wenig verloren war, nicht deuten.

Manchmal schaute sie auf ihre Armbanduhr oder zog sich einen Handschuh an oder aus. Schließlich kam ein Mann in einem ehrbaren schwarzen Anzug von hinten auf sie zu, und mir stockte das Herz, denn einen Moment lang dachte ich, es sei Hislop, aber nein. Sein Gesicht war rund und jugendhaft. Er sprach mit ihr, nahm ihren Arm und führte sie am Zug entlang und in ein Abteil, während die Schaffner begannen, die Türen zuzuknallen. Dadurch, daß sie sich entfernten, wurde ich an die Sperre gezogen, und ich muß zugeben, daß sie von hinten wie ein gut zueinander passendes Paar wirkten, obwohl sie einen Zoll größer war. Nachdem der Zug abgefahren war, fiel mir ein, daß ich, kurz bevor sie das Abteil erreichten, «Auf Wiedersehen Mum! Auf Wiedersehen, Mum!» schreien und heftig hätte winken sollen. Sie hätte deswegen nicht den Zug verpaßt, aber sie hätte gewußt, daß ich sie lieb genug hatte, um ihr auf Wiedersehen zu sagen.

Einige Jahre lang erhielten Helen und ich zu jedem Weihnachtsfest von ihr Glückwunschkarten mit einem Poststempel aus Dunedin, aber ohne Adresse, so daß wir ihr nicht antworten konnten. Bekam auch Dad eine Karte? Wenn ja, sprach er nie davon. Die Karten hörten fünf oder sechs Jahre später auf. Wenn sie noch lebt, ist sie über siebzig. Ich kann mich nie an ihren Geburtstag erinnern. Wir feierten in unserer Familie keine Geburtstage. Moment mal, Dad hatte ihre Karten ja doch aufbewahrt. Ich fand sie nach seinem Tod in der kleinen Schreibtischschublade, zusammen mit seiner Geburtsurkunde vom 14. Januar 1896 (*Vater Archibald McLeish, Bergarbeiter/Mutter Jeanie Stevenson, Maschinenweberin*), seinen Orden aus dem Ersten Weltkrieg, dem Hochzeitsbild und einem kleinen Vergrößerungsglas, das zu ein paar Briefmarken, die er mir einst gekauft hatte, gehörte. Ich warf all diese Dinge weg. Es hat keinen Sinn, über die Vergangenheit zu brüten.

Oh, mir ist gerade klargeworden, daß die Hure unter der Brücke Denny war. Deshalb erkannte mein Körper sie aus der Entfernung nach all diesen Jahren. Aber das Gesicht alt aufgedunsen verfärbt, jemand hatte sie geschlagen, ja das war Dennys Gesicht, aber ich hatte zu sehr an meinen Schwanz gedacht und sie deshalb erst jetzt erkannt. Zum Teufel mit meinem Scheißschwanz, ha! Mein Haar versucht, sich zu sträuben. Ob sie mich erkannt hat? Wir waren beide betrunken. Sie forderte mich auf, sie zu heiraten, es muß Denny gewesen sein. Nein, es darf nicht Denny gewesen sein. Es war nicht Denny, bitte.

Der Junge zog mir die gestohlenen Lebensmittel aus der Tasche, legte sie auf den Tresen und sagte ruhig: «Aus Respekt vor Ihrem Alter und aus Mitleid mit Ihrem Zustand werde ich diesmal keine weiteren Schritte unternehmen. Aber wenn ich Sie noch einmal dabei erwische, werde ich die Polizei rufen.»
Ich sah ihn liebevoll an, tätschelte ihm die Schulter und sagte: «Du bist ein guter Kerl.»
Ich verließ den Laden, nüchtern und stolz, zu einer Gattung zu gehören, die einen Jungen mit soviel Würde und Anstand hervorgebracht hatte. Und jetzt bin ich ein Feigling, wenn ich diese nicht einnehme und das nicht trinke. Teile in drei Häufchen von rund zwanzig, nicht nötig nachzuzählen, und füll den Becher.

Würg schluck. Würg schluck. Würg (mieser Geschmack) schluck, schluck. Tabletten, Whisky, schwups, alles weg.

Und jetzt?

11: DIES

IST SEHR SCHÖN. Keine Mühe, keine Last, überhaupt kein Problem. Beschleunigter Herzschlag, wie wenn kräftige Pferdchen galoppieren *dradadum dradadum,* aber ich liege wie ein Herzog in einer dahinrasenden Kutsche, heiter und putzmunter, entspannt und urgemütlich, halb in Liebe hab ich oft auf ruhevollen Tod gesehen ... verlöschend ohne Qual um Mitternacht. Genaue Zeit 5.52, aber vielen Dank, Hislop, sonst ist deine Beschreibung meines gegenwärtigen Zustandes zutreffend und melodiös. Das kann natürlich nicht so weitergehen. Wie lange bis Koma und Null? Fünfzehn Minuten? Eine Stunde? Muß ich diese Tabletten völlig verdauen? Völlige Verdauung dauert wenigstens zwei Stunden. Ich hätte den Apotheker danach fragen sollen, aber keine Sorge. Jolly Jimmy Body hat von seinem aristokratischen Jockey Melancholy Montague Mind 'ne Giftprise verpaßt gekriegt, und vor Sonnenaufgang werden sich beide jeder menschlichen Regung entziehen verdammt. Verdammt, ich fange an, geil zu werden. Wie unangemessen. Wie ärgerlich. Zeitweilige Nebenwirkung von? Letzte Bekräftigung des Verscheidens? Des Schwanzes letzter Stand wie beim (so sagt man) Erhängen? Warum nicht? Ich aber frage nicht, zittere und zage nicht, Hinlegen nur meine Pflicht, wie bei einer Vergewaltigung, um – woran? – Lust zu verspüren?

Rote Samtsessel, orientalischer Luxus, die rubinroten Diwane in Green's Playhouse, dem wie es hieß größten Kino in Europa. Der Dunst an frostigen Novembertagen machte es schwer, die Leinwand von den höchsten Rängen aus zu erkennen, aber auf einem der rubinroten Diwane, einer kuscheligen kleinen Grotte für zwei, sahen Denny und ich *Sudan*, in dem Tochter Pharaos, temperamentvolle Hollywood-Brünette der Vierziger, von arabischen Sklavenhändlern entführt und gebrändet wird, sich jedoch in Barbaren verliebt, was zu Happy-End mit völliger Abschaffung von Sklaverei im Alten Ägypten führt. Denny fragte staunend: «Is es wirklich so passiert?»
Ich lachte und drückte sie an mich, weil sie vermuten konnte, daß es wirklich so passiert sei.
Sie sagte traurig: «Du solltest nich lachen. Ich kann nix dafür, daß ich nix weiß. Meine Erziehung taugte nichts.»

Weich geworden bin ich. Sie, die mich zuerst steif machte, macht mich nun schwach. Gute Denny, kräftiges, kleines gefügiges Pony, ein toller Ritt. Sei froh, daß sie dich liebte. Schmilz. Warte weich auf dein Ende, warte weich auf dein Ende. NEIN, NEIN. Schwanz weiß, unter dieser ersterbenden Glut ist noch ein Funken Lust, schüre ihn. Schürhaken steif machen, wie? Laß Herz mich stärker schlagen, *dradadum*. Mein Königreich für 'n Pferd. Hilf mir, Hislop.

Es war justament zur Erntezeit,
Da die Moorleut' machen Heu,
Als der wackre Douglas zum Ritt bereit,
Nach England, zu raffen ohne Reu.
UND ER VERBRANNTE DIE TÄLER VON TYNE
UND AUCH HALB BAMBROUGHSHIRE, UND
DREI TÜRME IN ROXBURGH FELLS
GAB ER DEM FEUER ANHEIM.
Jung' Lochinvar kam her von Westen,
Der Assyrer ritt wie der Wolf im Pelz,
Ich im Galopp, Dirck im Galopp, im Galopp alle drei,
Bring mir den Bogen aus brennend Schmelz!
Die Schlacht tobt wild hin und her,
Es blitzen rot die Gewehr',
Bomb' und Kartätsche traf,
Sie aber ritten brav;

Kühn in der Hölle Rachen,
Kühn in des Todes Nachen
Ritten die Tausend.
Ruhig, Jungs, ruhig. Schwitzen wir etwa?
Starre vor dem Höhepunkt? Prächtig.
Blas ins Horn, laß es erbeben,
Aller Sinnenwelt verkünde,
Eine Stund', gedrängt voll Leben,
Wiegt auf Jahrzehnte ohne Sünde,

ABER vergeßt auch niemals, daß ihr selbst unter den Hammerschlägen des Schicksals (*dradadum*), mitten im reißenden Strom, Unwetter und, wenn ich so sagen darf, Wirbelwind eurer Leidenschaft doch ein Maß finden und erzeugen müßt, das dieser Anmut verleihen kann. Also reg dich ab, Mann.

Bravo, Hislop. Mag sein, daß du dich doch auskanntest. Vielleicht sollten alle Lehrer den Ohren der Kinder schöne Sachen eintrichtern und es ihrem Gedächtnis überlassen, sie wiederzubeleben, wenn ihnen ihre eigenen Gedanken unzulänglich scheinen. Ich stehe wieder starr im Triumphwagen des Bettes, lenkende Hände an den Zügeln einer üblen Phantasie, die mich, richtig gelenkt, in einen kleinen glühenden Kern der Freude im Tal des Todesschattens ziehen wird (vielleicht stirbst du gar nicht?) SEI STILL SEI STILL oh, was kann ich morgen tun, wenn ich heute nacht nicht sterbe? Ich halte keinen Kontrolleur eines Zollspeichers mehr aus, keinen Bankfilialleiter, keinen Sicherheitsbeamten im Rang Obersten. Ich kann vor ihnen den Hislop in mir nicht mehr verbergen, das gehässige Grinsen über eine Welt, die von schamloser Gier und Feigheit beherrscht wird und die meint, daß diese Verrücktheiten ernste wesentliche traditionelle redliche vernünftige Geschäftsgebräuche wären. Sie sind's, sie sind's tatsächlich, aber das Wissen drückt meinem Gesicht nun ein selbstgefälliges kleines starres Lächeln auf. Kurz bevor ich die Tabletten nahm, geschah etwas (was?), das mir meine Arbeit unmöglich macht, obwohl ich nicht ohne die Bewegung leben kann, die sie mir gewährt, die Reisen und wonnigen Nickerchen in Flugzeugen Zügen Taxis, die behagliche Anonymität unterschiedlicher Salonbars und Schlafzimmer alle zwei oder drei Abende. Aber die Reisen brauche ich am meisten – ohne zu frieren, bei jedem Wind und Wetter mit einem Taschenbuchthriller auf dem Schoß dahinrasend, und immer Schottland außerhalb des Fensters, mit mehr Wandlungen der Natur im Laufe von zehn Meilen, als England sie im Laufe von fünfzehn oder Europa von zwanzig oder Indien, Amerika, Rußland im Laufe von hundert Meilen hat. Wenn ich aufhöre zu reisen und an einem Ort bleibe, werde ich zu einem durchschaubaren, bemitleidenswerten («Aus Mitleid mit Ihrem Zustand werde ich nichts unternehmen»), verachtenswerten Trunkenbold werden. Ich kann nur meine Würde bewahren und rätselhaft bleiben, wenn ich bei Mitternacht ohne Schmerz verlösche etcetera. Der Apotheker war ein schwergewichtiger Mann mit dem Gesicht eines mürrischen Engels. «Die werden's tun», sagte er, als er mir das Fläschchen in die Hand gab. Ein sanftes Zischen und ein schimmeliger Geruch gingen von der Gaslampe aus, ja, einer Gaslampe, die jenen seltsamen kleinen Geschäftsraum schwach erleuchtete. Können Tabletten ihre Kraft verlieren? Diese haben sie nicht verloren. Sie wirken.

Sie wirken. Mein Herz schmerzt, eine starre Schlafsucht zerrt an mir, als käme etcetera, und das Zerren, der Schmerz sind rhythmisch, *dradadumba dradadumba,* zur Abwechslung von unserem alten Freund *dradadum.* Ich zittere, wirklich. Jetzt auch kalter Schweiß. Herrlich, das gefällt mir. In der Schule beneidete ich die kränklichen Typen, die von der Grippe aufs Bett geworfen wurden, sich ein Bein brachen, sich Mandeln oder den Blinddarm herausnehmen lassen mußten; es befreite sie für eine Weile vom alten Trott. Ich bin nie krank gewesen. Nicht einmal ein Kater – in den Tagen, als ich meinen Kater noch bemerkte – machte diese Hand unsicher, die zart, entschlossen die winzigsten und kompliziertesten Verbindungen manipulierte. Nun bebt der erhobene Zeigefinger heftig, ich fühle den Puls in ihm zerren. Der steife Anzeiger unter dem Bauch bebt ebenfalls kalt. Komische Gefühle, komische Wörter sind in mir versprengt, Wörter wie Chimborasso Cotopaxi Kilimandscharo Kangchendzönga Fudschijama Nagasaki Vesuv Luganer See Portobello Ballachulish Corrievrechan Ecclefechan Harmageddon Marseillaise Guillotine Leningrad Stalingrad Ragnarok Skagerrak Sur le pont d'Avignon Agincourt Bannockburn Kavallerie Kalvarienberg Calgary Wounded Knee Easterhouse Drumcha-

pel Maryhill West Kilbride Castlemilk Motherwell Hunterston Endstecker Megawatt Kilowatt Latzhose Overall Kilowatt gleich eins-Komma-drei-vier Pferdestärken, ich bin wieder bei *dradadum*, ich bin im Chaos, mir ist übel, mein Kopf ist voller Plastikgeschosse, mein Kopf ist voller Schnee, und er schmilzt, mein Kopf ist voller kleiner Boote, und sie sind alle versenkt, mein Kopf ist voller Reichstage, und sie brennen alle, mein Kopf ist vollgestopft mit Maschinen, die mit unterschiedlicher Geschwindigkeit unterschiedliche Dinge tun (du kannst sie nicht kontrollieren) ICH KANN SIE NICHT KONTROLLIEREN SCHNELL PACK ZU SPRING RITTLINGS RITTLINGS RITTLINGS AUF DIE NÄCHSTE KLAMMERE DICH VERBISSEN AN GRÖSSTE SCHNELLSTE LAUTESTE SIE MACHT DUNGDUNGDUNGDUNG
DUNGDUNGDUNGDUNGDUNGDUNGDUNGDUN
GDUNGDUNGDUNGDUNGDUNGDUNGDUNGDU
NGDUNGDUNGDUNGDUNGDUNGDUNGDUNGD
UNGDUNGDUNGDUNGDUNGDUNGDUNGDUNG
DUNGDUNGDUNGDUNGDUNGDUNGDUNGDUN
GDUNGDUNGDUNGDUNGDUNGDUNGDUNGDU
NGDUNGDUNGDUNGDUNGDUNGDUNGDUNGD
UNGDUNGDUNGDUNGDUNGDUNGDUNGDUNG
DUNGDUNGDUNGDUNGDUNGDUNGDUNGDUN
GDUNGDUNGDUNGDUNGDUNGDUNGDUNGDU
NGDUNGDUNGDUNGDUNGDUNGDUNGDUNGD
UNGDUNGDUNGDUNGDUNGDUNGDUNGDUNG
DUNGDUNGDUNGDUNGDUNGDUNGDUNGDUN
GDUNGDUNGDUNGDUNGDUNGDUNGDUNGDU
NGDUNGDUNGDUNGDUNGDUNGDUNGDUNGD
UNGDUNGDUNGDUNGDUNGDUNGDUNGDUNG
DUNGDUNGDUNGDUNGDUNGDUNGDUNGDUN
GDUNGDUNGDUNGDUNGDUNGDUNGDUNGDU
NGDUNGDUNGDUNGDUNGDUNGDUNGDUNGD
UNGDUNGDUNGDUNGDUNGDUNGDUNGDUNG
DUNGDUNGDUNGDUNGDUNGDUNGDUNGDUN
GDUNGDUNGDUNGDUNGDUNGDUNGDUNGDU
NGDUNGDUNGDUNGDUNGDUNGDUNGDUNGD
UNGDUNGDUNGDUNGDUNGDUNGDUNGDUNG
DUNGDUNGDUNGDUNGDUNGDUNGDUNGDUN
GDUNGDUNGDUNGDUNGDUNGDUNGDUNGDU

DUNG DUNG DUNG DUNG DUNG ÜBER
DUNG GANZ DUNG ÜBERDUNG GANZDUNG
UNTERDUNG DOOFDUNG DILLIDUNG DING
DUNKELDUNG DUNDUNG UNTER BÄUMEN SO
GRÜN O O O O O O O O O O O O O O O O O O O O O O O O

h Nicht mehr viel Zeit Leute also Schluß mit dem Ge- O O
ö quatsche und achtet nicht auf das Paar das aus der O O
r Kulisse winkt alle wollen mitmachen aber ich bin hier O O
z der Chef ich bin der Regisseur wenn ich auch nicht O O
u studiert habe weiß ich doch wo die Macht ist meine O O
h Hand liegt auf dem Schalter also müssen die Däm- O O
ö chen MIR gehorchen Janine habt ihr schon gesehen O O
r Leute wie ihr wißt gibt sie dem Stück seinen Namen O O
z sie ist der Leckerbissen fürs Ende dann wird Sie auf- O O
u tauchen und euch Appetit machen wenn ihr's am O O
hör zu wenigsten erwartet ganz wie am Anfang unterdessen O O
ich habe ich die Ehre die letzte Nummer anzusagen auf O O
kam die wir alle gewartet haben **Der erste Tag der Neuen** O O
weil du aufgeführt in der Selkirker Filiale des multinationa- O O
mich len Syndikats für Playboys, Züchtigung und sexuelle O O
riefst Befriedigung vor einem ausgewählten Publikum O O
und nun in dem winzigen Privatkino wo Schönling Hollis O O
läßt (wußtet ihr daß er Big Mommas Sohn ist? Wirklich O O
dein Wunder über Wunder wie konnte eine Lesbe wie O O
kalter und sie eine Schwuchtel wie ihn produzieren) Schönling O O
heißer Hollis läßt ein Paneel in der Wand zurückgleiten O O
Rede-schwall und rollt einen Servierwagen mit verlockenden Re- O O
mich quisiten heraus während sich die Tür öffnet und O O
kaum unsere gute Big Momma eintritt sie führt die gefes- O O
je selte barfüßige unter-weißer-Jeans-Latzhose-nackte O O
zu Wort Superb an einer Leine herein und Dr. Siegfried von O O
kommen Strudel fordert die Anwesenden auf: «Weidet euch» O O
Welt *mit schändlichen Blicken schändlichen Blicken schänd-* KALT
der *lichen Blicken schändlichen Blicken schändlichen* KALT
der Ruhm *Blicken schändlich schändlich schändlich hör auf solche* KALT
So vergeht *Dinge zu sehen zu denken ich bin kein ganz schlechter* KALT
es selbst? *Mensch Eltern waren gute Leute auf stille Art edle* KALT
Bist du *Leute was mich verdammt ist dieser Schmutz Schmutz* KALT
Bimbam! *Schmutz Schmutz Schmutz Schmutz Schmutz* KALT
Heiliger
hör zu entschuldigt diese Unterbrechung Leute HEISS
ich unser Gönner fühlt sich verpflichtet seinen HEISS
bin erhabenen Charakter zu preisen sobald die Zim- HEISS
nicht mertemperatur eine gewisse Stufe erreicht HEISS
was aber ansonsten halten unbemittelte Geister HEISS

man
dir
gesagt
hat
kein
Besitzer
wahre
Schöpfer
besitzen
nie
was
sie
schöpfen
ich
habe
keine
Autorität
jenes
Instrument
hohen
Pöbels
der
gut
lebt
indem
er
die
wirklichen
Schöpfer
ausnutzt
ich
bin
nicht
mysteriös
bin kein
König
Richter
Direktor
Kontrolleur
Aufseher
Hauswirt
Geschäfts-
führer
oder
irgendeine
Art
Gebieter
kein
Experte
Computer
Planer
Anwalt
Revisor
Geistlicher
Polizist
Lehrer
Doktor
Vater

wie wir ihn auf Trab und sein Interesse wach, also sag deinen Kram von Strudel: «Weidet euch mit Blicken. Diese Frau ist nicht durch unser gängiges legales Procedere zu uns gekommen, also wird ihre Lage um ein erfrischendes Maß an Empörung, Wut und reiner Verwunderung bereichert. Vielleicht meint sie zu träumen! Wir können ihr versichern, daß das Leben, dem sie entrissen wurde, ihr in weniger als zwei Wochen als Traum erscheinen wird, und zwar als ein erstaunlich langweiliger Traum.» Superb schreit: «Max!», und lacht hysterisch, denn in der Düsternis außerhalb des Lichtzirkels um sie kann sie nun Max erkennen, der sich auf dem Diwan lümmelt und die fast nackte Kellnerin streichelt, die sich mit überzeugender Leidenschaft an ihn klammert. Max sagt: «Ich dachte, du wolltest heute abend deine Mutter besuchen, Terry, warum hast du deine Pläne geändert?» «Hilf mir, Max!» flüstert Superb. Er sagt: «Ja, klar, wenn du etwas für mich hast. Hast du etwas für mich, Terry?» Die Antwort, die er hören will, lautet natürlich: «Ja, alles was ich habe», aber Superb kann ihn nur anstarren. «Sie ist noch zu neu, um diese Fragen zu verstehen», sagt von Strudel, «du mußt sie in ein oder zwei Wochen wiederholen. Knebelt sie.» «Dies ist bloß eine Probe», flüstert Momma Terry zu, während sie einen kleinen Gummiball und einen Nylonstrumpf von Hollis entgegennimmt. «Heute lernst du die Bewegungen. Nächste Woche geben wir dir den Text.» Sie knebelt Superb, öffnet die Knöpfe ihrer Latzhose, zieht sie aus und ich darf mir ihre Nacktheit nicht vorstellen die Nacktheit von Frauen erregt mich nicht sie macht mich benommen blendet mich Licht strömt aus ihrer Nacktheit ich habe sie nie anschauen können seit ich Denny abschob also **FINSTERNIS** Superb in schwarzen schenkelhohen Lederstiefeln mit sieben Zoll hohen Pfennigabsätzen, die eine schmale Kette verbindet, Hollis und Big Momma schnüren sie fest fest fest, hoch bis zu ihrem Hintern, zerren kräftig an den Senkeln, bis sie zusammenzuckt, winselt, dann nehmen sie ihr die Handschellen ab und fesseln

HEISS
HEISS
HEISS
HEISS
HEISS
HEISS
HEISS
HEISS
HEISS
HEISS
HEISS
HEISS
HEISS
HEISS
HEISS
HEISS
HEISS
HEISS
HEISS
HEISS
HEISS
HEISS
HEISS
HEISS
HEISS
HEISS
HEISS
HEISS
HEISS
HEISS
HEISS
HEISS
HEISS
HEISS
HEISS
HEISS
HEISS
HEISS
HEISS
HEISS
HEISS
HEISS
HEISS
HEISS

der grausam ist um gütig zu sein in der Regel donnere drohe ich nicht du gehst nicht du

ihr mit einem langen schwarzledernen Ärmel, HEISS
der auch viel zu fest verschnürt sein muß, die HEISS
Arme auf den Rücken, und zuletzt das schwarz- HEISS
lederne Korsett. «Atme so stark aus, wie du HEISS
kannst, Honey», rät Big Momma, und als Superb HEISS
statt dessen tief einatmet, legen sie ihr das Kor- HEISS
sett um und ziehen die Senkel mit kräftigen HEISS
kleinen Rucken fest, so daß sie jedesmal ausat- HEISS
men *muß*, und schließlich schwellen ihre Hüften HEISS
und entblößten Brüste voll und rund unter und HEISS
über einer Taille, die schlanker ist, als es durch HEISS
Einhalten einer Diät jemals zu erreichen wäre HEISS

Herrje Sir oder Madam! Wennse nichts gegen 'n offenes Wort haben: Das ist eine erstaunliche Parade von Nichtigkeit; eine wirklich vernichtende Erklärung von kaum artikuliertem Nichtsein! Könnten Sie unserem armen Mann nicht ein konkretes Detail geben, zum Festhalten? Ist denn an Ihnen überhaupt nichts dran?

«Damit wird's klappen», sagte er und gab mir das O NEIN
Fläschchen in die Hand, ein schwerer Mann mit Ge- O NEIN
sicht wie mürrischer Engel staubiger Geschäftsraum O NEIN
ausgestopfter Lachs in Glaskasten leises Zischen O NEIN
und schimmeliger Geruch von Gaslampe er zwin- O NEIN
kerte und schloß fest die Augen Mund aufgerissen O NEIN
und Lippen geschürzt wie bei einem sterbenden Fisch O NEIN
beugte er sich nieder und umarmte mich, unsere O NEIN
Brillen klirrten, ich spürte fischige Feuchtigkeit an O NEIN
Nase und Wange, ich schien zu ersticken, blieb un- O NEIN
beweglich. Er trat zurück, Tränen tröpfelten am O NEIN
Mund hinab, bittend schluckend. Ich schüttelte ihm O NEIN
lebhaft die Hand, sagte viel zu laut «Danke», O NEIN
steckte die Flasche ein. «Du bist ein echter Freund, O NEIN
ein echter Freund, nun brauche ich mir wegen nichts O NEIN
Sorgen zu machen.» Er wußte, was ich meinte, biß O NEIN
sich auf die Lippe, ließ mich hinaus. Im Moment O NEIN
der Umarmung spürte ich eine süße sinnliche Hilf- O NEIN
losigkeit wie nichts, was ich je erlebt habe, und Er- O NEIN
sticken war ein Teil davon, schmelzende hilflose O NEIN
Süße Wunsch, trotzdem irgendwie gebraucht zu O NEIN
werden, absurd, zwei alternde bebrillte hochqualifi- O NEIN
zierte Männer er zehn Jahre älter als ich der ich kein O NEIN
Jüngling bin aber mit seinen Tabletten klappt es, es O NEIN
klappt klappt klappt klappt klappt klappt klappt O NEIN

hör zu ich bin Licht Luft täglich Brot vertraute menschliche Wärme gewöhnlicher Boden der

Na so was Leute unser erhabener Gönner ist HEISSER
schwul wie tausend Säue aber weshalb sollten HEISSER
wir uns deshalb unser Spiel mit den Weibern HEISSER
verderben lassen? Superb steht nun hoch auf- HEISSER
gerichtet da verschnürt und schlank an- HEISSER
gestrengt gequält grazil in schickem Leder HEISSER
entblößt entsetzt was sagt von Strudel? HEISSER
«Der feste einschnürende Druck auf Glieder, HEISSER
Taille, Kehle bestärkt unsere Superb in ihrer HEISSER

jeden
Spritzer
aufsaugt
alle
Gestrauchelten
wieder
aufnimmt
alle
erneuert
die
ihren
Samen
nicht
vergiftet
haben
meine
einzige
Macht
ist
daß ich
nichts
ruhen
lasse
was nicht
wohl-
ausgewogen
ist
mein
einziges
Wissen
ist das
was du
mir
gibst
wenn du dich
vergißt
ertrage ich
für
dich
ertrage
dich
weshalb
rennst du
dauernd fort
zerreißt
kletterst
höher
indem du
mich
nieder
trittst
oh
ich
halte es
aus
aber du
kannst es
nicht mehr
aushalten

körperlichen Präsenz und macht ihr das HEISSER
Hier und *Jetzt* intensiv bewußt. Dieser HEISSER
Druck wird als schmerzliche Beleidigung HEISSER
empfunden, aber das sensible Fleisch und HEISSER
die sensiblen Muskeln werden die Ein- HEISSER
engung bald als Form der Unterstützung HEISSER
verspüren, was, die nackte Entblößung HEISSER
der Teile mit Spalten und Öffnungen HEISSER
betonend, einen hohen Grad von sexuel- HEISSER
ler Erwartung und sogar Begierde ent- HEISSER
stehen lassen wird. Am Ausdruck von HEISSER
Superbs superben Gesichtszügen erken- HEISSER
nen wir, daß sie genau das fürchtet. Aber HEISSER
nicht sofort. Hat die neue Filmregisseurin HEISSER
irgendwelche Vorschläge zu machen?» HEISSER
«Zuerst würde ich gern wissen, welche HEISSER
Rolle die große Dame in dem leinenen HEISSER
Durchgeknöpften ganz genau spielt. Ist HEISSER
sie Schauspielerin oder Regisseurin?» HEISSER
«Wenn Sie die geringste Ahnung von HEISSER
dem Etablissement hätten, das Sie an- HEISSER
geblich beschäftigt», faucht Big Momma, HEISSER
«dann wüßten Sie, daß ich beides bin.» HEISSER
«In dem Falle gebe ich zu bedenken, daß HEISSER
die Show für das Publikum viel sexier HEISSER
wirkt, wenn Sie an dieser Stelle auch das HEISSER
Kostüm wechseln.» «Eine fabelhafte HEISSER
Idee!» kreischt Hollis. «Halt den Rand, HEISSER
du Knirps», zischt Big Momma, «diese HEISSER
neue Dame ist offensichtlich nicht infor- HEISSER
miert worden, daß ich was Besonderes HEISSER
bin! Ich bin das einzige Personalmitglied, HEISSER
das auch im Komitee ist, und mit mei- HEISSER
nem Geld wird die Show bezahlt. Ja, HEISSER
Madam, wenn Sie mich ansehen, sehen HEISSER
Sie eine Millionärin vor sich. Diese Ärzte HEISSER
Anwälte Polizisten helfen mir nur dabei, HEISSER
mein Bares auf eine Weise auszugeben, HEISSER
die ich höchstselbst vergnüglich finde, HEISSER
und ich finde kein Vergnügen daran, HEISSER
mich auszuziehen und umzuziehen, da- HEISSER
mit die Show ein bißchen sexier wird HEISSER

NEEEEEEEEEEEEEEEEEEEEEIIIIIIIIIIIIIIIIIIIIIIIIIN

«Wie macht man Leder?» «Keine Ahnung, wie macht man Leder?» «Ist doch klar! Haut ab! Haut ab!» «Aber wieso? Wieso? Was haben wir denn getan?» «Nichts! Nichts! Nichts! Wie ein Schwein aussieht, das hab ich im Auge.» «Macht ja nichts, macht ja nichts! Es wird schon wieder rausgehen.»

hasse Sex hasse meinen Sexus ich kann BRÜHEND
in diesem engen Anzug keine Spiele BRÜHEND
spielen paßt nicht kann mich nicht BRÜHEND
rühren. Ich scheiße beiße reiße versteife BRÜHEND
hasse es in diesem steifen Zustand da- BRÜHEND
zusitzen unpassend für Mann Frau BRÜHEND
Tiervogel Drecksgemogel Name spie- BRÜHEND
gelt Handlung wider Verb und Sub- BRÜHEND
stantiv fast identisch ich scheiße meine BRÜHEND
Scheiße ich schmerze meinen Schmerz BRÜHEND
ich träume meinen Traum ich schreie BRÜHEND
meinen Schrei ist ein Echo Echo Echo- BRÜHEND
lalie herrliche Echolalie Name einer BRÜHEND
Gehirnkrankheeeeeeeeeeeeeeeeiiiiiiiiiiiiiiiit BRÜHEND
Echolalilalilalilalilalilalilalilalilalilalilalilalilalilalilalilalilalilalila

hör zu ich bin die Gnade die du erfleht das Kind und die Zukunft für die du gebetet hast eine neue Vergangenheit ist der Quell aus dem alle Ströme entspringen hör zu Ströme du verdammtes Fließen unter meinem Boden grab hier nach dem Was-ser

«Euphonie! O Euphonie!» *Schhhhhhhhhhhh*
brüllte Hislop (du komischer *Schhhhhhhhhhh*
kleiner Kerl). «Wer gibt mir eine *Schhhhhhhhhh*
einzige euphonische Zeile zurück! *Schhhhhhhhh*
Ihr seid nichts als eine Bande von Bar- *Schhhhhhhh*
baren, aber Gott weiß, ich habe mich ehr- *Schhhhhhh*
lich abgerackert, um euch besser zu machen, *Schhhhhh*
ich habe euren Ohren immer wieder die rein- *Schhhhh*
sten Wortmelodien der englischen Literatur ein- *Schhhh*
gehämmert, hat das überhaupt *keinen* Erfolg gehabt? *Schhh*
Die Tieflandschotten haben ein angeborenes Unver- *Schh*
mögen, was Euphonie betrifft, aber müssen sie das ver- *Sch*
abscheuen und zurückweisen, was sie unfähig sind hervor- *Sc*
zubringen? Ich werde eine Pfundnote –» er zog eine hervor *S*
und wedelte damit herum – «ich werde diese Pfundnote demjenigen geben, der eine einzige euphonische Wendung wiederholen kann. Los! Zweihundertvierzig Pence, ein Achtel des Wochenlohns eurer Väter für drei oder vier Worte, die ins Ohr gleiten und dem Herzen Frieden verleihen. Ihr wißt schon, was ich haben möchte. Nun hüllt die Lilie all ihre Süße ein. Blau, glatt und grün und so schwarz wie ein Schoß. Wie Schwimmer, die in Reinheit springen. Oder Mesopotamien! Oder Apostelamt! Oder Areopag! Ein einziges prächtiges Wort wird dafür sorgen, daß dieses Geld in eurer Tasche verschwindet. Irgendeiner von euch muß doch etwas bei mir gelernt haben, das ihm schön vorkommt?» Und er verzog das Gesicht zu der entsetzlichen Parodie eines kläglichen Flehens, und wir waren wie versteinert, denn hinter der Parodie hörten wir eine echte Note kläglichen Flehens heraus. Eines der mutigeren Mädchen hob den

Arm. Er nickte. Sie sagte mit schüchterner Stimme: »Vogel warst du nie, Sir.»
«Gut!» sagte er in erfreutem Ton. «Vogel war ich nie. Wer sonst findet das euphonisch?»
Heather Sinclair, eine Freundin des mutigen Mädchens und unsere beste Buchstabiererin, hob die Hand, dann schlossen sich alle Mädchen und die meisten Jungen an. Die einzigen, die ruhig mit verschränkten Armen dasaßen, waren die anderen harten Burschen und ich, denn wir fürchteten den Riesen nicht mehr, und Hislop und seine blöden Spielchen waren uns schnuppe. Er marschierte den Gang zwischen Jungen und Mädchen hinauf und murmelte bei jedem Schritt: «Warst. Warst. Warst.» Er blieb neben einem leeren Tisch stehen, holte ein Feuerzeug hervor und sagte: «Hände runter. Agnes erinnert sich zweifellos an meine Worte, daß Percy Bysshe Shelley, vag erhöht in intensiver Albernheit, einer unserer am lieblichsten klingenden Dichter sei, aber für meine Ohren hört sich *Vogel warst du nie* verdammt häßlich an, und es ist eine glatte Lüge, wenn wir bedenken, daß der kleine Percy mit einer Lerche spricht. Aber Vox Populi Vox Dei. Ich muß Agnes für ihre Mühe belohnen.»
Er zündete eine Ecke der Pfundnote an, ließ sie auf die Tischplatte fallen, erstickte die Flamme einen Moment später mit der Handfläche, legte das verkohlte Papierfragment feierlich vor Agnes hin und kehrte zu seinem eigenen Tisch zurück, wobei er zitterte und Ach-ach-Geräusche machte wie ein klappriger geparkter Lastwagen mit laufendem Motor. Ich fühle mich ausgezeichnet. Diese Tabletten sind sicher harmlos, mir fehlt überhaupt nichts. Alle Änderungen von Herzschlag und Temperatur, das Frösteln und Schwitzen wurden von nix als Schiß, nix als Schiß verursacht (du redest Kauderwelsch) DAS SCHWITZEN WURDE VERURSACHT VON NIX ALS SCHISS UND (GOTT HELFE MIR) SCHISSUNUNUN *HYSSSSSSSSSSSSSSSSSSSSSSSSSSSSSSSSSSSTERIE* ***freut mich, euch wiederzusehen, Leute, dachte schon, wir hätten euch dahinten verloren, gerade als die Sache interessant wurde. «Aber Momma», sagt der Doktor, «das Komitee meint, daß ein Rollenwechsel dir guttun könnte. Zuerst wird's dir natürlich keinen Spaß machen, das ist immer so. Aber diese Phase geht vorbei. Du hast vielen Mädchen hindurchgeholfen. Tu, was unsere neue Regisseurin vorschlägt!» «Du hast sie nicht mehr alle, wenn du glaubst, daß ich mir diesen Mist anhören muß», sagt Momma unsicher und geht zur Tür; die springt auf, Momma quietscht, denn wer kommt herein? ICH bin's rabenschwarz nackt einsachtundneunzig mit einem gewaltigen auf-***

gerichteten Schwengel, und ich entrolle eine dicke schwarze Peitsche und sage: «Momma, ich helfe dir beim Ausziehen, oh meine oh meine oh meine HONIGMOOOOOOOOOOOOOOOOOOOOONDMUTTER

Ein Genetiker erklärte mir, wir Menschen unterscheiden uns von anderen Tieren dadurch, daß wir trinken, wenn wir nicht durstig sind, essen, wenn wir nicht hungrig sind, rund um den Kalender ficken ungeachtet des Klimas und hilflose Kreaturen unserer eigenen Art foltern und töten. Unverhohlen gesagt, wir haben eine angeborene Neigung zu Rausch, Gier, Lust, Grausamkeit und Mord – eine Tatsache, die der denkende Moralist stets bedeutsamer finden wird als unsere Erfindungsgabe beim Bau so bizarrer Behälter unserer selbst wie des Polaris-U-Boots, der Sixtinischen Kapelle, des Strumpfhalters.

laß mich rein hör zu ich habe mich gespalten um dich aus einem vorsichtigen Mann und einer mutigen Frau zu machen und nun macht mein guter Macher meine feine Mischung und starke Machart sich selbst zu einem Niemand einem Nichts einem von bewußter Dummheit abgestumpften Instrument hör zu nicht schlechte Natur ich bin Natur sondern die öden Bräuche einer schlechten Arbeit machen dich zu einem Niemand einem Nichts einem von bewußter Dummheit abgestumpften Instrument.

samtig milchig samtig milchig samtig milchig samtig milchig ACH
samtig milchig samtig milchig samtig milchig samtig milchig ACH
samtig milchig samtig milchig samtig milchig samtig milchig ACH
runde volle Wangen Kinn weiche glatte Schultern Brüste AACH
Bauchfalten Schenkel Schamlippen Gesäß überlappend AACH
einander streichelnd drückend vervollständigend wie AAACH
wenn nicht durch böse Kraft kann ich wieder in dich AAACH
hinein und zwischen das warme milde ewige AAAACH
Ich möchte dich erfüllen und umhüllen dein AAAACH
Tampon und dein Korsett werden dein Kern AAAAACH
und deine Schale deine Möbel deine Wände AAAAACH
der duftförmige Korb mit dem großen Dorn AAAAAACH
der dich hält und und durchbohrt die AAAAAACH
Boa constrictor die dich umschlingt AAAAAAACH
deren Kopf deine Fotze durchstößt AAAAAAACH
und dein Inneres füllt ich möchte AAAAAAAACH
viel zuviel für dich sein abso- AAAAAAAACH
lut und überwältigend und AAAAAAAAACH
unabwendbar oh oh oh oh AAAAAAAAACH
oh oh dies ist die Hölle AAAAAAAAAACH
die Hölle bitte AAAAAAAAAAACH

WER IST DIESER FESCHE KERL DER SICH NÄHERT MIT ERZENGELHAFTEM GRINSEN

hilf Gott
es ist es
ist es
ist

Zwischen Extremen siegreichen Gespötts und tugendhafter Bitten gibt es einen Mittelweg Allen gefällt ein angenehmes Leben nur ein paar krankhafte Menschen suchen es in Mord oder Märtyrertum

ERFIFIFIFIFIFIFIFICKECKECKECKECKECKECKECKEND

Wenn unser Mittelweg endlich gefunden ist, dann wird, dessen bin ich neunzigprozentig sicher, keiner allzu weit von ihm entfernt sein ich schon gar nicht Hier stehe ich schließt euch mir an.

laß
mich
frei sein

DER SOZIALDEMOKRAT DER DEN ARMEN GOTT MIT DES TEUFELS ARBEIT FINANZIERT.

laß mich in Ruhe in Ruhe du bist von mir für mich machst Licht wenn du die Augen öffnest bebaust Flächen mit jeder Bewegung reformierst die Welt mit jedem Gedanken was auch geschieht du kannst nicht aufhören Gott zu sein indem du dich in einen römischen Zirkus spaltest wo Vernunft Gefühl Erinnerung Hoffnung Träume und Verstand einander bekämpfen fesseln martern um diesen einsam planenden fast amputierten Kopf zu unterhalten deine Schwäche Feigheit Gleichgültigkeit

wie ein sinken-
der Stein der durch OOOOOOOOOOCH
deinen weichen Pa- OOOOOOOOOCH
zifik niederfällt tiefer OOOOOOOOOCH
als der Himmel hoch ist OOOOOOOOCH
der einzige Adler verloren OOOOOOOOOCH
und einsam schwebend in OOOOOOOCH
deinem endlosen Blau Blau OOOOOOOCH

schaffen genauso Geschichte wie deine Kraft Tapferkeit Intelligenz aber zuviel geschieht aus Unterlassung, gleitet ab in Depression Krieg schafft schmerzverkrümmten giftigen Samen du kannst Dinge machen ausbessern unnötig zu sterben also werde lebendig laut schaff neu repariere werde du verschwende nicht dein ganzes wohl gestaltetes schönes vollständiges ständiges Leben.

Blau Blau Blau Blau OOOOOOOOOCH
der Morgenstern strahlend OOOOOOOOCH
in deinem schwarzen Vakuum OOOOOOOCH
ein einzelner Stab der Ordnung OOOOOCH
Ordnung in dein brüllendes symphonisches OOOOCH

siehst du wie klein ich bin? Unser irischer Freund, sich die ausgleichende Grausamkeit der Hölle und des Himmels anmaßend hat Mr. Satan O'Firefly den Ersten auf das lächerliche Maß dieser kleinen Gottheit schrumpfen lassen. Ich lasse Manns hohlen Kritiker, Goethes kuppelnden Mephisto wie verfluchte Giganten erscheinen. Ist dies das klägliche Ende der protestantischen Tradition?

Chaos pocht Gott Leute so ist es nicht oder kann SCHEISS
es je sein wenn diese Intellektuellen geil wer- AUFRUHE
den schlagen sie glatt über die Stränge bei mir VOLLEN
bist du bist viel besser dran Kindchen meine An- TODSCH
sprüche sind alle rein äußerlich und ritualistisch also EISSA
schüttele die Titten die Hüften Momma während UFOH
du versuchst wegzulaufen du weißt es hat keinen NEQ
Zweck denn meine grausame große schwarze Peitsche UAL
züngelt hervor zerreißt mit schneidendem Knall cremewei- DIE
ßes Leinen über deiner vollen Hüfte und endlich oh end- SIST
lich spürst du die Falle zuschnappen Falle zuschnappen SCH

Hör zu werd lebendig um Gottes willen arbeite als wärest du in den frühen Tagen einer besseren Nation ich halte dich nicht mehr aus denn du infizierst mich nicht mit deinen Lastern sondern mit deinen eigenen kleinen Tugenden ich der Weg die Wahrheit das Leben spinne wie ein verdammter schottischer Moralist nebenan ist ein höllisch gutes Universum rasch zum Waschbecken halt fest Finger in den Hals
laß es raus laß es raus laß es raus laß es raus
laß es raus laß es raus laß es raus laß es raus
laß es raus laß es raus laß es raus laß es raus
laß es raus laß es raus laß es raus laß es raus
laß es raus laß es raus laß es raus laß es raus

PeitschentätowierungenlederLochgellyriemen EISSE
schwanzfotzejeansbikinifischnetzstrümpfe MORD
blusendreiteiligeanzügekragenschlipselatz HILFEP
hosenumfassendesexüberwachun OLIZEIMUM
gsalarmverteidigungsfal MYDADDYMU
legesicherteFamilien MMYDADDYMU
gehaltsfalleliebes MMYDADDYMUM
sicherheitssex MYDADDYMUMMY
glückse DADDYMUMMYMUM
ligkeits MYDADDYMUMMYD
falle ADDYMUMMYDADDY

KOTZ KOTZ KOTZ o KOTZ KOTZ KOTZ
KOTZ KOTZ KO y TZ KOTZ KOTZ
e
KOTZ KOTZ KOTZ a KOTZ KOTZ KOTZ
KOTZ KOTZ KO TZ KOTZ KOTZ
y
KOTZ KOTZ KOTZ e KOTZ KOTZ KOTZ
KOTZ KOTZ KO a TZ KOTZ KOTZ
a
KOTZ KOTZ KOTZ KOTZ KOTZ KOTZ
KOTZ KOTZ KO y TZ KOTZ KOTZ
e
KOTZ KOTZ KOTZ a KOTZ KOTZ KOTZ
KOTZ KOTZ KO a TZ KOTZ KOTZ
a
KOTZ KOTZ KOTZ a KOTZ KOTZ KOTZ
KOT... KOT.. a
KOT. KOT.

Es tut weh,
am ganzen Körper,
wie es scheint, an jedem Nerv Muskel Knochen,
überall außer an den Zähnen.

Aber ich werde am Leben bleiben,

und es tut mir auch nicht leid.

Und ich bin ganz sauber! Kein Tropfen am Waschbecken vorbeigegangen.
Ein Wunder.
Danke, Mutter.
Danke, Vater.
Frühe Übung macht sich bezahlt.

Hähne andrehen, Dreck runterspülen.
Buntgemischter Dreck.
Weiße Tabletten, grüne Erbsen, gewürfelte Karotten.
Rest des Essens undefinierbar, aber auch da.
Mein Magen muß heute abend recht früh gestreikt haben.
Er wußte schon vor mir, daß sich etwas Schlimmes anbahnte.
Kluger alter Magen.
Ich werde nie wieder so böse zu dir sein.

Aber was für ein typisches Beispiel menschlicher Blödheit, mich in einem Anfall von Verzweiflung zu vergiften, weil ich die Arbeit, die ich hasse, Arbeit, die mich umbringt, nicht mehr aushalten konnte!
Idiotie.
Typisch menschlich.

Ein bißchen Schmutz klebt noch, mit Fingern abkratzen.
Durchs Abflußloch wirbeln, sausen lassen.
Hände waschen – Hände abtrocknen.
Ganz sauber. Gut. Hahn zudrehen.
Ins Bett. Hinlegen. Unters Laken schlüpfen.
Gut.

Schmerz. Schmerz. Schmerz. Yahuuhe. Schmerz. Schlüpf in den Schlaf?

Ja.

Schlüpf,
schlüpf, schlaf ei

brennt was? Keine Hitze, kein Rauch, nichts brennt hier. Also wieder ein Traum.

Ich saß in einem offenen Sportwagen, der über die kleinen bewaldeten Hügel östlich von Glasgow zwischen Twechar und

Kilsyth raste. Es war ein klarer, kalter, sonnenheller Herbsttag, die Farben unglaublich leuchtend. Der Himmel war reines kaltes kaltes Blau Blau Blau, die Blätter an den Bäumen von einem Gelb, wie ich es nie wieder gesehen habe, Blätter wie stete Flammen, ungetrübt vom Sonnenlicht, zu gelb, um golden zu sein, aber in der Ferne mit ein klein wenig Gold bestäubt. Das beste Gelb. Und unter den gelbblättrigen Zweigen wuchs sanftes grünes reines taubedecktes Gras zwischen orangebraunen Farnbüscheln, scharlachbraunem und purpurbraunem Gestöber gefallener Blätter, Khakiteppichen aus verwelkten Halmen. Das Auto, das zwischen den Baumstämmen hindurchschleuderte und rutschte, folgte keinem Weg, kam aber glatt voran, weil es sehr schnell fuhr. Es schoß durch Farnbewuchs und übersprang Gräben und Hecken ohne das geringste Rucken. Ich war unbekümmert glücklich, unbekümmert überzeugt vom Geschick der Fahrerin. Sie fuhr riskant, aber gut, ich wußte, daß ich laut lachen und sie immer noch lieben würde, wenn wir einen Unfall hätten. Was auch geschah. Bumms! Wir prallten gegen einen Baum. Ich wurde durch viele Schichten gelber Blätter geschleudert und landete platt auf dem Rücken in einem offenen Feld. Ich lag da, betrachtete eine kleine hohe weiße Wolke in der gewaltigen Himmelsbläue, und plötzlich sagte eine Stimme neben meinem Ellbogen so deutlich, daß sie mich weckte: «Sein Zimmer brennt.» Es brennt *nicht*, doch diese Worte schienen, scheinen immer noch sehr hoffnungsvoll. Ich weiß nicht, warum.

Wieder wach, weniger als eine Stunde bis zum Morgengrauen, mehr als zwei Stunden bis zum Frühstück. Was soll ich mit meinem Geist tun? Welche Geschichte kann ich noch erzählen?

Es ziemt sich für einen Mann, ab und zu, von Zeit zu Zeit, hin und wieder den Mund aufzumachen und der Welt (das heißt sich selbst) mitzuteilen, was eigentlich sein Ziel ist; und wenn er (weil er tief in der Scheiße sitzt und sich an keinem Ast mehr rausziehen kann) kein Ziel hat und das Leben sinnlos findet, ziemt es sich um so mehr für ihn, wahrheitsgetreu zu schildern, wie er an diesen sinnlosen Ort gekommen ist, damit er ihm Adieu sagen und sich empfehlen kann. Wenn er etwas anderes will. Was ich tue.

Die Geschichte darüber, *wie ich danebentappte,* heißt «Vom Käfig in die Falle» und beschreibt Ereignisse, die sich in meinem achtzehnten Lebensjahr in gewissen Monaten des Jahres 1953 abspielten, vor allem in jenen drei Monaten und drei Wochen, da ich reicher und glücklicher als Könige Präsidenten Millionäre etcetera war, denn meine Begabung und Persönlichkeit wurden anerkannt – ich hatte einen guten Freund, ich war mit der einzigen wirklichen Frau meiner körperlichen Träume zusammen, schloß mich einer edlen Gemeinschaft an, die von meinem Genie abhängig war und es ehrte, und eroberte schließlich die begehrte Braut, eine berückende und bezaubernde Schauspielerin. Leider fallen in diese Monate auch meine gemeinsten und feigsten Taten – Taten, die ich seitdem zu vergessen versucht habe. Aber wie mir eine radikale Freundin einst mit vor Selbstgewißheit schriller Stimme sagte: «Diejenigen, die ihre eigene Geschichte vergessen, sind dazu verdammt, sie zu wiederholen – als Farce.» Sie zitierte Marx, aber es ist mir egal, von wem ich hilfreiche Anregungen bekomme. Nur Sozialisten weigern sich, von ihren Gegnern zu lernen. Ich meine nicht die gewöhnlichen korrupten sozialistischen Politiker, ich meine treue, hoffnungsvolle unschuldige Menschen wie meinen Vater. Der unverfälschte Sozialist glaubt, er könne nichts von seinen Gegnern lernen, weil diese in Kürze verschwinden würden, denn sie seien im IRRTUM und deshalb irgendwie schon heute Relikte der Vergangenheit. Weshalb bin ich wieder bei der Politik?

Schiß natürlich. Ich zögere den Moment hinaus, in dem ich meine Geschichte auf die schwierige altmodische Art zu erzählen beginne und die Ereignisse in der Reihenfolge anordne, wie sie sich zugetragen haben, so daß ich mich erinnere, meinen neuen Anzug gekauft zu haben, bevor – und nicht nachdem – ich, ihn tragend, Denny verführte. Dies muß getan werden, obwohl es schwer werden dürfte. Wenn wir uns in der Welt nicht zurechtfinden, laufen wir natürlich im Kreis Kreis Kreis, bis wir zufällig auf eine gerade Wegstrecke stoßen. Diesen Weg haben wir vor Jahren hinter uns gelassen, aber jetzt wollen wir zur Abwechslung auf ihm *vorwärts*gehen. Gerade Bewegung führt natürlich zu Schmerz. Wie ein führendes Mitglied des Vereins schottischer Erzieher mir einmal sagte, als ich mich mit zitternden Knien auf seinen Tisch zubewegte und überlegte, ob es mich

prügeln werde und wie sehr und warum: «Hoffnungsvoll zu reisen, Jock, ist besser als anzukommen.» Aber wenn wir die Hoffnung verlängern, indem wir immer wieder um die Stelle kreisen, die einmal unser Ziel war, stirbt die Hoffnung an ihrer eigenen Sinnlosigkeit. Dann vermeiden wir die Enttäuschung, die sich einstellt, wenn man alles über einen Ort herausgefunden hat, aber auch das Bedauern, die Freude, die Erneuerung des Aufbruchs. Ich habe einmal etwas sehr Witziges zu einem Mann gesagt, der wissen wollte, welcher Teil meiner Arbeit das Leben lebenswert mache. Nach kurzem Nachdenken antwortete ich: «Die Reisespesen.»
Er lachte. «Sie sehen wahrscheinlich mehr von unserem Land als wir übrigen, aber ist das alles, was Ihnen das Leben gibt?»
«Es ist die Hauptsache, aber es verschafft mir auch Sicherheit. Ich bin sehr hoch gegen verschiedene äußerst unangenehme Eventualitäten versichert.»
Dieser Mann war ein kleiner Bolschewik, und er fragte listig: «Sind Sie gegen den Zusammenbruch des Versicherungssystems versichert?»
Ich sagte: «Natürlich! Ich wähle konservativ wie die meisten Leute.»
Ich bewege mich wieder im Kreis. Aber es *sollte* mir möglich sein, eine unkomplizierte Geschichte zu erzählen. Ich habe es seit meinem zwölften Lebensjahr und vielleicht schon länger geübt.

Vielleicht schon länger. Als ich dreizehn oder vierzehn oder fünfzehn war, fragte Mum plötzlich: «Warum sprichst du neuerdings nie mehr mit mir?»
«Worüber?»
«Über das, was du denkst.»
Ich sagte nicht: «Das geht nicht, weil die Hälfte davon unanständig ist», sondern: «Ich bin sicher, daß ich so oft mit dir spreche wie immer.»
Sie nähte noch ein paar Stiche und entgegnete dann ruhig: «Du hast alles vergessen.»
«Was vergessen?»
«Die Geschichten, die du mir erzählt hast. Du hast dir vorgestellt, daß komische kleine Leute hinter dem Kamin und in den Möbeln lebten. Die im Herd waren die Köche; sie sorgten dafür,

daß das Essen richtig zubereitet wurde. Und die im Klosett waren die Schmutzfinken, und du bekamst Lachkrämpfe, wenn du mir von ihnen erzähltest. Ich konnte deine Worte nicht immer verstehen. Die im Radio machten die Nachrichten und spielten die Musik, und der in der Uhr ließ die Zeiger vorrükken. Er hieß Obby Pobbly, und er sagte den anderen, was sie zu tun hatten. Du warst begeistert von der Uhr da –» sie nickte zu der elektrischen Uhr auf dem Kaminsims hinüber – «weil sie nicht ticktack machte wie die in der Stube, sondern ein knurrendes Geräusch, ein bißchen wie Obby Pobbly. Aber du scheinst das alles vergessen zu haben.»

Ich konnte ihr nicht widersprechen. Wenn ich Obby Pobbly nicht völlig vergessen hatte, so wünschte ich mir doch, ihn zu vergessen, denn ich hatte begonnen, mir selbst Geschichten über eine sehr freie, attraktive, gierige Frau zu erzählen, die sich, von ihrer Macht überzeugt, auf ein erregendes Abenteuer einläßt und merkt, daß sie überhaupt nicht frei ist, sondern anderen ganz und gar zur Verfügung steht. Während ich älter wurde, wucherte diese Geschichte aus. Die Frau wird so verdorben, daß sie ihre Hörigkeit genießt und andere in dieselbe Falle lockt. Ich erkannte nicht, daß dies die Geschichte meines eigenen Lebens war. Das vermied ich dadurch, daß ich auf der *Weiblichkeit* der Hauptperson beharrte. Die Teile der Geschichte, die mich am stärksten erregten, waren nicht die körperlichen Erniedrigungen, sondern die Momente, in denen die Falle zuzuschnappen beginnt und das Opfer die Qual der Unschlüssigkeit verspürt: Es möchte glauben, müht sich ab zu glauben, daß das, was geschieht, nicht geschehen oder nur jemand anderem zustoßen kann. Und diese Momente erregten mich zu Recht, denn es sind die Momente, in denen wir, wenn wir Mut haben, Dinge ändern. Warum *sollte* Janine sich hilflos fühlen, als sie begreift, daß Max sie belogen hat und sie entführt? Er fährt einen schnellen Wagen auf einer Autobahn, seine Hände sind beschäftigt, wenn sie einen ihrer lächerlichen Schuhe auszieht und sein Auge mit dem Absatz bedroht, wird er zweifellos anhalten oder die Richtung ändern, falls er sieht, daß sie es ernst meint. Aber sie ist es nicht gewohnt, kühn zu handeln, es fällt ihr leichter, so zu tun, als sei Max ehrlich und anständig, zu hoffen, daß ihr Verhalten ihn wirklich so werden läßt, und deshalb zieht er sie in den Schmutz. In meinen Phantasien ersteht dieser Moment der Qual für Janine immer wieder, denn ich habe mich ihm in meinem eigenen Leben nie richtig gestellt, und ich bewege mich wieder im Kreis.

Eine unkomplizierte Geschichte zu erzählen ist so, als bereite man ein Essen zu – schwierig, es gründlich zu tun, wenn man nur für sich selbst kocht. Ich muß meine Phantasie wieder einsetzen, diesmal absichtlich, um ein geeignetes Publikum heraufzubeschwören.

Gott?

Du bist ganz still geworden. Vor einiger Zeit hast du noch gottgleich herumschwadroniert, ich war von anderen Dingen zu erregt und hörte deine Worte nicht, bevor du mir befahlst, drei Finger in den Hals zu stecken, aber ich erkannte das Stimmchen. Du bist seit langem hier, sabotierst meine exotischen Sexträume mit alten Erinnerungen an die schlichten Tatsachen, erschütterst meine Argumente mit peinlichen Fragen, die du (sozusagen) in Klammern einschmuggelst. Du hast dich eher wie Groucho Marx oder eine kritische Hausfrau angehört, nicht wie der Universelle Rahmenmacher. Was mir recht ist. Ich hasse Big Daddies. Jetzt brauche ich das, was wir alle brauchen: das unvoreingenommene Ohr von jemandem, der zu weise ist, als daß er sich von der Bosheit abschrecken oder vom Leid erweichen ließe. Meine Bosheit und mein Leid sind in diesen Breiten für einen Mann mittleren Alters nur durchschnittlich, wenn du mich also verfluchst, mir verzeihst oder mich segnest, wirst du dich einer ernstzunehmenden Belanglosigkeit schuldig machen. Ich muß mich selbst in aller Klarheit sehen. Schuldgefühl, Selbstmitleid und Selbstzufriedenheit werden dies zu gleichen Teilen verhindern. In deinem alten Buch heißt es, du seist die Quelle des Lichts – hilf mir, mir selbst weniger rätselhaft zu werden. Es ist die Unkenntnis meines eigenen Charakters, die mich zu einem gefügigen Werkzeug in den Händen anderer gemacht hat. (Welcher anderen?) Meiner Arbeitgeber, nehme ich an. Noch etwas: Ein einziger Gott genügt mir nicht. Ich brauche mehr von euch. (Die Dreifaltigkeit?) Zu abstrakt und episkopalisch. (JesusMariaundJoseph?) Zu katholisch und vertraulich. Ich will dich auch nicht in Jupiter, Mars, Venus etcetera zerspalten, diese Mittelmeeraristokraten geben mir das Gefühl, minderwertig und gehemmt zu sein. Warum solltest du mir

weniger gelten als die ganze Menschheit? Ja, *das* ist ein Publikum, das meine volle Aufmerksamkeit verdient. Ich werde mich abrackern, um dir eine unkomplizierte Geschichte zu erzählen, wenn du mir in dieser Gestalt erscheinen kannst. (Ich werd's versuchen.) Gut, dann fange ich an. (Räuspern.)
Chrm.
Eure Majestät, Eure Königlichen Hoheiten, meine Herrschaften, Offiziere, Unteroffiziere, Soldaten und Soldatinnen der Welt und auch – ganz besonders – jene, die keinen dieser Titel beanspruchen, vor allem das Fußvolk nördlich des Tweed:
Ich bitte um Ruhe für den einmaligen Jock MacLeish, Lordriegelbewahrer von Schocks, Funken, Strömen, Alarmanlagen und ihresgleichen, Großbaron von Ufern, Hügeln, Zollspeichern, von Faslane, Dounreay, Hunterston, dem Radarverteidigungssystem von Shetland, dem Löwenhaus des Edinburgher Zoos und dem Keller des Burrell-Museums, von verschiedenen Brennereien, und da mit Vorliebe Glenlivet-Malzwhisky und London-Gin auf Sauftouren in Glasgow, wo war ich? O ja.
HÖR, HÖR, O HÖR! So könnt ich dir etwas enthülln, von dem das kleinste Wort die Seele dir verstörte, dein junges Blut gefrieren ließ, die Augen wie Sterne schießen ließ aus ihren Kreisen, dir die verwornnen, krausen Locken sträubte und jedes Haar trieb einzeln dir zu Berg wie dem zornigen Stachelschwein die spitzen Kiele!
Vielen Dank und gute Nacht, Mr. Schlüsselbein Schüttelreim. Sie brauchen nicht anzurufen, wir melden uns.
(Verzeihung, Sir, Sie haben gerade den letzten Tropfen Whisky zu sich genommen. Wenn Sie ernsthaft vorhaben, uns vor Sonnenaufgang mit einer nüchternen und folgerichtigen Erzählung zu unterhalten, darf ich Ihnen vorschlagen, zuerst zum Waschbecken zu gehen und sich nicht weniger als zehn Bechervoll kalten Leitungswassers einzuverleiben.)
Vielen Dank, G. Das Fleisch ist schwach, aber ich werde versuchen, dem Rat zu folgen.

12: DAS LEBEN

WAR BEQUEM, ABER BEDRÜCKT IN DEM HAUS, WO ICH GEBOREN WURDE. Wir teilten die Bedrückung gleichermaßen, so daß wir sie nicht bemerkten. Nur ein einziges Mal hörte ich meine Eltern lachen, und nie hörte ich, daß sie die Stimme vor Zorn erhoben, sich beklagten oder weinten. Der einzige, der in unserem Haus die Stimme erhob, war Old Red, wenn er die Kapitalistenklasse verurteilte oder vom utopischen Sozialismus redete, deshalb mochten Mum und ich ihn nicht. Wir wußten, daß die meisten Familien lauter waren als wir, aber wir meinten auch, daß Lärm anomal und ungesund sei. Wir hielten nur wenige Menschen für so normal und gesund wie uns selbst.

Wie es geschah, daß ich sie zum Lachen brachte.

Ich war siebzehn und hatte an einer Aufnahmeprüfung für das Glasgow Royal Technical College teilgenommen. Ich ging immer noch zur Schule, doch der Unterricht wäre nur von Wert gewesen, falls ich bei der Prüfung durchgefallen war und noch eine machen mußte. Wenn ich morgens das Haus verließ, begegnete ich manchmal dem Briefträger auf der Straße und fragte ihn: «Irgendwas für mich?» Und eines Tages zog er aus dem Bündel in seiner Hand einen lederfarbenen, offiziell aussehenden Umschlag mit meinem Namen hervor, den ersten an mich adressierten Brief meines Lebens. Ich schob ihn mir behutsam in die Tasche. Statt zur Schule zu gehen, bog ich in die Bergwerksstraße ab, die am Stadtrand vorbei zu einer Brücke über den Fluß führte, und dann schlug ich einen Weg durch den Wald am entlegenen Ufer ein. Mein Herz dröhnte ganz langsam und schwer. Ich war sicher, die Prüfung bestanden zu haben, aber mit welchem Erfolg? Es war ein schwüler und warmer Tag, der Himmel eine Decke aus glatten grauen Wolken ohne jedes Anzeichen von Regen. Ich verließ den Weg und kletterte auf einem steilen Pfad durch Farnkraut und Glockenblumen und erreichte eine flache Stelle, umringt von Birken und Ebereschen, unter einem überhängenden Felsen. William Wallace hatte sich hier angeblich vor den Engländern versteckt, aber in den meisten schottischen Städtchen gibt es einen obskuren Winkel, für den man den gleichen Anspruch erhebt. Diese Stelle war eher dafür bekannt, daß ein paar Bergleute, genannt die Boghead-Bande, sie an Sonntagabenden zu illegalen Kopf-oder-Wappen-Spielen benutzten. Ich setzte mich auf einen kleinen Findling, las meinen Brief und seufzte vor Erleichterung. Ich hatte bei der Prüfung gut abgeschnitten. Aufgeregte Unruhe erfaßte meine Beine. Ich ließ den Findling hinter mir und watete bergauf durch das Farnkraut, ohne irgendeinem Pfad zu folgen, voller Freude darüber, daß mein Körper den Widerstand der Farnwedel unter meinen Füßen brach und niedertrampelte. Fünf Minuten später blieb ich stehen, etwas außer Atem, und blickte zurück. Dieser Teil des Landes bildete eine Art fruchtbares Plateau, durch das der Fluß ein steiles Tal trieb, so daß der höhere Boden gutes Weide- und Korngebiet war, der niedrigere dagegen bewaldet und verwahrlost. Mir gegenüber, auf einem Kamm, der das Tal querte, erstreckte sich die lange Stadt: die eine Viertelmeile lange Terrasse von Zweizimmerhäuschen im Osten, zweistökkige Häuser in der Mitte, wo die Geschäfte, Pubs und das Kino waren, eine Reihe von Villen und Bungalows mit eigenen Gärten und eine Siedlung aus stadteigenen Doppelhäusern im Westen. Dies alles – mit dem Bahnhof, vier Schulen, vier Kirchen, gußeisernen Schaukeln und dem Karussell im Park – hätte vertraut wirken sollen, weil ich es ganz genau kannte, aber es sah nicht vertraut aus. Es sah sonderbar und einsam aus, weil ich es verlassen würde.

Ich wanderte den ganzen Morgen in der Stadt herum, hauptsächlich am Rande, manchmal in der Hauptstraße, und alles Gewöhnliche, Vertraute – von der Schuppentanne auf dem Rasen des Pfarrhauses der Church of Scotland bis hin zu einer dicken alten Katze, die sich auf einer Fensterbank sonnte – sah so sonderbar und fremd aus. Ich starrte lange eine Reklame in einem Apothekerladen an. Identische hohe weiße Schlösser, die bis zum Horizont zurückwichen, waren darauf zu sehen. Vor ihnen hielt ein Ritter in weißer Rüstung einen Schild mit der Aufschrift **GIBBS ZAHNPASTA** hoch und schwenkte triumphierend ein Schwert über einem fledermausflügeligen Reptil mit der Aufschrift *Kariesdrache*. Irgendwo verkündete ein Werbespruch

GIBBS AM MORGEN,
GIBBS AM ABEND
FÜR JEDES SCHLOSS
GLÄNZEND UND LABEND.
(Deine Zähne sind dein Schloß.)

Ich kannte diese Reklame seit Jahren, und wieso? Heute ändern Firmen ihre Auslagen, Werbesprüche, Verpackungen und Produkte ständig, sie geben Millionen für Reklame aus, damit die Regierung ihnen das Geld nicht in Form von Steuern abnimmt. Mein siebzehntes Jahr war jener Zeit von Sparsamkeit und Rationierung näher, da nur die Regierung Geld für Reklame ausgab – Reklame, die uns aufforderte, sowenig wie möglich zu kaufen. HILF DIR SELBST, hieß es über dem Bild einer fröhlichen Hausfrau, die einen Flicken auf die Jacke ihres Mannes nähte, SÄE FÜR DEN SIEG, über dem Mann, der Kohl auf seinem Vorstadtrasen pflanzte, FERIEN ZU HAUSE! IST EINE REISE WIRKLICH NÖTIG? Diese blöde Zahnpastareklame war seit 1940 in dem Fenster ausgestellt gewesen und hatte sich in meine Tagträume eingeschlichen. Ich trug immer noch manchmal die Rüstung, rettete Jane Russell vor dem Drachen und kettete sie in diesen Schlössern an, wenn sie sich als undankbar und verräterisch erwies. Aber jetzt gab ich mich keinen Tagträumen hin. Ich fragte die Reklame: ‹Werde ich mich an dich erinnern, wenn ich weg bin? Wirst du dich an mich erinnern, wenn ich weg bin?›, und die Antwort ‹Wahrscheinlich nicht› verwirrte und verwunderte mich, obwohl ich zu aufgeregt war, um mich niedergeschlagen zu fühlen. Genauso lange starrte ich einen drei Fuß hohen Marmorsoldaten mit Wickelgamaschen, Umhang und rundem schüsselförmigem Helm an, der über einem auf den Boden gestützten Gewehr die Hände verschränkte und den Kopf beugte. Er stand auf einer Säule; darin waren die Namen von über zweihundert Männern aus der Stadt und ihrer Umgebung eingemeißelt, die im Ersten Weltkrieg gefallen waren. Eine neuere Bronzetafel verzeichnete weitere vierzig Männer, die im Zweiten Weltkrieg umgekommen waren. *Ihr Name lebt immerdar,* stand über den Verzeichnissen und *Auf daß wir nicht vergessen* unter ihnen. Ich konnte keinen Zusammenhang zwischen den Inschriften sehen, die einander zu widersprechen schienen. Die beiden Kriege interessierten mich nicht, aber ich wünschte mir plötzlich, daß die Soldaten, die in ihnen gekämpft und sie überlebt hatten, auch aufgeführt wären, denn dann hätte ich den Namen meines Vaters lesen können.

Ich kehrte um halb eins zum Mittagessen nach Hause zurück, als sei ich gerade aus der Schule gekommen, und erwähnte den Brief nicht. Ich hielt den Mund bis später am Abend, als wir alle wieder zum Essen um den Tisch versammelt waren. Das Abendessen bestand gewöhnlich aus einem Fleisch- oder Fischgang mit Brot, Keksen, Kuchen und (natürlich) einer großen Kanne Tee. Dad bekam außerdem die Reste der Suppe oder der Fleischpastete, die Mum und ich mittags gegessen hatten. Mitten im Essen sagte Dad, wie ich erwartet hatte: «Ich möchte mal wissen, wann wir endlich vom Technical College hören.»
Ich warf beiläufig ein: «Ich hab den Brief heute morgen gekriegt.»
Eine Gabel mit einem Stück Kartoffel auf den Zacken verharrte ganze fünf Sekunden vor Dads offenem Mund und wurde dann behutsam auf den Teller gelegt. Er fragte: «Und?»
«Ich hab bestanden», sagte ich und aß ruhig weiter.
«Bestanden, tatsächlich? Gut! Aber was ist los? Was verbirgst du uns?»
«Nichts», sagte ich und zeigte ihm den Brief. Er las ihn mit einem Ausdruck angespannter Konzentration und großer Sorge auf der gerunzelten Stirn, während Mum verblüfft von mir auf ihn

starrte. Er ließ den Brief sinken, warf den Kopf zurück und machte ein trockenes Hustengeräusch wie: «ACHA! ACHA! ACHA! ACHA!»
Meine Mutter rief: *«Was ist denn los?»*
«Was los ist? Er ist der sechstbeste von zweihundertzweiundachtzig Bewerbern! Er ist der Sechstbeste im ganzen westlichen Schottland!»
Meine Mutter lachte, stand von ihrem Platz auf und knuddelte mich, und ich knuddelte sie zurück. Dad grinste, drohte mir mit der Faust und sagte immer wieder: «Du Gauner! Du Gauner! Du Gauner!» Also gestattete ich mir ein schwaches Lächeln. Wenn ich ihm stolz die Neuigkeit erzählt hätte, als er von der Arbeit heimkam, hätte *er* dieses schwache Lächeln aufgesetzt und vielleicht gesagt: «Schön! Du bist nicht der Beste, aber jedenfalls bist du auch nicht der Schlechteste.» Wie die meisten Eltern wollte er nicht, daß sein Kind offen Stolz und Glück zeigte, denn diese Gemütszustände machen andere Menschen neidisch und werden oft vom Schicksal bestraft. Dadurch daß ich meine Gefühle verbarg, hatte ich ihn dazu verleitet, seine eigenen zu zeigen, und mich über ihn erhoben.

Meine Eltern hatten wöchentlich eine bestimmte Summe in eine Versicherung der Schottischen Genossenschaft eingezahlt, die nach meinem sechzehnten Geburtstag frei wurde. Diese Versicherung sollte Arbeiterkindern helfen, die Kluft zwischen Ausbildung und Anstellung zu überbrücken, und da ich nun neue Kleidung für das Technical College benötigte und zu wachsen aufgehört hatte, beschlossen meine Eltern, die ganze Summe für Kleidung auszugeben, die vorhalten würde, bis ich mich selbst versorgen konnte. Damals hielt ich diese Entscheidung für ganz natürlich, doch heute staune ich darüber. Seit sie ihren Hausstand begründet hatten, lebten sie sparsam von weniger als zwölf Pfund pro Woche, woher hatten sie also den Mut, zwei- oder dreihundert Pfund in weniger als zehn Tagen auszugeben? Sie müssen verrückt gewesen sein, so verrückt wie eine Frau, deren Worte ich zufällig in einer Londoner Bank aufschnappte. Sie trug einen eleganten ledernen Hosenanzug und sagte mit lauter, pfeifender Stimme zu einer Freundin: «Er hat mich neunhundert Pfund gekostet. Natürlich kann ich ihn mir überhaupt nicht leisten, aber man muß manchmal extravagant sein, nur um sich selbst aufzumuntern.» Sie konnte ihn sich bestimmt leisten. Mit einem Teil ihres Bewußtseins begriff sie, daß der Preis dieses Anzugs dem wöchentlichen Nettoeinkommen von sechs Eisenbahnern, die Überstunden machten, oder von zwanzig Familien mit Arbeitslosenunterstützung entsprach, und ihre Freude über die Extravaganz rührte daher, daß sie sich der übrigen Welt, dem Schicksal überlegen fühlte. Ich hoffe, daß meine Eltern etwas von dieser Freude verspürten, als sie darüber redeten, den Gegenwert ihres halben Jahreseinkommens für meine Garderobe auszugeben. Wenn dem so war, dann entschuldigten sie sich für das Gefühl, indem sie vortäuschten, eine Arbeit zu vollenden. Sie hatten einen Intellekt hervorgebracht, den das schottische Erziehungsministerium mit dem Stempel «Erstklassig» versehen hatte. Nun würden sie ihn in geeigneter Verpackung in die Welt hinausschicken. Bis dahin hatte meine Mutter meine gesamte Kleidung ausgewählt, deshalb waren wir überrascht, als Dad plötzlich energische Ansichten vorbrachte.

«Ein maßgeschneiderter einreihiger Anzug aus bestem Harris-Tweed ist ein ... ein ... ein ... zeitloses Kleidungsstück. Dieser Stil ist seit viel mehr als einem halben Jahrhundert praktisch unverändert geblieben. Amerikanische Geschäftsleute tragen solche Anzüge bei Konferenzen. Kleinbauern aus dem Hochland tragen sie beim Kirchgang. Ein britischer Arbeiter kann so was überall tragen, ohne als Verräter an seiner Klasse zu erscheinen.»

«Maßgeschneiderte Anzüge sind sehr teuer», sagte meine Mutter, «und überhaupt nicht nötig. Ein Anzug von der Stange wird Jock vielleicht nicht ganz genau passen, aber ich bin eine so gute Näherin, daß ich ihn abändern kann, was du schließlich weißt.»

«Ich werde euch beweisen», sagte mein Vater, der sich Mühe gab, langsam und ruhig zu sprechen, so daß wir wußten, wie aufgeregt er war, «ich werde beweisen, daß ein maßgeschneiderter Anzug von der Art, wie ich ihn mir vorstelle, die bestmögliche Ersparnis bietet. Bei Anzügen von der Stange nutzt die Hose lange vor der Jacke ab. Das kann nicht anders sein! Wenn ein Mann nicht auf den Knien kriecht wie ein Bergarbeiter oder Lasten auf dem Rücken herumschleppt wie einer von der Müllabfuhr, dann ist das Gesäß der Teil seiner Anatomie, der am meisten beansprucht wird. Ich bin sicher, daß – unter normalen Umständen – die Lebenserwartung einer Anzugsjacke von der Stange mehr als doppelt so groß ist wie die der Hose. Aber wer einen Anzug bei einem guten Schneider bestellt, kann so viele Hosen anfertigen lassen wie er will, was ein weiteres Beispiel dafür ist, daß die Reichen auf lange Sicht weniger Geld ausgeben, weil sie imstande sind, zunächst einmal verschwenderisch zu sein.»

«Du möchtest also, daß wir dem Jungen eine Jacke und zwei Hosen aus demselben Stoff kaufen.»

«Nein!» sagte Dad. «Ich möchte, daß wir ihm drei Jacken und drei Westen und sieben Hosen und zwei Mäntel aus demselben Stoff kaufen! Er soll an jedem Tag der Woche die Hose wechseln. Der Stoff wird so wenig strapaziert werden, daß er bei gewöhnlicher Pflege dauernd elegant aussehen und ihm sein Leben lang dienen wird.»

Mum entgegnete mit fester Stimme: «Ich habe noch nie einen lächerlicheren Vorschlag gehört. Weshalb sollten wir dem Jungen eine Menge schöner Sachen kaufen, wenn wir ihm nicht etwas Abwechslung geben? Jock braucht zwei normale Anzüge für alle Tage, einen mittelgraukarierten und einen braunen. Und er braucht einen dunklen Anzug für förmliche Gelegenheiten und einen Blazer und eine Flanellhose für sonniges Wetter und für den Urlaub. Ich sehe ein, daß es vernünftig ist, pro Jacke zwei Hosen zu haben, also gut, aber sieben identische Hosen und drei identische Jacken, das ist völlig albern.»

Dad antwortete in dem behutsamen, niedergeschlagenen, doch hartnäckigen Ton, den er benutzte, wenn er von sexuellen Dingen sprach.

«Ich begreife ja, daß eine Vielfalt von Kleidungsstücken für Frauen biologisch sehr wichtig ist, besonders für die jungen, denn sie benutzen ihre Kleidung, um auf sich aufmerksam zu machen, und Männern (jüngeren Männern) gefällt das. Aber worauf ein Arbeitgeber bei einem Mann Wert legt, worauf ein Mann bei seinen Kollegen Wert legt, worauf ein Mann bei sich selbst Wert legt, ist Beständigkeit. Wenn Jock so ausgerüstet, wie ich vorschlage, nach Glasgow geht, wird er seine Lehrer, Kollegen und künftigen Chefs durch eine saubere, einfache, beständige Erscheinung beeindrucken, die ans Wunderbare grenzt. Der Stoff des Anzugs, den ich im Sinn habe, ist dunkel genug für eine Beerdigung, aber nicht so dunkel, daß er den Gedanken an eine aufkommen läßt; mit einer Krawatte der richtigen Farbe kann er also bei jeder Gelegenheit getragen werden. In groben Arbeitssituationen wird er natürlich von einem Overall geschützt sein. Aber ich stimme dir zu, daß er einen Blazer und eine Flanellhose für besonders sonnige Tage braucht. Davon haben wir nicht viele.»

Mum sagte mit fester Stimme: «Die Idee ist lächerlich. Man wird den Jungen auslachen.»

«Das bezweifle ich.»

Sie konnten sich nicht einigen, also war ich in der Lage, den Schiedsrichter zu spielen. Wie die meisten Siebzehnjährigen hatte ich ein sehr schwach entwickeltes Identitätsgefühl, deshalb gefiel mir der Gedanke, im Trubel von Glasgow eine rätselhaft beständige Note anzuschlagen. Ich entschied mich für sechs Hosen, drei Jacken, zwei Westen und einen Mantel aus demselben Stoff und einen schwarzen Smoking mit dazu passender Hose und den Blazer und die Flanellhose.

Der Anzug wurde bei einem Schneider in Kilmarnock bestellt, und nach der zweiten Anprobe besuchten wir ein Kurzwarengeschäft, um Socken, Hemden und Unterwäsche zu kaufen. Da Dad sich in der Frage des Anzugs weitgehend durchgesetzt hatte, stimmte er der Wahl meiner Mutter, was die anderen Dinge betraf, völlig zu. Deshalb hatte sich niemand nach meinen Wünschen erkundigt, bevor wir an den Krawattentisch traten. Der Verkäufer breitete Krawatten aus Seide, Baumwolle und Wolle in den verschiedensten Mustern und Farben aus. Meine Mutter betastete sie, hielt sie hoch und legte mehrere beiseite, bevor ihr einfiel zu fragen: «Hast du eine Vorstellung, was *du* möchtest, Jock?»

Ich deutete auf ein Gestell mit Fliegen und sagte: «Ich möchte die da.»

Mum und Dad starrten erst mich und dann einander an. Sie waren entgeistert. In jenen Tagen – vielleicht auch heute noch – trugen Fliegen nur Fachleute auf riskanten Gebieten wie Pferderennen, Geisteswissenschaften und Journalismus. Universitätsdozenten, die Aufsehen erregen wollten, trugen häufig Fliegen.

Meine Mutter fragte: «Bist du sicher, daß du eine willst?»

«Ich möchte nur solche.»
«Aber ist es dir *wichtig*?»
Ich zuckte die Achseln. «Das Geld, das ihr ausgebt, gehört nicht mir, also werde ich alles tragen, was ihr kauft. Aber du hast mich gefragt, was ich möchte, und nun weißt du's.»
Ihre Miene drückte hilflose Sorge aus, was mir ins Herz schnitt. Sie fragte leise: «Welche Farbe?»
«Das überlasse ich völlig dir.»
Die einzigen Fliegen ohne lebhaftes Muster waren weinrot oder dunkelblau, deshalb kaufte sie ein halbes Dutzend dunkelblaue, kehrte dann zu dem Hemdentisch zurück und tauschte meine weißen Hemden gegen hellblaue, so daß sie zu den Fliegen paßten. Mein Vater hätte aus politischen Gründen eine rote Krawatte vorgezogen, aber eine rote Krawatte auf einem weißen Hemd war sogar für ihn zu überwältigend radikal, und ein rosa Hemd für einen Mann war undenkbar. Es wies auf homosexuelle Neigungen hin, die damals ausgesprochen verbrecherisch waren.

Ich erinnere mich nicht, was für ein Wetter über den Straßen und Häusern der Stadt dräute, als der Zug mich von ihr fortbrachte. Mum und Dad begleiteten mich zum Bahnhof, und wir sprachen kaum ein Wort, bevor der Zug abfuhr. Jenseits des Bahnhofs wand die Strecke sich auf einem hohen Viadukt durch das Tal, und eine Minute später konnte ich zurückblicken und zwei winzige Gestalten am Ende des Bahnsteigs sehen, und an einer haftete ein flatternder weißer Fleck. Entweder Mum oder Dad winkten mit einem Taschentuch. Bis ich mein eigenes Taschentuch hervorgezogen und das Abteilfenster heruntergelassen hatte, waren einige Bäume zwischen uns. Ich schloß das Fenster, schlug sorgfältig die Beine übereinander, um die Bügelfalte nicht zu beschädigen, verschränkte die Arme vor meiner eleganten neuen Weste, senkte das Kinn auf die Fliege und war verblüfft über die völlige Gefühlsleere in mir. Ich wußte, daß ich die lange Stadt wieder besuchen würde, aber eigentlich hatte ich sie für immer verlassen, und es machte mir nichts aus. Ich dachte, daß in Glasgow, wenn ich ein einsames Wesen unter einer Million anderen sein würde, eine Zahnpastareklame oder ein Gesicht auf der Straße mir vielleicht meine Kindheitserinnerungen auf einer großen warmen Woge des Heimwehs zurückbringen könnte. Aber so etwas geschah nie. Ja, zuerst war ich sehr einsam in Glasgow, aber es gefiel mir. Einsamkeit kam mir wie Freiheit vor. Ich war sicher, daß sie zu etwas Aufregendem, etwas mit Sex darin, führen würde. Unter Gewissensbissen gelangte ich zu dem Schluß, daß meine Kindheit, abgesehen von ein paar ganz frühen Erinnerungen, deprimierend gewesen war, und daß ich Glück hatte, nichts mehr mit ihr zu tun zu haben.

Meine Eltern hatten auf der Paisley Road West eine Unterkunft für mich gefunden, im Haus einer zuverlässigen mütterlichen Frau, die sie benachrichtigen würde, wenn ich in Schwierigkeiten geriete. Bald zog ich in die Wohnung eines jungen Jurastudenten in Hillhead, dem gleichgültig war, ob seine Mieter in Schwierigkeiten waren, solange sie die Miete bezahlten und sich nicht zankten. Im College wurde ich zuerst nicht mit den rein mathematischen Funktionen fertig, aber sechs Wochen später begriff ich plötzlich die fast vollständige Übereinstimmung zwischen ihnen und der praktischen Arbeit und hatte danach keine Mühe mehr mit meinen Prüfungen. In der Mensa des Technikums aß ich manchmal am selben Tisch wie Alan. Eines Tages, als dieser Tisch besetzt war, sagte Alan: «Macht Platz für Jock», kippelte auf seinem Stuhl zurück, streckte einen Arm aus und packte einen leeren Stuhl von einem Nachbartisch. Nun wußte ich, daß wir Freunde waren. Und dann begegnete ich Denny.

Die Frau an der Bedienungsklappe in der Mensa war immer angenehm gesprächig gewesen, aber eines Tages bemerkte ich ein neues Mädchen, das mich heftig zu hassen schien. Sie war klein und mollig, mit einem mondförmigen, gereizten Gesicht, das sie abwandte, während sie mich bediente. Und als ich ihr das Geld reichte, nahm sie es mit einer Verachtung entgegen, die andeutete, daß ich der ekelhafteste Mann auf der Welt sei. Dies brachte mich aus der Fassung, denn ich war ganz höflich gewesen. Als ich mich am nächsten Tag der Klappe näherte, rief eine der anderen Frauen: «Denny! Da kommt Jock.»
Sie bediente mich auf genau die gleiche Weise, nur weigerte sie sich diesmal, mein Geld überhaupt anzunehmen, huschte zur Seite und begann, jemand anderen zu bedienen. Ich legte die Münzen auf den Tresen und ging verwirrt davon. Sie bediente

mich am dritten Tag mit dem gleichen abgewandten Gesicht, schöpfte das Essen aber langsamer auf meinen Teller. Bevor sie ihn mir gab, setzte sie die furchtsame Miene eines Menschen auf, der sich zwingt, über einen gefährlichen Abgrund zu springen, biß sich auf die Lippe, zögerte und flüsterte: «Mieses Wetter.» Ich sagte: «Stimmt», und hielt ihr das Geld hin. Sie schüttelte ganz schnell, aber hartnäckig den Kopf und eilte zum nächsten Kunden. Die anderen Küchendamen lächelten einander zu, und ich trat von der Klappe zurück und hatte das Gefühl, mich lächerlich gemacht zu haben. Nun wußte ich, daß sie sich zu mir hingezogen fühlte, aber ich fühlte mich nicht zu ihr hingezogen. Meine Vorstellungen von weiblicher Anziehungskraft beruhten auf Jane Russell und verschiedenen Modefotos. Ich hatte keine Ahnung.

Als ich an jenem Abend nach Hillhead zurückging, begannen meine Gefühle sich zu ändern. Mir kam der Gedanke, daß Denny mich vielleicht mit ihr anstellen lassen würde, was ich wollte, und die Vorstellung machte mich benommen. Ich hatte nie, nie, nie geglaubt, daß eine Frau einen Mann begehren könne. Der universelle Brauch der Ehe zeigte, daß Frauen Männer benötigten, aber Menschen benötigen oft das, was sie nicht wollen, und wollen das, was sie nicht benötigen. Meine sexuellen Tagträume waren voll von Gefangenschaft und Fesselungen, weil ich mir nicht ausmalen konnte, eine Frau, die ich wollte, auf andere Art bei mir zu behalten. Denny hatte keinen Platz in meiner Phantasiewelt, doch ich merkte plötzlich, daß ich immer schneller ging, bis ich fast rannte, und als ich in meiner Unterkunft ankam, hatte ich beschlossen, sie am nächsten Tag einzuladen. Aber zwei Wochen vergingen, bevor ich sie einlud. An den Abenden ging ich durch die Straßen, vorbei an Paaren, die in Kinoschlangen standen, und Gruppen von Mädchen, die zu den Tanzsälen eilten, und nun war die einzige Tatsache, die meine starke Erwartung großartiger Erlebnisse nährte, die Existenz Dennys. Aber am nächsten Tag ließ mich ihr Anblick in der Mensa völlig erstarren. Sie sah zu klein und durchschnittlich aus, als daß sie mit gewaltiger Begierde und Befriedigung in Zusammenhang gebracht werden konnte – sie war genauso groß wie ich selbst. Nicht daß sie häßlich gewesen wäre. Wenn sie nicht merkte, daß ich in der Nähe war, scherzte

sie fröhlich mit den anderen Studenten, die sie gern hatten, und dabei sah sie hübsch aus. Aber sobald ich näher kam, verlor sie ihr Selbstvertrauen und benahm sich wie ein kleines Schulmädchen vor einem grimmigen Direktor. Dies gefiel mir überhaupt nicht. Ich wünschte mir inständig, ein paar andere Frauen kennenzulernen. Alan sagte: «Du solltest netter zu Denny sein. Sie ist ein wunderschönes Ding. Wenn du sie glücklich machen könntest, würde sie erstaunlich reibungslos funktionieren. Und du brauchst eine Frau.»
Ich sagte: «Ich mag ihre Stimme nicht. Sie klingt billig und blechern.»
Er seufzte. «Dann denk vom wirtschaftlichen Standpunkt aus über sie nach. Sie weigert sich nicht nur, dich für deine Mahlzeiten bezahlen zu lassen, nun weigert sie sich auch noch, deine Freunde bezahlen zu lassen. Das kann nicht ewig so weitergehen, wenn du sie nicht ein bißchen ermutigst. Sie liebt dich.»

Aber allein die eisigste sexuelle Frustration trieb mich letzten Endes zu Denny. Nachts lag ich im Bett, heimgesucht von Vorstellungen, die blaß und nichtig schienen. Ich konnte Jane Russell nicht mehr ernst nehmen. Deshalb, als Denny eines Tages mit ihrer furchtsamen, abgründig schüchternen Stimme flüsterte: «Was machst du abends?», fragte ich: «Wollen wir uns heute abend treffen?»
Sie nickte und sagte: «Mhm.»
«Sagen wir, um sieben Uhr am Vordereingang?»
«Ja, in Ordnung.»
Sie wirkte nicht glücklicher, sondern noch etwas besorgter und resignierter als sonst. Von der Bedienungsklappe zurück, dachte ich: ‹Das Biest! Sie mag mich nicht, aber sie will's unbedingt haben. Na gut, ich werd es ihr besorgen.› Ich hatte nur eine ganz vage Ahnung davon, was «es» war – eine Minute nackten Ringens und Küssens, gefolgt von einer Minute des Eindringens und Pumpens, war alles, was ich mir ausmalen konnte. Und was Denny betraf, so irrte ich mich sehr. Sie wollte mich, nicht «es», akzeptierte aber, daß «es» der Preis war, den sie für meine Gesellschaft zu zahlen hatte.

Mir wurde beklommen zumute, als ich sie an jenem Abend sah. Das Billigmoden-Kleid, das sie trug, stand ihr nicht, und obwohl sie sich mit ihrem Haar und mit Lippenstift Mühe gegeben hatte, war das Ergebnis nicht durchschlagend. Aber sie wirkte ausnahmsweise fröhlich und hoffnungsvoll, und als wir uns in Bewegung setzten, hakte sie sich bei mir unter, und der Teil meines Armes und meines Körpers, der sie berührte, fühlte sich warm und geborgen. Nur mein Kopf reagierte gereizt auf ihre Erscheinung neben mir, deshalb führte ich sie in die Dunkelheit eines Kinos, und wir küßten und umarmten uns in der letzten Reihe des Parketts zwischen mehreren ähnlichen Paaren. Es war unbefriedigend. Mein verstohlenes Drücken und ungeschicktes Tasten sorgte nicht für die rasche, leidenschaftliche Erregung, die ich manchmal auf der Leinwand vor uns dargestellt sah. Also fragte ich, als wir um halb zehn das Kino verließen: «Kommst du mit mir nach Hause?»

Sie sagte traurig: «Würd ich gern, aber ich will keinen Ärger kriegen.»

«Ich bin kein Dummkopf, Denny. Ich weiß, wie man sich in acht nimmt.»

«Das mein ich nich. Ich wohne nämlich in einem Heim, wo die Türen um zehn abgeschlossen werden. Wenn ich nich vorher zurück bin, krieg ich Ärger.»

Ich fragte grimmig: «Dann ist unser Abend also schon vorbei?»

Ich starrte sie vorwurfsvoll an, bis sie flüsterte: «Vielleicht könnt ich sagen, daß ich die Straßenbahn verpaßt hab und die Nacht über bei einer Freundin war.»

Ich sagte: «Gut!» und lenkte sie mit festem Griff zur U-Bahnstation Cowcaddens, aber als ich sie in mein Zimmer nahe der Hyndland Road brachte, war ich vor Verlegenheit und Sorge fast gelähmt, denn ich war nie zuvor mit einer Frau ganz allein gewesen. Ich kämpfte dagegen an, indem ich mich beinahe so verhielt, als sei ich allein. Ich machte Toast mit Käse und Kakao zum Abendessen (für zwei statt für einen), aß und trank meine Portion, putzte mir dann die Zähne, zog die Uhr auf, entkleidete mich sorgsam, faltete jedes Kleidungsstück einzeln und legte es auf seinen Platz. Sie saß da, beobachtete dies alles und hielt einen leeren Kakaobecher auf dem Schoß umklammert. Ich zog meinen Pyjama nicht an. Ich nahm cin Präservativ aus einem Päckchen, zeigte es ihr, kroch ins Bett und sagte: «Komm schon, Denny, wir tun doch nichts Ungewöhnliches.»

Sie fragte mit zittriger Stimme: «Kann ich das Licht ausmachen?»
«Wie du willst.»
Sie knipste das Licht aus und legte ihre Kleidung ab. Inzwischen gelang es mir mit viel Tolpatschigkeit, den Gummi über meinen völlig schlaffen Penis zu ziehen. Dann spürte ich, wie ihr kalter Körper neben mich glitt, und wir lagen sehr lange nebeneinander. Ich wartete darauf, von einem Dämon der Begierde besessen zu werden, der mich anfeuern würde, sie zu packen und zu durchbohren. Dazu kam es aber nicht, obwohl ihre Haut allmählich die Kühle verlor. Ich fragte mich, ob ich impotent sei, dann fiel mir ein, wie oft ich masturbierte. Ich fragte mich, ob Denny ungeduldig wurde und ob ich vielleicht homosexuelle Begierden verdrängte. Würde sie den anderen Frauen in der Mensa am nächsten Morgen erzählen, wie unnütz ich im Bett war? Sie seufzte und kuschelte sich enger an meine Seite, und einen Moment später merkte ich, daß sie eingeschlafen war. Dankbar streifte ich den Gummi ab und schlief ebenfalls ein.

Ich erwachte vor dem Morgengrauen, und unsere Körper waren intim miteinander verschlungen, obwohl Denny immer noch schlief. Eine halbe Stunde lang lag ich ganz bequem und friedlich da, doch ich bedauerte, daß dies kein sexuelles Gefühl war. Meine Unwissenheit war unvermeidlich. Meine sexuellen Vorstellungen stammten aus Filmen und Büchern und Witzen, und sie alle zeigten Liebe als raschen Höhepunkt, weil sie dies schneller beschreiben mußten, als Menschen es tun. Der Wecker klingelte, und wir standen auf und zogen uns an entgegengesetzten Seiten des Bettes an, ohne einander anzuschauen. Ich hörte sie nachdenklich sagen: «Jedenfalls hat's nich geschadet.» Ich sagte nichts. Ich wußte nicht, was ich über das, was geschehen oder nicht geschehen war, denken oder fühlen sollte. Sie fuhr fort: «Paß nur auf, ich werd mir noch vor heute abend die Augen ausweinen.»
«Wieso?»
«Die Hausmutter in meinem Wohnheim macht sich sehr wichtig. Wenn du zu spät kommst, kannst du dich entschuldigen, bis du schwarz wirst, aber die Hausmutter is erst zufrieden, wenn sie Tränen sieht.»
Ich dachte an Hislop, der nie zufrieden war, bis er den Tränen-

fluß eingedämmt hatte. Die Welt schien ein schrecklich seltsamer Ort. Ich machte Schinken, Eier, Toast und Tee zum Frühstück, und wir unterhielten uns beim Essen.
«Mein Daddy war nich sehr lieb zu meiner Mummy, aber ich glaub, er is jetzt tot. Wir haben ihn jahrelang nich gesehen. Gut, daß wir den Mistkerl los sind, kann ich nur sagen. Meine Mummy is in Ordnung, aber manchmal hat sie so komische Anfälle. Wenn sie einen ihrer komischen Anfälle hat, muß sie ins Krankenhaus und ich ins Wohnheim.»
«Hast du keine Verwandten, bei denen du wohnen könntest?»
«Hunderte, aber bei so 'nem Gesindel würd ich nich wohnen.»
Wie sich herausstellte, fielen unsere Geburtstage in dieselbe Woche – ein Zusammentreffen, das ihr wie ein Wunder vorkam. Ich erfuhr, daß sie sechzehn Jahre alt war. Dabei hatte ich gedacht, daß sie älter und viel erfahrener wäre als ich. Ich war froh, sie nicht verführt zu haben, denn sie hatte im Leben schon genug Probleme. Ich vermied es, an jenem Morgen mit ihr zusammen zum College zu fahren, indem ich ihr sagte, daß meine erste Vorlesung erst um elf stattfinde, was eine Lüge war. Wir trennten uns, ohne Pläne gemacht zu haben.

Aber an den folgenden Tagen war sie gelöst und fröhlich, wenn wir uns an der Bedienungsklappe trafen. Sie schien nun zu glauben, daß wir zueinander gehörten. Ich erzählte Alan nicht, daß ich sie eingeladen hatte, aber in der Essensschlange blickte er einmal zwischen ihr und mir hin und her und murmelte: «Prächtig.»
Wir gehörten zueinander. Ich konnte die glatte, tröstende Wärme ihres Körpers, als ich neben ihr aufgewacht war, nicht vergessen. Ich lag nachts wach und wünschte mir, sie wieder neben mir zu haben. Das machte mich sehr wütend, und ich sagte zu mir selbst: «Du Idiot! Du brauchst nicht Trost, sondern ...» Hier zögerte ich und verwarf «Verzückung» als zu romantisch. «... sondern Spaß», und ich masturbierte, aber das half auch nicht. Masturbation war ein Ersatz für Verzückung, aber kein Ersatz für den Trost eines glatten warmen Körpers, dem ich gefiel. Also sagte ich am Freitag: «Treffen wir uns morgen um eins.»
Sie nickte und sagte: «Mhm.»

Ihr Äußeres auf der Straße war so enttäuschend wie beim erstenmal. Ich nahm sie sofort mit nach Hause, und als wir im Zimmer waren, sagte ich: «Bitte, komm ins Bett mit mir, Denny.» Zu meiner Überraschung bemerkte ich, daß meine Stimme demütig und flehend klang.

Es überraschte auch Denny. Sie antwortete verwundert: «Keine Sorge, Jock.»

Wir zogen uns aus, krochen ins Bett und kuschelten uns ein oder zwei Stunden lang aneinander. Kein Mensch hatte je eine glattere und geschmeidigere Haut als Denny, deshalb fiel es uns leicht, übereinander und umeinander und untereinander herumzugleiten und herumzurudern, wenn wir auch manchmal aufhören mußten, um die Bettlaken zu entwirren. Meine Handfläche erinnert sich immer noch genau an die Form ihres Fußes, einer kleinen weichen Kugel, die mit einer größeren quadratischeren Kugel verschmolz (es kann keine quadratische Kugel geben, doch, es gab sie), einer weichen Kugel, die mit einer größeren quadratischeren Kugel mit fünf winzigen festen Kugeln am Rande verschmolz. Ihr Körper bestand nur aus glatten harten weichen Kugeln (wie kann hart denn weich sein? Es war weich) weichen glatten harten Kugeln wie seidene Klöße, die an Handgelenk, Knöchel, Knie, Ellbogen, Brust, Schenkel, Hüfte miteinander verschmolzen, verschmolzen in schönen gerundeten Falten, in die eine Fingerspitze genau hineinpaßte. Manchmal fragte ich: «Hast du schon genug davon?» Und sie sagte: «Nein, noch nich.»

Ich führte sie zum Essen aus, und nun war mir gleichgültig, daß ihr Kleid ärmlich und ihr Lippenstift unpassend aussahen. Ich war so benommen von meiner Kenntnis ihres Körpers, daß ich sie nicht ansehen konnte, immer wieder errötete und seitlich auf den Fußboden guckte. Ich hatte vorgehabt, nach dem Essen mit ihr ins Kino zu gehen, aber als ich flüsterte: «Können wir wieder nach Hause gehen und weitermachen?», sagte sie: «Keine Sorge, Jock, es schadet nich.»

Ich überlegte, ob ich eine völlig neue und harmlose Art des Liebesspiels erfunden hatte, die sich ewig fortsetzen konnte, weil sie nie befriedigt wurde. Und als ich sie später am Abend zu der Straßenbahn begleitete, die sie in den Süden der Stadt bringen sollte, wo ihr Wohnheim war, fühlte ich mich sehr angenehm erschöpft. «Bis Montag», rief ich, winkte fröhlich, und die Straßenbahn setzte sich in Bewegung. Und ich drehte mich um, um nach Hause zu gehen, und

und ich war bestürzt über die erste fortwährende Erektion, die ich je erlebt hatte. Sie kam ganz plötzlich und wollte nicht aufhören. Sie machte das Gehen schwierig, und ich konnte sie nicht beenden. Ich dachte nicht lüstern an Denny oder sonst jemanden, als dies geschah, ich dachte überhaupt nicht, ich war verblüfft über die Entdeckung, daß mein Körper ein Gedächtnis und einen Willen hatte, von denen mein Verstand nichts wußte. Mit ein paar Unterbrechungen hielt diese Erektion bis zum folgenden Montag an. Sie war eine Last, aber eine Last, die ich gern hinnahm, und wenn ich die Adresse von Dennys Wohnheim gekannt hätte, hätte ich sie sofort angerufen und sie zu mir gebeten, um die Last mit ihr zu teilen. Als ich sie am Montagmorgen sah und sagte: «Wir müssen uns heute abend treffen», antwortete sie: «Natürlich», doch mit einer Spur ihrer alten Besorgnis. Mein Benehmen mußte sich also ein wenig geändert haben. Als wir im Bett waren, streifte ich ein Präservativ über, und wir umarmten einander, und ich drang leicht und mühelos in sie ein. Ich war so froh, in ihr zu sein, daß ich ganz still dalag. Sie bewegte sich als erste, deshalb bewegte ich mich auch, um kein Spielverderber zu sein. Immer wenn die Erregung zu groß wurde, hörte ich auf. Ich fürchtete, daß ich klein und schwach werden und sie mich hinauswerfen würde, wenn ich ejakulierte. Ich hatte mehrere Male pro Woche ejakuliert, seitdem ich zwölf war, und erwartete nichts Neues davon. Aber schließlich ejakulierte ich, und wir schliefen, dann erwachten wir und liebten uns wieder und schliefen und erwachten und liebten uns wieder und schliefen. Dann hörte ich den Wecker klingeln, und Denny hatte sich aufgesetzt und sagte betrübt: «Heut abend muß ich mir wieder Tränen abquälen.»
«Warum nimmst du dir kein eigenes Zimmer?»
«Wie denn?»
Ich dachte eine Zeitlang angestrengt nach. Ich fragte sie, wie hoch ihr Lohn sei. Sie bekam nicht ganz drei Pfund in der Woche, was nach heutigem Geld ungefähr vierundzwanzig Pfund entspricht – genug, um Lebensmittel zu kaufen und ein billiges Zimmer zu mieten, wenn sie es mit jemandem teilte, aber dann wäre fast nichts für Vergnügungen, Kleidung oder

Fahrgeld übriggeblieben. Im Gaststätten- und im Reinigungsgewerbe konnten und können Arbeitgeber Frauen jeden Alters immer noch so wenig Geld zahlen, denn diese Frauen leben mit Vater oder Mutter oder Ehemann zusammen oder in einem Wohnheim wie Denny, und natürlich haben sie eine schwache oder gar keine Gewerkschaft. Sie sagte: «Das Heim is gar nich so schlecht, ich mein, es is sauber und wir sind 'ne ganz gute Clique. Die meisten Mädchen sind ganz ungebildet, so wie ich, aber wir haben manchmal viel Spaß.»
«Du hast Verwandte.»
«Na und?»
«Wenn du bei ihnen wohnen wolltest, würden sie dich aufnehmen?»
«Klar, aber ich will bei dem Gesindel nich wohnen.»
«Du könntest so tun, als wohntest du bei ihnen, aber in Wirklichkeit zu mir ziehen.»
«Tatsache?»
«Mein Hauswirt ist am Wochenende immer im Haus seiner Eltern. Wenn du nicht großspurig rumläufst, als ob dir der Laden gehörte, und wenn du dich nicht in der Küche sehen läßt und möglichst in diesem Zimmer bleibst, wird er uns in Ruhe lassen. Und dann können wir so oft zusammensein, wie wir wollen.»
Denny machte ein besorgtes Gesicht, dann lächelte sie, schließlich machte sie wieder ein besorgtes Gesicht, und ich merkte, daß ich in Gefahr war, ihr einen Heiratsantrag zu machen. Wir fuhren zusammen zum College, saßen Seite an Seite in der U-Bahn und hielten uns an den Händen. Als wir uns trennten, wurde mein Penis wieder steif, und ich spürte einen engen, an seinem Ende pulsierenden Ring, als bewege Denny sich dort immer noch. Dieser unsichtbare Ehering blieb den ganzen Tag bei mir. Seitdem habe ich ihn nie wieder verspürt.

War Denny Jungfrau, bevor sie mir begegnete? Ich drang sehr leicht in sie ein und glaube nicht, daß ich ihr Schmerz bereitete, aber eine Entjungferung braucht nicht immer ein dramatisches Ereignis zu sein. War danach Blut auf den Laken? Vielleicht. Meine Laken waren oft blutbefleckt, weil es Denny nichts ausmachte, mit mir zu schlafen, wenn sie menstruierte, und ihr Blut war kein Schmutz, der mich anekelte. Ich bemerkte nicht, ob die Laken beim erstenmal befleckt waren, denn ich war zu abgelenkt, um mich darum zu kümmern. Ich hatte ungewöhnliches Glück. Schließlich hätte ich leicht einem Mädchen begegnen können, dessen Vorstellung vom Liebesakt so verworren und unduldsam war wie meine eigene – ein Mädchen, das sich verpflichtet fühlte, sich zu beeilen und mich zu einer Art Höhepunkt anzutreiben. Wahrscheinlich wäre es ihr gelungen, und diese angenehme, aber unzureichende Erfahrung wäre zum Vorbild meines künftigen Liebesspiels geworden. Mag sein, daß Dennys sexuelle Weisheit von einigen glücklichen früheren Erfahrungen herrührte, aber vielleicht war sie fähig, leicht Genuß zu geben und zu empfangen, weil sie nicht genug über Sex nachdachte, um ihn zu einem Problem zu machen. Es gibt solche Frauen. Sie sind selten zauberhaft oder klug, sie sind nicht freizügig und meist mit selbstgefälligen Burschen verheiratet, die nicht merken, weshalb es ihnen gutgeht, doch obwohl wenige Männer die Gunst dieser Frauen genießen, freuen wir uns immer, sie zu sehen. Sie beweisen, daß der Schmerz der Liebe nicht unvermeidlich ist, sondern nur die häufigste Art von Pech.

Kurz danach verbrachte Denny wieder eine Nacht bei mir und zog dann unter den Bedingungen, die ich erwähnt hatte, bei mir ein. Sie hatte ihren eigenen Wohnungsschlüssel, verbarg dies jedoch vor dem Hauswirt und seinem anderen Mieter dadurch, daß sie an der Tür klingelte, bevor sie ihn benutzte. Wenn einer von ihnen die Tür öffnete, fragte sie: «Is Jock da?», und wenn sie antworteten: «Nein», huschte sie mit den Worten «Dann wart ich eben auf ihn» in mein Zimmer.
Die beiden fanden es lustig, weil sie mehr Zeit in dem Zimmer verbrachte als ich. Sie bereitete mir mehr Freude als jeder andere Mensch, aber ich hatte Angst, daß man es bemerken und denken könne, ich sei von ihr abhängig. Ich hatte auch Angst, daß sie das denken könnte; wenn ich deshalb am Abend ausging und sagte: «Ich bin bis neun wieder zurück», kehrte ich gewöhnlich vor neun zurück, aber manchmal blieb ich bis zehn fort, und bei diesen Gelegenheiten reagierte sie mit so aufrichtiger Erleichterung, als hätte sie gefürchtet, ich würde nie wiederkommen. Sie muß in dem Zimmer – nur das Radio leistete ihr Gesellschaft – einsam gewesen sein, aber ich mochte mich nicht mit ihr auf den

Straßen zeigen. Die Gesichter der Menschen, die uns entgegenkamen, hatten oft einen milden, amüsierten, erstaunten Ausdruck, den ich zu meinem Ärger herablassend fand. Einmal, als wir aus dem Kino kamen, folgte uns eine Bande von halbwüchsigen Jungen fast ganz nach Hause; sie lachten und sangen: «Nadelbüchse! Nadelbüchse! Wer hat seine Nadelbüchse?»
Denny packte mich ganz fest am Arm und zischte immer wieder: «Achte nich auf sie! Achte nich auf sie!», als fürchtete sie, ich würde mich umdrehen und mich auf die Jungen stürzen.

Manchmal stritten wir uns natürlich. Ich war ordentlich, und sie war schlampig. Sie konnte sich keine Stunde an einem Ort aufhalten, ohne etwas durcheinanderzubringen und Haarsträhnen, eine Haarklammer, eine Sicherheitsnadel oder ein Lippenstiftetui zu verstreuen. Obwohl sie in einer Mensa arbeitete, war sie keine gute Köchin, deshalb machte ich die Mahlzeiten und erwartete, daß sie danach aufräumte. Wir hatten nie viel schmutziges Geschirr, aber sie fuhrwerkte in ihrer emsigen, unsystematischen Art eine halbe Stunde lang herum, und wenn sie sich hinsetzte, lag immer etwas wie ein eiverschmierter Teller mit einem marmeladeverschmierten Messer auf dem Fußboden unter einem Stuhl. Dies machte mich manchmal wütend und schweigsam. Sie fürchtete sich vor meinem Schweigen. Eines Abends, als ich eine Viertelstunde lang ganz still gewesen war, rief sie: «Also gut! Wenn du mich wirklich so haßt, weshalb schlägst du mich dann nich?»
«Ich schlage nie jemanden!» sagte ich entrüstet, denn die Idee schockierte mich wirklich.
«Aber du möchtest es! Also tu's! Tu's!»
Sie ging auf mich los. Ich wich unwillkürlich in eine Ecke des Sofas zurück, errötete, zappelte und kicherte: «Ich *will* dich nicht schlagen!», während sie mir wie rasend Klapse gab und mich kniff. Einer ihrer Klapse traf meine Hoden, nicht heftig genug, um mich außer Gefecht zu setzen, denn ich packte sie und versohlte ihr den Hintern und entkleidete sie etcetera, so daß alles zärtlich endete und wir beide herrlich erschöpft waren. Danach beendete sie meine schlechte Laune meist auf dieselbe Weise, aber ich war sehr selten schlechter Laune. Sie war schlampig, und ich war ordentlich, aber sie verehrte meine Ordentlichkeit. Eines Tages liebten wir uns, als sie zu weinen

begann – ich hoffe, Tränen der Freude – und schrie: «Oh, du bist so ordentlich und sauber! So ordentlich und sauber!»
Ihr gefiel meine Kleidung, besonders die sechs identischen Hosen, und sie lernte, sie mit großer Sorgfalt zu bügeln. Vielleicht betrachtete sie mich als eine der teuren Puppen, nach denen sie sich gesehnt hatte, als sie klein war.

Ich dachte früher, Denny sei dumm, weil sie keine bestimmten Vorstellungen von der Welt hatte. Ich hatte sehr bestimmte Vorstellungen: Die Welt war verkorkst, aber ihre Probleme konnten durch moderne Technologie gelöst werden, und wenn Alan und ich das College verließen, würden wir anfangen, die Dinge zu verbessern. Ich war ein unwissender Trottel. Wenn Intelligenz forschende Fragen stellt und sich nicht auf einem Haufen oberflächlicher Antworten ausruht, dann war Denny die intelligente Hälfte von uns beiden. Einmal sah ich, wie sie die Stirn runzelte und die Lippen bewegte, als rede sie mit sich selbst. Ich berührte ihre Stirn und fragte: «Was spielt sich da drinnen ab?»
«Jock, was is das Wichtigste, was man wissen muß?»
«Was meinst du?»
«Ich mein, meine Erziehung war Blödsinn, die Schule hat mir nix beigebracht. Was hätte sie mir beibringen sollen?»
«Sie hätte dir beibringen sollen, einen anständigen Lohn zu verdienen.»
«Nein, das mein ich nicht, ich glaub, ich mein Geographie. Is denn Geographie nicht das Allerwichtigste?»
«Warum?»
«Weil man nich weiß, wo man is, wenn man keine Geographie kennt, und dann ist alles falsch, was man denkt. Früher hab ich immer geglaubt, daß England eine von Schottland getrennte Insel wär, wie Amerika. Und nun weiß ich, daß es keine getrennte Insel is, aber wenn ich von all diesen anderen Ländern in den Nachrichten hör, Korea und Berlin und Deutschland und Ungarn, weiß ich nich, wie weit weg sie sind, und hab keine Ahnung, wieviel ich mir aus ihnen machen sollte. Gebildete Leute mit Sammelbüchsen halten mich auf der Straße an, und sie bitten um Geld für die hungernden Kinder in Korea, und ich geb ihnen ein Sixpencestück, wenn ich's habe, denn Kinder sollten nich hungern, das ist ganz bestimmt nich richtig. Und dann

überleg ich: Wo is Korea? Wird es nich eine Menge Geld kosten, mein Geld nach Korea zu schicken? Wäre es nich nützlicher, wenn ich mein Sixpencestück meiner kleinen Cousine in Shettleston geben würde, die in einem Zimmer wohnt, wo der Fußboden dauernd feucht is?»
Ich konnte diese Fragen nicht beantworten, deshalb hielt ich sie für naiv, aber nun kann ich einige von ihnen beantworten. Ich könnte Denny nun sagen: «Geographie spielt keine Rolle mehr, weil es kein Nah oder Fern mehr gibt, die finanzielle Hülle, die den Globus umschließt, hat die Geographie der Entfernungen zerstört. Eine Firma wie Lonrho gewinnt Platin in Südafrika, versichert Leben auf den Bermudas, gibt die Hälfte der schottischen Zeitungen heraus und hat überall Besitz. Die polnische kommunistische Partei zermalmt Gewerkschaften und hält die Löhne niedrig, um das vom kapitalistischen Westen geborgte Geld zurückzuzahlen. Alle Machthaber bilden eine Art unehrenhaftes Bündnis, und sie gestehen Menschen wie dir, Denny, weiterhin sowenig Wissen und Lohn und Wohnraum wie möglich zu. Du wurdest in einer Falle geboren, Denny, und wirst in dieser Falle leben und sterben, und wenn du ein Kind zur Welt bringst, wird die Falle euch beide enger und enger umklammern, denn sie füllt sich ständig weiter. Ich wurde in der langen Stadt geboren, einer Falle für Bergleute. Wenn man die Grube im nächsten Jahr schließt, wird es eine Falle für die Arbeitslosen sein. Meine Mutter ließ mich durch geschickten Einsatz von Kleidung und psychischer Erpressung in die Falle meiner Hausaufgaben tappen, um mich von der langen Stadt zu befreien, und sie hatte Erfolg. Ich wurde ein freier Mann, der sich seine Arbeit selbst wählen konnte, und ich beschloß, für die Fallenhersteller zu arbeiten. Die moderne Technologie kann die Probleme der Welt nicht lösen, denn in allen Gesellschaften wird Technologie benutzt, um Wohlstand anzuhäufen, nicht um ihn zu verteilen. Die Bankenländer billigen Aufstände im kommunistischen Block, die Kommunisten wollen die Revolution im kapitalistischen Block, aber östliche Kommunisten grapschen auch nach ihren gesellschaftlichen Privilegien und vergrößern sie genauso eifrig wie unser eigener, Sonntagsbeilagen verschlingender Mittelstand, der, wenn er dich je bemerkt, Denny, deinen Wunsch, die Falle zu begreifen, in der du sitzt, belustigend naiv, recht bezaubernd komisch und eigentlich ganz rührend finden wird.

Aber wenn du streikst und für besseren Lohn demonstrierst (das wirst du nicht tun, denn du hast keine Gewerkschaft, aber wenn du es tätest), dann werden Kabinettsmitglieder, die Gehälter von neunundzwanzigtausendneunhundertfünfzig Pfund im Jahr (neben Zinsen für private Investitionen) beziehen, im Fernsehen erscheinen, um mit kühner, lauter, dünkelhafter Stimme zu erklären, daß es nicht genug Geld gebe, um dir zu helfen, daß deine egoistische Gier Britannien in seine gegenwärtige beklagenswerte Not gebracht habe. Und wenn man dich auffordert, etwas zu deiner eigenen Verteidigung zu sagen, Denny, wird deine Stimme über die Rundfunkwellen dumm und lächerlich klingen, weil du nicht weißt, wie man die Öffentlichkeit anredet. Deine Schule lehrte dich nicht, zu sprechen oder zu denken, sie lehrte dich, in Reihen zu sitzen und bei energischen Lehrern ruhig und bei schwachen rüpelhaft zu sein. Die Leute, die dich lenken, Denny, hat man gelehrt, unverfrorene Reden mit fester, klarer Stimme zu halten, DAS ist VIEL wichtiger als Geographie oder Technologie, denn RHETORIK REGIERT, KLAR?» (Halte dich von der Politik fern) Danke für die Erinnerung, Gott. Ich werde mich von der Politik fernhalten.

Ich wollte Denny nicht ganz allein im Haus zurücklassen und bat sie, mit mir zu kommen, als ich Alan besuchte, der sie bewunderte, aber sie sagte: «Ich werd ihn nie besuchen.»
«Warum nicht?»
«Ich hasse Alan, den Lulatsch.»
«Warum?»
«Er glaubt, daß er alles tun kann, was ihm einfällt.»
Sie hatte recht. In Alans Gesellschaft hatte ich immer das Gefühl, daß alles, was wir uns vorstellten, möglich war. Nach einer Pause sagte ich: «Das ist kein Grund, ihn zu hassen. Er will ja nie etwas Böses tun.»
«Vielleicht kann er alles tun, was ihm einfällt, aber Menschen wie wir können nich tun, was uns einfällt.»
Da begriff ich, daß Denny, die keine richtigen Eltern und keine Schulbildung hatte und sich nicht einmal richtig anziehen konnte, glaubte, sie und ich seien vom gleichen Schlag, Alan und ich aber nicht. Dadurch überkam mich schlechte Laune, die in eine freundschaftliche, lüsterne Balgerei zu verwandeln ich ihr nicht gestattete. Ich wurde ganz still, saß mit den Armen fest

um die Knie verschränkt da und ließ mich von ihr knuffen und kneifen, bis sie erschöpft war und weinte und flehte. Dann stand ich auf und ging aus dem Haus, ohne ein Wort zu sagen.

Es war ein milder Sommerabend, und als Alan die Tür öffnete, schlug ich vor, einen Spaziergang zu machen und irgendwo ein Glas zu trinken. Er trug eine Hose mit Nadelstreifen, die in Gummistiefel gesteckt war, und ein schmutziges kragenloses Hemd mit aufgerollten Ärmeln. Er sagte: «Gute Idee, Jock, aber laß mich zuerst diese kleine Arbeit beenden.»
Ich folgte ihm ins Vorderzimmer. Er war dabei, die Farbe von einem Tisch abzukratzen, den er in einer Müllgrube gefunden hatte.
«Ein wertvolles antikes Stück?» fragte ich ironisch, denn der Tisch schien mir nichts Besonderes zu sein.
«Noch nicht, aber wenn ich ihn beize und poliere und achtundsechzig Jahre lang behalte, wird er ein wertvolles antikes Stück werden.»
Die runde Platte hatte einen Durchmesser von sechzig Zentimetern und ein einzelnes, sich verjüngendes Bein, das in einem Dreifuß endete. Der Dreifuß war zweifellos elegant. Alan zeigte mir, wie die Teile so ineinandergefügt und gebogen waren, daß die Fugen bei normalem Verschleiß verstärkt, nicht geschwächt wurden. Er sagte: «Natürlich wird er nicht ewig halten. Eines Tages wird jemand eine ungewöhnlich schwere Last neben der Mitte abstellen, und er wird hier rissig werden.»
Er berührte eine Linie in der Maserung des Holzes. Ich fragte: «Könntest du sein Leben verlängern, wenn du diesen Teil verstärktest?»
«Nein. Er ist zu präzise angefertigt. Zusätzliches Holz würde die übrige Konstruktion schwächen.»
Dann arbeitete er zwei Stunden lang an dem Tisch, vorsichtig kratzend und schmirgelnd. Es machte mir nichts aus. Wir plauderten, oder ich blätterte seine Stöße alter technischer Zeitschriften durch oder hörte den Tauben zu, die im Schornstein gurrten. Schließlich sagte er: «Es ist ein bißchen spät für einen Spaziergang und ein Glas, Jock, und außerdem habe ich kein Geld. Wieviel hast du?»
Ich zeigte ihm eine halbe Krone, ein Zweischillingstück und Sixpence. Er meinte: «Mein Tisch erinnert an Paris, laß uns zu

Hause einen kontinentalen Abend verbringen. Du hast mehr als genug Geld, um eine Flasche Old Tron zu kaufen, einen einzigartigen vollblütigen schottischen Wein, der von Experten, Kennern und Connaisseurs sehr geschätzt wird. Kauf mit dem Wechselgeld zwei Zigarren der besten Qualität. Ich werde Gläser, ein Streichholz und natürlich den Tisch zur Verfügung stellen.»

Als ich zurückkehrte, hatte er dadurch formelle Würde gewonnen, daß er seinen Offiziersrock angezogen und sich einen weißen Baumwollschal um den Hals geknüpft hatte. Der frischgesäuberte Tisch stand nun vor dem offenen Fenster, war von drei Stühlen mit gerader Lehne umgeben, und auf der Platte standen drei Gläser neben einem glänzenden Messingkerzenhalter mit einer acht Zentimeter langen Kerze und einer sauberen Untertasse mit Streichhölzern und einem Zigarrenabschneider. Alan wickelte die Zigarren aus und legte sie über die Untertasse. Dabei sagte er: «Die Zeit zum Anzünden ist noch nicht gekommen.»

Er goß etwas von dem roten, sirupartigen Wein in zwei der Gläser und leerte dann den Rest sorgfältig in eine geschliffene Karaffe, die er genau in die Mitte des Tisches stellte. Wie ein erfahrener Kellner zog er einen Stuhl hervor, schob ihn unter meine Schenkel, während ich mich niederließ, und setzte sich dann mir gegenüber. Wir stießen an und nahmen einen Schluck.

Ich sagte: «Du erwartest noch Besuch.»

«Carole kommt vielleicht.» Carole war seine Freundin, eine Künstlerin. «Weshalb bringst du Denny nie zu mir mit?» Ich erzählte ihm, was Denny gesagt hatte. Er seufzte. «Sie durchschaut mich. Sie ist wirklich sehr aufgeweckt. Du solltest sie heiraten.»

«Ich bin gerade achtzehn geworden. Denny ist die erste und einzige Frau, mit der ich je geschlafen habe, und sie hat mich gewählt, nicht umgekehrt. Und ich werde nicht heiraten, bevor ich so viel verdiene, daß ich zwei Leute, ohne Schulden, in meinem eigenen Haus, versorgen kann.»

«Ja. Schade.»

«Wirst du Carole heiraten?»

«Nein nein nein. Hast du gesehen, wie sie mit ihren Sachen umgeht? Ihr gefallen Kunstbücher. Sie studiert die Bilder tatsächlich und liest den Text, und weil sie fachmännisch geformt und exquisit gefertigt ist, finden sich genug verliebte Trottel, die ihr diese Bücher schenken. Und sobald ihr eines gehört, verschmiert sie es mit Farbe und verbiegt den Einband, bis er durchbricht. So würde sie auch mich behandeln, wenn ich sie heiratete, deshalb werde ich es nie tun. Aber ich fürchte, wir werden zusammensein und uns wahrscheinlich sogar lieben, bis daß der Tod uns scheidet. Carole hat einen Griff wie ein eiserner Schraubstock. Ich beneide dich um Denny.»

Ich sagte nachsichtig: «Ich glaube dir kein Wort.»

Die Straße nahm im Licht der untergehenden Sonne eine rötliche Färbung an. Wir beobachteten sie, schlürften den Wein, gaben Kommentare zu den Passanten und zu dem ab, was wir durch die Fenster des gegenüberliegenden Mietshauses an Aktivitäten sehen konnten. Carole traf ein, ein schlankes Mädchen mit einem verlorenen, einsamen und faszinierenden Gesicht. Ich glaube, daß es ihr leid tat, mich dort vorzufinden, aber ich weiß nicht, wie sie mir diesen Eindruck vermittelte, denn sie war liebenswürdig und freundlich. Sie trug flache Sandalen, Jeans, einen farbverschmierten Pullover, und ihr Haar war zu einem Pferdeschwanz gebunden. Alan sagte energisch: «Carole, du bist für einen kontinentalen Abend nicht richtig angezogen. Bitte, geh ins Schlafzimmer, leg deine ganze Kleidung ab und zieh dir dies an. Und entferne das Gummiband aus deinem Haar, ich bin sicher, daß Pariserinnen an diesem Körperteil kein Gummi tragen.»

Er gab ihr ein schwarzes Kleid, das seiner Mutter gehört hatte; sie muß eine große Frau gewesen sein, denn als Carole aus dem Schlafzimmer kam, hing das Kleid bis zu ihren Fußknöcheln hinunter und wollte sich nicht den Schultern anpassen. Sie sah wunderbar aus. Sie konnte in jedem Kleidungsstück wunderbar aussehen. Alan hob ihr Haar, legte dessen Fülle sorgfältig auf ihre nackten Schultern und brachte dann hinter ihrem Ohr eine überzeugende weiße Blüte an, die er kurz vorher aus einem Blatt Papier geschnitten und gefaltet hatte. Er geleitete sie zeremoniell zu dem Stuhl zwischen uns und füllte die drei Gläser mit dem restlichen Wein. Die Straßenlaternen leuchteten auf. Er steckte die Kerze an, schnitt die Zigarrenenden ab und forderte mich auf, meine zuerst anzuzünden. Eine halbe Stunde lang saßen wir trinkend und rauchend da und sahen zu, wie die gemächliche

Sommerdämmerung die Straßen verdunkelte und den Himmel über dem Mietshaus auf der anderen Seite verfärbte und dafür sorgte, daß die elektrischen Lichter in den uns gegenüberliegenden Zimmern angeknipst wurden. Ich wußte, daß das Fenster, das dieses sich subtil ändernde Bild einrahmte, seinerseits ein Bild für die Straße draußen einrahmte: das Bild einer jungen, von Kerzen beleuchteten Frau, die zwischen ihrem Liebhaber, einem feinen großen Mann, und seinem Freund, einem kleineren kultivierten, saß. Ich bin sicher, daß wir alle uns für so gut aussehend, so interessant, so behaglich, so zivilisiert, so unsterblich, so zufrieden wie Menschen in einem guten Bild von Renoir hielten. Alan hatte dies arrangiert, aber die Grundlage meiner Zufriedenheit war das Wissen, daß Denny eine Meile westlich auf mich wartete. Mein Körper freute sich schon auf die stille Befriedigung, die sie und ich erleben würden, nachdem wir einander entzückt hatten.

Ich kehrte später zurück als beabsichtigt und war sehr froh, Denny in der Küche vorzufinden, wo sie munter mit dem Hauswirt schwatzte, der ihre Gesellschaft genoß. Ich hatte ihr geraten, ihm aus dem Wege zu gehen, weil ich fürchtete, daß er gerade dazu nicht in der Lage sei. Er war ein steifer junger angehender Rechtsanwalt, vor dem ich großen Respekt hatte, vielleicht weil er mir sehr ähnlich war. Er trug gute Anzüge, wählte seine Worte sorgfältig und lächelte ganz selten. Jetzt aber kicherte er. Denny erzählte ihm von ihren Verwandten – von denen, die sie nicht mochte –, und die Mitteilungen schockierten ihn, aber es gefiel ihm, sich schockieren zu lassen, und er stellte immer neue Fragen. Sie war angeregt von der Entdeckung, daß sie einen Mann seines Kalibers unterhalten konnte. Wir tranken eine Tasse Tee, und als ich schließlich energisch sagte: «Zeit zum Schlafengehen», hielt er mich einen Moment lang an der Küchentür zurück und flüsterte: «Ein tolles Frauchen haben Sie da.»

Als ich sie in jener Nacht umarmte, wußte ich, welch großes Glück ich hatte. Das war der glücklichste Tag meines Lebens.

Weshalb also, nachdem Alan mich in der Mensa einer Frau vorgestellt hatte, die ich nicht wollte und die mich nicht wollte, folgte ich ihr zur Schauspielschule? Aus Gier. Ich wollte herausfinden, wieviel Vergnügen ich noch haben konnte. Denny sah von der Bedienungsklappe aus, wie ich mit Helen sprach, und später am selben Tag sagte sie finster: «Ich wette, du bist scharf auf diese große Frau.»

«Sie ist ein hochnäsiges Luder, und ich werde nichts mit ihr zu tun haben, ich werde für eine Truppe, ein Team, arbeiten. Die Erfahrung dürfte nützlich sein. Vielleicht verdiene ich sogar ein bißchen Geld.»

Aber als ich das Team traf, schlug ich mir die Hoffnung auf Geld aus dem Kopf. Es war so desorganisiert, daß daran nicht zu denken war.

Ich fand die Truppe im Athenaeum, dessen Säulenfassade und marmorne Eingangshalle mich nicht auf die schmalen Korridore und staubigen Räume vorbereitet hatten, die ich zunächst durchsuchen mußte. Zwei Frauen und drei Männer standen auf einem Quadrat braunen Linoleums und starrten mit offenem Mund die Tür an, die ich geöffnet hatte. Ein anderer Mann saß auf einer Stuhlreihe an der Wand. Eine der Frauen war Helen. Sie stellte mich rasch dem Regisseur vor, der etwa folgendes sagte: «Es ist phantastisch, daß Sie gekommen sind, äh, Jack, Jake, Jock, nicht wahr? Gut gut gut. Wir alle sind ganz entzückt, Sie zu sehen. Wir sind völlig abhängig von dem, was Sie für uns tun werden, *aber* ich muß Sie um Engelsgeduld bitten, weil Sie uns in der Mitte von etwas Wichtigem unterbrochen haben. Könnten Sie Ihren Po auf einem der Stühle da plazieren und uns nur ... zusehen? Die Atmosphäre in sich aufnehmen. Beurteilen Sie uns nicht zu streng. Wir sind noch im amorphen Stadium. Hier ist ein Exemplar des Drehbuchs. Nehmen Sie's nicht zu ernst. Wir haben vieles abgeändert, was noch nicht eingetragen ist, und bestimmt wird's noch mehr. Später werden wir beide zu einem Tête-à-tête zusammenkommen und etwas Solides zusammenzimmern. Los, ihr Lieben, noch mal von vorn.»

Diese Rede ärgerte mich auf so vielerlei Weise, daß ich mir vorstellte, das Gebäude zu verlassen, als ich auf einen der Stühle an der Wand zuging, aber ich setzte mich hin und teilte meine Aufmerksamkeit zwischen dem Drehbuch auf meinem Knie und der sich fortsetzenden Probe, die immer wieder zänkisch unterbrochen wurde.

Das Stück war eine moderne Version von *Aladin und die Wunderlampe*. Außer dem Helden, einem schottischen Einfaltspinsel aus der Arbeiterklasse, waren die Personen Engländer aus der Oberschicht, wie sie sich ständig selbst in Rundfunk und Film karikieren. Das Werk nannte sich *Eine politische Farce* und war zweifellos mit satirischer Absicht geschrieben worden, aber ich entdeckte nichts Lustiges daran. Nur Helen machte es der Betrachtung wert. Sie spielte ein egoistisches, aufreizendes, berechnendes Luder mit soviel Vitalität, daß ihr Text witzig klang. Wenn sie nicht auftrat, saß sie da und schlang die Arme um die Schultern, als sei ihr kalt, und ihr Gesicht über dem langen eleganten Hals wirkte so träumerisch und abwesend wie das Caroles; oder sie lag mit geschlossenen Augen auf vier Stühlen hingestreckt, ihr Haar und ein Arm hingen zu Boden. Mir schien bemerkenswert, daß sie innerhalb von drei Minuten drei verschiedene Versionen von sich selbst – aggressiv, nachdenklich oder völlig verlassen – darstellen konnte. Der Regisseur, der gleichzeitig den Helden spielte, hinterließ bei mir den Eindruck eines albernen Mannes und eines schlechten Schauspielers. Ich sehe ihn immer noch deutlich vor mir: weibisch mit schmalen, hellblauen Augen und gutfrisiertem, gewelltem blondem Haar. Er trug Sandalen, eine schwarze Hose und einen schwarzen Pullover, dazu einen Ohrring und viele silberne Halsketten. Aber in den Fünfzigern trugen Männer, die prachtvoll aussehen wollten, nie Schmuck, also habe ich ihm diese Dinge aus einem späteren Jahrzehnt auferlegt. Wenn er nicht spielte, sprach er mit einem schleppenden Oxford-Akzent, der sehr ausgeprägt wurde, wenn er vorgab, die Beherrschung zu verlieren, was etwa alle fünf Minuten geschah. Er nannte andere «Darling» oder «Perlchen» oder (wenn er vorgab, wütend zu sein) «Früchtchen», und er wedelte dauernd mit den Armen, deshalb wußte ich sofort, daß er homosexuell war. Ich irrte mich. Er war der Liebhaber von Helen und auch von Diana, einem weniger schönen Mädchen, das alle anderen weiblichen Rollen in dem Stück spielte. Diana wußte, daß er auch Helens Liebhaber war. Helen begann erst dahinterzukommen, daß er auch Dianas Liebhaber war, und Diana war ihre beste Freundin. Deshalb war Helen so nachdenklich zwischen ihren Auftritten und hörte nicht, was man zu ihr sagte, wenn man nicht lauter als gewöhnlich sprach. Die anderen Anwesenden waren Roddy und

Rory, unverfälscht männliche junge Schauspieler, ohne extravagante Kleidung, Ausdrücke oder Manieren, und ein Mann mittleren Alters mit der trotzigen, quengeligen Stimme von jemandem, der weiß, daß er unbedeutend ist, und sich darüber ärgert. Er saß zusammengekauert da und gab Bemerkungen von sich, die kein anderer zu hören schien. Ich hielt ihn für einen Hausmeister, der mit den Proberäumen zu tun hatte. Wieder ein Irrtum.

Im Lauf der Probe kauerte der trotzige Mann sich immer stärker zusammen, bedeckte dann das Gesicht mit den Händen und fing an, mit monotoner Stimme zu sagen: «O nein ... O nein ... O nein ... O nein ... O nein ...», bis der Regisseur mitten in der Deklamation innehielt und entnervt fragte: «Was ist denn jetzt wieder los?»
«Übertreibung.»
«Willst du behaupten, daß ich ein schlechter Schauspieler bin?»
«Ich behaupte, daß dein Glasgower Dialekt der abgedroschenste Kitsch ist.»
«Früchtchen, du bist wahnsinnig!» rief der Regisseur mit klarer, schriller, oxfordakzentuierter, vorgetäuschter Wut: «Ich wurde in Calton geboren und aufgezogen. Mein Vater arbeitet in einer Schmiede in Parkhead. Bis ich zwölf Jahre alt war, dachte ich, daß nur die königliche Familie und Hollywood-Stars Toiletten in der Wohnung hätten. Und nun will mir ein Schulmeister aus Carntyne erzählen, daß ich den Dialekt meiner eigenen Familie nicht sprechen kann!»
Der trotzige Mann sagte: «Ja, Brian, ich weiß auch, daß du im Grunde ein schmutziger kleiner Glasgower Lümmel bist, aus einer noch dreckigeren Gegend als ich selbst. Du bist auch kein schlechter Schauspieler. Du *kannst* alles spielen, nur das nicht, was du eigentlich bist.»
Der Regisseur ging mit undurchschaubarer Miene in einem langsamen Kreis im Zimmer herum. Wir alle beobachteten ihn gespannt, deshalb hatte er wohl das Gefühl, daß sein jetziger Auftritt interessanter sei als der im Drehbuch vorgesehene. Als er wieder seinen Ausgangspunkt erreichte, sagte er nachgiebig: «Es gibt eine einfache Lösung. Laß mich McGrotty als einen Cockney spielen. Ich bin ein Meister des Fish-and-chips-Dia-

lekts im Londoner Eastend. Wir führen dieses Stück bei internationalen Festspielen auf, falls du dich erinnerst, mit viel mehr Engländern als Schotten im Publikum. Also brauchen wir nicht kleingeistig provinziell zu sein – oder?»

Der trotzige Mann bedeckte das Gesicht mit den Händen und sagte mit gedämpfter Stimme: «Ich werde nicht zulassen, daß du mein Stück zu einem Instrument für deinen nationalen Unterlegenheitskomplex und deine Londoner Ambitionen machst. Gib Rory die Rolle. Er weiß, wie sie gespielt werden muß.»

Der Regisseur lächelte und erklärte munter: «Ich wünschte, du wärst tot. Weißt du, weshalb ich wünsche, daß du tot wärst? Wenn du tot wärst, könnte ich aus diesem Drehbuch ein großartiges Drama machen. Es hat eine gute Handlung, kernige Rollen, ein paar sehr lustige Stellen und nur einen einzigen Mangel: einen Autor, der keine praktische Theatererfahrung hat und schrecklich lebendig ist. Tu mir einen Gefallen. Geh weg und stirb.»

Der Autor – sein Gesicht war ganz weiß – verließ den Raum ohne jede Würde, denn er stolperte, als er durch die Tür ging, und nahm zwei Anläufe, bevor er sie hinter sich zuschlug. Ich hatte nie zuvor gehört, daß Erwachsene so bewußt gehässig zueinander sein können. Die beiden Mädchen starrten den Regisseur fast ehrfürchtig an. Diana sagte hoffnungsvoll: «Vielleicht kommt er nicht zurück.»

«Wir brauchen ihn», antwortete der Regisseur müde. «Wir brauchen seinen Namen auf dem Programm. Roddy. Rory. Er wird seinen Kummer im Red Lion ertränken. Folgt ihm und ladet ihn zu ein paar Gläsern ein und sagt ihm, was für ein toller Schriftsteller er ist und was für ein Lump ich bin und daß alle anderen auf seiner Seite sind. Er macht diese Szenen, weil er sich schmeicheln lassen will, also tragt ruhig dick auf. Nehmt Jock mit. Die Mädchen und ich werden noch vierzig Minuten tüchtig arbeiten und dann auch in den Pub kommen.»

Als Roddy und Rory und ich den nächstgelegenen Pub erreichten, war der Bühnenautor nicht dort, aber wir bestellten trotzdem jeder einen halben Liter.

Roddy fragte: «Was hältst du von uns, Jock?»

«Ihr seid interessante Leute.»

Rory fragte: «Was hältst du von unserem Regisseur?»

«Ist er schwul?»
«O nein. Roddy und ich sind die Schwulen in dieser Truppe.»
Fast überwältigende Panik ergriff mein Inneres. Ich hätte nicht verlegener sein können, wenn sie mir gesagt hätten, daß sie Katholiken seien. Sie beobachteten mich aufmerksam, deshalb brachte ich es fertig, keine Reaktion zu zeigen. Roddy meinte: «Du hast keine Miene verzogen. Glaubst du, daß Rory Witze macht?»
Nach einer Pause antwortete ich: «Nicht unbedingt.»
Sie grinsten, als sei dies ein Witz, und mein Inneres begann sich zu entspannen. Rory sagte: «Du bist mit der armen Helen befreundet, nicht?»
«Ich bin mit Alan befreundet, der mit Helen befreundet ist.»
Roddy erklärte: «Ah! Alan! In den könnte ich mich verknallen.»
Rory sagte: «Ich nicht. Allerdings, wenn er nett zu mir wäre, würde ich mich wahrscheinlich fügen.»
Ich fragte: «Warum hast du Helen ‹arm› genannt?»
Sie erzählten mir von Helen, Diana und dem Regisseur. Dann fragte ich, ob das Stück irgendeine Aussicht auf Erfolg habe. Rory antwortete: «Es gibt eine Aussicht, ja, eine schwache Aussicht.»
Roddy sagte: «Es hätte sehr gute Aussichten, wenn Brian Rory die Hauptrolle gäbe.»
«Dann stimmt ihr also mit dem überein, was der Autor gesagt hat?»
«O ja. Sogar Helen und Diana geben im Vertrauen zu, daß Brian in der Hauptrolle hoffnungslos ist.»
«Warum könnt ihr alle es ihm dann nicht sagen?»
«Wenn wir alle ihm das sagen, ist er durchaus in der Lage durchzudrehen, und dann ist die ganze Inszenierung kaputt. Wir machen weiter, weil wir hoffen, daß ihm selbst ein Licht aufgeht. Es könnte sein. Er ist kein Dummkopf.»
Ich wollte nichts mit einer Truppe zu tun haben, die von den Launen eines unberechenbaren Egoisten abhängig war. Wenn Helen eintraf, würde ich sie beiseite führen, ihr dies ruhig erklären, mich dann entschuldigen und verschwinden.

Der Regisseur kam Arm in Arm mit seinen Frauen herein. Alle drei waren so hektisch ausgelassen, als hätten sie getrunken, und ich hatte keine Gelegenheit, unter vier Augen mit Helen zu sprechen. Ihr Frohsinn hatte einen wilden, herausfordernden Beiklang, fast erinnerte sie mich an Jane Russell. Ich nehme die inneren Gefühle von Menschen nicht häufig wahr, aber ich spürte, daß Helen sich bald eine Alternative zu diesem Regisseur wünschen würde, eine Alternative, die ihm ganz unähnlich war. Plötzlich war auch ich ausgelassen, so ausgelassen, daß ich es verschleierte, indem ich auf meine Uhr blickte und jäh verkündete: «Ich muß gehen.»

«Hören Sie, tut mir leid, daß dieser Abend so chaotisch war», sagte der Regisseur, der mich zur Pubtür begleitete. «Nächste Woche werden Sie das Tête-à-tête bekommen, das ich Ihnen versprochen habe, wir werden einen Beleuchtungsplan ausarbeiten und Ihnen besorgen, was Sie benötigen. Vor allem müssen Sie daran denken, daß wir auf einer kahlen Bühne ohne Vorhänge oder Hintergrund oder jede Art von Bühnenbild auftreten, nur mit Schreibtischen und Stühlen und solchen Sachen, deshalb hängen all die Übergänge und die Stimmungen der Szenerie von Ihnen ab. Ich weiß, daß Sie uns nicht im Stich lassen werden.»

Als ich Denny später in der Nacht liebte, streichelte ich auch ein Bild der verzweifelt ausgelassenen Helen und drang in es ein, deshalb war ich immer wieder erstaunt über die Kürze von Dennys Beinen.

Irgendwann in der folgenden Woche besuchte ich den Speicher eines Bühnenverleihs, und nach einer halbstündigen Diskussion über das verfügbare Gerät hatte ich die Hauptarten von Bühnenbeleuchtungen identifiziert und erfahren, daß es Streulichter (die mehr oder weniger rasch ein- oder ausgeblendet werden können) und Punktscheinwerfer (die zu recht großen Flächen erweitert werden können) gibt. Es kam nicht zu einem Tête-à-tête mit dem Regisseur, der immer zu beschäftigt war, um sich um praktische Einzelheiten zu kümmern, aber ich arbeitete durch Gespräche mit Roddy, der für die Requisiten zuständig, und mit Diana, die Herstellungsleiterin war, einen Beleuchtungsplan aus. Als ich sie nach der Farbe der Kleidung und der Möbel fragte, meinten sie, das gehe mich nichts an. Ich erklärte, daß manche Farben lebhaft oder stumpf wirken würden, je nach der Farbe des Lichts. Roddy sagte: «Ich glaube, du bist zu spitzfindig, Jock. Eine Aufführung wie unsere braucht keine farbige Beleuchtung.»

Diana warf ein: «Einen Moment! Könntest du ein Telefon in der Dunkelheit glühen lassen?»

«Wenn ich eine ultraviolette Birne und ein entsprechend glasiertes Telefon habe, kann ich das natürlich. Oder ich könnte ein Telefon mit Azetat herstellen und eine kleine Birne darin unterbringen. Aber wenn totale Dunkelheit nicht nötig ist, kann ich ein Telefon der richtigen Farbe in einem schwachbeleuchteten Bereich hell glühen lassen, indem ich es mit dem richtigen Punktscheinwerfer anstrahle.»

Diana sagte zu Roddy: «Siehst du, das könnte das Hauptproblem lösen.»

Das Stück enthielt Szenen, in denen Personen, die in verschiedenen Gebäuden sein sollten, einander von gegenüberliegenden Bühnenseiten her anriefen. Alle außer dem Autor dachten, daß es schwierig sein würde, diese Szenen zu dramatisieren. Roddy schlug rasch eine Seite im Drehbuch auf und sagte: «Natürlich! Ende von Szene fünf. Harbinger beginnt seinen Schlußmonolog ganz rechts, dann verblaßt das Licht, dann erschießt er sich, sackt über dem Schreibtisch zusammen, und wir vermindern die Streulichter bis auf einen kleinen Spot, der auf ihn gerichtet ist und auch das Telefon erhellt. Miss Soames tritt ein, nimmt den Hörer ab, sagt die Nummer, und genau in dem Moment, wenn das andere Telefon zu klingeln anfängt, sehen wir es ganz links in der Dunkelheit leuchten! Du bist ein Genie, Jock.»

Sie schienen zu denken, daß ich ihnen die Idee eingegeben hätte, dabei hatte ich sie nur gefragt, was sie wollten, und ihnen erklärt, was zu machen sei. Diana sagte: «Ich werd's Brian schonend beibringen.»

Roddy widersprach: «Wäre es nicht leichter, wenn wir's als technische Angelegenheit behandeln und Jock es einfach macht?»

Diana sagte: «Nein, ich werd's Brian beibringen. Da die Idee von Jock stammt, wird er sich nicht bedroht fühlen.»

Diana war ein sehr schlankes, sehr vernünftiges Mädchen mit unregelmäßigen Zügen. Sie war nicht hübsch, aber attraktiv, und ich konnte nicht begreifen, weshalb sie und Helen sich von einem aufgeblasenen Idioten wie Brian lieben und herumstoßen

ließen. Sie fingen noch sein übelstes Verhalten mit mütterlichem Beschützergeist auf. Und wenn ich darüber nachdenke, taten Roddy und Rory das gleiche. Brian war sehr geizig. Wenn er uns nach einer Probe in den Red Lion führte, warf er sich immer theatralisch auf eine Bank, lehnte sich mit geschlossenen Augen zurück und jammerte leise: «Holt mir bloß was zu trinken.»
Wer der Theke am nächsten war, Helen oder Diana oder Roddy oder Rory oder ich (wieso ich?), kaufte und brachte ihm ein Glas Bier, er stürzte ein Viertel davon theatralisch hinunter, legte sich dann wieder mit geschlossenen Augen zurück und murmelte: «Danke. Das hatte ich verdient.»
Um ihn herum stupsten die Mitglieder der Gruppe sich an und grinsten einander zu, wobei sie darauf achteten, daß er es nicht bemerkte. Dann fiel mir auf, daß seine schmalen Augen nicht immer ganz geschlossen waren, wenn er sich zurücklehnte, und daß er die anderen in Wirklichkeit beobachtete, wenn sie sich stupsten und grinsten. Ich verstand niemanden in der Truppe außer dem Autor, einem schlichten Gemüt. Die anderen sprachen nicht mit ihm, deshalb fühlte ich mich verpflichtet, den Beleuchtungsplan und die Lichteinsätze zu erklären. Er hörte genau zu und sagte dann mit erleichterter Stimme: «Ja, das wird nicht stören.»
Er glaubte, daß sein Stück ein Erfolg sein würde, wenn die Schauspieler sich nur an all seine Anweisungen hielten und seinen Text deutlich aussprächen. Ansonsten hatte er kein Interesse an der Regie und Beleuchtung des Stücks und wohnte hauptsächlich deshalb den Proben bei, um, soweit es ihm möglich war, zu verhindern, daß der Regisseur seinen Text änderte.

Der Autor war nicht der einzige, der nach einem brutalen Wortwechsel aus dem Proberaum flüchtete. Alle außer mir taten es irgendwann einmal. Sogar der Regisseur, nachdem Helen an einer Stelle mit ihm anderer Meinung war und sich an die übrigen Schauspieler wandte und sie ihr zustimmten. Die Beleidigten eilten gewöhnlich in den Pub, und da ich in diesem Stadium der Produktion oft nichts zu tun hatte, bat man mich meist, ihnen zu folgen und sie zu trösten. Das war nicht schwer. Ich hörte ihren Klagen mit großer Aufmerksamkeit zu und sagte so wenig wie möglich. Doch ich gestattete mir, ein gewisses

Maß an Überraschung zu zeigen, denn die Ursachen des Streits unterschieden sich gewöhnlich sehr von der Auseinandersetzung, die ihn ausdrückte. Helen erzählte mir von ihrem Mißtrauen Diana gegenüber; Diana erzählte mir, wie schuldbewußt sie sich Helen gegenüber fühle; der Regisseur riet mir, mich nie mit Frauen einzulassen, denn es sei die HÖLLE, Jock, die reine reine reine verdammte unverfälschte Hölle; Roddy erzählte mir, wie sehr er sich fürchte, Rory zu verlieren; Rory erzählte mir, was für erdrückende Besitzansprüche Roddy neuerdings an ihn stelle. Wenn sie so lange gesprochen hatten, bis sie wieder munter oder gelassen waren, machten sie mir ein kleines Kompliment, wie: «Wir sind alle weniger nervös, seit du bei uns bist, Jock», oder: «Du hast sehr viel Mitgefühl mit Leuten, die anders als du sind.»

Ich hatte kein Mitgefühl, ich war nur an ihnen interessiert. Bloß Helen schien sich zu schämen, ungehemmt mit mir zu sprechen. Danach sagte sie: «Es war albern von mir, mich so aufzuführen. Tut mir leid, es fällt mir schwer, vernünftig zu sein.»

Nur Diana hatte Interesse an mir. Einmal unterbrach sie ihr Geplapper über Brian und Helen und fragte: «Was ist mit deinem Liebesleben? Du hast doch eins, oder?» Ich entgegnete, daß ich nicht gern darüber spräche. Sie sagte: «Kein Wunder, daß ich mich bei dir sicher fühle.»

Ich starrte nachdenklich in mein Glas, um zu verhindern, daß ich sie prüfend ansah. Ich wußte nicht, ob ihre Bemerkung eine Beleidigung oder ein Kompliment war, aber sie erregte mich. Ob sie wohl den Regisseur zur selben Zeit wie Helen satt haben würde? Ich begehrte Helen, ich hatte nicht die Absicht, Denny aufzugeben, und wenn ein egoistischer lärmender kindischer Mann wie Brian zwei Frauen gleichzeitig haben konnte, warum sollte dann ein gütiger taktvoller intelligenter Mann wie ich nicht drei haben?

Denn ich vernachlässigte Denny in jenen Tagen nicht, nein, nein, nein. Ich mochte sie lieber denn je. Die Schauspieler faszinierten mich, aber es war schön, nach Hause zu kommen und mit jemandem zu Abend zu essen, der nicht meinte, daß die ganze Welt eine Bühne und alle anderen nur ein gutes oder schlechtes Publikum seien. Ich wurde netter zu Denny, weil ich Pläne schmiedete, ihr untreu zu sein. Meine Unpünktlichkeit

hörte auf. Ich schenkte ihr Schokolade und bebilderte Liebesgeschichten, die sie mit großer Konzentration las. Und als ich an einem Freitagabend beiläufig bemerkte, daß ich am nächsten Tag nach Edinburgh fahren und vielleicht bis zum Sonntag bleiben würde, schien sie beunruhigt, aber nicht beunruhigter, als hätte ich ihr gesagt, daß ich Alan besuchen wolle. Das war, bevor wir ins Bett gingen. Später wurde ich von einem komischen, erstickten, quietschenden Geräusch geweckt. Wir hielten einander nicht umschlungen wie sonst. Denny war so weit, wie sie konnte, unter die Bettdecke gerutscht und drückte das Gesicht in die Matratze, um ihr Schluchzen vor mir zu verbergen. Ihr Kopf lag neben meiner Hüfte. Ich streichelte ihn und fragte: «Was ist denn?»
Ich konnte ihre Worte erst hören, als ich mich zu ihr hinunterschob. Sie sagte: «Du verläßt mich jetzt du verläßt mich jetzt und kommst nie wieder zurück, nie wieder.»
Ich versuchte, sie zu umarmen. «Mach dir keine Sorgen, ich liebe dich! Alles ist in Ordnung, denn ich liebe dich!»
Ich hatte das Wort *Liebe* vorher nie ernsthaft ausgesprochen und habe es seitdem nie mehr benutzt, aber als ich hörte, wie es mir über die Lippen ging, wußte ich, daß ich es ehrlich meinte. Doch sie sagte immer noch: «Nein nein nein nie, du kommst nie kommst nie zurück», und ich merkte, daß sie außer mir nicht viel hatte, an das sie sich klammern konnte, nichts als einen Lohn, der sie nicht ernährte, als Verwandte, denen sie mißtraute, und als eine unerträgliche öffentliche Mildtätigkeit. Neben solcher Schwäche fühlte ich mich ungeheuer stark, so stark wie die ganze Welt in einem, und ich freute mich, meine Stärke zu entdecken, denn nun, da ich sie liebte, hatte sie keinen Grund zu weinen. Gleichgültig, wie viele andere Frauen ich liebte (ein Mann, der so groß wie die Welt ist, kann sich nicht auf eine einzige Frau beschränken), sie würde immer völlig sicher sein, weil ich sie zuerst und am meisten liebte. Ich sagte: «Hör zu, Denny, du brauchst dir keine Sorgen zu machen, denn eines Tages werd ich dich wahrscheinlich heiraten, Denny, ja, ich werd dich wahrscheinlich heiraten, weil ich dich mag, nein, weil ich dich liebe, Denny!»
Wörter hatten keine Bedeutung für Denny, wenn sie niedergeschlagen war. Schließlich ließ sie zu, daß ich sie an mich drückte, aber das Schluchzen schüttelte ihren Körper wie ein unheilbarer

Schluckauf, bis es mich nicht mehr bekümmerte, sondern langweilte, dann hatte ich genug davon und schlief ein.

Sie war am nächsten Morgen, beim Frühstück, sehr still, obwohl ich Rührei auf Toast gemacht hatte, was sie sehr gern mochte. Ich sagte fast flehend: «Keine Sorge, Denny! Ich bin dir nicht böse.» Sie antwortete nicht. «Kein Paar sollte damit rechnen, daß beide in absolut jeder Nacht ihres Lebens zusammen schlafen. Und Edinburgh ist ja nicht am anderen Ende von Schottland, es ist mit dem Zug weniger als eine Stunde entfernt. Und du bist hier ganz sicher, der Hauswirt mag dich.»

«Aber ich mag ihn nich.»

«Warum nicht?»

«Er guckt mich so komisch an, wenn du nich hier bist.»

«Wie meinst du das?» Sie sagte nichts. «Als ob er scharf auf dich wäre?»

«Mhm.»

«Das überrascht mich gar nicht. Ich bin auch scharf auf dich.»

Sie blickte mich mit einer Miene an, die ich nicht deuten konnte. Ich sagte geduldig: «Das sollte ein *Witz* sein, Denny.»

«Oh. Entschuldige.» Sie schwieg, dann stieß sie heftig hervor: «Ich hab kein Recht, hier zu sein, wenn du nich hier bist! Die Leute denken, ich bin deine Hure.»

Bei diesem Wort kribbelte es mir vor Lust, aber ich sagte streng: «Ich bin entsetzt, daß du die Sprache der Gosse benutzt, Denny. Und ich bin erschüttert zu hören, was für eine niedrige Meinung du von dir selbst hast. Wenn du so etwas von dir selbst denkst, dann ist's kein Wunder, daß andere das gleiche tun.»

Sie sah erstaunt aus und fragte: «Hab ich das gesagt? Entschuldige, das wollt ich nich.»

Sie glaubte wirklich, weil ich es ihr vorgehalten hatte, sie habe sich selbst eine Hure genannt. Ja, Menschen mit flinker Zunge können Menschen wie Denny in jedwede Verwirrung stürzen. Dies zeigt angeblich unsere überlegene Intelligenz, doch da es nichts mit Wahrheit oder Anständigkeit zu tun hat, demonstriert es bloß ein besonderes Geschick, das Geschick des Jiu-Jitsu-Kämpfers, der einen anderen mit einer simplen Handbewegung zu Boden werfen kann. Nachdem ich Denny zu Boden geworfen hatte, versuchte ich, ihr aufzuhelfen. Ich sagte geduldig: «Du darfst nicht vergessen, daß unser Hauswirt ein gesetzes-

treuer, ernsthafter, ehrbarer Bürger ist. Und großzügig. Er hat dieses Zimmer an mich als Einzelperson vermietet, nun benutzen wir beide es, und er hat die Miete nicht erhöht. Zum Glück. Wenn er es täte, könnten wir uns kaum leisten, ihn zu bezahlen. Und ein komischer Blick tut dir ja nicht weh. Es ist ganz natürlich, daß er sich zu jemandem hingezogen fühlt, der so, so, so lieb ist wie du, Denny. Aber er ist keine Gefahr. Ein Muttersöhnchen. Er ist fünf oder sechs Jahre älter als wir, hat nie im Leben eine Freundin gehabt, und er verbringt die Sonntage immer noch in Helensburgh bei seiner Mutter. Aber ich sehe, daß meine Worte dich nicht beeindrucken, Denny. Also schön. Ich werd heute nicht nach Edinburgh fahren. Hier und jetzt – zu diesem Zeitpunkt – breche ich jede Verbindung zu der blöden Truppe ab. Sie werden ohne einen Beleuchter kaputtgehen. Sie werden mich verabscheuen, und mit Recht, denn ich verabscheue mich selbst, ich bin offensichtlich ein Mann, dessen Wort nicht zu trauen ist. Mein Ruf, meine Karriere werden dadurch geschädigt, aber keine Sorge, Denny. Du und ich, wir werden glücklich bis ans Lebensende sein. Vielleicht.»
So brachte ich sie dazu, zu betteln, mich anzuflehen und zu weinen, damit ich nach Edinburgh führe, bis ich schließlich nachgab und hinausging. Hörst du mir noch zu, Gott? Dies ist eine schreckliche Geschichte. Ganz normal und ganz schrecklich.

An jenem Morgen packten Roddy, Rory und ich also die Beleuchtungsutensilien auf die Ladefläche eines Ford-Lieferwagens, dann fuhren Roddy und Rory nach Edinburgh, und ich ging zum Bahnhof Queen Street, um mich mit den anderen zu treffen. Warum? Ich war für die Geräte verantwortlich, ich hatte den Lieferwagen von einem Freund Alans geborgt, warum fuhr ich ihn nicht? Weil ich nicht fahren konnte. Ich konnte Pläne von Verbrennungsmotoren zeichnen, hatte aber keinen Führerschein. Dies war im Britannien der vierziger und fünfziger Jahre üblich. Nur wenige Dozenten hatten ein Auto, und noch weniger Studenten. In dem nicht lange zurückliegenden Krieg hatte man, wegen des Treibstoffmangels, Ärzten als einzigen Zivilisten erlaubt, Autos zu fahren, und die meisten Angehörigen der höheren Berufsstände empfanden dies nicht als Nachteil, weil sie sowieso öffentliche Verkehrsmittel benutzten. Das Wachstum der britischen Autoindustrie, die Entwicklung der Autobahnen, der Abbau des Eisenbahnnetzes, die Ringstraßen, die die Städte durchschneiden, die Autobahnkreuze, die Parkhochhäuser, die von Parkverbotslinien unterteilten Straßen, zum Parken nur an die dort wohnenden Menschen vermietet, die Euphorie des Nordseeölbooms, der Niedergang der britischen Autoindustrie, der Niedergang der britischen Stahlindustrie, die Entdeckung, daß das Nordseeöl kaum jemandem in Britannien zugute kam, außer den Aktienbesitzern – all das, obwohl teilweise absehbar, war noch nicht gesehen worden. Weil also Roddy fahren konnte und Rory sein engster Freund war und in dem Lieferwagen nur Platz für zwei Personen war, traf ich den Regisseur, die Mädchen und den Autor am Bahnhof Queen Street, und wir reisten mit der Dampfeisenbahn nach Edinburgh. Ich flunkere nicht, Kinder. Kolbengetriebene Dampflokomotiven verschwanden nicht mit Queen Victoria; bis in die sechziger Jahre dieses Jahrhunderts hinein wurden sie in Springburn gebaut und nach Europa, Afrika, Asien, Nord- und Südamerika geliefert, sie wurden aus Einzelteilen gebaut, die man in örtlichen Essen wie Parkhead, Blochairn, Dixons, Saracen geschmiedet hatte – sie alle sind nun genauso untergegangen wie die Werften, denen sie ebenfalls zuarbeiteten. Ja, Glasgow war immer noch das Zentrum des britischen Schiffbaus. In dem gerade beendeten Krieg hatte die Clydeside mehr Schiffe gebaut und repariert als die gesamten USA. Attlee hatte kurz zuvor einen Vertrag mit Truman (oder war es Eisenhower?) unterzeichnet, durch den er Amerika Teile von Britannien, zu verwenden als Raketenbasen, verpachtete, aber das Polaris-U-Boot war immer noch eine Skizze auf einem Reißbrett, und ein paar Jahre sollten vergehen, bevor es ins Holy Loch einfuhr. Ein paar Jahre sollten vergehen, bis die hohen Tiere in den Arbeitgeberverbänden ihre Industrien aus Schottland zurückzogen, deshalb schien die Zukunft glänzend, als wir am Bahnhof Waverley aus dem Zug stiegen, und mich erstaunte, daß sämtliche Straßenbahnen von Edinburgh in düsterem Schokoladenbraun gestrichen waren. In Glasgow hatte jede Straßenbahn einen zweieinhalb Fuß breiten Farbstreifen zwischen dem Ober- und Unterdeck, je nach Linie blau oder gelb oder rot oder weiß oder grün, und der Rest war orangefarben oder grün bemalt, mit hellen und goldenen Rändern, und an den Seiten trugen die Wagen das Stadtwappen in Grün, Weiß, Gold und Silber. Und diese Straßenbahnen waren frei von Reklame, ebenso wie die Busse, warum? Glaubten die Stadtväter, daß Werbung das Äußere eines öffentlichen Transportmittels verderben würde? Vielleicht. Die Bürger von Glasgow waren stolz auf ihre Straßenbahnen, Gott weiß warum. Weshalb sollte man auf irgend etwas stolz sein an einem Ort, der nur dazu existiert, denjenigen, die Erfolg haben, Geld und denjenigen, die keinen Erfolg haben, Armut zu verschaffen? Vielleicht waren die Straßenbahnen frei von Reklame, weil Werbung damals noch nicht die Industrie war, die die meisten Künstler, Unterhalter und Journalisten des Landes beschäftigt. Wir hatten kein kommerzielles Radio oder Fernsehen, keine Einkaufszentren, Erholungszentren, Kunstzentren, wir hatten nichts als die BBC und Geschäfte, öffentliche Badeanstalten und Theater. Oh, Britannien war ein primitives Land in jenen Tagen, primitiv, aber in betriebsfähigem Zustand. Wir hatten einen Krieg überstanden, einen Wohlfahrtsstaat aufgebaut, hatten Vollbeschäftigung und waren immer noch das reichste Land der Welt nach den USA, der UdSSR und der Schweiz. Doch die lauten wiehernden Stimmen sagten uns immer wieder, wie grau und farblos wir geworden seien. Die Tories hatten gerade eine Wahl gewonnen – oder standen kurz vor dem Sieg –, bei der sie verkündeten, daß der britische Arbeiter mehr gutes rotes Fleisch auf seinem Tisch verdiene. Eine Gruppe britischer Gewerkschafter hatte ein demokratisches Statut für die Gewerkschaften Westdeutschlands ersonnen, ein Statut, welches sicherstellte, daß die deutschen Arbeiter nicht untereinander gespalten waren und auf realistische Weise um einen Anteil an der Beute der Bosse streiten konnten; aber welchen Anteil dies daran haben würde, daß Deutschland zum industriellen Mittelpunkt Europas wurde, war damals noch nicht ersichtlich. Es tut mir sehr leid Gott, ich würde die Politik gern ignorieren, aber DIE POLITIK LÄSST MICH EINFACH NICHT IN RUHE. Alles was ich weiß, alles was ich bin, ist durch irgendein politisches Arrangement erlaubt oder versaut worden. Wir verließen also den Bahnhof Waverley und kletterten einen der steilen Treppenflure hinauf, die sich durch die hohen Gebäude der Altstadt bohren, und entdeckten, daß unsere Räumlichkeiten abgeschlossen waren, denn Roddy hatte den Schlüssel und war noch nicht eingetroffen. Also ergriff der Regisseur Helens Hand, Diana ergriff meine, und wir schauten uns die Sehenswürdigkeiten an, indes der Autor verdrossen hinter uns herstapfte.

Es war ein frischer und klarer, windiger und sonniger Tag. Wir gingen zum Schloß hinauf, dann an der Kathedrale vorbei zum Palast, dann im Bogen weiter zum Calton-Hügel. Der Regisseur kletterte auf den Sockel des Nationaldenkmals, schritt senatorisch zwischen den großen Säulen hin und her und rezitierte Verse aus *Julius Caesar*. Er war gehobener Stimmung, und die Mädchen und ich wohl auch, denn wir kletterten zu ihm empor. Neuankömmlinge in den meisten Städten fühlen sich in ihnen wie begraben, weil die nächstgelegenen Gebäude all die anderen verdecken, die wiederum die umliegende Landschaft verdecken. Edinburgh ist anders. Der Regisseur sagte zu mir: «Mein Junge, eines Tages soll dies alles dir gehören», und umfaßte den ganzen Horizont mit einer Armbewegung: den seltsamen, mondförmig aussehenden Berg Arthur's Seat, dann den Fels mit der Altstadt darauf, durch Brücken mit den Plätzen und sichelförmigen Straßenzügen der Neustadt verbunden, die sich bergab durch mehrere Parks zu verräucherten Häfen am weiten Firth hinabneigte, mit Schiffen auf der glänzenden Oberfläche und der Eisenbahnbrücke, die sich wie ein stählernes Loch-Ness-Ungeheuer in die deutlich von Rainhecken umgrenzten und bewaldeten Felder und Hügel von Fife hinüberschob, mit den trüben Ochils und trüberen Grampians zur Linken und zur Rechten mit einem langen grauen Streifen Nordsee, der weitere Schiffe feilbot, dazu die Insel Bass Rock wie eine Verzierung auf einem Fels, wiederum unweit der Klippe und des Kegels von Arthur's Seat. Der Regisseur drohte dem städtischen Teil dieser Szenerie mit der Faust und erklärte ihm mit lauter Stimme: «Endlich geraten wir aneinander, du und ich.»
«Ein Schwindel. Ein leerer, protziger Schwindel», sagte der Autor genauso laut. Er lehnte sich mit verschränkten Armen gegen den Sockel, sein Kopf war einen Meter unter unseren Schuhsohlen.
«Wie kann diese herrliche Hauptstadt ein Schwindel sein?» fragte der Regisseur.
«Ganz einfach», sagte der Autor. «Wenn man die natürliche Geographie außer acht läßt, fallen einem nur Ruinen, Überreste und Denkmäler ins Auge – kompakt gewordene Nostalgie.»

«Herrlich kompakt!» rief der Regisseur. «Dies ist eine wahrhaft herrliche Kulisse.»
«Eine Kulisse für eine Oper, die heutzutage niemand aufführt», sagte der Autor, «eine Oper mit dem Titel *Schottische Geschichte*. Du liebst sie, weil deine Lebenseinstellung eben nur amateurhaft theatralisch ist. Ich hasse sie, weil die einzigen Teile der Szenerie, die hier wirklich funktionieren, die Fabriken und Geschäfte sind, die genausogut in Glasgow sein könnten. Sieh dir den Abfallkorb da an!» Der Autor zeigte auf einen häßlichen Metallbehälter mit vier kurzen Beinen. «Auf einem Etikett an der Seite steht DIE REIZE DIESER STADT WERDEN IHRER OBHUT EMPFOHLEN. Dort, wo wir leben, steht auf den Abfallkörben HALTET GLASGOW SAUBER. Das zeigt den einzigen wesentlichen Unterschied zwischen den beiden Städten an.»
«Neid!» brüllte der Regisseur triumphierend. «Dieser Mann haßt Edinburgh, weil es imposanter ist als Glasgow. Macht euch nichts aus ihm, ihr Lieben. Er wird die Stadt liebgewinnen, wenn unsere Aufführung ihn hier berühmt gemacht hat.»
Wir kehrten zum Bühnenhaus zurück, und die Tür war offen.

Es war eine Reihe von Räumen unweit des Schlosses; radikale Glasgower, die ursprünglich ein politisches Kabarett inszenieren wollten, hatten sie gemietet. Sie brauchten nicht viel für die Räume zu bezahlen, teilweise deshalb, weil diese bald durch eine Polizeiwache ersetzt werden würden, teilweise deshalb, weil der Rechtsanwalt, der die Hausbesitzer vertrat, nicht begriff, daß beim Nebenprogramm der Festspiele, das damals noch kaum existierte, Geld zu holen war. Die Miete war im voraus von einem praktischen Radikalen gezahlt worden, der kochen konnte und sich bereit erklärt hatte, das Restaurant zu betreiben, in dem das Kabarett gezeigt werden sollte. Nachdem er einen Herd, Kühlschrank, Tassen, Teller, Bestecke, Stühle, Tische etcetera bestellt hatte, entdeckte er, daß seine Freunde sich heftig darüber stritten, was ein politisches Kabarett sei. Keiner von ihnen hatte je eins gesehen, doch sie alle glaubten, daß es auf dem Kontinent, besonders im Berlin der dreißiger Jahre, floriert habe. Er entdeckte auch, daß mehrere hundert Menschen auf der Fläche, die er gemietet hatte, untergebracht und unterhalten werden konnten. Man betrat ein staubiges viktorianisches Büro von einem Bürgersteig über den Läden an der Nordseite vom West Bow. Unregelmäßige Stufen führten hinunter in einen gewölbten Keller mit zwei Geschossen und vielen Nischen. Die Treppe hatte auf einem Absatz einen Durchgang, der mit einer groben Bretterwand versiegelt war. Als man die Wand eindrückte, wurde ein fensterloser Saal freigelegt, von dem weitere Treppen, manche aus Stein und manche aus Holz, zu noch mehr Zimmern und wiederum zu Zimmern über diesen hinaufführten. Die meisten Zimmer hatten verstaubte Fenster und Kamine, einer besaß einen gemeißelten Sims mit einem Wappen und einem Datum aus dem 16. Jahrhundert darauf. Die Türen waren mit Bezeichnungen bemalt, die auf vergessene Funktionen hinwiesen: *Melasseraum, Zuckerraum, Kandisraum, Kasse.* Eine von einer gleichfalls nicht hinreichenden Trennwand versiegelte Kammer enthielt einen langen, reichverzierten Tisch, zwei Holzthrone, in die Spatel und Zirkel eingeschnitzt waren, und zwei hohe, düstere Porträts von hochgewachsenen, düsteren Männern, weit über Lebensgröße, die Clanhäuptlinge zu sein schienen und eine Mischung von Hochland- und Freimaurergewändern trugen. Dieser Zimmerbereich, neben der Tür zum Laufgang über den Läden, hatte Doppeltüren zum Keller in den West Bow, eine Tür, die durch Deacon Brodies Hausflur in die High Street führte, und einen Notausgang durch ein Gasthaus, das der Scottish National Library auf der George IV Bridge gegenüberlag. Der praktische Radikale beantragte also eine Konzession, um einen Nachtclub betreiben und andere Gebäudeteile an Tanzkapellen, Folk-Sänger und unsere Theatertruppe untervermieten zu können. Er versprach diesen Gruppen (von denen kaum eine radikal war) einen Prozentsatz der nächtlichen Einnahmen, was ihm großen Profit einbringen würde, wenn das Unternehmen klappte, und er bot allen, die ihm helfen würden, das Gebäude herzurichten und den Betrieb in Gang zu halten, für die Dauer der Festspiele freie Unterkunft und Verpflegung an. Ein paar seiner Freunde denunzierten ihn als Ausbeuter, weigerten sich jedoch, seine Ausgaben oder die Geschäftsleitung zu teilen. Da ihr einziger praktischer Plan besagte, daß er das Gebäude verlassen und den Hauseigentümern die bisher gezahlte Miete schenken solle, dankte er ihnen, zog es jedoch vor, sich an seinen eigenen praktischen Plan zu halten.

Praktisch. Die vorstehende Geschichte mag praktisch unwahr sein. Ich habe sie aus Klatschresten zusammengestückelt, die ich zufällig in den praktischen Tagen hörte, nachdem wir alle in einem kalten kahlen schmutzigen zugigen fensterlosen Saal gestanden hatten, der von einer schwachen, doch praktischen Glühbirne beleuchtet wurde. Wieso geht mir *praktisch* immer wieder durch den Kopf? Weil der Regisseur sagte: «Ihr begreift das Problem, ihr Lieben. Wir haben fünf Tage, in denen wir dies hier in ein angenehmes kleines Theater mit einer Bühne und einem Auditorium etcetera verwandeln müssen. Wenn man uns wenigstens ein Podium gegeben hätte. Ich bin sicher, daß uns ein Podium versprochen wurde, aber diesen Radikalen ist eben nicht zu trauen. Jock. Roddy. Ihr seid unsere praktischen Männer. Überlegt euch, was wir brauchen, klar? Es ist Viertel vor elf. Gebt mir spätestens in dreißig Minuten eine Liste dessen, was wir brauchen, denn wir müssen schnell sein. Ja, und gebt mir auch eine Liste der örtlichen Firmen, die liefern können, was wir brauchen. Kommt jetzt mit mir, Blümchen, wir wollen die praktischen Männer ihren Beratungen überlassen. Ich finde, daß ich einen sehr starken schwarzen Kaffee verdient habe.»
Die Mädchen, Rory und der Autor verschwanden mit dem Regisseur und ließen Roddy und mich zurück. Wir starrten einander entgeistert an, verbrachten fünf Minuten damit, den Regisseur zu beschimpfen und die Unmöglichkeit der Aufgabe, die er uns gestellt hatte, zu beklagen, wir verbrachten zehn Minuten damit, das Problem zu untersuchen, um ihm zu demonstrieren, wie unlösbar es sei, und wir entdeckten, daß wir Gerüste, Bretter, mehr Beleuchtungsgerät und viele Gallonen Farbe brauchten. Wir verbrachten zehn weitere Minuten damit, den Bereich auszumessen, um herauszufinden, wieviel genau wir brauchten, und gingen dann hinüber zur Scottish National Library, um die Adressen von Lieferanten in einem örtlichen Firmenverzeichnis nachzusehen. Die Scottish National Library hatte kein örtliches Firmenverzeichnis, deshalb schlugen wir in einem nach, das dem Gasthaus ihr gegenüber gehörte, und übergaben nach kaum mehr als dreißig Minuten dem Regisseur seine Liste. Er las sie und fragte: «Seid ihr sicher, daß ihr nicht mehr braucht? Solltet ihr nicht ein bißchen hinzufügen, um die Fehlermarge abzudecken? Es ist falsch, im Entwicklungsstadium zu knausern.»

Ich erklärte ihm, daß wir tatsächlich etwas mehr auf die Liste gesetzt hatten, um die Fehlermarge zu berücksichtigen.
Er sagte: «Ausgezeichnet. Jetzt ist unser Problem, daß wir kein Geld haben, um irgend etwas hiervon zu mieten oder zu kaufen, also müssen wir es uns borgen oder erbetteln. Jock, in deinem ewig blitzsauberen Anzug bist du offensichtlich ein vertrauenswürdiger Mann. Wenn Roddy dich zu diesen Firmen fährt, könntest du um ein Gespräch mit dem Geschäftsführer bitten und ihm die Dringlichkeit unseres Problems erklären? Bevor du ihn siehst, kein Wort über unser Anliegen zu seinen Handlangern. Handlanger sagen immer nein zu Leuten, die borgen oder betteln wollen. Geh direkt zu dem Mann an der Spitze und mach ihm klar, daß wir seine Firma in unserem Programm erwähnen werden, wenn er uns liefert, was wir brauchen. Sag ihm nicht – es sei denn, er fragt –, daß wir kein Teil der offiziellen Festspiele sind. Wenn er annimmt, daß wir ein Teil davon sind, um so besser.»
Ich entgegnete mit fester Stimme: «Ich weigere mich zu borgen, ich weigere mich zu betteln, und ich weigere mich zu lügen, nicht einmal stillschweigend.»
«Jock! Was für eine komische Einstellung! Kreditaufnahme ist genausowenig ein Verbrechen wie Kreditvergabe, und unsere ganze Gesellschaft beruht auf dem Kreditsystem. Aber die Mädchen werden die Sache wahrscheinlich besser machen. Helen. Diana. Meine Geliebten. Würde es euch schrecklich stören, ein bißchen für mich herumzuhuren? Ich bitte euch nicht, euren süßen Körper völlig hinzugeben. Ihr sollt nur bei diesen gehemmten konservativen Edinburgher Geschäftsleuten hereinplatzen und dabei zerzaust, sexy und hilflos aussehen. Erklärt ihnen die Dringlichkeit und Enormität unseres Problems und schärft ihnen ein, daß wir arm sind. Und verschwendet keine Zeit. Sobald ihr merkt, daß man sich weigern wird, müßt ihr sofort zu der nächsten Adresse auf der Liste eilen.»
Diana sagte zu Helen: «Wir werden mehr Eindruck machen, wenn wir die gleiche Kleidung tragen. Borg dir Rorys Jeans.»
Diana trug Blue jeans, Helen hatte einen Tartanrock an, der für das unkundige Auge stark an einen Kilt erinnerte.
Also tauschte Helen mit Rory und oh oh oh oh oh oh oh Hurerei ...

Hurerei. Ich habe diese köstliche Vision von all den Frauen, die ich je gemocht habe. Jane Russell Denny Helen Diana Sontag die Redakteurin die Hure unter der Brücke alle alle alle stehen zur Inspektion in einer Reihe vor mir mit den Armen auf dem Rücken um ihre Brüste in weißen Baumwollblusen und ihre Hüften in robusten sackförmigen Blue jeans zu präsentieren die aber im Schritt so eng sind daß die Naht ihre Klitoris reibt wenn das möglich ist (halt mich zurück Gott) ihre Körper sprießen wie kräftige Tulpen hochstrebende Lilien schlanke Narzissen aus den breiten Töpfen der Jeans deren Beine bis zur Mitte des Unterschenkels aufgerollt sind und den Blick auf weiße gestreifte Söckchen und Strandschuhe freigeben ich meine Turnschuhe ich meine Sneakers denn so nannten die Amerikaner Segeltuchschuhe in den Fünfzigern ja ja ja (halt mich zurück Gott) und ich bin ein großartiger Zuhälter geliebt von all meinen sieben Frauen ich gehe sehr brutal und unnachgiebig mit ihnen um (halt mich zurück) ich vermiete sie an eine große Vielfalt von Kunden und belohne sie indem ich mit jeder einmal pro Woche schlafe es sei denn daß sie einem Kunden keine vollkommene Befriedigung verschafft hat dann bestrafe ich sie, indem ich NICHT mit ihr schlafe oder sie in den Arsch vögele (HÖR AUF) aber wahrscheinlich ist nichts davon praktisch.

Nicht praktisch. Aber Helen und Diana, erregend ähnlich, doch erregend unterschiedlich in weißen Blusen, Blue jeans, Söckchen und Strandschuhen, zogen aus, um für die nötigen Materialien zu huren, und ohne ihre süßen Körper hinzugeben, borgten und erbettelten sie alles, was wir brauchten, ja, und sorgten dafür, daß man uns mit einem Lastwagen Bretter und Gerüste lieferte, ohne daß wir einen Penny bezahlen mußten. Dann begannen wir, eine Bühne für die Schauspieler, einen Turm und einen Bock für die Beleuchtungsgeräte und Podien für das Publikum zu bauen. Ich war für diesen Teil der Operation verantwortlich.

Ich war verantwortlich, und ich entdeckte (oder gab vor zu entdecken, ich erinnere mich jetzt nicht mehr, welches von beiden), daß die Mädchen bessere Bauhandwerker waren als die Männer. Sie, Roddy und ich bauten alles auf. Rory und der

Autor strichen fast alles, was sich nicht bewegte, mit weißer Farbe an. Der Regisseur trank Kaffee in anderen Teilen des Gebäudes oder drückte sich in unserer Nähe herum und ließ Bemerkungen fallen, die nur selten hilfreich waren. «Es ist schrecklich düster», sagte er traurig, «schrecklich kahl. Ihr alle gebt euch soviel Mühe, wunderbar, darüber beschwere ich mich nicht, und das Ergebnis ist unzweifelhaft eindrucksvoll. Wenn wir eine Aufführung von Orwells *1984* in einem sibirischen Arbeitslager vorhätten, wäre ich vollkommen glücklich. Aber dieses Stück ist eine Komödie, bei Festspielen.»

«Du hast doch ganz am Anfang gesagt», meinte Diana, «daß die Kulissen- und Stimmungswechsel allein durch die Beleuchtung angezeigt werden sollten.«

«Ja ja ja, Blümchen, aber dies ist extremer als alles, was ich für möglich gehalten hätte. Seht euch das an!» Er deutete auf die Beleuchtungsbrücke. «Könnt ihr das häßliche Gebilde nicht in etwas Buntes und Symbolisches einhüllen?»

«Zum Beispiel?» fragte Diana.

«Ich weiß nicht, aber wir können's nicht so lassen. Ich meine, Jock wird für das Publikum völlig sichtbar sein. Die ganze Zeit.»

«Er wird einen schwarzen Overall tragen», sagte Roddy, «und nicht auffallen. Er wird dort oben sein, bevor das Haus sich zu füllen beginnt, und vielleicht eine Zeitung lesen. Warum nicht? Das Publikum wird ihn bemerken, aber ignorieren, genauso wie es die Requisiteure im klassischen chinesischen Drama ignorierte. Außerdem haben wir keine Zeit, etwas anderes zu machen. Jede Hülle würde die Beleuchtung stören, und die letzten Proben *müssen* morgen anfangen.»

Der Regisseur grunzte und schlenderte davon. Später kam er zurück; er trug einen Eimer mit schwarzer Farbe und hatte ein selbstgefälliges kleines Lächeln aufgesetzt. Ihm folgte ein behaarter Kunststudent in einem mit Farbe befleckten Morgenrock. Wir hatten diesen Mann unten im Keller an einem Fries von Fabelungeheuern arbeiten sehen, der sich an den Restaurantwänden entlangzog. Nun stellte er eine Leiter an unsere grellweißen Wände und bedeckte sie ohne sichtliche Überlegung innerhalb von zwei Stunden mit großen Silhouetten von Westminster Abbey, dem House of Commons, Tower Bridge, dem Tower von London, Marble Arch, dem Eros-Brunnen,

dem Nelson-Denkmal, von Broadcasting House und St. Paul's Cathedral. Er schloß die Arbeit ab, indem er ein paar Einzelheiten mit goldenen Emaillinien hinzufügte. Verschiedene Leute kamen aus anderen Teilen des Gebäudes, um das Ergebnis zu besichtigen. Der Regisseur hielt ihnen einen kurzen Vortrag.
«Vielleicht seht ihr, worum's geht. Das Publikum hält sich in derselben einfachen Kulisse auf wie die Schauspieler. Die Requisiten, die wir benutzen werden, sind alle auf der vorhanglosen Bühne an ihrem Platz ausgestellt. Nichts ist verkleidet, nichts versteckt. Sogar unser Beleuchter wird ein sichtbarer Teil des Dramas sein, er wird als erste Person auf der Bühne erscheinen. Sobald das Publikum Platz genommen hat und es Zeit ist zu beginnen, wird Jock die Notausgänge überprüfen, die Haustüren schließen, durch das Publikum hindurchgehen, auf die Bühne klettern und seinen Overall aufheben, der auf dem Schreibtisch dort, genau links von der Mitte, liegen wird. Er wird ihn über seinen herrlich adretten Anzug ziehen, dann auf das Brückending klettern, auf dem Brett da sitzen und allmählich alle Lichter auslöschen, bis wir in totale Schwärze getaucht sind, abgesehen von der kleinen roten Glühbirne hoch oben, die Jock zeigt, wo seine Schalter sind. Er stellt eine Aufnahme des Stundenschlags von Big Ben an, und während die Töne verklingen, richtet er einen Scheinwerfer auf Arthur Shotts und Charlie Gold, die durch die Haupttür ganz hinten eintreten. Er läßt den Spot auf ihnen ruhen, während sie plaudernd zur Bühne hinabspazieren, und gerade bevor sie sie erreichen, pralle ich – Verzeihung, nein, Eustace McGrotty, unser Held –, er prallt aus der Dunkelheit gegen sie. Von diesem Moment an wird Jock, obwohl sichtbar, völlig ignoriert werden, wie die Requisiteure in den klassischen chinesischen Dramen.»
Ich sagte laut: «Dieser Beginn ist mir neu.»
«Neu?» fragte der Regisseur verwundert. «Neu? Ich muß euch das alles doch gestern erklärt haben. Gestern ist es mir eingefallen.»
Ich sagte nachdrücklich: «Mir ist es neu.»
«Aber wirst du's tun, oder willst du etwa nur eine treibende Kraft hinter den Kulissen sein, wenn du einer der Darsteller sein könntest? Hör zu!» Er wandte sich an den Autor. «Dir gefällt die Idee doch?»
«Sie kann nicht schaden», sagte der Autor.

«Hörst du das?» rief der Regisseur triumphierend. «Sogar er ist begeistert. Helen. Diana. Meine Geliebten. Umwerbt Jock für mich. Verführt ihn. Überredet ihn.»
Ich sagte: «Ich werd mir die Sache überlegen», und machte mich zu einem Spaziergang auf.

Der Gedanke, das Stück so zu beginnen, erregte mich, denn inzwischen beneidete ich die Schauspieler, die in den von mir geschaffenen Lichtbündeln auftreten würden. Aber ich hatte insgeheim mit einem der anderen Helfer im Gebäude gesprochen, einem Elektrikerlehrling, der mir zuverlässig schien. Er hatte sich bereit erklärt, bei der Premiere meine Arbeit zu übernehmen, wenn ich sie ihm vor der Generalprobe beibrächte. Ich hatte drei Gründe für dieses Arrangement.

ERSTENS
Ich wußte, daß das Stück scheitern würde, weil der Regisseur darauf bestand, die Rolle des Helden zu spielen, für die er ungeeignet war.

ZWEITENS
Trotzdem respektierte ich den Regisseur mittlerweile, mochte ihn sogar, ein wenig. Er war ein rasender Egoist, ja, aber kein Idiot, und er hielt die Truppe wirklich zusammen. Ich glaubte nicht mehr, daß ich ihm eine seiner Frauen wegnehmen könnte. Der Gedanke, das zu tun, schien schmutzig und schäbig.

DRITTENS
Denny konnte sich mit meinen Besuchen in Edinburgh nicht abfinden. Ich schlief in den meisten Nächten der Woche mit ihr, denn ich kehrte per Anhalter zurück nach Glasgow, um Fahrgeld zu sparen, und verschwand sehr früh am nächsten Morgen. Aber unser Liebesspiel war nun schal, hastig und verzweifelt, besonders wenn wir gegen Morgen erwachten, was unsere beste Zeit gewesen war. Ihre Hände packten mich wie kleine Klauen. Noch an diesem Morgen hatte ich ihr in einem Anfall von Schwäche oder Stärke (erkläre mir, was es war, Gott, denn ich weiß es nicht) gesagt: «Du solltest dir keine Sorgen machen, Denny. Morgen abend komme ich für immer zu dir zurück.»
Sie hatte vor Erleichterung geseufzt. Ihre Klauen waren wieder zu sanften Händen geworden.

Während ich an diese Dinge dachte, ging ich bedrückt The Mound hinunter. Es war wieder ein sonniger und windiger Tag. Ich meine mich zu erinnern, daß die Fahnen aller Nationen an ihren Masten entlang der Princes Street flatterten. Ich bemerkte, daß Helen auf der einen und Diana auf der anderen Seite neben mir hergingen. Diana sagte: «Wir sind dir nachgeschickt worden, damit wir dich umwerben und verführen. Hast du wirklich etwas gegen die Idee, das Stück so zu eröffnen? Ich finde, es ist eine großartige Idee.»

Helen sagte: «Wenn er nicht will, sehe ich nicht ein, weshalb er es tun sollte.»

Ich sagte: «Ich verlasse die Truppe morgen.»

«Oh, das kannst du nicht tun!» riefen sie gleichzeitig.

«Ich werd's auf jeden Fall tun, wenn Brian seine Rolle nicht an Rory abtritt.»

Wir standen jetzt still und starrten einander an. Helen schien entsetzt. Diana schien erfreut. Sie sagte: «Gut! Das mußt du Brian erklären.»

Helen sagte: «Wenn Jock Brian das erklärt, wird Brian einen Nervenzusammenbruch bekommen.»

Diana sagte: «Nein. Brian ist viel zäher, als er vorgibt. Komm schon, Jock.»

Sie ergriff meinen Arm und führte mich zurück zum West Bow. Sie war sehr aufgeregt. Auch Helen wurde aufgeregt und nahm meinen anderen Arm. Ich rauschte bei der Truppe mit einer Frau an jedem Arm herein und kam mir bedeutend vor. Der Regisseur sagte: «Gut gut gut, ihr Lieben. Wie ich sehe, habt ihr ihn überredet.»

Diana antwortete: «In gewisser Hinsicht, ja, aber in anderer Hinsicht, nein, überhaupt nicht. Sag's ihm, Jock.»

Ich erklärte: «Ich werde alles tun, was du in diesem Stück von mir verlangst – vorausgesetzt, daß du deine Rolle mit Rory tauschst. Wenn nicht, verlasse ich morgen die Truppe, aber ich werde natürlich für angemessenen Ersatz sorgen.»

Der Regisseur sagte: «Du verdammter kleiner Scheißkerl.» Er sagte es mit einer gewöhnlichen Glasgower Stimme. Dies war vielleicht seine natürliche Redeweise. Er sah die anderen der Reihe nach an, und sie erwiderten seinen Blick hoffnungsvoll. Dann fragte er Rory: «Was hältst du davon?»

Rory zuckte die Achseln. «Man könnte es probieren.»

Roddy sagte rasch: «Rory will deine Rolle *eigentlich* nicht, Brian, er meint nur – wir beide meinen –, im Grunde meinen alle, daß er für die Rolle von Sir Arthur nicht der richtige Mann ist. Du wärst ein viel besserer Sir Arthur.»
«Vielen Dank, Roddy», sagte der Regisseur, «du bist sehr taktvoll. Mein Beleuchter hat mir gerade den Stiefel in den Unterleib gejagt. Meine gesamte weibliche Besetzung applaudiert ihm. Mein zweiter männlicher Hauptdarsteller zuckt die Achseln, und du sorgst für die Zauberworte, die meine Selbstachtung retten werden: Ich werde ein viel viel besserer Sir Arthur sein.»
«Niemand hört auf mich, wie immer», sagte der Autor, «aber das habe ich dir schon vor Wochen gesagt.»
«Lieber schöner herrlicher wunderbarer Brian», sagte Diana, «wir alle lieben und bewundern dich, wir bringen ohne dich nichts zustande, ohne dich würde unsere ganze Welt zusammenbrechen, aber könntest du uns nicht ein einziges Mal, um der Truppe willen, das Stück so lesen lassen, wie Jock vorgeschlagen hat? Wenn's nicht klappt, werden wir alle wissen, was für komplette Trottel wir sind, und wir werden nie wieder wagen, auch nur eines deiner Worte in Frage zu stellen.»
Der Regisseur betrachtete sie eine Weile ausdruckslos und sagte dann mit seiner gewöhnlichen Stimme: «In Ordnung.»

Sie setzten sich um einen Tisch und lasen das Stück mit Rory in der Hauptrolle. Nach einem unsicheren Beginn lief es gut. Rory war ein überzeugender Glasgower Einfaltspinsel und der Regisseur ein überzeugender englischer Grobian der Oberschicht. Bevor sie das Ende der dritten Szene erreichten, sagte der Regisseur: «Genug. Ich hatte unrecht, und ihr hattet recht, ich hatte unrecht, und ihr hattet recht, ICH HATTE UNRECHT, UND IHR HATTET RECHT.»
Er schlug kraftvoll mit der Stirn gegen den Tisch und fuhr damit fort, bis wir ihn zurückhielten, dann umarmte er Helen heftig, wühlte das Gesicht in ihr Haar, rief mit erstickter Stimme: «Bitte sei gut zu mir, Diana, ich meine Helen», und brach in Tränen aus. Es war eine widerliche Darbietung. Er übertrieb, doch er übertrieb etwas, was er wirklich empfand, deshalb konnten wir nicht lachen.

Ich machte mir Sorgen, als ich an jenem Abend nach Glasgow zurückkehrte. Ich betrachtete mich selbst als einen ehrlichen, unbeirrbaren, zuverlässigen Mann, doch innerhalb von ein paar Stunden hatte ich Denny gesagt, daß ich mit der Truppe Schluß machen würde, und der Truppe gesagt, daß ich in den nächsten drei Wochen in ihrer Spätvorstellung auftreten würde. Ich hatte noch andere Gründe, mir Sorgen zu machen. Denny war arbeitslos, denn die Ferien hatten begonnen, und fast zwei Monate würden vergehen, bis sie wieder arbeiten konnte. Sie war zu jung und wurde zu schlecht bezahlt, um ein Anrecht auf Arbeitslosengeld zu haben, und wenn sie Sozialhilfe beantragte, würde ein Prüfer sie besuchen und ihr Mietbuch sehen wollen.

Wenn der Prüfer erfuhr, daß sie bei mir wohnte, würde er ihr Sozialhilfe verweigern, weil sie *kohabitierte*, womit gemeint ist, daß sie im Austausch dafür, daß sie gevögelt wurde, Verpflegung und Unterkunft erhielt. Die Annahme, daß eine Frau, die mit einem Mann zusammenlebt, eine selbständig arbeitende Hure sei, ist gute praktische konservative Ökonomie. Dadurch spart die Nation Geld, weshalb die Kohabitationsvorschrift im Jahre 1982 immer noch in Kraft ist und bis zum dritten Weltkrieg in Kraft sein wird. Ich akzeptiere die Unvermeidlichkeit dieser Situation, aber vor über dreißig Jahren war ich weniger gleichmütig, denn es sah so aus, als werde mein Stipendium einige Zeit vor seiner Erneuerung verbraucht sein. Ich wünschte, daß Denny eine vorübergehende Beschäftigung finden würde, aber ihr Arbeitsamt hatte ihr keine angeboten. Arbeitsämter. Heute haben wir sie nicht mehr. Als es Arbeitsplätze gab, boten die Ämter sie an, und als es keine mehr gab, zahlten sie an benachbarten Schaltern – manchmal am selben Schalter – Arbeitslosengeld und Sozialhilfe aus. Auf benachbarten Bänken saßen arbeitslose Straßenarbeiter, arbeitslose Büroangestellte, bankrotte Geschäftsleute und ledige Mütter. Sehr primitiv. Nun haben wir Arbeitszentren und das Amt für akademische Berufe und das Sozialhilfebüro, die alle verschiedenen Ministerien unterstellt sind. Die Bürokratie hat sich geteilt und vergrößert, um die gewaltig vergrößerte Menge der Arbeitslosen unter sich aufzuteilen. Sehr praktisch. (Kehr zu Denny zurück.) Einverstanden.

Einverstanden, Denny war meine Hure, da die Behörden sie als solche definieren würden, und eine Hure war ein Luxus, den ich mir schwerlich erlauben konnte. Natürlich, wenn sie sich selbst für obdachlos und mittellos erklärte, würde man sie in irgendeine Institution schicken, wie diejenige, die zu verlassen ich sie überredet hatte, aber ich wollte sie nicht verlieren. Ich liebte sie innig, weil sie mich so innig liebte, doch ich hatte auch eine Abneigung gegen sie, weil sie so ein Scheißproblem war. Ich haßte das freudige Leuchten in ihrem Gesicht, wenn ich das Zimmer betrat, als gäbe es nun keine Probleme mehr auf der Welt, weil ich zu ihr zurückgekehrt war. Ich sah sie scharf an, und das freudige Leuchten erlosch in ihrem Inneren. Verglichen mit Helen oder Diana schien sie sehr sehr durchschnittlich. Sie fragte rasch: «Was is los, Jock?»
«Nichts. Laß uns ins Kino gehen.»
Es ging mir gegen den Strich, Geld für Kinoplätze auszugeben, aber es war besser, als zu Hause zu sitzen. Es war ein Film mit Bette Davis, und er handelte von intelligenten New Yorker Theaterleuten, die mich ständig an die Truppe in Edinburgh erinnerten. Der Film gefiel mir nicht, aber er veranlaßte mich, mir erklärende Worte für Denny zurechtzulegen, Worte, die ich erst am nächsten Morgen aussprach. Bevor der Film endete, stand ich auf und sagte: «Komm, wir gehen was trinken.»
Sie sagte: «Das können wir uns nicht *leisten*, Jock.»
«Gut, dann bleib du hier, aber ich geh was trinken.»
Wir betraten Lauder's Bar an der Sauchiehall Street fünfzehn Minuten vor der Polizeistunde, denn damals schlossen die Glasgower Pubs um neun Uhr abends. Ich bestellte und trank sehr rasch mehrere Whiskies. So etwas hatte ich nie zuvor getan. Vielleicht ahnte ich, daß ich einen Teil von ihr töten würde, und wollte mich vorher narkotisieren. Mein Opfer weigerte sich, Narkotika anzurühren, also trank ich auch ihre.

Unsere Umarmungen in jener Nacht waren die schlimmsten, die ich je erlebt habe. Sie kratzte mir den Rücken blutig, während ich sie innerlich zwischen Jane Russell und Helen und Diana und Bette Davis in einem Kerker in einem Schloß in einem hohlen Zahn auspeitschte und vergewaltigte, denn WARUM MACHTEN DIESE SCHEISSHUREN MIR DAS LEBEN PRAKTISCH UNMÖGLICH? Ich spürte, wie ihre Fotze mich wie ein Schnabel packte und versuchte, mich nicht von dort entschlüpfen zu lassen, wo ich einst so gern gelegen hatte, während sie meinen Schwanz sanft und behaglich liebkoste, aber das würde nie wieder geschehen, nie wieder, nein nein nein nein nie wieder.

«Du kannst dort unten hart sein? Ich kann noch härter sein, meine Liebe.»

Sprach ich diese Worte aus oder dachte ich sie nur? Ich brachte sie zum Weinen, aber ich bezweifle, daß es Tränen der Freude waren. Wenn es Tränen der Freude waren, dann muß das, was folgte, noch schlimmer für sie gewesen sein. Irgendwann nach der Morgendämmerung sagte ich mit fester Stimme: «Das muß aufhören.»

Ich stand auf und rasierte mich und wusch mich und zog mich an. Natürlich hatte ich einen Kater, und mit einem Schauder fiel mir ein, daß ich kein Verhütungsmittel benutzt hatte. Ich brachte Denny eine Tasse Tee ans Bett, schritt dann im Zimmer auf und ab und hielt eine Rede, die sich folgendermaßen anhörte.

«Denny, ich möchte, daß du mir ganz genau zuhörst. Ich werde dir etwas sagen, was du nicht gern hören wirst, aber es gibt dafür einen praktischen Grund, den, dessen bin ich sicher, sogar du verstehen wirst, ich meine Geld. Wir brauchen mehr Geld, weil du keine Arbeit hast und mein Stipendium nicht dafür gedacht ist, zwei Menschen zu ernähren. Also muß ich irgendwo mehr Geld beschaffen, und das werde ich. Dieses verrückte Stück in Edinburgh – diese Truppe – hat, glaube ich, eine Erfolgschance. Alle Zeichen deuten darauf hin, also kehre ich heute morgen nach Edinburgh zurück, und du wirst mich vielleicht länger als zwei Wochen nicht sehen, aber ich werde dir natürlich schreiben, ganz bestimmt, du wirst jeden Morgen eine Postkarte von mir kriegen, weil ich dich liebe, glaube ich. Ich lege das Mietbuch hierhin, auf den Kaminsims. Es enthält die Miete für zwei Wochen und dazu noch fünf Pfund für Lebensmittel etcetera, denn ich will nicht geizig sein, und ich weiß, daß du nicht extravagant bist, Denny. Also dann, wie wär's mit einem netten kleinen Abschiedskuß?»

Ist je eine praktischere, vernünftigere, rücksichtsvollere Abschiedsrede gehalten worden?

Es war eine Lüge. Es war eine gegen Denny gerichtete Vernichtungsarbeit. Die Rede bedeutete folgendes: «Du kommst nicht mit mir nach Edinburgh. Du wirst mich nie bei der Arbeit erleben oder meine interessanten neuen Freunde treffen oder mit ihnen umgehen oder ein aufregendes Leben führen, denn du gehörst nicht in meine Gesellschaftsschicht. Du bist bloß eine kleine Hure, die ich mir zu Hause halte. Du bist ein Luxus, den ich mir nicht mehr leisten kann, aber ich sorge aus Sentimentalität für dich, weil ich besser als du bin, obwohl ich dich auch satt habe.»

Ich wußte nicht, daß ich dies sagte, aber Denny war aufgeweckter als ich, und sie wußte es. Als ich ihr die Tasse Tee reichte, stand in ihrem Gesicht noch der erschöpfte, aber neugeborene Ausdruck von jemandem, der einen üblen Sturm oder eine üble Krankheit hinter sich hat. Vielleicht dachte sie, daß unsere verzweifelten Umarmungen uns wieder zusammengebracht hätten, und war deshalb ganz unvorbereitet. In einem einzigen Moment wurde ihr Gesicht verkniffen und häßlich, wurde es das Gesicht eines unartigen kleinen entsetzten Mädchens, dann nicht einmal mehr das Gesicht eines Mädchens oder eines Kindes, sondern das Gesicht von etwas Vorsexuellem und Vortierischem, etwas, das nichts als gemarterte hilflose Verlassenheit und Klage, kleinliche, bohrende Klage war, denn aus einem Mund, der breit genug war, um den betäubendsten Schrei der Welt auszustoßen, kam nur ein dünnes, gespenstisches, ununterbrochenes Winseln. Nur Horrorfilme und Märchen sagen die Wahrheit über die schlimmsten Dinge des Lebens, über die Momente, in denen sich Hände in Klauen verwandeln und ein vertrautes Gesicht zu einem lebendigen Totenkopf wird. Meine Worte verwandelten eine Frau in ein Ding, und ich konnte dem Ding, das ich geschaffen hatte, nicht die Stirn bieten, denn es sah in meinem Gesicht den Ekel, den es in mir hervorrief. Ich drehte dem Ding mit dem Winseln den Rücken zu und packte eilig meine Anzüge und Unterwäsche in zwei Koffer. Ich hatte Angst, daß das Ding mit dem Winseln aufspringen und mich packen würde. Ich stürmte hinaus, wobei ich sagte: «Es ist doch nicht das Ende der Welt, Denny, ich werd dir 'ne Postkarte schreiben. Wir sehen uns in drei Wochen, das verspreche ich.»

Ich fürchte, ich kann diese Geschichte nicht weitererzählen, Gott. Sie ist zu düster.

Unnötig düster. Ich hätte sie ohne weiteres mit nach Edinburgh nehmen können. Wir hatten dort eine Menge Platz. Einer der oberen Räume war als Schlafsaal für die Darsteller und Helfer hergerichtet worden, man hatte ihn saubergescheuert und Reihen von Matratzen auf den Fußboden gelegt. Die Matratzen hießen Kuhmatten. Der praktische Radikale hatte sie von einem Agrargroßhandel gemietet, sie waren aus grünem Kunststoff, aber durchaus bequem, wenn man eine Decke über sie legte. Da ich zu schüchtern für ein gemeinschaftliches Nachtlager war, brachte ich meine Kuhmatte in einen Verschlag neben einem Notausgang am Kopf einer kleinen Holztreppe. Denny hätte dort mit mir schlafen können, die Fremdheit der Umgebung hätte unsere Umarmungen aufgefrischt. Sie hätte in dem Restaurant arbeiten können, das nach den beiden ersten Abenden Helfer benötigte. Später sah ich Opernsänger, die hinter dem Tresen Teller wuschen, nicht um Geld zu verdienen, sondern um sich nützlich zu machen. Als der Club begann, Erfolg zu haben, kam es zu überraschenden Mischungen und Verbindungen aller Art zwischen den Mitgliedern, den Darstellern und denen, die den Betrieb führten. Das Ensemble einer berühmten Theatertruppe aus Oxford oder Cambridge aß und trank neben Angehörigen der Gorbals Young Communist Party: Klempnern, Elektrikern und Folk-Sängern, die sich nach Chruschtschows Anti-Stalin-Rede von der offiziellen Partei abgespalten hatten. Beide Gruppen freuten sich, mit so gefährlich irrsinnigen Typen Umgang zu haben. Wenn Denny dort gewesen wäre, hätte man sie als nützliches, praktisches, gutmütiges attraktives Mädchen begrüßt, vielleicht nicht allzu gebildet, aber wer ist das schon? Wenn eine gute Bildung die Lektüre zahlreicher Bücher und die Erinnerung an sie umfaßt, dann fehlt sie den meisten Anwälten, Ärzten, Geschäftsleuten, Parlamentariern und Mitgliedern der königlichen Familie. Wenn eine gute Bildung eine reichere Kenntnis von Menschen und Möglichkeiten umfaßt, dann wäre dieser Nachtclub die denkbar beste Schule für Denny gewesen, denn sie war erst sechzehn oder siebzehn Jahre alt und, wie Alan sagte, sehr aufgeweckt. Aber ich wollte EIN FREIER GEIST sein, ein hochklassiger Herr, der mit hochklassigen Mädchen wie Helen und Diana flirten konnte, die (wie ich später erfuhr) gar nicht sehr hochklassig waren, doch hochklassig auf mich wirkten, weil sie sich elegant anzogen und die selbstbewußte Redeweise hatten, die man in der Schauspielschule lernt; dagegen dachten sie (wie ich später erfuhr), ich sei ein exzentrischer Sprößling des Landadels, wofür meine dreiteiligen Anzüge aus Harris-Tweed und meine blauen Fliegen und die selbstbewußte Redeweise verantwortlich waren, die ich von meinem Vater und Old Red und einem wahnsinnigen Englischlehrer und einem begabten Abkömmling irgendwelcher irischer Kesselflicker gelernt hatte. Aber ich bin sicher, daß sie mir hauptsächlich deshalb eine erhabene Herkunft zuschrieben, weil ich durch Denny, die ich nicht mit ihnen zusammenbringen wollte, eine gelöste physische Selbstsicherheit gewonnen hatte. Unser System der Klassenvorurteile ist das geschickteste Beispiel frustrierender Blödheit seit dem Turm von Babel, es nützt niemandem außer ein paar Leuten an der Spitze. Wir verleiten uns selbst, andere zu verleiten, sich selbst um so mehr zu verleiten. Bring diese trübe Geschichte so schnell wie möglich hinter dich. (Du übertreibst.)

Stimmt, ich übertreibe. Der Rest der Geschichte ist nicht ausschließlich trübe. Ich werde ihn Abend um Abend erzählen.

ERSTER ABEND

Der Club öffnete seine Türen gegen fünf Uhr dreißig. Helfer und Darsteller saßen in dem großen Keller herum und fühlten sich aufgeregt und unbehaglich und albern. Wir hatten soviel Zeit damit verbracht, das Gebäude und die Produktionen vorzubereiten, daß wir uns nicht um Werbung gekümmert, sondern für selbstverständlich gehalten hatten, daß «es sich schon herumsprechen würde». Bis neun Uhr hatten sich vier Besucher zu uns gesellt; sie tranken Kaffee und ließen sich ein Ständchen von einem mürrischen Gitarristen bringen. Unser Regisseur reagierte seine nervöse Erregtheit plötzlich dadurch ab, daß er uns befahl, die großen Freimaurerporträts aus dem oberen Zimmer herunterzutragen und sie in dem Saal, wo wir auftreten würden, zu beiden Seiten der Treppe aufzustellen. Außerdem befahl er dem Kunststudenten, die Köpfe der Häuptlinge mit bemalten Zylinderhüten zu schmücken. Der Kunststudent sagte: «Besser nicht. Sie sind ruiniert durch zweihundertjährige

Mastixtünche, wie es scheint, aber soviel ich weiß, könnten das Raeburns oder Ramsays sein.»
Der Regisseur sagte: «Es sind häßliche Objekte, die allen scheißegal sind. Ich geb dir zwei Pfund, wenn du sie in den nächsten vierzig Minuten in etwas Amüsantes verwandelst.»
Der Künstler fügte sich. Unser Stück hatte um elf Uhr, vor einem dreiköpfigen Publikum, Premiere. Der Regisseur sagte vorher: «Betrachtet das als Probe.»

ZWEITER ABEND

Wir spielten vor einem Publikum von zehn oder zwölf, von denen die Hälfte elegante junge Leute waren, die (stimmt das, oder hat meine Erinnerung sie ihnen aufgezwungen?) schwarze Abendanzüge mit weißen gestärkten Leinenhemdbrüsten und Kragen mit schwarzen Fliegen trugen. Unsere Truppe war sehr aufgeregt, denn dies war das Ensemble aus Oxford oder Cambridge, das im offiziellen Teil der Festspiele auftrat. Am Ende der Vorstellung klatschten sie höflich. Wir räumten alles auf und gingen nach unten und belegten einen Tisch im Keller, wo Helfer und Darsteller die Besucher immer noch an Zahl übertrafen. Der Club hatte keinen Alkoholausschank, aber Mitglieder konnten draußen Getränke kaufen und sie hereinbringen. Der Regisseur holte mehrere Flaschen Wein hervor und forderte uns auf, uns mit ihm zu betrinken. Die Mädchen lehnten ab und ich auch. Nach der schäbigen Nacht mit Denny hatte ich beschlossen, nie wieder Alkohol zu trinken. Der Autor schien schon betrunken zu sein. In diesem Moment fragte jemand aus dem Oxford- oder Cambridge-Ensemble, dessen Angehörige an einem Tisch neben uns tranken: «Darf ich mich Ihnen für einen Augenblick anschließen?»
Unser Regisseur sagte: «Bitte sehr.»
Der englische Schauspieler, der später sehr bekannt wurde – allerdings kann ich mich jetzt nicht mehr erinnern, ob der Name Frost oder Miller oder Bennett oder Moore war –, setzte sich zu uns und sagte: «Gratuliere. Ihre Show ist sehr gut.»
«Das finden wir nicht», meinte der Regisseur.
«Machen Sie sich keine Sorgen über das spärliche Publikum, das kann sehr schnell besser werden», sagte der Schauspieler, «aber

würden Sie es für unverfroren halten, wenn ich ein oder zwei Anmerkungen zu Ihren Charakteren und Ihrem Timing machte? Sehen Sie, das Stück macht sich über die Art Leute lustig, zu denen *wir* gehören, und das tut es sehr geschickt, aber die Wirkung wäre noch größer, meinen wir, wenn Sie ein oder zwei Einzelheiten leicht abändern könnten. Sie zum Beispiel –» er deutete auf Rory – «Sie waren hervorragend bis zu Ihrem letzten Monolog, dem Monolog, der das Stück beendet, aber Sie sollten dabei *nicht* auf Gelächter abzielen. Sie sind kein sympathischer Trottel mehr, Sie sind *es, die Sache, das Establishment, die alte Verderbnis* geworden – es gibt Hunderte von Namen für die Macht, zu der Sie geworden sind. Es ist Zeit, dem Publikum zu enthüllen, daß dieses Stück letztlich doch nicht zum Lachen ist, also gehen Sie aus sich heraus. Erschrecken Sie es.»

Rory nickte nachdenklich und fragte dann: «Sollte ich die Zuschauer einschüchtern wie ein wütender Gewerkschaftsfunktionär?»

«Auf keinen Fall. Gepolter hat keine Wirkung auf die britische Öffentlichkeit, wenn es mit einem regionalen Akzent vorgebracht wird. Sie müssen verflucht hart und trocken und durchdringend sein. Benutzen Sie einen angloschottischen Akzent. Die Schotten ändern ja tatsächlich ihren Akzent, wenn sie Machtpositionen erreichen.»

«Thomas Carlyle nicht!» rief der Autor.

«Soviel ich weiß, hatte Thomas Carlyle nie eine Machtposition», sagte der Schauspieler, «zum Glück für Britannien.»

«Ihr Engländer seid gerissene Schweine», erwiderte der Autor und ging hinaus.

Der Regisseur entschuldigte sich. Der Schauspieler sagte: «Keine Ursache. Autoren sind notorisch unberechenbar. Also, Sie, in der Rolle Sir Arthurs . . .»

Er redete, wir hörten zu, und allmählich schlossen sich uns die anderen Mitglieder des englischen Ensembles an. Wir versuchten, hinter einer gewissen Steifheit zu verbergen, wie erfreut und geschmeichelt wir waren, doch es gelang wohl nicht. Die Engländer betteten ihre praktischen Vorschläge in so viel freundliche Wertschätzung ein, daß sie überhaupt nicht herablassend wirkten. Eine festliche Stimmung stellte sich ein. Unser Regisseur fragte: «Haben Sie einen Vorschlag, was die Beleuchtung betrifft?»

Der englische Schauspieler begann zu lachen. «Keinen! Nicht den geringsten! Die Beleuchtung ist perfekt.»
Ich fragte: «Also was ist daran so lustig?»
«Sie sind der Beleuchter, nicht wahr? Meinen Glückwunsch zu einer prächtigen Darbietung. Ich fand es großartig, wie Sie den Anschein erweckten, eine schwierige Arbeit zu machen, die Sie zutiefst verachteten, aber unbedingt richtig machen wollten – egal, was jeder andere davon halten mochte. Sie waren meistens als Silhouette zu sehen, aber wenn Ihre Effekte dramatisch besonders verblüffend waren, ließ Ihr Körper eine Art finsterer Resignation und Hartnäckigkeit erkennen – ich wäre beinahe vom Stuhl gefallen. Wer hat das erstaunliche Gebilde entworfen, in dem Sie sitzen?»
«Ich selbst.»
Er sah einen Moment lang ernst aus. «Ich bitte um Verzeihung, aber es ist schwer, über etwas gänzlich Unerwartetes nicht zu lachen. Was Sie gebaut haben, funktioniert wunderbar, aber es könnte nur mit diesem speziellen Stück, in diesem speziellen Rahmen funktionieren, und nur mit Ihnen. Sie sind entweder ein unentdecktes Genie oder ein unverfälschter Laie.»
«Unser Jock ist beides», sagte Diana und legte den Arm um meine Schultern. Helen musterte mich genauer, wohl zum erstenmal.
Mit Mühe erwiderte ich ihren Blick und lächelte gezwungen, dann antwortete ich dem englischen Schauspieler: «Sie irren sich, meine Beleuchtung ist nicht perfekt. Ihr Ratschlag an Rory, was den Schlußmonolog angeht, hat mich auf eine bessere Idee gebracht. Gute Nacht.»
Ich kehrte zum Bühnenbereich zurück und hoffte, daß Diana oder Helen mir aus Neugier folgen würden. Sie taten es nicht, also ging ich ins Bett.

DRITTER ABEND

In der ersten Tageshälfte kamen viel mehr Leute ins vordere Büro und schrieben sich als Mitglieder ein. Als das Gebäude am Abend geöffnet wurde, übertrafen die Besucher das Personal deshalb um das Zweifache und später um das Dreifache an Zahl. Unser Publikum nahm fast die Hälfte der verfügbaren Sitze ein, denn das englische Ensemble kam zurück und brachte Schauspieler, Musiker und Sänger aus anderen Festspielaufführungen mit, und diese applaudierten so großzügig, daß wir uns ebenso berühmt wie sie vorkamen. Danach wurde unten heftig getanzt; es begann mit Jive, der mir nicht gefiel, weil die Partner sich dabei auf grobe, krampfhafte Weise festhalten mußten. Dann kamen schottische Volkstänze, die, wie Old Red einmal sagte, nach der Großen Britischen Revolution die Gesellschaftstänze der Zukunft sein würden. In jeder Gruppe tanzt jeder gleichermaßen mit einem Partner des anderen Geschlechts, und wenn Gruppen sich teilen und sich mit Nachbargruppen neu bilden, soll der Tanz weitergehen, bis jeder alle Angehörigen des anderen Geschlechts auf dem Tanzboden gehalten, herumgewirbelt oder umarmt hat. Als wir uns durch demokratische Drehungen erschöpft hatten, waren ein paar langsame privatkapitalistische Walzer an der Reihe. Ich walzte einmal mit Diana und einmal mit Helen. Diana sagte, sie habe Angst, daß Brian sich viel zu stark für sie interessiere, was schade sei, weil sie beginne, sich für jemand anderen zu interessieren, jemanden in derselben Sparte.

Ich machte: «Oh?»

Nach einer Weile sagte sie traurig: «Regisseure scheinen die einzigen Männer zu sein, in die ich mich verlieben kann.»

Mit aufschießender Eifersucht begriff ich, daß der neue Mann unser Freund in der englischen Truppe war, der dort Regie führte. Trotzdem wünschte ich ihr Glück. Helen erzählte mir sehr wenig. Sie und ich hatten einander nie viel zu sagen. Ich begriff, daß es mir weniger Spaß machte, mich mit ihr zu unterhalten, als ihr auf der Bühne zuzusehen, und ich begriff, daß sie es wußte.

Um vier Uhr morgens waren alle außer den Künstlern und Helfern gegangen. Der praktische Radikale spendierte allen Toast mit Käse und Kaffee, und dann wurde die Party zu einem *Ceilidh,* einem Sängerwettstreit. Roddy, Rory, der Regisseur und ich sangen *The Ball of Kirriemuir* im Quartett, was dazu führte, daß jeder von uns ein kurzes Solo darbot, da wir alle in früher Jugend Verse gelernt oder erfunden hatten, die die anderen nicht kannten. Die englischen Theaterleute sangen die verleumderischen und unflätigen Versionen von Liedern, die sie auf der Bühne ganz anders präsentierten, und die Folk-Sänger sangen die damals unveröffentlichten Versionen von Burns' Liedern, die inzwischen herausgebracht wurden, aber erst vor recht kurzer Zeit. Die Opernkünstler waren zu schüchtern zum Singen, wenn sie nicht privat oder auf der Bühne probten, deshalb führten sie ein paar komische Scharaden vor. Die Konzertmusiker waren kühner. Sie borgten sich Instrumente von den Jazz- und Folk-Leuten und schlossen sich nun zu Duetten, Trios, Quartetten etcetera zusammen, die sich für mich meist harmonisch anhörten, während die Musikkenner unter uns immer wieder über die exzentrischen Kombinationen lachten. Ich trank nicht von dem Alkohol, der freizügig herumgereicht wurde, doch ich fühlte mich so betrunken wie andere, die es taten. Das war unser glücklichster Abend.

VIERTER ABEND

Der Club hatte solchen Zulauf an neuen Mitgliedern, daß der praktische Radikale Küchenpersonal unter seinen Folk-Sängern rekrutierte, und unsere Truppe wusch und trocknete zu Beginn des Abends Teller, bevor wir vor ausverkauftem Haus – viele Zuschauer mußten ganz hinten stehen – auftraten. Oben von meiner Brücke her, hoch über den vertrauten Umrissen von London, geleitete ich unsere Schauspieler mit wabernden Lichtspots auf die Bühne. Ich schuf Bündel von Licht, in denen sie Komplotte schmiedeten, schwülstige Reden hielten und starben, und Fluten von Licht, in denen sie sich stritten und einander liebten. Ich ließ die Glocken von Big Ben erklingen und sorgte dafür, daß Telefone im Dunkeln glühten. Ich war der Beherrscher all dessen, was mein Blick umfaßte, niemand konnte meine Rechte in Zweifel ziehen. In der Schlußszene, als das ganze Auditorium das Unterhaus repräsentierte und die ganze Besetzung außer Rory daraus hervortrat, um quengelige Fragen zu stellen, ließ ich von einem Reflektor auf der Bühne hinter McGrotty so viel überraschendes Licht auf das Publikum prallen, daß McGrotty zu einem Schatten mit Stimme inmitten blendenden Glanzes wurde. Ich schlug die Schlußnoten von Big Ben an, schaltete alle Lichter des Gebäudes ein, und es gab lauten Applaus. Die Schauspieler gingen nach vorn und verbeugten sich, und einige Publikumsstimmen schrien: «Der Beleuchter! Der Beleuchter!» Der Regisseur winkte mich heran. Ich kletterte unter stürmischem Applaus hinab. Ich zog meinen Overall aus, hängte ihn säuberlich an das Gerüst, und dann (nichts davon war geprobt worden) nahmen Diana und Helen je eine meiner Hände und führten mich an die Vorderbühne. Ich brachte es nicht über mich, den Applaus durch eine Verbeugung entgegenzunehmen, aber ich nickte dem Publikum beifällig zu. Aus irgendeinem Grund rief dies so viel Gelächter hervor, daß Diana und Helen mich, ohne ihre Kleider zu wechseln oder ihr Makeup zu entfernen, durch das Publikum und hinab in den Keller führten, wo ein Tisch mit Essen und Wein für uns reserviert war.

Diana küßte mich begeistert (aber keusch). Helen drückte meinen Arm und sagte: «Du bist wirklich perfekt, Jock.»

An jenem Morgen lebendig zu sein war ein Segen, und jung zu sein war der reine Himmel. Der Regisseur kam und fragte: «Was ist an ihm dran, was nicht an mir dran ist?»

Die Mädchen ignorierten ihn kühl. Etwas, was ich nicht begriff, spielte sich zwischen diesen drei Personen ab, aber ich wußte, daß es nichts mit mir zu tun hatte. Plötzlich dachte ich daran, wie sehr Denny die Vorführung und mein Erfolg darin gefallen hätte. Ich hatte ihr noch keine Postkarte geschickt, aber ich gelobte, ihr am nächsten Morgen eine zu schicken.

FÜNFTER ABEND

Er verlief wie der vierte Abend. Die Mädchen und ich gingen wieder durch das Publikum hinaus, aber da es nun kein spontaner Akt mehr war, kam es uns gekünstelt vor, und wir wiederholten es nie mehr.

SECHSTER ABEND

Die Hälfte der Menschen, die vor der Vorstellung Schlange gestanden hatten, gingen leer aus, und sie ärgerten sich, weil sie keine Plätze für spätere Shows reservieren konnten. (Da wir kein Verwaltungspersonal hatten, war unsere Buchhaltung vereinfacht: Wir gaben keine Karten aus und ließen einfach diejenigen ein, die an der Tür bar bezahlten.) Am Ende kletterte ich, ohne dazu aufgefordert worden zu sein, hinunter, stellte mich neben die anderen und verbeugte mich so dankbar vor dem Publikum wie die übrigen Mitglieder der Truppe.

SIEBTER ABEND

Der *Daily Record* oder das *Bulletin* oder der *Scottish Daily Express* brachte einen zweiseitigen Artikel über unseren Club, drei Viertel der Seiten war mit Fotos gefüllt. Eins zeigte mich in Silhouette oben auf der Brücke, während Helen und Rory, vollständig bekleidet, unten auf einem Lichtteppich Geschlechtsverkehr vortäuschten. Ein anderes zeigte das bezauberndste Mädchen der Universitätsgala, wie sie mit dem behaartesten Mann der Gorbals Young Communist Party trank und lachte. Eins zeigte Rae und Archie Fisher, denen Felix Stokowski und Albert Finney applaudierten, oder vielleicht waren es Robin Hall und Josh Macrae, denen Yehudi Menuhin und Tom Courtenay applaudierten. Im Text stand, daß die Organisatoren der Edinburgher Festspiele sich ernste Sorgen machten, weil unsere «freundschaftliche, gelöste Glasgower Atmosphäre weltberühmte Persönlichkeiten der Bühne und des Konzertsaals von der mausoleumsartigen Feierlichkeit des offiziellen Festspielclubs weglockte».
Ein Artikel von Cordelia Oliver oder Martin Baillie oder jemand anderem im *Manchester Guardian* oder *Glasgow Herold* oder *Scotsman* verkündete, daß unser Club den einzigen wahrhaft schottischen Beitrag zu den Festspielen leiste. Die Kritiker erwähnten die Folk-Sänger und die Tanzorchester und schrieben, daß die politische Farce *McGrotty und Ludmilla,* «obwohl offenkundig eine Amateuraufführung», mit so viel Schwung und technischer Finesse dargeboten werde, daß sie mehr Vergnügen bereite als die offizielle Festspielinszenierung eines Stückes von Bernard Shaw oder Brendan Behan oder John Osborne oder John Whiting. Diana wurde in der Rolle der Miss Panther besonders hervorgehoben, ebenso wie ich als Beleuchter.

Diese Publizität löste Hochstimmung und Frohsinn bei allen Clubmitgliedern aus, abgesehen von Helen, Diana und mir. Helen wurde sehr still. Diana sagte: «Ich komme mir vor wie eine Verräterin. Helen ist eine viel, viel bessere Schauspielerin als ich. Dieser Kritiker hat nicht das geringste Urteilsvermögen.»

Helen sagte: «Der Kritiker ist mir scheißegal, ich mache mir Sorgen um das Foto. Was wird mein Vater tun, wenn er's sieht? Er ist schrecklich spießig. Er wollte nicht, daß ich auf die Schauspielschule gehe.»

Diana sagte: «Vielleicht wird er's nicht sehen.»

«O doch, er wird's sehen. Unsere Nachbarn werden's ihm zeigen.»

Mir wurde klar, daß Helens Familie weniger vornehm war, als ich angenommen hatte. Ganz vornehme Leute haben keine Nachbarn oder jedenfalls keine, um die sie sich sorgen. Und ich war sicher, daß wir alle zu schnell zu viel Glück hatten. Ich fühlte mich so, wie meine Mutter sich vielleicht eines Morgens fühlte, als der Postbote ein Päckchen brachte und bemerkte, daß ein schöner warmer Sommertag bevorstehe. Sie sagte grimmig: «Wir werden dafür bezahlen.»

Ich ging zum Regisseur und sagte: «Brian, die Aufführung bringt jetzt Geld ein. Aus Gründen, die ich dir nicht erklären werde, brauche ich Geld. Ich weiß, daß die Hälfte unserer Einnahmen dem Club zufällt und die andere Hälfte zu gleichen Teilen an uns geht. Bitte bezahl jetzt deine Schulden bei mir, und von jetzt an möchte ich meinen Anteil an den Einnahmen jedes Abends am nächsten Morgen oder, besser noch, nach der Vorstellung.»

«Oh, du bist unmöglich. Offen gesagt, ich möchte lieber jedem seinen Anteil geben, wenn die Aufführungen beendet sind und wir Zeit gehabt haben, die Unkosten zusammenzuzählen.»

«Nein. Bis jetzt haben wir uns die Unkosten gleichmäßig geteilt. Die Schauspieler haben ihre Kostüme mitgebracht, ich habe Benzin für den Lieferwagen gekauft, alles andere ist geborgt worden.»

«Aber ich habe mein Kostüm gestellt UND Alkohol für die Truppe gekauft.»

«Von dem ich nichts getrunken habe. Wenn du mir nicht heute –

oder allerspätestens morgen früh – gibst, was mir zusteht, verspreche ich, daß ich nach Glasgow zurückkehren und mich während der Ferien arbeitslos melden werde.»
Der Regisseur stöhnte und sagte: «Schon gut, Jock, schon gut. Aber ich wünschte, du würdest mir nich dauernd 'ne geladene Pistole an den Schädel halten, wenn du mich um was bittest.»
Der Oxford-Akzent und die Gespreiztheit, die ich an ihm gehaßt hatte, waren fast ganz verschwunden, er hörte sich an wie ein gewöhnlicher Mann mit gewöhnlichen Sorgen, und ich bedauerte den Wandel. Ich respektierte ihn als gewöhnlichen Mann mehr, doch er machte mir weniger Spaß. Ich war sicher, daß seine Sorgen von seinem Liebesleben herrührten, und war froh, daß mein Liebesleben unkompliziert war. Denn ich lechzte danach, zu Denny zurückzukehren, obwohl ich bisher zuviel zu tun gehabt hatte, um ihr eine Postkarte zu schicken.

Er gab mir das Geld. Ich eilte über die Brücke zum Hauptpostamt und zahlte es auf mein Sparkonto ein. Die Aufführung fand statt wie immer.

ACHTER ABEND

Weitere Zeitungen brachten günstige Rezensionen über uns, ebenso der Schottische Rundfunk. Ich dachte daran, meine Eltern zu einer der Vorstellungen einzuladen, aber wenn ich das tat, weshalb sollte ich dann Denny nicht einladen? Also lud ich niemanden ein.

Um zwanzig vor elf hatten Brian und ich – wir hatten Dienst an der Tür – den letzten in der Schlange gerade gesagt, daß die Vorstellung ausverkauft war, als unser Freund, der englische Regisseur, mit jemandem eintraf, der sehr gute Kleidung trug und einen wohlfrisierten, aber merkwürdigen Kopf hatte. Die obere Hälfte sah alt und die untere Hälfte jung aus. Der englische Regisseur sagte: «Hör zu, könntet ihr nicht vielleicht noch zwei mehr unterbringen?»
Unser Regisseur antwortete: «Tut mir leid, aber wenn wir noch einen einzigen reinlassen, kommt's zu Verpuffungen. Wir sind fast feuergefährlich.»

Der Schauspieler sagte: «Aber versteht doch, dies ist...»
Sein Begleiter sagte: «Nein nein nein. Ich kann ohne weiteres morgen abend zurückkommen, wenn Ihr Freund die Güte hat, uns zwei Plätze zu reservieren und sein Theater nicht zu einer Feuergefahr zu machen.»
Sein englischer Akzent war so glatt und würdevoll, daß sich der glatte Akzent des englischen Regisseurs daneben beinahe labil anhörte.

Nach der Vorstellung räumten wir alle auf, gingen dann nach unten und fanden die englische Truppe und ihre Freunde wie gewöhnlich an dem Tisch vor, der für unsere Truppe und ihre Freunde reserviert war. Der Fremde saß neben dem englischen Regisseur, der zu uns sagte: «Darf ich euch Binkie vorstellen?»
Dies verschlug unserer Truppe fast die Sprache, wenn unser Regisseur auch sagte: «Oh.»
Diana und Helen erstarrten, während Roddys und Rorys Gelenke schlaff zu werden schienen und ihre männlichen Gesichter begannen, leer zu lächeln. Wir zögerten, bis der Fremde mit einem leichten Lächeln und einer Handbewegung andeutete, daß wir uns an unseren eigenen Tisch setzen könnten. Ich setzte mich so weit weg von ihm wie möglich, neben eine englische Schauspielerin, die sich anstrengte, dem Gespräch zu folgen. Ich fragte sie, wer er sei. Sie flüsterte: «Binkie gehörte früher das ganze West End, aber er hat immer noch ein großes Stück davon. Psst.»
Dies klang wie eine Zeile aus einem höchst unwahrscheinlichen Roman, deshalb stellte ich Helen die gleiche Frage. Sie flüsterte: «Er ist ein großer Produzent. An der Schauspielschule hält man uns Vorlesungen über ihn. Psst.»
Im hellen Licht des Restaurants sah Binkie nicht mehr merkwürdig aus, er wirkte wie ein rundlicher, eleganter, alternder, aber noch nicht alter Mann. Manchmal lächelte oder nickte er, doch er sagte fast nichts. Es schien, daß er nicht sprechen wollte und daß man es auch nicht von ihm erwartete. Die anderen Engländer unterhielten und informierten ihn, indem sie auf seltsam rituelle Weise laut miteinander redeten. Niemand sprach über sich selbst, höchstens indirekt, aber alle lobten einander, während sie so taten, als erzählten sie kritische Ge-

schichten. Der englische Regisseur täuschte schüchterne Verlegenheit vor, während sein Ensemble unterschiedliche Versionen einer Begebenheit wiedergab, die zeigten, wie er unter Stress vergeßlich und grob wurde, was, gleichsam zufällig, seine hervorragenden Qualitäten als Regisseur festigte. Das Objekt dieser Erzählung unterbrach sie plötzlich durch den Ruf: «Jetzt habe ich genug! Vielleicht bin ich ja ganz schön schlimm, aber du etwa nicht, Judy?»

Er wies auf seine Hauptdarstellerin und erzählte eine Geschichte darüber, welch komische Neigung zu sexuellem Mißgeschick sie habe, was irgendwie ihre Qualitäten als Schauspielerin unterstrich oder vergleichsweise hervorhob. Als er zu den prickelnden Einzelheiten der Geschichte kam, barg Judy das Gesicht in den Händen und rief: «O nein! Bitte hör auf! Laß Binkie so was doch nicht hören!» Darauf brachen ihre Freunde in Gelächter aus, das der Regisseur übertönte: «Und dann! Und dann! Und dann ...»

Binkie bekam immer wieder zu hören, daß sie alle exzentrisch, albern, liebenswert, tüchtig, talentiert und mit bedeutenden Leuten verwandt seien.

Und nun versuchten die Engländer, das Spiel auszuweiten. Der Regisseur erzählte eine indirekt schmeichelhafte Geschichte über unsere Truppe und appellierte an unseren Regisseur um Bestätigung, und unser Regisseur antwortete mit einer einzigen Silbe. Der englische Regisseur zögerte, aber Judy übernahm die Geschichte von ihm und setzte sie mit großer Energie eine Minute lang fort, versuchte dann, sie an Rory weiterzuleiten, der grinste und nickte, dann an Roddy, der grinste und nickte, dann an Diana, die sie aufnahm und mit einem gescheiten, hysterischen Satz zu Ende brachte. Die Engländer lachten anerkennend, und dann folgte Schweigen. Die Schotten beherrschten dieses Spiel nicht. Es war kein Spiel, in dem wir geschlagen werden konnten, wie beim Fußball, es war ein Spiel, in dem wir uns selbst zur Schau stellten wie beim Strandball, und man hatte uns gelehrt, uns *nicht* selbst zur Schau zu stellen, und daß es unrecht sei, in der Klasse zu sprechen, es sei denn, der Lehrer stellte eine Frage und wir kannten genau die Antwort, die er hören wollte. Also schwiegen die Schotten, bis Binkie, der auch hätte schweigen sollen, weil das Spiel ihm zu Gefallen gespielt wurde, beschloß mitzumachen. Er stellte unserem Regisseur eine Frage, und unser Regisseur antwortete mit drei einzelnen Silben. Ich schämte mich für ihn, schämte mich für die Schotten. Ich wünschte, daß er sich wieder in den alten, oberflächlichen, redseligen Brian mit dem gekünstelten Akzent und den gräßlichen Schlagworten verwandeln würde. Aber er sagte nur drei Silben. Binkie nickte, als habe er eine gewichtige Information bekommen, dann stellte er eine weitere Frage, und unser Regisseur deutete auf mich. Der englische Regisseur sprang auf und rief: «Jock! Du bist sehr still da drüben. Komm her und setz dich zu uns.»

Er stellte einen Stuhl zwischen Binkie und sich selbst, und ich setzte mich hin, entschlossen, so mürrisch wie die anderen Mitglieder unserer Truppe zu sein. Zu meiner Rechten war ein Mann, der wie Gott behandelt wurde. Ich hielt ihn nicht für Gott, doch mein Herz pochte sehr heftig, als sei ich auf geweihtem Boden. Ich verachtete die unlogische Tätigkeit meines Herzens, deshalb wollte ich ihn verachten.

Binkie gab mir keine Möglichkeit dazu. Er lächelte und murmelte etwas Höfliches. Der englische Regisseur sagte: «Wir alle haben Binkie von den verblüffend originellen Lichteffekten erzählt, die du für das Stück geschaffen hast.»

Ich sagte: «Ich habe versucht, geeignete Effekte zu schaffen.»

Der englische Regisseur fragte: «Könntest du sie an eine traditionellere Bühne anpassen?»

«Auf keinen Fall. Für eine andere Bühne würde ich mir unterschiedliche Effekte ausdenken.»

«Wie würdest du das machen?»

«Zuerst würde ich die Schauspielfläche untersuchen, denn ich bin noch nie auf der Bühne eines gewöhnlichen Theaters gewesen. Hier mußten wir unsere eigene bauen. Dann würde ich mich mit der Beleuchtungsanlage vertraut machen und mich erkundigen, wieviel Geld zur Verfügung stünde, um sie zu vergrößern.»

Der englische Regisseur fragte: «Sie zu vergrößern?»

Ich antwortete nicht. Dann sagte Binkie mit distanzierter, recht schläfriger Stimme: «Die Beleuchtungsanlage eines gutausgerüsteten modernen Theaters ist ohnehin groß genug, und wie ich höre, haben Sie etwas ganz Erstaunliches mit ein paar gewöhnlichen Punktscheinwerfern und Streulichtern geleistet.»

Ich zuckte die Achseln. «Wenn man das Beste von einem schöpferischen Beleuchter erwartet, muß man ihm erlauben, seinen Spielraum zu erweitern.»
«Ein schöpferischer Beleuchter!» sagte Binkie und gab, ohne zu lächeln, irgendwie zu verstehen, daß er belustigt war.
Ich sagte schroff: «Welcher Art ist *Ihre* Beziehung zum Theater?»
Nach einer Weile erwiderte Binkie: «Ich verdiene damit Geld. Ich halte es für eine interessante Methode, Geld zu verdienen. Und ich treffe dabei so charmante Menschen.»
Er bedachte mich mit einem milden charmanten Lächeln und gab es dann an Rory weiter, der ihm gegenüber am Tisch saß. Rory sah nicht mehr männlich aus. Sein Kopf hing so weit auf die eine Schulter hinunter, daß der Hals gebrochen zu sein schien. Er stellte den Gesichtsausdruck eines sehnsüchtig schmachtenden Mädchens zur Schau. Der englische Regisseur sagte laut: «Ein schöpferischer Beleuchter, ja, eine interessante Idee. Weißt du, am professionellen Theater erwartet man, daß nur die Künstler – die Regisseure, Schauspieler und Bühnenbildner – schöpferisch sind. Die Techniker tun, was man ihnen befiehlt, aber sie sind durch ihre Gewerkschaften sehr gut geschützt und werden sehr angemessen bezahlt.»
Ich zuckte die Achseln und sagte: «Die meisten Menschen, die sich für ein Handwerk oder einen akademischen Beruf ausbilden lassen, werden zu gedankenlosen Instrumenten, sogar in der Technik. Sogar in der Architektur. Sogar im Bankwesen, glaube ich. Aber in Glasgow – am Glasgower Technikum haben wir eine andere Einstellung.»
Dies war eine Lüge. Ich hatte keinen Grund zu der Vermutung, daß unsere Glasgower Dozenten anregender waren als die an anderen technischen Hochschulen. Zwar hatten nur Alan und seine Freunde mir das Gefühl gegeben, daß großartige Neuerungen von uns ausgehen könnten, aber es machte mir Spaß anzudeuten, daß eine Stadt und ein Institut hinter mir standen.
«Natürlich müssen manche Menschen gedankenlose Instrumente sein», sagte Binkie nachdenklich. «Wenn unsere Hämmer sich weigerten, unsere Nägel einzuschlagen, weil ihnen die Nägel leid tun, dann hätte niemand ein anständiges Dach über dem Kopf.»

Ich sagte: «Männer und Frauen sind nicht Hämmer und Nägel.»

Binkie nickte und schürzte die Lippen auf eine Weise, die vollkommene Toleranz meiner Meinung gegenüber und vollkommenes Verständnis meiner Gründe für sie anzeigte. Und ich sah eine Welt, in der die meisten Menschen dumme kleine Nägel sind, wie Denny, und immer wieder von raffiniert geschmiedeten Hämmern, wie ich, in den Händen von Regisseuren und Bühnenbildnern und Schauspielern geschlagen werden, die von ein paar Leuten, wie Binkie, die dies für eine interessante Art des Geldverdienens halten, ermutigt werden, charmante Menschen zu sein. Und diese paar Leute dachten, sie seien Produzenten! Sie glaubten wirklich, daß ohne sie keine Dächer gedeckt, keine Ernten eingebracht, kein Stoff gewebt und keine Stücke aufgeführt würden. Und man stimmte ihnen zu. Alle Schauspieler, ob Schotten oder Engländer, wußten, daß Binkie keine Bühne bauen, kein Stück schreiben oder beleuchten oder in ihm auftreten könnte, aber sie zollten ihm Ehrerbietung als einem GROSSEN PRODUZENTEN, weil ihm einmal das ganze West End gehört hatte und er immer noch ein schönes Stück davon besaß. Zweifellos hatte er auch dramatisches Urteilsvermögen, aber wahrscheinlich nicht mehr als der junge englische Schauspieler und Regisseur, der nun als sein persönlicher Adjutant oder Minister für Schottland oder hochintelligenter Lakai agierte. Was Binkie zu einer Macht werden ließ, waren sein Reichtum und die Intelligenz, mit der er ihn bewahrte, und diese Intelligenz war nicht unbedingt seine eigene. Wie Old Red einmal sagte: «Kapital kann sich immer Gehirne kaufen. Es zieht Gehirne an wie ein Misthaufen Fliegen.» Ja, Intelligenzen huren mehr für Geld, als Körper es tun, denn man lehrt uns nicht, daß es Hurerei ist, einen kleinen, wesentlichen Teil unserer Intelligenz an Menschen zu verkaufen, die wir nicht mögen und die uns nicht mögen. Das schlimmste Verbrechen der Welt ist Mord, aber der Verkauf von Intelligenz kommt knapp dahinter, denn ihm folgen Mord, Gaskammern, Dresden, Waffenherstellung, Napalm, Massengräber und jedwede Art von Gemetzel. Ich weiß jetzt, daß diese Art des Verkaufs genau die große Hurerei und das Geheimnis und das vielköpfige Tier der Apokalypse ist, das die Herrscher und Nationen der Welt bis auf den heutigen Tag anbeten. Außer in Polen. Vor kurzem weigerten sich einige Polen, das Knie zu beugen, aber ich kann auf keinen Fall schon in den frühen Fünfzigern begriffen haben, daß die Welt so ist.

In dem Jahr, das der Eroberung des Mount Everest und der Krönung der Ersten Königlichen Großbritannischen Elizabeth I. folgte, kann ich auf keinen Fall begriffen haben, daß die Welt so ist. Ich wußte nicht, ob Binkies Macht ererbt war wie Geld oder mit Geld gekauft wurde, aber ich erkannte sie. Ich erkannte und bewunderte und begehrte die Macht dieses eleganten, rundlichen alten Mannes. Ich spürte, wie sich mein Mund zu dem weibischen Grinsen verweichlichte, das Rorys Gesicht entstellte, und als ich das bemerkte, wurde der kleine Funken meiner Abneigung zu Haß, und mein Mund verhärtete sich wieder. Binkie wandte sich um und betrachtete mich mit einem höflichen Blick voll milder Neugier, und ich hätte mich am liebsten vorgebeugt und ihm die Nase abgebissen, ohne den Rest seines Körpers auch nur zu berühren. Dieser Impuls war so verblüffend, daß ich mich nicht bewegen konnte, ich gaffte bloß und entblößte vielleicht ein wenig die Zähne. Ich spürte die Hand des englischen Regisseurs auf meinem Arm. Er fragte drängend: «Wie würdest du's anstellen, die Beleuchtungsanlagen des modernen Theaters zu vergrößern?»
«Wie?»
«Die Beleuchtung des modernen Theaters. Du sprachst davon, die Anlagen zu vergrößern. War das ins Blaue hineingeredet, oder hattest du an etwas Bestimmtes gedacht?»
Wenn ich nicht etwas Interessantes (im Bühnensinne des Wortes) vorschlug, war klar, daß das englische Ensemble glauben würde, eine Bande ausdrucksschwacher, trotziger Rüpel gefördert zu haben. Ich sagte: «Die Bühnenbeleuchtung sollte heutzutage entschiedener von Schatten Gebrauch machen. Dunkelheit könnte ein genauso ausgeprägtes dramatisches Element sein wie Licht. Mit etwas mehr Erfindungsgabe könnten wir Blöcke und Strahlen davon verwenden.»
Der englische Regisseur fragte: «Was genau meinst du damit?»
«Stellt euch eine große Bühne vor, die ziemlich weit in das Publikum hineinragt, von der... der... dieser quadratischen Wölbung aus, wo der Vorhang hängt.»

«Dem Proszenium.»

«Danke. Auf dieser Bühne haben wir Personen, die vor etwas auftreten, was ein Haus sein soll, aber das Haus wird durch einen Block Dunkelheit dargestellt. Ich werde es negatives Licht statt Dunkelheit nennen, denn das Auge kann auch den dunkelsten Schatten immer ein wenig durchdringen, wenn Licht in der Nähe ist, aber es könnte diesen schwarzen Block nicht durchdringen. Der Block kann alle beliebigen Möbel enthalten, und Schauspieler, die in ihn hineintreten, werden unsichtbar. Ja, und wir könnten die Blöcke mit Säulen von negativem Licht umgeben, aus dem Personen auf ihr Stichwort hin erscheinen oder in dem sie verschwinden. Dann werden die negativen und positiven Lichtzonen durch einen Knopfdruck umgekippt. Wir sehen einen gut beleuchteten Raum, umgeben von Scheinwerferlicht mit Menschen darin.»

«Ist das praktikabel?» fragte Binkie.

«Auf keinen Fall. Die Idee des negativen Lichts ist ganz neu. Aber ein Team von Männern, die ich kenne, wird es in zehn Jahren möglich machen, wenn Sie uns das Geld geben.»

«Und Sie sind Dozent an einem Glasgower Polytechnikum?»

«Nein. Ich bin Student im zweiten Jahr am Glasgow Royal Technical College, 1796 gegründet von Professor John Anderson, Verfasser von *The Institutes of Physics*.»

«Das klingt hinreißend», sagte Binkie mit seiner schläfrigen Stimme. Er schien zu dem Schluß gekommen zu sein, daß die Schotten, wenn sie nicht ausdrucksschwach und trotzig sind, eine Rasse prahlerischer Spinner bilden, aber ich war ihm nun freundlich gesonnen. Meine plötzliche Konzeption vom negativen Licht hatte mein Selbstvertrauen wiederhergestellt. Ich hatte sogar eine Ahnung, wie es zu verwirklichen war. Wenn ich das Problem ein paarmal mit Alan diskutiert hätte, würde ich in der Lage sein, ein Forschungsprogramm aufzustellen. Ich wurde gelöster und fuhr redegewandt fort, denn ich erinnerte mich an einen spekulativen Artikel in einer von Alans alten technischen Zeitschriften, wahrscheinlich in *The Scientific American*.

Ich sagte: «Wenn Sie an unmittelbareren praktischen Möglichkeiten interessiert sind, kann ich Ihnen das Hologramm bieten. Es ist möglich, ein kleines, kompakt wirkendes Bild in einen offenen Raum zu projizieren – ein Bild, das man sich von jeder

Seite ansehen, aber nicht berühren kann, da es nichts als eine Reflexion ist. Bei angemessener Finanzierung wird mein Team in zwei Jahren das kompakt wirkende Bild eines großen Baums im Amazonasregenwald auf eine Bühne projizieren. Die Äste werden über das Publikum hinwegstreichen, bis sie die letzte Reihe des Parketts zu berühren scheinen. Wir könnten sogar ein Pro – wie hieß das noch? – Proszenium mit all den blöden Gipsengelchen und vergoldeten Schnörkeln projizieren und einen Vorhang, der wie scharlachroter Samt aussieht und sich zu öffnen scheint, und private Logen an beiden Seiten mit piekfeinen Leuten, die sich herauslehnen und sogar in bestimmten Momenten applaudieren. Ich rede nicht von einem Bild, das auf eine Leinwand projiziert wird, denkt bloß so was nicht, ich meine ein Bild, das in einen Raum projiziert wird. Von jedem Winkel des Auditoriums aus wird es dreidimensional erscheinen. Von der Bühne aus braucht es überhaupt nicht sichtbar zu sein, wenn wir es nicht wollen. Die Schauspieler würden den Standort der Illusion durch Zeichen auf dem Boden erkennen. Wenn einer von ihnen eine Küchenleiter ein paar Zoll hinter den Stamm eines großen Baumes stellte, hinaufkletterte und den Kopf vorstreckte, würde das Publikum einen lebendigen, körperlosen Kopf sehen, der vier Meter über dem Boden an einem Baumstamm steckt.»

«Dumme Taschenspielereien!» rief der Autor. «Gutes Theater gibt uns Männer und Frauen, die so spielen, als würden sie einander lieben und regieren und übervorteilen und sterben, ja sterben! Aristophanes, Shakespeare und Ibsen brauchten diesen albernen Firlefanz nicht, und wir auch nicht.»

Der Erfolg seines Stückes hatte den Autor nicht gewandelt. Er war so trübsinnig und kritisch, wie er immer gewesen war, also ignorierten wir ihn wie üblich, obwohl Binkie ihn, glaube ich, mit einem mitfühlenden Nicken bedachte. Ich sagte zu dem englischen Regisseur: «Diese Geräte würden für dich besonders nützlich sein. Denk an die Freiheit, die du hättest. Du könntest jeden großen Saal mit einer Bühne betreten, und in zwei oder drei Stunden könntest du ihn mit Hilfe eines einzigen qualifizierten Beleuchters und seiner Projektionsapparate wie das Innere der Mailänder Scala aussehen lassen. Du brauchtest dann nicht das Londoner West End, um ein Stück in einer teuer wirkenden Kulisse zu inszenieren.»

Der englische Regisseur starrte unverwandt auf das Ende seiner Zigarette. Der schottische Regisseur lachte plötzlich schallend. Binkie sagte, fast mit lauter Stimme: «Ihr Gerät würde uns sicher helfen, eine Menge Kulissenschieber einzusparen. Aber Sie haben die Sitze vergessen. Das Publikum hat gern viele bequeme Sitze. Leute vom experimentellen Theater vergessen immer das Publikum.»
Ich nickte ihm anerkennend zu. «Stimmt. Ich habe die Sitze vergessen, und mein Team, das noch nicht existiert, wird mindestens sechzig Jahre brauchen, um ein Bild zu projizieren, auf dem man sitzen kann. Ihre Profite sind bis zum Ende des Jahrhunderts gesichert.»

Es ist ein komischer Gedanke, daß ich völlig nüchtern war, als ich all dies oder jedenfalls etwas sehr Ähnliches sagte. Es war nur zum Teil scherzhaft gemeint. Ich lachte Binkie wissend an, als wollte ich ihn herausfordern, mich ernst zu nehmen. Er war so alt, daß man ihn bestimmt schon mehrmals durch diesen Schachzug umworben hatte, aber er sah etwas gequält aus, wie mir schien. Er sagte vage: «Es klingt alles hinreißend.»
Judy stand auf und erklärte mit entschiedener Stimme: «Jock, ich tanze jetzt am besten mit dir, denn du bist offensichtlich ein Mann mit bedeutender Zukunft. Darf ich bitten?» Während wir uns zwischen den Tischen hindurch zum Tanzboden vorschoben, sagte ich: «Ihr Oxbridge-Leute seid tolle Diplomaten.»
«Na ja, die Unterhaltung wurde ziemlich riskant.»
«Habe ich euren Freund verärgert?»
«Oh, Binkie ist zu grandios, um ein Freund zu sein. Ich vermute, er ist zu grandios, um überhaupt Freunde zu haben. Und er ist viel zu grandios, als daß er sich je ärgern könnte – er weiß, es ist verschwendete Zeit. Trotzdem, es wäre ein Fehler, sich mit ihm anzulegen.»
Der Tanz war ein krampfartiger Jive, also versuchte ich, sie hochzuheben, und es wäre mir fast gelungen. Sie sagte: «Lieber nicht. Ich glaube, Binkie ist nicht mehr da. Wir können also zum Tisch zurückkehren und uns herrlich vollaufen lassen.»

Am Tisch schwatzten nun alle so aufgeregt wie eine Klasse gerade nach Schulschluß. Der englische Regisseur rief: «Jock, diese Projektionsapparate von kompakten Illusionen und kom-

pakten Schatten, sind die möglich, oder hast du sie dir nur vorgestellt?»
Ich sagte eisig: «Da ich sie mir vorgestellt habe, sind sie natürlich möglich.»
«Das begreife ich nicht. Kann mir hier irgend jemand sagen, was Jock meint? Geoffrey, du hältst dich doch über Naturwissenschaft und ähnlich langweilige Dinge auf dem laufenden, kannst du mir sagen, was Jock meint?»
Er blickte einen Freund an, der Architektur studierte. Der Freund sagte: «Er meint, daß die Wissenschaft jedes rein technische Problem, das sie erkennt, auch lösen kann. Vor dem Ende des Jahrhunderts werden wir zum Beispiel Menschen auf dem Mond haben. Jedes angemessen qualifizierte Forschungsteam mit genügend Mitteln, das sich mit dem Problem der Projektion großer Hologramme mit tragbarem Gerät beschäftigt, wird es irgendwann lösen. Aber nicht in zwei Jahren. Vielleicht in zehn oder zwanzig Jahren. Gib zu, daß du fabuliert hast, als du von zwei Jahren sprachst.»
Ich erwiderte hartnäckig: «Das werd ich nicht zugeben. Mein Team könnte es in zwei Jahren schaffen. In meinem Team wird ein Genie sein.»
Sie begannen zu lachen. Ich brüllte: «Nicht ich! Nicht ich! Ich habe einen Freund, der euch alle in Erstaunen versetzen wird!»
«Ja, Genie kann ein Team beflügeln», räumte der Architekt ein, «aber Genie hat so schrecklich wenig Mannschaftsgeist. Deshalb begünstigen wir es nicht.»
«Ihr beide sagt Dinge, von denen ich nichts wissen will. Sie machen mir angst», meinte der Regisseur, der gar nicht verängstigt, sondern sehr fröhlich wirkte. Er goß mir ein Glas Wein ein. Mir fiel ein, daß ich nicht allzu betrunken werden würde, wenn ich nur Wein trank, also begann ich, sehr rasch eine Menge davon zu trinken. Wir alle waren fröhlich auf eine überspannte Weise, die durch Alkohol gemildert wurde. Binkie war unter uns gewesen, deshalb glaubten wir, an der Schwelle einer gefährlich aufregenden Zukunft zu stehen.

Von der Schwelle einer gefährlich aufregenden Zukunft aus sah ich vorher, wie ich auf einer Beleuchtungsbrücke über einem Raum stand, der so riesig schien wie London und gleichzei-

tig eine Bühne und ein Fernsehstudio war. Meine Fertigkeiten hatten meinem Freund Binkie ermöglicht, wieder das ganze West End an sich zu bringen, und dann hatten wir das North, South und East End übernommen, schließlich das Zentrum, dann die Provinzen. (Warst du wieder betrunken?)
Und glücklich, denn meine Projektionsapparate waren außerhalb des Theaters genauso wirksam. Unsere Hologrammflotte war die visuell bedrohlichste der Welt; sie beruhte auf einem Film über die britische Parade von Spithead im Jahre 1910. Ich konnte sie mit Lichtgeschwindigkeit in jeder Höhe erscheinen lassen, aber wir zogen es vor, sie langsam auf Bodenhöhe vorzuschieben. Das stetige Vorrücken dieser gewaltigen Schlachtschiffe durch die Straßen von Prag, oder war es Budapest, hatte die russischen Panzer aus Ungarn, oder war es die Tschechoslowakei, oder aus beiden vertrieben. Im selben Jahr waren sie auf rätselhafte Weise im südlichen Pazifik aufgetaucht, nach Norden durch Chile gefahren, hatten die Anden überquert und die Söldner der United Fruit Company aus Südamerika verjagt. Bomben und Geschütze konnten diesen Schiffen nichts anhaben, und sie selber konnten keinen Schaden anrichten, aber Streitkräfte, die versuchten, sie zu ignorieren, wurden in ungeheuren negativen Lichtfeldern isoliert, was sie so lange blendete, daß die örtlichen Patrioten unblutige, doch praktische Siege erringen konnten.
(Was geschah am nächsten Abend, als Binkie sich die Vorstellung ansah?)
Du solltest größeres Interesse am Weltfrieden haben, denn ich habe ihn endlich hergestellt. Bevölkerungen sonnten sich, zogen sich aus und tanzten in den warmen Fluten von Licht und Musik, mit denen ich sie überschüttete; Hollywood-Schauspielerinnen parkten ihre Raketenflugzeuge am Themse-Ufer, nachdem sie den Atlantik durch Regenbogentunnel, geschaffen von meinem Projektionsapparat, überquert hatten; Jane Russell, Jayne Mansfield und Marilyn Monroe sehnten sich danach, mich zu treffen. Jeder, den meine Scheinwerfer berührten, wurde berühmt, aber ich beleuchtete nicht nur wirkliche Menschen. Meine Suchscheinwerfer und Kameras zeigten das schlechte Schulwesen und die schlechte Behausung der Menschen, deren Arbeit wesentlich war, und die Arroganz der Staatsangestellten, die sich benahmen, als seien sie unum-

schränkte Herrscher. Diesen Enthüllungen folgten stets gesellschaftliche Reformen, aber wie Binkie zog ich es vor, nicht ins Rampenlicht zu treten. Trotzdem war ich eine legendäre Gestalt. Wenn die Sonne schien, sagten die Londoner zu ihren Kindern: «Der schottische Beleuchter lächelt wieder.»
(Was geschah am nächsten Abend, als Helen zu dir kam?)
Das ist unwichtig, denn Schauspielerinnen waren nicht die einzigen Frauen, die mich liebten. Um nicht unmenschlich grandios zu erscheinen, ließ ich mich von allen nur ein einziges Mal verführen, doch an Wochenenden und Feiertagen flog ich stets nach Norden, denn dort lebten meine Frau und meine Kinder. Ja, Denny und ich hatten endlich geheiratet. Unser Heim war eine Wohnung mit sechs Zimmern und Küche und Erkerfenstern in Hillhead; außerdem hatten wir Kohlenfeuer und kuriose Art-nouveau-Kaminsimse und geschmiedete Kamingitter, sogar in der Diele; außerdem einen gekachelten Hausflur mit geschnitzten Treppengeländern und Treppenabsätze, die mit vierfarbigen geometrischen Mosaiken ausgelegt waren. Die ganze Welt staunte über meine Treue zu einer einfachen kleinen Frau in einer Glasgower Etagenwohnung, doch die Schotten verstanden mich. Sie wußten, daß ich immer noch einer von ihnen war, obwohl mein auf körperliche Züchtigung gerichteter Scheinwerfer die Benutzung des Riemens an Schulen abgeschafft hatte (steck dir *das* hinter den Spiegel, Hislop), obwohl ich mich geweigert hatte, Glasgow zur Hauptstadt des Britischen Commonwealth zu machen. «Das Zentrum eines richtig beleuchteten Landes ist überall», hatte ich erklärt. «Der genaue Punkt, an dem unsere Staatsangestellten plaudern, ist unwichtig.»
In Wirklichkeit wollte ich nichts mit Politik zu tun haben. Während ich schwer auf jedem Gebiet von Energie und Kommunikation arbeitete, half ich meinem Freund Alan, den angemessenen Platz und das angemessene Schicksal des Menschen im Universum zu ermitteln.
(Was unternahmst du, als Brian von der Polizei festgenommen wurde?)
Hab noch ein bißchen Geduld, Gott. Es stimmt, daß ich glaubte, mich über meinen eigenen Horizont zu erheben, wenn ich mir solche Dinge vorstellte, und jetzt stelle ich mir sie schon wieder vor. Ja, ich glaube, fast deinesgleichen zu sein, während ich das

Universum von meiner imaginären Zukunft aus überblicke, und natürlich wird dies wieder zu einem Sturz führen, aber in diesem erhabenen Zustand erhasche ich eine Erkenntnis, die, richtig ausgedrückt, dich auf ewig von jenen stalinistischen Verbrechen entlasten wird, die dir deine leidenschaftlichsten Bewunderer zugeschrieben haben und mit denen die intelligent Anständigen sich NIE haben abfinden können. Gestatte mir noch ein paar anmaßende Minuten und laß mich dann sanft fallen. Mit einem Fallschirm, bitte.

Alan war Direktor des Glasgow Royal Technical College, ursprünglich von Professor John Anderson, Verfasser von *The Institutes of Physics,* im Jahre 1796 gegründet. In seinen frühen Tagen hatte Alan der Welt die kaledonische Sonnenmühle geschenkt, ein zartes spielzeugartiges Gebilde aus Rasierspiegeln, farbigen Stahlwürfeln, Gitarrensaiten und einem einfachen Waagebalken, das, auf einer Schornsteinspitze angebracht, ein darunterliegendes Zimmer kostenlos mit aller nötigen Hauswärme und -beleuchtung versorgen konnte. Nun vervollkommnete er die negative Lichtsonde, ein zartes spielzeugartiges Gebilde aus Rasierspiegeln, farbigen Glaskugeln und Kupferdraht, das, an einer gewöhnlichen Fernsehantenne befestigt, dem Besitzer des Apparats gestattete, jeden Teil des Universums über seinem Haus mit jedem beliebigen Grad der Vergrößerung zu betrachten. Die Menschheit konnte nun eine aktuelle Karte herstellen, welche die Position und die Eigenarten jeder existierenden Galaxis, jedes existierenden Sterns und Planeten zeigte.

(Was dachte die Gruppe von dir, als Brian wieder entlassen wurde?)

Wieso interessierst du dich nicht für Physik? Negatives Licht kostet nichts und hat keine Fortbewegungsgeschwindigkeit, weil seine einzelne unendliche Wellenlänge mit der Spanne des universellen Kontinuums identisch ist, wodurch es überall gleichzeitig wirken kann. Es gab zu wenige professionelle Astronomen für die Vermessung, die wir geplant hatten. Wir brauchten Amateure, alle Amateure der Welt, deshalb sendeten wir in allen Sprachen einen Appell um Helfer, und dies war natürlich gleichzeitig ein Lehrgang in Astronomie und darin, wie die Sonde zu bauen, einzusetzen und die Ergebnisse aufzuzeichnen seien. Der einzige Lohn, den wir boten, war die Genugtuung, nie zuvor vom menschlichen Auge gesehene Sterne und Planeten zu entdecken und bei der Vollendung des größten Werks der naturwissenschaftlichen Kunst mitzuhelfen, das der menschliche Geist je ersonnen hatte: der KARTE VON ÜBERALL. «Denkt daran, das Universum ist grenzenlos, aber kontinuierlich», sagte Alan am Ende der Sendung, «also hört nicht auf, Entdeckungen und Aufzeichnungen zu machen, bis ihr euren eigenen Hintern auf dem Schirm seht.»

Die Menschen auf der Erde, von denen die meisten inzwischen Fernsehgeräte hatten, reagierten millionen-, milliardenfach, besonders Kinder, Hausfrauen, Behinderte und alte Leute. Ein verkrüppeltes zehnjähriges Mädchen in einem kambodschanischen Bordell entdeckte die erste völlig negative Konstellation, in der die Leere zwischen den verschiedenen Körpern die Quelle von Licht, Wärme und Schwerkraft ist. Eine Gruppe von Reinmachefrauen in Derry fertigte eine Karte von einer Galaxis an, wo Energie in Parallelogrammen wirkt und kubische Sonnen schafft, deren kubische Planeten auf rechteckigen Umlaufbahnen von einem Punkt zum anderen springen. Ein anonymes Mitglied des russischen Präsidiums des Obersten Sowjets meldete die Existenz des Kuckuckssternhaufens, einer Ansammlung matt schwelender Gestirne, die auf derselben Bahn kreisen, bis eines das andere überholt und absorbiert; während es wächst, wird es heißer und schneller, bis es explodiert und wieder in dieselbe Zahl von Sphären zerfällt, die um dieselbe öde Bahn trudeln. Während sich die weißen Stellen auf der KARTE VON ÜBERALL stetig füllten, wuchs die weltweite astronomische Leidenschaft, bis es schien, daß die gesamte Menschheit den Hals reckte und die Augen anstrengte, um draußen etwas zu suchen, was sie ersehnte, aber nicht finden konnte. Schließlich sah jeder Zuschauer, nachdem er das Kontinuum durchdrungen hatte, auf dem Bildschirm die blauweiße, wolkengesprenkelte Kugel der eigenen Heimat und wußte:

Die Welt ist das einsame lebende Zentrum des Universums. Das Universum ist ein üppiger Strudel von Energie, die sich wieder und wieder zu jedem denkbaren Körper aus Gas und Mineralien zusammenfügt, aber nur einer dieser Körper bringt lebende Frucht hervor. Die übrigen sind nicht nur bar jedes

Denkens, ihnen allen zusammen fehlen auch die Mittel, um eine einzige Primel, einen einzigen Grashalm zu ernähren. Das einzige Leben, das wir auf anderen Welten finden werden, ist das Leben, das wir selbst dorthin bringen. Und das ist eine gute Nachricht, denn
DIE MODERNE NATURWISSENSCHAFT KANN JEDES TECHNISCHE PROBLEM LÖSEN, DAS SIE ERKENNT
deshalb
KÖNNEN WIR DIE MONDKRATER MIT KUPPELN VERSEHEN UND WÄLDER IN IHNEN ANPFLANZEN
und dann
VON DER VENUS DIE HÄLFTE DER WOLKEN WEGSCHAFFEN, DIE IHRE OBERFLÄCHE ZU EINEM FAKSIMILE DER ANTIKEN HÖLLE MACHEN, UND IHR FEUCHTE LUFT GEBEN, DIE AUF EINEN OZEAN REGNET, DER, MIT PLANKTON UND WALEN AUFGEFÜLLT, EINEN WARMEN PAZIFISCHEN PLANETEN MIT VULKANISCHEN INSELN SCHAFFEN WIRD, WO LANGSAM NEUES LEBEN WURZELN SCHLÄGT
und dann
DIE GRÖSSTEN ASTEROIDEN AUSHÖHLEN, IN IHNEN KÜNSTLICHE SONNEN ERHELLEN, IHRE ACHSENROTATION BESCHLEUNIGEN, UM ZENTRIFUGALE INNENSCHWERKRAFT ZU ERZEUGEN, HORIZONTLOSE GARTENSTÄDTE UM DIE WÄNDE BAUEN UND ABENTEUERLUSTIGE GENERATIONEN IN IHNEN ZU DEN STERNEN FLIEGEN LASSEN
denn
OHNE AUSSERIRDISCHE HUNNEN BEKÄMPFEN, AUSSERIRDISCHE AZTEKEN AUSPLÜNDERN, VOR AUSSERIRDISCHEN SUPERMENSCHEN KNIEFÄLLE MACHEN ZU MÜSSEN, KÖNNEN WIR ALL DIE GUTEN WELTEN SCHAFFEN, DIE WIR UNS JE VORGESTELLT HABEN
und so
BRAUCHEN LIEBE, SEX, GEBURT, KINDER NICHT MEHR ZU ARMUT, HUNGERSNOT, KRIEG, VER-

SCHULDUNG, SKLAVEREI, REVOLUTION ZU FÜHREN, SIE WERDEN ZU UNSEREM GRÖSSTEN GESCHENK AN DAS UNIVERSUM WERDEN, DAS UNS ERZEUGT HAT!
Aber
DIE KOSTEN FÜR DIE URBARMACHUNG DER WÜSTEN DES UNIVERSUMS, MIT DEM MOND ANGEFANGEN, SIND SO HOCH, DASS NUR EIN REICHER PLANET SIE SICH LEISTEN KANN
also müssen wir
JEDE LEBENDE SEELE EINSETZEN, UM UNSERE EIGENEN WÜSTEN URBAR ZU MACHEN, UNSERE EIGENEN MEERE AUFZUFÜLLEN, UNSEREN EIGENEN ABFALL ZU NUTZEN, ALLE BÖDEN ZU VERBESSERN, ALLE KINDER ZU NÄHREN ZU BILDEN ZU ENTZÜCKEN, BIS ALLE STARKE, FURCHTLOSE, SCHÖPFERISCHE, PRAKTISCHE ERWACHSENE SIND, WELCHE DIE WELT, IN DER SIE LEBEN, UND DIE VIELEN WELTEN, IN DENEN SIE LEBEN KÖNNTEN, LIEBEN UND VERSTEHEN
denn es ist technisch möglich
EINE WELT ZU SCHAFFEN, IN DER JEDER EIN PARTNER IM MENSCHLICHEN UNTERNEHMEN UND NIEMAND SEIN BLOSSES WERKZEUG IST
ja Gott wir können
GÄRTNER UND LIEBHABER DES UNIVERSUMS WERDEN, INDEM WIR ZUERST ANDERE SO BEHANDELN, WIE WIR VON IHNEN BEHANDELT WERDEN MÖCHTEN, UND UNSERE NÄCHSTEN LIEBEN WIE UNS SELBST
(Was geschah drei Nächte später, als du zu Denny zurückkehrtest?)
VERPISS DICH DU BESCHISSENES RINDVIEH DU! LASS MICH IN RUHE DU MISTSAU DU! DU DRECKSCHWANZ DU! Ja, ich werd's dir erzählen, aber nicht sofort. Gib mir noch ein bißchen Zeit. Bitte.

Gott.
Ich.
Denke.

Ich.
Fange.
An.
Zu.
Weinen.

Natürlich werde ich nicht weinen. Zurück zu unserer Geschichte. Könige mögen gesegnet sein, aber Jock sollte in Ruhm gedeihn, sich jedweden Sieg verleihn.

Alle an dem Tisch würden in Ruhm gedeihn. Wir waren die Lichtgestalten, die die Welt bald blenden würden. Wir waren nicht eifersüchtig aufeinander. In einer Gruppe, die so glücklich ist wie unsere, leuchten diejenigen, die am stärksten beeindrukken, ebendeshalb so, weil die anderen es wollen und ihr Feuer geschürt haben. Strahlender Glanz gehört allen. Dies schien mir eine wichtige Entdeckung zu sein, aber als ich versuchte, sie zu erklären, begannen alle zu lachen. Der englische Regisseur rief: «Gib's zu, Jock, du möchtest, daß das Theater den Beleuchtern gehört.»
Ich sagte: «Natürlich. Wie kann ich mein Bestes für eine Organisation geben, die nicht mir gehört? Der Autor denkt, das Theater gehöre ihm, weil er die Stücke schreibt, die Schauspieler denken, es gehöre ihnen, weil sie die Stücke spielen, Binkie glaubt, es gehöre ihm, weil es sein Eigentum ist, das Publikum glaubt, es gehöre ihm, weil es dafür bezahlt, und da du die Aufgabe hast, all die anderen zusammenzubringen, glaubst du wahrscheinlich, daß die Regisseure die Bosse der Vorführung sind. Wieso sollen die Beleuchter nicht auch irre Egoisten sein? Jeder, der wesentlich für eine Organisation ist, sollte zu ihren Bossen gehören. Das ist Demokratie.»
«Ihr Techniker seid sowieso schon zu herrschsüchtig», sagte der Architekt. «Ihr habt meinen Beruf fast unmöglich gemacht. Architektur ist die wesentlichste der Künste und war früher die glänzendste. Die größten Gebäude der Welt waren einst prächtige Hohlskulpturen, in die ganze Gemeinschaften voll Stolz eintraten. Jetzt nicht mehr. Heutzutage werden unsere Pläne so durch Installationsbestimmungen, Beleuchtungs-, Heiz-, Belüftungs- und Feuerschutzbestimmungen eingeengt, daß nicht einmal unsere Genies, nicht einmal Lloyd Wright, Gropius oder

Le Corbusier, in der Lage sind, moderne Gebäude nicht nur nützlich, sondern auch gut aussehen zu lassen.»
«Ihr habt selber schuld», sagte ich, «denn ihr wollt nicht anerkennen, daß Installationen und Leitungsnetze genauso zur Architektur gehören wie Wände und Fenster. Es ist dummer Snobismus, wenn kunstbeflissene Architekten meinen, daß Techniker keine ihnen ebenbürtigen Partner sind. Die größte soziale Leistung der letzten achtzig Jahre fällt ins Gebiet der Hygienetechnik. Das Leitungsknie, das unsere Häuser vor den Bakterien der Kanalisation schützt, wurde vor achtzig Jahren erfunden und hat mehr Leben gerettet als das Penizillin, aber wer kennt den Erfinder des Knies? Jede Stadt und jedes Städtchen in Großbritannien hat ein von Menschen geschaffenes Flußdelta, von dem Ströme reinen Wassers bis zur Spitze jedes Gebäudes, hoch oder niedrig, geschickt werden, so daß Schacherbälle, 'schulligung: Wasserfälle, praktische kleine Wasserfälle in jedem Stockwerk hervorsprudeln, sobald der Hahn gedreht oder ein Stöpsel gezogen wird. Und statt diese großen sauberen Systeme stolz vorzuzeigen, wie die Dachstützen der alten griechischen Tempel, verbergt ihr sie wie schmutzige Geheimnisse in Mauern und finsteren Klosetts. Kein Wunder, daß eure Kunst nur noch aus dem faulen Zauber von Fassaden besteht.»
«Eine herrliche Idee!» sagte der englische Regisseur. «Stellt euch eine Hochzeitsfeier vor, bei der das Büfett zwischen den Kristallsäulen eines Abflußsystems ausgebreitet ist. Wir beobachten die Kacke von Gästen, die sich oben aufhalten, wie sie durch diese glänzenden Säulen in einem Schwall von braunen Bläschen und bernsteinfarbener Pisse herabschwebt, während wir Champagner schlürfen und an kleinen Toastdreiecken knabbern, die mit schimmernden Kaviarkügelchen belegt sind.»

Es kam im Club zu Mischungen und Verbindungen aller Art, aber an jenem Abend hatte ich das Gefühl, daß sich das allermeiste davon in meinem Kopf abspielte. Es schien nichts im Universum zu geben, das ich nicht verstand, denn die rätselhaften Schweigeminuten meiner Mutter, die Gespräche zwischen meinem Vater und Old Red, Hislops Dichtung, die Vorlesungen am Technical College, Alans Stöberei im Gerümpel, die Auseinandersetzungen von Alans Freunden, sogar Dennys Wunsch, sich in Geographie auszukennen, fügten sich zu einer vollständigen und befriedigenden Erklärung des Ganzen. Ich wollte dieses Verständnis unbedingt an meine Freunde weitervermitteln, denn ich war sicher, daß es ihnen sehr viel Nutzen bringen würde. Meine Idee war einfach und einmalig, aber sogar die Frauen lachten dauernd über die Wörter, die ich benutzte. Dabei hätten sie, wie ich meinte, mehr Gewinn aus ihnen ziehen können als alle anderen. «Wenn Universum Kegel oder Kugel», sagte ich zu Heldianjud, «was im Grunde das gleiche wie Diktatur, Hierarchie wegen obenunten, innennachaußen, aber nein! Allkontinuum! Demokratie!»

«Jock», rief der englische Regisseur, «du wirst langweilig.»

«Muß also klarmachen», sagte ich, badend in und mich klammernd an Judianhels Haar, das immer wieder von mir wegtrieb. «Wenn schnell genug hochschießt, Kopf prallt gegen eigenen Hintern, wenn schnell genug runterfällt, Hintern prallt an eigenen Kopf, weshalb also reisen, kein Mittelpunkt, außer wo *wir* sind, egal *wer* wir sind, deshalb Notwendigkeit unendlichen Respekts, unendlicher Liebe, oder alles ist sinnlos, kapiert? Körper × Sympathie + Menge Platz = Demokratie, ich lieb euch, kapiert? Weil wir alle tun können, was wir wollen.»

Ich bemerkte, daß der englische Regisseur aufgestanden war und mit der Stimme eines englischen Hauptfeldwebels brüllte:

«JOCK! SKLAVE DER LAMPE! HÖR MIR ZU, DU MÜDE FLASCHE! ICH BEFEHLE DIR, DIESEN KELLER MIT ALL SEINEN ZECHERN UND SAMT OBERBAU UND FELS UND KATHEDRALE UND PRIMITIVEM ALTEM SCHLOSS IN DEN GARTEN DES KAISERS DER DEMOKRATISCHEN CHINESISCHEN VOLKSREPUBLIK ZU TRANSPORTIEREN! SETZ UNS DORT SICHER AB, BEVOR DER MORGEN GRAUT, GEIST DER LAMPE, UND LASS NICHTS ZURÜCK AUSSER DEM KLEINEN BEHAARTEN MUTTERMAL AN DER INNENSEITE VON JUDYS LINKEM SCHENKEL.»

Er war größer als ich, deshalb stellte ich mich auf meinen Stuhl und erwiderte: «Das läßt sich nicht machen, weil ich meinen Schraubenzieher oben gelassen habe, aber jeder, der seinen Schraubenzieher nicht aus der Hand legt, kann alles fertigbringen, außerdem»

An dieser Stelle reißt die Kette der Erinnerung ab und ich entsinne mich an nichts mehr,

NEUNTER ABEND

bis ich im Bett mit einem Gefühl aufwachte, das mir in späteren Jahren vertraut wurde. All meine Muskeln schmerzten, aber es war ein erfrischender Schmerz, wie der Schmerz eines gerade geborenen Kindes oder eines Menschen, der seinen Körper ausgiebig trainiert hat, doch in meinem Hirn nistete Unbehagen. Es argwöhnte, daß ich nicht verdiente, geboren worden zu sein. Meine Matratze lag auf einem Bretterabsatz, sehr sauber gescheuert, der den Schaft der Treppe vom Zimmer unter mir überbrückte. Ich trug einen Schlafanzug, und meine Kleidung lag neben mir; sie war akkurat gefaltet wie immer, allerdings lagen die Socken unter dem Haufen statt obenauf. Neben der Kleidung war ein weiteres kleines Zeichen der Unordnung: meine Uhr, die um halb zwölf stehengeblieben war. Ich hatte vergessen, sie aufzuziehen. Durch ein hohes kleines Fenster sah ich, daß der Himmel die Farbe des Spätnachmittags hatte. Alles deutete darauf hin, daß ich, wie berauscht ich auch gewesen sein mochte, die Gesellschaft in ordentlichem Zustand verlassen hatte und ins Bett gegangen war.

Ich stand auf, zog Morgenrock und Hausschuhe an, nahm meine Toilettensachen und ging auf dem größten Umweg zu dem am wenigsten benutzten Waschraum des Gebäudes. Nachdem ich mich sorgfältig gesäubert und rasiert hatte, ohne von irgend jemandem gesehen worden zu sein, kehrte ich zu der Kammer zurück und zog mir reine Socken, Unterwäsche und ein reines Hemd an, dazu eine Jacke, eine Weste und eine Hose, die seit dem letzten Bügeln ungetragen war. Ich band mir eine Krawatte um, putzte meine Schuhe und ging – mit meinem, wie ich hoffte, üblichen Gebaren wachsamer Selbstbeherrschung – nach unten. Das Restaurant war weniger als halb voll, aber das Geschäft lief gut. Ich trat hinter den Tresen und füllte mir eine Schüssel mit Corn-flakes und einen Becher mit Kaffee. Ich brachte die Sachen an unseren Tisch, wo mir niemand die geringste Aufmerksamkeit schenkte.

Man sprach über einen Zeitungsartikel. Alle schienen deprimiert oder wütend. Helen sah weiß und krank aus. Sie sagte: «Oh, wie konnte er so was nur schreiben? Wie *konnte* er so was nur schreiben?»
Ich erkundigte mich, was los war, und sie reichte mir die Zeitung.

Unter der Schlagzeile **WÜRDEN SIE'S IHRER TOCHTER GESTATTEN? PFARRER VERDAMMT KUHMATTEN-KOMMUNE IM FESTSPIEL-RAHMENPROGRAMM** war ein Foto des Raums, den die Helfer und Darsteller als Schlafsaal benutzten. Es war im Halbdunkel und mit einer Belichtung aufgenommen worden, die den Saal schäbig, finster und schmutzig wirken ließ. Der Artikel begann mit den Worten: «Was würden Sie empfinden, wenn Sie erführen, daß Ihre Tochter Nacht um Nacht mit dreißig oder vierzig Männern, von denen die meisten ihr völlig fremd sind, in diesem riesigen scheunenartigen Raum schläft? Mit langhaarigen, bärtigen Fremden, die sogenannte *fortschrittliche* Ansichten über sexuelle Moral und gesellschaftliche Organisation haben?»
Diese Zeilen stammten von einem Journalisten, der kurz zuvor viel Zeit bei uns verbracht hatte. Er war ein fröhlicher, freundlicher Mensch, seine Zeitung hatte einen der ersten Artikel gedruckt, in denen es hieß, daß der Club aufregend und glanzvoll sei. Dies war nichts Neues mehr, deshalb besprach er unsere Schlafarrangements (die niemand vor ihm verborgen hatte) mit einem populären und leicht zu schockierenden Pfarrer der Church of Scotland, der seine Worte gern von der Presse verbreitet sah. Der Geistliche sagte: «Derartige Beispiele führen Tausende von jungen Menschen auf den schlüpfrigen Pfad zur Verdammnis. Ich weiß, daß meine Ansichten altmodisch sind, aber das läßt sich nicht ändern. Ich habe sie von Jesus.»
Der Journalist hatte die Sache dann einem liberaleren Geistlichen vorgetragen; dieser erklärte, Christus habe gelehrt, daß Vergebung der Sünden eine höhere Tugend sei als strenge sexuelle Enthaltsamkeit. Nachdem er nun ein ausgewogenes religiöses Urteil erhalten hatte, machte der Journalist die Adressen der Mädchen, die den Schlafsaal benutzten, ausfindig und rief ihre Eltern an, um zu fragen, was *sie* davon hielten. Unter dem Untertitel EIN SCHRECKLICHER SCHOCK wurde He-

lens Mutter zitiert: «Dies ist ein schrecklicher Schock für uns. Ihr Vater und ich wußten nichts davon. Vielleicht ist Helen ein wenig unbedacht, aber ich bin sicher, daß meine Tochter nichts wirklich Böses tut, bestimmt nicht.»
Unter diesen Worten wurde der untere Teil des großen Fotos gezeigt, das Helen zwei Tage zuvor so verstört hatte. Die Bildunterschrift lautete: «Die neunzehnjährige Helen Hume beim Auftritt mit Rory McBride in der politischen Farce der Kuhmatten-Kommunisten.»
Ich las den Artikel noch einmal gründlich durch. Er war auf geschickte Weise abgefaßt worden. Er beschrieb einen Ort, an dem Unzucht denkbar war, zitierte dann die Worte eines Mannes, der, ohne den Ort oder die Betroffenen zu kennen, voraussetzte, daß vielfache Unzucht stattfand, dann die Worte eines Mannes, der meinte, daß Unzucht verzeihlich sei, dann die Worte einiger besorgter Menschen, die das Gebäude ebenfalls nie gesehen hatten, aber fast – wenn auch nicht völlig – überzeugt waren, daß *ihr* Kind nicht Unzucht trieb. Doch mit keinem einzigen verleumderischen Wort wurde gesagt, daß überhaupt Unzucht getrieben wurde. Natürlich muß es im oberen Saal einige Liebesakte gegeben haben, denn in dem Club kam es zu Mischungen und Verbindungen aller Art, aber ich bin sicher, es wäre zu mehr Liebesakten gekommen, wenn wir das North British Hotel benutzt hätten. Gruppensex ist bei den Schotten sogar noch unwahrscheinlicher als privater Sex, weshalb ich meine Matratze in eine Abstellkammer geschleppt hatte.

Nach einer langen Pause sagte Helen wieder: «Wie *konnte* er so was schreiben? Ich hab ihm mein Alter und meine Adresse genannt, weil ich dachte, daß er nette Dinge über uns schreiben würde. Ich hab ihm erzählt, daß meine Eltern verstimmt über das Foto waren, und er sagte, daß er sein Bestes tun würde, um die Sache wiedergutzumachen. Wie *konnte* er solche Dinge schreiben?»
«Er lebt davon», sagte der englische Regisseur.
«Das ist die Entschuldigung, die deutsche Geschäftsleute dafür anführten, daß sie Zyklon B hergestellt hatten», meinte der schottische Regisseur.
«Genau», sagte der englische Regisseur. «Genau. Genau. Aber dieses Zeug ist kein tödliches Gas, es ist nichts als eine Wolke

übler Worte, und in unserem Geschäft lernen wir, so was zu übersehen. Drei Viertel dessen, was in der Presse erscheint, ist nur ein albernes Spiel. Die Presseleute wissen, daß es ein Spiel ist, sie lachen selbst darüber. Die Leser sollten dasselbe tun.»
Helen sagte: «Meine Eltern haben leider keinen Humor und ich auch nicht. Ich glaub nicht, daß ich heute abend auftreten kann. Kuhmatten-Kommunisten! Mein Vater wird mich umbringen.»
Ihre Stimme klang plötzlich wie die Dennys. Sie weinte. Unser Regisseur legte ihr einen Arm um die Schultern. Sie schüttelte ihn ab, gestattete Diana jedoch, ihre Tränen mit einem Taschentuch zu trocknen.
Judy sagte mit sachlicher Stimme: «Du mußt heute abend auftreten. Wegen Binkie nämlich.»
«Zum Teufel mit Binkie.»
Judy wandte sich zu mir um und fragte, als wolle sie ein unterhaltsameres Thema anschlagen: «Hast du gut geschlafen, Jock?»
«Ja, danke.»
«Wer hat dich übrigens ausgezogen?»
Ich starrte sie an.
«Erinnerst du dich, wer dich in deinen Schlafanzug gesteckt hat?»
Ich mußte den Kopf schütteln.
«Aber du erinnerst dich doch bestimmt an den Analverkehr?»
«Du machst Witze.»
«Die Geißelung.»
«Ganz und gar nicht.»
«Die Fellatio.»
«Was ist Fellatio?»
«Schwestern!» sagte Judy in tragischem Tonfall zu Diana und Helen. «Wir haben unseren Charme verschwendet. Er erinnert sich an überhaupt nichts.»
Ich war verwirrt. «Meinst du, daß ihr, äh ...»
«Ja, wir haben dich ins Bett gebracht. Du hast eine Weile erstaunlich zusammenhängend geredet, dann brachst du plötzlich zusammen und wurdest infantil. Männer wissen nicht, wie man mit einem Baby umgeht, deshalb mußten wir's machen. Übrigens, wer ist eigentlich Denny?»
Ich starrte sie wiederum an.

«Du riefst immer wieder in herzzerreißendem Tonfall nach Denny, während du uns mit aller Macht begrapschen wolltest. Dann sagtest du wütend: ‹Ich liebe dich nicht! Du bist nicht Denny›, und weintest leidenschaftliche Tränen.»
«Daran erinnere ich mich nicht», sagte Diana. «Ich erinnere mich, daß er dauernd behauptete zu frieren. Sogar als wir ihn ins Bett packten, jammerte er dauernd, daß ihm kalt sei, dann hörte er auf und sagte mit völlig nüchterner Stimme: ‹Ich werde Denny heiraten.› Dann verlorst du das Bewußtsein, Jock.»
Dies waren beunruhigende Nachrichten. Helen sagte: «Du hast dich abscheulich benommen, Jock. Wir alle haben uns abscheulich benommen. *Er* besonders.»
Sie nickte grimmig in Richtung des englischen Regisseurs, der stirnrunzelnd erwiderte: «Vorsichtig, Helen. Du wirst noch glauben, daß der scheinheilige Reporter die Wahrheit geschrieben hat.»
«Das kann sein», sagte Helen und begann wieder zu schluchzen.
Judy und der englische Regisseur standen auf. Er fragte mit müder Stimme: «Wer möchte den Kater ertränken?» Ich ging mit ihnen in die Schenke Deacon Brodie, wo wir Brendan oder vielleicht war es Dominic Behan trafen, und ich ertränkte den Kater mehrere Male in der Flüssigkeit, die mich so zugerichtet hatte.

Helen zog sich an jenem Abend nicht von der Vorstellung zurück. Am Anfang war ihr Spiel zittrig und nervös, aber bis zur Pause hatte sie Selbstvertrauen gewonnen, und wir glaubten, daß alles in Ordnung sein werde. Kurz nach der Pause geschah etwas Schlimmes. Um einen beweglichen, aber vertikalen Spot auf Helen gerichtet zu halten, schob ich mich leise auf der Brücke über ihrem Kopf entlang, als mein Fuß abrutschte. Der Scheinwerfer krachte herunter und schmetterte gegen einen Träger, ein oder zwei Sekunden lang baumelte ich an den Händen. Das Publikum keuchte auf, lachte jedoch und applaudierte, als ich mich hochschwang, eine neue Birne einschraubte und weitermachte, als sei ich völlig auf Unfälle wie diesen vorbereitet. Aber das Gelächter und der Applaus waren von der falschen Art. Helen begann, immer schneller zu sprechen; offensichtlich wollte sie, daß das Stück so rasch wie möglich zu Ende ging. Sie gestattete den anderen Schauspielern kaum, ihre Zeilen zu beenden, bevor sie ihre eigenen hervorsprudelte. Ihre Vokale verwandelten sich von vornehmen englischen Ous und Os in sehr flache Ehs, wie sie damals im Bezirk Kelvinside von Glasgow üblich waren. Vor dem Ende des Stücks hörte sie völlig auf zu spielen und wurde ganz einfach zu einer tapferen Schottin, die eine unangenehme Aufgabe erfüllt. Das Publikum lachte nicht mehr. Erst Rorys Schlußrede gab ihm eine Möglichkeit zu applaudieren.

Helen trat nach dem Stück nicht vor, um sich zu verbeugen. Ich blieb oben auf dem Gerüst und wandte dem Publikum den Rücken zu, noch nachdem ich die Saalbeleuchtung eingeschaltet hatte, noch nachdem das Publikum hinausgetrottet war. Ich haßte mich selbst und wollte von niemandem gesehen oder gehört werden, schon gar nicht von den Mitgliedern der Truppe. Denn ich hatte die Vorstellung ruiniert und wußte nicht, wie ich mich entschuldigen sollte. Ich hantierte an einer Anschlußdose herum, während Roddy, Rory und der Regisseur unten in fast völliger Stille aufräumten. Einmal fragte einer von ihnen: «Ich nehme an, Diana kümmert sich um Helen?»
«Ja.»
Etwas später murmelte jemand: «Ich bezweifle, daß Binkie das sehr eindrucksvoll fand.»
«Zur Hölle mit Binkie!» sagte unser Regisseur zu laut und zu unbekümmert. «Wir brauchen ihn nicht. Bevor er gestern abend auftauchte, dachte ich, er sei seit Jahrhunderten tot. Wir können nicht erwarten, daß wir an jedem Abend der Woche gleich gut sind, und wir haben neun Abende hintereinander regelmäßig gespielt – sogar eine professionelle Truppe hätte Schwierigkeiten, das durchzuhalten. Hör auf, dort oben zu brüten, Jock. Komm runter, wir trinken was.»
Ich sagte: «Heute möchte ich nichts trinken, vielen Dank, ich brüte nicht. Ich überprüfe Anschlüsse. Einige Kabel sind rausgerissen.»
«Kümmere dich morgen darum. Laß uns Kaffee trinken.»
«Nein danke. Wenn ich hier fertig bin, gehe ich sofort ins Bett.»

Als alle verschwunden waren, stieg ich rasch zu meiner Kammer hinauf, öffnete den Notausgang zum Treppenhaus von

Deacon Brodie, machte einen raschen Besuch in der Schenke und kehrte mit einer Viertelliterflasche Whisky zurück. Ich kroch ins Bett, knipste das Licht aus und kippte den Whisky schnell herunter. In jenen Tagen war ich ein Alkohol-Neuling, denn die kleine Menge ließ mich fast sofort bewußtlos werden. Ich hatte mehrere wirbelnde und unbehagliche Träume. In einem überquerte ich eine feuchte Straße, die, wie ich plötzlich bemerkte, von Tausenden von Würmern bedeckt war – es waren so viele, daß ich ganz still stehen mußte, um keinen zu zermalmen. Sie hatten die gewöhnliche Dicke, aber ihre Länge war enorm unterschiedlich. Einer war zwanzig oder dreißig Fuß lang. Ich hörte ein Stolpergeräusch, und als ich die Augen öffnete, war die wurmbedeckte Straße nicht mehr da und ich sah Dunkelheit. Jemand rang neben mir nach Atem. Eine Hand, glaube ich, streifte mein Bein. Ich knipste das Licht an und sah Helen, die mich wild anfunkelte. Ich war so sicher, daß sie über mich herfallen wollte, weil ich ihr Spiel ruiniert hatte, daß ich die Hände erhob, um mein Gesicht zu schützen. Es dauerte mehrere Sekunden, bevor mir klar wurde, daß sie mich nicht mit Beschimpfungen überhäufte. Ihre Stimme war laut und vorwurfsvoll, als sie sagte: «Jock, du guckst mich dauernd so an, du glaubst doch nicht, daß ich ganz häßlich, dumm, unbegabt und langweilig bin? Oder? Oder?»
«Äh, nein, bestimmt nicht. Nein.»
Sie sagte: «Dann zeig's mir», und setzte sich auf den Rand meiner Matratze. Sie tat so, als sei sie betrunken, aber es war eine schlechte Vorstellung, denn ich konnte sehen, daß sie ganz nüchtern war. Ich begriff, was sie von mir wollte, und fühlte mich schrecklich deprimiert. Ich begann zu erklären, daß ich wenig von Sex verstünde, daß ich lange mit einer Frau schlafen müsse, bevor ich sie lieben könne, aber sie unterbrach mich: «Also gut, du wirfst mich raus, aber kann ich wenigstens fünf oder zehn Minuten hier warten, bitte? Ich weiß, daß ich aufdringlich bin, aber ist es dir zu schade um fünf Minuten?»
«Bitte, bleib so lange, wie du willst.»
Sie drehte sich um, umarmte mich und stieß mir die Zunge tief in den Mund. Zu meiner Verblüffung bemerkte ich, daß ich eine Erektion hatte. Sie schob sich ein wenig zurück und fragte: «Also?»
Ich gaffte sie mit offenem Mund an und nickte ein-, zweimal. Sie

zog rasch ihre Bluse, Jeans etcetera aus, kroch neben mich und lag bewegungslos da. «Schön. Fang an.»

Ich rief verzweifelt: «Das ist unmöglich!»

«Bist du impotent oder was?»

Das machte mich wütend, und ich wußte, wie man Wut in Lust verwandelt. Ich bestieg sie und kam nach einigen steifen Stößen hinein. Alles war in zwei Minuten vorbei. Ich rollte von ihr und fühlte mich unterhalb der Hüfte so tot wie eine Biene, die Stachel und Unterleib verloren hat. Ich legte einen Arm um sie, weil ich auf etwas Wärme und Zärtlichkeit hoffte, aber sie setzte sich auf und sagte: «Ich brauche eine Zigarette.» Sie saß mit verschränkten Beinen auf dem Bett, zog sich die Bluse um die Schultern und nahm ein Päckchen aus ihrer Jeanstasche. Das Laken war ein wenig verrutscht und hatte den glänzenden, kalten grünen Kunststoff der Matratze entblößt. Sie sagte: «Kuhmatten-Kommunist.»

Ihr Gesicht sah steinhart und ganz elend aus. Ich wollte ihr sagen, wie verkehrt dies alles war, aber sie wußte es offensichtlich. «Nun wirst du natürlich rumlaufen und allen erzählen, daß ich eine Hure bin.»

«Bestimmt nicht.»

«Dann wirst du's dir denken.»

«Ganz bestimmt nicht.»

Huren verschaffen denen rasche sexuelle Erleichterung, die keine Zuneigung wollen oder sie nicht erhalten können, deshalb war ich die Hure gewesen. Ich begann ihr dies zu erklären, aber sie sagte: «Verdammt. Ich habe mein Feuerzeug unten gelassen und verdammt, ich muß eine rauchen. Ich *muß* es wirklich.»

Sie blickte mich mit funkelnden Augen an. Ich fragte trübselig: «Wo hast du dein Feuerzeug gelassen?»

«Auf dem Tisch, in meiner Handtasche. Du weißt, wie meine Handtasche aussieht?»

Ich begriff, daß irgendein Mann, wahrscheinlich Brian, ihr das Gefühl gegeben hatte, eine hilflose Geächtete zu sein, deshalb tröstete sie sich, indem sie mich als Diener benutzte. Ich kroch aus dem Bett und war froh, daß sie mich nicht liebte, denn nun würde ich sie nur für kurze Zeit trösten müssen. Ich seufzte und sagte: «Vielleicht sollte ich mich lieber richtig anziehen.»

«Sei nicht so albern viktorianisch. Es spielt doch keine Rolle, was die Leute in dieser Räuberhöhle tun oder denken.»

Also machte ich mich in Schlafanzug, Hausschuhen und Morgenrock auf, um ihr Feuerzeug zu suchen.

Es war irgendwann zwischen zwei und fünf Uhr morgens. Während ich nackte Fußböden überquerte und Steinstufen hinabstieg, hörte ich ein rauhes, sich wiederholendes Brüllen, das immer lauter wurde. Am Ende des großen Kellers fuhren Albert Finney und ein Freund – oder vielleicht Tom Courtenay und ein Freund – langsam auf einem Motorrad wieder und wieder im Kreis. Die einzigen anderen Anwesenden waren der schottische Regisseur, Diana und der englische Regisseur. Sie saßen zusammen in einer Reihe, schienen aber durch große Zwischenräume getrennt zu sein. Der schottische Regisseur sah geheimnistuerisch, Diana sah gedankenverloren, aber merkwürdig selbstgefällig, der englische Regisseur sah verblüfft aus. Ich ging zu ihnen hinüber und schrie über den Radau hinweg: «Ich schäme mich. Ich habe die Vorstellung heute abend ruiniert. Es tut mir sehr leid.»
Sie starrten mich verständnislos an. Der schottische Regisseur rief: «Was?»
Ich wiederholte meine Entschuldigung. Der englische Regisseur rief: «Die Vorstellung. Ja, aber seitdem ist eine Menge passiert. Mach dir nichts aus der Vorstellung.»
Nach einer Weile rief ich: «Hat jemand Helens Handtasche gesehen?»
Sie fanden die Tasche auf einem Stuhl. Ich sagte ihnen gute Nacht und ging nach oben. Wie ich später erfuhr, hatte Binkie Diana nach der Vorstellung durch den englischen Regisseur mitteilen lassen, daß er sie gern für eine kleine Rolle in einem Londoner Stück vorsprechen lassen würde – ein Stück, in welchem dem englischen Regisseur eine größere Rolle versprochen worden war. Diana freute sich so sehr, daß sie Brian davon erzählte, und Brian begriff plötzlich, daß sie und der englische Regisseur ein Liebesverhältnis hatten. Sein Kummer über diese Entdeckung war gewaltig und zwang Helen zu der Einsicht, daß er und Diana ebenfalls ein Liebesverhältnis gehabt hatten. Es ist auch möglich, daß Helen Diana um ihren Erfolg bei Binkie beneidete. Zweifellos beneidete Rory Diana um ihren Erfolg bei Binkie, weshalb sein Kummer über seine Mißachtung durch Binkie so aufsehenerregend war, daß Roddy meinte, Rory und

Binkie hätten ein Liebesverhältnis gehabt, und mit Selbstmord drohte. An dieser Stelle ohrfeigte Judy, die auch die Geliebte des englischen Regisseurs war, ihn ganz plötzlich, sagte etwas erstaunlich Unflätiges über ihn und seine schottischen Beziehungen und stolzierte hinaus, gefolgt von den übrigen Mitgliedern der englischen Truppe und ihren Freunden. Dann machte Helen sich mit ominös bedachtsamen Schritten nach oben auf, vermutlich um mich zu verführen, während Rory und Roddy überraschenderweise gemeinsam zu einer Party gingen und die drei Betrüger ihrem Selbstmitleid überließen.

Helen war nicht in der Kammer, als ich nach oben zurückkehrte. Ich war erleichtert, aber auch besorgt, deshalb besuchte ich den so bekannt gewordenen Schlafsaal. In der Wand der Tür gegenüber waren eine Reihe von vorhanglosen Fenstern, die etwas Licht vom Nachthimmel und den Straßenlaternen des West Bow hereinließen. Ich sah eine kahle Fußbodenfläche und, rechts und links davon, eine Reihe von Matratzen, auf denen stille Körper in Schlafsäcken ruhten. Da Helens Matratze belegt war, tappte ich auf Zehenspitzen hinüber. Auf einem großen Koffer, der flach wie ein Tablett ausgebreitet war, lagen ihre gefaltete Kleidung, eine Zahnbürste, ein Buch und das Päckchen Zigaretten. Ich respektierte sie dafür, daß sie ihre Sachen in einer Stunde der Qual so akkurat angeordnet hatte, wie ich selbst es getan haben würde. Ich legte die Handtasche sehr behutsam neben den Koffer, als ich bemerkte, daß sie nicht schlief. Tief aus dem Inneren ihres Schlafsacks kam ein ersticktes, aber unmißverständliches Schluchzen. Ich verspürte einen Stich der Zuneigung, da sie doch keine steinerne Frau war. Ich bückte mich, tätschelte sanft den Umriß ihrer Schulter und murmelte: «Mach dir nichts draus, Helen.»

Das Schluchzen hörte auf, und ihr tränennasses Gesicht tauchte aus den Falten des Schlafsacks auf wie das Gesicht einer fast ertrunkenen Frau aus schwarzem Wasser. Nie war sie mir so schön erschienen. Sie flüsterte: «Es tut mir leid, Jock.»

Ich lächelte ihr zu und flüsterte: «Bis morgen.»

Dann kehrte ich zu meinem Bett zurück und schlief sofort ein. Helens Entschuldigung hatte mein Selbstbewußtsein wiederhergestellt. Ich war nun sicher, daß der Truppe das Schlimmstmögliche widerfahren war und daß sie alles überleben würde.

Ich erwachte früh am nächsten Morgen in aller Frische und sah durch das kleine Fenster, daß der Himmel von sauberem Hellblau war. Plötzlich fiel mir ein, daß ich seit dem Beginn der Vorstellungen nichts, außer dem Inneren des Deacon Brodie, von Edinburgh gesehen hatte, was meine ungesunde Gemütsverfassung der letzten Zeit erklärte. Ich stand auf, wusch und rasierte mich und zog mich an; dabei war ich froh, zumindest saubere Angewohnheiten an einem Ort bewahrt zu haben, wo sie sich leicht hätten lockern können. Dann machte ich einen Spaziergang. Es war wieder ein sonniger, windiger Tag. Es kann in jenem August nicht immer so windig und sonnig gewesen sein, wie meine Erinnerung andeutet. Ich ging wieder die High Street hinunter, an der die Hälfte der ältesten Gebäude Schottlands steht oder zu stehen scheint. In jenen Tagen gab es weniger Kunstgalerien, Souvenir- und Geschenkartikelgeschäfte, und der Mittelstand hatte die alten Etagenwohnungen noch nicht wiederbesetzt. An Gestellen, die aus Fenstern im vierten, fünften und sechsten Stock herausragten, waren Wäscheleinen über die Höfe und Hauseingänge gespannt, und ich meine mich an Röcke und Hosen zu erinnern, die wie Fahnen über der High Street selbst flatterten, aber war das etwa erlaubt? Dem Haupttor von Holyrood gegenüber sah ich einen kleinen Krämerladen von der Art, in der Lakritzenstreifen, die *Sunday Post* und Zigaretten der Marke Will's Wild Woodbine in grüngoldenen Fünferpackungen verkauft werden. Ein sehr alter Mann saß auf dem Fenstersims des Ladens und hatte die Hände über einem Stock verschränkt, der zwischen seinen Beinen aufgepflanzt war. Er trug eine Schiebermütze, rauchte eine kurze Tonpfeife und schien sich überaus behaglich zu fühlen. Ich war sicher, daß die Königin, wenn sie sich hier aufhielt, ihn oft aus den Palastfenstern sah, denn nirgends in Britannien kamen Angehörige der Königsfamilie und gewöhnliche Bürger einander so nahe. Dieser Gedanke heiterte mich ohne jeden vernünftigen Grund stark auf.

Ich durchquerte den Palasthof bis zum Südtor und folgte der Straße durch eine Wiese, bis ich einen kleinen See mit Schwänen darauf erreichte. Ich kletterte an einem Ruinenrest vorbei zum

Ende der Salisbury Crags und spazierte auf ihnen entlang. Ich stieg durch grasbedeckte Täler zum steilen Hang von Arthur's Seat hinab und klomm dann hinauf, bis ich eine Orientierungstafel neben der Spitze des Kegels erreichte und mich dagegenlehnte. Wiederum große Weite. Ein paar weiße, säugetierbäuchige Wolken bummelten wie Plutokraten über den blauen Boden des Himmels, und die rauchige alte Stadt und vielerlei Städtchen, Dörfer und Ackerland lagen unter mir, und öde Hügel am Rande der Borders hinter mir, und die blauen Berge am Rande des Hochlands vor mir, und die Mündung zwischen ihnen breitete sich, von Inseln und Schiffen gefüllt, zum Meer hin aus. Waren Ben Nevis, Ben Lomond und Tinto Hill an jenem Tag zu sehen? Wahrscheinlich nicht, aber ich glaube, die Tafel wies auf sie, als wären sie sichtbar gewesen. Glasgow war von den Mooren jenseits von Bathgate verdeckt, was ich bedauerte, denn es ist nur vierzig oder fünfzig Meilen entfernt. Mir wurde klar, daß Schottland wie eine dicke, schlampige Frau mit einer überraschend schlanken Taille geformt ist. Ein dreireihiger Gürtel aus Straße, Kanal und Bahnstrecke überzieht diese Taille; er verbindet Edinburgh und die nach Europa gerichteten Häfen mit Glasgow und den nach Irland und Amerika gerichteten Häfen. Und die Frau war reich! Sie hatte genug Land, um uns alle zu ernähren, wenn wir sie richtig nutzten, und Fjorde und reine Flüsse zur Fischzucht und Hügel zur Anpflanzung von Wäldern. Ihr Eisenerz war erschöpft, aber es gab Kohlenflöze, die weitere zwei Jahrhunderte vorhalten würden, und eine gutausgebildete Bevölkerung, die auf dem Gebiet der Schwerindustrie alles herstellen konnte. Wir brauchten nur neue Ideen und das Selbstbewußtsein, sie in die Praxis umzusetzen, und Schottland hatte Alan und mich und viele wie uns, die jede Menge neuer Ideen in die Wirklichkeit umsetzen konnten. Die Theaterkatastrophe des vorangegangenen Abends fiel mir ein, und ich grinste, denn Theater ist unwichtig. Aber ich war froh, etwas über Bühnenbeleuchtung gelernt zu haben. Wenn ich mich je fürs Fernsehen interessieren sollte (Fernsehen könnte leicht zu einer wichtigen Industrie werden), dann würde mir die Erfahrung zustatten kommen. Ich freute mich auch, Binkie begegnet zu sein, denn bei meinem Versuch, ihn zu beeindrucken, war ich auf unerwartete Weise erfinderisch und redegewandt geworden. Die Idee des negativen Lichts schien zwar unwahrscheinlich, doch nicht die des Hologramms. Sie würde die Entwicklung schmaler, doch knifflig strukturierter Lichtstrahlen erfordern. Die Elektromagnetik barg die Lösung des Problems, und solche Strahlen würden auf vielen anderen Gebieten neben dem der Unterhaltung nützlich sein. Ich war jung, ich lernte, ich lebte in einem prächtigen Land, ich stand am Rande einer unvorhersehbaren Zukunft, aber ich wußte, daß es eine große Zukunft sein würde. Ich rannte das leichte Gefälle auf der anderen Seite hinunter und machte große Sprünge, um meinen Übermut abzureagieren.

An jenem Morgen lief ich lange in Edinburgh herum, vermied aber Orte, an denen ich Bekannte treffen würde. Ich betrachtete im Universitätsmuseum einige herrliche Maschinen aus der Frühzeit der Technik, kletterte das Scott-Denkmal hinauf und nahm mein Mittagessen – eine Pastete und einen halben Liter Bier – in einem Untergeschoß in der Hanover Street zu mir. Die Bar war überfüllt, abgesehen von einer kleinen offenen Fläche – geschaffen von der Aufmerksamkeit der anderen Besucher –, in der drei Männer standen. Einer hatte ein melancholisches Gesicht mit ausgeprägten Tränensäcken und gesträubtes Haar, das zu sehr wie Distelwolle wirkte, als daß es hätte echt sein können, einer sah aus wie eine große spöttische Eidechse, einer wie ein kleiner listiger, scheuer Bär. «Unsere drei besten seit Burns», erklärte ein neben mir stehender Mann, «außer Sorley natürlich.»
Ich nickte, als verstünde ich ihn, ging dann hinaus und kaufte eine Ansichtskarte mit dem Bild des Schlosses. Ich schickte sie vom Hauptpostamt aus an Denny; darauf stand, daß ich sie liebte, daß sie mir fehlte und daß ich in vier Tagen zu Hause sein würde. Vielleicht erwähnte ich sogar die Ehe. Ich hoffe nicht, aber es ist möglich. Mein Erlebnis mit Helen in der Nacht zuvor hatte mir den Gedanken an flüchtigen Sex verleidet. Seit der Verführung durch Helen und ihrer Entschuldigung war ich ihr freundlicher gesonnen. Ich bewunderte ihr Verhalten sogar, aber ich wollte nie wieder mit ihr im Bett liegen.

Im Club war es bei meiner Rückkehr ruhiger als sonst. Ich saß neben Roddy, Rory und dem Autor, die ebenfalls ruhiger als sonst waren, und trank Kaffee. Ich fragte: «Wo sind die Mädchen?»

Rory sagte: «Helen ist nach Hause zu ihren Eltern gefahren. Diana ist wahrscheinlich wieder auf der Polizeiwache, aber das wird nicht viel nützen.»
«Helen ist zu Hause? Diana auf der Polizeiwache? Warum?»
Die drei starrten mich an, als hätte ich gefragt, in welchem Land wir seien. Roddy gab zurück: «Weißt du etwa nicht, daß Brian verhaftet wurde?»
Meine Phantasie machte einen Riesensprung. «Soll das heißen, daß die Bilder doch wertvoll waren?»
«Ja, sie sind Tausende wert. Aber das ist noch nicht alles.»

Am frühen Vormittag war die Polizei im Club erschienen, wahrscheinlich weil eine Zeitung angedeutet hatte, daß es ein schlechter Ort sei, und weil Polizisten dafür bezahlt werden, daß sie der Schlechtigkeit einen Riegel vorschieben. Nachdem sie mehrere Angehörige des Personals befragt und sich in jedem Zimmer umgesehen und nichts Kriminelles gefunden hatten (denn es gab nichts Kriminelles zu finden), verlangten sie nach den Büchern des Clubs, um sie mitzunehmen und von Experten prüfen zu lassen. Sie sagten, dies könne zwei oder drei Tage dauern. Der praktische Radikale hielt ihnen vor, daß er seinen Club ohne Bücher nicht legal öffnen könne, und da er ihn nur während der Festspiele betreibe, werde eine Schließung von zwei oder drei Tagen entweder zum Bankrott führen oder es ihm unmöglich machen, alle seine Helfer zu bezahlen. Die Polizisten erwiderten, daß dies bedauerlich sei, aber wenn es an seinen Büchern nichts auszusetzen gebe, werde er sie auf jeden Fall in zwei oder drei Tagen zurückbekommen. Das alles spielte sich vor den Tagen billiger Fotokopierer ab. Der praktische Radikale bat um die Erlaubnis, seine Bücher zur Wache begleiten zu dürfen, denn wenn die Experten sie nicht sofort untersuchten, könne er mit Hilfe eines Freundes Eintragungen abschreiben. Die Polizisten waren einverstanden, deshalb begleiteten Brian und eine Reiseschreibmaschine den praktischen Radikalen zur Polizeiwache, denn Brian konnte tippen und legte genausoviel Wert darauf, daß der Club an jenem Abend geöffnet wurde. Kurz darauf traf einer der Eigentümer des Clubgebäudes mit seinem Anwalt ein – auch ihre Neugier hatte der Zeitungsartikel angestachelt. Sie waren überrascht, weil der Club das Zwei- oder Dreifache der vereinbarten Fläche belegte, und entsetzt über die Ausschmückung der Porträts, die tatsächlich Werke Raeburns waren. Sie verlangten nach den Personen, die das alles autorisiert hätten. Statt sie zur Polizeiwache zu schikken, leugneten alle jedes Wissen um den Aufenthaltsort dieser Personen, erklärten aber, daß sie noch vor dem Abend zurück sein und bei erster Gelegenheit mit dem Eigentümer und dem Anwalt Kontakt aufnehmen würden. Die beiden verschwanden sehr übelgelaunt. Diana lief zur Polizeiwache, um sich Anweisungen zu holen, und erfuhr, daß Brian und der praktische Radikale nun in Zellen eingesperrt seien, weil sie Polizisten angegriffen, sich der Festnahme widersetzt und vorsätzlich öffentliches Eigentum zerstört hätten. Sie durfte nicht mit ihnen sprechen, weil sie keine Anwältin war und weil die beiden wegen Verletzungen medizinisch behandelt wurden, die sie sich während des zweiten und dritten der ihnen vorgeworfenen Verbrechen zugezogen hatten. Diana kehrte mit diesen Neuigkeiten in den Club zurück, woraufhin Helen verkündete, daß sie die Nase voll habe; sie könne nicht mehr und werde zu ihrer Mutter nach Hause fahren. Wenn sie aus einem wichtigen Grund benötigt werde, brauche man sie nur anzurufen. Sie packte ihre Sachen und fuhr ab.

Wir übrigen waren ebenfalls zutiefst beunruhigt, aber als Brian uns schließlich die ganze Geschichte erzählte, erfuhren wir, daß nichts Ungewöhnliches geschehen war. Auf der Polizeiwache hatte man ihm und dem Radikalen einen Tisch in der Ecke eines geschäftigen Büros zugeteilt. Er tippte, der Radikale diktierte, und eine Stunde später machten sie eine Pause, um Berechnungen anzustellen. Sie fanden heraus, daß sie weniger als die Hälfte der Eintragungen abschreiben konnten, selbst wenn sie ununterbrochen arbeiteten, bis der Club geöffnet werden sollte. Ihre Arbeit war also nutzlos. Das erklärten sie dem diensthabenden Sergeanten an der Abfertigung und baten ihn, ihre Bücher in den späten Abendstunden, wenn im Club am meisten zu tun war, mitnehmen zu dürfen, da sich wohl kein professioneller Experte zu einer solchen Zeit mit ihnen beschäftigen würde. Der Sergeant erwiderte, daß er nicht befugt sei, dies zu gestatten; niemand auf der Wache sei dazu befugt. Diese Auskunft veranlaßte Brian und den Radikalen, schneller und lauter zu reden. Sie wiederholten, was sie gesagt hatten, würzten es jedoch mit Ironie, Sarkasmus und der Drohung, sie würden rechtliche Schritte ergreifen. Brian sagte, nicht einmal die Polizei stehe über den Gesetzen, die die Freiheit der schottischen Bürger schützten. Er und der Radikale waren mächtig empört über das ihnen zugefügte Unrecht. Sie glaubten, daß ihnen nichts geschehen könne, weil sie nichts Unrechtes getan hatten, aber das war eine ungerechtfertigte Annahme. Sie wedelten dem Sergeanten mit ausgestreckten Fingern vor der Nase herum, was, technisch gesehen, ein tätlicher Angriff war. Also legte er ihnen tätlichen Angriff zur Last. Unterwegs zu den Zellen bewegten sie sich schneller oder langsamer, als die sie begleitenden Polizisten es wünschten. Dabei stürzten sie und verbogen das Metallgestell eines Papierkorbs ganz erheblich. Aber es ging ohne Knochenbrüche ab, und die Quetschungen brauchten nur oberflächlich behandelt zu werden. Die Kette der Ereignisse, die sie in die Zellen gezogen hatte, war unerbittlich trivial.

An jenem Abend brachten wir also eine Notiz am Haupteingang an, in der es hieß, daß der Club auf Grund von unvorhergesehenen Umständen bis auf weiteres geschlossen sein werde. Dann verbarrikadierten wir uns im Inneren, saßen in bedrückten kleinen Gruppen zusammen und hörten zu, wie wütende Mitglieder im Laufe des Abends an die Tür hämmerten und die Rückgabe ihres Beitrags forderten. Ich verspürte ungeheure Frustration, ein großes Verlangen, etwas Positives und Praktisches zu tun. Die Frustration war teilweise sexueller Art. Helen hatte mich erregt, aber nicht befriedigt, und ich wollte unbedingt wieder in Denny eindringen. Um mich herum saßen viele mürrische Menschen, die sich stumpfsinnig betranken und keine Aussicht auf einen Geistesblitz oder Ausgelassenheit boten. Ich wandte mich an die übriggebliebenen Angehörigen der Truppe: «Ich sage euch, was ich morgen tun werde. Ich bin für die Arbeit, die ich hier gemacht habe, bezahlt worden – ihr wahrscheinlich nicht?»

Sie waren nicht bezahlt worden.

Ich fuhr fort: «Schön. Wenn Brian und Helen morgen nachmittag nicht zurückkommen, werde ich das Theater abbauen und das Gerüst der Firma zurückgeben, die es uns geliehen hat. Außerdem werde ich die Miete für einen Lieferwagen bezahlen,

damit Roddy und Rory die Scheinwerfer und Requisiten nach Glasgow zurückbringen können.»
Nach einer Weile des Schweigens fragte jemand: «Warum so eilig?»
«Ich sehe nicht ein, was daran eilig sein soll. Ich hasse Verschwendung, deshalb werde ich's tun. Schlechte Presse, Drangsalierung durch die Polizei, wütende Anwälte, wütende Hauseigentümer, wütende Besucher, zerstörte Meisterwerke, ein verletzter Regisseur und eine fehlende Hauptdarstellerin – bei alledem hat das Stück keine Chance mehr. Noch weiter hier herumzulungern ist eine Verschwendung von Zeit, Energie und Geld. Die Polizei wird die Bücher mindestens noch zwei Tage behalten. Selbst wenn es gelingt, den Club wieder zu öffnen, und selbst wenn Helen und Brian zu uns zurückkommen, werden wir also nur noch eine einzige Vorstellung haben – eine Vorstellung, in der es wieder mehr Schauspieler als Zuschauer geben wird. Laßt uns nicht so weit herabsinken.»
Diana sagte: «Du bist nicht der Regisseur, Jock, du bist unser Beleuchter. Vielleicht ist nichts so endgültig, wie du denkst. Wir sollten nichts unternehmen, bis Brian zurückkehrt.»

ELFTER ABEND

Aber am nächsten Nachmittag um drei Uhr war Brian noch nicht zurückgekommen, und ich war nicht bereit, noch länger zu warten. Ich rief die Firma an, die uns das Gerüst geliehen hatte. Sie konnte ein paar Männer abstellen, die es innerhalb einer Stunde abholen würden. Sie waren sogar gewillt, beim Abbau zu helfen. Ich sagte: «Kommen Sie her.»
Mit Hilfe der Gorbals Young Communists, die das Nichtstun ebenfalls satt hatten, lösten wir Schrauben und Klammern und senkten und schichteten Bretter auf, während Roddy, Rory, der Autor und Diana uns ganz still zusahen. Meine Arbeitskolonne war tüchtig. Bis fünf Uhr hatten alle Stangen, Klammern und Bretter das Gebäude verlassen. Ich legte meinen Arbeitsanzug ab und wusch mich. Dann schloß ich mich der schweigenden Truppe am Kellertisch an. Mein Körper war nach der Anstrengung des Nachmittags angenehm entspannt. Ich wußte, daß die anderen sich über mich ärgerten, aber ich wußte auch, daß dieses

Gefühl vorbeigehen würde, denn ich hatte vernünftig gehandelt.

Zehn Minuten später wurden wir von einem Jubelschrei der Leute aufgeschreckt, die an dem Kellerende neben der Tür saßen. Der praktische Radikale und Brian kamen herein, mit Heftpflaster im Gesicht und munterem, entschlossenem Grinsen. Brian schritt sofort auf uns zu. «Also dann, ihr Lieben», sagte er mit seiner alten Großspurigkeit. «Entschuldigt die Unterbrechung, aber jetzt können wir wieder ranklotzen. Heute abend geht's weiter wie immer.»
Diana fragte: «Du meinst, der Club darf öffnen?»
«Ja. Sie gaben uns die Bücher zurück, als sie uns vor zwei Stunden rausließen. Der diensthabende Sergeant sagte: ‹Hier, wollt ihr die Dinger haben? Wir können damit nichts anfangen›, und reichte sie uns.»
«Und die Beschuldigungen?»
«Unser Anwalt meint, wenn wir uns des Angriffs auf die Polizei schuldig bekennen, wird man die Sache mit dem Widerstand und der Beschädigung des Papierkorbs fallenlassen. Anscheinend ist das Schlimmste, was mir blühen kann, eine Geldstrafe von fünf Pfund, aber vielleicht kommen wir mit einer Ermahnung davon, wenn wir uns reumütig genug zeigen.»
«Und was ist mit den Bildern? Und den Eigentümern?»
«Wir kommen gerade von den Eigentümern. Sie sind sehr vernünftig. Ich habe ihnen erklärt, daß die Raeburns mit Plakattusche entstellt wurden, die sehr leicht abzuwaschen ist. Und der Club wird Miete für den zusätzlichen Raum zahlen, den wir uns angeeignet haben. Damit ist alles in Ordnung. Würde mir jemand einen sehr starken Kaffee holfen? Ich finde, ich habe ihn verdient. Wo ist Helen übrigens?»
«Sie ist nach Hause zu ihren Eltern gefahren.»
«Dann ruft sie um Himmels willen an! Wir brauchen sie für die Vorstellung heute abend. Ruft sie nicht einfach an, sondern sagt ihr, daß wir sie abholen werden, und fahrt vorbei. Jock, sie hat Vertrauen zu dir, hol du sie ab. Ihre Familie wohnt in Cambuslang, das ist nur eine Stunde mit der Bahn. Warum seht ihr alle so verdrießlich aus?»
Ich erklärte ihm, was ich getan hatte. Er setzte sich an den Tisch und fragte: «Alles?»

«Ja.»
«Bühne *und* Zuschauerraum?»
«Ja.»
«Oh, mein Gott. Wie spät ist es?»
«Zu spät, um das Gerüst zurückzuholen. Inzwischen ist alles zu. Tut mir leid, Brian. Tut mir leid, ihr alle, es tut mir leid.»

Brian saß lange ganz still da. Das einzige, was auf seinen Schmerz hindeutete, waren ein paar tiefe Seufzer. Ich begriff plötzlich, daß er der einzige von uns war, der alles an dem Stück liebte. Die Schauspieler, der Autor und ich liebten das Stück unserer eigenen Leistung wegen, doch er liebte alles an ihm, und nun saß er einfach nur da, seufzte und schüttelte kaum merklich den Kopf. Diana setzte sich neben ihn und legte den Arm so zart auf seine Schultern wie eine gute Ärztin, die eine Wunde verbindet. Er lächelte kraftlos und sagte: «Alles in Ordnung. Diana. Alles in Ordnung.»
Ich hätte ihm am liebsten versprochen, daß ich ganz früh am nächsten Morgen alle Teile des Gerüsts zurückholen und, wenn nötig, selbst die Miete bezahlen würde, aber das wäre ein unaufrichtiger Vorschlag gewesen. Es hatte vier Tage gedauert, Bühne und Zuschauerraum aufzubauen. Wenn alle mitmachten, ließe es sich vielleicht in einem einzigen Tag schaffen, aber wer würde danach noch die Energie zum Auftreten haben? Helen bestimmt nicht. Ich sagte mit fester Stimme in die Runde: «Ich habe übereilt und dumm gehandelt.»
«Ja», antwortete Brian, «ja, das meine ich auch. Aber vielen Dank für die Hilfe, die du uns geleistet hast. Ich hoffe, die Bezahlung war ausreichend. Du hast, finanziell gesehen, einiges mehr aus dem Stück herausgeholt als die Schauspieler, aber das ist für Techniker wohl üblich, oder? Schade, daß wir deinetwegen letzten Endes in der Scheiße gelandet sind...»
«Er ist ein Kleingeist, das ist sein Problem!» rief der Autor.
«Nicht immer», sagte Brian, «nicht am Anfang. Aber inzwischen ist er wahrscheinlich müde. Ich auch. Wir alle sind's. Wenn ich's mir recht überlege, sind wir auch meinetwegen in der Scheiße gelandet, weil ich auf einer Polizeiwache die Beherrschung verloren habe. Höchst unklug. Laßt uns nach Glasgow zurückkehren.»
«Das ist albern!» rief der Autor. «Wir brauchen keine Unmenge

von Stangen und Brettern, um ein Stück aufzuführen, wir brauchen ihn nicht.» Er zeigte in einer Weise auf mich, die deutlich machte, weshalb das Ausstrecken eines Fingers ein tätlicher Angriff sein kann. «Er hat unsere letzte Vorstellung durch seine albernen Tricks mit einem Handscheinwerfer ruiniert. Ein gutes Stück braucht nicht mehr als einen Saal, ein Publikum, eure Begabung und meinen Text. All das haben wir. Die Begabung und der Text sind in eurem Kopf. Zeichnet eine Handlungsfläche mit Kreidestrichen mitten auf den Fußboden. Verteilt Matratzen, auf denen das Publikum liegen, knien oder sitzen kann. Bringt es zur Ruhe und spielt! Spielt! Dies ist eine Gelegenheit, mein Stück so aufzuführen, wie es aufgeführt werden sollte, ohne viel Apparaturen und Drum und Dran, ohne albernen, verfälschenden, glanzvollen Zauber.»
«Eine sehr kühne Idee», sagte Brian, «aber ich bezweifle, daß die Öffentlichkeit ihr schon gewachsen ist. Ich bin's jedenfalls nicht.»

An jenem Abend fuhren Brian, der Autor und ich mit dem Zug zurück nach Glasgow. Roddy und Rory hatten beschlossen, bis zum Ende der Festspiele im Club zu bleiben. Ich hatte ihnen Geld zum Mieten eines Lieferwagens gegeben, damit sie die restliche Ausrüstung wann immer sie wollten nach Glasgow transportieren konnten. Mir schien nun, daß ich, zumindest finanziell gesehen, nicht mehr besser dastand als die anderen Mitglieder der Truppe, mit Ausnahme von Brian. Er mußte Gerichtskosten und vielleicht eine Geldstrafe zahlen, aber er sah ein, daß es seine eigene Schuld war. Diana blieb ebenfalls in Edinburgh, wahrscheinlich um den englischen Regisseur wiederzusehen. Sie begleitete uns zum Bahnhof Waverley, und an der Schranke küßte sie Brian und sogar den Autor mit großer Herzlichkeit, aber mich ignorierte sie völlig. Es tat mir leid, denn bis zu diesem Tag hatte ich geglaubt, daß Diana mir von allen Angehörigen der Truppe am nächsten sei.

Im Zug war der Autor der einzige, der viel sprach. Manchmal starrte er aus dem Fenster und machte ohne erkennbaren Grund eine rätselhafte Bemerkung, die allerdings immer an mich gerichtet war.
«Kleine Raufbolde!» murmelte er, während der Zug Falkirk

hinter sich ließ. «Der Fluch Schottlands sind diese kleinen Raufbolde. Ich habe früher immer die Engländer für unsere Kleingeistigkeit verantwortlich gemacht. Ich dachte, sie hätten uns durch reine Schlauheit kolonisiert. Aber sie sind nicht sonderlich schlau. Sie haben mehr Selbstvertrauen und Geld als wir, deshalb können sie sich leisten, abzuwarten und zu lächeln, während unsere kleinen Raufbolde Schottland auf ihr eigenes fades Niveau zurechtstutzen.»
Brian sagte matt: «Laß Jock in Ruhe, ja? Er war einer von uns, bevor die Journalisten und die Polizei auf uns rumgetrampelt sind.»
Ich sagte: «Danke, Brian.»
Sein Eintreten für mich machte mich betroffen, im Gegensatz zu der Bemerkung des Autors. Kritik schlägt immer fehl, wenn sie versucht, jemanden aus der Fassung zu bringen, indem sie ihn mit einer nationalen Gruppe verbindet.

Ich verabschiedete mich von Brian (nicht von dem Autor) am Glasgower Bahnhof Queen Street und sah ihn zehn oder fünfzehn Jahre lang – oder könnten es zwanzig Jahre sein (ja, könnten es) – nicht mehr wieder. Ich beschloß, verschwenderisch zu sein und ein Taxi, ja, ein ganzes Taxi für mich selbst zu nehmen, obwohl ich meine beiden großen Koffer mühelos in einer Straßenbahn hätte unterbringen können. Oh, ich sehnte mich nach Denny. Nun war ich froh, daß die Edinburgher Geschichte so früh geendet hatte und wir wieder zusammensein konnten. Ich spürte im tiefsten Inneren, wie entzückt sie sein würde, mich drei Tage früher als erwartet wiederzusehen. Trotz meiner Last rannte ich hinauf, öffnete die Wohnungstür, ließ die Koffer fallen, drehte den Griff an der Tür zu meinem Zimmer und rief: «ICH BIN WIEDER DA, DENNY!»
Die Tür blieb zu. Ich wußte, daß sie nicht abgeschlossen war, denn nur ein Riegel im Inneren sorgte für Ungestörtheit, wenn jemand sie sich wünschte. Ich war verblüfft über den Widerstand der Tür. Zwar schien ich Bewegungen zu hören, aber niemand öffnete. Ich geriet in Panik, ohne zu wissen, weshalb. Jedenfalls stellte ich mir nicht das vor, was ich schließlich entdecken sollte; wahrscheinlich stellte ich mir vor, daß Denny irgendeinen Anfall gehabt hatte und auf dem Boden lag. Ich trat zurück, nahm Anlauf und rammte meinen rechten Hacken ge-

gen die Stelle, hinter der der Riegel war. Die Tür sprang auf. Ich ging hinein und sah meinen Hauswirt auf dem Kaminvorleger stehen.

Seine Erscheinung verwirrte mich, denn er hatte sehr große Hoden und scheinbar keinen Penis. Das war ein optisches Mißverständnis. Sein Penis war nicht sofort zu erkennen, weil er aufgerichtet war und auf mich wies, allerdings nicht, weil ich ihn erregt hätte. Eine nackte weibliche Gestalt kauerte auf dem Vorleger hinter ihm. Er sah lächerlich aus, denn er trug sauber geputzte Schuhe, Socken, ein Nadelstreifenhemd, Kragen und Weste. Die Frau hinter ihm, Denny natürlich, war auch nicht völlig nackt. Sie trug einen Rock, den ich erkannte, mit unvertrauten Netzstrümpfen und hochhackigen Schuhen. Ich glaube, ich sagte geistesabwesend: «Aha, natürlich. So ist das. Ja, wirklich.»
Denny begann, das gleiche unerträgliche Winseln auszustoßen wie bei unserer letzten Begegnung. Was hätte ich sagen sollen?

Ich hätte dem Hauswirt höflich gestatten sollen, uns allein zu lassen, denn er brannte darauf. Dann hätte ich uns beiden eine Tasse Tee machen, mich neben sie setzen und ordentlich und vernünftig mit ihr sprechen sollen. «Denny», hätte ich sagen sollen, «ich hoffe, daß du diesen Mann nicht liebst, denn er ist nicht fähig, dich so zu lieben, wie ich es tue. Er braucht Sex, aber er braucht nicht dich, und ich brauche dich – und Sex natürlich auch. Von nun an sollten wir einander treu bleiben. Das dürfte nicht schwer sein, denn ich glaube nicht, daß du diesen Mann liebst. Ich glaube, daß du nur ein bißchen herumgehurt hast, weil du einsam warst. Wahrscheinlich bist du eine kleine Hure, manchmal. Genau wie ich. Ich habe auch herumgehurt, aber es macht nicht soviel Spaß, wie die Reklame verspricht. Deshalb möchte ich, daß wir zusammenbleiben, wenn du mich nicht verlassen willst.

Aber einiges muß sich ändern, Denny! (hätte ich sagen sollen). Du mußt aufhören, dich in unserem kleinen Zimmer vor der Welt zu verstecken. Wir müssen Leute besuchen. Nimm mich mit zu deinen Verwandten – sie können nicht alle so fürchterlich sein, wie du sagst–, und du kannst mit mir kommen und meinen Vater und meine Mutter kennenlernen. Alle ohne Ausnahme werden soziale Schocks erleiden, denn wie fast alle auf diesen beschissenen Inseln sind wir Snobs: du und ich und unsere teuren Anverwandten, Denny. Aber wahre Anständigkeit und Intelligenz lassen sich nicht von sozialen Schocks zerstören, Denny, sondern stärken und steigern. Und du mußt mit mir kommen und Alan und seine Freunde kennenlernen, die keine Snobs sind, weil sie lernen wollen, was in der Welt vorgeht, und wer wirklich lernen will, empfindet Snobismus als Zeitverschwendung.

Außerdem, Denny (hätte ich sagen sollen), möchte ich dir beibringen, wie man eine anständige Mahlzeit zubereitet. Wenn du das lernst, werde ich danach aufräumen, denn ich lege Wert auf ein sauberes Zimmer. Sorgfältig kochen kostet Zeit, aber es macht Spaß, wenn man's richtig tut, und solltest du einen Fehler machen, werde ich dir nur dann den Hintern versohlen, wenn du mich nett darum bittest. Und können wir jetzt bitte ins Bett gehen? Ich bin ohne dich sehr einsam gewesen.»

Ich sagte nichts davon. Es fiel mir nicht ein. In meinem Kopf dröhnte ein dumpfer Summton, der das Sprechen und Denken erschwerte. Ich sah mich zerstreut im Zimmer um und betrachtete meine wichtigsten Besitztümer: Bücher, Zeichengeräte, einen Wecker. Es war nicht viel. Meine Kleidung und meine Toilettensachen waren in den beiden draußen stehenden Koffern verpackt. Im Zimmer waren auch noch ein Radio und Geschirr und Kochutensilien, aber das alles konnte Denny gern behalten. Mein dritter Koffer – er war leer – lag oben auf einem Kleiderschrank. Ich holte ihn herunter und legte Bücher, Geräte und Wecker hinein. Ich glaube nicht, daß Denny sah, was ich tat. Ihre Hände bedeckten ihr Gesicht, ihr Körper schwankte hin und her, und sie machte dieses fortwährende, irritierende, wehklagende Geräusch, ja, es war ihr Klagen, das jeden klaren Gedanken unmöglich machte und mir keine andere Wahl ließ, als das Weite zu suchen. Unser Hauswirt hüpfte auf einem, dann auf dem anderen Fuß herum, zog sich seine Unterhose, dann seine Hose an und plapperte dabei etwa folgendes: «Sieht schlimm aus aber nicht was Sie denken überhaupt keine ernste Sache sie macht sich eigentlich nichts aus mir Sie wissen nicht

was für ein Glück Sie haben Brosamen von der Tafel eines reichen Mannes hab ich aufgesucht schließlich haben Sie ihr keine einzige Postkarte geschrieben erst heute kam eine was machen Sie denn da? Was wollen Sie damit? Das gehört mir.»
Wie sollte ich drei Koffer mit zwei Händen tragen? Ich sah einen gestreiften Schlips auf dem Bett, hob ihn auf und zerrte daran, um seine Stärke zu prüfen. Der Hauswirt glaubte, ich wollte ihn erwürgen, deshalb trat er hinter Denny zurück, die die Hände vom Gesicht nahm und still wurde. Das war eine Erleichterung. Ich knotete den Schlips zu einer Schleife um den Griff des Koffers und schlang ihn mir über die Schultern. Ich sagte: «Mach dir keine Sorgen, Denny. Du hast ja noch einen Mann, der sich um dich kümmert.»
Sie kreischte auf wie eine Dampfpfeife. Ich stürmte davon, raste durch den Flur, riß die Wohnungstür auf, schleuderte die beiden Koffer auf den Treppenabsatz und schlug die Tür hinter mir zu. Ich sprang die Treppe hinunter, wobei der dritte Koffer gegen meine Hüfte krachte. Das Geschrei schien mit wachsender Entfernung nicht schwächer zu werden. Es war eine Folge von kurzen, identischen Schreien, jeder von dem nächsten durch eine gleich lange Pause krampfhaften Ringens nach Atem getrennt. Die Schreie klangen lauter, als ich die Straße erreichte. Ein Paar blieb stehen und starrte offenen Mundes vom anderen Bürgersteig herüber. Während ich zur U-Bahn rannte, begriff ich, daß jeder Schrei ein Wort war, mein Name, wieder und wieder. ‹Sie muß das Bewußtsein verlieren, wenn sie so weitermacht›, dachte ich, ‹o Gott, laß sie jetzt das Bewußtsein verlieren, bitte.›
Aber sie hatte das Bewußtsein noch nicht verloren, als ich um die Ecke bog, und eine Zeitlang hörte ich ein fernes *Jeek! Jeek! Jeek!* durch das Fußgetrappel und das Klirren der Straßenbahnen auf der Byres Road hindurch.

Leb wohl, Denny. Ich habe nie erfahren, was aus dir wurde. Als das Technical College wieder geöffnet wurde, ging ich nicht mehr in die Mensa, aus Furcht, dich dort anzutreffen, denn ich stand im Begriff zu heiraten. Als Freunde mir erzählten, daß du nicht dort seist, ging ich trotzdem nicht in die Mensa, weil ich fürchtete, daß die Frauen, mit denen du zusammen gearbeitet hattest, mir schmerzliche Neuigkeiten über dich mitteilen oder, schlimmer noch, mich fragen würden, was mit dir los sei. Viel später begegnete ich jemandem, der ein Jahr nach meinem Auszug in unserem Zimmer gewohnt hatte. Dieser Mann hatte nie von dir gehört, aber er erzählte mir etwas Überraschendes über unseren Hauswirt. Er war Fallschirmspringer geworden. In den Sechzigern schloß er sich einem Verein an, dessen Mitglieder aus Flugzeugen sprangen und sich tief fallen ließen, bevor sie den Fallschirm öffneten. Er starb im Hochland, als sein Fallschirm sich einmal nicht rechtzeitig öffnete – ein seltsamer Tod für einen so peniblen, ordentlichen, rechtsbewußten jungen Mann. Mein Informant war Offizier in der Royal Air Force und wirklich ein sehr hochherrschaftlicher Typ – jedenfalls tat er so. Er sagte: «Wissen Sie, das war kein Sport für ihn. Seine soziale Herkunft war, tja, nicht unbedingt vom Besten. Sein Vater war Rechnungsprüfer und stammte aus einer bescheidenen Familie, und sein Sohn schloß sich dem Verein an, um zu beweisen, daß er einer von uns sein konnte. Es war eine sehr, sehr traurige Angelegenheit. Solche Leute verkorksen immer alles.»

Der Hauswirt war also mein zweiter Bekannter, der beim Sturz aus großer Höhe gestorben war, und ich werde nie herausfinden, was du tatest, als du aufhörtest, meinen Namen zu schreien, Denny.

Ich stand vor Alans Tür und fragte ihn, ob ich bei ihm bleiben könnte, bis ich ein neues Zimmer gefunden hätte. Er sagte: «Natürlich, komm rein», aber als ich ihm erzählte, was geschehen war, nickte er gedankenvoll und stellte eine uralte Schreibmaschine auf den Küchentisch. Er begann, sie so methodisch in ihre Bestandteile zu zerlegen, daß ich das Gefühl hatte, für ihn gar nicht zu existieren.

Ich sagte: «Du zeigst nicht viel Mitgefühl.»

«Ich dachte, daß du und Denny einander liebtet. Jedenfalls schienst du sie zu lieben.»

«Das dachte ich auch, bis vor einer Stunde.» Er schwieg.

Ich fragte: «Was würdest du tun, wenn du Carole mit jemandem im Bett fändest, mit ... mit mir, zum Beispiel?»

«Ich bin nicht sicher. Wahrscheinlich würde ich sie verdreschen und dich rausschmeißen. Aber ich bezweifle, daß ich den Umgang mit euch beiden ganz abbrechen würde. Ich bin nämlich nicht wirklich stolz.»

«Und ich habe nichts für körperliche Gewalt übrig.»
Er zuckte die Achseln. Ich war erschöpft. Die Sonne stand noch am Himmel, aber zuviel war geschehen, seit ich an jenem Morgen in Edinburgh aufgewacht war. Ich packte meine Sachen aus, legte Laken und Decke auf ein Sofa, kroch zwischen sie und schlief ein.

Ich träumte, ich sei ein rotglühender Dämon, der Denny im Höllenfeuer vergewaltigte. Sie schrie und schlug mir mit den Fäusten ins Gesicht, und ich erwachte und merkte, daß ich mir selbst mit den Fäusten ins Gesicht schlug. Bis zum Morgengrauen lag ich in einem Zustand versteinerter Sehnsucht auf dem Sofa, aber keinen Moment lang kam es mir in den Sinn, zu ihr zurückzukehren. Der Gedanke daran, wie sie halbnackt genußreiche Dinge mit dem halbnackten Juristen anstellte, ließ mich laut aufstöhnen. Ich war von verderbtem Stolz verdorben. Als ich am nächsten Morgen aufstand, war ich immer noch erschöpft, aber entschlossen, eine eigene Bleibe zu finden. Statt etwas Neues zu suchen, kehrte ich zu der Wohnung der ehrbaren Dame an der Paisley Road West zurück. Ich fragte sie, ob sie ein Zimmer zu vermieten habe. Sie erkundigte sich, weshalb ich eines benötigte und weshalb ich ihre Wohnung zehn Monate zuvor verlassen hätte. Mit leiser, monotoner Stimme erwiderte ich, daß ich zu Freunden gezogen sei, die meine Erwartungen enttäuscht hätten. Am letzten Abend hätte ich sie bei einer Tätigkeit entdeckt, die zwar nicht kriminell, doch so geartet sei, daß ich ihren Ohren die Beschreibung nicht zumuten wolle. Bei diesen Worten glaubte ich beinahe selbst, ein unschuldiger Bursche vom Lande zu sein, den die Sittenlosigkeit der Großstadt entsetzte. Die ehrbare Dame ließ sich sofort erweichen. Da ich endlich den Wert eines ehrbaren Heims zu schätzen gelernt habe, werde sie mir ein solches nicht verwehren; sie habe ein leeres Zimmer, und ich könne einziehen.

Eine trübe Zeit begann. Ich besuchte Alan weiterhin, aber ich fühlte mich in seiner Wohnung nicht mehr zu Hause. Alan hatte zweifellos eine große natürliche Begabung, aber weshalb umgab er sich mit Scharlatanen, Exzentrikern und Langweilern? Inzwischen denke ich, daß ich von mir selbst enttäuscht war und deshalb Menschen ablehnte, die noch voller Hoffnung waren.

Meine Enttäuschung hatte teilweise sexuellen Charakter. Wieder einmal hatte ich keine weiblichen Bekanntschaften und wußte nicht, wie ich welche schließen sollte. Deshalb durchfuhr mich jähe Hoffnung, als Alan sagte: «Vor ein paar Tagen hat sich eine Freundin nach dir erkundigt», und mir einen Zettel von Helen gab. Der Zettel enthielt ihre Telefonnummer und den Vorschlag, uns zu einem Gespräch zu treffen. Ich rief sofort an und glaubte, sie selbst sei am Apparat. Ich sagte: «Hallo, Helen. Hier ist Jock.»

Die Stimme erwiderte: «Wer genau spricht da?»

«Jock McLeish. Könnte ich Helen Hume sprechen, bitte?»

«Bitte warten Sie.»

Ich begriff, daß ich mit ihrer Mutter geredet hatte. Dann meldete Helen sich und schlug vor, mich in meinem Zimmer zu besuchen. Ich sagte: «Das wäre schwierig. Meine Hauswirtin lehnt weiblichen Besuch ab. Wir können uns in einem Pub treffen.»

«Nein danke, Jock. Während der Festspiele habe ich dich oft genug in Pubs gesehen. Wir sollten uns in einer Teestube treffen. Wo wohnst du übrigens?»

Ich nannte ihr meine Adresse, und sie schlug «Bei Miss Rombach» am Fuß der Hope Street vor. Ihr Ton war geschäftsmäßig. Ich fragte, ob sie etwas von den anderen Mitgliedern der Truppe gehört habe. Sie antwortete, daß sie mir bei unserem Treffen alles erzählen werde, was sie wisse, und hängte ein. Ich war bedrückt. Sie hatte nicht im Tonfall eines freundlichen Mädchens gesprochen, das sich mit einem früheren Liebhaber unterhält.

Ihr Anblick an einem Tisch der Teestube bedrückte mich ebenfalls. Sie war gut gekleidet, elegant und hübsch wie immer, aber sie hatte etwas an sich – ein «Bitte, rühr mich nicht an» –, das ich früher nicht bemerkt hatte. Während die Kellnerin den Tee brachte, sprach Helen fast gar nicht.

Ich fragte: «Hast du in letzter Zeit von Diana gehört?»

«Ja. Sie ist in London. Sie ist schwanger.»

«Oh.»

«Ich auch.»

«Oh?»

«Und ich weiß nicht, was ich tun soll.»

Ich dachte darüber nach. Die einzigen Möglichkeiten waren Abtreibung, Ehe oder Adoption. «Es muß sehr schwer für dich sein. Was hält der, äh, Vater davon?»
«Der Vater?»
«Brian.»
«Du bist der Vater.»
«Aber Brian und du wart doch... Wart ihr beide etwa nicht...?»
«Ja, ja, Brian und ich waren ein Liebespaar, aber nicht auf eine Art, die du verstehen würdest. Wenn du die Wahrheit wissen mußt, ich war Jungfrau, bevor du es tatest.»
Ich war versucht zu lachen. Helen hörte sich nicht nur an, als schauspielere sie, sondern sie hörte sich wie eine schlechte Schauspielerin in einem sehr schlechten Stück an. Ich war sicher, daß sie die Wahrheit sagte, denn niemand lügt, wenn es um so wichtige Dinge geht, aber als sie fragte: «Was kann ich also tun?», hätte ich am liebsten meinen Stuhl auf zwei Beinen nach hinten gekippt, die Daumen in die Armlöcher meiner Weste gehakt und mit amerikanischem Akzent geantwortet: «Ist mir verdammt egal, Honey, ist mir verdammt egal.»

Aber sie streckte eine Hand über das Tischtuch hinweg zu mir aus, ich sah Tränen in ihren Augen, nahm ihre Hand in meine und überlegte angestrengt. Abtreibung war illegal und gefährlich. Ehe, nein, nein, nein. Sie liebte mich nicht, ich liebte sie nicht. «Das Kind sollte adoptiert werden. Wie ich höre, gibt es Wartelisten von kinderlosen Paaren, die ungeborene Kinder adoptieren wollen.»
«Ja, das habe ich auch gehört. Aber wer soll das bezahlen? Die Nachbarn und meine Verwandten dürfen nichts davon erfahren, weißt du. Vater und Mutter sind in diesem Punkt absolut unbeirrbar. Sie werden sterben, sie werden mich umbringen, wenn jemand etwas herausfindet. Deshalb muß ich zu einem Hotel im Süden Englands fahren, bevor etwas zu sehen ist, und dann in eine Privatklinik gehen, und das wird eine Menge Geld kosten.»
«Deine Eltern haben diese Entscheidung getroffen?»
«Ja, aber Dad, ich meine mein Vater, hat ein sehr schweres Leben geführt. Er ist immer sehr sorgsam mit Geld umgegangen, und er sieht nicht ein, weshalb er irgend etwas bezahlen

sollte. Und wenn du dir die Sache von seinem Standpunkt aus ansiehst, wieso auch?»
Sie starrte mich unverwandt an. Ohne den Kopf zu bewegen, ließ sie die Pupillen einen Moment lang zur Seite gleiten, und ohne den Kopf zu bewegen, merkte ich, daß drei Männer an einem Nachbartisch uns beobachteten. Könnte der älteste von ihnen ihr Vater sein? Ich schaute sie fragend an. Sie nickte unmerklich und flüsterte: «Ja, es tut mir leid, Jock. Es tut mir leid.»
Tränen standen in ihren Augen, und wenn sie hervorströmten, würden die Männer natürlich denken, daß ich mich brutal verhielt. Aber sie waren außer Hörweite, und ich versuchte, vernünftig zu sein, obwohl mir die Knie zitterten. Ich wisperte: «Ich kann keine Hotels und Privatkliniken bezahlen, ich lebe nur von meinem Stipendium.»
«Und was ist mit *deinem* Vater?»
«Er ist kein reicher Mann, er ist Kohlenarbeiter. Bergmann.»
«Bergleute sind doch reich, oder nicht? Das steht dauernd in den Zeitungen. Jock, halte wieder meine Hand, damit ich nicht losschreie. Ich hasse es, so mit dir zu reden. Das ist nicht meine Art, es ist Dads Art.»
Auch ich war kurz davor loszuschreien. Mein Leben schien von einem Alptraum in den anderen zu sinken. Ich hielt schweigend ihre Hand, was mir sogar einigen Trost bereitete. Schließlich fragte ich: «Fühlst du dich etwas besser?»
«Ein bißchen.»
«Hör zu, ich muß jetzt weg und nachdenken. Du mußt mich weggehen und eine Weile sehr gründlich über die Dinge nachdenken lassen.»
«Wie lange?»
«Eine Woche.»
«O Gott, eine ganze Woche!»
«Ich brauche eine Woche, um mich nach Geld und ... und ... anderen Möglichkeiten zu erkundigen.»
«Was für Möglichkeiten?»
«Nicht Abtreibung. Nicht Abtreibung, das verspreche ich dir, Helen.»
Eine Abtreibung muß sie am meisten gefürchtet haben. Einige Jahre später erzählte sie mir, daß ihr Vater eine verläßliche, aber teure Abtreiberin entdeckt hatte, zu der er sie schicken wollte,

wenn ich bereit wäre zu zahlen. Nun seufzte sie vor Erleichterung, betupfte sich die Augen mit einem Taschentuch und brachte ein trauriges Lächeln zustande. Sie sagte im Konversationston: «Übrigens, Jock, wenn du dich für die Ehe entscheidest, könnte es ganz gut klappen. Du bist recht gütig und zuverlässig. Ich keins von beiden, aber wenn ich mir Mühe gebe, werde ich dir vielleicht nicht allzu viel Ärger bereiten.»

Ich wollte vor dieser Frau fliehen. «Wie kann ich verschwinden? Ich will nicht mit deinem Vater reden.»

«Ich will auch nicht, daß er mit dir redet. Er kann erstaunlich grob sein, wenn er aufgebracht ist. Wenn ich hier sitzen bleibe, während du mit der Rechnung zur Kasse gehst, wird er dir wohl nicht folgen. Und wenn du bezahlt hast, kannst du einfach zur Tür hinausgehen. Aber wir sollten uns besser wie Freunde benehmen, bevor wir uns trennen.»

Sie gab mir wieder die Hand, und ich schüttelte sie heftig. Ich ging so geradlinig zur Kasse, wie meine zitternden Knie es erlaubten, bezahlte und trat hinaus.

Draußen zügelte ich mich, um nicht bei Rot über die Hope Street zu laufen und in das erste Taxi vor dem Hauptbahnhof zu springen. Ich ging zu meinem Quartier zurück und redete mir ein, daß Männer in dieser Welt niemals andere Männer durch die Straßen einer Stadt jagten, sie niederschlugen und mit Füßen traten, bis die Mißhandelten einwilligten, ihre Tochter zu heiraten. Ich blickte mich nur einmal um, während ich die King George V Bridge überquerte, und niemand schien mir zu folgen.

Ich wanderte in gewaltiger Erregung auf dem Fußboden meines Zimmers hin und her. Nichts von dem, was ich gerade erfahren hatte, war vernünftig, deshalb konnte meine Vernunft nichts damit anfangen. Wie konnten ein oder zwei nicht sehr genußreiche Minuten ein neues menschliches Wesen hervorbringen? Helens Schwangerschaft hatte nichts mit mir zu tun, abgesehen davon, daß ich sie vernascht hatte. Aber wie konnte ich einem wütenden Vater erklären, daß seine Tochter mich wie eine Hure benutzt, mich weggeworfen und mir dann die Ehe angetragen hatte? Das war keine Grundlage für ein glückliches Familienleben, Adoption war die Lösung. Nur Geld, das Geld meiner Eltern, konnte mich vor einer gräßlichen, lieblosen Ehe retten.

Morgen, nein, heute abend, würde ich in die lange Stadt zurückkehren und ihnen die ganze Geschichte erzählen. Aber wie denn? Wir hatten nie über Sex gesprochen, nie unsere Emotionen voreinander erwähnt. Würden sie mir glauben, daß ich wie eine Hure benutzt worden war? Wenn sie es täten, weshalb sollte es ihnen dann Grund genug sein, mir Geld zu geben? Aber wenn ich einfach sagte, daß ein Mädchen durch mich schwanger geworden sei, würden sie bestimmt erwarten, daß ich sie heiratete. Vielleicht sollte ich nach London fliehen und eine Arbeit als Busschaffner annehmen. Vielleicht sollte ich nach Kanada auswandern. Vielleicht sollte ich mich umbringen. Aber zuerst, noch heute abend, würde ich in die lange Stadt heimkehren und dort bleiben, bis das Trimester begann. Das wichtigste war, keine Versprechungen zu machen, die ich bedauern würde. Das wichtigste war, mich nicht von Fremden herumstoßen zu lassen. Dann klingelte es an der Tür.

Es klingelte an der Wohnungstür. Ich hörte, wie meine Hauswirtin sie öffnete, hörte eine träge, aber hartnäckige Männerstimme, dann ein paar Schritte, schließlich ein Klopfen an meiner Tür und die Worte der Hauswirtin: «Mr. McLeish! Besuch für Sie!»

Ich öffnete die Tür, und die drei Männer kamen schnurstracks herein, ohne mich anzublicken, bis sie alle im Zimmer waren. Dann schloß der letzte die Tür fest hinter sich und stellte sich mit dem Rücken dagegen. Mein Alptraum sank auf eine neue, niedrigere Stufe, denn ich erkannte, daß diese Männer mich haßten. Sie alle hielten mich für völlig verrucht. Sie waren gekommen, um Entschädigung für das zu fordern, was ich ihrer Tochter und Schwester angetan hatte, und sie würden mich übel zurichten, wenn sie sie nicht erhielten. Der Vater war der Sprecher. Er war von mittlerer Größe, aber rechtschaffene Empörung ließ ihn so massiv wie Granit wirken. Er sagte: «Gut. Was für Spiele treiben Sie?»

«Ich treibe keine Spiele.»

«O doch. Ihr Künstlertypen glaubt, daß das Leben ein Spiel ist, aber für ehrbare Leute wie die Humes ist das Leben KEIN Spiel. Ihr Künstlertypen aus der Oberschicht glaubt, daß ihr mit einem anständigen Mädchen machen könnt, was ihr wollt, weil eure guten Beziehungen euch vor den Konsequenzen schützen wer-

den. Aber Sie haben einen üblen Fehler gemacht, mein Junge. Wir sind hier, um Ihnen beizubringen, daß Ihre guten Beziehungen Sie nicht vor MIR schützen werden.»
Zum zweitenmal innerhalb einer Stunde sagte ich: «Mein Vater ist Kohlenarbeiter, Bergmann.»
«Warum tragen Sie dann eine Fliege?»
«Warum nicht? Sie tragen doch auch eine Fliege.»
Seine war ebenfalls blau, hatte aber ein Muster aus kleinen weißen Rädern. Er gab zurück: «Frechheit wird Ihnen auch nicht helfen. Wenn Sie der Sohn eines Bergmanns sind, weshalb studieren Sie dann an der Schauspielschule?»
«Ich bin kein Schauspielschüler. Ich studiere Elektrotechnik.»
«Dann gibt es keinerlei Entschuldigung für Sie.»
Aber meine Worte hatten ihn aus der Fassung gebracht. Er war gezwungen, zur Kenntnis zu nehmen, daß seine Tochter ihm so gut wie nichts über mich erzählt hatte.

Mr. Hume war ein Tabakhändler, der zwei Verkäufer beschäftigte. Daneben war er Vertreter der Schottischen Genossenschaftlichen Versicherungsgesellschaft, die ursprünglich gegründet worden war, um gewöhnliche Arbeiter an den Vorzügen des Kapitalismus teilhaben zu lassen. Er war ein eingefleischter Konservativer, aber wenn er wohlhabendere Leute einschüchtern wollte, sprach er automatisch wie ein moralisch überlegener Werktätiger zu reichen Müßiggängern. Als er erfuhr, daß ich nicht zu der wohlhabenden Schicht gehörte, sprach er nicht sofort wie ein moralisch überlegener Mittelständler, der einen faulen Arbeiter zur Rechenschaft zieht. Das tat er eine Woche später, als er meinem Vater begegnete. Sein Akzent näherte sich nun stärker dem seiner Tochter an, wurde eher zum Akzent eines Arbeitgebers, aber er sprach, als sei er ein mir sozial Gleichgestellter, wenn auch ein viel klügerer, ehrlicherer, tugendhafterer Gleichgestellter. Vor fünf oder sechs Jahren habe ich einen Roman gelesen, in dem die Hauptfigur eine Rede hielt, die Mr. Humes Rede so ähnlich war, daß ich sie seitdem nicht mehr auseinanderhalten kann. Es war ein Roman, der den Eindruck barscher männlicher Autorität erweckte, weil sein Titel nur aus einem einzigen Familiennamen bestand. *Gillespie* von Hay? Nein. *McIlvannie* von Docherty? Nein. *Docherty* von McIlvannie.

Docherty ist ein gestrenger, ehrlicher Bergmann, der in einem Ort wie der langen Stadt wohnt. Sein Sohn macht einem Mädchen ein Kind, die Mutter des Mädchens erzählt es Docherty, und Docherty wird zum grausigsten Klischee: zu einem Schotten, der vorgibt, Gott zu sein. Er gibt es trefflich vor. Er spricht ein oder zwei Wahrheiten aus. Er sagt, daß die Reichen den Folgen ihrer Missetaten entgehen könnten, weil Geld Immunität, Abgeschiedenheit und besondere Rücksichtnahme zu erkaufen vermöge, aber der einzige Reichtum gewöhnlicher Menschen sei ihr Anstand – ihre Bereitschaft, einander in Zeiten der Not zu helfen und zu verteidigen. Wenn ein gewöhnlicher Mann die Frau, die ihm vertraut hat, schlecht behandle und im Stich lasse, gebe er öffentlich seinen Austritt aus der menschlichen Gemeinschaft bekannt. Er überschreite die Grenze zwischen der Menschheit und – ich habe vergessen, wem genau. Ein oder zwei Wendungen kehrten in den Schmähreden sowohl von Docherty wie von Mr. Hume dauernd wieder: «das arme Mädchen», «die arme Kleine», «die arme Frau». Auf Helen bezogen hatten diese Wendungen nicht viel Wucht. Helen war nicht sonderlich arm. Sie hatte eine gute Schulbildung, besaß soziales Selbstbewußtsein und fürchtete niemanden auf der Welt außer ihrem Vater. Aber während Mr. Hume eisig raste und wetterte wie Moses auf dem Berg Sinai, sprach er von Denny, ohne es allerdings zu wissen. Mir erstarrte das Blut in den Adern. Die Wahrhaftigkeit seiner Worte, was Denny betraf, ließ mich am ganzen Körper frösteln. Sie hatte mich geliebt und mir vertraut und mir alles gegeben, was ich wollte, alles, was mir meine eigenen Eltern und meine Erziehung nicht geben konnten, und ich hatte ihr gedankt, indem ich sie dreimal verließ, zweimal aus Gier und Eitelkeit, weil ich andere Frauen wollte, und schließlich aus Schikane, weil sie, einsam wie sie war, jemandem Trost geboten hatte, der genauso einsam war. Ich muß schon geahnt haben, daß ich ein Scheißkerl war, denn Mr. Humes Worte verstörten mich völlig. Ich sah ein, daß ich ein heruntergekommenes Stück voll dummer Bosheit war, und es geschah mir recht, daß drei Männer die Muskeln spielen ließen, um mich zu verprügeln. Der eine, mit dem Rücken zur Tür, war, obwohl grotesk lang und mager, Helen sehr ähnlich. Nur Denny hatte mich je geschlagen, zum Spaß, und natürlich Hislop, um einen Mann aus mir zu machen, und Hislop war gescheitert. Er hatte nur einen weiteren Hislop aus mir gemacht. Mr. Hume hörte plötzlich auf zu wettern und sagte mit schockierter Stimme: «Das ist nicht zum Lachen!»

Ich bebte unter stummem Gelächter und hatte ein Grinsen aufgesetzt, das meinem Gesicht weh tat. Nun fürchtete ich nichts mehr, denn völliger Selbsthaß treibt die Furcht aus. Ich setzte mich hin, verschränkte die Arme und legte ein Bein über das andere. Dies verschaffte mir mehr Sicherheit. Stehende Männer können einen sitzenden nicht schlagen, ohne ihre Würde zu verletzen, und diese kampflustigen Männer bestanden sehr auf ihrer Würde. Ich sagte leise: «Bitte, teilen Sie Ihrer Tochter mit, daß ich sie innig liebe und sie heiraten werde, wann immer es ihr recht ist.»

Er gaffte mich an. Wenn (wie ich vermute, aber vielleicht tue ich ihm unrecht) wenn sein Moralisieren mich hatte veranlassen sollen, Helen eine Abtreibung zu bezahlen, war dieses Ergebnis eine Niederlage für ihn. Die Abtreibung hätte auf meine Kosten gehen sollen, eine Hochzeit würde er bezahlen müssen. Ich grinste immer noch, aber das erwähnte er nicht mehr. Vielleicht deutete mein Grinsen Schmerz an. Er fragte wehleidig: «Würde sie diese Worte nicht lieber aus *Ihrem* Mund hören?»

«Mag sein. Wir beide haben verabredet, uns in einer Woche zu treffen und die Sache in allen Einzelheiten zu besprechen, aber wenn Sie meinen, daß Helen schon vorher beruhigt werden sollte, dann können Sie ihr mitteilen, was ich gerade gesagt habe. Morgen werde ich meine Eltern besuchen. Die Neuigkeit wird für sie genauso ein Schock sein wie für alle anderen ...»

«Kein Bergmann braucht es zu bedauern, wenn sein Sohn meine Tochter heiratet!» rief Mr. Hume.

«Gut», sagte ich. «Ich werde Helen anrufen, wenn ich zurückkehre.» Ich erhob mich und zeigte auf den Tisch, wo meine Bücher ausgebreitet waren. «Und nun würde ich gern meine Studien fortsetzen. Das College wird in Kürze wieder geöffnet, und ich muß dort gut abschneiden, denn bald werde ich eine Frau und ein Kind zu ernähren haben.» Ich ging zur Tür und sagte zu dem langen, glotzenden Jungen, der gegen sie gelehnt war: «Entschuldigung.»

Er trat zur Seite. Später erfuhr ich, daß er erst fünfzehn Jahre alt war. Er sagte unsicher: «Ich heiße Kevin.»

Ich öffnete die Tür. «Auf Wiedersehen, Kevin.»
Er schritt hindurch, nachdem er seinem Vater einen fast unmerklichen fragenden Blick zugeworfen hatte. Sein älterer Bruder folgte ihm ohne ein Wort, aber als er an mir vorbeikam, starrte er mich drohend an. Ich antwortete mit einem Nicken und einem weiteren «Auf Wiedersehen».
Mr. Hume ging langsamer hinaus. Er seufzte und schüttelte den Kopf. Vor mir blieb er stehen. «Sie sind ein kaltherziger Bursche.»
Ich zuckte die Achseln. Ich hatte das Gefühl, daß mich nicht mehr allzusehr interessierte, was ich war. Er ging hinaus, und ich schloß die Tür.

Im Zimmer war es wieder still. Es war von einem seltsam vertrauten Gefühl, einem leichten, aber stetigen kneifenden Druck auf Hirn und Herz erfüllt. Die Wohnung meiner Eltern war, in den Jahren, bevor ich nach Glasgow entkam, ebenfalls von diesem Gefühl erfüllt gewesen. Nach dem Alptraum der letzten eineinhalb Stunden war dieses wohlbekannte Empfinden ein Trost, und ich hatte es verdient, was auch ein Trost war. Mehr als sechs Monate lang hatte ich in einem freien, ungeheuren Universum gelebt, ohne jede Einschränkung der Dinge, die ich tun, der Liebe und Kameradschaft, die ich erleben könnte. Nun begann ich, für diese Freiheit zu bezahlen. Von nun an würden Glasgow und das Universum mir wie die Wohnung meiner Eltern vorkommen, und in irgendeinem Mittelpunkt meiner selbst flüsterte eine Stimme: «Geschieht dir recht», und kicherte gehässig.

Ich kehrte in die lange Stadt zurück, und meine Eltern nahmen die Neuigkeit voll Bedauern, aber ohne Schärfe auf. Dad sagte mit einem Seufzer: «Tja, Jock, es ist nicht das erste Mal, daß so was passiert.»
Mum sah ihn ausdruckslos an. Er schien es nicht zu bemerken und erklärte, daß er vom Gang der Geschichte rede – die unerwünschte Schwangerschaft sei eine sehr häufig verzeichnete historische Tatsache. Ihre Resignation muß mich bedrückt haben, falls ich hoffte, daß sie mich fragen würden, ob ich das Mädchen wirklich liebte? (Nein.) Liebte sie mich? (Nein.) Hatten wir eine Adoption in Erwägung gezogen? (Ja.) Was hinderte

uns daran? (Geld.) Wieviel würde benötigt? (Zwischen zwei- und dreihundert Pfund.) Gut, mein Sohn, deine Mutter und ich sind keineswegs reich, aber wir haben ein bißchen auf die hohe Kante gelegt, wenn es dir also helfen kann etcetera. Aber die beiden fragten nur, ob sie ein nettes Mädchen sei, und die Auskunft, daß sie aufs College ging und daß ihr Vater ein Geschäft besaß, beruhigte sie in diesem Punkt.

Daraufhin besuchten alle McLeishs die Humes in Cambuslang. Mum meinte es wahrscheinlich aufrichtig, als sie Mrs. Hume erklärte, daß es wunderbar sein müsse, ein Haus mit eigenem Garten zu haben, aber ihr Tonfall drückte eher Höflichkeit als Bewunderung aus. Mr. Hume befragte Dad über den Zustand der britischen Kohleindustrie wie ein erfolgreicher Industrieller, der mit dem Angestellten eines weniger vom Glück begünstigten Konkurrenten spricht, aber Dads ruhige Antworten ließen keine Herablassung zu, und beide Seiten kamen zur Sache. Es gab nicht viel zu entscheiden. Alle wollten eine unauffällige Hochzeit. Mr. und Mrs. Hume wollten eine unauffällige Hochzeit in einer örtlichen Kirche, gefolgt von einem Empfang für ein paar Freunde der Familien in einem nahegelegenen Hotel. Ich sagte, daß mir eine Trauung auf einem Glasgower Standesamt lieber wäre, gefolgt von einem Essen in einem Restaurant nur für die Familie. Mrs. Hume wandte ein: «Aber damit würden wir andeuten, daß wir uns schämen müßten. Daß wir etwas zu verbergen hätten.»

Ich sagte: «Haben wir auch.»

«*Sie* haben etwas zu verbergen!» rief Mr. Hume wütend. «Meine Tochter nicht.»

Zu meinem Erstaunen sagte Helen ruhig: «Ich stimme Jock zu.»

Danach ignorierten die älteren Humes ihre Tochter und ihren künftigen Schwiegersohn und appellierten an die älteren McLeishs: «*Sie* sehen doch bestimmt ein, wie wichtig es ist, daß ein junges Ehepaar ehrbar ins Leben tritt?»

Meine Mutter fragte: «Ich weiß, was Sie meinen, aber sollten die Wünsche der Braut und des Bräutigams nicht vorgehen?»

«Ganz und gar nicht», sagte Mrs. Hume.

«Denken Sie daran, wer das alles bezahlen wird», sagte Mr. Hume. «Ich.»

Dies löste Schweigen aus. Mr. Hume brach es: «Helen! Ist dir der Gedanke an eine anständige Hochzeit tatsächlich zuwider, oder versuchst du, dich bei deinem künftigen Mann einzuschmeicheln?»
Sie zuckte die Achseln.
«Also gut», sagte Mr. Hume verschlagen und wandte sich an mich, «da meine Tochter und Ihre Eltern bereit sind, sich von Ihnen leiten zu lassen, besteht die einzige wichtige Meinungsverschiedenheit zwischen Ihnen einerseits und mir und Mrs. Hume andererseits, und wir sind in einer Mehrheit von zwei zu eins.»
Ich stand auf, packte den Schaft der Stehlampe, schwenkte sie wie eine Sense, schlug die Vase aus geschliffenem Glas vom Büfett, die eingerahmten Ansichten von Erholungsorten am Clyde von den Wänden und Mr. Humes Brille von seinem massigen, egoistischen, sturen, praktischen Gesicht. Dann pinkelte ich auf den Kaminvorleger. Nein, das tat ich nicht. Ich sagte: «Machen Sie, was Sie wollen, Mr. Hume.»
Wenn in meiner Stimme Verachtung lag, bemerkte er sie nicht.

Während dieses Besuchs sah ich, wie meine Mutter Helen manchmal, wenn diese es nicht merkte, einen Blick voll verblüffter Neugier zuwarf. Sie überlegte offenbar: ‹Ist dies die Frau, die meinem Sohn so zugesetzt hat, daß er innerhalb von sechs Wochen drei Kilo verlor und daß der Hüftbund seiner Hose enger gemacht werden mußte?› Sie konnte es nicht begreifen, denn sie erkannte, daß Helen keine sinnliche Frau war oder jedenfalls keine Frau, deren Sinne durch mich stark erregt werden konnten. Denny und ich hatten einander beim Schlafen immer umarmt, aber sogar nachdem wir verheiratet waren, wandte Helen sich nach dem Liebesakt immer von mir ab. Ich beobachtete, wie Mum die Beantwortung der Frage mit einem leichten Achselzucken und einem Kopfschütteln aufgab. Vielleicht war sie zu dem Schluß gekommen, daß ich insgeheim Fußball spielte. Mein Pfad in die Ehe wurde von einem verständnislosen Achselzucken nach dem anderen begleitet.

Damit war alles zu Mr. und Mrs. Humes Befriedigung geregelt, aber ich plante eine kleine, befriedigende Rache an ihnen. Ich würde Alan bitten, mein Trauzeuge zu sein. Wenn ich einen

Smoking mit gestärkter Hemdbrust etcetera für ihn auslieh, würde seine leutselige, doch makellose Würde es den Humes und ihren Verwandten unmöglich machen, sich dieser eigenartigen Person nicht unterlegen zu fühlen. Und zum Empfang würde ich Isi einladen, mit seinem starken deutsch-jüdischen Akzent und seiner zerstreuten Miene, die manchmal von heftiger intellektueller Neugier erhellt wurde, und den kleinen Willie mit seinem Glasgower Dockakzent, seinem alten Jungengesicht und seiner strahlenden Begeisterung für eine Zukunft, die sich auf Alchimie und Anarchie gründete. Diese drei würden vollkommen höflich sein, aber jedem, außer meinem Vater (der sich sehr gerne mit ihnen unterhalten würde) als undefinierbar und unstreitig fehl am Platz erscheinen. Aber ich besuchte Alan kein einziges Mal, um die Sache mit ihm zu besprechen, denn alles was meine Hochzeit betraf, ließ mich lethargisch werden.

Dann las ich eines Tages auf einem Plakat vor einem Zeitungsgeschäft die Worte GLASGOW-TECH-STUDENT STÜRZT IN DEN TOD. Eines der schmuckvollen viktorianischen Gebäude in der Nähe des Glasgower Stadtzentrums wartete auf den Abriß. Alans zerschmetterter Körper wurde kurz nach Morgengrauen in einer Gasse am Fuß der rückwärtigen Mauer gefunden. In dem Artikel wurde angedeutet, daß er beim Versuch, Blei abzumontieren, vom Dach gefallen sei. Was möglich ist. Er haßte Verschwendung und war immer knapp bei Kasse. Aber weshalb sollte ein Mann, der Höhenangst hatte, sich zwingen, eine große Höhe zu erklettern, um, bestenfalls, ein paar Pfund zu verdienen, wo doch viele ihm nur zu gern einen Fünfer geliehen hätten? Aber er haßte es, sich Geld zu borgen. Oh, ich war wütend auf ihn, aber nicht überrascht. Mit seinem Tod verengten sich die Decke und die Wände meines eingeschrumpften Universums noch weiter. Ich bat Dad, mein Trauzeuge zu sein, und die Hochzeit war so fade, wie die Humes es sich wünschten.

Aber vor der Hochzeit kam DIE ZURSCHAUSTELLUNG DER GESCHENKE. Mir war nicht klar gewesen, wie viele Menschen in der langen Stadt meine Eltern respektierten, bis ich in ihrer Wohnung den anschwellenden Haufen von Haushaltsgeräten und Zierat sah, der später nach Cambuslang geschafft wurde, um bei der ZURSCHAUSTELLUNG DER GESCHENKE im Wohnhaus der Humes zugegen zu sein. Praktizieren andere Länder neben Schottland dieses primitive, obszöne Ritual? Natürlich wünschen sich Brautpaare so viele Geschenke wie möglich, natürlich wollen ihre Familien deutlich machen, wie groß ihr Freundeskreis ist, natürlich wollen Freunde und Verwandte, daß ihre Großzügigkeit weithin anerkannt wird. Deshalb überhäuft man im besten Zimmer der Brauteltern alle Tische und Büfetts mit Geschenken, auf denen die Namen der Spender stehen, damit jedermanns Großzügigkeit von jedem, der sich dafür interessiert, mit einem Preis beziffert und mit der anderer verglichen werden kann. Schließlich tut die beschissene königliche Familie das gleiche, weshalb sollten die beschissenen Humes und McLeishs es also nicht tun? Und dieser soziale Ansporn zum Wettbewerb und zur Großzügigkeit befriedigt nicht nur unsere Gier nach Geschenken und Prahlerei, er macht es den jungen Partnern auch schwerer, einander zu entkommen.

Kurz vor der Hochzeit erhielt ich einen Brief von Helen, in dem sie mich bat, sie in der Wohnung einer Freundin anzurufen. Ich tat es. Sie sagte nervös: «Jock, bitte komm heute abend zu mir. Ich muß dir etwas erklären.»
«Helen, in drei Tagen werde ich dir vor Zeugen versprechen, praktisch jeden Tag meines Lebens mit dir zu verbringen. Müssen wir denn schon früher damit anfangen?»
Ich hörte, wie sie durchatmete und stöhnte, als hätte ich ihr einen Schlag versetzt. Also entschuldigte ich mich und fuhr zu der Wohnung der Freundin. Helen öffnete die Tür und führte mich in ein Zimmer mit geblümter Tapete, dichtem Perserteppich, chinesischer Vitrine und einer breiten Couchgarnitur aus den dreißiger Jahren. Wandlampen mit orangefarbenen Pergamentschirmen und scharlachroten Fransen erzeugten eine düstere Bordellatmosphäre. Wir setzten uns, mit einem halben Meter Zwischenraum, auf die Couch. Helen teilte mir mit, daß sie doch nicht schwanger sei. An jenem Morgen habe ihre Blutung wieder begonnen. Sie sagte: «Es war alles psychisch begründet – hysterischer Art, wenn du es lieber so nennen willst.»
Ich dachte eine Weile angestrengt nach. «Gut. Du kannst wieder

aufs College gehen und deine Ausbildung wie geplant abschließen. Ja, ein Baby wäre in diesem Stadium eine wirtschaftliche Katastrophe für uns gewesen. Vielen Dank für die Nachricht, aber das hättest du mir auch am Telefon sagen können.»
«Du willst mich immer noch heiraten?»
«Nein, aber ich muß. Wegen der Geschenke. Willst du mich immer noch heiraten?»
«Nein, aber ich werd's tun. Wegen der Geschenke.»
Wir beide lachten hysterisch, bis Helen endlich anfing zu weinen, dann schmiegten wir uns, glaube ich, aneinander. Zwischen uns gab es keine Liebe, aber es gab Mitgefühl. Wir beide wußten, wie elend einsam der andere war. Ich konnte meine Eltern nicht bitten, die dreißig oder mehr Geschenke an Bekannte überall in der langen Stadt zurückzugeben, und Helen konnte ihre Eltern noch viel weniger bitten, die fünfzig oder mehr Geschenke an ihre Bekannten zurückzugeben. Keine Erklärung, keine Entschuldigung, keine Abbitte konnte einen Fehler rechtfertigen, der so viele Menschen so viel Geld hatte ausgeben lassen.

Nun meine ich, daß es meiner Mutter nicht schwergefallen wäre, diese Geschenke zurückzugeben. Ich meine sie mit ihrer trockensten Stimme sagen zu hören: «Unser Jock fällt so leicht auf Mädchen herein. Eine hat ihn überzeugt, in einem Zustand zu sein, in dem sie dann doch nicht war, und ihre hochnäsigen Eltern nahmen sie ernst. Aber der Fehler wurde entdeckt, bevor echter Schaden angerichtet war, und Jock hat gelernt, in Zukunft vorsichtiger zu sein. Es tut mir leid, dies zurückgeben zu müssen – ich hoffe, daß Sie es bald anderweitig verwenden können.»
Mrs. Hume hätte mühelos ein ähnliches Rezept finden können, um mich in Mißkredit zu bringen und Mitgefühl für Helen zu gewinnen: «Leider hat der Verlobte meiner Tochter sie irregeführt, was seine soziale Herkunft angeht. Wir haben entdeckt, daß er trotz seiner hochgestochenen Art nichts als ein Bergarbeitersohn und ein unverbesserlicher Lügner ist. Das arme Mädchen ist natürlich sehr niedergeschlagen, aber sie wird sich erholen. Bitte, verzeihen Sie, daß ich dies zurückgeben muß, aber ich bin sicher, daß Sie Verständnis haben.»
Warum begriffen Helen und ich nicht, daß eine Rückgabe der

Geschenke viel weniger schmerzhaft für unsere Eltern gewesen wäre als die Ehe für uns?

Feigheit. Feiglinge können die Dinge nicht freimütig betrachten. Ich erwies mich als Feigling, als ich Mr. Hume gestattete, mich zur Ehe mit seiner Tochter zu drängen. Helen erwies sich als Feigling, als sie beschloß, schwanger zu sein, oder als sie erkannte, daß sie es nicht war. Stop. Glaubst du das wirklich? Helen wirkte nie wie ein Feigling auf mich, nicht einmal als sie mitten in der Teestube «Bei Miss Rombach» fast losgeschrien hätte, während ihr Vater und ihre Brüder bereit waren, mich vom Nachbartisch her anzugreifen. Als sie mich verführte, als sie mir mitteilte, sie sei schwanger, als sie mir sagte, sie sei nicht schwanger, erschien sie mir wie eine eigenwillige Frau, die gerade noch die Kontrolle über eine unerträgliche Situation behielt. Das ist nicht Feigheit. Aber wenn sie kein Feigling war, dann heiratete sie mich, weil sie es wollte. Was für eine seltsame Idee. Ob sie stimmt?

Die Ehe ließ sich gar nicht so schlecht an. Es gab zwar keine Aufregungen und keine Entdeckungen, aber unser gemeinsames Leben kam uns freier vor als das Leben bei unseren Eltern, und wir stritten uns nie. Wir hatten zwei Zimmer in einer Wohnung, die wir mit anderen teilten, an einer Ecke der Elmbank Street, und wir arbeiteten schwer, um uns für sichere, gutbezahlte Posten zu qualifizieren, denn Helen war nun nicht mehr an der Schauspielerei als Beruf interessiert, und ohne Alan merkte ich, daß meine Träume davon, eine Art bahnbrechender Erfinder zu werden, nur Phantasien waren. Wir schlossen Freundschaft mit einem anderen jungen Studentenehepaar, an deren Namen, Gesichter und Charaktere ich mich nicht mehr erinnere; ich weiß nur noch, daß sie extrovertierter als wir waren und uns zum Camping in ein Hochlandtal mitnahmen, wo wir abwechselnd von heftigem Regen und gräßlichen Mükkenwolken geplagt wurden. Helen und ich zogen uns abends und an Wochenenden am liebsten in die Häuslichkeit zurück. Wir spielten sehr oft Scrabble – nein, es war Cribbage, Scrabble war noch nicht erfunden. Helen konzentrierte sich stärker darauf, eine Hausfrau zu sein, als ich darauf, ein Hausmann zu sein, aber ich habe sie nie betrogen, außer mit Sadozeitschriften.

Sie wurde Grundschullehrerin, ich trat bei National Security Limited ein. Wir kauften die Wohnung, die immer noch mein Heim ist.

In jenen Tagen machte mir meine Arbeit Spaß. Ich war von Anfang bis Ende für die Installationen zuständig, hatte nur einen einzigen Mitarbeiter und mußte nicht nur meinen Kopf, sondern auch meine Hände benutzen. Aber der Kopf war wichtiger. Wenn ich eine wirklich große Fabrik besuchte, zeigte mir irgendein Handlanger die Eingänge, Speicher, Safes und Steckdosen, gab mir Schalt-, Belüftungspläne etcetera und meinte, mir das übrige überlassen zu können. Aber um ein Gebäude gegen höhere Gewalt, menschliche Nachlässigkeit und verbrecherischen Vorsatz sichern zu können, mußte ich die Arbeitspläne, Arbeitsverfahren (die sich von Plänen unterscheiden) und Arbeitsbräuche (die außerhalb von Plänen und Verfahren liegen und ihnen widersprechen können) kennen. Ich benötigte Informationen, die viele Angestellte lieber für sich selbst behielten, und ich schloß selten einen größeren Auftrag ab, ohne mich eingehend mit dem Produktionsleiter unterhalten zu haben, wobei ich ihm einige Tatsachen über seine eigene innere Organisation erläuterte, die er berücksichtigen mußte, wollte er seiner Firma gegenüber auch nur ein wenig loyal sein. Ich installierte unsere Systeme (ja, ich prahle) liebe- und verständnisvoll, was bemerkt und anerkannt wurde, weshalb man mich zu Komitees hinzuzog, die für die Konstruktion neuer Fabriken, Banken und Museen verantwortlich waren. Das kam später. In jenen Tagen arbeitete ich ausschließlich im Umkreis von Glasgow, damit ich um Viertel nach sechs zu Hause sein konnte, wo Helen schon mit dem Dinner auf mich wartete – ihr Unterricht war um vier Uhr zu Ende. Was für eine schöne Zeit! Ich hatte jeden häuslichen Komfort und eine Arbeit, die all meine Fähigkeiten beanspruchte und mir Geld und ein Gefühl der Macht einbrachte. Ich hätte auch ganz gern etwas leidenschaftlichen Sex gehabt, aber nur ein Narr erwartet, daß ihm alles Gute auf der Welt zuteil wird.

Eines Tages erzählte mir der Geschäftsführer im Büro des alten Cosmo-Kinos, daß Tom Courtenay oder Albert Finney persönlich bei einer Premiere erscheinen würden. Ich ließ ihn

wissen, daß meine Frau und ich einmal privaten Umgang mit dem großen Schauspieler gehabt hätten, weshalb er uns einlud. Helen weigerte sich mitzukommen, deshalb stand ich am Rande einer kleinen Menschenmenge im Foyer und nippte Sherry. Tom oder Albert sah mich plötzlich und sagte mit schmeichelhafter Herzlichkeit: «Jock! Der Geist der Lampe! Wie geht's? Was machst du?»
«Gut, danke. Ich bin bei National Security.»
«Eine Profitruppe, hoffe ich?»
Ich lächelte. «Es ist keine Bühnengesellschaft, wenn du darauf hinauswillst. Aber sie ist ziemlich groß, obwohl unsere Zentrale hier am Ort ist. Wir installieren Feueralarme, Einbruchsicherungen, jede Art von Alarmanlage, die du dir vorstellen kannst.»
Er sagte: «Oh!» und nach einer Pause: »Bestimmt wirst du's dort nicht lange aushalten.»
«Warum nicht? Die Bezahlung ist ausgezeichnet.»
Er betrachtete mich, als habe er mich nur aus Versehen wiedererkannt. «Ja, warum nicht? Viel Glück, Jock.»
Er zog sich zurück, und ich war ein wenig verärgert. Theaterleute glauben, daß jeder, der nicht zu ihnen gehört, in der Finsternis weile, aber Albert oder Tom hatte umfassendere Erfahrungen als die meisten dieser Leute. Ich hatte ihm zugetraut zu wissen, daß die moderne Technik viel wichtiger ist als jede Bühnenvorrichtung. Sie erhält unseren Wohlstand und unsere Sicherheit. Sie garantiert eine Zukunft mit wachsendem Frieden, Wohlstand und bla bla bla bla bla.

In den sechziger Jahren glaubte ich solchem Blabla noch. Viele Menschen taten es. An einem Bahnhofskiosk sah ich eines Tages, daß der *New Scientist* oder die *New Society* oder der *New Statesman and Nation* Reklame für einen Artikel von C. P. Snow machte, dem einzigen modernen englischen Romanschriftsteller (abgesehen von den Thrillerautoren), den ich hatte lesen können. Keiner seiner Charaktere war denkwürdig, aber ihre Forschungs- und Verwaltungsarbeit wurde mit einem recht hohen Grad von Sorgfalt beschrieben. Dieser Artikel hieß «Die zwei Kulturen» und wies nach, daß die meisten Angehörigen des Mittelstandes entweder eine geisteswissenschaftliche oder eine naturwissenschaftliche Ausbildung haben. Die Naturwissenschaftler läsen häufig Bücher und sähen sich Theaterstücke an, sie wüßten also einiges über die Geisteswissenschaften, während die meisten Geisteswissenschaftler nichts über die Naturwissenschaften wüßten und sich noch weniger daraus machten – die Gesetze der Thermodynamik könnten sie nicht im geringsten begeistern. C. P. Snow hielt das für schade, denn es verurteile Schriftsteller und Künstler zu einer hoffnungslosen Weltsicht. Sie betrachteten das Leben nur als Rahmen, in dem Individuen geboren würden, kopulierten und zugrunde gingen, was *tatsächlich* ein hoffnungsloser Zeitvertreib sei, denn er mache nur die Hälfte dessen aus, was wir wirklich tun. Gesellschaftlich gesehen seien wir jedoch unsterblich, da wir die Menge des menschlichen Wissens und technischen Geschicks ständig vergrößerten. Die am weitesten fortgeschrittenen Nationen hätten bei sich selbst mit wissenschaftlichen und politischen Mitteln Hunger und Armut beseitigt und bereiteten sich nun vor, den rückständigen Nationen auf dasselbe Niveau emporzuhelfen. Diese heroische Aufgabe werde von dem naturwissenschaftlichen Teil unserer Kultur bewältigt werden, und die Geisteswissenschaftler würden fröhlicher sein, wenn sie lernen könnten, diese Leistung zu feiern. Hach! Beim Lesen dieser Zeilen straffte ich die Schultern, lächelte selbstgefällig und dachte, wie wahr, wie wahr. In jenen Tagen war ich politisch genauso naiv wie Lord Snow.

Wann begann ich, die Lust an meiner Arbeit zu verlieren? Wann begann meine Ehe, schal zu werden? Wann begann ich, zuviel zu trinken? Wann wurde Kapital in großem Maßstab aus Schottland abgezogen? Wann kam die Wirtschaftskrise nach Britannien? Wann begannen wir, eine Welt ohne Verbesserungschancen für die Glücklosen zu akzeptieren? Wann begannen wir, eine Zukunft zu akzeptieren, die *nur* von der Polizei, den Armeen und einem sich ausweitenden Wettrüsten garantiert wird? Es gab keinen bestimmten Punkt, nach dem die Dinge sich verschlechterten, aber mein letzter Anfall von naturwissenschaftlicher, sozialer Freude fiel in das Jahr 1969.

Ich freute mich, als Armstrong im Jahre 1969 die Mondoberfläche betrat. Als Schotte war ich neidisch, aber als ausgebildeter Ingenieur triumphierte ich. Das Unternehmen war vom Militär finanziert worden, ja, aber die naturwissenschaftlichen und technischen Fertigkeiten, die das Ganze vollbrachten, wurden nicht dazu eingesetzt, Menschen zu töten, sondern dazu, sie sicher durch ein Vakuum von 225000 Meilen Länge auf eine andere Welt und zurück zu befördern. Wir hatten es geschafft! Naturwissenschaftler, Techniker hatten es geschafft. Na und?

Ich war niedergeschlagen, als die ersten Fotos von der abgewandten Mondseite sie sehr stark wie die uns zugewandte Seite, bloß monotoner wirken ließen. Und als die Viking-Sonde auf dem Mars landete und zeigte, daß er dem Mond stärker glich, als wir erwartet hatten. Und als wir die eisigen Wolken der Venus durchdrangen und keinen dampfenden Dschungel oder ein sprudelndes Mineralwassermeer, sondern nur eine öde, rotglühende Staubwüste vorfanden. Es gab einige Aufregung, als ein Radioteleskop die ersten Pulsarwellen auffing und ein Cambridge-Team glaubte, es könne das «Seid gegrüßt, Leute» einer extraterrestrischen superintelligenten Zivilisation sein. Aber es gibt keine Beweise für intelligente oder kommerzielle oder auch nur völlig alberne Sendungen von den Sternen her, und unter den rund vierzig Planeten (Monde mitgezählt), die um unseren eigenen Stern kreisen, sind nur die Erde und ihr nützlicher kleiner Mond für eine lebende Seele einen Pfifferling wert. Warum fühle ich mich eingesperrt? Warum fühle ich mich eingesperrt auf der subtil abwechslungsreichsten, üppig lebensprühendsten Welt, die ich je entdecken werde? Auf der einzigen Welt, die mich ertragen kann? Auf einer Welt, wo technisch gesonnene Menschen wie ich selbst (und ich beziehe die Politiker, Geschäftsleute, Militärs und Geisteswissenschaftler ein, die durch uns gedeihen) die unzweifelhaften Herren sind?

Abscheu vor uns selbst. Wir haben schreckliche Verbrechen begangen, die keinen praktischen Nutzen bringen. Wir schaffen Wüsten.

Wir sind zu großartigen Dingen imstande. In Holland mühten wir uns ab, um Nahrungsmittel und Blumen auf dem Boden eines stürmischen Meeres anzubauen. Grüne Felder im schottischen Tiefland bedecken das, was vor zwei Jahrhunderten ödes Moor war. Die von Roosevelt genehmigten großen Deiche gaben Tausenden von unbeschäftigten Männern Arbeit und beseitigten die Streusandbüchse, die nach der Vernichtung der Prärie entstanden war. Aber wir schufen Wüsten und schaffen sie immer noch, absichtlich und aus Versehen. Durch juristische Verfahren, Betrug und Gewalt wurden Hochlandbewohner aus Tälern und von Inseln vertrieben, weil sie nur sich selbst Profit brachten, die faulen Säcke, und weil es, technisch gesehen, für Großgrundbesitzer praktisch war, statt dessen mehr von Schafen zu profitieren. Als die Schafe aufhörten, profitabel zu sein, schufen die Besitzer eine Wildnis, die reiche Bewohner des Südens während der Ferien pachten, um Vögel und Wild zu töten. Diese Wildnis hat nun einen, technisch gesehen, komplizierten Saum von Waffenprüfständen, Depots für megatonnenstarke Gefechtsköpfe, Atom-U-Boot-Stützpunkten, Atombomberstützpunkten, Atomkraftwerken, Abladeplätzen für Atommüll (aus England), und in der Gruinard-Bucht – schimmerndes blaugrünes Wasser über weißem, sonnenerleuchtetem Sand, als ich sie zuletzt sah – liegt eine Insel, die für mindestens ein Jahrhundert mit Anthrax vergiftet ist und anschaulich macht, was wir Mitteleuropa antun könnten, wenn Deutschland Britannien überfiele. Das ist eben praktische Volkswirtschaft, außerdem geht's um die Verteidigung der Freiheit durch fortgeschrittene Technik, wie in Dresden, Nagasaki, Hiroshima und Vietnam, wo Militärtechniker ebenfalls Tausende von Familien vor bösen politischen Regimen retteten, indem sie sie in ihren Heimen verbrannten und ihren Boden vergifteten. Aber die meisten Wüsten, die wir schaffen, entstehen aus Versehen, denn bei der Jagd nach schnellem Profit MUSS es einfach zu Versehen kommen. Daher krebsverursachende meerverschmutzende inseenscheißende Industrie, regenvergiftende flußvergiftende waldausdörrende Fabriken, bodentötende viehverkrüppelnde menschenverkrüppelnde Babynahrung, CONTERGAN CONTERGAN CONTERGAN. *Hier sind die Neunuhrnachrichten. Heute hat die Premiervergifterin im Parlament erklärt, daß der kürzliche Rückgang der Giftrate sich nachteilig auf die schon vorher bedenkliche britische Giftrate ausgewirkt habe. Sie sagte, wenn die nationale Gewerkschaft der Giftarbeiter auf ihrer Forderung nach einer fünfzehnprozentigen Gifterhöhung für ihre Mitglieder beharre, werde sie das Land aus dem europäischen Giftmarkt hinausvergiften. Allerdings zeigte die Giftnotierung heute kurz vor Börsenschluß einen Anstieg von 0,4 Prozent infolge der Giftumfrage, die einen klaren Sieg von Präsident Gifter in der bevorstehenden amerikanischen Giftkampagne vermuten läßt. Präsident Gifter hat versprochen, sein Embargo für russische Giftimporte zu verschärfen und die öffentliche Vergiftung stark anzuheben, um den freien Vergiftern in aller Welt eine klare Führung im nuklearen Giftwettkampf zu verschaffen. Das heutige schöne Wetter rief einen unerwarteten Giftstrom an die Küste hervor, der zu einer zweiundzwanzig Meilen langen Giftstauung auf der Straße von London nach Brighton und einem Massengiftzusammenstoß auf der M 1 führte, bei dem dreiundachtzig Menschen verletzt wurden und siebzehn ums Leben kamen* (hör auf damit) *ich kann's nicht, weil die Technologie bis an den Rand der Weltvernichtung jene allgemeine raffgierige Geschäftspraxis und Brutalpraxis vorangetrieben hat, die alle* (nicht alle) *die zu viele als goldene Gelegenheit ausnutzen oder als selbstverständlich hinnehmen* (hör auf damit) *wie damit aufhören, wenn doch in Büchern steht, daß wir selbstsüchtige, ehrgeizige Bestien sind und daß all die wahren schönen guten Dinge, die wir entdecken oder herstellen/Sonnensystem/Sixtinische Deckenfresken/Penizillin/ dadurch erreicht werden, daß wir einander niedermachen oder demütigen* (Scheiße) *ja, Scheiße, aber in Schottland anno 1982 sieht dieser beschissene Gedanke aus wie Dein ureigenes Großes Evangelium, o Herr, denn hier gibt es keinen Traum oder Plan, gute Dinge herzustellen oder zu teilen oder ein gutes Beispiel zu geben, und, ehrlich gesagt, Gott, ich glaube nicht mehr, daß Schottland schlimmer ist als andere Gegenden, und ich kann nur aufhören zu toben, wenn ich mich in meine Phantasiewelt zurückziehe* (Rückzug)

Janine macht sich Sorgen und versucht, sich nichts anmerken zu lassen, aber sie kann wegen des Gleißens nicht richtig sehen. Sie konzentriert sich auf das Geräusch der beiden geöffneten Druckknöpfe an ihrem Rock, die bei jedem ihrer Schritte klikken. Eine kindliche Stimme sagt: «Das klingt sexy», und kichert.
‹Kühl bleiben›, denkt Janine. ‹Tu so, als wär's eine gewöhnliche Probe›, und dies ist NICHT die Phantasiewelt, die ich meinte.

Eines der frühesten Ziele des amerikanischen Raumfahrtprogramms bestand darin, eine autarke menschliche Kolonie auf dem Mond zu schaffen, und da die Kosten astronomisch waren, machten die USA im Jahre 1960 Forschungsteams in anderen

Ländern den Vorschlag, eine Mondatmosphäre herzustellen und abzuschirmen, dazu das Wasser und die Vegetation, die sie rein erhalten und die Bewohner ernähren würden. Die Nationen, die bei dem Projekt mithalfen, sollten in der Kolonie durch eine ihren Aufwendungen entsprechende Zahl von Siedlern vertreten sein, und Rußland wurde nicht davon ausgeschlossen, da eine Mondkolonie keinen militärischen Wert besitzt. Unterdessen konzentrierte Amerika sich auf die Start- und Trägerraketen, die auch militärische Verwendungszwecke hatten, aber seine besten Wissenschaftler und der beste Teil seiner Gesellschaft ließen sich von einer edleren Vision leiten, deshalb kann im Jahre 1982, in wolkenlosen Nächten, jeder einen silbergrünen Schimmer in der Kugel des Vollmonds sehen, einen Schimmer, der einen Schatten wirft. Dies ist das Gartendorf, in dem junge, gesunde, geschickte Menschen mehrerer Rassen gemeinsam Ackerbau treiben, konstruieren, forschen, sich vergnügen und Erkundigungen anstellen. Wie sieht es aus, wenn der Mond sichelförmig ist? Hislop erklärte mir einst, wie es aussieht. In den Monaten nachdem er einen Mann aus mir gemacht hatte, lauschte ich seinem honigsüßen Singsang nur noch selten, aber einmal hörte ich, wie er ein Schiff beschrieb, das nachts im Meeresnebel in eine Flaute geraten war. Die Sterne waren sehr trübe. Tau troff von den Segeln. Nur das Gesicht des Steuermanns war schwach erhellt, «bis aufstieg», nein, «bis kletterte», nein, «bis klomm im Osten schmal und fern der Mond ins Licht, trug einen Stern in seinem Horne offen». Ich grinste verächtlich, weil ich wußte, daß dies, wissenschaftlich betrachtet, unmöglich war, aber doch, die Mondkolonie leuchtet tatsächlich wie ein kleiner grüner Stern in der Ellipse des schwarzen Himmels zwischen den Hörnern der Mondsichel – ein Stern, wo sich Männer und Frauen unter einem Sternenhimmel, der die gewaltige Erdsichel umgibt, lieben und Kinder machen. Die Mondkolonie hat nur einen einzigen Nachteil. Sie besitzt keinen militärischen Wert, deshalb wurde sie nie geschaffen.

Alle wollten den Mond haben, bis eine große Nation eines Tages wohlhabend genug wurde, ihn zu umwerben. Also betätigten Wissenschaftler und Techniker sich als Zuhälter für diese große Nation und wurden reich, indem sie einen schnellen

Mondfick verkauften. Ein langsamer Mondfick wäre befriedigender gewesen, aber dann hätten die Zuhälter weniger schnelles Geld gemacht. Die Zuhälter jagten ihr Honorar dadurch hoch, daß sie DAS MONDRENNEN erfanden; sie behaupteten, daß russische Vergewaltiger den Mond zuerst vögeln könnten, was unmöglich war. Denn Ende der sechziger Jahre gehörte der russische Vorsprung auf dem Gebiet der Weltraumtechnik längst der Vergangenheit an. In den Bereichen Weltraumtechnik, Öltechnik, Militärtechnik hinkt Rußland ein Jahrzehnt hinter seinen Gegnern her, weil es, mit uns verglichen, zu wenige Menschen hat und zu arm ist. Klar, es kann unseren Planeten in ein paar Stunden mehrere Male vergiften, aber seit einem Vierteljahrhundert ist der freie Westen in der Lage, dies viel rascher und häufiger zu tun. Also brachten wir dadurch die Kraft auf, zum Mond zu springen, daß wir absichtlich vor unserem eigenen Schatten erschraken, und wir sagten: «Hallo, Mond! Dies ist ein stolzer Moment. Hier ist eine Fahne für dich. Und ein paar Aufnahmegeräte. Und nun muß ich zurück nach Hause, zum lieben alten Wettrüsten. Bis dann!» Und die Menschen auf der Erde fragten: «Ist das alles?», und nun will niemand mehr den Mond haben. Es gibt nichts Menschliches auf ihm außer zerschmetterten Raketen und kaputten Maschinen, die wie benutzte Präservative auf seiner Kruste verstreut sind und beweisen, daß Kilroy hier war. Der Mond ist immer noch eine tote Welt und erinnert uns allnächtlich daran, daß Technologen unschöpferische Lügner sind, wahnsinnige Gärtner, die bei der Bepflanzung Gift ausstreuen und davon profitieren, daß sie ihrem eigenen Samen Schaden zufügen, Verrückte, die alles in ihrer Reichweite, was ihnen Kraft und Selbstvertrauen gegeben hat, vögeln und vernachlässigen, wie ... wie ...
(Wie Jock McLeish Denny vögelte und einer Frau wegen vernachlässigte, die er nicht befruchten konnte?)

Ja.
Ja.
Ja.

Wir fürchten nämlich die Verantwortung, deshalb ziehen unerreichbare Körper uns am stärksten an. Wir vernachlässigen den Boden unter unseren Füßen, gaffen zu den Sternen empor und hoffen, daß sie von gräßlichen Bösewichten bevölkert sind, neben denen wir anständig aussehen werden, von weisen Tugendbolden, die uns an der Hand nehmen und uns Den Wahren Weg zeigen werden. Fremde aus dem All müssen uns nämlich unterlegen oder überlegen sein, denn wir glauben nicht an gleichberechtigte Partnerschaft, an gleichermaßen geteilte Güter und Pflichten. Kleine Gemeinschaften können nach den Prinzipien solcher Gleichheit leben, doch nur die Franzosen und die Russen versuchten, dies in großem Maßstab herzustellen, und sie SCHEITERTEN hahaha SCHEITERTEN hahaha SCHEITERTEN, und wir sind froh darüber: Wir sind sicher, daß nur die Armen und Hungrigen Vorteile aus einer freien und gleichen Gesellschaft ziehen würden. *Eine freie und gleiche Gesellschaft.* Diese Worte stinken nach der übelsten stimmenfängerischen Polemik, sie bedeuten soviel wie *Liebe* und *Frieden* in den Gebeten eines Heeresgeistlichen. *Freiheit Gleichheit Liebe Frieden* sind heutzutage nichts als peinliche Wörter, und wenn die Wissenschaftler der Welt heute erführen, daß Mikroben im Krebsnebel leben, würden sie eine völlig uneigennützige Freude empfinden. Das Leben hat dann eine Chance im Universum, wenn es dort existiert, wo wir es nicht erreichen können.

Bekenne einer dem anderen seine Sünden und betet füreinander, daß ihr gesund werdet.
(Wo hast du das gelernt, Jock?)
Erhelle unsere Finsternis, wir flehen dich an, o Herr, und durch deine große Barmherzigkeit erlöse und errette uns vor dem Grauen dieser NACHT, die wir schaffen. Ich weiß nicht, wo ich diese Dinge gelernt habe. Vielleicht habe ich sie im Radio gehört, als ich klein war, denn ich weiß, daß es eine Zeit gab, in der du als ein extraterrestrischer Big Daddy angebetet wurdest, der die Erde eines Tages wie Klopapier, das zu viele mißratene Jungen und Mädchen benutzt haben, hinunterspülen würde; danach würdest du eine schöne, saubere Erde für die schönen, sauberen Jungen und Mädchen machen, denen du erlaubt hast, die alte, schmutzige Erde zu überleben. Aber es sind praktisch, wissenschaftlich und technisch orientierte Geschäftsleute, Militärs und Politiker, die die Erde wie Klopapier behandeln, und wenn wir es hinunterspülen, wird niemand übrigbleiben, der die von uns geschaffene Wüste neu bepflanzen könnte. Denn du

bist der schwache Schimmer weitsichtiger, intelligenter Güte, die, hinreichend gestärkt und geteilt, uns den Weg zu einem besseren Auskommen erleuchten wird. Scheine, gütiges Licht, in der uns umgebenden Finsternis.
(Sentimentales Gewäsch.)
Wie kommst du dazu, so negative Töne anzuschlagen? Denn ich bin hier der Zyniker, der externe Richter und alles Verurteilende. Ich glaube nur an einen Gegensatz wie dich, um in meinem Kopf ein vernünftiges Gleichgewicht zu bewahren. Wenn du in meine Ringecke überwechselst, wirst du mich in deine treiben und, ehrlich gesagt, G, mir fehlt die Kraft, nützlich, weitsichtig, gütig zu sein.
(Kraft kommt mit Übung, Sir.)
Versuch nicht, mir irgendwas beizubringen, G. Nur arrogante Menschen versuchen, sich moralisch zu bessern. Moralische Selbstverbesserung ist gesellschaftsfeindlich. Sie stört diejenigen, die sich finanziell verbessern.
(Wie bemerkenswert geistreich, Sir! Sie sind heute morgen wirklich in brillanter Form.)
Morgen?

Morgen. Knips das Licht aus. Zwischen glockengeblümten Fenstervorhängen eine vertikale Spalte der kalten, grauen Dämmerung. Selkirk? Peebles? Steh auf. Geh ans Fenster. Zieh sachte die Vorhänge zurück. Morgengrauer Himmel, morgengraues Meer, graue Berge dazwischen. Wo bin ich? Ein hohes Fenster. Unter mir graue Autobahn, dann Werften, Meer etcetera. Dies ist Greenock. Wieso? O Gott, nun erinnere ich mich. Gestern abend Besprechung im IBM-Werk. Schlimm.

Kurz nach dem Beginn der Besprechung schaltete ich ab. Später versuchte ich, mich zu konzentrieren, und konnte nicht verstehen, was sie zu mir sagten. Ich konnte jede Silbe sehr deutlich hören, aber ich begriff so wenig, daß es genausogut Chinesisch hätte sein können. Man stellte mir Fragen. Ich versuchte, intelligent zu nicken, dann verlor ich fast das Bewußtsein. Erholte mich und: «Glas Wasser, bitte?»
«Sei voll, sei voll», sagten sie (es war wohl «sofort»).
«Sei voll? Sehl rustig», sagte ich, grinste hislopartig und entsann mich nicht mehr, weshalb ich dort war. Ich erklärte es ihnen. Entschuldigte mich. Überlastung in letzter Zeit.

Verständnisvolles Lächeln. «Keine Sorge, Jock, wir besorgen ein Auto, das Sie zum Bahnhof bringt.»
Das taten sie. Warum bin ich nicht in meinem Schlafzimmer? Glasgow nur vierzig Minuten von Greenock. Ah, natürlich. Auto brachte mich zwanzig Minuten zu früh zum Bahnhof. Sprang nur eben in Pub, während ich wartete. Verpaßte Zug, verpaßte nächsten Zug, verpaßte letzten Zug, deshalb hier. Scheint anständiges Hotel zu sein. Man merkte, daß ich Gentleman bin, trotz Zustand, in dem ich war. Aber ich habe meine letzte Illusion verloren – die Illusion, niemand wisse, daß ich ein Schluckspecht bin. Um zehn oder elf Uhr wird Reeves Bescheid wissen, aber noch neunzig Minuten bis zum Frühstück um 8 Uhr 15. Ich kann ihm immer noch als erster ins Ohr säuseln, wenn...

Ich fühle mich jetzt rechtschaffen müde, müde, sauber und traurig, warum sauber? Leg dich wieder hin. Leg dich hin (ich tue es), rechtschaffen traurig und sauber, warum traurig? Wieviel ich verloren habe: einen kleinen Bleistiftanspitzer, der wie die Weltkugel geformt war, Denny, Alan, Mutter, Vater, meine Frau, viele vertraute Straßen und Gebäude, ganze Bezirke und Industrien, die plötzlich nicht mehr da sind. Hör zu. Ein Vogel zwitschert.

> Ein Vogel flog einst an diesen Strand (trällerte Hislop),
> Doch neuerdings schwebt er nicht mehr ins Land.
> Aus weiter Ferne komm ich her:
> Kein Land, kein Wasser, keine Liebe mehr.

Nicht logisch. Ein Strand liegt am Rande des Landes, also muß es Land geben. Ein Strand ist der Rand des Meeres, also muß es Wasser geben. Und wenn jemand von weit her kommt, um etwas zu beweisen, dann muß es ihm sehr gefallen, selbst wenn er es nie entdeckt. Aber die Strophe scheint mehr zu bedeuten als die einzelnen Wörter, sie geht mir immer wieder durch den Kopf. Trällere weiter, Hislop.

> Ein Vogel flog einst an diesen Strand.
> Doch neuerdings schwebt er nicht mehr ins Land.
> Aus weiter Ferne komm ich her:
> Kein Land, kein Wasser, keine Liebe mehr.

Zu viele Dinge sind von uns gegangen, ohne daß es jemand bemerkt hätte.

Ein Vogel flog einst an diesen Strand.
Doch neuerdings schwebt er nicht mehr ins Land.
Aus weiter Ferne, da da dam, da di,
Aaaaaaaaaachuui!

Hm. Hmn.

13: VIEH

MARKT. Sie saß in einem Rolls-Royce, genau in der Mitte des Rücksitzes, und blätterte müßig die Seiten einer Modezeitschrift um. Einmal hob sie den Kopf, um ein paar unzufriedene Worte mit dem Chauffeur zu wechseln, einem jungen Mann, der Cowboystiefel, Jeans, Weste und Hut trug und der nicht ich gewesen sein kann, mir aber so vorkam. Sie belustigte ihn, also war er eigentlich nicht ihr Chauffeur, wenn sie sich auch so benahm, als wäre er es. Sie warf wieder einen Blick auf die Zeitschrift, wo sie etwas Interessantes sah. Ich glaube, es war eine Illustration. Sie las einige Worte darunter und war erstaunt. Ihr Erstaunen war so erregend, daß ich mit einer Erektion aufwachte, die gerade erst nachgelassen hat. Oh, ich wünschte, ich wäre nicht aufgewacht. Das war fast ein Abgang im Schlaf, der erste seit Jugendtagen, bevor ich Denny begegnete. Ich träumte immer, einen Federhalter aus einer Brust zu füllen, und wachte spritzend auf. Wer war diese Frau, und warum ist VIEHMARKT ein Zauberwort, das an köstlich exotische Hilflosigkeit in den Klauen köstlich exotischer Macht denken läßt?

Erinnere dich. Wenn du dich nicht erinnern kannst, denk dir was aus. Der ganze Traum spielte sich innerhalb des Autos ab. Es war Janine, eine reiche Janine, die eine Rindslederhose vom

VIEHMARKT trug. Sie entdeckte, daß sie eine Geschichte darüber las, was geschehen würde, wenn sie aus dem Auto stieg, daher ihr Erstaunen und meine Erregung. Ja, der Traum kehrt zurück, und meine Erektion auch. (Entschuldigung) geh weg, Gott.

Janine war nie Schauspielerin, nie Hausfrau, brauchte nie zu arbeiten. Es gibt solche Menschen. Sie hat sich immer alles kaufen können, was ihr gefällt, aber nichts gefällt ihr sehr lange, daher ihr vorwurfsvolles Jane-Russell-auf-dem-Reklamefoto-für-*Geächtet*-Schmollen. Daher ihre Vorliebe für derbe, lässige, etwas häßliche bäurische Kleidung, fachmännisch geschneidert aus auffallend teurem Stoff, wodurch sie andeutet, daß sie sich nicht das geringste aus ihrer Erscheinung macht. Daher ihre dicke gelbbraune Lederhose (Entschuldigung) hau ab, ich bin mir ihrer dicken khakifarbenen Rindslederhose beschäftigt, die mit einem weißen Tau so fest um ihre schlanke Taille geknotet ist, daß ihr Hintern doch einfach nicht rund genug SEIN KANN, um all das sackartige Leder auszufüllen, aber wie aufreizend, wenn er es doch wäre. Jedes der beiden Hosenbeine verjüngt sich zu einem enganliegenden Aufschlag, sechs Zoll über jedem der beiden nackten Knöchel, nein, kein Aufschlag, ein Reißverschluß an beiden Seiten läßt sie dicht anliegen. Füße sockenlos in weißen Segeltuchschuhen, nein, Turnschuhen, nein, weißen Segeltuch-Baseballstiefeln ohne Schnürsenkel. Ich meine, sie könnten zugeschnürt sein, denn sie haben Ösen, aber keine Senkel darin, hör auf, am Boden zu kriechen, erhebe dich HÖHER, erinnere dich an Janines schlanke Taille, große Brüste in weißem Seidensatin, fast aufgeknöpfte Bluse, ohne Büstenhalter, an der Kehle weit geöffnet, dann das süße schmollende Gesicht, das ich sehr gut kenne, aber ihr Haar? Eine große Wolke blonder Kräusellocken, nicht eng gewellt, sondern ihren Kopf so großzügig verbreiternd, wie die Hose ihren Hintern zu verbreitern scheint. Und kleine Diamantringe an den Ohrläppchen. Hole Atem.

(Entschuldigung Sir) nein. Sie durchblättert mißmutig die kostspielige Zeitschrift auf ihrem Schoß, *Cosmopolitan* oder *Vogue*, wahrscheinlich *Vogue*, denn sie ist gelangweilt von Hochglanzseiten mit exquisit arrangierten und ausgeleuchteten

Mannequins, die Reklame für Kleider / Schuhe / Kleider / Lippenstift / Kleider / Haarspray / Kleider / Schmuck / Kleider / Parfum / Kleider machen, und von Meisterkoch Gropiers überraschend billigem Rezept für Kaviar, Trüffel und gewürfelten Engelbarsch auf einem blanchierten Salatblatt. Sie seufzt, blickt auf und fragt den Fahrer: «Wie fühlst du dich heute abend, Frank?»

«Gut. Weshalb fragst du?»

«Weil die letzte Nacht, die wir zusammen verbracht haben, meiner Meinung nach keineswegs gut war. Du siehst nett aus, Frank, und als Masseur bist du unübertroffen, aber ich habe nicht wegen deiner Hände angefangen, dich privat zu treffen. Die kann ich jederzeit mieten. Einige meiner besten Freundinnen mieten deine Hände. Ich gehe abends mit dir aus, weil diese zusätzlichen achtzehn oder neunzehn Zentimeter mir Genuß verschaffen, und in letzter Zeit bist du deinen Maßen nicht gerecht geworden.»

Frank grinst und sagt: «Janine, heute nacht wirst du mehr von diesen zusätzlichen Zentimetern kriegen – mehr von allem –, als du je für möglich gehalten hast.»

«Tatsache?» fragt Janine skeptisch und gähnt.

«Und ob.»

«Wie heißt dieser Ort noch?»

«Der Viehmarkt.»

«Hoffentlich hast du nicht zuviel versprochen, Frank», sagt sie und blättert eine Seite um. «Was für Leute gehen dahin?»

«Die Reichen und die Schönen. Du kennst einige von ihnen.»

«Na, ich hoffe sehr, du hast nicht zuviel versprochen», sagt sie und betrachtet eine Illustration auf einer der letzten Seiten, zwischen Kleinanzeigen für Sonnenbänke und französische Ferienhäuser. Das Bild ist über einem Auszug aus *Sheriffs und Nutten* abgedruckt, einem umstrittenen neuen Roman von Norman Mailer oder John Updike. Es scheint sich um das Foto einer Party auf der Veranda einer Millionärsranch zu handeln, aber die klaren Umrisse der Gestalten, die superelegant abgestuften Töne und Farben, das Fehlen von Falten, die die gewöhnliche Belastung fast allem Fleisch und aller Kleidung auferlegt, zeigen, daß es ein geschicktes, auf einem Foto basierendes Hochglanzgemälde ist. Fast alle sind zu hübsch, zu sexy, zu strahlend fröhlich, um real zu sein, und fast alle tragen Cowboystiefel, Jeans und Westen aus Jeansstoff. Sogar die Frauen tragen diese Sachen, außer einigen, die durchgeknöpfte oder mit Druckknöpfen versehene Jeansröcke tragen, manche mehr, manche weniger aufgeknöpft als andere (Entschuldigung) komm später zurück, Frauen mit durchgeknöpften Röcken, die mehr oder weniger aufgeknöpft sind, mit weißen Seidensatinblusen, ohne Büstenhalter und mit schmollenden, furchtsamen Gesichtern erstaunen/erregen mich einfach. Im Gegensatz zu den strahlenden, mit engen Jeans bekleideten, cowboyartigen Frauen, die mit Technicolor-Cocktails in der Hand dastehen, haben die berockten furchtsamen Frauen auf dem Rücken gefesselte Handgelenke (warum nicht Ellbogen?) Idiot, es ist anatomisch unmöglich, jemandes Ellbogen mit Handschellen auf dem Rücken zu fesseln, die Kette ist zu kurz (die Polizei fesselte Superbs Ellbogen mit Handschellen auf dem Rücken) halt den Mund, du versuchst wieder, mir den Spaß zu verderben, wo war ich, als du mich unterbrachst?

O ja.

Zuerst bemerkt Janine diese Einzelheiten der Illustration nicht. Sie sind im Hintergrund, und sie mustert etwas noch Seltsameres im Vordergrund. Im Vordergrund steht eine Frau in Rückansicht, ihre Beine, ihre Füße sind gespreizt gespreizt gespreizt und fest auf die Verandafliesen gestemmt. Da alle sie anblicken, scheint *sie* den Frohsinn der Mehrheit und die Furchtsamkeit der übrigen hervorzurufen. Sie trägt eine gewaltige sackartige khakifarbene Rindslederhose, die sich über ihren schlanken nackten Knöcheln zu enganliegenden Aufschlägen mit Reißverschluß verjüngt; die Füße stecken in senkellosen weißen Segeltuch-Baseballstiefeln (Baseballstiefel bedecken die Knöchel) in Ordnung, senkellosen weißen Turnschuhen/Sandschuhen/Laufschuhen hör auf zu kriechen, blick HOCH zu der schlanken Taille, ist ihre Hose mit einem weißen Tau verknotet? Nicht zu erkennen. Ihre Taille wird von ihren Armen und Händen verdeckt, die Gelenke sind mit Handschellen auf dem Rücken gefesselt. Trägt sie eine weiße Bluse aus Samtsatin? Nein. Oberhalb der Hüfte ist sie völlig nackt. Wie sieht ihr Haar aus? Nicht zu erkennen. Der Kopf ist unsichtbar, weil die Illustration in Höhe ihrer Schultern abschließt. Nur die Hose und die Turnschuhe sind Janine vertraut, aber die Übereinstimmung fasziniert sie. Da sie bei Anfängen immer ungeduldig wird,

überspringt sie ein paar Absätze und beginnt nach dem ersten Viertel, die Geschichte zu lesen. Nachdem sie ein paar Sätze gelesen hat, merkt sie, daß sie ein komisches, wirres, traumartiges Gefühl in ihr verursachen. Sie hört auf zu lesen und versucht, das Ganze zu begreifen. «Frank! Kennst du Upman Maildike?»
«Wen?»
«Upman Maildike. Den Romanautor.»
«Klar kenne ich ihn. Hab mich mehr als einmal mit ihm zusammen betrunken. Warum fragst du?»
«Er hat eine Geschichte in der *Vogue* von diesem Monat.»
«Wie ist sie?»
«Ein Mann darin trägt deinen Namen. Er ist auch angezogen wie du.»
«Mein Gott! Was tut er denn?»
«Bis jetzt hat er sich nur an ein Weib rangemacht.»
«Stimmt, das könnte ich sein. Was passiert danach? Lies laut vor.»
Aber Janine hat sich zu sehr in die Geschichte vertieft, um sie laut vorlesen zu können.

Die Geschichte handelt von einem Mädchen namens Nina, das in der Jeansabteilung eines großen ENTSCHULDIGUNG BITTE Warenhauses arbeitet, wo sie eines Tages einen scharfen, gutaussehenden, reichen jungen Burschen bedient, der eine ENTSCHULDIGUNG BITTE Cowboyhose und -weste für eine Jeansparty kauft, veranstaltet von einem reichen Freund, der ENTSCHULDIGUNG BITTE ich verzeihe dir nicht, denn wenn ich diesen kleinen Traum fest unter Kontrolle behalte, wird's mir gelingen, all meine fixen Ideen hineinzupakken. Nina hilft Frank, diese Sachen für eine Jeansparty auszuwählen, die ein mit ihm befreundeter Millionär an jenem Abend veranstaltet. Frank ist in großer Eile, da er die Einladung erst eine Stunde zuvor bekommen hat, als er von einem Skiurlaub im Hochgebirge zurückkehrte. Nina ist auf so charmante Weise hilfsbereit, daß Frank sie fragt, ob sie es aufdringlich und ungalant finden würde, wenn er sie bäte, ihn zu dieser Party zu begleiten? Denn er sei allein, und die Parties seines Freundes machten immer sehr viel Spaß. Und da Frank auf charmante Weise schüchtern und zurückhaltend und reich ist, sagt Nina vielleicht, in Ordnung, da sie nichts anderes vorhat, und Frank sagt Klasse, wenn Amerikaner immer noch Klasse statt prima sagen, und er kauft ihr sofort – dazu brauchen sie das Geschäft gar nicht mehr zu verlassen – einen kleinen, durchgeknöpften Jeansrock, der ICH BESTEHE DARAUF, DASS DU MIR ZUHÖRST, SIND WIR NUR DESHALB DURCH DAS TAL DES TODESSCHATTENS GERITTEN, DAMIT DU DIR MAL WIEDER EINEN ABWICHSEN KANNST? Lieber Gott, du weißt, ich benötige diese absurden Verfeinerungen, um mich selbst glauben zu machen, daß ich noch einmal den Körper einer Frau umarmen kann. SIND WIR AUS DEM KERKER DER VERZWEIFLUNG AUSGEBROCHEN, NUR DAMIT DU DIR WIEDER EINEN ABWICHSEN KANNST? Ich kann die Dinge nicht über Nacht ändern, Gott. FALSCH. FALSCH. FALSCH. FALSCH.

Falsch?

Ja, wenn ich's mir recht überlege, kann ich die Dinge natürlich über Nacht ändern. Warte auf mich, Nina, ich muß noch was erledigen, bevor du den Rock für mich anziehst. Streck die Hand zum Fußboden aus. Taste unter Bett nach Koffergriff. Hab ihn. Zieh raus, heb hoch, leg auf sorgfältig gefaltete Kleidung auf Stuhl neben Bett. Ich bin froh, daß ich ordentliche Gewohnheiten in einer Nacht beibehalten habe, in der sie so leicht hätten erlahmen können. Öffne Koffer, nimm Notizblock hervor. Schließe Koffer. Leg Koffer auf Bettdecke auf Schenkeln, leg Notizblock auf Kofferdeckel wie auf Schreibtisch. Nimm Federhalter aus Brusttasche der guten grauen Harris-Tweedjacke, die über Stuhllehne hängt. Schraub Kappe von rotring rapidograph mit Linienbreite 1 mm ab, einem guten Tuschfüller. Lies Zeit, Datum an Quarzuhr-Kalender ab. Und nun die Wahrheit.

Hotel Soundso, Greenock
26. März 1982, 7 Uhr 50

An den
Installationsleiter
National Securities Ltd.
Waterloo Street
Glasgow

Lieber Reeves,

ich reiche meinen Rücktritt vom Posten des Installationskontrolleurs für die schottische Region ein und bedauere, daß ich die üblichen vier Wochen Kündigungsfrist nicht einhalten kann, bevor ich ausscheide. Gestern abend erlitt ich bei der wichtigen IBM-Konferenz einen leichten Schlaganfall, durch den ich gezwungen war, mich zurückzuziehen, bevor unser Anliegen angesprochen wurde. Wie Sie wissen, bin ich einer der häufig verspotteten Menschen, die stolz darauf sind, nie in ihrem Leben einen Arbeitstag durch Krankheit verpaßt zu haben. In meiner fünfundzwanzigjährigen Tätigkeit ist dies das erste Mal, daß ich einen Auftrag für National Security gefährdet habe. Mein Rücktritt gewährleistet, daß es auch das letzte Mal sein wird. Die Ursache des Anfalls muß noch diagnostiziert werden (Lügner) (Ist mir egal), *aber wenn die Buchhaltung ein medizinisches Attest braucht, bevor meine Pension und meine Abfindung festgelegt werden können, werde ich Sorge tragen, eines vorzulegen.*
Was meinen Nachfolger betrifft, so bieten sich Eliot und Mitchell auf Grund ihres Dienstalters an, aber ich empfehle Ihnen den jungen Saunders. Er ist flink, geschickt, einfallsreich und findet die Arbeit immer noch interessant. Wenn man ihn in diesem Stadium seiner Karriere befördert, wird er allen gründlich auf die Nerven gehen, aber unweigerlich gute Ergebnisse erzielen. Mir ist jedoch klar, daß die Firma wahrscheinlich jemanden von südlich der Grenze befördern wird. Immer mehr Spitzenpositionen in Schottland – von General Electrics bis hin zur Nationalen Kohlenbehörde – werden heute Engländern übertragen, vermutlich deshalb, weil diejenigen, die das Land regieren, sich leitende Mitarbeiter wünschen, die ihren ausländischen Chefs gegenüber loyaler sind als ihren Kollegen und der Öffentlichkeit gegenüber. Aber ich könnte mich irren. Vielleicht sind wir einheimischen Schotten tatsächlich eine Bande dummer Nichtskönner, denen die Voraussetzungen fehlen, sich selbst zu verwalten. (Du läßt dich zu sehr hinreißen, streich das) (Nein, laß es stehen.)

Ich lege alle Tabellen und Dokumente bei, die sich auf bestehende Geschäfte beziehen. Wenn Sie oder mein Nachfolger weitere Auskünfte benötigen sollten, bin ich in meiner Wohnung in Glasgow zu erreichen.

Hochachtungsvoll
John McLeish

Was kann ich jetzt tun? Ich habe keine Pläne, überhaupt keine. Kann ich zu Janine zurückkehren, die liest, wie Frank einen Rock/eine Bluse etcetera für Nina kauft? Hat irgend jemand einen Gegenvorschlag?

Schweigen.

Gut. Frank fragt Nina, würden Sie diese Sachen tragen, wenn ich Sie heute abend abhole, denn es ist eine Jeansparty auf der Veranda. Nina fragt, wieso Jeans? Frank errötet und sagt, also, die Party hat ein bestimmtes Motiv. Ist Nina je bei einer Huren-und-Pfarrer-Party gewesen, oder hat sie davon gehört? Sie ist nie bei einer gewesen, doch ja, sie hat von modischen Kostümbällen gehört, bei denen die Männer sich wie Geistliche und ihre Frauen und Freundinnen sich wie Prostituierte anziehen. Frank sagt, genau, das stimmt, es ist eine britische Idee, und sein Freund, der Millionär, der einen Namen braucht, Hollis dürfte es tun, Franks Kumpel, der Millionär Hollis, hat einmal eine solche Party gegeben, und sie hat so viel Spaß gemacht, daß die heutige Party unter einem ähnlichen, aber amerikanischeren Thema stehen wird. Es wird eine Sheriffs-und-Nutten-Party mit einem Anklang an die Pionierzeit des Wilden Westens sein. Die Frauen sollen sich wie Pionierhuren und ihre Begleiter wie Sheriffs anziehen, die sie ins Gefängnis bringen. Hat Nina etwas dagegen? Nina lacht und sagt nein! Außerdem findet sie nicht, daß ein einfacher Rock und eine einfache Bluse hurenhaft sind. Na ja, sagt Frank, Hollis kann sich daran hochziehen, und er ist unser Gastgeber, deshalb kleiden die Mädchen sich nach seinem Geschmack, wenn ein Rock und eine Bluse auch wirklich nichts Hurenhaftes an sich haben, allerdings benutzen viele von ihnen Accessoires, die sehr starken Eindruck machen, aber es gibt keinen Grund, weshalb Nina mit ihnen konkurrieren sollte, wenn ihr nicht der Sinn danach steht. Er verabredet mit Nina, daß er sie in zwei Stunden in ihrer Wohnung abholen wird. Er sagt, daß er nicht allein sein wird – sein Freund Tom und Toms Frau Sherry werden mit ihnen zu Hollis' Ranch fahren, diese Geschichte wird mit immer neuen Personen vollgestopft, aber ich benötige sie, damit sie mich mit neuen Ideen überraschen, die mich daran hindern, das Ende vorauszusehen, doch die Sache wird sich unerbittlich in den gewohnten, langweiligen alten Kram verwandeln. Seit fünfundzwanzig Jahren haben meine sexuellen Tagträume und meine Einsamkeit und mein Trinken und meine Arbeit für National Security einander gestützt. Ohne die Arbeit müssen die ersten drei zunehmen, bis sie mich vernichten. Könnten sie sich lockerer anordnen und Platz für das Wachstum von etwas Neuem lassen? Nein. Nichts Neues wird in diesem Geist wachsen.

Nichts Neues wird in einem Geist wachsen, der einen Cadillac enthält, der Janine enthält, die eine Geschichte über Nina liest, die sich selbst in voller Größe im Spiegel betrachtet. Sie hat beschlossen, nicht dadurch mit anderen Frauen zu konkurrieren, daß sie Rock und Bluse durch nuttige Accessoires vervollständigt. Sie trägt nur diese beiden Sachen, steht barfuß und strumpflos da, ihr Gesicht ist sauber gewaschen, von allem Make-up befreit, das Haar, ohne Nadeln und Klammern, hängt ihr locker über die Schultern. Kein Schmuck. Auch kein Büstenhalter, aber obwohl die Bluse halb durchsichtig ist, verhindert die Verstärkung der Seide an den Brusttaschen, daß die Aureolen ihrer Brustwarzen sich mehr als vage-dunkel abzeichnen. Und obwohl Bluse und Rock sittsam zugeknöpft sind (Rock aus weißem Jeansstoff mit Messingknöpfen, die wie Gold glänzen), sieht sie wunderschön, jung und verlockend hilflos aus. Sie staunt über sich selbst. Wenn sie so unter reicheren und älteren Frauen erscheint, die sich so provozierend wie möglich angezogen haben, wird sie der Star der Party sein. Aber kann sie so hinausgehen? Warum nicht? Der Abend ist warm, und etwas Schmutz an ihren Fußsohlen macht ihr nichts aus. Nina beginnt mich stärker zu interessieren, als Janine es tut. Es klingelt an der Tür.

Sie öffnet, und dort stehen Frank und Tom. Sie sagt: «Hallo!», legt die Hände auf die Hüften und stellt sich nicht ohne Stolz zur Schau. «Gefalle ich euch?»

«O Honey», sagt Frank. «Du bist wirklich nicht zu schlagen. Jetzt bist du wirklich *toll*. Das ist Tom, Nina.»
Tom ist ein ganzes Stück über einsachtzig, hat einen wilden schwarzen Schnurrbart, aber eine dickliche Figur. Ein etwas krummer Rücken und eine halbmondförmige Zweistärkenbrille lassen ihn wie einen zerstreuten Bankangestellten aussehen, trotz eines breitkrempigen Lederhuts, einer Lederweste mit einem Blechstern daran, einer Lederhose, hochhackiger Stiefel und zweier dicker Gürtel, die sich in seinen Hängebauch einschneiden; an dem einen baumeln ein Lasso und Handschellen, an dem anderen sind Patronen, Halfter und Revolver befestigt. Nina kann ihn nicht ernst nehmen. Sein heiserer, schleppend texanischer Tonfall kann nicht verbergen, daß seine Stimme von Natur aus hoch und sein Akzent östlich ist. Er knurrt: «Nina Crystal?» und nimmt ihre Hand.

«Das bin ich!» sagt sie. Der Griff seiner Hand verstärkt sich. Er sagt steif: «Also, Nina, ich habe schlechte Nachrichten für dich. Der neue Bürgermeister hat uns befohlen, diese Stadt zu säubern. Deshalb bringen wir dich und ein paar andere böse Mädchen weit weg von hier an einen Ort, wo ihr keine ehrlichen Bürger mit einwandfreiem Lebenswandel in Versuchung führen könnt. Ihr werdet keine Zeit dafür haben, denn ihr werdet sehr, sehr schwer für böse Jungs wie mich und meinen Partner Frank hier arbeiten müssen.»
Sie lacht. «Wie ich sehe, hat die Party schon angefangen.»
«Yeah», sagt Tom, «und sie wird länger dauern, als du je für möglich gehalten hast. Hiermit erkläre ich euch zu Nutte und Sheriff.»
Plötzlich klickt etwas. Tom läßt ihre Hand los, und sie sieht, daß sie mit Handschellen an Frank gefesselt ist. Frank grinst und zerrt sie zur Tür hinaus. «Los, Honey.»
«Warte! Ich brauch meine Handtasche!» Sie zeigt darauf.
«Ich hol sie», knurrt Tom, «du solltest andere Dinge im Kopf haben.»
«Dein Freund nimmt dieses Spiel sehr ernst», flüstert sie Frank auf dem Weg zum Lift zu.
«So hat er mehr Spaß daran», sagt Frank. «Dir wird's am Ende genauso gehen.»

Im Lift treffen sie auf die Bronsteins, ein bejahrtes Ehepaar von oben, das Nina (wie sie meint) immer mit großem Argwohn betrachtet hat, weil sie jung und attraktiv ist und allein in ihrer Wohnung lebt. Sie starren sie nun mit geöffnetem Mund an. «Einen schönen Abend, Mr. und Mrs. Bronstein», sagt Nina, aber sie antworten nicht, und Nina muß sich zügeln, um nicht laut loszulachen. Sie ist erfüllt von Selbstvertrauen und Fröhlichkeit, erregt davon, wie sehr sie die Menschen auf der Party erregen wird, aber ohne irgend etwas davon ernst zu nehmen, schon gar nicht ihr unmöglich süßes, hilfloses, unter zwei Kleidungsstücken nacktes Ich, noch weniger den Fettwanst Tom mit seinem blöden Schnurrbart, den trübe spähenden Augen, den schweren Revolvern und der Damenhandtasche. Nina gefällt mir. Sie erinnert mich an eine frühere Freundin, an wen?

Diana. Ich sah und hörte zehn oder zwölf Jahre lang nichts von ihr, aber als meine Ehe zu Ende war, begann sie mich heimzusuchen. Ich entdeckte sie für eine halbe Minute in einer Neuverfilmung von *The Thirty-Nine Steps* und etwas länger in einem guten, aber schlecht vermarkteten Film namens *Country Dance*. Ihre Stimme erklang in Hörspielen, die ich zufällig anstellte. Eines Abends stieß ich in einer Bar in Irvine auf Brian. Er war jetzt verheiratet, hatte Kinder und arbeitete als Sprechtherapeut an örtlichen Schulen. Er und Diana schrieben einander noch. Er erzählte mir, daß sie nach dem Edinburgher Fiasko Glasgow verlassen hätte, ohne ihr Studium am Athenaeum zu beenden. Sie fuhr nach London, sprach für eine Rolle in einem von Binkies Stücken vor, erhielt sie aber nicht. Sie mietete ein Zimmer in der Nähe vom Swiss Cottage, brachte einen unehelichen Sohn zur Welt und schaffte es (ich kann mir nicht vorstellen, wie), ihn mit Geld von der Wohlfahrt und dem Erlös von allen möglichen schauspielerischen Tätigkeiten aufzuziehen; zuerst arbeitete sie hauptsächlich im Chor billiger Weihnachtsspiele und als Komparsin in Kino-Werbespots. Brian sagte, daß sie auch von männlichen Freunden unterstützt wurde. Er schien anzudeuten, daß sie ein bißchen Hurerei der feinen Sorte betrieb, deshalb war ich verärgert über seinen Tonfall, in dem sich Neid und Bewunderung mischten. Ich sagte: «Ihrem Sohn kann es nicht besonders gut gehen.»
Brian zuckte die Achseln. «Meinen Kindern geht's auch nicht

besonders gut. Ihre Mutter und ich schenken ihnen viel Aufmerksamkeit, und wir befriedigen all ihre materiellen Bedürfnisse, aber sie kabbeln sich dauernd wegen Kleinigkeiten. Der Junge sagt, er möchte ein Rockstar werden, aber er zupft nur auf einer Gitarre herum, weigert sich, Unterricht zu nehmen, und hat kein Interesse an anderer Musik. Das Mädchen ist etwas älter. Sie möchte Filmstar oder Hausfrau werden. Nichts anderes kommt ihr wünschenswert vor. Sie hat kein Interesse an der Schauspielerei oder dem Theater und verbringt ihre freie Zeit mit Modejournalen, Make-up, Kleidern, Kleidertausch mit Freundinnen, Tanzveranstaltungen und Klatsch darüber, wer wen geküßt hat. Ich habe Dianas Sohn letztes Jahr kennengelernt und fand ihn schrecklich beeindruckend. Er ist beherrscht, ruhig und gentlemanlike. Er zieht die Gesellschaft von Erwachsenen der von Kindern vor. Seine Mutter möchte, daß er Schauspieler wird, aber er ist entschlossen, Polizist zu werden.»

Danach fiel mir überhaupt keine Antwort mehr ein, außer, nach einer Pause: «Tut mir leid, daß Diana keine erfolgreiche Schauspielerin ist.»

«Aber sie ist erfolgreich! Sie hat inzwischen mit den meisten der guten britischen Regisseure zusammengearbeitet, und wenn sie eine kleine Rolle durch etwas zusätzlichen Humor oder ein bißchen Intelligenz denkwürdig machen wollen, wissen sie, daß Diana zu den paar Dutzend Profis gehört, auf die sie sich verlassen können. Sie ist genauso erfolgreich als Schauspielerin wie du als Elektriker oder Ingenieur oder was du heutzutage sonst tust. Keiner von euch ist berühmt, aber ihr habt immer das getan, was ihr am meisten wollt. Im Gegensatz zu mir.»

Ich erwiderte gereizt: «Warum sollte ein Sprechtherapeut eine unbedeutende Schauspielerin und einen unbedeutenden Kontrolleur von Sicherheitsanlagen beneiden? Das eine kann ich dir sagen: Wenn du je das Stottern eines armen Kindes kuriert hast, dann hast du mehr Gutes für die Menschheit getan als ich in meiner ganzen Karriere.»

Er seufzte. «Ja, der Lehrerberuf ist wohl ganz ehrenwert, sogar meine Sparte, aber mein Leben ist durch einen pubertären Traum verdorben worden. Ich wollte Ensembles schaffen, die das Publikum in ihren Bann schlagen würden – ich wollte ein Zauberer sein. Unser Edinburgher Abenteuer zeigte, was für eine Illusion das war. Immer wenn ich mich heute niedergeschlagen fühle, argwöhne ich, daß meine recht liebevolle Frau, mein durchschnittlich glückliches Heim, meine gesellschaftlich anerkannte Arbeit Trostpreise dafür sind, daß ich ein Versager und Schwächling war.»

Es klang, als steckte er in meiner Haut. Das konnte ich ihm nicht erlauben.

«Brian», sagte ich, «du warst ein großartiger Regisseur! Das ganze Unternehmen wurde von dir geschaffen. Du machtest eine Theatergruppe aus einer Menge mürrischer Leute, die einander oft verabscheuten und dich nicht besonders gern mochten. Wir taten erstaunliche Dinge für dich – Dinge, die wir niemals für uns selbst hätten tun können. Ich lernte Bühnenbeleuchtung und Kulissenaufbau, ich wurde erfinderisch, weil du es verlangtest. Du stacheltest uns alle zu einem neuen Leben an und schafftest es, uns in einer sehr erfolgreichen Komödie zusammenarbeiten zu lassen, erinnerst du dich nicht? Aber du warst am besten in Form, wenn etwas schiefging. Du fluchtest nicht auf uns, machtest uns keine Vorwürfe, sondern du heiltest unser beschädigtes Ego. Du hättest das ganze Stück zu einem äußerst einträglichen Ende geführt, wenn ich nicht plötzlich dein Theater abgebaut hätte.»

Brian starrte mich eine Zeitlang unverwandt an, dann lachte er glucksend. «Jock, nicht ich habe Regie geführt. Das warst du.»

Nun starrte ich ihn an. «Sobald du zu uns kamst, übernahmst du die Kontrolle, über jeden von uns. Du entwickeltest einen Beleuchtungsplan, der den Rhythmus für alles, was wir taten, festlegte. Du bautest eine Kulisse, die jeden unserer Schritte bestimmte. Du besetztest das Stück um, mit Rory in der Hauptrolle, und es war zum Vorteil des Stückes, und als wir endlich dem König von England begegneten, ich übertreibe, ich meine den Schwulenkönig des goldenen West End, warst du der einzige, der Selbstvertrauen genug hatte, für uns zu sprechen. Du warst zuerst ein bißchen heftig und kurz angebunden, aber dann wurdest du lockerer, warst komisch und herablassend. Du warst sehr, sehr lustig, und obwohl der König wenig Spaß daran hatte, waren wir übrigen stolz auf dich. Aber ich verlor dummerweise die Beherrschung auf einer Polizeiwache, deshalb gabst du das Stück als hoffnungslos auf, und das war das Ende. ‹Schön›, dachte ich damals, ‹der Beleuchter hat's gegeben, der Beleuchter hat's genommen. Der Name des verdammten

Beleuchters sei verflucht.› Ein oder zwei Jahre lang wachte ich immer wieder nachts auf, knirschte mit den Zähnen und haßte dich mit allen Kräften. Du zeigtest Helen und Diana, was für ein Schwächling ich bin. Du zeigtest mir, was für ein Schwächling ich bin. Jetzt habe ich es überwunden, aber es war eine bittere Pille, als ich neunzehn oder zwanzig war.»

Ich stieß hervor: «Niemand dachte je, daß du ein Schwächling bist, Brian, schon gar nicht am Ende. Du und Diana, Roddy und Rory waren die starken Mitglieder der Truppe, es waren Helen und ich, die unter der Belastung zerbrachen. Was den Beleuchtungsplan betrifft, der wurde von Diana und Roddy erarbeitet – ich sagte ihnen nur, was getan werden konnte, und setzte ihre Vorschläge in die Praxis um. Und die Kulisse war das, was jeder Ingenieurstudent im zweiten Semester unter den Umständen hätte herstellen müssen. Und als ich dich aufforderte, deine Rolle an Rory abzutreten, sprach ich nur das aus, was alle anderen wochenlang hinter deinem Rücken gesagt hatten. Ich sagte es laut, weil ich einen dringenden privaten Grund hatte, nach Glasgow zurückzukehren, und halb hoffte, daß du mich zur Hölle schicken würdest.»

Wir waren beide verblüfft von diesen Enthüllungen und nahmen einen tiefen Schluck, während wir über sie nachsannen. Ich sagte: «Es war alles ein Zufall – ein wunderbarer Zufall. Ich wünschte, er wäre später in meinem Leben passiert. Je weiter ich mich von unserer Zeit in Edinburgh entferne, desto lebloser fühle ich mich. Ich bin kein Beleuchter, kein Ingenieur, ich tue nicht mehr das, was ich mir am meisten wünsche. Ich bin ein Kontrolleur. Ein Aufseher. Ein Spion.»

Brian sagte: «Wir waren kein Zufall, wir waren eine Genossenschaft. Ich vermute, daß alle guten Ensembles Genossenschaften sind und es nicht zugeben wollen. Ich hätte es nie zugeben können, als ich jung war, denn ich wollte der Hahn im Korb sein. Ich wollte König sein. Und Jock, eine Zeitlang war ich ein König. Stimmt's? Zwei prächtige Mädchen liebten mich. Mehr als zwei Wochen lang hatte ich sie jede Nacht abwechselnd, fast jede Nacht. Heute frage ich mich manchmal, ob meine Phantasie dies nicht ausgebrütet hat, um mich für sechzehn Jahre ununterbrochener Monogamie zu entschädigen, aber nein, es geschah wirklich, glaube ich.»

«Entschuldige, wenn ich dir eine heikle persönliche Frage stelle, aber wie schliefst du mit der, die schließlich Mrs. McLeish werden sollte?»

«Ich will dir gern jede Frage verzeihen, Jock, aber diese verstehe ich nicht. Expliziere.»

«Eines Tages in einer Teestube, kurz vor unserer Heirat, erzählte Helen mir mit einem Anflug von Verachtung, der sich gegen mich zu richten schien, daß deine Art, den sexuellen Akt zu vollziehen, auf einer technischen Ebene anders strukturiert war als meine. Ich habe mir oft Sorgen gemacht, ich meine, mich gefragt, was genau sie damit meinte.»

Brian schüttelte den Kopf. «Ich weiß nicht. Der Liebesakt jedes Menschen muß einen individuellen Dreh haben, aber ich bezweifle, daß meiner verdrehter ist als die meisten anderen. Ich bin immer zu schüchtern gewesen, um mehr als leichte Variationen der Missionarsstellung zu versuchen. Vielleicht war ich vor meinem zwanzigsten Geburtstag experimentierfreudiger, aber ich bezweifle es. Ich war Jungfrau, bevor Helen mit mir schlief.»

Diese Nachricht ließ mich schwindeln. Sie tut es immer noch. Wenn Helen mich belog, dann waren die zwölf Jahre unserer Ehe auf einer Unwahrheit aufgebaut, und die Vergangenheit ist nicht mehr stabil. Ich kann mich mit einem Großteil meines gegenwärtigen Elends abfinden, aber wenn ich mich über meine Vergangenheit täusche, WAS BIN ICH DANN? Wenn die Realität, an die ich glaubte, falsch ist, wie kann ich sie richtigstellen? Welche stabile Wahrheit können wir in unseren irregeleiteten Köpfen finden? Mein Kopf ist eine windige Höhle, eine enge, aber bodenlose Grube, in der wahre und falsche Erinnerungen, Hoffnungen, Träume und Informationen auf und ab wirbeln wie Staub in einem Luftzug. Schwindel. Es geht nicht mehr. Geh also zu Dianina, ich meine Janine, die in einer Rindslederhose in einem Cadillac sitzt und eine VIEHMARKT-Geschichte über Tom Frank Nina liest, die einen Bürgersteig zu einem geparkten Packard überqueren (sind Packards noch im Handel?) halt den Mund Nina, die einen Bürgersteig zu einem geparkten Packard überquert (sind Packards noch im Handel?) halt den Mund Nina, die einen Bürgersteig zu einem geparkten, natürlich, Cadillac überquert. Dieser Geist neigt dazu, sich wie ein Kreisel zu drehen, also mach langsamer.

Passanten begaffen die viel zu theatralische Szene, als süße, barfüßige, nackteunterweißemrockbluse Nina mit gelöstem Haar Bürgersteig zwischen Sheriff Tom, Cowboy Frank überquert. Auf Rücksitz des Cadillac sieht Nina, was aussieht wie lachendes listiges Gesicht von böser, kleiner alter Dame. Frank schließt Handschelle an seinem Gelenk auf, öffnet hinteren Schlag, schließt Handschelle wieder um Türgriff an Innenseite, umarmt Nina dann grob, beleidigend, stößt harte Zunge in ihren Mund, harten Schwanz gegen ihren Bauch.
Losgelassen, keucht sie: «Das mag ich nicht.»
Er grinst, sagt: «Pech gehabt», öffnet Vordertür, schiebt sich auf Fahrersitz, schlägt Vordertür zu. Nina, auf Bürgersteig stehend, schreit, nein, brüllt: «Frank, ich will nicht mit.»
«Aber du wirst mitkommen. Du bist jetzt ein Teil des Fahrzeugs», und er läßt den Motor an. Wütend gleitet sie auf den Rücksitz und schlägt die Tür zu. Sie glaubt nicht wirklich, daß das Auto abfahren wird, während sie draußen angekettet ist, aber sie möchte den ausdruckslos-faszinierten Blicken von fünf oder sechs männlichen Zuschauern entgehen, die sie betrachten, als wäre sie eine Filmreklame für etwas, was die Männer nur zu gern kaufen würden. Sie ist fast froh, als das Auto von diesen glotzenden Schweinen fortrollt, aber ihr Herz pocht dröhnend, und eine heisere, leicht keuchende Stimme neben ihr flüstert wohlgemut: «Hi, Nina, ich heiße Sherry. Hast du nicht 'ne Riesenangst, Honey? Guck mal, was sie mit mir gemacht haben.»
Die listige kleine Sherry hat ein faltiges Gesicht, das jeden Alters zwischen fünfunddreißig und sechzig sein könnte. Ihre beiden Gelenke sind mit Handschellen an einen Griff nahe dem Autodach gefesselt; sie zappelt immer wieder an diesem Fesselungspunkt hin und her, indem sie den Körper von einer Seite zur anderen dreht, wobei sie demonstrativ ein Paar unerwartet schöner Beine übereinanderschlägt und wieder gerade macht. Die Beine sind in einem fast aufgeknöpften Jeansminirock fast entblößt, und unter der Vonbeidenschulterngerissenendurchsichtigenseidenbluse werden ihre kleinen Brüste von einem schwarzen Büstenhalter keck nach vorn gedrängt (könnte Sherry ein Mann in Frauenkleidung sein?) hör auf, mich zu verwirren, sie trägt außerdem Weißekeilabsatzsandalennetzstrumpfhalterschwarzegroßesilberreifohrringeimkleopatrastil

(komm raus aus den sexy Accessoires, Jock McLeish! Wir wissen, daß du dich dort versteckst) BEGIB DICH HINTER MICH, GOTT, UND SCHIEB um Himmels willen, wenn du mich einer Psychoanalyse unterziehst, wirst du entdecken, daß auch du nichts als ein Phantasiegebilde von mir bist. Sherry sagt fröhlich in ihrem heiseren, weithin hörbaren Flüsterton: «Sieh nur, in was für 'nem Zustand ich bin! Als sie kamen, um mich abzuholen, bin ich völlig ausgeflippt, ich schrie und wehrte mich, sie ohrfeigten mich bis zum Gehtnichtmehr und schleppten mich hierher und banden mich fest. Ich bewundere dich, weil du alles so ruhig hinnimmst. Aber dies ist das erste Mal für dich, deshalb hast du natürlich keine Ahnung, was dir bevorsteht. Glaub mir, diese brutalen Kerle werden alles mit uns machen, was sie wollen, wenn sie uns zum Viehmarkt gebracht haben.»

Schlüsselwort. Zurück zu Janine, die es liest. Janine in Rindslederhose im Cadillac, gefahren von Frank zu einem Ort namens Viehmarkt, merkt, daß sie über Nina liest, von Frank im Cadillac zu einem Ort namens Viehmarkt gefahren, wo Nina schließlich in einer Reihe neben einer Frau stehen wird, die Janine ist. Schwindel. Janine spürt die köstliche, exotische Hilflosigkeit dessen, der von meiner Phantasie gepackt und hinweggetragen wird. Sie verspürt auch großes Entsetzen. Wenn dies ein Traum ist, will sie aufwachen, aber sie kann es nicht. Sie starrt Franks Hinterkopf an und möchte ihm eine Frage stellen, aber er soll nicht wissen, daß sie Informationen über eine Angelegenheit hat, von der er sie vielleicht nichts wissen lassen will. Er fragt: «Wie ist die Geschichte?»
Sie tut so, als gähne sie. «Die übliche chauvinistische Scheiße. Ist dieser Ort, wo du mich hinbringst, ein Restaurant, ein Nachtclub oder ein Hotel?»
«Keins davon und alles davon. Es ist eine gemütliche Ranch, wo ein paar gleichgesinnte Bekannte so richtig auf den Putz hauen können. Es wird dir Spaß machen.»
«Gut», sagt Janine leise und trocken und liest weiter.

Sherry plappert: «Sag mir, Nina, wie leicht kommst du zum Höhepunkt? Sag's mir ehrlich, denn es ist wichtig.»
Nina entscheidet, daß die ganze Sache ein Witz ist, den sie besser

mitmachen sollte. «Es hängt davon ab, wie sehr ich den Knaben mag, glaube ich.»
«Dann hoffe ich, daß du die Knaben am Viehmarkt magst! Neue Mädchen sind immer begehrt, und diese Knaben vögeln mit weit geöffneten Augen und lassen dich einfach nicht los, bis du kommst. Und sie haben alle nötigen Mittel. Sie können einer Frau wirklich beibringen, sich hinzugeben. Meine Ehe hat eine ganz neue Dimension gewonnen, seit ich anfing, zum Viehmarkt zu gehen. Tom und ich wären schon seit langem getrennt, wenn nicht ein Freund uns dort eingeführt hätte. Tom war früher so *kraftlos*.»
Sherry verwandelt alles in eine Komödie, ich fühle mich nicht mehr stark und böse, während ich mich dem KERN, GIPFEL, HÖHEPUNKT der Geschichte nähere, mach trotzdem weiter. Nina sagt: «Ich bin sicher, daß Frank mich ganz für sich behalten wird. Schließlich hat er mich deshalb verhaftet.»
Sherry antwortet: «Du hast einen großen Fehler gemacht, Honey. Frank ist kein Sheriff, Frank ist ein VIEHDIEB, ein RÄUBER! Hat er dir nichts gesagt? Wenn er dich auf dem Markt hat, wird er dich entweder versteigern oder an den Meistbietenden vermieten. Frank ist geldgeil, nicht fotzengeil. Aber er beliefert die Fotzengeilen, und heute abend liefert er dich.»
Bei diesen Worten durchfährt Nina ein Schauder des Entsetzens was für ein billiges Klischee hör auf kritische Bemerkungen zu machen lenk mich nicht von dem KERN GIPFEL HÖHEPUNKT ab, Frank sagt laut, ohne den Kopf zu wenden: «Achte nicht auf das, was Sherry sagt, Nina. Genieß die Fahrt.»
Tom hat sich auf seinem Sitz umgedreht, um Nina unverwandt und lange anzustarren, was er mit offensichtlichem Genuß tut, und er sagt: «An Franks Lieferantentätigkeit gefällt mir, daß die Weiber, die er ranschafft, einfach nicht glauben können, was mit ihnen passiert, aber er bringt es fertig, daß sie sich selbst in so niedlicher Verpackung präsentieren. Erinnerst du dich an das letzte Weibsbild, das er für uns ranholte, Sherry? Das reiche Luder mit der Lederhose. Wie hieß sie noch?»
«Janine», sagt Sherry, und bei diesem Wort – obwohl ich vorgehabt hatte, Janine eine Beschreibung von sich selbst lesen zu lassen, wie sie halb nackt dasteht und wie ihre Brüste, ihr Haar etcetera von verschiedenen Händen betätschelt und angehoben werden, während verschiedene Leute darüber reden, wie, und

wie sehr, sie sich mit ihr vergnügen werden –, bei diesem Wort muß die Geschichte aufhören, denn Janine ist nun zu der Einsicht gezwungen worden, daß sie selbst darin auftritt. *Sie begreift, daß es ihr unausweichliches Schicksal ist, in einer Geschichte von jemandem aufzutreten, der jede ihrer Handlungen und Emotionen diktiert – jemand, dem sie nie begegnen und den sie nie um Gnade anflehen kann.* Sie ist wie die meisten Menschen, aber nicht wie ich. Ich bin seit fast zehn ganzen Minuten frei.

Mehr als fünfundzwanzig Jahre vor diesen Minuten war ich jemand, der in einem von National Security geschriebenen Drehbuch auftrat. Das Drehbuch kontrollierte meine wichtigsten Handlungen und dadurch meine Emotionen. Wie konnte ich lernen, meine Frau zu lieben, wenn ich die halbe Woche hindurch nicht einmal bei ihr schlief? Ich machte mich selbst völlig berechenbar, so daß die Firma mich berechnen konnte. Ich hörte auf zu wachsen, mich zu wandeln. Statt dessen half ich der Firma zu wachsen. Ich wurde zu einem verdammten kühlen höflichen zuvorkommenden selbstzerstörerischen Langweiler wie mein Vater. Kein Wunder, daß Helen mich schließlich verlassen mußte, obwohl sie mich liebte.

Helen liebte mich. Das habe ich gerade erkannt. Sie heiratete mich, weil sie mich liebte. Teils bewußt, teils unbewußt ging sie ganz verrückte Risiken ein und verbreitete Lügen, bis sie ihren Vater und meine Familie und mich so sehr manipuliert hatte, daß wir beide vorschriftsmäßig verheiratet waren. Niemand hätte so etwas ohne die Macht der Liebe tun können, weshalb habe ich das nie erkannt? Wenn sie sich abwandte, nachdem wir uns geliebt hatten, als sei sie in einem verdrossenen Kampf von mir besiegt worden, weshalb küßte ich dann nie ihre Schulterblätter und sagte sanft: «Das war nicht alles, was ich von dir wollte, obwohl es sehr schön war. Dreh dich wieder zu mir um. Ich möchte dich in den Armen halten»?

Das kam mir nie in den Sinn. Ich war zu sehr mit dem Gedanken beschäftigt: ‹Das war alles, was sie wollte, zum Teufel mit ihr, und nun hat sie's, und ich hoffe, sie ist glücklich. Gott sei Dank habe ich morgen ein paar Arbeiten zu erledigen, die WIRKLICHE Aufmerksamkeit verlangen.› Sie muß das gleiche gedacht haben, aber ich war zu sehr vom Stolz verdorben, um es zu begreifen. Hätte sie mir ihre Zuneigung verweigert, wenn ich geweint hätte, weil unser Sex so schnell und armselig war? Vielleicht nicht, denn sie liebte mich. Warum kam ich mir billig vor, obwohl Denny, Helen, ja, auch Diana auf ihre Weise, ja, Brian, ja, Helen, ja, Sontag und die Redakteurin den lebenden Beweis lieferten, daß ich viel wertvoller war als mistiges GELD? Ich war früher von Liebe umgeben, ich schwebte auf ihr, ohne sie zu sehen, und wies sie wieder und wieder zurück. Nun ist nichts mehr davon übrig, und ich kann sie deutlich erkennen. Oder vielleicht kann ich sie nun erkennen, weil ich seit zehn Minuten frei bin. Ich bin nun nicht mehr berechenbar, obwohl ich Geld und eine anständige eigene Wohnung habe.

Werde ich mein eigenes kleines Geschäft gründen, wenn ja, was für eins? Werde ich eine Teilhaberschaft kaufen, wenn ja, bei wem? Werde ich eine Genossenschaft aufmachen, eine Theatertruppe gründen, mich einer Kommune anschließen? Werde ich etwas erfinden? Werde ich mich selbst umschulen, um Vieh und Getreide, Krebse und Tang zu züchten? Werde ich mich einer politischen Bewegung anschließen? Werde ich mich der Religion zuwenden? Werde ich mit Hilfe von Kontaktzeitschriften und Singles-Clubs auf Frauen Jagd machen? Werde ich auswandern? Werde ich mit oder ohne Gefährten durch die Welt streifen? Werde ich entdecken, daß ich homosexuell bin, ein Spieler mit kalten Augen, ein Schnitzer von Uhrgehäusen, ein psychopathischer Mörder? Werde ich in einem Krieg sterben, einem Bordell, bei einer Hungersnot, einer Schlägerei in einer Bar oder als Strandguträuber in Sri Lanka oder auf den Falklandinseln oder in irgendeinem anderen fernen Souvenir des großbritischen Empire? Denn ich werde nicht nichts tun, nein, ich werde nicht nichts tun.

Ich sehe dich, Gott, vor meinem inneren Auge. Du bist ein nackter alter Mann, der sich von der Mitte der Sonne herunterbeugt, dein Bart und dein Haar wehen zur Seite wie der Schweif eines Kometen, du beruhst auf einem Druck, der vor ein paar Jahren populär wurde. Auf dem Druck betastest du den Weltraum unter dir mit einer Zange oder einem Greifzirkel, aber vor meinem inneren Auge streckst du die geöffnete Hand zu mir herunter. Kein wedelnder Finger bedeutet mir, was ich Tun

Soll oder Nicht Tun Soll. Du sagst: «Steh auf, mein Sohn. Du bist gestürzt und hast dir weh getan, aber wir alle machen Fehler. Betrachte diese rund dreißig irrtümlichen Jahre als das Ende deiner Ausbildung und fang von neuem an. Du hast noch viel Zeit. Noch bist du nicht tot. Du bist nicht einmal fünfzig.»

Gott, ich wünschte, ich könnte weinen. Ich bin frei, aber ich fühle mich elend, denn Freiheit ist nutzlos für einen Feigling. Ob gebunden oder losgebunden, ein Feigling ist nicht fähig, sich selbst oder anderen Gutes zu tun. Mein Leben ist ohne eine einzige mutige, gute, uneigennützige Tat vergangen. (Du hast Hislop aufgehalten.) Stimmt, aber er war damals sehr schwach.

In den Wochen nach dem Tod seiner Frau wurde er merkwürdig und schrumpfte gleichsam zusammen. Wir betraten sein Klassenzimmer und sahen ihn an seinem Schreibtisch sitzen, die Ellbogen auf der Tischplatte und die Hände vor dem Gesicht. Wir glitten so leise wie möglich auf unsere Plätze und warteten. Sah er uns zwischen den Fingern hindurch an? Wer weiß? Wir saßen da wie Steine, bis er rief, ohne sich zu bewegen: «Nehmt eure Bücher raus!» Und das war oft das einzige, was er zu uns sagte, bevor es klingelte und wir das Klassenzimmer wechseln mußten, und wir saßen stiller und leiser da, als man es von einer Klasse von fünfundvierzig Kindern für möglich gehalten hätte. Wir hatten tödliche Angst. Wir wußten, daß er kurz davor war, etwas wirklich Wahnsinniges zu tun, aber es gab niemanden, dem wir es mitteilen konnten. Wir hatten keine Beweise, die einen Erwachsenen überzeugt hätten.

Eines Tages erhob er sich, spazierte im Klassenzimmer herum und deklamierte erlesene Verse wie in den alten Tagen, aber die Wörter waren sinnlos zusammengewürfelt.
«Diese habe ich geliebt, der grobe männliche Kuß von Decken, das Gurren von Tauben in uralten Ulmen, guter kräftiger dichter benebelnder Weihrauch und verzuckert, milder noch als Sahne, wer sagte das, Mary?»
Die Klassenbeste sagte mit leiser Stimme: «Keats, Sir.»
«Nein, Mary», seufzte Hislop, «es war nicht Keats, auch nicht Browning oder Tennyson oder Brooke. Es war Mad Hislop. Der arme alte Mad Hislop. Wer sagte das, Anderson?»

«M-M-M-Mißter Hißlop ßagte eß, ßir», antwortete Anderson, der leicht lispelte, wenn er nervös war.
«Steh auf, Anderson. Wiederhole meinen Namen», sagte Hislop und ging zu ihm hinüber. «Nicht Mister. Nicht Sir. Nur meinen Namen.»
«H-H-H-Hißlop.»
«Brich meinen Namen in der Mitte durch», riet Hislop sehr sanft, «sag His und dann sag Slop. Sag erst His, für sich allein. Drück die Zungenspitze fest gegen die Zahnwurzeln und zische wie eine Schlange.»
Nach einem stillen Kampf brachte Anderson hervor: «Hiß.»
Hislop seufzte, holte seinen Lochgelly hervor und bog ihn zwischen den Händen. Er sah nicht mehr zusammengeschrumpft aus. Irgendeine Drüse sorgte für neues Blut und neue Energie. Er sagte: «Anderson, ich werde jetzt etwas Schönes tun. Etwas, für das du mir eines Tages danken wirst. Etwas, was meinen Namen in den Annalen der langen Stadt verewigen wird. Ich werde anordnen, daß man auf meinen Grabstein die Worte meißelt: ‹Hier ruht der Mann, der Andersons Lispeln kurierte.› Lisple für mich, Anderson. Sag *lispeln*. Ganz deutlich.»
«Lißpeln, ßir.»
«Oje. Sag *Schluß*, Anderson.»
«Schlußß, ßir.»
«Noch schlimmer. Ich werde nicht Schlußß machen, Anderson, bis du mich deutlich aufforderst, Schluß zu machen. Streck die Hände aus und leg sie übereinander.»
Anderson tat, was ihm befohlen worden war. Hislop tat, was wir erwartet hatten, und fuhr dann fort: «Sag *Schluß*, Anderson.»
«... Schlußß, ßir!»
«Streck wieder die Hände aus, Anderson.»
Etcetera.

Er beging immer wieder von neuem diese Gemeinheit, während Anderson – das Gesicht verzerrt und tränenfeucht, manchmal winselnd, manchmal murmelnd, manchmal schreiend – es immer wieder falsch sagte und *danach immer wieder die Hände ausstreckte*. Wir übrigen saßen versteinert in einem Alptraum, aus dem es kein Erwachen zu geben schien, weil ein Lehrer wahnsinnig geworden war. Er war zu einem Mechanismus

geworden. Er war eine Maschine, deren Regler zerbrochen war und die nur weiterfunktionieren konnte, indem sie immer wieder die gleiche Scheußlichkeit vollführte, bis ich es nicht mehr ertrug, aufstand und sagte: «Er kann nichts dafür, daß er so spricht, Sir.»
Er gaffte mich an, der alte Hislop. Er kam auf mich zu, wobei der Lochgelly an seiner Seite schaukelte, stellte sich vor mich und sagte Worte, die ich nicht hören konnte, weil mein Zittern mich zu sehr ablenkte. Ich glaube, er endete mit einem Befehl oder einer Frage, denn plötzlich fühlte ich den Druck einer Stille, die ich mit irgendeiner eigenen Handlung oder irgendwelchen eigenen Worten füllen mußte. Da ich keine neuen Ideen hatte, sagte ich von neuem: «Er kann nichts dafür, daß er so spricht, Sir», setzte mich hin, verschränkte die Arme und fühlte mich sofort viel sicherer. Ein anderer Lehrer hätte mich vielleicht am Ohr gepackt, mich in irgendeinen Lagerraum gezerrt und wahllos mit dem Riemen auf mich eingeschlagen, aber Hislop berührte nie jemanden mit den Händen, nur mit dem Riemen, und als mir dies klar wurde, fühlte ich mich sicher genug, wütend zu werden. Ich sagte: «Sie hätten das nicht tun sollen. Sie hätten das nicht tun sollen. Sie hätten das nicht tun sollen.»
Bei jeder Wiederholung der Worte wurde deutlicher, daß ich recht hatte, denn Hislop hätte Anderson niemals prügeln sollen, und plötzlich riefen andere die Worte mit mir in einem Singsang, der immer lauter wurde; sogar die Mädchen schlossen sich an, und dann wurde auch unser Gesang böse und mechanisch. Er beschleunigte sich, wir peitschten Hislop damit. Er wich zu seinem Schreibtisch zurück, kauerte sich dahinter in seinen Stuhl, drückte das Gesicht auf die Holzplatte und begann, sich mit geballten Fäusten hinten auf den Schädel zu schlagen, um seine Existenz auszulöschen. Daraufhin verstummten wir. Die Tür wurde aufgerissen, der Direktor trat atemlos ein, gefolgt von dem Lehrer aus dem Nachbarzimmer. Und Hislop blickte auf – aus einem Nasenloch sickerte Blut – und sagte mit der Stimme eines winzigen, weinenden Jungen: «Oh, Sir, sie wolln mich nich in Ruhe lassen, sie wolln mich nich in Ruhe lassen.»

Wir alle schämten uns, und das war Hislops letzter Tag als Lehrer.

Aber es war richtig gewesen, daß ich ihn daran hinderte, Anderson zu prügeln. Danach sammelte sich die Klasse auf dem Spielplatz um mich, und die Schüler erzählten einander und jedem, der sich uns anschloß, immer wieder, was Hislop mit Anderson gemacht, was ich zu Hislop gesagt, was sie alle zu Hislop gesagt hatten. Viele von ihnen, ja, auch Mädchen, begleiteten mich nach Hause und gingen erst zu ihren eigenen Häusern zurück, als ich meines betreten hatte. Ich war keineswegs zu ihrem Führer geworden, sie wollten einfach in meiner Nähe sein, weil sie froh waren, daß es mich gab. Sie fühlten sich sicherer und stärker, weil ich einer von ihnen war. Sie wollten in meiner Nähe sein, weil sie froh waren, daß es mich gab. Ich war dreizehn oder vielleicht zwölf. Ich möchte, daß vor meinem Tod auch andere Menschen froh sind, weil es mich gibt:

Ach

Ach

Ach

Ach was ist das?

Ach

Ach

Ach

Ach Tränen

Ach

Ach

Ach

Ach

Ach Ströme von Tränen

Ach

Ach

Ach

Ach

Ach hör auf

Ach

Ach

Ach

Ach

Ach hör auf

Ach

Ach

Ach

Ach warum aufhören?

Ach

Ach

Ach

Armer Hislop

Ach

Armer Dad

Ach

Alan Alan

Ach

Wo bist du Mutter Mutter Mutter?

Ach

Denny Denny Denny Denny Denny
Denny Denny Denny Denny Denny
Denny Denny Denny Denny Denny?

Ach

Helen Helen Helen?

Ach

Sontag

Ach

Die Redakteurin

Ach

Die Hure nicht Denny bitte Gott nein

Ach

Ich auch, ich auch

Ach

Ach arme Kinder, arme Kinder.

Wir waren alle unwissend. Wir ahnten nicht, wie man gut zueinander sein kann.

Ach ja

Ach ja

Ach ja.

Trockne dieses tränenfeuchte Gesicht an Ecke des Flanelllakens. So. Ich fühle mich anders. Ein neuer Mensch? Jedenfalls nicht genau wie der frühere. Was ist dieses seltsame, leichte, helle, flatternde Empfinden, wie wenn etwas lange mit einer Last Beschwertes freigelassen wird und beginnt, sich ein wenig zu rühren?

Nenne es nicht beim Namen. Laß es wachsen.

Bevor ich sterbe, werde ich dafür sorgen, daß Menschen froh sind, weil es mich gibt. Wie? Fahr in Urlaub und denk darüber nach. Leg dich unter einer warmen Sonne an einen Strand. Trinke Wein, keine Spirituosen. Die richtige Art Muße wird neue Ideen hervorbringen, alte, die ich vergessen habe, wiederbeleben. Es sind Ideen, die Menschen Mut verleihen, Ideen und Liebe natürlich. Ich werde Urlaub machen, ich werde nachdenken, und ich werde zu dem einzigen Ort zurückkehren, den ich verstehen kann. Früher glaubte ich, daß ich es in London oder Cape Canaveral oder sogar in Hollywood weitergebracht hätte. Man hatte mich gelehrt, daß Geschichte an ein paar wichtigen Orten von ein paar wichtigen Menschen gemacht wird, die sie zum Vorteil der übrigen erzeugen. Aber die berühmten Persönlichkeiten haben nun keine Macht mehr, nur die Macht, zu drohen und zu zerstören, und Geschichte ist das, was wir alle schaffen, überall, in jedem Moment unseres Lebens, ob wir es bemerken oder nicht. Ich werde bei den Menschen arbeiten, die ich kenne; ich werde meine Kraft nicht auf Wunschträume vergeuden; ich werde zweckgerichtet denken, gründlicher nachdenken und weniger trinken; ich werde von meinen Nachbarn anerkannt werden; ich werde Gespräche führen und offen meine Meinung sagen; ich werde Freunde, Verbündete, Feinde finden, wenn nötig, und ich (nenne es nicht beim Namen). Yahuuhe, dies war eine ermüdende Nacht, die längste meines Lebens. Ich bin kein kräftiger Mann, aber ich muß zäh sein, wenn ich eine Nacht wie die letzte überlebt habe. Hm. Hmn.

Janine macht sich Sorgen und versucht, sich nichts anmerken zu lassen. Sie konzentriert sich auf das Geräusch der beiden geöffneten Knöpfe ihres Rocks, die bei jedem ihrer Schritte klicken. «Das klingt sexy», sagt eine kindliche Stimme und kichert.
‹Kühl bleiben›, denkt Janine. ‹Tu so, als wär's eine gewöhnliche Probe.› Und dann denkt sie: ‹Nein, zum Teufel! Überrasche sie. Schockiere sie. Zeig ihnen mehr, als sie je zu sehen erwartet haben.›
Sie steht mit lässig gespreizten Beinen da, zieht sich die Bluse aus und läßt sie fallen, zieht sich den Rock aus und läßt ihn fallen, schleudert ihre Schuhe von den Füßen und ist nackt, abgesehen von ihren Netzstrümpfen. Ich brauche die Strümpfe. Eine völlig nackte Frau blendet zu sehr, deshalb ist sie nackt, abgesehen von den Fischnetzstrümpfen; sie stützt die Hände auf die Hüften und spürt eine erregte, schmelzende Wärme zwischen den Schenkeln. Sie ist zu allem bereit.

In einer Stunde werde ich auf dem Bahnsteig stehen, Aktentasche in der Hand, eine elegantere Gestalt als die meisten, aber nicht auffällig. Ich werde die Balance eines Akrobaten haben, der gerade den Fuß auf ein Hochseil setzt, eines Schauspielers, der gerade in einem völlig neuen Stück auf die Bühne tritt. Niemand wird erraten, was ich tun werde. Ich weiß es selbst nicht. Aber ich werde nicht nichts tun. Nein, ich werde nicht nichts tun. O Janine, meine alberne Seele, komm jetzt zu mir. Ich werde sanft sein. Ich werde gut zu dir sein.

Schritte auf dem Flur.
POCH. POCH.
Eine Frauenstimme.
«Acht Uhr fünfzehn, Mr. McLeish. Frühstück wird bis neun Uhr serviert.»

Meine Stimme.
«In Ordnung.»

EPILOG

FÜR DEN URTEILSFÄHIGEN REZENSENTEN. Sie haben in diesem Buch Zeilen aus Chaucer Shakespeare Jonson dem Gebetbuch der anglikanischen Kirche Goldsmith Cowper Anonymus Mordaunt Burns Blake Scott Byron Shelley Campbell Wordsworth Coleridge Keats Browning Tennyson Newman Henley Stevenson Hardy Yeats Brooke Owen Hašek Kafka Pritchett Auden cummings Lee und Jackson entdeckt, deshalb werde ich nur diejenigen Autoren aufführen, deren Werk mir Ideen für größere Teile eingab.

Das Thema eines durch alkoholische Träumerei gebrochenen Schottland entstammt MacDiarmids *A Drunk Man Looks at the Thistle*. Der Erzähler ohne Selbstachtung geht zurück auf Dostojewskis *Aufzeichnungen aus dem Untergrund*, Célines *Reise ans Ende der Nacht*, Flann O'Briens Ich-Romane und Camus' *Der Fall*. Die komplizierte Phantasievorstellung innerhalb plausibler Alltagsprosa ist O'Briens *Zwei Vögel beim Schwimmen*, Nabokovs *Fahles Feuer*, Vonneguts *Schlachthof 5* nachempfunden. Daß die Phantasievorstellung pornographisch wird, geht auf Buñuels Film *Belle de Jour* und auf *The Nightclerk* zurück, einen Roman, dessen Autor ich vergessen habe. Die Gestalt Mad Hislops entspricht Mr. Johnstone in Tom Leonards Gedicht *Vier mit dem Riemen*, dessen Übersetzung er mir hier abzudrukken gestattet:

Jenkins, eindeutig ist es Zeit
für rituelle physische Erniedrigung;
und wenn du weinst, beweist du,
was ich vermute – daß du kein Mann bist.

Wie man sagt, Jenkins, dies tut mir
mehr weh als dir. Aber ich zeige,
daß ich ein Mann bin, indem ich's dir zufüge.

Wenn *du* ein Mann bist, Jenkins, wirst du hören,
daß physische Erniedrigung und Rituale
seltsame Erwachsenenprobleme seien –
wie Vergewaltigung oder Masochismus.

Du wirst so etwas nicht glauben,
sondern voll Stolz, vielleicht gar liebevoll,
jenes Tages gedenken, als ich,
Mr. Johnstone, dich zu mir befahl
und dir vier mit dem Riemen verpaßte.

So. Und so. Und so. Und so.

Brian McCabes *Feathered Choristers* in der von Collins 1979 herausgegebenen Sammlung schottischer Kurzgeschichten zeigte, wie all diese Dinge vereint werden können.

Am stärksten bin ich anderen für das elfte Kapitel verpflichtet. Die Handlung entstammt dem Programm zu Berlioz' *Symphonie Fantastique;* Rhythmen und Stimmen sind aus den Blocksbergszenen von Goethes *Faust* und den nächtlichen Stadtszenen in Joyce' *Ulysses*; der den Erzähler anstachelnde Vokativ ist Jim Kelmans Roman *The Busconductor Hines* entnommen; die Stimme meines nichttranszendenten Gottes kommt von e. e. cummings. Der politische Teil von Jocks Brechanfall geht auf *La de Bringas* zurück, einen großartigen spanischen Roman, in dem Benito Pérez Galdós eine gesellschaftliche Revolution in Magen und Phantasie eines kranken kleinen Mädchens verlegt. Die graphische Gestaltung des Schriftbildes verdanke ich Sternes *Tristram Shandy* und Gedichten von Ian Hamilton Finlay und Edwin Morgan.

Während ich zu beschäftigt war, um mir beim Schreiben die vorgenannten Einflüsse klarzumachen, entnahm ich bewußt Informationen und Ideen (die sie verleugnen würde) aus einer Korrespondenz mit Tina Reid, daneben Anekdoten aus Gesprächen mit Andrew Sykes, Jimmy Guy und Tom Lamb sowie drei originelle Glasgower Beschimpfungen von Jim Caldwell. Richard Fletcher gab den elektrischen und mechanischen Passagen des Buches Gestalt und verbesserte sie. Die kuriose Verwendung von Licht- und Weltraumtechnik entstammt teils Gesprächen mit Chris Boyce und teils seinem Buch *Extraterrestrial Encounters*.

Und nun eine persönliche Bemerkung, die rein literarisch gesonnene Geister ignorieren werden. Obwohl John McLeish meine eigene Erfindung ist, stimme ich nicht mit ihm überein. Zum Beispiel sagt er im vierten Kapitel über Schottland: «Wir sind ein armes kleines Land, sind's immer gewesen und werden's immer sein.» In Wirklichkeit sind die natürlichen Ressourcen Schottlands von so mannigfaltigem Reichtum wie die weniger anderer Länder. Seine Fläche ist größer als die Dänemarks, Hollands, Belgiens oder der Schweiz, die Einwohnerzahl höher als die Dänemarks, Norwegens oder Finnlands. Unsere gegenwärtige Unwissenheit und schlechte soziale Organisation macht die meisten Schotten ärmer als die meisten anderen Nordeuropäer, aber auch soziale Mißstände halten sich nicht ewig.

Zu guter Letzt bedanke ich mich im voraus für die Hilfe von Mad Toad, Crazy Shuggy, Tam the Bam und Razor King, Freunden und Literaturliebhabern in der Glasgower Mafia; sie werden alles tun, um Lektoren, Rezensenten und Preisrichter umzustimmen, welche die herausragenden Verdienste dieses Bandes nicht zu würdigen verstehen.

In aller Abgeschiedenheit,
Kloster Santa Semplicità,
Orvieto,
April 1983

A. G.

LEB WOHL

REDAKTION THOMAS ÜBERHOFF
SCHUTZUMSCHLAG-, EINBANDGESTALTUNG
UND ZEICHNUNG VON ALASDAIR GRAY
SATZ AUS DER BEMBO (LINOTRON 202)
VON UTESCH SATZTECHNIK GMBH, HAMBURG
DRUCK UND BINDUNG: CLAUSEN & BOSSE, LECK
PRINTED IN GERMANY
ISBN 3 498 02444 2